Willi Hetze



# DIE SCHWÄRMER

SALOMO

*Gewidmet dem Höchstbietenden*

**IMPRESSUM**

**salomo publishing**
**1. Auflage:** März 2018


Weimarische Str. 7, 01127 Dresden
www.salomo-publishing.de
salomo.publishing@gmail.com


**Cover/Layout:** Jörg Hausmann • www.heizfrosch-werbung.de
**Satz:** salomo publishing
**Druck und Bindung:** Printgroup sp. z.o.o.

**ISBN: 978-3-941757-84-4**

Willi Hetze

# DIE SCHWÄRMER

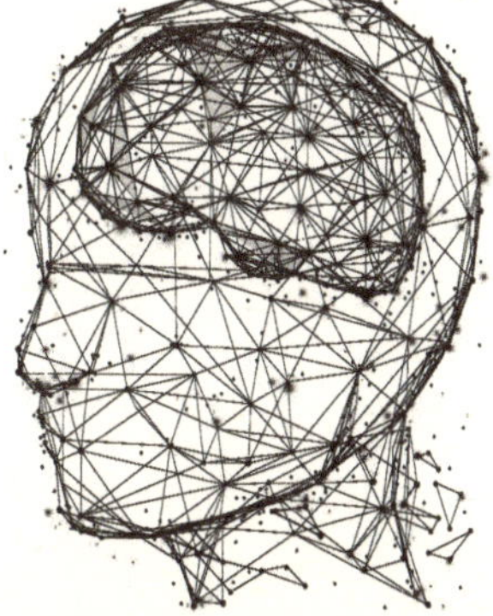

# PROLOG

Diese Geschichte erreichte mich aus einem Lichtjahr Entfernung. Ich bin froh, dass ich sie noch aufschreiben konnte, denn ihr Absender jagt auf Epsilon Eridani zu und es ist unsicher, wie lange ich noch von ihm hören werde. Seine Nachrichten durchrauschen größere Abstände, altern, und die Vergangenheit, aus der sie stammen, driftet tiefer ins All.

Kein Mensch könnte diese Weiten in einem Leben zurücklegen, um anderen Intelligenzen zu begegnen – sofern es sie gibt. Wir bleiben einsam. Aber ihm ist es möglich. Mich fasziniert die Zeitlosigkeit, mit der er unterwegs ist. Aus der Langsamkeitsfessel des interstellaren Reisens windet er sich mit unendlicher Geduld.

Ich halte diesen Sprung für bedeutsamer als den Tag, an dem Fische begannen, ihre glitschigen Leiber über Sand und Land zu schleifen, und erstmals nach Luft schnappten. Deshalb habe ich versucht, trotz meiner mentalen Trübungen, die Geschichte möglichst genauso wiederzugeben, wie die Katze sie mir übermittelt hat. Ich gestehe, die Rolle der Katze erst am Ende begriffen zu haben, aber ich widerstand, die Knitter meines Auftritts in diesem Buch zu glätten.

*Aaron,*
*in den Katakomben der Grundstadt,*
*am 13. Juli*
*im fünften Jahr*
*nach dem Ausschwärmen*

# ERSTER TEIL

## BOTENDIENSTE

### I.

Das Spiel ging so: Konrad stellte sich hinter einen Türrahmen, die Standuhr oder den hungrigen Ofen. Überall fanden sich Winkel in dem ehemaligen Gesindehaus, Ecken und Nischen, Kanten, verborgene Kammern und Verschläge. Vor Ewigkeiten, das wusste Konrad, gehörte es zu einem Bauernhof, der aber längst abgebrannt war, bevor die Familie einzog. Er nannte es das »Haus der fallenden Dinge«. Wenn ein Zug über den Bahndamm donnerte, fielen nicht nur Löffel vom Küchentisch, Figuren kippten in der Vitrine und Stifte rollten vom Sekretär. Manchmal fielen Gegenstände auch ohne ersichtlichen Grund.

Im Kopf ging Konrad seinen Fluchtplan noch einmal durch, rief dann den Namen seines Bruders und lauschte, ob er die tapsigen Schritte hören konnte.

Teo war ein anhängliches Kind, das sich schnell einsam fühlte. Verlor er die Eltern oder seinen Bruder aus den Augen, begann er sofort zu schluchzen, drehte sich im Kreis und suchte nach Rettung. Immer rannte Teo anderen hinterher. Der Vater sagte, Teo hätte laufen gelernt, um denen zu folgen, die er liebte. Konrad hingegen hielt seinen Bruder für eine heulende Wäscheklammer. Nichts ließ er los, was seine Hände einmal gegriffen hatten: Stofftiere, Tassenhenkel, Vaters Hand, Mutters Rocksaum und – besonders ärgerlich – Konrads Bücher, mit denen er Lesen übte, oder die Malstifte, auf denen Teo gerne kaute.

Wenn Teo seinen Namen hörte, machte er sich sofort auf den Weg. Konrad eilte indes fort und versteckte sich in einer Ecke, einem Schrank, unter dem Bett oder im Wintergarten, wo Vaters Bonsaiwälder grünten.

Besonders an verregneten Tagen vertrieb sich Konrad gerne die Zeit mit der Anhänglichkeit seines Bruders und ließ ihn bis zur Verzweiflung suchen. Ratlos sah sich Teo in der verlassenen Stube um, schaute in die Vitrinen, wo Figuren aus Porzellan und gefärbtem Glas verstaubten: Pferde, Elefanten, Pfauen und ein Kranich. Neben dem Sofa, auf dem sich ein halbes Dutzend umhäkelter Kissen aufschichtete, klemmte der Kachelofen in der Zimmerecke. Die Wände waren gepflastert mit gerahmten Stickbildern von Blumensträußen.

Teo vermutete den Bruder hinter dem Ofen, fand ihn aber nicht. Die Wanduhr schwang das Pendel und über dem Sofa hing ein Landschaftsgemälde: *»Waldlichtung im Morgennebel«*, grasende Hirsche. Draußen strich der Wind einen Nieselschauer über das Fensterglas.

Noch während sich Teo wunderte, rief sein Bruder wieder; nun von woandersher. Ermutigt machte er sich auf den Weg in die Küche. Dort schälte die Mutter Kartoffeln und warf ihm einen flüchtigen Blick zu, als er vor dem Esstisch stand. Aber Konrad war nicht zu sehen. Enttäuscht ließ sich Teo auf den Fliesenboden fallen, die Kartoffelschalen kringelten sich über der Klinge, bis erneut sein Name gerufen wurde. Schnell drehte er den Kopf und die Mutter sagte, ohne von der Schüssel aufzuschauen: »Los, such deinen Bruder!« Also stützte er sich mit den Händen auf, reckte den Po, um sich auf die wackeligen Beine zu stellen. Dann lief er der Stimme Konrads nach und verlor dabei einen Hausschuh.

Unter den holprigen Schritten knarzten die Dielenbretter im düsteren Flur. Nur ein dünnes Licht fiel durch das Haustürfensterchen. Doch abermals konnte er Konrad nicht finden. Müde setzte er sich auf die erste Stufe der hölzernen Treppe und schluchzte.

Plötzlich, so nah, dass es ihn erschreckte, hörte er den Bruder rufen: »Teo!«

Mit Tränen in den Augen stand er auf, tappte weiter, bis er zur halb offenen Kellertür gelangte. Vor der Finsternis dahinter hatte er Angst. Und ausgerechnet aus dem Keller, diesem unheimlichen Reich unter den Füßen, tönte nochmals sein Name: »Teo!«

Nun war er sicher, dass sich Konrad da unten versteckte. Und wenn sein Bruder dort war, konnte es kein schlimmer Ort sein. Also näherte er sich zögerlich, legte die Hand an die Türkante, um sich durch den Spalt zu zwängen. Endlich würde er Konrad finden – zum ersten Mal, seit dieser mit ihm solche Späße trieb.

Teo fasste sich ein Herz und trat in die Dunkelheit. Nicht einmal seine Füße konnte er noch erkennen. Unter dem »Haus der fallenden Dinge« wartete die Nacht auf ihre Stunde.

Er setzte den zweiten Schritt und verlor den Halt. Er hatte die Stufen der Kellertreppe übersehen. Teo stürzte, stumm vor Angst, in die Tiefe, prallte auf, rollte und überschlug sich. Ein atemverschlagendes Knirschen jagte ihm durch die Knochen. Erst, als er zum Liegen kam, schrie er aus Leibeskräften. Verloren krümmte er sich auf dem Steinboden, um sich herum nur Schwärze, nichts zu sehen, nichts zu hören, und allein mit dem Schmerz in den Beinen.

Als die Mutter an die Kellertür gerannt kam, wagte sich auch Konrad hinter dem Werkzeugschrank hervor. »Teo?«, sagte er ein letztes Mal, zitternd davor, was sein Rufen angerichtet hatte.

## II.

Fernab lag die Provinz, in der Teo aufwuchs, in einem vergessenen Teil des Landes. Nachts hoppelten die Hasen über den Marktplatz des Städtchens und die Füchse folgten ihnen; von der Morgendämmerung bis zum Abend konnten Tauben auf dem Rathausgeländer sitzen, ohne verscheucht zu werden. Wer sich über das Fensterbrett lehnte, sah an einem Tag alle Einwohner Moorstedts – benannt nach den schwefelgelben Sümpfen im Mündungsgebiet der fünf Flüsse – an sich vorbeiziehen. Durch die Gassen wehten jederzeit der faulige Geruch und der Güllegestank von den umliegenden Äckern.

An den Stadtrand, wo die Besiedelung ins Dörfliche zerfaserte, führte der Schulausflug der kleinen Klasse, in die Teo ging, etwa ein Dutzend Kinder. Nur wenige wuchsen noch in Moorstedt auf, drei Lehrer waren geblieben und der Direktor, Herr Teichgräber. Das genügte.

Durch eine schmale Straße wies der Direktor den Kindern den Weg. Regenjacken raschelten und Gummistiefel platschten in den Pfützen. Die Klasse kam an verlassenen Handwerkshäusern vorbei, die unter der Trostlosigkeit eines verregneten Frühlings zerfielen. Bretter hatte man vor die Fenster genagelt, die Nägel rosteten und tränten rotbraun. Über den Türen standen die verblassten Namenszüge der Betriebe, der Familien von Metzgern, Bäckern, Schlossern, Schreinern. Manche Buchstaben fehlten, weil der Putz abgesprungen war oder weil der Wind die Farbe abgerieben, der Regen sie abgewaschen hatte.

Teo konnte schon gut lesen und versuchte, die verwitterten Schriften zu entschlüsseln, während er die Trümmer der Schieferschindeln umging, die von den Dächern gefallen waren und vom nassen Wetter glänzten. Er stellte sich die Zeit vor, als in diesen Häusern noch das Handwerk florierte und doppelt so viele Schüler auf Schulausflüge gingen. Ein Niedergang hatte sich zugetragen, an dem Teo nichts Schlimmes finden konnte, weil er in ihm aufgewachsen war. Oft erzählte der Direktor davon wie aus einem Märchenbuch. Hinter seinem Rücken nannten die Schüler ihn »Schielauge«, weil sein linkes Auge aus Glas war. Meist schaute es in eine andere Richtung als das rechte. Viele lachten, aber Teo gruselte sich dabei. Niemand wusste, wie Herr Teichgräber das Auge verloren hatte.

Trotz des komischen Anblicks legte sich ein zerstreuter Ausdruck auf sein Gesicht, wenn er an die Jahrgänge seiner fortgezogenen Schüler dachte. Die meisten waren mit dem Honighändler gegangen, der aus der Hauptstadt kam und durch die Provinz fuhr. Teo hatte Angst, dass auch ihn einmal der Honighändler mitnehmen würde. Vielleicht widerte ihn das klebrige Zeug deshalb an.

»Anschluss halten!«, rief Herr Teichgräber.

Teo war hinter die Gruppe zurückgefallen, weil ihm das Laufen schwerfiel. Seine Beine waren empfindlich, fühlten das Wetter wechseln – und manchmal, wenn er schnell oder weit gehen musste, glaubte er, seine Knochen wären aus Glas, das bald zerspringen müsste. Seine Schritte setzte er zaghaft und langsam, entwickelte dadurch einen eigentümlich federnden Gang, für den ihn seine Mitschüler auslachten. Die Mutter hatte ihm erzählt, dass er als Kleinkind die Kellertreppe hinuntergestürzt sei und sich auf komplizierte Art die Beine gebrochen habe. Er selbst konnte sich daran kaum erinnern. Aber der Schmerz, den er auf langen Wegen spürte, war wohl eine Kerbe, die dieses Unglück geschlagen hatte.

Sie kamen an der Ruine eines Wartehäuschens vorbei, in dem einsam eine Birke wuchs. Das Laub des letzten Herbstes verrottete in den Ecken, schlaffes Gras strolchte um die Mauern, Unkräuter wuchsen in den Ritzen der Ziegel. Neben dem Eingang war ein Brett angeschraubt; daran hingen die Fetzen des Fahrplans mit einem Datum weit vor Teos Geburt.

»Die Natur holt sich alles zurück«, erklärte der Direktor ehrfürchtig. »Und die Menschenspuren sind von lächerlicher Kurzlebigkeit.«

Bei diesen Worten überkam Teo ein Schaudern, aber es wunderte ihn auch, dass der Direktor von den Menschen sprach, als gehöre er nicht dazu.

Nunmehr weitete sich die Landschaft mit Wiesenhügeln und Waldsäumen, mit Weilern und Weiden.

»Beeilung dahinten!«, rief Herr Teichgräber.

Teo hatte Mühe, Schritt zu halten. Er presste die Zähne zusammen und zwang seine Beine zu einem schnelleren Takt. Selten brachten die Mitschüler die Geduld auf, auf ihn zu warten. Für sie war er Ballast, besonders beim Sport.

Doch auch wenn ihn das Laufen quälte, fand er es noch schlimmer, wenn man ihn zurückließ. Mühsam schloss er auf, als Herr Teichgräber fragte: »Wer kann mir sagen, zu welcher Tageszeit die Erdkröte aktiv ist?«

Während Teo noch um Atem rang, meldete sich Roland, der Sohn des Hufschmieds.

»In der Dämmerung«, antwortete er. Mit heimatlicher Flora und Fauna kannte er sich bestens aus, auch wenn er ansonsten ein grober Kerl war.

»Seid vorsichtig, wohin ihr tretet!«, mahnte Herr Teichgräber.

Nun führte er die Kinder durch wildes Gras, wo der Boden aufgeschwemmt und schlammig war. Hier fiel Teo das Gehen umso schwerer. Ein matschiger Weg kreuzte, der offenbar zuweilen von Autos befahren wurde, bevor die Klasse einen Vorhang aus Schilf erreichte. Die biegsamen Halme wellten sich im Wind. Wo sie ausdünnten, gaben sie den Blick auf den Teich frei. Nieselregen klimperte auf dem Wasser; es kräuselte sich zwischen den niedergehenden Tropfen.

»Um diese Jahreszeit laichen die Erdkröten an solchen Tümpeln«, erklärte der Direktor. Dabei wippten die Ohrenschützer seiner Mütze wie Hundeohren. »Seid still und lauscht!«

Zwischen dem Rauschen des Schilfs, dem Reviergesang der Amselmännchen, dem Klopfen des Regens auf den Jacken und Pflanzen hörte man ein kehliges Tröten.

»Ah!«, hauchte Herr Teichgräber. »Diese Melodie!« Er hob die rechte Hand und dirigierte das Quaken. »Und nun ihr! Verteilt euch um den Teich und macht euch auf die Suche nach den Erdkröten! Seid behutsam und leise! Wenn ihr eine findet, erschreckt sie nicht und fasst sie nicht an! Sagt es leise weiter und haltet Abstand zu dem Tier, bis ich da bin.«

Mit einem Schwung seiner Dirigentenhand schickte er die Schüler los.

Entgegen der Aufforderung, still zu sein, schnatterten die Kinder wie ein Schwarm Stockenten. Vergeblich zischte Herr Teichgräber, um sie zu ermahnen.

Sicher wären alle Frösche längst aufgescheucht ins Wasser gesprungen, dachte Teo, wenn *er* am Teich entlanghumpelte. Also entschloss er sich, etwas abseits zu suchen. Er schlich durch das hohe Gras, den Blick auf den Boden gerichtet, querte einen wuchernden Wald aus Forsythien, deren gelbe Blüten sich im Wind verstreuten, und erreichte bald den schlammigen Weg, in den sich die Reifenspuren eines Geländewagens eingegraben hatten. Im Augenwinkel nahm er etwas Goldglänzendes wahr, einen kleinen Sonnenball im Matsch, der sich auf den zweiten Blick als Kronkorken einer Bierflasche erwies. Daneben, kaum unterscheidbar von Dreck und Schmutz, erkannte er den Körper einer Erdkröte in der Furche des Reifenprofils. Offenbar war das Tier unter die Räder gekommen. Die Hinterbeine waren zerdrückt worden, und kläglich versuchte es sich herauszuziehen.

Teo kniete sich hin, angewidert, aber auch voller Mitgefühl. Ähnlich hilflos wie die Kröte musste auch er gewesen sein nach dem Sturz auf der Kellertreppe.

Was konnte er jetzt tun?

Wenn ihm etwas Schlimmes geschah, sehnte er sich am meisten nach seiner Familie. Darum beschloss er, das verletzte Tier zum Tümpel zu bringen, zu den anderen Kröten. Vielleicht wüsste auch Herr Teichgräber Rat.

Er setzte seine Schirmmütze ab und drehte sie um. Mit spitzen Fingern fasste er die zappelnde Kröte, hob sie hoch und ließ sie in die Mütze fallen. In diesem Augenblick hörte er hinter seinem Rücken ein Rascheln im hohen Gras.

»Was hast du da?«, fragte Roland. Neben ihm stakste Christian durch die Halme, der Sohn des Pferdezüchters.

»Eine Erdkröte«, antwortete Teo.

»Ist es zu fassen!«, rief Roland theatralisch aus. »Da findet der Klassenlahme als Erster so einen Hüpfer!«

»Sie ist verletzt. Ich will sie zum Teich bringen.«

»Wir dürfen das Tierzeug nicht anfassen«, wandte Christian ein.

Indes trat Roland auf Teo zu. »Der Teichgräber gibt dir bestimmt 'ne Eins für deinen Fund, du Held. Zeig mal her!« Er riss die Mütze an sich und schaute hinein. »Bäh! Pfui! Wie eklig!«, rief er und verzog das Gesicht. Christian trat zwischen sie und wagte ebenfalls einen Blick.

»Gib sie zurück!«

Teo stieß Christian beiseite, der einen Kopf größer war und stark von der Arbeit im Stall. Doch der grinste nur.

»Jetzt schrei nicht so, du kleiner Krüppel!«, sagte Roland mit gekünstelt sanfter Stimme. »Ich guck doch nur.« Daraufhin drehte er die Mütze um, sodass die Kröte zurück auf den schlammigen Feldweg fiel, wo sie sich erbärmlich wand. »Hoppla! Entschuldigung, Froschkönig.«

Vergeblich versuchte Teo, sich an Christian vorbeizudrücken. Er wollte die Kröte unbedingt vor Rolands Willkür retten. Kein Lebewesen verdiente es, in den Dreck geworfen zu werden und nicht weglaufen zu können.

Als Roland den Fuß hob, verschlug es Teo den Atem. Fassungslos musste er mit ansehen, wie der andere mit seinem roten Stiefel aufstampfte und die Kröte zerquetschte.

»Erde zu Erde, Matsch zu Matsch«, sagte Christian.

»Tierquäler!«, rief Teo, wütend und verzweifelt über seine Machtlosigkeit.

»Ich bin kein Tierquäler.« Rolands Stimme klang ehrlich empört. »Was passiert mit einer Kröte ohne Beine? Die verhungert oder wird gefressen. Jetzt und hier zu sterben, war das Beste, was ihr passieren konnte. Nur die Starken überleben.«

Roland warf einen abschätzigen Blick auf Teos Beine. Auch für dessen körperliche Schwäche kannte der Sohn des Schmieds nur Spott.

Gerade wollte Teo erwidern, dass man nicht gleich sterben müsse, nur weil die Beine gebrochen seien, da zog Roland einen Zettel aus der Hosentasche.

»Etwas anderes: Ich will, dass du das Elisa gibst.«

»Warum ich?«

»Deine Mutter leitet doch das Postamt. Also bist du ein Bote. Ich werde auch irgendwann Schmied, so wie mein Vater, und Christian übernimmt das Gestüt.«

»Ich könnte doch auch Förster werden wie mein Vater«, wandte Teo ein. Aber tatsächlich wollte er Postbote werden. Anstatt einsam durch den Wald zu streifen, wollte er lieber Briefe von Mensch zu Mensch bringen.

»Dafür bist du zu empfindlich«, sagte Roland.

»Damit kennst *du* dich ja aus!«

Verwundert nahm Teo das gefaltete Papier entgegen.

»Was ist das?«

»Briefgeheimnis. Bring es ihr einfach!«

Christian gab Teo einen Schubs in Richtung der Sträucher.

Nur einen Augenblick später wühlte er sich durch das Gestrüpp der Forsythien, gelbe Blütenblätter regneten herab. Warum ließ er sich eigentlich von Roland zu solchen Botendiensten zwingen? Klar, weil Roland aus Überzeugung ein Grobian war. Wenn Teo nicht gehorchte, würde es ihm ergehen wie der Kröte.

Nach einigen Schritten drehte er sich um. Die beiden waren nicht mehr zu sehen hinter dem Geäst. Als er das Ufer des Sees erreicht hatte, faltete er den Zettel auf. Im Gehen las er, welche Nachricht er der Wirtstochter überbringen sollte. Es war ein gekrakeltes Liebesgedicht, aber offensichtlich hatte Roland es abgeschrieben und nur seinen Namen daruntergesetzt. Teo erinnerte sich, die Zeilen schon einmal irgendwo gelesen zu haben.

Roland, dieser Idiot! Den harten Hund geben, doch zu feige sein, Elisa das Gedicht selber zu bringen. Aber eine schöne Schrift hatte Roland, das musste Teo eingestehen. So viel Gefühl in der Hand hätte er dem Sohn des Schmieds gar nicht zugetraut. Und wenn er so darüber nachdachte, gefiel Elisa ihm eigentlich selbst auch.

Abgelenkt von den Reimen, achtete er nicht auf seine Schritte. Ein Quaken ertönte und Teo schreckte auf. Den rechten Fuß in der Schwebe, wäre er beinahe auf einen Laubfrosch getreten. Teo ruderte mit den Armen, war ohnehin nicht der Sicherste auf zwei Beinen, und sein Ausweichschritt platschte ins Wasser. Bis zum Knie stand er im Tümpel. Der Frosch blähte seine Schallblase, quakte knatternd los, bevor er ins Wasser sprang. Der grüne Körper tauchte unter dem Zettel hinweg, der Teo aus der Hand gefallen sein musste, als er das Gleichgewicht verloren hatte. Langsam trieb das Papier auf den Teich hinaus.

»Is' das dein Gedicht?«, hörte Teo hinter seinem Rücken Christians Stimme.

Und Rolands Antwort: »Er hat es ins Wasser geschmissen!«

Teo zog das rechte Bein aus dem Tümpel und drehte sich um. »Das war unabsichtlich. Außerdem hast du's dir nicht mal selbst ausgedacht.«

»Gelesen hat er's auch«, sagte Christian. »Er …«

Ein greller Mädchenschrei unterbrach ihn. Sofort schauten sie sich um.

»Das kam vom Feldweg!«, stellte Roland fest, und kurz entschlossen stürzten sie in die Büsche.

Auf dem Feldweg stand Elisa, die Wirtstochter. Sie musste sich durch das Forsythiengestrüpp gekämpft haben. Angewidert starrte sie auf den zerdrückten Krötenkörper im Stiefelabdruck. »Pfui! Das ist so eklig!«, rief sie.

»Ich bin ja da«, antwortete Roland mit Beschützerstimme und machte einen vorsichtigen Schritt auf sie zu.

Schon raschelten die Sträucher und zwei weitere Mädchen tauchten auf. Sie stellten sich neben Elisa, die mit dem Zeigefinger auf die Kröte deutete.

Die Mädchen quiekten. Nun schob sich ein Schatten durch die gelb leuchtenden Büsche. Herr Teichgräber war aufmerksam geworden und trat aus dem Dickicht, um nach dem Rechten zu sehen. »Hört auf zu kreischen! Ihr stört die Natur!« Er baute sich mit verschränkten Armen vor Roland auf und setzte den linken Fuß auf einen moosbewachsenen Baumstumpf. »Was ist hier los?«

»Nur eine tote Kröte«, antwortete Roland gelassen.

Auf Herrn Teichgräbers Gesicht lag der Ausdruck gereizten Überdrusses. Grimmig besah er sich den zertretenen Körper. Wie in einem ausgehobenen Grab lag die Kröte im Stiefelprofil, das sich in den Schlamm gedrückt hatte. Als er hineinblickte, flog eine kurze Traurigkeit über seine Augenbrauen, gleich darauf fortgewischt vom Zorn.

»Wie konntet ihr die Natur nur so mit Füßen treten! Ich will eure Schuhsohlen sehen!« Der Direktor packte mit der linken Hand Teos Jackenärmel, mit der rechten fasste er Rolands Unterarm. »Du auch, Christian! Und die Mädchen ebenso!«

Widerwillig hoben alle ihre Füße, sodass Herr Teichgräber die Sohlen sehen konnten. Zwar hatten ihre Gummistiefel verschiedene Farben, Teos waren lichtblau, Christians gelb, Rolands rot und Elisas grün, aber weil es nur einen Schuhladen im kleinen Moorstedt gab, waren sie alle vom selben Hersteller und glichen sich in jeder Profilrille. Zu Rolands Glück musste ihm der kurze Weg zum Teich das Krötenblut von der Sohle gewischt haben, und weder Christian noch Teo wagten es, ihn zu verpetzen.

Enttäuscht brummte Herr Teichgräber, nachdem er keine Beweise gefunden hatte: »Jeder von euch schreibt mir einen Aufsatz über Erdkröten und ihre Bedeutung bei der Schädlingsbekämpfung!« Vorsichtig schob er mit der Stiefelspitze etwas Schlamm über die tote Kröte und verharrte für einen Augenblick wie bei einem Begräbnis. Glänzend bezeichnete der Kronkorken die Stelle.

»Menschenspuren!«, sagte der Direktor verächtlich, als wollte er das Wort ausspucken.

Indes warf Roland Teo einen bösartigen Blick zu. Und im Vorbeigehen zischte er: »Über das Gedicht reden wir noch! Und mein Sohlenprofil lernst du auch auswendig!«

Als sie zurück zur Schule liefen, näherte sich Herr Teichgräber dem humpelnden Teo. Der Direktor ging hinter ihm, dann neben ihm, schaute starr geradeaus und sagte leise, dass nur Teo es hören konnte: »Lass dich nicht von diesem Roland verderben. Du musst dir deine Freunde gut aussuchen.«

Damit wusste Teo nichts anzufangen. Roland war nicht sein Freund. Und außerdem hatte er sich noch nie Freunde *aussuchen* können; es gab zu wenige Kinder in der Kleinstadt, als dass er eine Wahl gehabt hätte. Aber er wollte Herrn Teichgräber nicht widersprechen. Daher nickte er nur, was den Direktor nicht zu überzeugen schien. »Lieber gar keine Freunde als die falschen«, fuhr er fort. »Das habe ich schmerzlich lernen müssen. Mein Auge«, er legte den Zeigefinger auf seine linke Wange, »habe ich bei einer Mutprobe verloren. Die Kuh, die ich einfangen sollte, hat mich abgeworfen, dabei bin ich auf einen Feldstein geprallt.«

Offenbar war die Geschichte des Glasauges gar kein Geheimnis; man hätte nur danach fragen müssen. Aber so nahe wollte ihm keiner kommen. Dabei fühlte Teo nun eine seltsame Verbundenheit mit dem Direktor. Beide hatten einen Unfall gehabt, der sie einschränkte: ihn im Gehen, Herrn Teichgräber im Sehen.

»Das war nicht die Schuld der Kuh«, erzählte der Direktor weiter, »sondern von Menschen, die andere Lebewesen nicht achten. Hüte dich, einer von denen zu werden, nur weil du dich alleine fühlst!«

»Ja, Herr Teichgräber«, antwortete Teo, obwohl er die Eindringlichkeit der Warnung nicht verstand. Er sah dem Direktor ins Gesicht, ins starre Glasauge, das blind war und ihm doch das Gefühl gab, ihn genau zu durchschauen.

## III.

Nach dem Schulausflug zum Laichtümpel, als seine Beine sich vom Laufen erholt hatten, balancierte Teo auf der Mauer des Schulhofes und dachte über die Kröte vom Vormittag nach. Er wartete auf seinen Bruder und vertrieb sich die Zeit, indem er über die Bruchlücke in der Mauer sprang, wo Putz und Ziegel auf die Steinplatten des Hofs gestürzt waren. Dann lief er über die zerklüftete Oberkante, bis er das Tor erreichte. Von den zwei schmiedeeisernen Flügeln hing nur noch der linke in den Angeln. Den anderen hatte man entfernt, als die Ankerstifte aus dem Mauerwerk gebrochen waren. Hier setzte er sich und ließ die Beine baumeln.

In den zweistöckigen Häuserblock auf der gegenüberliegenden Straßenseite hatte kürzlich bei einem Frühlingsgewitter der Blitz eingeschlagen und der Dachstuhl war abgebrannt. Wie verkohlte Rippen ragten die Balken in die Trübnis des Nachmittags. Wenn der Wind auffrischte, roch man noch die Bitterkeit des Brandes. Aber weil niemand mehr in dem Haus wohnte, die Klingelschilder namenlos blieben, die Fenster kahl und schwarz, würde keiner den Schaden reparieren. Selbst die zerbrochenen Scheiben im Erdgeschoss hatte seit Monaten niemand ausgetauscht.

Durch den gewölbten Durchgang schlich eine schlammgraue Katze vom Hinterhof auf die Straße, hockte sich an den Bordstein und beobachtete Teo. Dem Jungen zog die Kälte der Steinmauer bereits durch die Hüfte, also rutschte er herunter und kniete sich hin. Gleich darauf kroch die Katze unter einem rostigen Pritschenwagen hindurch, tänzelte über die leere Straße zu ihm herüber. Zutraulich umkreiste sie ihn, rieb sich an seinem ledernen Schulranzen und kratzte an den Riemen. Gegen seine Langeweile spielte er mit ihr, zog aus den Ösen seines rechten Schuhs den Schnürsenkel, ließ ihn für eine Weile zwischen den Fingern baumeln und das Tier danach tatzen.

Lange schon war das Scheppern der Pausenklingel verhallt, als Konrad endlich aus dem Portal der Schule geschlendert kam. Teos Bruder vertrödelte nach dem Unterricht oft die Zeit mit Gesprächen, neuerdings vor allem mit Mädchen. An jedem anderen Tag wäre Teo alleine nach Hause gegangen, aber am Freitag mussten sie den Wocheneinkauf für die Großmutter besorgen. »Mensch, Konrad! Hast du Kaugummi unter den Schuhsohlen?«, fragte Teo mürrisch. »Wenn wir Pech haben, fängt es auf dem Weg zu Oma an zu regnen.« Beunruhigt zeigte er in den Himmel, der aussah wie ein grauer Blechkübel, in den die Wolken hineinflossen. »Und zu Mama auf die Post müssen wir auch noch.«

»Bleib locker!«, entgegnete Konrad. »Es ist Freitag.«

Die Gelassenheit des Bruders ärgerte Teo. Wer nicht schnell laufen konnte, hatte erst recht Grund zur Eile. »Los jetzt!« Damit fädelte er den Schnürsenkel wieder ein, nahm seinen Ranzen, und die Katze sprang davon, elegant von Pflasterstein zu Pflasterstein, ohne das ölig flimmernde Regenwasser in den Ritzen zum Zittern zu bringen.

Die Großmutter hatte Teo und Konrad eine Einkaufsliste mit allerhand Wünschen gegeben, die in fein geschwungener Handschrift notiert waren. Seit dem Tod des Großvaters vermietete sie das Obergeschoss ihres Hauses an Urlauber, um den Platz zu nutzen, den sie nicht brauchte, und sich nicht einsam zu fühlen. Doch immer wenn sie Gäste hatte, wurden ihre Einkaufslisten länger und die Brüder hatten schwer zu schleppen.

Nachdem Teo und Konrad aus dem Lebensmittelladen und der Drogerie kamen, trugen sie neben ihren Schulranzen vier pralle Stoffbeutel mit Gläsern, Flaschen, Kartons und Dosen, die bei jedem Schritt klirrten und klapperten. Zuletzt führte sie ihr Weg noch zum Postamt, wo die Mutter arbeitete. Die Brüder sparten ihr Zeit, wenn sie die Post für die Großmutter und ihre Gäste mitnahmen.

Das Postamt befand sich auf der Nordseite des Marktplatzes, dem Rathaus gegenüber. Als Teo und Konrad dort ankamen, hielt gerade ein Postauto mit kreischenden Bremsen vor der Eingangstreppe. Wackligen Schrittes stieg der Fahrer aus. Wenn man den ganzen Tag Auto fährt, so überlegte Teo, verlernte man anscheinend das Laufen. Der Mann knallte die Wagentür zu und wankte mit einer Handvoll Briefe auf das Portal zu. Als er die Söhne seiner Kollegin bemerkte, deutete er einen Gruß an, indem er kurz an den Schirm der blauen Dienstmütze mit dem gelben aufgestickten Posthorn griff. Er wackelte die Stufen hoch, stieß die Flügeltüren des Amtes auf und war kurz darauf im Inneren verschwunden. Indes schlichen die Brüder um das Postauto herum, das nach Diesel und heißem Öl roch.

»Toll, oder? Es bringt sicher viele wichtige Briefe aus aller Welt«, sagte Teo.

Konrad verdrehte die Augen. »Oder Tratsch aus dem Nachbardorf.«

Teo legte seine Hand auf die Motorhaube wie auf die Stirn eines rastenden Pferdes. Durch die Windschutzscheibe konnte er sehen, dass auf der Rückbank ein Sechserpack Bierdosen lag und eine offene Zigarettenschachtel.

Ungeduldig sagte Konrad: »Komm, wir gehen rein!«

»Gleich«, erwiderte Teo.

Zweimal hatte er den Wagen umrundet, während sein Bruder ihm zusah, da stapfte der Postbote schon wieder aus dem Amt heraus. Er hatte einen Beutel in der Hand, der kaum gefüllt zu sein schien. »He, was macht ihr an mei'm Wagen?«, rief er mit schwerer Zunge.

»Wir gucken nur. Mein Bruder fährt auf Postautos ab«, sagte Konrad spöttisch.

Das Gesicht des Mannes entspannte sich, als verstünde er die Faszination. Er rieb sich die geröteten Augen. »Willst du einmal Postbote werden?«

Teo war nicht darauf vorbereitet, nach seinen Wünschen gefragt zu werden, und nickte nur. Er fühlte sich schon seit er denken konnte wie ein Bote. Als er früher immer seiner Familie nachgelaufen war und alle begannen, ihm Botschaften mitzugeben, hatte er diese Rolle für sich entdeckt, und nicht einmal seine schwächlichen Beine konnten ihn bremsen. Weil er der Kleinste und Jüngste im Haus war, konnte er sich selten gegen die strengen Regeln des Vaters durchsetzen, gegen die Anweisungen der Mutter, gegen Konrads überlegene Stärke. Daher fühlte er sich nach Streitereien oft schwach und ungerecht behandelt. Aber wenn er mit einem Auftrag losgeschickt wurde, wusste er, dass etwas von ihm abhing. Man vertraute ihm. Der Bote war so wichtig wie die Nachrichten, die er brachte, und er genoss die Anerkennung dafür, dass er alle Mitteilungen auswendig aufsagen konnte. Sein Vorbild war die Mutter, seine Bewunderung ein starkes Band.

»Warte, da habe ich was für dich!« Der Postmann öffnete den Kofferraum, wo taschenweise Briefe lagen, und zog aus einem Stoffbeutel eine blaue Baschlikmütze, deren ausklappbarer Witterungsschutz abgerissen war. »Ist zwar nicht so schön wie meine«, sagte er, »aber bevor ich sie wegwerfe ...«

Er setzte Teo die Mütze auf, der sich von seinem Glück ganz benommen fühlte und sich brav bedankte. Obwohl der Mann wie ein Aschenbecher roch, in den man Bier geschüttet hatte, bewunderte er ihn.

Kurz darauf schwankte das Postauto wieder die Dorfstraße hinunter. Zum Abschied winkte ihm Teo lange hinterher, während Konrad schon die Treppenstufen zum Postamt hinaufstieg.

Die Mutter tippte gerade ein Telegramm in den Fernschreiber, als Teo und Konrad das beheizte Büro betraten. Im kleinen Moorstedt gab es nicht viel Post zu bewältigen. Zumeist las die Mutter hinter dem Schalter Zeitschriften oder unterhielt sich mit Kollegen und Bekannten, die ihr einen Besuch abstatteten. Aber wenn Mutter doch Formulare auszufüllen hatte, Briefe sortierte, Dokumente und Umschläge abstempelte, Pakete wog, dann sah Teo ihr gerne und aufmerksam zu und fragte neugierig, wozu die Unterlagen gebraucht würden, was all die Zahlen bedeuteten, die auf Zetteln, in Tabellen und auf Tafeln wimmelten, oder wo die Orte lagen, zu denen die Briefe geschickt wurden. Seine Mutter zeigte ihm die Dörfer und Städte dann auf einer Wandkarte. Das gesamte Land setzte sich aus Postleitzahlengebieten zusammen, und ganz am fernen Rand lag die Provinz, in der er lebte. Manchmal verbrachte er Stunden auf dem Amt und blätterte sich durch die Briefmarkenkataloge.

»Wo hast du denn die Mütze her?«, fragte die Mutter.

Teo stolzierte vor den Schaltern entlang, besah sein Spiegelbild in der Verglasung, kreisrund zersiebt von Sprechlöchern.

»Vom Postfahrer.«

»Pass lieber auf, wen du dir zum Vorbild nimmst!« Zweifel schwang in ihrer Stimme. »Man weiß nie, ob dieser Kerl müde oder betrunken ist«, fuhr sie fort. »Vielleicht sogar beides … Wenn er fährt, gehen Briefe verloren, aus Glückwunschkarten verschwinden die Geldscheine und einige Sendungen verzögern sich um Wochen.«

»Er ist ja auch ein Säufer!«, sagte Konrad.

Die Mutter hob den Zeigefinger. »Nicht so frech, Freundchen!« Sie wandte sich wieder Teo zu, rückte ihm die Mütze zurecht, dass der Schirm gerade über der Stirn saß.

»Dann bist du also jetzt ein Postbote … Nun, Herr Kollege, hier ist ein Schreiben für den Zimmergast, der bei Oma wohnt, Herrn Doktor Arnold.«

Sie überreichte ihm einen braunen Umschlag, der mit Stempeln übersät war. Als Absender des Briefes war die Hauptstadt-Universität angegeben.

Eine Mütze und ein Auftrag! Ja, jetzt bin ich Postbote, dachte Teo.

Damit der lange Weg nicht zu beschwerlich wurde, durften sich Teo und Konrad das Postfahrrad der Mutter ausleihen. Sie stopften drei der Beutel in die Taschen vor dem Lenker und neben dem Gepäckträger. Konrad schob das Rad, Teo trug den übrig gebliebenen Beutel, der nicht mit in die Taschen passte, sowie den Briefumschlag, den er nicht aus der Hand geben wollte. Gemeinsam machten sie sich auf den Weg. Indes frischte der Wind auf und der Himmel floss dahin wie zäher Zement, am Horizont schon dunkel verhärtet.

Um Zeit zu sparen, verließen die Brüder die asphaltierte Straße, die einen weiten Bogen durchs Tal nahm, und entschieden sich für den Pfad, der zwischen Äckern und Koppeln verlief und schließlich durch den Wald zu der Siedlung führte, wo die Großmutter wohnte. Nach einer Wegbiegung verschwand Moorstedt hinter den Stämmen der Fichten und Tannen. Weich waren die Schatten darunter, mild-muffig der Erd- und Rindenduft, und auf den Boden aus Nadeln, Moos und Gräsern fielen Konrads und Teos Stimmen wie in Tücher. Hin und wieder raschelte es im Schlehdorn. Ein Kuckuck, im Geäst verborgen, warnte mit seinem Ruf.

»Ich glaube, wir werden verfolgt«, sagte Teo plötzlich.

»Bestimmt nur ein Fuchs«, antwortete Konrad.

Erst, als eine Brise die Äste aufflattern ließ und ein Brausen anhob, bemerkten die Brüder den einsetzenden Regen.

»Schneller!« Konrad schob das Rad kräftig an. Die Nässe sprühte die Waldschneise entlang. Vorsorglich steckte Teo den Brief durch den Reißverschluss seiner Jacke und trug ihn an der Brust. Er fror und sah, dass auch die Hände seines Bruders zitterten.

»Ich kann nicht!«, wandte Teo ein. Er konnte die Geschwindigkeit nicht halten, die Konrad vorgab. Seine Beine waren müde und er spürte jeden einzelnen Knochen.

»Nun kommt schon! Wir haben noch ein gutes Stück vor uns!«

Konrad klatschte mit einer Hand rhythmisch auf den Lenker. Sein Gesicht wirkte streng und unveränderlich wie eine verstrichene Sekunde.

So etwas Ungerechtes! Sie hätten viel eher aufbrechen können, wenn Konrad in der Schule nicht getrödelt hätte. Er hingegen war pünktlich gewesen, hatte lange auf der Mauer gewartet und Konrad sogar antreiben müssen. Und das miese Wetter bewies, dass Teo es zu recht eilig gehabt hatte. Jetzt aber war es sein Bruder, dem es zu langsam ging. Dabei konnte Teo weder etwas dafür, dass sie in den Regen kamen, noch dass er schlecht zu Fuß war. Er fluchte still auf seine Beine und auf Konrads Behäbigkeit beim Aufbruch. Obendrein bekam er Seitenstechen, dass ihm die Luft wegblieb.

»Meine Socken sind schon ganz durchgeweicht!« Konrad schaute böse. »Jetzt mach Dampf!«

»Schneller geht's nicht!«

Plötzlich blieb Konrad stehen.

»Das dauert zu lange. Die Einkäufe werden nass.«

»Wollen wir uns unterstellen?«, fragte Teo.

Aber sein Bruder schwang ein Bein über den Fahrradsattel und stellte den linken Fuß aufs Pedal. »Ich fahre vor und du kommst eben nach, wie du kannst.«

»Du kannst mich doch nicht zurücklassen!«

»Für dich ist das Rad zu groß. Und außerdem kennst du doch den Weg. Gib mir den Brief an den Doktor! Ich nehme ihn mit.«

Teo griff sich an die Brust. Den Brief würde er niemals in andere Hände geben. *Er* war der Postbote.

»Nein. Ich behalte ihn.«

»Wie du meinst ...«

Konrad zog sich auf den Sattel und fuhr an. Die Kurbel knirschte.

»Aber ich hab auch auf dich gewartet vor der Schule!«

»Was bringt es, wenn wir beide nass werden?«

Fassungslos sah Teo seinem Bruder hinterher, der nunmehr im Stehen in die Pedale trat und auf und ab wippte. Bald darauf war er hinter einer Biegung verschwunden, die um einen felsigen Abhang führte.

Teo lief Konrad so schnell er konnte nach, geriet aber bald außer Atem. Seine Wut wurde zu Erschöpfung, seine Erschöpfung zu Enttäuschung. Brüder sollten zusammenhalten! Konrad war kein richtiger Bruder, wenn er ihn zurückließ! Teo brannten die Augen, als müsse er gleich weinen. Wo in der Welt konnte man sich verlorener fühlen als unter schattendunklem Tannengeäst, in der Finsternis eines Felsrückens. Er konnte nicht davonlaufen vor dem Wolkenbruch, der durch den Wald stob, kräftiger als zuvor.

Teo fror und seine Nase lief. Zur Großmutter war es noch weit, also sah er sich nach einer Gelegenheit um, sich unterzustellen.

Wo der felsige Abhang den Pfad zur Biegung zwang, lag ein umgestürzter Eichenstamm, bewachsen von Moos, unter dem er Schutz suchen konnte. Teo stapfte über den nassen Waldboden und glitschiges Totholz, bis er den Stamm erreichte. Er hockte sich hin, kroch ins Trockene, den Beutel zwischen seinen Beinen, überdacht von fauliger, zerfurchter Rinde und Schwefelporling. Vor seinem Versteck prasselte das Wasser herab.

Kurze Zeit später, als der Regen verebbte und der Wald sich aufhellte, sah Teo zwei Gestalten in Regenjacken und aufgezogenen Kapuzen über den Weg kommen. Also waren Konrad und er doch verfolgt worden! Aber von wem? Der Größe nach mussten es Kinder sein; sie liefen in Gummistiefeln. Das eine Paar war rot.

Teo hatte an diesem Tag schon einmal rote Stiefel gesehen. Stiefel, die auf eine Kröte traten. Roland! Und der andere musste Christian sein. Was hatten die beiden hier zu suchen?

Er drückte sich tiefer unter die Eiche, aber die zwei würden ihn gut sehen können, wenn sie in seine Richtung schauten. Und tatsächlich hob Roland den Kopf, schob die Kapuzenkrempe über die Stirn und ließ den Blick durch die Baumstämme huschen. Er blieb schließlich in der Richtung hängen, wo Teo sich versteckte. Gleich darauf zeigte er mit dem Finger zu ihm herüber. Ob die beiden sich auch unterstellen wollten? Aber er hatte das Gefühl, dass sie einen anderen Plan verfolgten. Als sie zu ihm kamen, schlugen sie die Äste eines Haselstrauchs zur Seite, knickten die Ruten einiger Büsche um und traten auf junge Fichten. Ärger drohte, zweifellos.

»Hier ist noch Platz im Trockenen«, sagte Teo betont freundlich.

»Nasser werden wir eh nicht mehr«, entgegnete Christian, der eine durchweichte Eierpappe in der Hand hielt.

»Was hast du mit den Eiern vor?«

»Das ist Munition.«

Das sah ihnen ähnlich: Vermutlich hatten sie geplant, aus sicherer Deckung mit Eiern zu werfen und sich unerkannt aus dem Staub zu machen. An Konrad hätten sie sich niemals auf die Entfernung eines Faustschlages herangetraut. Teos Bruder war ein anderer Gegner als eine wehrlose Kröte.

Roland wollte nach der Schachtel greifen. »Gut, dass dein Bruder nicht hier ist. So können wir dir in aller Ruhe den Kürbis glasieren.«

»Was soll das?«

»Stell dich nicht doof!«, raunte Christian und öffnete die Eierpappe.

»Schau mal, hier klebt noch Scheiße dran!« Als würde er zählen, tippte Roland auf die hellbraunen Schalen. »Ist sozusagen genauso beschissen wie du als Bote. Du hast meinen Brief gelesen und ihn verloren!«

Teo fühlte sich machtlos. Er wollte für Roland kein Bote sein, er wurde gezwungen. Außerdem konnte er nichts für das Missgeschick. Aber vielleicht hätte er das Gedicht wirklich nicht lesen sollen. Seine Mutter sagte immer: *Wenn ein Bote einen Auftrag annimmt, muss er ihn erfüllen.* Teo war nur zu feige gewesen, ihn abzulehnen.

»Mein Bruder ist in der Nähe. Wenn er euch erwischt, steckt er euch die Eier dorthin, wo sie beim Huhn rauskommen!«

»Du lügst! Wir haben ihn wegfahren sehen! Das heißt – du bist jetzt fällig!« Christian übergab Roland die Schachtel und streckte seinen Arm aus. Er packte Teo am Ärmel und zog ihn unter der Eiche hervor.

»Lass mich!«

Teo wehrte sich nach Kräften, hatte aber der Stärke Christians wenig entgegenzusetzen. Der war es gewohnt, Pferde am Zügel zu führen. Schon hatte er Teo unter dem Baum hervorgezerrt, und Roland riss ihm die Postbotenmütze vom Kopf. Gleich darauf packte ihn eine Hand im Nacken, drückte ihn zu Boden. Vornübergebeugt fühlte Teo ein Ei auf seinem Kopf zerplatzen. Der Dotter lief ihm in die Haare, über die Stirn und tropfte von der Nase. Teo versuchte, nach den beiden zu treten, aber er verlor den Halt, strauchelte und fiel auf die Knie.

»Jetzt fehlen nur noch Streusel auf der Glasur«, sagte Roland grinsend.

Was hatten sie vor mit ihm? Wild schlug Teo um sich und wusste doch, dass er nicht einmal eine Fliege hätte verscheuchen können. Hände zogen, stießen, drückten ihn über den Waldboden. Dabei spürte er, wie der Briefumschlag unter seiner Jacke zu rutschen begann und schließlich herausfiel.

Dem Brief durfte nichts zustoßen! Im Gegensatz zu Rolands Zettel fühlte er sich dieses Mal tatsächlich verantwortlich. Er war der Postbote!

Teo blieb die Luft weg vor Angst, der Brief könnte Schaden nehmen. »Pass auf!«, rief er, doch schon latschten die roten Stiefel über das Papier. Wie sollte er Doktor Arnold bloß den Schuhabdruck erklären?

Vor Sorge um die Sendung bemerkte er kaum den Ameisenhaufen in seinem Augenwinkel. Aber sogleich wurde er mit Schwung umgeworfen, dass sein Gesicht in das Nest klatschte. Er hielt die Luft an, stützte sich mit den Händen auf, wurde niedergedrückt, wollte dagegenhalten, aber versank mit den Fingern in dem weichen Hügel aus Holzsplittern, Ästchen, Blattfetzen, Pflanzenfasern, Harz, Erde und Ameisenleibern. In seinem Gesicht juckte und krabbelte es, in der Nase, auf dem Kinn, auf den Augenlidern. Bald würde er den Mund öffnen müssen, um zu atmen. Er hielt es kaum noch aus und strampelte, aber unbarmherzig waren die Ameisenbisse und das Brennen des Gifts. Vor

Schreck öffnete er die Lippen, sog Luft ein und verschluckte sich an Unrat und Ameisen.

Mit seinem heftigen Husten löste sich auch der Druck, der ihn am Boden hielt. Endlich ließen Roland und Christian von ihm ab. Teo drehte sich zur Seite, setzte sich auf, spuckte, rieb sich eilig das Gesicht frei, die Augen und die Nase. Doch das Eiweiß klebte in seinen Haaren, das Getier wimmelte auf ihm. Schließlich stand er auf, machte ein paar Schritte weg vom Ameisennest, fuhr sich durch die Haare und schüttelte sich, klopfte die Hose und die Jacke ab.

Wo war der Brief abgeblieben?

Er schaute auf und wischte sich noch eine Ameise aus dem Auge. Christian hatte die Postbotenmütze aufgesetzt und Roland hielt das Schreiben in den Händen.

»Lass deine Pfoten davon!«, schrie Teo wütend.

Roland beachtete ihn nicht, sondern riss den Umschlag auf. Er zog das Papier heraus und überflog es. »Rhabarber, Hasenschiss und Rübenbrei.« Dann sprang er das kurze Stück bis zum Weg hinab, überquerte diesen bis zur Kante, wo der Felshang steiler abfiel, und ließ die Blätter in die Tiefe flattern. Entsetzt sah Teo, wie sein Auftrag als Postbote in eine Katastrophe stürzte. Nie wieder würde die Mutter ihm Briefe anvertrauen. Und was sollte er dem Doktor sagen?

»Jetzt weißt du, wie es ist, wenn man seine Post verliert«, rief Roland. »Komm, Christian! Wir sind fertig. Der Lurch wird sich schon merken, was passiert, wenn er Mist baut.«

Christian bewarf Teo noch im Gehen mit den restlichen Eiern, bis dessen Jacke vollkommen bespritzt war. »Nächstes Mal verfüttern wir dich im Ganzen an die Krabbler«, sagte er zum Abschied.

Eine Ameise kletterte über Teos Stirn. Er fasste sie zwischen Daumen und Zeigefinger. Als er sich das Insekt besah, dessen Artgenossen ihn gebissen hatten, fiel ihm der blaue Schimmer ihres Körpers auf. Blaue Ameisen hatte er noch nie gesehen.

Nachdem Roland und Christian abgezogen waren, holte Teo den Einkaufsbeutel, der noch immer unter dem Baumstamm lag, und wagte sich an den Abhang. Vom Regen war die Erde aufgeweicht und die Felsen glänzten wie Fischhaut. Das Briefpapier, hell leuchtend zwischen Erde, Holz und Stein, hatte sich über den Hang verstreut, aber Teo würde es einsammeln können, wenn er hinabstieg.

Behutsam setzte er einen Seitenschritt, unsicher und müde, der Boden gab nach und rutschte leicht, ein Erdklumpen rollte bergab. In seinen Beinen zitterte das Glas, aber er ließ sich nicht abhalten; auch nicht, als er ausglitt und sich in den Dreck setzte. Zu seinem Glück war ihm der Beutel auf den Schoß gefallen und heil geblieben.

Unter Ästen, auf Steinen, im Laub fand er schließlich die beschmutzten und feuchten Seiten des Briefs. Aber der Nummerierung nach fehlten einige Blätter, und auch der Umschlag war nirgends zu sehen.

In der Nähe, einige Schritte tiefer am Hang, waren mächtige Gesteinsbrocken ineinandergerutscht, stapelten sich zu einem Plateau. Ob es den Briefumschlag bis dorthin geweht hatte?

Teo rutschte und sprang tiefer, bis er auf einem Stein Halt fand. Er umrundete die Felsgruppe und schaute angestrengt in die Ritzen, unter die Steine, bis ihm in einem Spalt tatsächlich hellgelbes Papier ins Auge fiel. Die Öffnung war gerade breit genug, dass er sich hätte hineinzwängen können, aber ihn beschlich beim Blick ins Dunkel Beklemmung. Immer fraß sie an ihm bei Düsterkeit, Finsternis und Schwärze, womöglich ein Nachklang von seinem Kellersturz. Doch es half nichts, er musste an die fehlenden Seiten und den Umschlag kommen, um die Briefsendung vollständig zu überbringen und wenigstens einen Teil seiner Postbotenwürde zu retten. Das war seine Pflicht! Also setzte er den Beutel ab und überwand sich.

Er zwängte sich in den Spalt, seine Jacke scheuerte am kühlen Stein, die Gummistiefel raschelten in dem alten Laub, das muffig und sandig roch. Tausendfüßler verkrochen sich vor dem Eindringling und ein dünnes Licht hauchte von oben herein, ohne etwas sichtbar zu machen. Durch diese schmale Öffnung musste der Brief hier reingefallen sein. An einer Stelle, wo der wettergeschmirgelte Fels hervorstand, machte sich Teo ganz schlank. Die Enge drückte ihm aufs Herz, kellerdunkel, angstfinster, nichts zu sehen, nichts zu hören und allein mit dem Zittern in den gläsernen Beinen. Aber er musste die Atemnot überwinden und die Blindheit, weil er der Bote war. Beinahe war der Briefumschlag erreichbar, er musste sich nur noch etwas vorbeugen, leicht in die Knie gehen, den Arm strecken, die Finger langmachen. Jede Sehne seines Körpers bebte in der Dehnung. Schließlich strich der Zeigefinger über das glatte Papier, rutschte ab; ein weiterer Versuch, noch mal und noch mal. Endlich bewegte sich der Umschlag und mit ihm die fehlenden Seiten. Schweiß brannte in Teos Augen, tropfte ihm vom Kinn, schmierig die Handflächen, so klebrig auf den Fingerkuppen, dass der Brief haften blieb und Teo ihn heranziehen konnte. Ein erleichternder Griff noch, und er hatte das Schreiben an den Doktor vollständig eingesammelt.

Als er aus dem düsteren Spalt kroch, befreiten ihn Helligkeit und Licht von seiner Beklemmung. Die Wolken hatten ihren Regenzoll entrichtet und zogen nun leichter am Gebirge entlang. Sorgfältig sortierte Teo die Seiten, die verdreckt, feucht und zerknittert waren, strich sie glatt, so gut es eben ging, und steckte sie zurück in den Umschlag, den Roland derb aufgerissen hatte. Dabei fiel ihm die Briefmarke ins Auge. Eine derartige Marke hatte er noch nicht in seinem Sammelalbum. Eine seltsame Rechenmaschine war darauf abgebildet und er fragte sich, ob dieses elektronische Schaltkreisungetüm, mächtig wie sein Kleiderschrank, den Schülern irgendwann bei den Hausaufgaben helfen mochte.

Aus Sorge um den Brief bemerkte Teo erst in diesem Augenblick, dass Christian seine Postmütze mitgenommen hatte. Aber ohnehin war seine Karriere als Bote beendet, wenn er die Sendung in diesem Zustand zustellte.

Auf dem Weg zur Siedlung, in der die Großmutter lebte, nahe dem stillgelegten Steinbruch, überlegte sich Teo, wie er Doktor

Arnold erklären sollte, dass der Brief aufgerissen, zerfleddert und schmutzig geworden war. Auch wenn Roland an allem schuld war, so hatte Teo es doch nicht verhindern können.

Einen Weg aus aufgeschwemmter Erde ging es hinauf, zerteilt von einem Unkrautstreifen und gesäumt von Apfelbäumen, zu einer Lichtung am Waldrand, in der das Haus saß wie ein Nest in den Zweigen. Spitz und schwarz ragte das Giebeldach empor. Zwischen zwei Holzpfählen war eine Wäscheleine gespannt, ohne dass etwas daran hing, außer den Regentropfen, die ein Windhauch vorsichtig abzupfte. Das Postfahrrad leuchtete gelb an der Eingangstür, ebenso die Narzissen in den nebenstehenden Holzbottichen.

Je näher Teo kam, desto mehr wuchs das Unbehagen, sich gleich erklären zu müssen. Es würde ihm nichts anderes übrig bleiben, als die Verantwortung auf sich zu nehmen und sich zu entschuldigen. Natürlich stand es ihm erst recht nicht zu, den Doktor um die Briefmarke zu bitten. Aber vielleicht könnte er an die Marke kommen, indem er ihm anbot, den unansehnlichen Umschlag zu entsorgen.

Von Weitem sah Teo die Großmutter mit der leeren Futterschüssel von den Ställen der Hasen und Hühner kommen. Als sie ihn bemerkte, kippte ihr Lächeln. Erschrocken starrte sie ihn an. Er musste wohl furchtbar aussehen, durchnässt und schmutzig.

Sie kam ihm entgegen und nahm ihm den Beutel ab.

»An dir klebt der halbe Wald, Junge! Was ist passiert?«

»Regen und bisschen Ärger.«

Sie wies ihn an, seine Gummistiefel auszuziehen und auf den Stufen zur Haustür abzustellen. Aus den Profilrillen quollen Erde und Schlamm, verkrustet waren Kappe und Ferse. Teo stellte sich barfuß auf die Fußmatte, die mit einem Putzlappen umwickelt war. Noch vor dem Haus musste er außerdem die verdreckte Jacke und seine Hose ausziehen. Den Briefumschlag behielt er, als die Großmutter ihm die Schüssel in die Hand drückte und seine Kleidung mit spitzen Fingern nahm.

»Das kommt gleich in die Wäsche. Setz dich in die Küche und

warte, bis ich dir was zum Anziehen bringe! Kakao ist auf dem Herd.«

Der Herdofen flackerte in der düsteren Küche, durch deren kleine Fenster sich das Licht von draußen kaum zwängen konnte. Konrad saß am Tisch auf der hölzernen Eckbank, vor sich eine dampfende Tasse. Teo tapste über den Fliesenboden. Es roch nach Schokolade und gezuckerter Milch.

»Hast du dich verlaufen?«, fragte sein Bruder. »Ich bin schon bei meinem zweiten Kakao.«

Teo legte den Briefumschlag auf den Tisch und bemerkte Konrads fragenden Blick. Erschöpft ließ er sich auf dem gedrechselten Küchenstuhl nieder, um zu erzählen, was geschehen war. Den ganzen Bericht lang zeigte Konrad keine Regung, bis Teo mit den Worten schloss: »Du hättest nicht fahren, mich nicht zurücklassen dürfen!«

Konrad wandte den Kopf ab und starrte in Richtung Ofen, in dem die Glut knackte.

»Brüder halten doch zusammen!«

Sein Bruder tat gelangweilt, kratzte sich im Nacken und atmete langsam aus.

»Ich kann doch nicht mal weglaufen mit meinen Beinen.«

Damit schien er einen wunden Punkt getroffen zu haben, womöglich das verschüttete Bewusstsein von Schuld. Sein Bruder verzog den Mund, als hätte er auf ein Pfefferkorn gebissen. »Schlag doch zurück, wenn sie dich ärgern!«

»Das stachelt sie nur weiter an.«

»Ach, Unsinn! Du hast nur Arme wie Lauchstangen. Hilf Papa doch mal beim Holzhacken!«

Teo rieb die nackten Füße aneinander und schaute auf den zerfledderten Briefumschlag. »Ich bin wirklich ein mieser Postbote«, sagte er schließlich.

»Wo ist denn deine Mütze?«

»Die haben sie mitgenommen.«

Ein Funken Mitleid sprang durch Konrads Augen.

Gleich darauf kam die Großmutter durch die Tür. Über ihrem Arm lagen eine ausgewaschene Cordhose, ein Wollpullover und ein paar karierte Socken. »Die lagen in Opas Truhe. Ich bin noch nicht zum Ausräumen gekommen.«

Eine Ausrede. Teo wusste, dass sie sich nie von Großvaters Sachen trennen würde.

Es kam ihm unheimlich vor, die viel zu große Kleidung des Verstorbenen zu tragen, seines Opas, des früheren Bürgermeisters von Moorstedt. Doch schon während sich Teo anzog, wärmten ihn die trockenen Kleider, und die Großmutter nahm einen feuchten Lappen und wischte ihm das Gesicht ab.

»Damit kühlst du dir die Pusteln.«

»Das waren die Ameisen.«

»Du steckst deine Nase auch überall rein.«

Dann griff sie sich den Brief vom Tisch. »Na, der sieht ja aus!«

»Ich erklär es dem Doktor«, sagte Teo. »Ich bin der Bote.«

Indem er die Verantwortung übernahm, kam er den Vorwürfen der Großmutter zuvor, die bereits mahnend den Mund geöffnet hatte. Aber den Zeigefinger hob sie trotzdem.

»Ist er Arzt?«, fragte Teo.

»Ein Wissenschaftler aus der Hauptstadt«, antwortete die Großmutter. »Aber er kommt mir nicht wie ein Feriengast vor. Den ganzen Tag hockt er in seinem Zimmer und schreibt. Nur manchmal geht er mit einem Klemmbrett in den Wald. Ich glaube nicht, dass der seinen Urlaub hier verbringt.«

Was mochte jemanden aus der Hauptstadt aber sonst in diese abgelegene Gegend treiben?

Mit Magendrücken stieg Teo die knarzige Treppe ins Dachgeschoss hinauf. Die weite Hose rutschte und er musste sie bei jedem Schritt am Bund festhalten. Er hatte sich vorgenommen, die ganze Wahrheit offenzulegen und einzugestehen, dass er seinem Bruder den Brief hätte mitgeben sollen. Zugleich hoffte er auf die Einsicht des Doktors, dass es nicht seine Schuld war.

Dunkelheit lag in der engen Stiege, über das Dach zischte der

Wind und die Balken knurrten. Vor der Tür aus roher Kiefer verharrte Teo und lauschte. Tatsächlich hörte er ein Klicken und Klacken, als hieben geübte Finger auf eine Schreibmaschine ein. Die Astlöcher in der Tür starrten ihn an, zweifelnde Holzaugen, fragende Blicke aus der Maserung. Ihm war flau zumute. Hatte er sich gut überlegt, was er sagen wollte?

Teo hob die Hand, um anzuklopfen, streifte den überlangen Ärmel zurück, bemerkte sein Zittern, atmete ein, bevor er sich ein Herz fasste und die Knöchel zweimal gegen das Holz schlug.

Das Tastenklacken erstarb: Stille.

Teo wartete, aber keine Stimme erhob sich. Stattdessen begannen die Tasten wieder zu klappern.

Also klopfte Teo abermals und mit trockener Stimme rief er: »Doktor Arnold? Ich habe einen Brief für Sie.«

Der Lärm der Schreibmaschine setzte sich noch kurz fort, als wollte der Doktor einen Gedanken zu Ende bringen. Dann endlich brummte eine Stimme: »Herrrein!« Das Wort klang wie das Starten eines Mopeds.

Teo legte die Hand auf die geschwungene Eisenklinke und drückte sie nieder, dass der Schnapper quietschte. Dann schob er die Tür auf. Die Angeln ächzten.

An dem antiken Sekretär neben dem Fenster saß ein junger stämmiger Mann, der sich Teo zugewandte hatte, ein Arm lag auf der Stuhllehne, die andere Hand auf der Tischkante. Unzweifelhaft stammte er nicht aus dieser rauen Provinz: Exakt, beinahe mathematisch war das kupferblonde Haar zu einem Scheitel gekämmt, als kenne es den hiesigen Wind nicht. Staubgrau erschien das Gesicht, als hätte es kaum einmal Sonne gesehen, nur Archive, Labore und Hörsäle. Die Beine schlug der Doktor in der Drehung übereinander, sodass die Hose knitterte und ihre Fasern metallisch glänzten. Selbst in der Trübnis, die durch das Fenster fiel, blitzten die Schnallen seiner neongelben Hosenträger wie poliertes Messing. Dazu trug Doktor Arnold ein betongraues Hemd, zwischen dessen Kragenspitzen eine Fliege aus silbrig durchsichtigem Stoff saß wie ein gläserner Schmetterling.

»Entschuldige, ich dachte, ich hätte mich verhört. Dieses alte Haus knirscht, knarrt und poltert immerzu«, sagte der Mann. Mit dem neugierigen Blick seiner hellgrünen Augen empfing er Teo, der sich Wissenschaftler immer älter und auch nicht so vornehm angezogen vorgestellt hatte. Er war überrascht. In Moorstedt hatte er noch niemanden gesehen, der einen solchen Kleidungsstil pflegte.

»Ich habe einen Brief für Sie«, sagte Teo mit einer Stimme, die vor Nervosität in kindliche Höhen flatterte. Peinlich berührt hielt er den Umschlag hinter seinem Rücken.

»Nun denn!«, sagte Doktor Arnold, ohne den Willen zu zeigen, sich zu erheben. Stattdessen lächelte er, womöglich amüsiert über Teos Erscheinung in der langen Hose und dem weiten Pullover.

»Es ist nur«, fuhr Teo fort, »dass der Brief nicht so aussieht, wie er aussehen sollte.«

Der Körper des Doktors spannte sich. »Ich bin nicht in Rätsellaune.«

»Ich wollte darauf aufpassen, hab's aber nicht geschafft.«

Teo ging vorsichtig auf Doktor Arnold zu und holte den Brief hinter seinem Rücken hervor. Seine Wangen waren heiß vor Scham.

Doktor Arnold erhob sich, bog sein Kreuz durch und streckte ihm fordern die Hand entgegen. »Gib schon her!«

»Es tut mir leid. Wirklich. Entschuldigung!«

Teo reichte ihm den zerfledderten Briefumschlag. Den Kopf hatte er zwischen die Schultern gezogen.

Es war Doktor Arnold anzusehen, dass er sich um Beherrschung bemühen musste, als er die Post entgegennahm.

»Der Umschlag ist offen!«, sagte er erbost. Vor Ärger wurde seine Aussprache kantig. Mit spitzen Fingern zog er den Brief heraus. »Und die Seiten sehen aus wie benutztes Toilettenpapier! Wer hat einem Kind überhaupt meine Unterlagen ausgehändigt?«

»Meine Mutter arbeitet bei der Post.«

»Das ist eine Zumutung!«, knurrte Doktor Arnold. Seine Augenbrauen pressten eine Zornesfalte über der Nase zusammen. Ihn packte die Rage. »Wie kann man nur so fahrlässig mit anderer Leute Korrespondenz umgehen? Das ist unerhört!«

Teo schwieg und war darauf gefasst, dass die Wut über ihn hinwegstürmte. Er glaubte, die Vorwürfe still ertragen zu können, aber das Versagen bei einer Aufgabe, die ihm so wichtig war, traf ihn unerwartet heftig. Er wollte standhaft bleiben und hielt die Luft an, aber schließlich weinte er doch. Das Schluchzen warf ihn auf, dass die Hose beinahe erneut gerutscht wäre, hätte er nicht schnell den Bund festgehalten.

»Na, na!« Doktor Arnold senkte die Stimme. Behutsam legte er den Brief auf die Schreibplatte des Sekretärs. »Ich will kein Unmensch sein. Offenkundig hast du das nicht gewollt. Erzähl mir, was passiert ist.«

Teo wischte sich mit dem Handrücken über die Augen. Endlich durfte er sich verteidigen. Und während er berichtete, was vorgefallen war, beruhigte er sich allmählich.

Nachdem Teo seine Erzählung beendet hatte, schaute Doktor Arnold nachdenklich drein. Es war ihm nicht anzusehen, ob er dem Bericht glaubte oder ihn für eine Ausrede hielt. Wortlos wandte er sich dem Sekretär zu und nahm den Briefumschlag zur Hand, entnahm ihm die Seiten, um sie eilig zu überfliegen.

»Glücklicherweise kamen keine bedeutsamen Dokumente zu Schaden«, stellte er schließlich fest. »Nur ein Kollegenbericht über fehlgeschlagene Forschungen. Aber ein Durchbruch ist in Sicht.«

Teo wagte nicht zu fragen, um welche Forschungen es sich handelte, aber offenbar schaute er wissbegierig genug, dass der Doktor hinzufügte: »Ich studiere, wie sich Tierschwärme verständigen. Bienen, Vögel, Fische. Deshalb bin ich hier. Wir wollen neue Nachrichtenwege finden, damit so etwas«, er schlug mit dem Handrücken auf die Seiten, »nicht mehr passiert.«

Er legte den Umschlag wieder auf den Sekretär und rieb sich den Nacken.

»Trotzdem kann ich die Sache nicht einfach auf sich beruhen lassen. Ich werde deine Mutter unterrichten müssen. Aber immerhin stehst du für den Schaden gerade.«

Demütig nickte Teo. Das hatte er befürchtet. Auf die Briefmarke wagte er gar nicht mehr zu hoffen.

Doch auf einmal schaute Doktor Arnold ihn überrascht an. Gleich darauf kniff er die Lider angestrengt zusammen. »Augenblick!« Behutsam kam er einen Schritt näher und streckte seine Hand aus. »Du hast da was.«

Teo zuckte zurück.

»Jetzt halt still!« Doktor Arnold fasste ihm mit Daumen und Zeigefinger in die Haare und besah sich genauer, was er gefunden hatte. »Was haben wir denn hier?«

Zunächst erkannte Teo nicht, was der andere meinte, bis er den bläulichen Funken erkannte.

»Cobaltameise heißt sie.«

»Ein beißendes Ungeheuer ist das!«

Der Doktor lachte laut. »Muss ziemlich jucken um die Nase, Herr Postbote.«

Bei dem Gedanken, dass sich noch mehr Ameisen in seinem Haarschopf versteckt haben könnten, musste Teo sich plötzlich kratzen.

»Ameisen setzen ihre Wegmarken durch Düfte. Wusstest du das? Und die Straßen der Cobaltameise überstehen selbst die schlechteste Witterung. So findet sie immer den kürzesten Weg zum Futter. Wir nennen das *Ameisenalgorithmus*. Nur wegen dieses blauen *beißenden Ungeheuers* bin ich hier.«

»Ist sie selten? Ich habe solche Ameisen noch nie gesehen.«

»Manchmal muss man mit der Nase drauf gestoßen werden«, sagte Doktor Arnold und lachte über seinen Scherz. Teo fand ihn nicht lustig, er dachte an das Gewimmel in seinem Gesicht.

»Gut. Ich glaube, wir können uns einigen. Ich werde niemandem erzählen, wie meine Post in deiner Obhut zugerichtet wurde. Auch nicht deiner Mutter.«

»Und was muss ich dafür tun?«

»Du zeigst mir die Stelle, wo die Ameisen ihr Nest gebaut haben.«

Teo musste nicht erst nachdenken, um in dieses Angebot einzuwilligen.

»Ja, natürlich! Alles, was Sie wollen!«

Mit dieser Wendung schien seine Botenehre gerettet.

Euphorisch ließ er sich noch zu einer Bitte hinreißen. »Brauchen Sie den Umschlag?«

»Was willst du damit?«

»Ich sammle Briefmarken.«

»Ah, ein Philatelist!«

»Ein was?«

»So nennt man Briefmarkensammler. Nun gut.« Er zwinkerte Teo zu. »Lass die Beweise deines Pechs verschwinden.«

Glücklich nahm Teo den Umschlag entgegen. Dabei ließ er unachtsam die Hose los, sodass sie ihm fast von den schmalen Hüften gerutscht wäre. »Danke vielmals! Die kommt gleich ins Album.«

»Du wirst schon noch hineinwachsen«, sagte Doktor Arnold mit versonnenem Blick auf Teos weite Kleidung. »Du wirst in vieles hineinwachsen, was du noch nicht für möglich hältst ...«

Als Teo in die Küche zurückkehrte, wo die Großmutter seine Kleider zum Trocknen über eine Stuhllehne gelegt und vor den Ofen gestellt hatte, war sein Bruder verschwunden.

»Es ist noch eine Tasse Kakao übrig«, sagte sie.

»Ist Konrad nach Hause gefahren?«

»Er sagte, er hätte irgendwo etwas vergessen.«

Die Großmutter ging an den Herd und nahm den dampfenden Topf herunter.

»Das ist das zweite Mal heute, dass er sich aus dem Staub macht.«

Doch für Enttäuschung blieb keine Zeit. Dumpfe Schritte stapften die Treppe vom Obergeschoss herunter. Doktor Arnold kam in die Küche. Er hatte sich einen schwarzen Staubmantel aus gewachster Baumwolle übergeworfen. Unter dem Arm hielt er das Klemmbrett.

»Wir können aufbrechen«, sagte er zu Teo.

Am frühen Abend, schob Teo auf dem Heimweg das Postfahrrad seiner Mutter durch das müde Moorstedt. Ein paarmal hatte er versucht, mit dem Ding zu fahren, doch Konrad hatte recht: Es war zu groß und zu schwer. Beinahe wäre er gestürzt und hatte es schließlich aufgegeben. Doktor Arnold hatte ihn noch durch den Wald bis zum Stadtrand begleitet, weil Konrad nicht wieder aufgetaucht war. Sein Bruder konnte ihm gestohlen bleiben. Er hatte ihn verraten und allein gelassen. Zweimal an einem Tag! Nie wieder, so nahm sich Teo vor, würde er irgendwo auf Konrad warten.

Teo kam an der geschlossenen Schule vorüber, die eingesponnen war von befremdlicher Ruhe. Auf der Schulhofsmauer, an der Kante des Bruchs, saß die Katze und putzte sich. Die Straße war leer, aber hinter dem Haus mit dem abgebrannten Dachstuhl schallten Schritte aus einer Gasse. Teo ging weiter, die vordere Felge des Fahrrades schliff rhythmisch an den Bremsklötzen, und er hielt den Blick auf die Häuserecke gerichtet. Schließlich konnte er die Gasse tiefer einsehen und erkannte seinen Bruder, der auf ihn zukam. Überrascht blieb Teo stehen und wartete.

Auf Konrads Gesicht lag rötlich eine abklingende Aufregung. Die Hände steckten in den Taschen seiner Regenjacke. »Kommst du erst jetzt zurück?«, fragte er.

»Ich war mit Doktor Arnold im Wald. Wir haben blaue Ameisen gefangen. Er hat sie in einem Glas mitgenommen.«

»Man geht nicht mit fremden Leuten mit«, mahnte Konrad.

»Du hättest ja auf mich aufpassen können, wenn du nicht abgehauen wärst!«

Statt zu antworten, zog Konrad aus der Jackentasche eine Mütze. Erstaunt sagte Teo: »Das ist meine Postmütze!«

»Ich hatte vergessen, was man als großer Bruder tun sollte.« Konrad kam einen Schritt näher, setzte Teo die Mütze auf und richtete sie behutsam. »Ich habe mir Roland und Christian vorgeknöpft. Ich glaube, die treten dir nicht noch mal auf die Füße.«

Vor Erleichterung wusste Teo nichts zu sagen. Die Mütze gab ihm nicht nur seine Botenrolle zurück, sondern auch den Beweis, dass sein Bruder für ihn da war.

Konrad hielt das Fahrrad fest. »Rauf mit dir! Ich schiebe dich!«

Dankbar, dass er seine Beine ausruhen durfte, kletterte Teo auf den Gepäckträger, wo die beiden Seitentaschen befestigt waren, und hielt sich am Sattel fest. Konrad legte die Hände auf den Lenker und schob das Rad schwungvoll voran. Auf der Mauer tänzelte die Katze und sprang mit einem weiten Satz über die Bruchstelle.

»Ich helfe dir, wenn du nicht weiterkannst«, versprach Konrad. »Und ich lasse dich nicht mehr zurück! Ehrenwort!«

## IV.

Wer schlecht zu Fuß war, musste sich in der Provinz etwas einfallen lassen. Noch bevor Teo seinen Führerschein gemacht hatte, schraubte er an Mopeds herum.

Gerade hatte er in der Werkstatt einen neuen fünfeckigen Rückspiegel gekauft und polierte ihn noch im Gehen. Das Glas fing den müden Himmel über ihm ein, die Straße nach Hause, voll mit Dämmerung. Teo freute sich auf den Fahrzeugschuppen, auf Maulschlüssel und Schraubendreher in seinen Händen. Den alten Spiegel hatte er verloren, als er sich am Sechsdreißiger-Bus vorbeischlängeln wollte. Schade, dass es kein originales Ersatzteil mehr gab für sein altes Moped.

Er öffnete die Haustür, strich sich die Schuhe auf dem Abtreter ab, da hörte er in der Küche ein Scheppern. Das »Haus der fallenden Dinge«?

Nein, jemand knallte Pfannen und Töpfe. Nur die Mutter traute sich, Metall so schmerzhaft aneinanderzuschlagen. Der Vater ging viel stiller zu Werke. Vermutlich hatte die Mutter schlechte Laune. Im Postamt lief es gerade zäh, kaum Briefe und Pakete in den letzten Wochen. Langeweile machte sie ärgerlich. Am besten, er kehrte um und zog sich gleich in den Schuppen zurück. Aber die Mutter hatte ihn schon gehört.

»Freundchen, komm mal her!«

So nannte sie ihn immer dann, wenn er keineswegs ihr Freund war. Vorsichtig näherte sich Teo der Küchentür und steckte seinen Kopf durch den Spalt. »Warum machst du meinen Abwasch?«, fragte er und bereute seine kleine Frechheit sofort.

»Du bist eine Stunde eher aus dem Postamt raus! Wo bist du gewesen?«

Sie ließ einen Topf in die Spüle knallen, dass es Teo in den Ohren dröhnte. Ihre strenge Arbeitsfrisur hatte sie gelöst. Die schwarzen Haare fielen ihr in die Stirn, als sie sich über das Becken beugte.

»Hab mich in der Werkstatt verquatscht.«

»Entweder du erledigst deine Aufgaben im Haus oder du suchst dir eine eigene Wohnung, so wie dein Bruder! Halb Moorstedt steht leer, da wird sich doch was finden lassen.«

Alleine irgendwo wohnen? Der Gedanke behagte ihm kein bisschen. Konrad war nur aus Bequemlichkeit ausgezogen, damit sein Weg zur Arbeit auf dem Milchviehhof nicht so weit war und er am Morgen länger schlafen konnte. Trotz der Bitten des Vaters hatte er sich gegen die Forstwirtschaft entschieden. Und auch sonst fand er mehr Gefallen an Alleingängen, was in Moorstedt manchmal auf Befremden stieß. Teo jedoch arbeitete im Postamt wie die Mutter. Der Weg dauerte gerade so lange, wie einen Apfel zu essen.

»Und das halbe Haus steht auch leer. Wäre doch Unsinn, irgendwo Miete zu zahlen, wenn hier so viel Platz ist«, wandte er ein.

»Du *willst* nur nicht auf eigenen Beinen stehen, Freundchen!«

»Auf meinen Beinen steht es sich auch wirklich schlecht.«

»Und als ich nach Hause gekommen bin, brannten alle Lampen. Tausendmal hab ich dir gesagt: Mach das Licht aus, wenn du einen Raum verlässt – und erst recht, wenn du aus dem Haus gehst!«

Auf den Vater konnte Teo das Versäumnis dieses Mal nicht schieben. Der Revierförster trieb sich derzeit den ganzen Tag mit dem Jagdhund im Wald herum. »Es ist morgens noch so dunkel. Ich fühle mich nicht wohl ohne Licht.«

»Das rettet dich jetzt nicht.« Sie hielt ihm den Spüllappen hin. »Komm schon, Freundchen!«

Am Freitag hatte Teo Schalterdienst, während seine Mutter als Amtsvorsteherin im Büro arbeitete und die zwei Zusteller in der Stadt die Post verteilten.

Die Briefsendungen innerhalb Moorstedts schwirrten zahlreich hin und her, seltener aber traf Post von außerhalb ein. Auch der Mutter war aufgefallen, dass die Taschen des alten Kurierfahrers leichter wurden. Zunächst verdächtigte sie seine Unzuverlässigkeit oder seinen Hang zur Flasche, aber allmählich zeigte sich, dass er allein nicht schuld sein konnte. Irgendwann im Frühsommer war das Auto nur noch aller zwei Tage beim Postamt vorgefahren. Das genüge, hatte der Fahrer gemeint. Seit Wochenanfang kam er gar nicht mehr. Teo versuchte, das Hauptpostamt anzurufen, aber er scheiterte am Tuten einer besetzten Leitung. Die Telegramme, die seine Mutter schickte, blieben unbeantwortet.

Teo hatte sich gerade einen Mittagskaffee gekocht, als die Schwingtür aufgestoßen wurde und Roland hereinstampfte, der inzwischen die Schmiede seines Vaters übernommen hatte und von Jahr zu Jahr dicker wurde. Schon früh waren ihm die Haare ausgegangen und er verdeckte seine Glatze mit einer grünen Bergmütze, die er als Zeitsoldat bei der Armee bekommen hatte. In der Hand hielt er einen Stapel Briefe. Er trat an den Schalter und legte sie in die Schiebemulde.

»Morgen müssen die ankommen!«, befahl er und gab der Mulde einen Stoß. Gelangweilt rieb er sich den Schnauzbart, schwarz wie Wildschweinfell, gebogen wie Hauer.

Teo entnahm die Briefe. Offenbar verschickte Roland wieder Beschwerden. Er war dafür bekannt, der Verwaltung Willkür und Untätigkeit vorzuwerfen, seine Nachbarn zu Recht und Ordnung zu ermahnen und sich in Leserbriefen im *»Moorstedter Tagblatt«* aufzuregen. Wenn seine Pamphlete abgedruckt wurden, wedelte er mit der Zeitung im Gasthof »Zum Ahorn« herum und brüstete sich damit, die Stadt zu verbessern, während alle anderen die Heimat durch Faulheit verkommen ließen.

Teo wog die Briefe und kontrollierte, dass sie ausreichend frankiert waren.

»Eigentlich ist das 'ne Frechheit«, polterte Roland. »Wenn andere Fehler machen und ich sie darauf hinweise, muss *ich* noch dafür bezahlen! Die sollten sich eher bei mir bedanken.«

Als Teo nicht antwortete, fügte er an: »Gib mir gleich zehn neue Briefmarken!«

»Ich kann dir nur fünf geben. Der Kurier hat beim letzten Mal zu wenige mitgebracht, und seit einer Woche hat er sich gar nicht mehr blicken lassen.«

»Mit fünf Marken komm ich nicht aus!«

»Ende nächster Woche haben wir hoffentlich Nachschub.«

»Was für 'n Postamt seid ihr eigentlich?«

Teo schob dem Hufschmied die fünf Briefmarken durch die Mulde.

»Ihr werdet auch noch von mir hören!«

Wütend stopfte Roland die Briefmarken in die Brusttasche seines karierten Kurzarmhemdes. Dann klatschte er ein paar Münzen auf den Schalter neben die Mulde, sodass Teo nach vorn kommen musste, um sie einzusammeln, während Roland schimpfend die Schalterhalle verließ.

Sorgenvoll trat die Mutter aus dem Büro. »Ich habe die umliegenden Ämter und Poststellen noch mal angerufen. Sie haben auch nichts gehört. Und im Hauptpostamt in Sybaris 6 nimmt niemand den Hörer ab.«

»Uns gehen die Briefmarken aus«, sagte Teo. »Und die Briefsäcke stapeln sich, weil niemand sie abholt.«

Sie nahm ihre Brille ab und kaute auf dem Bügel. Mit der anderen Hand spielte sie an den blauen Perlen ihrer Halskette.

»Ist dein Moped fahrtüchtig?«

»Selbstverständlich.«

»Dann zieh dich an und fahr zum Verteilzentrum. Wir müssen wissen, was dort nicht stimmt!«

»Ich wollte aber mit Konrad in den ›Alten Ahorn‹.«

»Da könnt ihr hingehen, wenn du zurück bist. Oder nimm deinen Bruder einfach mit.«

»Soll ich nicht lieber bis zum Feierabend warten?«

»Nein, fahr jetzt! Die Tankrechnung zahlt die Post.«

Sie setzte die Brille wieder auf und kehrte zurück in ihr Büro. Je länger es nichts zu tun gab, desto ungehaltener und gereizter wurde sie. Die anderen Kollegen gingen ihr schon aus dem Weg.

Wenn Teo etwas tun konnte, damit im Amt wieder bessere Stimmung herrschte, sollte er tatsächlich aufbrechen. Das Knallen der Tür war der Schlusspunkt hinter dem Gespräch.

## V.

Wo die Sümpfe zwischen den fünf Flüssen begannen, nahe einer kleinen Siedlung südlich von Moorstedt, befand sich das Verteilzentrum der Post. Der Weg war weit und die Strecke hätte Teo nicht alleine fahren wollen, aber er konnte darauf setzen, dass sein Bruder ihn begleitete. Konrad hielt das Versprechen, das er gegeben hatte, als er ihm die Botenmütze rettete.

Teo war unangenehm zumute in den Mooren, unter den elfenbeinfarbenen Wolken mit grünlichen Bäuchen. Die Sonne hielt sich zurück, als wollte sich der Tag nicht die Finger schmutzig machen an diesem Landstrich, der nach verdorbenen Eiern roch. Die Abgase von Konrads Moped wirbelten Teo um die Nase. Vor dieser Gegend schauderte es ihm immer. Er erinnerte sich an die Geschichten, die man ihm als Kind von den Moorleichen erzählte: Kinder, junge Frauen, versunken, erstickt, eingeschlossen, als sie vom Weg abkamen. Selbst nach hundert Jahren, sagte man, würden sie aussehen wie im Augenblick ihres Todes. Er verstand die Warnungen und blieb lieber im sicheren Städtchen.

Kein Mensch war in diesem Dorf zu sehen, weder auf den Bänken vor den Häusern noch in den Gemüsegärten dahinter, nicht hinter den Spitzengardinen oder bei den Garagen und Einfahrten. Dass man das Leben in den Ortschaften erst aufwecken musste, war Teo bekannt. Nur schien ihm hier alles vergebens; ein Gefühl, das ihm neu war. Wo waren die alle?

Die Straße, bröckelnd an den Rändern, führte in eine Senke hinter dem Dorf, wo die weißen Lagerhäuser des Verteilzentrums hockten. Der Gestank der sumpfigen Faulgase hing in diesem Kessel, darüber kämpften sich Krähen durch die Luft. Von Weitem wirkte das Zentrum wie eingefroren.

Die Fahrt endete an einem Gitterzaun; das Tor war mit einer Kette und einem schweren Schloss gesichert. Teo und Konrad stellten die Motoren aus und stiegen ab. Die Helme ließen sie auf, während sie den Zaun entlanggingen. Mit den Händen strichen sie über die Stäbe, dass ein dunkler Klang ertönte, drückten ihre Gesichter dazwischen, um auf den menschenleeren Verladehof zu blicken. Niemand zu sehen, niemand zu hören. Wo waren all die Lastwagen und Transporter, die von hier aus in die Provinz ausschwärmen sollten?

»Hier sieht es so verlassen aus wie bei uns«, sagte Teo. »Aber schlauer sind wir jetzt nicht.«

Sie verließen die Straße, um das Gelände am Zaun entlang zu umrunden, stiegen durch hohes bräunliches Gras. In der Ferne flutete Nebel die Senke, von den Tümpeln her, vom Moor. Was flackerte dort? Das bläuliche Zucken! Ein Irrlicht? Vielleicht. Unter den Sohlen quietschte der schmierige Grund.

»Hörst du das?«, fragte Konrad.

»Was denn?«

»Still!« Er hob die Hand.

Teo nahm seinen Helm ab und fing ein Wimmern auf, fast erstickt vom Dunst. »Dort hinten!«

Sie schlugen die neue Richtung ein, blieben nur kurz stehen, um zu lauschen, woher das Geräusch kam. Neue Peilung: links. Allmählich verdichtete sich der Nebel. Sie mussten aufpassen, einander nicht zu verlieren.

Endlich glaubte Teo, etwas zu erkennen, eine Gestalt, die aufschwamm in der Trübheit. Sie kniete im hohen Gras, schwankte vor und zurück.

»He! Können wir Ihnen helfen?«

Ein Schluchzen antwortete.

Je weiter sie sich näherten, desto bekannter kam Teo die Person vor. Und als er die Postuniform erkannte, war er sich sicher: Dort hockte der Kurierfahrer, auf den sie seit Tagen warteten und der Teo einst die Botenmütze geschenkt hatte. Anscheinend war er im Matsch ausgerutscht und hingefallen. Die Kleidung war mit schwarzem Dreck verkleistert, von den Säumen der Hosenbeine bis zum Kragen. Sein Körper bebte vor Kummer, als Teo sich neben ihn kniete. »Was ist passiert?«

Der Kurierfahrer hob den Blick, rot geheult leuchteten seine Augen, ein Ausdruck dem Wahnsinn nahe, aschblass die Haut. Hätte Teo ihn nicht gekannt, er wäre vor Abscheu zurückgewichen. »Sie haben es dichtgemacht, das Zentrum. Einfach dichtgemacht.« Ein Seufzen rasselte durch seine Lunge, als er einatmete. Er stank übel nach Kornbrand.

»Dicht? Was heißt das? Wer bringt denn jetzt die Briefe in die Provinz?«

»Die brauchen uns nicht mehr. Alle aus dem Dorf, die im Zentrum angestellt waren, haben 'nen blauen Brief bekommen. Und nun sind die meisten fort!«

»Wie kann man keine Post mehr brauchen?«

Allein der Gedanke erschütterte Teo. Ohne Post war die Welt doch stumm. Und was war er, der Bote, ohne die Post? In diesem Beruf fühlte er sich mit allen Menschen Moorstedts verbunden. Er genoss es, wenn sie auf ihn warteten, und freute sich, wenn er ihnen einen ersehnten Umschlag in den Briefkasten werfen oder persönlich überreichen konnte. Dann las er in den Gesichtern die Gefühle, die der Brief weckte, die Zuneigung, Freundschaft oder Liebe, Gleichgültigkeit oder Abneigung. Er musste die Zeilen gar nicht lesen. Er wusste genau, wer einander oft oder spärlich schrieb, erkannte Geburtstage, Hochzeiten, Trauerfälle. Er war Teil des Lebens aller Einwohner. Ihm blieb nichts verborgen in Moorstedt. Zwar brauchte er länger bei der Zustellung der Post, weil ihm das Laufen schwerfiel, weil das Treten der Fahrradpedale ihn anstrengte, aber nicht einen Augenblick fühlte er sich dabei allein.

In diesem Moment hörten sie ein Knattern, ein Flattern über ihren Köpfen. Der Nebel verwirbelte, drehte, rollte sich, Schwaden schleierten. Sofort zogen sie ihre Köpfe ein, ohne zu wissen, was dort über dem Dunst kreiste.

Der Lärm schwoll an, ein gelb lackiertes Gerät senkte sich aus dem Himmel, hangelte sich herab mit vier gespreizten Armen. Rotorfinger kratzten durch die Luft. Es setzte sich nieder auf einen morschen Baumstumpf. Die Maschine keuchte, als wäre sie außer Atem.

Ihre Antriebe waren noch nicht zur Ruhe gekommen, da sprang der Kurierfahrer auf. »Diese Blechkübel ersetzen uns!«, schrie er. Er stürzte darauf zu, packte sich torkelnd einen alten Birkenast, schwang diesen über dem Kopf.

Die Rotoren schwirrten schneller, das Fluggerät wollte fliehen. Seine Kamera starrte wie ein ängstlich aufgerissenes Auge. Als es gerade einen Fußbreit schwebte, drosch der Kurierfahrer darauf ein. Das Objektiv zersplitterte, die Maschine taumelte, kippte und stürzte zu Boden. Noch einen Schlag ließ er folgen. Das Krachen, Knirschen und Klirren fuhr Teo ins Mark. Erschrocken schaute er zu seinem Bruder, der ebenso überrumpelt aussah. Niemals hätten sie diesem Mann, der ihnen gerade noch sein Leid geklagt hatte, solche Raserei zugetraut. In Tobsucht ließ er Hieb um Hieb niedergehen, bis die Schale der Maschine aufplatzte. Die metallischen Organe sprangen hervor, Öl blutete heraus, Kühlmittel spritzte. Teo sah zum ersten Mal ein solches Vehikel, aber ihn faszinierte sofort der mechanische Aufbau, der viel komplexer war als der seines Mopeds. Er hätte große Lust gehabt, das Gerät wieder zusammenzubauen, wenn der Kurier damit fertig wäre. Doch plötzlich sprühten Funken, Feuer stach daraus empor. Viel blieb nicht übrig, als der Mann den Birkenast erschöpft ins Sumpfgras fallen ließ. Dann fiel auch er und seine Knie bohrten sich in den schlammigen Grund.

Noch immer starrte Konrad fassungslos auf das Trümmerfeld. Indes berührte Teo den Kurierfahrer behutsam an der Schulter. »Alles in Ordnung?«

Der Mann blickte zornig auf. »Das war eine Lieferdrohne! Die bringen ab jetzt die Pakete in die Provinz!«

»Braucht man deshalb keine Postboten mehr?«, fragte Teo.

»Oh, es ist noch viel, viel schlimmer!« Mühsam stand er auf, stützte sich mit den Händen ab. Dabei lachte er gezwungen. »Das Mistding hat's genauso erwischt wie uns. Hat nicht gewusst, wohin mit sich, weil das Zentrum dichtgemacht wurde. Recht so!«

Als er endlich stand, rieb er sich die Stirn. Er schwankte, wirkte schwach, als hätte er sich zuvor gänzlich verausgabt, dann ging er seitlich, immer schneller zum Sumpf hin. »Fort! Ich muss fort!«, rief er.

Die Brüder ließen ihn ziehen, erschüttert von der Begegnung, aber auch erleichtert, diesen Irren loszuwerden. Während Teo die Gestalt in den Nebel wanken sah, dachte er an die Moorleichen, die dort noch liegen mochten. Selbst nach hundert Jahren, sagte man, sähen sie aus wie im Augenblick ihres Todes.

Konrad und Teo kehrten spät nach Moorstedt zurück. In der klaren Luft jenseits der Sümpfe war die Sonne ein Loch im Himmel, durch das alles Tageslicht abfloss. Was blieb, war ein leerer Abend.

Zwar war das Postamt bereits geschlossen, aber die Mutter wartete noch im Büro auf ihre Söhne. Sie hörte gebannt zu, legte ungläubig eine Hand vor den Mund.

»Vielleicht hätten wir dem Kurierfahrer helfen sollen«, schloss Teo seinen Bericht. Er setzte sich auf den Stuhl am Schalter.

Sie winkte ab. »Dem Trunkenbold war schon lange nicht mehr zu helfen.«

Konrad hatte seinen Helm auf den kleinen Tisch mit den angeketteten Kugelschreibern gelegt. »Wir haben leider nicht rausgefunden, warum dort kein Fließband mehr läuft.«

»Was soll ich denn den Kollegen sagen?« Die Mutter warf den Kopf in den Nacken und schaute zur Decke. »Wir müssen unbedingt das Hauptpostamt erreichen!«, erklärte sie. »Das kann nur ein Fehler sein. Die müssen das sofort richtigstellen!«

»Aber anscheinend liest dort niemand die Telegramme oder nimmt den Telefonhörer ab«, sagte Teo. »Und Briefe können wir uns auch sparen«, ergänzte er in ironischem Ton.

Bedächtig wandte die Mutter den Blick und sah Teo ernst in die Augen. Dieser Ausdruck! Ihm wurde sofort klar, dass sie gleich etwas aussprechen würde, was ihm nicht gefallen konnte. Er wollte es nicht hören, also drehte er sich zum Fenster um. Und so traf ihn der Satz in den Rücken. »Du musst zum Hauptpostamt fahren! Nach Sybaris 6.«

»Wie bitte?«, fragte er. Das konnte sie unmöglich gesagt haben. Irgendwie hat sie sich versprochen, schoss es ihm durch den Kopf, oder etwas anderes gemeint.

»Du musst zum Hauptpostamt fahren!«, wiederholte sie bestimmt, fester als zuvor. »Und dort bringst du alles in Ordnung.«

Sie meinte, was sie sagte. Oder doch nicht? Teo bekam keine Luft mehr. In der Botenjacke wurde ihm zu warm. War der Kragen schon immer so eng? Er setzte sich auf das Fensterbrett. »Ich? In die Hauptstadt? Schick doch Frau Weber oder Herrn Pullmann! Die arbeiten auch hier.«

»Es wird Zeit, dass du auf eigenen Beinen stehst.«

Warum lächelte seine Mutter? Nutzte sie etwa die Situation, um ihn aus dem Haus zu bekommen? Teo fiel der neuerliche Streit in der Küche ein, und er starrte sie fassungslos an.

»Etwa alleine?«

Hilfe suchend wandte er sich nun an seinen Bruder, der die Augen verdrehte.

»Ich würde ja mitkommen«, sagte Konrad. »Wirklich, das musst du mir glauben. Aber auf dem Hof kalben diese Woche vier Rinder.«

»Jetzt bring ihn doch nicht in Schwierigkeiten!«, fuhr die Mutter dazwischen.

»Aber meine Beine!« Wenigstens für Ausreden taugen die Stelzen, dachte Teo – wie schon so oft, wenn er unliebsame Wege vermeiden wollte. »Wie soll ich denn damit durch die Hauptstadt kommen?«

»Dort gibt's alles, was Räder hat in dieser Welt.« Sie hatte auf jeden Einwand eine Antwort.

»Ich kenne mich in der Hauptstadt kein bisschen aus.«

»Frag Großmutter! Die war oft dort und hat, glaube ich, noch eine Straßenkarte! Und hör auf, dich drücken zu wollen! Du musst mal aus dem Nest hier raus! Keine Widerrede mehr! Am Montag fährst du mit dem Zug in die Hauptstadt, bist einen Tag unterwegs. Am Dienstag klärst du unsere Angelegenheiten und am Mittwoch kehrst du zurück. Und vielleicht bringst du sogar ein bisschen Fernweh mit und krallst dich nicht mehr so zu Hause fest.«

Sie klatschte in die Hände. Seine Reise war beschlossen.

## VI.

Durch die Provinz war Teo schon so manches Mal gereist, von der Mündung der fünf Flüsse bis zur Landesgrenze im Osten. Doch in Moorstedt gab es alles, was er brauchte, und vom Kindergarten bis zur Berufsausbildung fühlte er sich in diesem Städtchen immer aufgehoben. Er wusste zwar, dass es viele gab, die mehr verlangten, als Moorstedt geben konnte, dass er zu den wenigen gehörte, die sich begnügt hatten und hiergeblieben waren. Und nun beunruhigte ihn die Reise, die vor ihm lag, die ihn packen und der Behaglichkeit entreißen würde. Schon der Anlass der Fahrt, die Schließung des Verteilzentrums, ließ nichts als Ärger erwarten. Wie sollte er sich überhaupt dort zurechtfinden?

Mit diesen Fragen im Kopf knatterte er auf dem Moped durch die Talsenke, die in Langeweile zwischen Weiden und Wäldern lag, die kleine Anhöhe hinauf zum Haus der Großmutter. Die Vögel hatten sich vor der Sonne in den Sträuchern verkrochen. Auf Lack und Chrom des Mopeds puderte die Sommertrockenheit gelben Staub und der Weg flimmerte in der Ferne. Von Weitem sah er die Großmutter an den Wäschestangen, wo Bettlaken über der Leine hingen. Deren Säume strichen über die Gräser. Die Großmutter betastete die Tücher, ob sie noch nass waren. Alt ist sie geworden, dachte Teo, während er näher kam. An schlechten Tagen ging sie an zwei Krücken, vierbeinig, wie sie sagte. Heute aber geht es ihr gut, erkannte er, als er sie im grellen Schein stehen sah, nur gestützt auf ihren Gehstock. Eine Bernsteinkette leuchtete an ihrem Hals. Innerlich war sie standhaft wie früher, eine feste, verlässliche Persönlichkeit, die immer wusste, was zu tun war. Auch heute würde sie ihm Mut zusprechen, darauf vertraute er.

»Was machst du denn hier?« Im Sprechen straffte sich ihr Ton.

Sie ließ ihn in den Flur, der in Düsterkeit lag, eingesperrt vom Nadelwald vor den Fenstern. Ein halbes Dutzend Geh- und Wanderstöcke steckten im Schirmständer neben der Spiegelkommode. Es roch nach gemahlenem und aufgebrühtem Kaffee, nach Zitronenkuchen und Himbeersirup.

»Herr Teichgräber kommt nachher vorbei.«

»Ich muss in die Hauptstadt fahren«, verkündete Teo.

»Meine Güte!« Die Großmutter stützte ihre Hände in die beleibte Hüfte. »Warum denn das?«

»Wegen der Post.«

Sie winkte ab. »Deine Mutter schickt dich, stimmt's?«

Teo hob die Schultern. »Ich kenne mich dort nicht aus. Aber Mama sagte, du hättest vielleicht eine Karte.«

Sie rieb sich das Kinn, zupfte an der hängenden Haut. »Komm mal mit!«

Dann führte sie ihn in das ehemalige Arbeitszimmer, das voller Kisten mit Aktenordnern und Papierstapeln stand, vergilbte Zeitungen türmten sich. An der Wand hingen eingerahmte Insektensammlungen, Käfer und Schmetterlinge hinter Glas, aufgespießt mit Stecknadeln. Rechts und links reckten sich Bücherregale bis unter die Decke, die mit spröden, rissigen Holzplatten getäfelt war. Vor den Kassettenfenstern wallten grüne Samtvorhänge, durch grobe Kordeln zusammengehalten. Weil draußen mehrere Blautannen ihre Zweige fächerten, drang nur ein leises Lichtzittern ins Zimmer, sodass die Großmutter eine Stehlampe anknipste. Die Fransen des Schirms bewegten sich, ohne dass ein Grund zu spüren war, kein Luftzug, keine Erschütterung im Dielenboden.

Neben der Tür zu einer kleinen Abstellkammer ruhte auf einem Beistelltisch ein Leuchtglobus, der schon so alt war, dass Teo zweifelte, ob die Länder noch hießen wie aufgedruckt und ihre Grenzen wie eingezeichnet verliefen. Mancher Staat mochte schon versunken sein. In einer Vitrine bewahrte Großmutter Drusen, Gesteine und Kristalle auf, die sie im Steinbruch gefunden hatte. Sie sammelte das Land, die Gegend und das Gelände. Allgegenwärtig waren noch der Duft verbrannten Tabaks aus der Pfeife des verstorbenen Großvaters und die Schärfe seines Kräuterschnapses. Teo erinnerte sich, dass es dieser Raum war, in dem er sich als kleiner Junge zum ersten Mal bewusst wurde, dass es eine Zeit vor ihm gegeben haben musste.

Seine Großmutter führte ihn zum Schreibtisch, der neben einem gusseisernen Zimmerofen stand. »Hier habe ich früher an den Chroniken gearbeitet.«

Teo wusste, dass sie von den Bewohnern für das Schreiben der Stadtchronik geachtet wurde, besonders von Direktor Teichgräber. Früher war sie Archivarin des Rathauses gewesen. Dort hatte sie Großvater kennengelernt, als er noch Buchhalter war. Alles, was es über Moorstedt aus Akten und Urkunden zu wissen gab, hatte sie im Gedächtnis. Fast jeden Familienstammbaum kannte sie bis ins vergangene Jahrhundert. Ihre Leidenschaft war die Geschichte der Heimatstadt, der umliegenden Gemeinden, Dörfer, des Landstrichs. Aber wusste sie auch etwas über die entfernte Hauptstadt?

Auf der Schreibplatte des Sekretärs lagen ausgeschnittene Zeitungsartikel, ein aufgeschlagenes Fotoalbum, Bilder in Grau, Schwarz-Weiß, verbräunt, kaffeefleckig, grobkörnige Menschen, längst verstorben, unscharfe Häuser, lang verfallen, und ein Jahrzehnte alter Almanach.

»In diesen Regalen hier stehen Werke zur Sach- und Heimatkunde, zur Geografie, staubige Register, Ahnentafeln, Alben,

Kirchen- und Grundbücher, Karteien, Zeitungen, Kataloge, Enzyklopädien und Lexika. Alle Unterlagen sind wohlgeordnet.«

Als ehemalige Amtsperson hatte sie sich eine Sprechweise angeeignet, die für diese Provinz unüblich war, bei der die Worte manchmal klangen, als seien sie gespalten vom Hackblock gefallen.

Die Großmutter hustete Schleim in ein Taschentuch. Es schauderte Teo jedes Mal, wenn er dieses Röcheln hörte.

»Dieser Staub! Furchtbar für meine alte Lunge!«

Am Stock humpelte sie zu einem Schrank, dessen glatt polierte, harzfarbene Türen sie mit einem Schlüsselchen aufschloss. Sie entnahm einen in Leder gebundenen Atlas, legte diesen auf die Schreibplatte, auf verstreute Zettel, Fotografien und Notizen, und schlug ihn dort auf, wo die Leselitze klemmte. Eine zusammengefaltete Karte kam zum Vorschein.

Behutsam nahm die Großmutter sie heraus. »Vielleicht kannst du sie brauchen, um dich zurechtzufinden.«

»Woher hast du die?«

»Dein Großvater und ich waren oft zu Städtetagungen in Sybaris 6. Noch vor deiner Geburt muss das gewesen sein ...«

Teo nahm die Karte, schlug sie auf und ließ den Blick darüber streunen, durch das unüberschaubare Straßengeflecht, das darauf verzeichnet war, über die Plätze und durch die Gärten.

»Hat sich die Hauptstadt denn nicht verändert? Moorstedt ist auch verfallen und ganz anders als früher.«

»Sprich nicht so über deine Heimat! Gut, zuletzt habe ich etwas über die Hauptstadt gehört, als dieser Doktor Arnold hier war. Aber man wird Sybaris 6 ja wohl nicht gänzlich neu gebaut haben. Leg mal die Karte auf die Tischplatte!«

Sie nahm einen Bleistift aus der Schreibtischschublade, schob die Brille tiefer auf die Nasenspitze, um einen Punkt auf der Karte zu suchen. Mit dem Finger fuhr sie die Straßen ab. »Ah! Hier!« Sie kreiste eine Weggabelung ein. »Das Hotel, in dem wir damals übernachtet haben, befand sich an dieser Stelle. Dort könntest du gut übernachten, wenn es noch steht.«

Teo nickte still, bevor ihn die Türklingel erschreckte.

»Ah, Herr Teichgräber!«

Unvermutet flink eilte die Großmutter am Stock aus dem Arbeitszimmer, um den Direktor einzulassen. Eine enge Freundschaft verband die beiden, seit er ihr beim Abfassen der Siedlungsgeschichte geholfen hatte und die Kapitel zur hiesigen Flora und Fauna schrieb.

Teo breitete die Karte ganz auf dem Tisch aus, schlug Falz für Falz um. Er besah sich diesen Irrgarten aus Wegen, Gassen, Straßen und Alleen, aus Gleisen und Kanälen. Moorstedt, so kam es ihm vor, hätte in nur einen dieser Häuserzüge ganz hineingepasst. Die Ausdehnung war gewaltig. Wie viele Menschen mochten dort leben? Millionen sicherlich.

»Dieser Duft!«, hörte Teo seinen alten Schuldirektor im Flur sagen. »Kuchen muss schmecken, aber vor allem muss er duften!«

Kurz darauf trat er ins Arbeitszimmer, um Teo mit einem kräftigen Händedruck zu begrüßen.

»Stell dir vor, man schickt ihn in die Hauptstadt«, sagte die Großmutter entrüstet, bevor sie sich in einen abgewetzten Sessel am Ofen fallen ließ. »Obwohl er sich nicht auskennt.«

Ihre Aufregung steckte Teo an. Eigentlich hatte er gehofft, die Großmutter gäbe ihm mehr Zuversicht mit auf den Weg.

Der Direktor schaute mit wehmütigem Blick auf die Karte. Das linke Auge blieb reglos. »Moorstedt hat schon viele Schüler an Sybaris 6 verloren. Die meisten mit deinen Leistungen wären längst mit dem Honighändler gegangen.«

Schon bei dem Gedanken an den Honighändler wurde Teo flau zumute. »Ich bin gerne Postbote«, entgegnete er. »Das genügt mir.«

Großmutter hob den Zeigefinger. »Kaufmann für Kurierdienste.«

»Bodenständig, bescheiden, so wie die Menschen dieser Gegend schon immer waren«, lobte der Direktor. »Städte, besonders die Hauptstadt, sind widernatürliche Hässlichkeiten aus Holz, Metall und Stein! Sie sind Wunden in der grünen Haut der Natur!«

»Nun mach meinem Enkel doch keine Angst!«

»Er wird es selbst sehen.«

»Moorstedt ist doch auch eine Stadt«, wandte Teo ein.

»Die Natur holt sich Moorstedt zurück. Die Stadt verwittert seit Jahrzehnten.« Er breitete die Arme aus. »Und ich genieße das. Nur einen Spaziergang bin ich von der Ästhetik der Wildnis entfernt, ich sehe sie in den Ritzen der Mauern wuchern, sich um die Ruinen ranken, lausche ihrer Stille. Schön, in einer Provinz zu leben, in der sich Mensch und Landschaft gegenseitig vergessen.«

Die Großmutter verdrehte die Augen. »Und doch führst du kein Eremitenleben irgendwo da draußen, weil du dann auf viele Bequemlichkeiten verzichten müsstest.«

»Vor allem auf deinen Kuchen, das ist wahr. Der Mensch ist schwach – und ich bin ein Mensch.« Herr Teichgräber lächelte entschuldigend, bevor er sich nochmals ernst an Teo wandte. »Wenn du in der Hauptstadt bist, wirst du verstehen, warum ich Moorstedt schätze. Du wirst es verstehen, wenn deine Uhr den Takt wechselt, wenn du dich fühlst wie eine Schnittblume, der Wurzeln beraubt und in eine fremde Vase gestellt.«

»Lass dich von Sybaris 6 nicht verrückt machen, Junge«, sagte die Großmutter. »Schon damals, als ich mit deinem Großvater dort war, wussten wir vor lauter Wirrwarr und Hektik nicht, wo uns der Kopf stand. Du darfst nicht vergessen: Wir sind für dich da, du gehörst zu uns!«

Sie rieb sich die Augen, nahm den Stock, stützte sich mit der rechten Hand darauf und mit der linken auf eine Armlehne des Sessels, um sich zu erheben. Schritt für Schritt ging sie zum Fenster, drehte den Knauf und öffnete die kleinen Flügel. Mit ratternder Lunge sog sie die schwere Luft ein, die auf den Nachmittag drückte und den Wald ausdörrte.

»Hoffentlich kehrst du wohlbehalten zurück«, sagte sie.

Unversehens brauste ein Luftzug auf, ein heftiger Wind wirbelte durchs Fenster, durch das graue Lockenhaar der Großmutter. Der Lampenschirm wackelte, die Wedel des eingetopften Farns auf dem Fensterbrett flatterten. Nur die Zettel, die aufgeschlagenen Bücher, Zeitungen und Notizen blieben bewegungslos, unberührt, gleichgültig auf ihrem Platz liegen, ohne dass eine einzige Seite im Wind gezittert hätte. Die Stadtgeschichte war unverrückbar, die Chronik Moorstedts stand fest und die Zukunft ebenfalls, da war sich Teo sicher.

## VII.

Die Nacht klebte zwischen Schlaffetzen. Durch Teos Kopf jagte ein Gedankensturm, dass die Bilder Funken schlugen. Geradezu erleichtert war er, als der pünktliche Kohlezug den Tagesanbruch verkündete und hinter dem Haus über den Bahndamm zischte, klapperte, schepperte. Schwere Güterzüge ließen zuweilen die Mauern des Elternhauses beben, dass selbst Teos Bett zitterte, die Hühner im Stall aufgeregt gackerten und über den Hof des alten Gesindehauses flatterten. Sicherlich wäre das ein Grund gewesen, sich eine eigene Wohnung zu suchen.

Auch am Tag seines Aufbruchs in die Hauptstadt erschütterte der Kohlezug die Fundamente so stark, dass Teo glaubte, ihm sei etwas Staub von der Decke aufs Gesicht gerieselt.

Das »Haus der fallenden Dinge«, dachte er, während er mit geschlossenen Augen dem Schnaufen lauschte, dem Rauschen, dem rhythmischen Schlagen und Klappern des Metalls. Durch das offene Fenster tuschelte nur noch der Wind, der nach Tannenholz und Heu roch, eingetragen vom Land um Moorstedt, und die Vorhänge wehen ließ. Ab und an bellte Vaters Hund.

Teo wusste, dass er nicht mehr einschlafen konnte, und schlug die Decke zur Seite, um aufzustehen. Vom langen Liegen in der Nacht taten ihm die Beine weh. Er setzte sich auf, drehte sich, um sie aus dem Bett hängen zu lassen und die Füße aufzusetzen. Dann spannte er die Oberschenkel an, die Waden, bewegte die Zehen. Er hatte sich angewöhnt, nach dem Aufstehen im Zimmer über die knirschenden Dielen zu spazieren, als wolle er sich allmählich einlaufen in den Tag. In Pantoffeln verließ er schließlich sein Zimmer.

Auf dem Flur stapelten sich Mörtelsäcke. Übrig gebliebene Tapetenrollen lehnten am Treppengeländer zum Dachboden und ein bekleckerter Eimer mit weißer Farbe stand auf der ersten Stufe. Der Vater hatte vor zwei Wochen begonnen, einige Risse in den Wänden auszubessern. Lieber wäre ihm Teo bei den Handwerksarbeiten eine Hilfe gewesen, statt in die Hauptstadt zu fahren.

Zur Abfahrt begleiteten ihn die Mutter und Konrad. Gemeinsam warteten sie am Bahnsteig. Nur zwei Gleise führten durch Moorstedt hindurch, in deren Schotterbett das Gras spross, wetterrissig waren die Holzschwellen, rötlich und stumpf wuchs der Rost auf den Schrauben, Muttern, Bolzen, Federringen und Klemmplatten. Vor allem Güterzüge mit Erzen und Kohle aus dem östlichen Gebirge rollten darüber, gezogen von Diesellokomotiven, weil die Strecke nicht elektrifiziert war. Die Rohstoffe fütterten die Industrie der Hauptstadt; in Moorstedt waren die Öfen längst erkaltet.

Neben Teo lag eine Reisetasche mit gespanntem Reißverschluss, in die er Kleidung und Hygieneartikel für drei Tage gestopft hatte. Auch Reiseverpflegung, Käsebrote, Äpfel und hart gekochte Eier hatte ihm die Mutter eingepackt.

»Du musst dir schriftlich bestätigen lassen, dass der Brieftransport wieder aufgenommen wird!«, sagte sie eindringlich. »Lass dich bloß nicht mit Gerede abwimmeln! Schreib dir die Namen der Sachbearbeiter auf, verlange von ihnen, mit den Vorgesetzten zu sprechen!«

Sie überreichte ihm einen Umschlag mit Geldscheinen und stellte sich auf die Zehenspitzen, um ihn auf die Stirn zu küssen. »Wenn du das Hotel nicht findest, das Großmutter empfohlen hat, such dir einfach ein anderes. Es wird genug geben.«

Wie aus flüssigem Kupfer tauchte der Zug im Morgenlicht auf. Die Lok schaute mit runden Augen aufmerksam auf die Strecke, die Dieselmaschine brummte kraftvoll. Nur drei Personenwaggons schleppte die Lok; mehr war nicht nötig in dieser abgelegenen Provinz. Teo war der Einzige, der zusteigen wollte.

Als der Zug pfeifend, quietschend und schnaufend zum Stehen kam, begannen die Minuten des Abschieds abzuticken.

Konrad umarmte Teo. »Jetzt lässt *du* mich mal zurück – ausnahmsweise.«

»Komm! Du musst einsteigen!«, mahnte die Mutter. »Du fährst doch nur drei Tage weg.«

Also packte er den Griff, zog die Waggontür auf und stieg auf das Trittbrett.

Teo fand einen Platz am Fenster, von wo aus er die Mutter und Konrad auf dem Bahnsteig sehen konnte. Die Reisetasche stopfte er in die Gepäckablage über sich, ließ sich in den gepolsterten Sitz sinken und winkte den beiden zu. Ein Pfiff gellte, dann ruckte der Waggon an und die Welt vor dem Fenster glitt allmählich vorbei.

Konrad ging ein paar Schritte mit dem Zug mit, bevor dieser beschleunigte und Teo den Bruder nicht mehr sehen konnte, so fest er seinen Kopf auch an die Scheibe presste. In den Tagen zuvor hatte er diese Augenblicke bereits gewälzt, von Unsicherheit zu Entschlossenheit, von Furchtsamkeit zu dem festen Willen, die Reise schnell hinter sich zu bringen.

Das Land schmolz links und rechts des Zuges mit steigender Geschwindigkeit, weichte auf wie Wasserfarbe unter dem Strich eines nassen Pinsels. Rasend, so schien es ihm, zerlief die Provinz, aus der er stammte, löste sich auf und löste sich von ihm.

# ZWEITER TEIL

## DIE KATZEN VON SYBARIS 7

### VIII.

Den ganzen Tag lang zischt der Zug über sich glättendes Gelände, hinaus aus den Hügelwellen der Provinz, nach Stunden endlich ins Planum Culturae, eine menschengeformte Landschaft seit Jahrhunderten. Wie mit der Mörtelkelle gestrichen, zieht sich das Gelände als schnurgerade Ebene, als planierte Fläche über die Breitengrade. Die Wälder stehen in Formation, aufgereiht, parallel, Linien aus Stämmen, zwischen denen man kilometerweit hindurchblicken kann.

Hier wurde aufgeforstet, denkt Teo, der nur wilde Wälder kennt. Man hat die Natur angepflanzt, sie geordnet. Der Sommerhimmel leuchtet in kobaltblauer Glasur, durchkreuzt von weißen Geraden, Bögen, Vielecken einer dampfgezeichneten Geometrie, Kondensaten aus Flugzeugtriebwerken.

Der Zugbegleiter kommt durch den Waggon, wirft im Vorübergehen einen Blick auf die leeren Sessel, bis er auf Teo stößt. Mit überraschtem Gesicht nimmt der Mann eine straffe Haltung an. »Fahrtzertifikat bitte.«

Dieses seltsame Wort hört Teo zum ersten Mal, begreift aber, dass es um seine Fahrkarte gehen muss. Er hält dem Kontrolleur das Papier entgegen, das die Mutter am Schalter in Moorstedt gekauft hat und das ihn bis zum Hauptbahnhof von Sybaris 6 bringen soll.

»Ach je, analog«, seufzt der Kontrolleur und beginnt seine dunkelblaue, faltenlos geschnittene Uniformjacke aufzuknöpfen. Er sucht etwas in den Innentaschen, was er offenbar nicht so oft braucht.

Noch immer hält Teo die Karte und der Arm wird schwer. Endlich holt der Mann eine kleine Zange hervor, mit der anderen Hand greift er nach den Fahrtpapieren.

»Sybaris 6? Da kommen Sie etwas spät.« Er lacht leise. »Na, macht nichts.« Zwei Löcher knipst er durchs Papier. Mit ausdruckslosem Gesicht gibt er die Karte zurück und schüttelt den Kopf. »Provinzler«, brummt er, als er fortgeht.

Zigmal saust der Zug über die Brücken, die sich über den mächtigen Strom spannen. Man nennt ihn den »Grauen Arm«, weil die fünf Flüsse, aus denen er sich speist und die in der Provinz entspringen, wie seine Finger ins Gebirge fassen. In einer Beuge des Grauen Arms wiegt sich Sybaris 6. Die Hauptstadt besteht aus einem Dutzend Städte, die im Laufe der Zeit ineinandergewachsen sind, mitunter auch als *Staatsstädte* bezeichnet, und deren auslaufende Vororte sich lang hinstrecken. Stundenlang schaut Teo aus dem Fenster auf die anwachsenden Katen, Hütten, Häuschen und Villen, auf die Häuserzüge und Gebäudekomplexe, bis die Sonne sich schließlich vor dem Abend duckt, die Laternenkaskaden aufflammen, die Hochhäuser ihre Tausend Lichteraugen öffnen und die Türme im blassblauen Licht mächtiger Scheinwerfer erstrahlen. Wie Glühwürmchen schwirren die Drohnen durch den Himmel, darüber blinken die Signallichter, Rubin, Smaragd, Kristall, der Flugzeuge. Auf den Straßen, auf den Autobahnen kriechen Schlangen aus Diodenrot und Xenonblau dahin. Menschen in Gruppen, in Mengen, in Massen verwischen im Vorbeirasen zu wimmelnden Schemen. Ohne dass Teo es gleich bemerkt, drückt er sich in den Sitz, krallt sich an der ausgeklappten Armlehne fest, als müsse er fürchten, von allem weggerissen zu werden. Seine Augen sind satt. Überfordert und verunsichert wendet er sich ab. Dem Schlaf nahe, glaubt er schon, seit Tagen durch Sybaris 6 gefahren zu sein. Endlich spürt er seinen Körper schwerer werden. Das Bremsen des Zuges drückt ihn nach vorn. Vor den Fenstern schlägt das Glühen des Abends gegen das Grelllicht von Leuchtstoffröhren, genietete Stahlpfeiler rauschen vorbei, an die Flanke des Waggons schmiegt sich ein Bahnsteig. Grüne Schilder mit weißer Schrift stottern den Namen der Staatsstädte: *»Sybaris 7«*.

Ist Teo hier richtig? Er will doch nach Sybaris 6. Und was bedeutet eigentlich diese Zahl?

»Dieser Zug endet hier«, verkündet durch die Sprechanlage der Zugbegleiter. »Bitte steigen Sie aus.«

Teo bleibt keine Wahl. Er steht auf, schwankt, weil die Fahrt unruhig von den Bremsen gebändigt wird. Beinahe fällt er, als er seine Reisetasche aus der Ablage über seinem Kopf zerrt.

Noch bevor er aus der Waggontür tritt, riecht er das heiße Schmieröl, Abgasqualm, Taubendreck, Nikotin, überbackene Schinkenbrote und – niedergetrampelt und in Fetzen – den Rosenschleier eines Parfüms. Dann steigt er hinab, auf die erste Stufe des Trittbretts. Draußen summen die Umrichter der Drehstrommotoren, brausen die Kühlgebläse für Transformatoren, faucht der Dampfdruck, schlagen die Kolben brummender Dieselantriebe, schütten Gespräche Wörter aus. Lautsprecherdurchsagen verkünden die Zuganschlüsse in einem Klarklang, der Teo überrascht. Die Echos der Abfahrtszeiten fallen sich ins Wort. Er setzt die ersten Schritte auf den Bahnsteig, legt den Kopf in den Nacken, lässt sich beeindrucken von den grau gestrichenen Stahlrippen, zwischen denen sich die Folienhaut des Daches spannt. Im Bauch eines Wals glaubt er sich, verschluckt und vertilgt, gemeinsam mit Tausenden Menschen, die wartend herumstehen, zum Ausgang laufen oder zu den Gleisen rennen.

Er sucht sich eine Bank, um die Reisetasche abzustellen, sich zu setzen und umzusehen. Das Drahtgeflecht der Sitzfläche erweist sich als unbequem, also steht er wieder auf. Gegenüber steht ein Waggon, auf dem in roter Schrift *»Rettet euch!«* geschmiert steht. Rechter Hand, wo die Gleise an Prellböcken enden, führen die Bahnsteige zu einer hohen Fassade aus glattem Sandstein. Sie wird gegliedert von Terrassen und Gesimsen, zwei Torbögen dehnen sich, dazwischen leuchtet eine Anzeigetafel, hoch und breit wie ein Bootssegel. Dort sind nicht nur die Abfahrts- und Ankunftszeiten zu lesen, die Reiseziele, verstreut über die Hemisphäre, sondern auch die zahlreichen Namen der Staatsstädte, mit denen die Kulturen dieser Welt sie bezeichnen. In hundert Sprachen heißt die Stadt hundertmal anders. Aber unbestreitbar ist an erster Stelle zu lesen: *»Sybaris 7 – Hauptstadt der Republikunion«*.

Ein Gefühl des Landgangs stellt sich ein, aber nicht die Ruhe des Ankommens. Erst wenn Teo ein Zimmer bezieht, sich in ein Bett legt, wird er sich ordnen können. Der Motor in seinem Brustkorb knattert noch aufgeregt. Also packt er schnell entschlossen seine Tasche, will den Schwung der Reise noch nutzen, um bis zum Hotel zu kommen.

Er macht sich auf den Weg zu den Torbögen, muss dabei anderen Menschen ausweichen, muss anhalten, wenn sich die Menge staut, sinkt als Teil ins Ganze, ein Tropfen im Fluss, im Grauen Arm vielleicht, wird fortgespült. An den Rändern spült der Strom die Individuen wieder heraus.

Teo kommt an einem verglasten Reisezentrum vorbei, vor dem sich die Menschen sammeln. Sie stoßen gegen die Scheiben. Das Scheppern, das Geschrei schrecken ihn ab und er schlägt einen weiten Bogen durch das Foyer, bis er das Bahnhofsportal erreicht. Eine Front aus bläulich durchsichtigem Kunststoff öffnet sich wie ein Fadenvorhang für jeden, der sie durchqueren will, mal breiter, mal schmaler. Nur ein leises Surren vernimmt Teo, als er hindurchgeht, hinaus auf einen weiten Platz.

Inzwischen ist die städtische Nacht aufgezogen, eine neonleuchtende Dämmerung im Sonnenwechsel. Seine Großmutter hat Teo aus ihren Erinnerungen an Sybaris erzählt, was ihn erwarten könnte, aber nichts sagte sie von diesem himmelgestürzten Universum, in dem Millionen Menschen nisten. Die Wabenfenster werfen Frostlicht in die nachtschwarzen Häuserschluchten. Autoschwärme wimmeln in den Niederungen aus Granit. Von überallher brummen Motoren, summen Reifen über Asphalt. In der Luft knattern Rotorblätter, metallisches Flügelschlagen. Von alldem hat Teo nichts ahnen können. Die Reisetasche wird schwer in seiner Hand, so wie das neuartige Gefühl des Fremdseins schwer wird in ihm.

Der Platz wird umsäumt von metallenen Pollern, die einen Ring aus rotem Leuchten tragen, und von weißen Gestellen, die

Teo zunächst für Bäume hält. Als er näher kommt, die Reisetasche über der Schulter, bemerkt er, dass im Geäst Hunderte blattförmige Rotoren sitzen, die im Wind kreiseln und wie Insekten brummen. Sie nutzen den Windzug zwischen den Häuserschluchten, womöglich zur Stromgewinnung.

Jenseits dieser künstlichen Baumreihe liegt ein Parkplatz, auf dem mehrere Dutzend zweisitziger Kleinwagen stehen, allesamt silbrig lackiert und mit verspiegelten Scheiben. Auf den Autotüren steht *»Freiwagen«*, dazu eine Nummer.

Eigentlich sucht Teo den Taxistand und geht an der ersten Autoreihe vorüber. Da öffnet sich unversehens die Beifahrertür eines dieser Silberwagen. Ein elektronisches Läuten erklingt, sanft und harmonisch wie eine Einladung; ein gelbes Licht winkt an der Türkante. Teo sieht sich verwundert um, ob jemand herbeikäme, ihm den Vorgang zu erklären, oder ob er einen Passanten fragen könnte. Doch niemand achtet auf ihn. Stattdessen beobachtet er eine junge Dame, die am anderen Ende der Wagenreihe einfach einsteigt, als ein Auto ihr ebenso die Tür öffnet. Er schaut in den leeren Fahrgastraum und fragte sich, ob der Fahrer erst käme, wenn er drinsäße. Also nimmt er auf dem Beifahrersitz Platz, das Polster ist hart und unnachgiebig, der Bezug besteht aus einem wabenförmigen, glatten Material und wärmt, kaum dass Teo ihn berührt hat. Noch hat er ein Bein draußen, um im Falle eines Irrtums gleich aufbrechen zu können. Doch einen Augenblick später erklingt eine weiche Frauenstimme: »Willkommen, Fahrgast 32567. Leider kann Ihr Identitätszertifikat nicht gelesen werden.«

Teo weiß nicht, wem er antworten soll. Offenbar spricht der Wagen zu ihm.

Daraufhin klappt die Abdeckung einer Konsole auf. »Bitte geben Sie Ihr Passwort manuell ein.«

Erst jetzt fällt ihm auf, dass das Auto kein Lenkrad hat. Womit steuert man diese Kiste?

»He, du da!« Ein Scheppern erschreckt Teo. Jemand schlägt mit der flachen Hand kräftig auf das Autodach. »Den Wagen hab ich bestellt. Ne halbe Stunde hab ich angestanden!« Ein Gesicht mit

Sonnenbrille beugt sich herunter, zusammengekniffene Augenbrauen und eine Mundsichel, die nach unten schneidet.

»Entschuldigung!« Teo springt heraus, bereut seinen Fehler und schämt sich vor dem älteren Mann.

Ist es nicht zu düster für eine Sonnenbrille, fragt er sich. Man sieht doch gar nichts.

Der Mann drückt sich an Teo vorbei, setzt sich in den Wagen. »Zurück! Die Tür!«, brummt er.

»Willkommen, Fahrgast 32568«, säuselt die Autostimme. »Ihre Reservierung ist korrekt.«

»Tut mir leid. Ich habe ein Taxi gesucht. Können Sie mir weiterhelfen?«

Behäbig lehnt sich der Mann zur Seite, sodass er Teo aus dem Wagen heraus betrachten kann. »Ein Taxi? Dich hat man wohl zwanzig Jahre in einen Kofferraum gesperrt, hä?«

»Ich bin nicht von hier. Ich komme aus Moorstedt. Das liegt ...«

Der Mann unterbricht ihn unwirsch. »Jaja. Du kannst dir einen Wagen im Reisezentrum bestellen. Und jetzt geh einen Schritt zurück!«

Teo gehorcht. Die Tür knallt zu. Was sich innen abspielt, kann er durch die verspiegelten Fenster nicht mehr sehen, aber das Auto setzt sich beinahe lautlos in Bewegung. Nur das Knirschen der Reifen ist zu hören, als es mit beeindruckender Präzision und selbstsicherem Schwung ausparkt.

Indes ärgert sich Teo über den groben Ton des Mannes. In Moorstedt, wo man jeden kennt, geht man freundlicher miteinander um. Zwar ist er gerade erst in der Hauptstadt angekommen, aber er mag sie schon jetzt nicht mehr leiden. Ihm fallen ein paar spitze Bemerkungen ein, die er hätte zurückschießen können. Zu spät, leider. Erniedrigt bleibt er zurück.

Wenn er es sich genau überlegt, dann hat ihm der Mann trotzdem weitergeholfen. Es wäre klüger, sich im Reisezentrum zu melden und beraten zu lassen. Sybaris 7 scheint in vielerlei Hinsicht anders als gedacht zu funktionieren. Also nimmt Teo seine Reisetasche, wirft sich den Gurt über und kehrt zurück ins Foyer des Bahnhofs. Dort wühlt er sich durch die Leute, dass sein Blick nicht weiß, wohin er zuerst springen soll. So viel Neues gibt es zu sehen: Kleidung, Frisuren, Accessoires. Jeder einzelne Mensch hier überrascht ihn, sei es mit Schmuck, mit Make-up, einem Aufdruck, einer Stickerei, einer Tätowierung, einem technischen Gerät unbekannten Zwecks.

Auffällig sind die Sonnenbrillen. Beinahe jeder trägt verspiegelte Gläser, die wie Münzen die Augen verdecken.

Hinter den Scheiben des Reisezentrums wimmelt die Menge. Er ringt mit sich, aber je eher er sich erkundigt, desto schneller könnte er den Bahnhof wieder verlassen. Die automatische Tür bleibt offen, weil sich zu viele Menschen vor den Bewegungssensoren drängen. Die Leute umringen einen kreisförmigen Tresen. Darüber hängt ein leuchtender Ball, auf dem Zahlen und Schalternummern entlangziehen. Wenn eine neue Zahl aufblinkt, ertönt ein Gong. Neben Teo verkündet ein Schild, er müsse an einem Automaten eine Nummer ziehen. Mühsam drückt er sich hinter den Rücken, vor den Bäuchen vorbei, zieht sich Unmut wegen seiner Reisetasche zu, die an Beine und Hüften schlägt, bis er den Automaten erreicht, der zu seiner Erleichterung einen einzigen unkomplizierten Knopf hat. Teo muss nur den Finger darauf legen und aus einem Schlitz streckt der Apparat den Zettel mit der Nummer raus wie eine freche Zunge. Schadenfreude, glaubt Teo, als er die hohe Nummer liest und sich über den Abstand klar wird, den ihm der Zahlenball zuweist. Irgendwo wird es Sitzplätze geben. Sicherlich alle besetzt, wenn so viele Menschen schon stehen. Trotz des Durcheinanders, des Getümmels fühlt sich Teo beruhigt. Er ist nicht mehr verwirrt und verloren, er ist eingetaktet. Der Vorgang wird etwas mit ihm anzufangen wissen.

Im Warten beobachtet er die Menschen. Es dauert nicht lange, bis ihm auffällt, dass irgendetwas nicht stimmt, dass die Normalität einen Sprung hat. Für einen derart starken Andrang wirken die Räume zu klein. Schwer vorstellbar, dass jeden Tag eine solche Menge an die Schalter drängt und man nicht irgendwann angemessenen Platz schafft. Viele schauen sich suchend um, als seien sie wie Teo zum ersten Mal hier. In der Hilflosigkeit fühlt er sich mit ihnen verbunden.

Wer am Schalter bedient wurde, drückt sich mit befriedetem Gesicht durch die Wartenden nach draußen. Auf diese Weise tauschen sich die Menschen allmählich und Teo wird in Richtung der kreisrunden Theke geschoben. Schon kann er einen schlanken Anzugträger erkennen, glatzköpfig, nicht einmal Augenbrauen hat er, der sein Anliegen einer uniformierten Dame entgegenschleudert. Der rote Ball seines Kopfes rollt zwischen den Schultern auf und ab wie der Felsen des Sisyphos. Er schreit, dass man es weithin hören kann: »Ihre Server sind Schrott! Seit Stunden kein Piep!«

Das Gesicht der Dame ist eine Granitmaske. »Können Sie einen Defekt Ihres Funknervs ausschließen?«

Der Mann schnappt nach Luft. »Unverschämtheit!« Dann dreht er sich theatralisch im Kreis, reißt den rechten Arm hoch. »Und die Leute hier? Alle defekt? Nehmen Sie 'nen Besen und kehren Sie Ihre Serverfarm aus!« Sein Toben wird pointiert vom Gong des Zahlenballs. Sybarissprache, denkt Teo. Er will wieder in Moorstedt sein, bevor er sie verstehen lernt.

Inzwischen tun ihm vom langen Stehen die Beine weh. Schneller als befürchtet quietschen seine Knochen. Er ist kurz davor, sich auf den Boden zu setzen, als ihn endlich der Zahlenball ruft. Widerwillig lässt man ihn bis zum Schalter durch; missmutigen Blicken hält er den Nummernzettel vor wie einen Passierschein. Hinter dem Bogen des Tresens, am Schalter, sitzt auch ihm eine Granitmaske gegenüber. Ihre Brillengläser sind verspiegelt, dass sich Teo selbst ins unterwürfig lächelnde Gesicht blickt.

»Sie wünschen?«

»Ich brauche ein Taxi, das mich ins Hotel bringt.«

Daraufhin neigt die Frau ihren Kopf. »Sie kommen wohl nicht von heute?«

Teo weiß mit dem Satz nichts anzufangen, also zieht er aus der Innentasche seiner Windjacke die Karte, schlägt sie auf dem Tresen auf. »Dort möchte ich hin.«

Befremdet zieht die Frau ihren Kopf zurück. »Verstehe ich Sie richtig, dass Sie einen Wagen brauchen, der Sie irgendwohin bringt?«

»Ja.«

»Gut. Auf welches Identitätszertifikat?«

Das Wort hat er schon in diesem Silberwagen gehört.

»Was ist das bitte?«

Sie seufzt. »Haben Sie einen Ausweis?«

Aus der Hosentasche nimmt er sein Portemonnaie, zieht den Ausweis hervor und überreicht ihn. Die Frau hält ihn dicht vor ihre Brillengläser, wendet sich einem Bildschirm zu und tippt mit spitzem Zeigefinger darauf herum, ohne dass Teo ihre Eingaben sehen kann. Sie greift unter die Auflage des Tresens und holt einen Zettel hervor, den sie Teo mit flacher Hand entgegenschiebt. »Hier ist ein Kundenzertifikat drauf. Das müssen Sie in Ihrem Wagen einlesen lassen.«

Teo erinnert sich an die Zahlen auf den Autotüren.

»Und welche Nummer hat mein Wagen?«

»Das ist egal. Nehmen Sie einen freien. Deshalb heißen die Autos ja auch *Freiwagen*. Und jetzt schauen wir, was dort ist, wohin Sie wollen.«

Sie besieht sich die Karte, verzieht den Mund, legt sich den Daumen mit blau lackiertem Nagel auf das Kinn. Gleich darauf wendet sie sich wieder dem Bildschirm zu, tippt etwas ein, wischt hin und her.

»In dem Haus ist ein Zimmer frei. Soll ich es buchen?«

»Für zwei Nächte bitte.« Dass alles so glatt läuft, erleichtert Teo.

Die Frau nennt ihm einen Preis. »Wenn Sie länger bleiben, zahlen Sie beim Verlassen nach.«

Aus dem Briefumschlag, den ihm seine Mutter mitgegeben hat, nimmt er die passenden Geldscheine heraus, blättert sie auf dem Tresen auf.

In diesem Augenblick rutscht der Frau die Brille auf die Nasenspitze, dass er ihre verwunderten Augen sehen kann. »Was soll das denn werden?«

»Ich bezahle.«

»Haben Sie kein Konto?«

»Doch, schon. Aber bar ist mir lieber. Wenn ich das Geld in der Hand habe, gebe ich weniger aus.«

»Na, Sie muten mir ja einiges zu«, sagt sie. »Chef! Hier ist ein Barzahler.«

Ein älterer Herr am Nachbarschalter dreht sich von seinem Kundengespräch weg, schaut auf den Tresen der Kollegin. Als er die Scheine sieht, lacht er wissend. »Ja, ich glaube, ich weiß noch, wie das geht.«

Eilig erhebt er sich von seinem Drehstuhl, geht zu einer Bar mit grifflosen Schubfächern und Schranktüren, die unter dem Zahlenball steht. Unter sanftem Druck seiner Hand springt ein Schubfach auf und schiebt sich an seinen Bauch. Er entnimmt eine Kasse aus stumpfem Aluminium, abgegriffen und zerkratzt, außerdem einen vergilbten Zettelblock. Beides schaut er an wie Kinderfotos in einem Album, dann bringt er die Gegenstände zu seiner Kollegin. Die Kasse hat ein Tastenfeld, doch der Mann kennt anscheinend den Zahlencode nicht. Er tippt einige Varianten erfolglos ein, bis ihn die Geduld zu verlassen scheint.

»Das hält nur auf«, sagt die Kollegin.

Also schlägt der Mann den Block auf, schreibt die Summe ein, unterzeichnet den Zettel, stempelt ihn ab. »Ihre Quittung«, sagt er und überreicht Teo das Schriftstück. Zur Kollegin: »Wir dürfen nicht vergessen, die Zahlenkombination herauszufinden, den Betrag einzuzahlen und zu verbuchen.«

Behutsam steckt Teo die Quittung, das Kundenzertifikat für den Wagen sowie das Wohnzertifikat in den Geldumschlag und bedankt sich bei der Dame hinter dem Tresen.

»Sie sollten mitgehen. Mit der Zeit. Heute. Das sollten Sie«, rät sie ihm, als er sich auf den Weg macht, durch die sich drängende Menge, hinaus aus dem Kundenzentrum. Er wüsste nicht, wie er diesem Rat folgen sollte. Und es wird sich auch nicht lohnen, denkt er. In ein paar Tagen fahre ich zurück nach Moorstedt. Bis dahin werde ich mich schon durchschlagen.

Als er aus dem Bahnhof kommt, steht Sybaris 7 am Rand des Abends, bereit zum Sprung in die Nacht. In Moorstedt wären die Menschen längst in ihren Häusern verschwunden, hätten ihre erleuchteten Stuben mit Vorhängen verhüllt, aber die Hauptstadt kennt keine Ruhe und wirft mit Licht nach der Dunkelheit wie Glücksmünzen in Brunnen. *Wünsch dir etwas von der Nacht*, spricht Sybaris 7. Hier braucht Teo die Finsternis nicht zu fürchten.

Er geht auf den erstbesten Silberwagen zu, der bereitwillig seine Tür öffnet. Er setzt sich, zieht dieses Mal das Bein ins Innere, sodass sich die Tür von selbst wieder schließt. Auf dem Fahrtzertifikat findet er ein Passwort, dass er in die Konsole eintippt. Daraufhin muss er den Zettel vor ein kleines Fenster im Armaturenbrett halten; ein roter Lichtstrahl tastet ihn ab.

»Willkommen, Fahrgast 235873. Ihr Fahrtzertifikat ist gültig. Bitte nennen Sie Ihr Fahrtziel?«

Suchend sieht sich Teo um. Glatt gegossen glänzt die elfenbeinfarbene Konsole, lackierter Kunststoff mit verchromten Intarsien, freie Sicht rundum, keine Säulen, das Dach ruht auf einem ovalen Scheibenring. Es wundert Teo nur, dass er nirgends Bedienelemente entdecken kann. »Wo ist das Lenkrad?«, fragt er sich laut. Und der Wagen antwortet: »Aus versicherungsrechtlichen Gründen ist ein menschlicher Risikoeingriff in den Fahrtverlauf nicht gestattet. Bitte nennen Sie Ihr Fahrtziel.«

Teo nimmt das Wohnzertifikat zur Hand und liest die Adresse vor. Sogleich leuchtet ein Bildschirm auf dem Armaturenbrett auf, ein Stadtplan wird sichtbar, wird tiefer, größer, ein rotes Blinken markiert das Ziel.

»Strecke wird berechnet. Verkehrsinformationen aktualisiert. Haben Sie einen Musikwunsch?«

Diese Stadt, diese Autotechnik geben ihm das Gefühl, nicht nur weit entfernt von zu Hause zu sein, sondern auch in einer jenseitigen Zeit. Ihm ist danach, etwas Vertrautes zu hören, am besten Klänge der Akustikgitarre, die sein Bruder manchmal zupft.

»Instrumentalmusik. Gitarre«, sagt er und hofft, der Wagen würde ihn verstehen. Tatsächlich erklingt daraufhin das taktvolle Zupfen von Saiten, das muntere Plätschern der Akkorde, das weiche Schwingen einer Melodie, die alle Aufregung dämpft. Teo spürt, dass der Wagen sich langsam aus der Parklücke bewegt, wie eine Hand, die über Katzenfell streichelt. Verblüfft beobachtet er die eigenständigen Manöver des Fahrzeugs, die befremdliche Exaktheit, gegen die jeder menschliche Eingriff tollpatschig gewirkt hätte. Ein Zauber sei hier am Werk, würde die Großmutter sagen, obwohl sie es besser wüsste. Eine ausgefeilte Technologie muss wohl hinter der Verkleidung der Armaturen wirken, und Teo hört die leisen Regelgeräusche, das Klacken und Summen. Ihm ist sofort klar, dass es keiner Fahrer mehr bedarf in Sybaris 7. Kein Zweifel wagt da hineinzuflüstern.

Während der Fahrt versucht Teo, all das zu verstehen, was er nicht für möglich gehalten hätte. Aufmerksam und misstrauisch folgt er den Entscheidungen des Autos, auf die er sich nicht verlassen will, aber muss, weil er nicht eingreifen kann. Teo ist und wird ausgeliefert. Wer in Sybaris 7 lebt und dieses Leben gewöhnt ist, muss ihn tatsächlich für jemanden aus einer versunkenen Welt halten. Überall sieht er die silbernen Wagen, aber auch mintgrüne, roségetönte und blassgoldene, allesamt mit Nummern auf den Türen. Nicht alle werden elektrisch betrieben, hin und wieder sieht er heiße Verbrennungsgase aus Auspuffrohren flirren. Der Verkehr verdichtet sich, bleibt aber ruhig und geordnet. Gegen seine Erwartung sieht er keine Hektik, keine Aufregung, kein Durcheinander. An den Straßenrändern stehen die Wagen, warten auf ihre Fahrgäste, die sich munter abwechseln, dass die Türgriffe aus Edelstahl warm bleiben. Niemand scheint ein eigenes Auto zu besitzen. Wenn man irgendwo hinmuss, bestellt man sich wohl einfach eins oder steigt zu, wenn es sich gerade anbietet.

Teo kommt sich vor, als wäre er aus einem Erdtunnel an die Oberfläche gekrochen. Mit neugieriger Gespanntheit auf die nächsten Überraschungen, aber auch mit Furcht schaut er durch die Windschutzscheibe nach vorn; nach vorn, wo die Straße sich für den Wagen ausbreitet. Nach vorn und nirgendwo anders hin will er seinen Blick richten.

# IX.

Nachdem der Wagen einige Kurven genommen hat, minutenlang auf den Spuren einer Allee dahinrauscht, nimmt Teo die Stadtkarte und versucht, vom Bahnhof her den Weg zu verfolgen, gleicht den Plan mit dem Bildschirm ab. Aber es nützt ihm nichts. Die Straßenzüge verlaufen ganz anders. Offensichtlich ist die Karte veraltet. Achtsam faltet er sie wieder zusammen, steckt sie zurück in die Reisetasche auf seinen Knien.

Endlich bremst der Wagen, kehrt die Fahrt um, gleitet in zwei Zügen rückwärts in eine Parklücke.

»Sie haben Ihr Ziel erreicht.«

Bevor Teo aussteigt, schaut er durch die Fenster auf die Gehsteige, die Straße. Der Schein vierkugeliger Laternen fegt den nachtfleckigen Asphalt, säubert mit Licht den dämmrigen Granit der Bordsteine, schäumt seifig durch die dreckschluckenden Abflussgitter. Aufgeräumt sieht es hier aus, gespenstisch gerichtet liegt der Fußweg, lotrecht die Bäume, die sich aufreihen und in quadratischen Gehegen hocken, dahinter wellen sich die Hausmauern wie Vorhangfalten. Menschen eilen vorbei, als drohe ihnen beim Verweilen der Tod, der Stoff ihrer Kleidung strafft sich und entschlüpft dem Wind. Dort hinaus muss Teo. Er legt die Hand auf den Griff, der seine Berührung spürt und die Tür leise öffnet.

»Vielen Dank für Ihre Fahrt. Wir begrüßen Sie gerne bald wieder«, sagt das Fahrzeug, als er aussteigt. Die Tür schließt sich hinter ihm wie ein Augenlid vor dem Schlaf, die Lichter verlöschen, und Teo stellt sich vor, dass es nun träumt, bis es geweckt wird.

Ein Gott aus Beton ragt vor Teo auf, verschachtelte Wabenfassade, hundertbienenstöckig, steigt in die Höhe zu orange angestrahltem Wolkenrauch. Ein Blick auf das Wohnzertifikat und das Straßenschild decken sich zur Feststellung, dass dieser Wohnturm das Hotel sein soll. Der Eingang liegt unterirdisch. Teo muss eine Basalttreppe hinabsteigen und gelangt in ein Foyer. Die Wände dort sehen aus wie aus tausend Briefkästen geziegelt, die allesamt verplombt und mit roten Verbotsaufklebern versiegelt sind. Wie soll man hier Briefe bekommen, fragt sich Teo.

Statt einer Rezeption, die er erwartet hat, lässt eine Glastür in die rötlich schimmernden Gänge schauen, die hinter dem Foyer liegen. An einer meterlangen Tafel reihen sich Hunderte Klingelknöpfe auf und die Löcher einer Sprechanlage. Es stehen Nummern auf den Beschilderungen. Ganz Moorstedt samt den Nachbardörfern könnte in diesem einen Haus wohnen. Man muss anscheinend bei dem Zimmer läuten, das einem zugeteilt wurde.

Teo liest die Nummer auf dem Zettel. Er sucht an den Schildchen nach ihrer Entsprechung, aber die Nummerierungen folgen nicht aufeinander, sondern sind durcheinandergeworfen. Geduldig durchforstet er die Unordnung. Die Zahlenreihen wachsen in fünfstellige Höhen, manche haben Kommas, Bindestriche, Schrägstriche und Sonderzeichen, deren Sinn er nicht versteht, manche formen unlösbare Gleichungen. An einem Schild, das auf ein Fragezeichen endet, will er sich geschlagen geben, auf einen beliebigen Knopf drücken und um Einlass bitten. Da hört er die Glastür des Foyers aufspringen. Eine Katze mit kariertem Fell schleicht durch den Spalt. Schnell entschlossen hastet er ans Ende der Eingangshalle, bekommt die Tür noch zu fassen, bevor sie zufällt. Er schlüpft hinein, sieht durch die Scheibe zurück in den Vorraum. Die Katze hockt da, gähnt und leckt sich übers Maul. Der Schwanz streicht wie ein bunter Pinsel über den grauen Betonboden. Wie mag das Tier die Tür geöffnet haben, fragt er sich. Doch auch die Katzen in Moorstedt schleichen auf Wegen, die keiner kennt. Wenigstens das Unbegreifliche der Katzenwege ist hier nicht fremd.

Teo verläuft sich, irrt umher, weil die Flure sich im stumpf getretenen erdfarbenen Bodenbelag ähneln, in den schlammgrauen Türen links und rechts, die ihn einäugig anglotzen. Die Wohnungsnummern sind nicht nur an den Briefkästen durcheinandergewürfelt, sondern ebenso in den Gängen. Teo wird jemanden nach dem Weg fragen müssen. Hin und wieder hört er hinter seinem Rücken eine Tür sich öffnen und wieder ins Schloss schnappen. Wenn er sich umdreht, fasst sein Blick gerade noch den flinken Schatten eines Menschen, der hinter die Ecken und Winkel huscht. Und Teo hört ein Rascheln, Flüstern und Schritte über den Bodenbelag quietschen. In den eierartig gewölbten Scheiben der Deckenlampen winden sich Glühbirnen, larvenartig gebogen, ein schwach glühendes Gelege.

Erst weit in den labyrinthischen Tunneln begegnen ihm die Bewohner des Hauses. Sie hetzen vorbei, tragen ebenfalls Sonnenbrillen, obwohl im Gang nur die Larvenlampen dämmern. Viele Männer tragen Bärte, viele Frauen Tücher bis zur Nase. Eine seltsame Mode, bemerkt er. Mit spinnenartigen Fingern schleppen die Menschen Aktenkoffer, Werkzeuge oder Beutel, auf den Rücken mannsgroße Rucksäcke oder Gurttaschen. Ein Mann kommt ihm entgegen, der eine Reisetasche trägt wie er. Den Mantel hat er zugeknöpft, den Kragen aufgestellt. Auch er versteckt seine Augen hinter einer Sonnenbrille. In den schwarzen Spiegeln sieht sich Teo selbst kommen. Die Krümmung der Gläser verzerrt ihn zur weichen Masse, die sich im Näherkommen verformt. Er will ausweichen, weil beide mit den Taschen schwerlich aneinander vorbeigepasst hätten. Gerade fasst er den Entschluss, da ist der Mann auch schon an ihm vorüber, ohne dass Teo versteht, wie das gelungen ist. Der Mann muss leichtfüßig über ihn drüber gekrabbelt sein, wie eine Ameise über ihre Kameraden steigt. Nicht einmal sein Gewicht hat Teo gespürt und er hinterließ auch keine Spur auf ihm. Er zweifelt an seinem Verstand. Hat die lange Fahrt ihn so erschöpft, diese neue Umgebung ihn verwirrt? Er ruft dem Mann nach, dass er sich verlaufen hätte. Halb bleibt dieser stehen, halb geht er weiter, fast dreht er sich um, als er ihm mit zirpender Stimme die Richtung zum Fahrstuhl weist. Der Fahrstuhl wisse, wo Teo wohne.

»Es eilt, eilt, eilt!«, keucht der Aufzug. Die Kabine ruckelt und zittert, Teo packt die verchromte Haltestange, lehnt sich an die blecherne Rückwand. Die Stahlseile schwirren, die Zahlen der Stockwerke blinken am Zähler wie verfliegende Sekunden. Lichtschnell rast der Fahrstuhl, dass die Beine schwer werden. Diese neue Richtung, dieses Steigen kennt Teo nicht. In Moorstedt baut man erdnah, dass niemand einen Fahrstuhl braucht, und den ganzen Tag ist er auf flacher Bahn gefahren. Nun packt ihn die Höhe und er meint, seinen Kopf unten vergessen zu haben. Wo habe ich nur meine Sinne? Beinahe hätte er auf die Knie sinken müssen, als ihn abrupt eine Kraft zur linken Seite schleudert. Mit der Schulter prallt er gegen den Spiegel. Das Glas formt kreisrunde Wellen wie eine Teichhaut, auf der man Kiesel hüpfen lässt; fragend schaut Teos Ebenbild. Dieser Ruck hat sich angefühlt, als fahre der Fahrstuhl seitwärts. Teo sehnt sich plötzlich nach dem Knarzen der Stiegen im Elternhaus. Gleich darauf wirft ihn eine Kraft nach rechts, dann nach oben, schüttelt ihn durch. Der Fahrstuhl ist der Becher, Teo der Würfel. Er schreit vor Schreck, als er auf seinen schwächlichen Beinen den Halt verliert, purzelt durch die Kabine, dass er glaubt, sie kippe und rolle und er stünde mal an der Decke, mal an der Seite, bald auf dem Boden. Die gewürfelten Zahlen stolpern durch die Stockwerksanzeige. Teo weiß nicht, welche Zahl der Fahrstuhl braucht, um zu gewinnen, kennt seine Regeln nicht.

Schließlich würfelt der Aufzug eine Nummer, die ihn aufseufzen lässt, als hätte er verloren. Er hält an, seine Front teilt sich. Noch dreht sich Teos Hirn im Kopf. Mit einem Fuß steht er auf einem Wellenberg, mit dem anderen im Wellental, und ständig wird das eine zum anderen. Er hätte den Mann besser nach dem Treppenhaus fragen und die Stufen nach oben steigen sollen, wie er es gewohnt ist, anstatt mit dieser Kapsel zu starten. Er schwankt hinaus auf den Flur, der den anderen Fluren gleicht. Nur die Zimmernummern sind deutlich länger. Im Gehen schlägt die Reisetasche ihren weichen Leib gegen Teos rechtes Bein. Und bald findet er eine Tür mit der Nummer, die ihm genannt worden ist.

Kurz überlegt er, ob er sein Wohnzertifikat einlesen lassen muss, sucht eine Apparatur wie in dem Silberwagen. Er findet nur den Kippschalter einer Klingel und drückt ihn. Gedämpft rattert es hinter der Tür. Kurz darauf blinzelt das gelb glühende Auge des Spions, Riegel und Schlösser klacken und jemand öffnet. Eine Gestalt in schwarz-gelb gestreiftem Kapuzenpullover kommt zum Vorschein, dicklich und klein. Eine Biene, ist Teos erster Gedanke. Wie die meisten, die er in Sybaris 7 getroffen hat, trägt der Mensch eine Sonnenbrille in seinem betongrauen Gesicht, das von einer schwarzen Kapuze umschlossen wird. Die Kabel von Kopfhörern hängen an den Seiten herunter wie schlaffe Fühler. Im Arm hält er ein Plüschtier, einen Hering mit ausdruckslosen Augen und offenem Mund, eine Schreigeste. Wie merkwürdig, sich an einen Fisch zu schmiegen, ihn zu streicheln, denkt Teo. Auf den flaumigen Schuppen dunkeln zwei Flecke, als habe jemand seine weinenden Augen hineingedrückt.

»Komm rein«, sagt der Bienenmensch und summt eine Melodie.

Achteckig ist der Grundriss des Vorraums. An jeder Seite geht eine Tür ab. In der Mitte steht ein runder Tisch mit vier Stühlen, darüber pendelt eine Lampe, gewölbt wie ein Blütenkelch, der sich nach unten öffnet. Ein honigfarbenes Licht fließt heraus. Unheimlich, findet Teo, der an den Honighändler denken muss. Der Sirupschein lässt den Bodenbelag klebrig wirken, auch die Wände, die Möbel und die Garderobe, an deren Haken vielerlei Jacken hängen. »Bin ich hier richtig im Hotel?«

»Im Hotel?« Ein belustigter Laut brummt der Frage nach.

»Ich habe ein Zimmer reservieren lassen.«

»Es ist eins frei«, sagt die Biene und führt ihn zu einem vollen Schuhregal: hochhackige Damenschuhe, Lederstiefel, Turnschuhe, Sandalen, Pantoffeln, Leinenschuhe, aber auch Tanzschuhe aus Lackleder, Gummistiefel und Sicherheitsschuhe mit Metallkappen. Seit Teo denken kann, hat er nur Wanderschuhe aus Rindsleder besessen und Gummistiefel, wenn's durch Feld, Weide und Wald gehen musste. Die Hauptstadtmenschen durchqueren ihr Leben auf anderen Wegen als wir in Moorstedt, denkt er, und deshalb tragen sie andere Schuhe.

»Du kannst deine Schuhe hier abstellen«, sagt der Bienenmensch. »Der Stadtdreck soll draußen bleiben.«

»Ist es üblich, dass Gäste ihre Schuhe hier abstellen?«, fragt Teo.

»Alle, die hier wohnen: die Reporterin, der Stumme und ich. Aber manche Schuhe sind auch von früheren Bewohnern vergessen worden.« Auf einem Brett des Regals steht ein Paar mit roten Bommeln und Goldglöckchen. Vielleicht hat einmal ein Harlekin hier gewohnt.

Offenbar ist Teo nicht in einem Hotel gelandet, sondern in einer Wohngemeinschaft. Aber solange er hier ein Bett für zwei Nächte findet, soll es ihm recht sein. Noch hat er sich nicht vorgestellt, aber der Bienenmensch scheint bereits davon auszugehen, dass er einziehen würde.

»Entschuldige, du weißt noch nicht, wie ich heiße«, sagt Teo.

Der Bienenmensch neigt den Kopf, bis seine Schläfe fast die Schulter berührt. »Denkst du in Namen?«, fragt er. »Dann bist du neu in Sybaris 7.«

»Durchaus. Muss man denn nicht wissen, mit wem man wohnt?«, gibt Teo zurück.

»Namen sind ohne Inhalt«, entgegnet die Biene, »ohne Bedeutung wie das Husten eines Auspuffs im Berufsverkehr. Wir nennen uns nach Funktionen, damit wir wissen, von welcher Bedeutung wir füreinander sind. Ich bin an der Uni der Chemiestudent 672 und hier dein Mitbewohner 2, in dieser Woche der Badputzer.«

Teo setzt die Tasche ab. »Für welche Bezeichnung soll ich mich entscheiden? Ein Name ist einfacher, finde ich.«

Daraufhin tippt sich der Bienenmensch an die Schläfe, als klopfe er sie nach weit zurückliegenden Erinnerungen ab. »Wenn du auf diesen veralteten Unsinn bestehst: Mir wurde der Name *David* zugewiesen. Aber für mich bin ich weniger David, sondern mehr *der Chemiker*. Ich erforsche tierische Rohstoffe.«

»Honig?«, fragt Teo, einer Eingebung folgend.

Der Chemiker neigt den Kopf zur anderen Seite und stößt einen surrenden Laut aus. »So ein Unsinn!«, sagt er. »In welcher vergessenen Ecke gibt es denn noch Bienen?«

Teo zuckt mit den Schultern. Wie konnte er nur glauben, in Sybaris 7 gäbe es Offensichtliches.

»Ich arbeite mit Genetikern an Bakterien, die wir mit Müll füttern und die Treibstoff ausscheiden«, fährt die Biene fort. »Damit wiederum füttern wir allerhand Maschinen. Wir gestalten Lebewesen von wunderbarer Nützlichkeit, verstehst du?«

Teo nickt. »Ja, jetzt verstehe ich. Ihr erntet Maschinennektar, so wie Ameisen die Blattläuse melken für Honigtau.«

Der Chemiker hüpft wie ein Floh zum Tisch und setzt sich auf die Platte.

»Und was ist deine Funktion?«

»Ich bin Postbote und suche das Hauptpostamt.«

Der Chemiker reibt sich mit dem linken Handrücken die Nase. »Das ist kompliziert«, murrt er. »Postbote … Wusste gar nicht, dass es den Beruf noch gibt. Vermutlich bist du in Sybaris 7 weniger ein Bote als ein Sucher. Ich nenne dich *Sucher*.«

Teo schüttelt den Kopf. »Gefällt mir nicht. Nenn mich Teo.«

Hektisch schüttelt sich der Chemiker. »Welche Funktion hat denn ein Teo? Was macht ein Teo? Wozu ist der gut? Was sagt der Name aus? Nein, du bist der Sucher.«

»Ich will aber anders heißen!«

»Dann musst du etwas anderes tun«, sagt der Bienenmensch.

Es passt Teo nicht, umgetauft zu werden. Aber wenn man in der Hauptstadt nichts von Namen hält, dann erklärt sich wenigstens die Unordnung bei den Schildern der Briefkästen.

In diesem Moment rattert die Klingel. Der Chemiker hüpft zur Sprechanlage, nimmt den Hörer ab und drückt einen Knopf, ohne zu fragen, wer um Einlass bittet. Teo sagt, dass er im Foyer vergeblich das Klingelschild gesucht habe.

Der Chemiker winkt ab. »An das Durcheinander musst du dich gewöhnen. Das geht jedem so. Du hättest irgendwo klingeln können, dann wäre dir aufgemacht worden. Wenn es mal bei uns klingelt, mach es so wie ich.«

»Aber welchem Schema folgen denn die Nummern?«

»Ihr Neuen immer! Das sind keine Nummern, das sind Collagen, zusammengesetzt aus Zeichen und Zahlen, die zu den Menschen in dem jeweiligen Wohnquartier gehören. Sie ändern sich, zieht jemand aus, zieht jemand ein. Ihre Kombination drückt die Konstellation der Bewohner aus.«

»Aber wie soll man sich zurechtfinden, wenn die Collagen sich ständig ändern?«

»Eigentlich sind sie nur wichtig für die Hauselektronik, für die Wasser-, Strom- und Warenzuleitung. Computer müssen sie verstehen, einem Menschenhirn kann das egal sein. Deshalb finde ich die Collagen auf den Schildern überflüssig. Aber irgendwer hat irgendwann damit angefangen.« Der Chemiker brummt nachdenklich. »Und jetzt stell dir den Aufwand vor, für all die Tausenden Bewohner des Hauses das Schildersystem umzugestalten. Obendrein wird es in jedem Haus der Stadt angewandt, und damit nicht jedes Haus sein eigenes System hat, das man erst lernen müsste, wenn man umzieht, müsste man das System in unserem Haus auf alle Häuser der Stadt übertragen, auf Millionen von Menschen.« Er breitet die Arme aus und Teo ahnt, worauf er hinauswill. »Was passiert, wenn den Menschen das egal ist oder sie damit nicht einverstanden sind? Dann musst du alle überzeugen, eine Abstimmung machen.«

»Klingt kompliziert«, sagt Teo.

»Du kannst natürlich eine Eingabe bei der Hausverwaltung machen, wenn du nichts anderes zu tun hast neben der Suche nach diesem Postamt.«

»Eine Eingabe wäre auch der Fahrstuhl wert. Er funktioniert nicht richtig, kippt um, rollt, fährt falsch.«

Der Chemiker zuckt gleichgültig mit den Schultern. »Der ruckelt nur. Man verliert schnell das Gleichgewicht, wenn man's nicht gewöhnt ist, aber es ist nichts Seltsames daran. Du würdest dich bei der Hausverwaltung als Dummdörfler zu erkennen geben. Auslachen würde man dich.«

Vielleicht, so überlegt Teo, hat er in Moorstedt tatsächlich nie alle Bewegungsgefühle kennengelernt.

»Gibt es in dieser modernen Stadt keine Fahrstühle, die sanfter fahren?« Er denkt an den Silberwagen, der samtig über den Asphalt strich.

»Mag sein, irgendwo.« Der Bienenmensch kräuselt die Stirn. »Manchmal lebt das Alte lange in das Neue hinein, wenn es tapfer funktioniert. Du wirst in Klapperkabinen fahren wie hier und ein andermal in Gleitkapseln, die ihrerseits morgen veraltet sind. Für mich wirkt alles in dieser Stadt antiquarisch, weil irgendeine Neuheit es täglich überholt.«

Natürlich kann Teo von dieser Gleichzeitigkeit von Altem und Neuem nichts wissen, weil er gerade erst angekommen ist. Über ihn, der Sybaris nicht kennt, bricht jeder Eindruck erstmalig herein.

Der Chemiker tätschelt den Fisch in seinem Arm, dann macht er eine wegwerfende Handbewegung. »Ich zeige dir jetzt dein Zimmer. Meine Vorlesung beginnt, bevor die Laternen ausgehen, ich muss in mein Nest.«

Die Besichtigungsführung beschränkt sich auf das Öffnen der Tür zu Teos Zimmer. Der Raum ist so klein und übersichtlich, dass er sich selbst erklärt.

Der Chemiker sagt: »Gerade ist der Vormieter ausgezogen.« Daraufhin schwirrt er ab und verschwindet hinter einer der sieben anderen Türen. Teo erinnert sich an den Mann, der ihm den Weg zum Fahrstuhl gewiesen hat. Das hätte vielleicht der Vormieter gewesen sein können. Dessen ehemaliges Zimmer, in dem Teo nun wohnen soll, ist bereits möbliert.

Die röhrenförmige Stehlampe legt einen pergamentdünnen Dämmer aus, aufgerissen hier und dort von fetzenartigen Schatten. Gleich neben der Tür stehen die Balken eines Hochbettes, das den Schreibtisch überdacht. Die Tischplatte ist leer geräumt, als wäre noch nie auf ihr geschrieben worden. Nur ein Telefon aus grasgrünem Glas steht darauf, das Teo daran erinnert, die Familie anzurufen.

Er packt seine Tasche auf den Drehstuhl, nimmt den Hörer zur Hand und wählt die Nummer, eine lange Zahlenkette, deren Ziffern hinausführen aus Sybaris 7 wie meilenumspannende Schritte in die ferne Provinz. Der Rufton schrillt schon in die Stille ans Ende des Landes, ungeduldig und gespannt lauscht Teo, wischt seine Hände an der Hose ab, weil Hörer und Tasten fingerdick verstaubt sind, lässt den Blick durchs Zimmer schweifen, das mit Ziegeln verkleidet ist, rechts hängen leere Bilderrahmen an krummen, rostigen Nägeln, karogemusterte Vorhänge verdecken die linke Seite. Vielleicht verbirgt sich dahinter ein Fenster.

Der Rufton bricht ab, etwas rauscht, klappert, die Leitung ist ein gerissenes Netz in der Tiefsee, die unsichtbare Strömung braust.

»Hallo? Ich bin's, Teo!«

Eine Stimme aus Wasser, verschwommen, verwischt, gurgelnd, antwortet, aber er versteht sie nicht. Erst allmählich verfestigt sich der Klang. Seine Mutter spricht zu ihm wie in einer fremden Sprache. Teo rät, was sie sagt, und beginnt auf Verdacht zu erzählen, wie die Fahrt im Zug verlief, die Ankunft in Sybaris 7, dass er nun ein Zimmer gefunden habe, morgen das Postamt aufsuchen werde, um die Angelegenheiten zu klären. »Übermorgen komme ich zurück«, sagt er. Jemand hat mit Filzstift einige Zahlen auf das Telefongehäuse geschrieben, die Teo seiner Mutter vorliest. »Ich glaube, das ist meine Nummer, damit du mich erreichen kannst.« Und dann, unvermutet und abrupt, säuft die Leitung ab.

Auch wenn er kaum verstanden hat, was seine Mutter sagte, ermutigt ihn die Tonlage ihrer Stimme, und die kurze Verbindung nach Hause gibt ihm Kraft. Inzwischen löffelt die Müdigkeit von der langen Reise die Welt aus seinem Kopf. Also zieht er sich aus bis auf die Unterwäsche, löscht das Licht, steigt in der Finsternis die Leiter des Hochbetts hinauf und kriecht unter die Decke, ohne sich daran zu stören, dass die Bezüge nicht frisch riechen. Teo glaubt sogar, die Wärme seines Vormieters auf der Matratze zu spüren, auf dem Kissen, als hätte dieser noch kurz zuvor hier gelegen. Der Federkern schaukelt noch im Schwung seines Atems und muss sich Teos Rhythmus erst anpassen.

Alleine ist er nicht. Von unten hört er Kinderschreien, gedämpft durch den Boden, hinter der Wand spielt ein Klavier, oben gehen Schritte. Überall sind Menschen, in seinem Zimmer ist er mitten unter ihnen und lauscht. Lange liegt er noch wach mit schmerzendem Kopf, in welchen der Tag zu viele Erinnerungen gestopft hat: vom Abschied am Bahnhof, von den Feldern des Weichweizens und den Weiden, wo das Milchvieh graste, von den Fichtenwäldern um Moorstedt, die am Fenster vorbeiwischten wie aquarelliert. Schon sehnt er sich zurück, vermisst die Eltern, Konrad, die Großmutter, alle, die er liebt und zurücklassen musste. Hoffentlich würden sich die Angelegenheiten im Hauptpostamt schnell klären lassen, damit er nach Hause zurückkehren kann. Denn der Tag hat ihm auch die Stadt in den Schädel gezwungen, die Geschwindigkeit, die wirren Bahnen der Eile, die fremden Regeln und Abläufe, die Technologien, denen gegenüber er sich unfähig fühlt. Mit dieser Erschöpfung wälzt er sich umher, bis der Schlaf ihm die Augen stiehlt.

Fest hält die Schlafklammer seine Lider zusammen, aber irgendwann, am Nachtkern, zerspringt sie. Im Gemeinschaftsraum gehen Gespräche auf und nieder. Manchmal klopft Gelächter an die Tür seines Zimmers. Je länger Teo mit offenen Augen daliegt, desto mehr erhellt sich der Raum. Hinter den Vorhängen blinkt regelmäßig ein bläuliches Licht, verlischt und leuchtet als rotes wieder auf. Er setzt sich, seine Haare streifen die Zimmerdecke, sein Blick schwingt sich über das Geländer des Bettes, klettert die Leiter hinunter und tapst umher in der Lichtpfütze, die unter der Zimmertür hindurchsickert und auf der gemaserten Struktur des Bodenbelages flimmert. Vielleicht sollte er aufstehen und um Ruhe bitten, überlegt Teo. Aber steht ihm das als neuer Bewohner zu? Oder sollte er nicht besser überhaupt erst in Erfahrung bringen, wer im Flur miteinander spricht und worüber.

Teo lauscht an der Zimmertür. Die Stimmen klingen blechern. Den Chemiker kann er nicht heraushören.

Während er seine Hose anzieht, beschließt Teo, unter dem Vorwand sein Zimmer zu verlassen, auf die Toilette zu wollen. Also öffnet er die Tür. Das plötzliche Übergleiten aus dem Traumdunkel ins Flurlicht verbrennt ihm die Sicht. Ihm ist, als rollten seine Augen aus dem kalten Schädel in Kochwasser. Erst, als der

Blick gar ist, kann Teo den Raum sehen. Zu seiner Verwunderung sitzt niemand auf den vier Stühlen um den Küchentisch. Auf der runden Eichenplatte steht ein altmodisches Kofferradio und eine sandfarbene Katze hockt davor mit aufgestellten Ohren. Sie lauscht einer Diskussion im Rundfunk. Es geht, soviel er aufschnappt, um den Artenschutz von Tigern, weit entfernt in den Dschungeln des Südens.

Teo nähert sich, um das Radio auszuschalten. Sicherlich stört das laute Gespräch aus dem Äther auch den Schlaf der Mitbewohner. Das Katzentier sieht ihn misstrauisch an, dann kneift es die grünen Augen zusammen. Er streckt den Arm aus, um am Knopf zu drehen, da faucht die Katze, sträubt das Fell, buckelt den Rücken.

»Ins Körbchen!«, sagt er. Aber wie ein ungezogenes Kind fängt die Katze ein herzzitterndes Jaulen an. Er dreht den Knopf der Lautstärke weiter; die Stimmen versiegen, bis das Radio abschaltet. In diesem Augenblick verstummt auch die Katze. Doch sogleich blitzen ihre Krallen. Sie hackt ihm die Tatzen auf den Unterarm. Teo reißt den Arm an sich, schreit auf, springt zurück. Auf die Kratzer presst er die linke Handfläche. Fassungslos starrt er das Raubtier auf dem Küchentisch an. Kann es sein, dass es der Sendung zugehört hat und sich die Dschungeltiger zum Vorbild nimmt?

Nur einen Wimpernschlag später öffnet jemand die Tür seines Nachbarzimmers. Eine junge Frau im Nachthemd huscht heraus, eilte zum Küchentisch. »Katze? Geht's dir gut?« Sie fasst das Tier und hebt es an ihre üppige Kissenbrust. Teo findet, dass besser ihm die Sorge hätte gelten müssen.

»Deine Katze hat mich angegriffen!«, empört er sich.

Die Frau im Nachthemd gibt dem Tier einen Kuss zwischen die Augen. Dann erst scheint sie ihn zu bemerken.

»Oh nein. Das ist nicht meine Katze. Sie gehört sich selbst.«

Es fällt ihm schwer, seinen Ärger zu halten, als er die Katze im Armkörbchen der leicht bekleideten Frau sieht. »*Katze* ist ein komischer Name«, sagt Teo.

»Sie heißt so, wie sie ist. Jeden Tag streunt sie durch den Wohnblock und wenn sie abends wiederkommt, sitzt sie auf der Fußmatte, miaut und ihr Fell hat eine andere Farbe. Gestern war Katze schwarz mit weißem Lätzchen. Sie kommt, damit wir sie streicheln können.«

»Sehe ich«, murrt Teo neidvoll. »Aber wie kann sie das Fell wechseln? Vielleicht sind es verschiedene Katzen? Vielleicht kommt jeden Tag eine andere?«

Die Frau im Nachthemd stutzt. »Daran habe ich noch gar nicht gedacht. Ich wechsele doch auch oft die Farbe.« Sie schüttelt ihre schulterlangen blauschwarzen Haare, ein Aufwehen der Nacht um ihren Kopf. »Aber das ist auch gleich. Es ist eine Katze, die zum Streicheln kommt. Die Funktion ist wichtig, verstehst du? Oder suchst du eine andere Antwort, weil du der Sucher bist?«

»So hat mich der Chemiker genannt. Woher weißt du das?«

»Ach!« Sie winkt ab. »Das spricht sich rum. Von irgendwoher kommt das Wissen immer. Hast du keinen Funknerv?« Sie tippt sich an die Schläfe.

Er schiebt fragend die Unterlippe vor.

»Wie kann man sich denn ohne Funknerv zurechtfinden? Wie kommst du in den Schwarm? Du musst dir bald einen zulegen.«

Von einem *Funknerv* hat er mal in einem Fernsehbericht gehört, aber da es in Moorstedt kein modernes Funknetz gibt, blieb diese Erfindung für ihn bedeutungslos.

»Dann weißt du sicher auch noch nicht, dass ich die Reporterin 48715 bin und deine Mitbewohnerin 1.« Sie tritt mit der Katze an ihn heran. Das Tier schnurrt. »Streichel sie!«

»Das hat sie nicht verdient«, entgegnet er und überlegt, ob er die Reporterin nach ihrem Namen fragen soll. Aber er denkt daran, was ihm David, der Chemiker, über Namen in Sybaris 7 erzählt hat, und gibt sich damit zufrieden, dass sie *die Reporterin* ist.

Sie steht so dicht, dass er die gelblichen Irisspritzer erkennen kann und das nordische Eisblau, und ihm fällt auf, dass es in der Hauptstadt etwas Besonderes ist, Menschenaugen sehen zu dürfen. »Warum trägst du keine Sonnenbrille wie so viele andere hier?«

»Weil ich keine Angst habe, etwas von mir preiszugeben, verstehst du?«

Teo versteht nichts, nickt aber, um nicht unwissend zu wirken. Ihre Lider sind schlafschwach, müde gerötet die Winkel.

»Hat dich auch das Radio geweckt?«

»Ach, du meinst den Schwarmempfänger? Das alte Ding! Der Stumme muss es hier vergessen haben.«

»Der Stumme?«

Sie geht zum Tisch, streicht über die Metallkiste. »Ein alter Mann im Zimmer gegenüber; man sieht ihn nicht, man hört ihn nicht. Er ist ein Geist. Mich stört das Gemurmel seines Empfängers nicht. Ein Albtraum hat mich geweckt.«

Er dreht sich um, schaut zu ihrer halb geöffneten Zimmertür. Dahinter schlingt sich ein Dschungel aus Topfpflanzen durch den Nachtschatten, das blaue Lamellenlicht der Jalousie verflicht sich mit tiefgrünen Stängeln und herzförmigen Blättern. Warum nur hat er das Bedürfnis, sie wegen ihres Albtraums zu trösten?

»Willst du davon erzählen?«

Behutsam hebt sie sich die Katze vors Gesicht, reibt ihre Wange am Fell. »Warum willst du, dass ich dir etwas Furchtbares erzähle? Hörst du nicht lieber schöne Geschichten?«

»Wenn du von schönen Träumen aufwachst, höre ich auch zu«, erwidert er. »Es hilft, dass jemand zuhört. Glaub mir.«

Misstrauisch schaut sie ihn an, lässt die Katze in ihre Armbeuge sinken. »Und wenn du danach selbst nicht mehr schlafen kannst?«

»Dann kannst du mir zuhören.« Er bemüht sich um ein Lächeln, das ihm beinahe in ein Gähnen abgleitet.

»Du hast es so gewollt.« Sie stößt einen kehligen Seufzer aus, der ins erste Wort hineinhaucht. »Im Traum weiß ich, dass ich jemand anderes bin, weit entfernt in einer Provinz, wo fünf Flüsse aufeinanderstoßen.«

Augenblicklich wird Teo munter, als er von den Flüssen hört.

Die Reporterin fährt fort: »Dort sitze ich auf einem morschen Baumstumpf inmitten eines Sumpfes. Nebel schwemmt auf, ein Irrlicht flackert, entzündetes Faulgas, bläuliches Zucken. Eine prophetische Stimme, reibend wie eine Kontrabasssaite, sagt mir: ›Fürchte dich!‹ Der Dämmergeist durchquert den Dunst, geduckt und taumelnd. Als er näher kommt, erkenne ich eine Uniform, schwarz vom Schmutz. Sein Gesicht ist aschblass, eine Fratze der Verzweiflung. Rot glimmen seine Augen. Vielleicht hat er geweint. ›Fürchte dich!‹ Er sieht mich, ich fühle mich ausgeliefert, bedroht, bedrängt, und er bricht sofort in Raserei aus, packt einen Birkenast, schwingt ihn über seinem Kopf, schlägt ihn auf mich nieder – und ich erwache! Alles ist ruhig, nur mein Herz war mit mir im Traum, poltert aus dem Schlaf heraus wie ein Steinschlag. Und ja, ich fürchte mich, so wie die Stimme es befohlen hat. Ich fürchte mich.«

Kurz überlegt Teo, ob er ihr erzählen soll, dass es die Provinz der fünf Flüsse wirklich gibt, dass er von dort kommt. Doch das würde sie beunruhigen. Auch ihr Traum kommt ihm vor, als hätte er ihn selbst schon erlebt. Nur wie sollte das möglich sein? Stattdessen sagt er: »Nur ein Traum. Du bist zurück, und das Schlimme ist verflogen.«

Sie kommt ihm näher mit der Katze an ihrer Brust. »Du bist wirklich nett zu uns.«

Dem Uns kann er sich nicht verweigern. Mit gespreizten Fingern fährt er der Katze übers Fell; borstig fühlt es sich an, scharf und rau wie das verzinkte Drahtgeflecht eines Topfkratzers. Sie dreht sich um und geht mit der Katze im Arm zu ihrem Zimmer zurück. »Ich mag dich, Sucher.« Dann verschwindet sie hinter der Tür, der sandfarbene Tiger im Dschungel der Topfpflanzen.

## X.

Das Trüblicht ist müde, stolpert ungeschickt mit wackeligen Schritten, stößt überall dagegen, schlägt Lärm, macht Krach, als sei ihm der Morgendämmer zu eng. Der Tag muss sich Platz schaffen.

Besonders viel Unruhe scheppert aus dem Flur, dass Teo aufwacht. Er schiebt die Bettdecke beiseite, klettert die Leiter herunter, zieht die karierten Schalgardinen auf. An der Stange klappern die Ringe. Tatsächlich verbirgt sich dahinter ein Fenster, das ihn in einen engen Hof schauen lässt, beinahe nur ein Lichtschacht. Teo dreht den Knauf, öffnet den Flügel und lehnt sich hinaus, atmet den brenzlig riechenden Morgen. Feine Asche aus den Industrieschloten und Kraftwerken hat sich an der Fensterscheibe abgesetzt, Ruß aus Schornsteinen, Zigarettenqualm, Autoabgase, wohl den überforderten Filtern und Katalysatoren entschlüpft, Holz, Kohle, Öl, alle rohen Stoffe, aus denen man verzweifelt Energie herausschmilzt, weil Wind und Wasser allein die Öfen noch nicht sättigen, die Turbinen und Motoren. Die Tautropfen schmieren Linien übers Fensterglas, während sie herabrinnen.

Wie können die Menschen jeden Tag mit diesem Gestank aufwachen, fragt sich Teo. Gibt es keine Verordnungen dagegen, oder hält man sich nicht an die Vorschriften? Teos Blick nach unten fällt in Dunst, der sich tief im Schacht gesammelt hat wie Regenwasser in einer Tonne. Nach oben steigt der Blick in qualmgraue Wolken. Der Schacht ist achteckig wie der Flur, vier Seitenflächen haben Fenster, vier Seitenflächen nicht. Hinter zwei der Fenster bemerkt Teo huschende Schemen, aber nichts, das man benennen könnte. Hinter dem rechten sieht er einen schlanken, bärtigen Mann, der Kleidung aus einem Schrank nimmt. An der Fläche, die dem Fenster gegenüberliegt, blinkt blau und rot eine Werbetafel, die für Werbung auf Werbetafeln wirbt. Daher also das Leuchten in der Nacht, denkt Teo. Aber wen soll die Werbung erreichen, wenn man sie nur durch vier Scheiben sieht? Er schließt das Fenster und wendet sich dem Lärmen aus dem Gemeinschaftsraum zu.

Draußen steht die Reporterin. Beinahe erkennt er sie nicht wieder, weil sie heute eine Sonnenbrille trägt und ihre Frisur orange leuchtet. Wann mag sie sich die Haare gefärbt haben? Sie hält eine rotpelzige Katze auf dem Arm und sieht David zu, wie er eine Reisetasche durch seine Zimmertür wuchtet, dabei grob gegen die Zarge stößt. Aus dem Reißverschluss der Tasche schaut die Schwanzflosse des Plüschherings heraus. Hinter sich her zieht er einen breiten Lederkoffer auf rasselnden Rollen. Teo braucht nicht zu fragen. Sie sagt gleich: »Der Chemiker zieht aus.«

David setzt die Tasche ab, lässt den Koffer an der Tür stehen und kommt zu Teo. Er reicht ihm die Hand. »Es war schön, dich kennengelernt zu haben.« Sie schütteln sich die Hände, obwohl Teo nicht das Gefühl hat, den Chemiker zu kennen.

Zur Reporterin sagt David mit gesenktem Kopf: »Ich weiß, ich bin nicht gut genug. Das muss dir nicht leidtun.« Dann dreht er sich um, nimmt sein Gepäck und verlässt die Wohnung. Die Katze springt aus den Armen der Frau und schlüpft durch den Spalt der Tür, bevor sie sich schließt, dem Hering hinterher.

»Was hat er damit gemeint?«, fragt Teo.

Sie setzt sich an den Tisch, schiebt ihre verspiegelte Brille auf die Stirn. »Wir sind wie Öl und Wasser gewesen.«

Teo nimmt neben ihr Platz. »Und deshalb zieht er aus?«

»Ach nein.« Versonnen schaut sie auf den Tisch, fährt mit dem Zeigefinger die Maserung des Eichenholzes ab. »Er fängt wieder einmal ein neues Studium an und will näher zum Institut. Er war schon der Physiker, der Mathematiker, der Chemiker – und nun Informatik. Lange hält es keiner am selben Ort aus. Und er schon gar nicht.« Sie lächelt entschuldigend.

Teo denkt an Moorstedt. »Ich schon.«

Von der Reporterin fängt er einen misstrauischen Blick ein. »Man denkt gar nicht mehr darüber nach«, sagt sie. Es ist üblich, dass sich täglich Gründe für einen Umzug finden. Wir umkreisen das Stadtzentrum, wohnen mal im Norden, im Osten, Süden und Westen. Und wenn der Kreis geschlossen ist, zieht es uns meist in eine neue Stadt.«

»*Es* zieht uns …«, wiederholt er nachdenklich. Was mochte dieses Es sein?

»Ist dir das noch nicht aufgefallen? Deshalb sind fast alle Zimmer und Wohnungen in der Stadt tageweise zu mieten. Sie sind möbliert, sodass man alles hat, wenn man einzieht. Aber am Ende der Woche wohnt ein anderer darin als am Anfang.«

»Wie ein Hotel also – eine Stadt aus Hotels«, sagt er. Nun wird ihm klar, dass seine Bitte um ein Hotelzimmer von lächerlicher Selbstverständlichkeit gewesen ist. »Wie soll man Bekanntschaften und Freundschaften erhalten, wenn man jeden Tag woanders wohnt?«

Sie schaut, als hätte er etwas kindlich Dummes gesagt.

»Man kann über den Funknerv miteinander reden. Aber sowieso verändert man sich immerfort und sucht sich eben die Menschen, die gerade zu einem passen.«

Das mag er nicht recht glauben. Zu Hause ist er den Menschen gefolgt, um bei ihnen zu sein. In Sybaris 7 geht man irgendwohin und schaut, wen man dort findet?

»Warum diese Unruhe? Man verliert nur die Besinnung dabei.«

»Das liegt an den vielen Menschen. Verändert der eine dein Leben heute, verändert der andere es morgen. Irgendeine Hand hält den Ball immer am Rollen. Und weil wir durch den Funknerv verbunden sind, trifft es jeden.«

»Ich hoffe nur, ich finde das Postamt. Das ist das einzige, worauf es mir ankommt.«

»Ich wünsche es dir. Aber es kann sein, dass Sybaris 7 dir ständig etwas Neues gibt, auf das es ankommt. Die Hauptstadt wird auch in dir etwas anstoßen. Stets wird sie neu gedacht und gebaut. Entwickeln, erfinden, anpassen, umbauen, modernisieren. Verfallenes wird weggerissen, Bestehendes wird zu neuen Zwecken verändert. Die Straße, die man gestern gegangen ist, führt heute woanders lang. Das Haus, in dem man wohnt, wird morgen vielleicht abgerissen.«

»Gibt es keinen Ort, an dem man bleiben kann?«

Die Reporterin schüttelt den Kopf. »Es bleibt keiner. Also baut man dafür nicht. Die Wände sind dünn in Sybaris 7, leicht die Fassaden. Schnell errichtet, schnell eingerissen.«

Teo erinnert sich an die Steinfundamente, auf denen das Haus seiner Eltern seit zweihundert Jahren ruht, an die Ziegelmauern.

»Und ihr zieht umher wie Tauben, denen der Sturm die Nester von den Simsen gefegt hat. Schade. Ich hätte den Chemiker gerne richtig kennengelernt, nicht nur zur Kenntnis genommen. An diesen schnellen Menschentausch bin ich nicht gewöhnt.«

»Aber du bist doch längst Teil davon. Auch du hast dich gegen einen anderen getauscht, als du in sein Zimmer gezogen bist. Man merkt es nur nicht, weil man selbst immer bei sich ist; jeder ist in Gesellschaft seiner selbst.«

Ohne es zu merken, ist Teo bereits in das Wechselspiel geraten.

»Mir ist das fremd. Da, wo ich herkomme, wohnen die Menschen in Häusern wie Bäume in der Erde.«

»Vielleicht bist du wirklich anders«, sagt sie. »Aber ich glaube es nicht.« Sie legt ihre Hand auf seine, das Auftreffen ihrer Finger klingt, als klopfe jemand auf Holz.

»Ich mache auf«, sagt sie und als ihre Berührung von seinem Handrücken gleitet, fühlt er Kälte auf der Haut.

Die Reporterin steht auf und geht zur Wohnungstür. Sie lässt einen schlanken Mann ein, dessen blonde Haare im Sirupschein des Flurs messingartig glänzen. Über seine Stirn läuft ein Streifen, ein Ring um den Kopf herum; unter der Haut, so scheint es. Sein Bart ist geradlinig getrimmt, die Kanten scharf geschnitten an den Wangen und dem sehnigen Hals, der wie eine weiß lackierte Teleskopstange aus dem Kragen ragt. Blau glänzt sein Hemd, durchzogen mit Geraden und Kreisen, als trüge er einen Schaltplan aus Durchschlagpapier mit Silberstift- und Zirkelstrichen. Auf seiner Brust liegt ein Anhänger in Form eines stilisierten Nervenstrangs aus Rotgold. Teo hat den Mann schon einmal gesehen, durch das Fenster in der Wohnung gegenüber, als der Blonde seinen Kleiderschrank ausräumte.

Er stellt sich vor: Er sei der Ingenieur. Seine Stimme brummt wie ein Lastwagenmotor. Entgegen Teos Erwartung bringt der Mann keinen Abgasgeruch mit, sondern eine tiefe Note von Weihrauch. »Ich habe gehört, hier ist ein Zimmer frei.«

Der Ingenieur wendet den Kopf in Teos Richtung.

»Ich hab es selbst erst erfahren«, sagt er. »Wann hast du davon gehört?«

»Ist es frei oder nicht?«

Die Reporterin antwortet: »Ja, ist es. Erste Tür links.« Und zu Teo sagt sie: »Von irgendwoher kommt das Wissen immer.«

Als schnelllebig und schwer begreiflich erweisen sich Sybaris 7 und seine Bewohner. Die eigentümliche Logik, die in allem verborgen liegt, ist zu spüren, aber weder sichtbar noch zu ertasten. Vielleicht braucht auch Teo einen solchen Funknerv, um alles zu verstehen, was sich um ihn herum abspielt.

Wieder würfelt der Aufzug mit Teo, wenn auch nicht auf die grobe Weise der ersten Fahrt. Ihm schmerzt der Kopf davon. Er weiß nicht zu sagen, ob ihn dieses Hin-und-her-Werfen, dieses Ruckeln und Schütteln so verwirrt hat, dass er die Straßen vor dem Wohnhaus nicht mehr erkennt. Vielleicht ist es auch das Tageslicht, das sie anders erscheinen lässt als in den Nachterinnerungen. Oder die Stadt hat sich tatsächlich verändert, wie es die Reporterin erzählte. Sie war so freundlich, ihm einen Freiwagen kommen zu lassen und ein Fahrtzertifikat auszudrucken, damit er das Hauptpostamt suchen kann. Teo tritt gerade aus dem Wohnhaus heraus, steigt die Basalttreppe zum Bürgersteig hoch, da sieht er schon das silberne Auto am Straßenrand warten. Die Tür klackt, öffnet sich mit einem weichen Schwung. Wie wunderbar einfach das geht, denkt Teo und lässt sich auf den Beifahrersitz fallen. Die Kühlung fächelt ihm einen angenehmen Hauch entgegen.

Als der Wagen fragt, wohin er fahren soll, nennt Teo das Hauptpostamt und die Adresse, die ihm die Mutter aufgeschrieben hat. Zu seiner Verwunderung antwortet die Computerstimme nicht sofort, sondern ein leises maschinelles Nachdenken fiept unter dem Armaturenbrett. Schließlich sagt die Maschine: »Das Hauptpostamt ist nicht über das städtische Straßennetz erreichbar. Bitte nutzen Sie die S-Bahn-Linie –1/C oder nennen Sie ein anderes Fahrtziel. Die nächste S-Bahn-Station finden Sie zehn Gehminuten in südlicher Richtung.«

Ein anderes Fahrtziel als das Hauptpostamt fällt Teo nicht ein. Nach einem stillen Moment der Ratlosigkeit berührt er den Griff, dass die Tür sich öffnet. Verunsichert steigt er aus. Warum erreicht man das Hauptpostamt nicht über das Straßennetz, sondern über eine S-Bahn-Linie? Gerade war er noch so zuversichtlich gewesen, nun spürt er, wie dicht die Befürchtungen sich an sein Herz geschlichen haben, dass sein Auftrag scheitern könnte. Ganz Moorstedt vertraut darauf, dass er den Anschluss an den Postverkehr wiederherstellt. Er muss das Amt finden und hat keine andere Wahl, als sich an die Hinweise zu halten, die der Wagen ihm gegeben hat.

Teo schaut sich auf der Straße um, welchen Weg er südlich zur S-Bahn-Station einschlagen könnte. Die Waben der gegenüberliegenden Häuserblöcke scheinen ihm ganz neu gestapelt, türmen sich spiralförmig hinauf wie unzählige Finger, die nach einem milchblassen Sonnenball greifen, als wollten sie ihn fangen. Vielleicht hat er die Häuserspitzen in der zurückliegenden Nacht auch nicht gesehen, weil sie in die tief treibenden Wolken ragten? Nun aber ist der Schleier des Dunsthimmels gerade so dicht gewoben, dass man die Schatten der Türme sehen kann und den Sonnenball, ohne dass er blendet.

Je weiter er geht, desto mehr verschiebt sich der Blickwinkel auf die fremden Bauten, scheinen die Gebäude sich zu bewegen, treiben voneinander fort, aneinander vorbei wie gewaltige Schiffe, folgen den Schildern, auf denen jede Straße *»Umleitung«* heißt. Ungewohnt stößt sein Blick überall gegen Mauern, Wände, Tafeln, Ecken, Kanten. Es fehlt der Sicht die Bewegungsfreiheit, die Weite der Provinz, aus der Teo stammt. In den Augen fühlt er sich ganz beengt. Zudem hat er den Eindruck, jemand habe den Stadtteil, durch den er geht, gerade aus einem Karton ausgepackt, so neu sieht er aus. Wenn es eine Gleichzeitigkeit des Alten und Neuen gibt, wie der Chemiker sagte, dann ist hier ein Ort, an dem man sie nicht sieht. Der Stahl hat keine Dellen, das Glas keine Sprünge, der Beton keinen Abrieb von Schauer, Schnee und Sturm. Offenbar wird Verfallenes sofort repariert oder ersetzt, sodass eine Architektur von geschichtsloser Perfektion entstanden ist. Dieser glatte Schliff hat nichts zu erzählen, ist schweigsam und erscheint ihm verdächtig, denn Teo kennt die Chroniken

Moorstedts, die verstrichenen Dekaden, die nicht nur im Buch der Großmutter geschrieben stehen, sondern auch auf Schindeln, Ziegeln und Balken. Wo aber sind die Geschichten dieses Stadtteils? Alles erscheint ihm wie ein wohlkonstruiertes Geheimnis.

An ihm vorbei strudelt ein Kreisverkehr mit wirbelnden Pfeilen auf dem Asphalt. Sein Weg öffnet sich zu einem Platz, verengt sich zu einer Gasse. Menschen umkreisen ihn, gehen zuerst hinter ihm, dann daneben und davor. Überall glaubt er, zu langsam zu gehen, aber wegen seiner schwachen Beine fällt es ihm schwer, die Schrittgeschwindigkeit der Bewohner von Sybaris 7 zu halten.

»Entschuldigung, wo geht's zur S-Bahn-Station?«, fragt er einen Jungen, der etwas kaut und dessen riesige Sonnenbrille ihm auf die Nasenspitze rutscht.

»Gestern war sie dahinten«, sagt er und fuchtelt mit der Hand gegen den warmen Wind. »Fragen Sie doch den Schwarm, oder ist Ihr Funknerv kaputt?«

Ein Lastwagen taucht hinter Teo auf. Seine Hupe dröhnt. Der Fahrer lehnt sich aus dem Fenster und ruft: »Aus dem Weg!« Teo steht mitten auf der Fahrbahn. Sie muss unter seine Füße gerutscht sein, als er den Jungen fragte. Oder hat er nur nicht aufgepasst, wohin er ging? Er springt zur Seite, zurück auf den Gehweg. Der Lastwagen fährt schnaufend an, hält aber sogleich wieder. Auf der Ladefläche liegt eine Hubarbeitsbühne auf, die ihren Gelenkarm über Teo ausstreckt. Im Arbeitskorb stehen zwei Bauarbeiter. Einer bedient das Pult, der andere hält ein Straßenschild. Sie schwenken hinauf zu einem Aluminium-Mast, an dem Dutzende unterschiedliche Schilder angebracht sind. Der Bauarbeiter lässt sich von seinem Kollegen das neue Schild reichen, das er wohl ebenfalls am Mast anbringen will. In diesem Durcheinander beschleicht Teo die unheilvolle Ahnung, dass sich die Suche nach dem Hauptpostamt als schwieriger erweisen könnte, als gehofft.

Von der Hebebühne poltern wilde Flüche. Offenbar sind die Bauarbeiter über die Anbringung eines Schildes uneins. Plötzlich ruft jemand eine Warnung. Ein Schild saust zu Boden, scheppert auf die Gehsteigplatten neben dem Laster mit der Hebebühne, dass alle Passanten zusammenzucken. Teo tritt näher heran. Auf dem Schild endet eine weiße Gerade an einem roten Balken: Sackgasse. Noch lange nach dem Aufprall zittert das blau lackierte Blech.

Die Straße weitet sich zur Allee, umsäumt von Reihen dieser Baumgestelle, die Teo bereits am Bahnhof gesehen hat. Tausende winzige Rotoren surren, summen wie Bienenschwärme, der grüne Lack blitzt in den wirbelnden Kronen. Einige Schritte weiter gabelt sich die Allee, umkränzt einen Park, ein Oasenoval, das von einem Maschendrahtzaun umschlossen wird, kantige Streben, vergittertes Grün, als habe man die Naturreste in einen Zwinger sperren wollen.

Teo marschiert auf den Eingang des Parks zu, will sich den Weg außen herum sparen. Ein poliertes Messingschild nennt diesen Ort *»Park des ersten Simulators«*. Hinter dem Zaun begegnet ihm eine seltsam eingehegte Natur, wie er sie aus seiner Heimatprovinz nicht kennt. Kreisförmig verläuft ein ebener asphaltierter Pfad, leicht zu gehen, auch für Teos empfindliche Beine. In regelmäßigen Abständen spalieren echte Bäume, Rotbuchen, den Weg, deren Kronen man zu Würfeln gestutzt hat, während Rhododendrenkugeln in quadratischen Beeten hocken. Ein technisches Gerät, eine Art gewölbte Kunststoffscheibe, groß wie eine Fahrradfelge, schnurrt über das Borstengras, mäht es kurz, dass es schon stellenweise in der Wärme verdorrt. Nur unter einem lotrecht gewachsenen Ahornbaum, beschattet von seiner ausladenden Krone, grünen die Halme. Am Wegesrand stehen Bänke aus Kunststofflatten und rostigem Stahl, darüber zittert das Kastengeäst der Buchen im flauen Wind. Teo beschließt, sich für einen Augenblick zu setzen, um die Beine auszuruhen. Hoffentlich muss er nicht den ganzen Tag laufen. Das würden seine Knochen nicht verkraften.

Kaum hat er sich niedergelassen, erklingt Gezwitscher, ein Potpourri aus Pfiffen, Flötentönen, schrillem Schmettern. Es gelingt ihm nicht, den Chor zu entwirren, obwohl er Vogelstimmen eigentlich gut zuordnen kann. Das hat ihm der Vater beigebracht in den Wäldern um Moorstedt. Teo hebt den Blick, sucht im Baum, hinter sich im sauber gestutzten Dickicht der Hundsrosen, findet aber keinen gefiederten Sänger. Stattdessen fällt ihm auf, dass der Klang auf der Rückseite der Bank lauter wird, sich dort verengt wie eine Bachquelle, die aus zwei rechteckigen Lautsprechern sprudelt. Gibt es denn keine echten Vögel hier, dass man ein Konzert abspielen muss, wenn sich jemand auf die Bank setzt? Vielleicht will man es auch nicht dem Zufall überlassen, ob die Parkgäste Vogelstimmen hören. Oder man möchte den Stadtlärm überdecken, überlegt Teo, während er den Kopf zur Seite neigt, um dem Klang zu lauschen. Doch hektische Stimmen lenken ihn ab, ein Streit nähert sich, scharfkantige Worte, Satztrümmer.

Eine junge Frau kommt straffen Schrittes den Bogenweg entlang. Ihr kurzes Sommerkleid glänzt wie Fischhaut. »Verschwinde, oder ich blocke dich!«, keift sie. »So ein schäbiger Ersatz! Du bist ein Trojaner!«

Hinter ihr her stolpert eilig ein Mann. Er trägt einen schwarzgelb gestreiften Kapuzenpullover. Sofort erkennt Teo den Chemiker und beobachtet, wie sich die Frau umdreht und David anschreit: »Und hör auf, mir nachzudackeln!«

Erschrocken verharrt der Chemiker, während sie fortläuft.

»Chemiker!«, ruft Teo, als die Frau hinter einer hohen Hecke verschwunden ist.

David wendet sich ihm zu, legt den Kopf zur Seite, bis er fast die Schulter berührt.

»Ich bin's, Teo, der Sucher, wie du mich genannt hast.«

Der Chemiker schaut sich kurz um, dann kommt er zur Bank herüber, und Teo sieht sich in den Gläsern der Sonnenbrille lächeln, als habe er einen alten Freund getroffen.

»Ich bin nicht mehr der Chemiker. Ich bin jetzt der Informatiker.« Er steckt sich das Ende der Kapuzenkordel in den Mund und kaut darauf herum.

»So ein Zufall, dass wir uns hier getroffen haben!«, sagt Teo. »Ich habe mich gerade ausgeruht auf dem Weg zur S-Bahn-Station, und dann kommst du vorbei.«

»Zufall? Wenn du zur S-Bahn willst, bist du doch mit Absicht hier. Und ich hatte ein Rendezvous im Park. Zufall ist keines von beidem, es sieht nur so aus, weil wir gegenseitig nichts von unseren Plänen gewusst haben. Zufall – absurd!«

»Wie dem auch sei ... Dein Rendezvous scheint aus dem Ruder gelaufen zu sein, oder?«

Nun legt David den Kopf auf die andere Seite, seufzt und setzt sich neben Teo auf die Bank. Das Vogelzwitschern fiept gegen das Stadtrauschen an.

»Um genau zu sein, hatte sie kein Rendezvous mit mir. Ich habe im Schwarm vorgegeben, jemand anderes zu sein, und gehofft, sie gäbe sich mit mir zufrieden, wenn der andere nicht käme. Manchmal klappt das.«

»Du hast sie belogen, damit sie in das Treffen einwilligt?«

»Jeder lügt irgendwie. Mancher rückt sich auf seinen Bildern ins rechte Licht, mancher retuschiert – und ich nehme Bilder von anderen. Ich biege die Wahrheit vielleicht stärker als andere, aber gebogen wird sie überall.«

»Ist Ehrlichkeit nicht ebenfalls wichtig? Es geht doch auch um den Charakter, oder?«

Da schlägt der Informatiker, der einmal der Chemiker war, seine Kapuze zurück, nimmt die Sonnenbrille ab. Zum Vorschein kommt ein kahlköpfiger, fahlhäutiger Kerl mit geröteten Augen.

»Ehrlichkeit bringt mir nichts. Ich bin ein pummeliger Zwerg, und die Algorithmen sortieren mich im Schwarm aus.«

»Ich kenne mich damit nicht aus«, sagt Teo entschuldigend. Aber der Informatiker erzählt trotzdem weiter: »Keine Frau will einen kleinen Mann; ich werde herausgefiltert bei ihrer Suche. Auf eine Datenkombination dampft dich der Schwarm ein, weist dir einen Punktwert zu, bildet Indizes, Skalierung, Kategorisierung: Größe, Alter, Gewicht, Einkommen, Körperbau, Schulabschluss.«

»In meiner Heimatstadt lernt man sich anders kennen: in der Schule, auf Arbeit, im Gasthof, beim Wandern, Schwimmen.«

»Wer hat denn dafür Zeit?«, fragt der Informatiker. »Bevor man eine Sekunde opfert, will man doch wissen, ob es sich lohnt. Also lässt man sich den besten Kandidaten von Algorithmen vorschlagen. Wenn ich meine Daten nicht poliere, komme ich nie an ein Treffen. Ich bin nicht gut genug.«

Teo versteht, was in dem Informatiker vorgehen muss, ging es ihm doch ähnlich, damals, als er für Elisa schwärmte, die Wirtstochter. Sie hat ihn jedoch zurückgewiesen wegen seines lächerlichen Gangs, wie sie sagte, und weil sie seine stechend grünen Augen gruselig fand. Er fühlte sich schon immer herausgefiltert.

»Hast du das gemeint, als du dich von der Reporterin verabschiedet hast?«

»Wen meinst du? Ich kenne keine Reporterin.«

Die Feststellung klingt so überzeugt, dass Teo erstaunt stutzt. »Du bist heute Morgen erst aus der Wohnung ausgezogen. Du musst dich doch erinnern!«

»Ich weiß, dass ich umgezogen bin. Auch dein Gesicht ist mir noch im Gedächtnis. Nur von einer Reporterin ist mir nichts bekannt. Das überrascht mich aber nicht.«

»Mich schon. Wie kann man jemanden innerhalb von Stunden vergessen?« Teo schüttelt den Kopf, bis er glaubt, ihm riesele der Verstand heraus.

»Ich speichere meine Erinnerungen im Schwarm. Und schlimme Erinnerungen lösche ich – besonders dann, wenn ich an den Teflonschichten der Frauen abrutsche. Wie sollte man sonst weitermachen, wenn man all die Niederlagen mitschleppen müsste durchs Leben? Man müsste doch verzweifeln.« Durch die geschlossenen Lippen des Mannes surrt ein zufriedenes Brummen.

Was der Informatiker erzählt, hört sich für Teo an wie ein Märchen aus einer unsichtbaren, zahlendurchzuckten Programmwelt. Wie kann man alles Schlimme, das einem widerfährt, einfach aus seinem Kopf löschen? Er durchschaut diese seltsame Technologie nicht, aber inzwischen ist er so neugierig, dass er es gerne würde. Ganz genau betrachtet er den Kopf des Informatikers, ob er irgendeine Absonderlichkeit bemerken kann, so wie den Ring um den Kopf des Ingenieurs. Doch ihm fällt nichts auf, außer dass Davids Haut fahl und unrein ist, er den Zeigefinger unter die

Brillengläser schiebt, um sich die Augen zu reiben, und hin und wieder seinen Kiefer zu einem gedehnten schwarzen Gähnen aufsperrt. »Kurze Nacht?«, fragt Teo. »Wegen des Umzugs?«

»Ein Albtraum, nichts weiter.«

»Auch die Reporterin hat schlecht geträumt«, sagt Teo. »Worum ging es denn in deinem Traum?«

»Ach … ein Sumpf, ein Mann, ein Birkenast, jemand meinte, ich solle mich fürchten. Unsinn eben!« David macht eine wegwischende Handbewegung. »Also, ich muss nun meiner Wege«, sagt er und erhebt sich.

Hatte nicht die Reporterin etwas Ähnliches erzählt? Konnten zwei Menschen den gleichen Traum zur gleichen Zeit träumen? Möglich wär's, wenn beide die gleichen Erlebnisse durch den Kopf wälzten.

»Warte! Vielleicht kannst du mir noch sagen, wo ich das Hauptpostamt finde … oder wenigstens die nächste S-Bahn-Station?«

David steckt sich die Kopfhörer in die Ohren. »Du solltest dir einen Funknerv zulegen, sonst bleibst du so hilflos. Einen Augenblick!« Dann atmet er lange durch die Nase aus, lässt das speichelnasse Ende der Kordel aus seinen Lippen gleiten. »Der Schwarm sagt, dass es gar kein Hauptpostamt gibt in Sybaris 7. Vielleicht bist du zu spät dran?« Er klopft Teo auf die Schulter. »Die Bahnstation findest du in nördlicher Richtung, zweihundert Meter.«

»Natürlich muss es ein Hauptpostamt geben! Und der Freiwagen hat gesagt, die nächste S-Bahn-Station liege südlich! Dieser Schwarm erzählt Unsinn!«

Irgendetwas stimmt nicht mit dieser Stadt, denkt er. Diese Widersprüche bringen ihn auf.

»Jetzt mal ruhig!«, entgegnet der Informatiker. »Ich wollte nur helfen.«

»Es hilft mir aber nicht!«

»Ich weiß nur, was der Schwarm mir sagt. Wenn du es besser weißt, hilf dir selbst!«

Reuevoll senkt Teo den Kopf. »Entschuldige. Es ist nur so schwer, sich in diesem Wirrwarr nicht zu verheddern.«

»Du wirst dich dran gewöhnen.«

Teo reicht ihm zum Abschied die Hand. »Lass dir die Abfuhr bei deinem Rendezvous nicht zu Herzen gehen. Ich weiß, wie das ist. Wir dürfen uns nicht unterkriegen lassen.«

Der Informatiker setzt die Sonnenbrille wieder auf. »Abfuhr? Welches Rendezvous? Keine Ahnung, was du meinst«, sagt er, offenbar mit frisch gesäubertem Gedächtnis, bevor er abschwirrt über den geschwungenen Asphaltweg, durch den »Park des ersten Simulators«, durch den Eingang des Gitterzauns. Teo sieht ihm noch eine Weile nach, bis er im Schwarm der Menschen auf der Allee verschwunden ist. Der Funknerv des Informatikers, was immer das ist, kann sich nur geirrt haben, hofft er und erhebt sich von der Bank, um seinen Weg fortzusetzen. Das Vogelzwitschern verstummt.

Minutenweit läuft Teo, findet Bushaltestellen, U-Bahn-Stationen, aber keinen S-Bahnhof. Die Schilder geben widersprüchliche Auskünfte, die Passanten gegenteilige Ratschläge. Müde sehen die Menschen aus, zerzauste Haare, fahle Gesichter, Augenringe hängen bis unter die Ränder der Sonnenbrillen. Ihn würde es nicht überraschen, wenn man in Sybaris 7 zu wenig Zeit zum Schlafen hätte. Inzwischen glühen seine Knochen in den Oberschenkeln und Waden, regelmäßig muss er eine Bank finden, auf die er sich setzen kann. Wenn er nicht achtgibt, verläuft er sich. Den eigenen Weg finden zu müssen, ist für ihn neu und überraschend schwierig. Seit er nach Sybaris 7 musste, fordert ihn das. Ihm geht durch den Kopf, wie leicht es gewesen war, anderen nachzulaufen, Konrad, den Eltern, von einem zum anderen, wenn er Post austrug. Sogar auf dem Berufsweg war er der Mutter nachgelaufen.

Bis zum Nachmittag irrt er vergebens durch die Stadt. Teo findet die S-Bahn-Station weder in der Richtung, die ihm der Freiwagen geraten hat, noch dort, wo ihn der Chemiker hinschickte. Stattdessen rückt das Wohnhaus unvermutet in seinen Weg, als wäre es bei ihm zu Hause. Vielleicht ist er im Kreis gelaufen, ohne es zu merken? Es muss ein großer Kreis gewesen sein, denn seine

Rindslederschuhe scheuern schon an den Fersen, drücken auf die Zehenknöchel. So lange ist er noch nie über Asphalt gegangen, über Gehsteigplatten und Kopfsteinpflaster. In Moorstedt findet er schnell seine Ziele, weil er sich auskennt, und die Straßen, die geschlämmten Wege sind dort überhaupt viel kürzer. Vermutlich sind es keine Suchschuhe, die für die ewigen Alleen der Staatsstädte taugen. Teo hat den wirren Gedanken, dass er wegen seiner alten Latschen die S-Bahn-Station nicht finden kann. Wie soll man den richtigen Weg gehen mit falschen Schuhen? Er überlegt, ob es sich lohnt, neue Schuhe für längere Strecken zu kaufen. Im Augenblick aber kommt er nicht weiter. Er will in die Wohnung zurückkehren, um seine Beine auszuruhen, die inzwischen unerträglich schmerzen, und die Reporterin um Rat fragen, wie er die S-Bahn-Station finden könnte. Viel Zeit bleibt ihm nicht mehr, wenn er morgen zurückfahren will.

Am Eingang des Wohnhauses hat man mit Bauarbeiten begonnen. In der Führerkabine eines Kleinbaggers bedient ein schlanker Mann mit freiem Oberkörper und Zigarette im Mundwinkel die Hebel, reißt mit der Schaufel die Gehsteigplatten heraus. Funken sprühen, wo die Schaufel in den Boden beißt. Zwei Bauarbeiter lehnen auf den Griffen ihrer Spaten, haben die Helme weit nach oben über die Stirn geschoben. Schon baut man auch hier um. Die Reporterin hat wohl recht gehabt: Die Stadt verändert sich jeden Tag.

Auf dem Weg in die Wohnung treibt ihn die Angst um, ob die wenigen Tagesstunden noch reichen, um das Amt zu finden und alle Angelegenheiten zu bereinigen. Aber als er den Gemeinschaftsraum betritt, beruhigt ihn der Anblick der Reporterin, die am Tisch sitzt mit einer blauen Perserkatze auf dem Schoß. Erneut hat sie ihre Frisur geändert. Zu einem Wasserfallzopf aus Indigo hat sie die Haare geflochten. Ihre Sonnenbrille schiebt sie mit dem Daumen hoch zur Nasenwurzel. Dann vergräbt sie die Finger im Fell des schnurrenden Tiers.

»Hast du gefunden, was du gesucht hast?«, fragt sie. »Du warst lange fort.«

Teo hängt seine Tasche an einen langen Garderobenhaken, an dem bereits zwei Jacken baumeln. Schwer beladen sind auch die anderen Haken.

»Ich muss mich verlaufen haben«, antwortet er. »Wem gehören eigentlich diese Jacken?«

»Die senfgelbe ist meine«, sagt die Reporterin. »Die anderen sind vergessen worden von früheren Bewohnern, die überstürzt ausziehen mussten.«

»Wir müssen aufpassen, dass wir unsere Jacken nicht verwechseln.« Teo zieht seine strohgelbe Windjacke aus und hängt sie zu seiner Tasche.

»Vielleicht sind ein paar Jacken auch von da drüben«, ergänzt sie und weist mit dem Zeigefinger auf die Tür, die dem Eingang gegenüberliegt.

»Wer wohnt da?«

»Schau nach!«

Er klopft an. Niemand antwortet.

»Schau nach!«, bekräftigt sie.

Sachte senkt Teo die Klinke, die Tür aus weiß lackiertem Holz springt auf und zieht ihn, ohne dass er drückt, in den dahinterliegenden Raum. Er hat einen achteckigen Grundriss mit sieben weiteren Türen und gleicht dem Aufenthaltsraum von Teos Wohngemeinschaft. Eine Blütenlampe streicht weiches Licht über die bernsteinfarbenen Wände. An einer Wand hängt eine Garderobe, ebenfalls überladen mit Jacken, die vielleicht auch vergessen worden sind. Ein Regal voller Schuhe steht daneben. Auf dem Tisch sitzt eine Siamkatze still und starr, als wäre sie in Harz eingeschlossen. Teo wendet sich zur Reporterin um. »Gehört der Raum auch zu unserer Wohngemeinschaft? Oder ist das ein Durchgang zur Nachbarwohnung?«

Sie zuckt mit den Schultern. »Vielleicht gehört die Nachbarwohnung zu uns, oder wir zur Nachbarwohnung. Alle Räume sind verbunden, jede Tür führt überallhin. Wenn alles zusammenhängt, wer kann da sagen, was noch wozu gehören soll und was nicht? Welche Tür ist die Grenze? Vielleicht gehören alle zueinander.«

»Und doch ist jeder allein in seinem Zimmer«, erwidert Teo und schließt die Tür. Er setzt sich zu ihr an den Tisch.

»Man muss nicht alleine bleiben«, sagt sie. Zwischen Zeigefinger und Daumen fasst sie einen Bügel ihrer Sonnenbrille und nimmt sie ab. Ihre Augen sind dunkelgrün und ölig. Wo ist das Eisblau?

Dieser Farbentausch fasziniert ihn. Wie kann ein Mensch so wandelbar sein? Er fasst in das Fell der Katze, bereitwillig möchte er das Tier jetzt streicheln und vielleicht zufällig ihre Hand finden.

Zufall? *Absurd*, sagte der Informatiker, und die Finger begegnen sich nach ihren geheimen Plänen.

»Ich habe heute den Informatiker getroffen.«

Sie streicht über seinen Handrücken. »Hat er sich an dich erinnert?«

Sie stellt die richtigen Fragen, erkennt er. Sie weiß, wie man in Sybaris 7 funktioniert.

»Ja. Nur dich hat er vergessen.«

»Zwei Augen, eine Nase, ein Mund, zwei Ohren – alle Gesichter sind gleich«, sagt sie. »Und je mehr man sieht, desto gleicher werden sie. Wen soll man sich da im Gedächtnis halten?«

»Er sagte, es gäbe kein Hauptpostamt mehr.«

»Wenn du willst, schaue ich mit meinem Funknerv im Schwarm.«

Er nickt und sie schließt die Augen, macht ein ernsthaftes und konzentriertes Gesicht. Kurz darauf schlägt sie die Lider wieder auf. »Er hat recht. Das Postamt wurde geschlossen.«

Er zuckt zusammen. Das Katzentier springt vom Schoß der Reporterin, aber Teo hält noch ihre Hand.

»Das darf nicht sein! Gibt es hier keine Post? Wie bekommt ihr eure Briefe?«

»Briefe? Wir haben unsere Funknerven und den Schwarm.«

»Ich bin doch Postbote. Was wird jetzt aus mir?«

Sie beugt sich zu ihm vor, dass jedem der Blick des anderen gehört. »Du bist der Sucher«, sagt sie und drückt fester seine Hand.

# XI.

Die angebliche Schließung des Hauptpostamts empört Teo. Man hätte die Leute in Moorstedt darüber unterrichten müssen! Aber bei allem, was er in dieser Stadt bisher gesehen hat, fügt sich diese Wendung in den wechselhaften Charakter der Dinge.

»Komm, wir zuckern das Bittere!« Sie holt aus der Küche zwei bauchige Stielgläser und eine Flasche Rotwein.

Überrollt von den Entwicklungen folgt er der Reporterin aus der Wohnung, auf den Gang hinaus. Sie führt ihn um einige Winkel zu einer lang gestreckten Fensterfront, die eine Loggia abgrenzt. Sie treten hinaus und ein kräftiger, warmer Höhenwind lässt die Haare der Reporterin flattern wie blaue Bänder. Milchig schwimmt der Himmel vorüber. Vereinzelt sausen kleine Fluggeräte an der Hausfassade vorbei, tragen Kästen, Kanister oder Kartons.

»Drohnen«, sagt sie, als sie Teos aufmerksamen Blick auf die schwirrenden und summenden Objekte bemerkt.

»Ich weiß. Hab schon einmal eine gesehen … aus der Nähe.« Noch genau hat er die Drohne vor Augen, die von dem Kurierfahrer in Stücke geschlagen wurde.

Sie finden eine Gruppe von Gartenstühlen, die vor dem vergitterten Geländer der Loggia stehen. Der Kunststoff der Sitzflächen ist stumpf gewaschen vom Wetter, das Metall der Stuhlbeine aufgeraut unter Rost. Sie mögen ebenso von ihren Besitzern vergessen worden sein wie die unzähligen Jacken und Schuhe, sie mögen jedem und niemandem gehören. Also nehmen die Reporterin und Teo freimütig Platz. Sie reicht ihm ein Glas und schenkt ihm und sich aus der Flasche ein. Mit einer leichten Handdrehung schwenkt sie den dunklen Körper des Weins, der wie Tran schmiert. In dieser Höhe hört man den Stadtlärm nur von fern; klebrige Klänge, ein breiiges Brummen, zähflüssige Töne schlammen dort, weit in den Tiefen. Auf der Brüstung balanciert eine Taube mit nacktem, gerupftem Hals und aschgrauen Flügeln. Ihre leeren Augen zittern.

Lange sitzen sie schweigsam beieinander. Verstohlen schaut Teo hin und wieder zu ihr, wie sie ihr Glas an die Lippen setzt und am Wein nippt. Unbemerkt rinnt ein Tropfen vom Stiel des Glases herab und tropft auf ihre kurzärmlige Bluse. Teo sagt nichts, um nicht zu verraten, dass er sie beobachtet. Auf ihrem linken Oberarm leuchtet eine Tätowierung in grellbunten Farben, ein Papageienschwarm im Flug. Federn stieben auf, Schnäbel glänzen, kaleidoskopisches Ensemble.

Schließlich scheint sie doch seine Blicke bemerkt zu haben und erzählt, sie habe sich das Bild im fernen Süden stechen lassen, während sie für eine Reportage recherchierte. Sie habe noch mehr Souvenirs auf ihrer Haut, sagt sie und funkelt ihn schelmisch an, dass er verlegen lächelt. Dass der Informatiker bei ihr gescheitert ist, lässt ihre Offenheit für Teo noch wertvoller erscheinen.

»Erzähl mir, wo du überall gewesen bist«, bittet er. Und sie beginnt, ihm ihre tausend Geschichten zu erzählen, von weltumspannenden Abenteuern, von Helden, von grausamen Schlächtern. Er, der Provinzler aus Moorstedt, lässt sich einschüchtern von der Größe, von der Weite ihres Erlebens. Gleichzeitig fesselt ihn die Exotik und fasziniert ihn die Vielfalt an Anekdoten. Teo kann sich kaum einen Satz merken, viele Wörter sind ihm fremd, die Bezeichnungen mancher Dinge, die Namen der Orte. Die hypnotisierende Melodie ihrer Stimme trägt ihn in die Dämmerung, lässt ihn träumen, stößt seine Neugier an, dass ihm die Erinnerung an die Schwärmerei für Elisa geradezu langweilig erscheint. Wie ein mütterlicher Arm wiegt der Wein seinen Kopf.

Vom Balkon gibt es so viel zu sehen, dass Teo sich vergisst. Wird er morgen zurückfahren, ratlos und verloren? Inzwischen schimmert der Himmel orange, vanillefarben und seidengelb. Ein Flugzeug schneidet einen Kondensstreifen hinein. So strahlt die Nacht in Sybaris 7. Ihm ist der Übergang nicht einmal aufgefallen vom Abendlicht zum Widerschein der Millionen Laternen, Glühbirnen und Dioden, die eine Lichtkuppel gegen die Dunkelheit spannen.

»Die Nacht ist so hell, als hätte jemand sie mit Licht überstrichen«, sagt Teo, »und auch die Sterne übermalt.«

»Man sieht doch die Sterne«, wirft die Reporterin ein und zeigt mit dem Finger auf einen schwach funkelnden Punkt. »Dort ist einer. Und dort auch.«

Teo muss lächeln, weil sie offenbar keine Vorstellung davon hat, was hinter der Lichtkuppel verborgen liegt. Und er fragt sich, wie er sich ihre Zuneigung so schnell verdient hat. Das ist neu für ihn, aber ein schönes Gefühl.

Sie streicht mit dem Finger über den Rand ihres Glases. »Woher kommst du?«

»Moorstedt. Das liegt an der südöstlichen Grenze. Alles ist dort beständiger als hier, manche würden die Provinz langweilig nennen.«

»Vielleicht hat auch das etwas Gutes«, meint die Reporterin. »Etwas Gutes, das ich vergessen habe.« Sie stellt die Flasche auf dem Fliesenboden der Loggia ab. Das Rauschen von Flugzeugturbinen echot aus der Höhe.

»Ich bin ratlos, was ich nun tun soll«, sagt Teo. Die vielen offenen Fragen liegen vor ihm wie Schuhe, die er anziehen müsste, um weiterzugehen.

»Am schlechtesten wär's, wenn du dir Sorgen machst. Es wird sich alles finden, Sucher!« Sie hält ihm ihr Glas entgegen, um ihn zum Anstoßen einzuladen. Also führt er sein Glas heran, lässt die klaren Wände der Gefäße klirren, dass ein spitzer Klang das Stadtrauschen aufschneidet. Die Taube auf der Brüstung erschrickt und springt hinab. Sie presst ihre Flügel an den Körper und stürzt aus Teos Blick. Im selben Augenblick grollt etwas hinter dem Horizont aus Dächern, Türmen, Schloten, Masten und Kuppeln. Ein Lichtknall zuckt am Stadtrand.

»Was ist das?«, ruft Teo.

»Oh, wie wunderbar!« Die Reporterin reckt den Kopf. »Das hast du sicher noch nie gesehen in deiner langweiligen Provinz.«

Aufmerksam folgt er ihrem Blick und lässt sein Glas sinken. Wolkenbrand dampft und quillt in der Ferne auf, gelbweißes Glühen bricht durch Qualmgetöse, Lohe, Schleuderrauch, als spreize ein flammenspuckender Drache die Flügel. Obwohl sie kilometerweit weg sitzen, spürt Teo auf den Wangen die Wärme der anzitternden Luft. Eine Hitzegewalt muss dort lodern, denkt er. Grell kochend steigt ein Feuer auf.

»Dort hinten, jenseits des Autobahnrings, liegt der Raumhafen«, erklärt die Reporterin. »Heute jedenfalls ...«

Überwältigt beobachtet Teo den Start der Rakete, die gegen die Gravitation des Planeten anrennt. Die Astronauten gehen auf eine Reise, die seine Zugfahrt nach Sybaris 7 wie einen Brieftaubenflug aussehen lässt. Er wird viel zu erzählen haben, wenn er zurückkehrt nach Moorstedt.

»Weißt du, was das Ziel der Rakete ist?«, fragt er.

»Sie bringt Bauteile zum Hundert-Gigawatt-Laser, der im Orbit kreist, und die ersten zwei Sonden. Im Schwarm diskutiert man seit Monaten über die Mission. Die Sonden sollen zu den nächstgelegenen Sternensystemen geschickt werden. Der Laser soll sie ins All schießen. Die beiden dort«, sie zeigt mit dem Finger auf den gleißenden Punkt in der Höhe, »nach Alpha Centauri und zu Barnhards Pfeilstern.«

»Wie soll das funktionieren?«

»Lass dir das vom Ingenieur erklären. Das ist seine Funktion, nicht meine. Ich weiß nur, dass sie immense Speicher haben, mit denen sie über Jahrtausende Informationen sammeln können.«

Eine Säule aus Qualm und Dampf stützt die Nacht. Lange können Teo und die Reporterin noch das Leuchten der Rakete beobachten, die bald zu einem fernen Funken verglimmt und nicht mehr zu unterscheiden ist von den spärlichen ausgehauchten Sternen über der Lichtglocke der Stadt.

Mit den Gedanken im Sternenhimmel, dem Herzen auf der Weinschaukel, der Beschwingtheit, dass die Reporterin ihn begehrt, lässt Teo sich in ihr Zimmer führen. Sybaris 7 hat ihn überwältigt und verunsichert, er ist benommen und betäubt, dass er ein leichter Fang für ihre Zuneigung ist. Sie kann über ihn verfügen. Mächtig ist der Augenblick, und was geschehen ist, was geschehen wird, strömt zusammen in einem fraglosen Jetzt. Er nimmt die Reporterin an, wie er alles Neue in der Stadt angenommen hat. Wie er die Lebensart zu verstehen lernt, so lernt er auch die Hingabe der Reporterin kennen. Er verbringt die Nacht in ihrem Dschungel, in den Schlingen ihrer Arme und Beine, unter den sternenförmigen Blättern einer Maniokpflanze, beobachtet von den lichtgrünen Katzenaugen, die wie zwei Glühwürmer durch das Geäst der Zimmerpflanzen schweben.

»Ich fürchte mich«, haucht sie. »Wenn ich nun wieder schlecht träume?« Aber dann schaltet der Schlaf sie ab wie einen Computer. Nur Teo liegt noch lange wach, bevor auch er in einen schleierdünnen Stundenschlaf fällt. Seine Träume gehen mit ihm zum Stadtrand, durch die Baumgeraden des Planum Culturae, hinaus aufs Land, zu den Gehöften der Provinz, nach Moorstedt, wo er aufgewachsen ist. Sie liegen linker und rechter Hand der Dorfstraße. Nach Moorstedt führt nur diese eine Straße neben den Gleisen, sie durchsticht die Kleinstadt, hinaus in gleicher Richtung, von Westen weit bis an die Schranken der Grenzposten im Osten. Wenn man auf ihr unterwegs ist, weiß man immer, woher man kommt und wohin man geht. Die schiefergedeckten Häuser, die Schuppen, die Scheunen haben alle ihren Platz und behalten ihn. Der Wind ist selbstverständlicher als die Mauern, die er aufreibt, das Holz der Lattenzäune in bekannter Weise morsch und spröde. Teo findet sich in diesem Traum zurecht und weiß, wohin er ihn führen wird: in die Senke, wo verstreut die herbstgelben Pappeln um die Pferdekoppel stehen. Das Bellen der Bracke schlägt herüber zwischen Elternhaus und Bahndamm. Sicher verjagt sie einen Fuchs. Alles erscheint ihm greifbarer als in der Stadt. Ihm ist, als wäre er im Traum munterer als in der Wirklichkeit.

Er erwacht spät, weil kein Tag ins Zimmer der Reporterin fällt. Das Fenster geht in einen Lichtschacht hinaus, der ebenso schmal gebaut ist wie jener vor seinem Fenster und der deshalb nur mit Schatten vollgelaufen ist. Die Stämme und Stängel der Zimmerpflanzen stehen um das Bett herum, breiten die Äste darüber aus wie schützende Hände. In diesem Unterholz hat der Morgen ihn nicht gefunden. Noch hängen die Bilder Moorstedts vor seinen Gedanken wie Chiffon. Er hat gestern vergessen, zu Hause anzurufen. Heute soll er zurückkehren. Neben ihm liegt zerknüllt die Decke der Reporterin. Er ist allein. Sie muss längst aufgestanden sein. Das Laken fühlt sich ausgekühlt an, als er mit der Hand darüberstreicht. Ob sie wieder einen Albtraum hatte? Teo hat es verschlafen, sie noch einmal zu lieben. Aber ihre zerknitterten, zerwühlten Spuren im Bett sagen ihm, dass er mit Sybaris 7 noch nicht fertig ist.

In der Verworrenheit des Dschungels sucht und sammelt er seine Kleidung auf. Von draußen vernimmt er Stimmen, eine dunkel und dumpf, die andere licht und leicht. Nachdem Teo sich angezogen hat, verlässt er das Zimmer der Reporterin. Sie sitzt mit dem Ingenieur am Tisch im Gemeinschaftsraum. Während er Teo ansieht wie ein Wachhund, dessen Revier man unerlaubt durchstreift, schaut sie drein, als fühle sie sich ertappt. Teo vermutet, dass seine schlafzerzauste Erscheinung die beiden in Verlegenheit bringt. Er entschuldigt sich dafür, aber er hat noch zu viel Traum im Kopf, zu viel Schlaf im Denken, um Peinlichkeit zu empfinden.

Anstatt für die Morgentoilette ins Bad zu gehen, setzt Teo sich zu ihnen an den Tisch. Darauf liegt eine Sonnenbrille, die am Nasensteg auseinandergebrochen ist. Die Reporterin und der Ingenieur werfen sich Blicke zu, als erwarteten sie voneinander, dass der andere etwas sagt.

Teo kommt ihnen zuvor. »Sind euch die Betten zu weich geworden?«

»Nein«, entgegnet die Reporterin. »Die Albträume wurden zu hart.«

Mitleidig fasst Teo ihre Hand. »Du hast wieder schlecht geträumt?« Er hätte gehofft, dass nichts die schöne Nacht trüben würde.

»Sie und ich haben ähnliche Bilder gesehen«, sagt der Ingenieur.

Teo wendet sich an die Reporterin: »Wieder der Traum, von dem du mir erzählt hast?«

Sie nickt. »Dieser furchtbare Sumpf, dieses rasend kranke Monster, das auf mich einschlägt!«

»David, der gestern ausgezogen ist, hat mir auch so was erzählt.«

»Womöglich sind es Videoaufnahmen«, bemerkt der Ingenieur. »Aufnahmen, die frei durch den Schwarm schwirren und uns heimsuchen, wenn wir schlafen. Unser Funknerv schnappt sie auf und sie vermischen sich mit unseren Träumen.«

»Aber wenn es Aufnahmen sind, dann muss sie jemand gemacht haben«, folgert die Reporterin. »Dann ist vielleicht jemand umgekommen durch diesen Angriff mit dem Birkenast irgendwo in diesem Sumpf.«

»Ich weiß, wo die Gegend liegt«, sagt Teo.

Der Ingenieur und die Reporterin schauen ihn gespannt an.

»Der Sumpf erstreckt sich im Mündungsgebiet der fünf Flüsse, bevor sie zusammenfließen in den Grauen Arm. In meiner Heimatprovinz ist das.«

»Wie furchtbar! Dieses Grauen soll wahr sein?«, sagt sie. »Dann darfst du dahin nicht zurückkehren, wenn dort solche Gestalten ihr Unwesen treiben!«

»Eigentlich geschieht dort nichts Bedrohliches. Dort geschieht gar nichts«, antwortet Teo. Für geradezu abwegig hält er es, dass solche Albträume in seiner Heimat umhergeistern sollen. »Aber ich werde sowieso noch einen Tag bleiben müssen. Ich muss mit eigenen Augen sehen, dass das Hauptpostamt geschlossen ist. Ich darf nichts unversucht lassen.«

»Ach, was von allem, das wir wissen, haben wir mit eigenen Augen gesehen?«, fragt sie. »Diese Träume ... Hoffentlich unternimmt bald jemand etwas dagegen. Ich könnte recherchieren, darüber einen Artikel schreiben, einen Beitrag drehen.«

Daraufhin nimmt der Ingenieur eine Seite der kaputten Sonnenbrille und hält sie sich am Bügel vors Gesicht. »Bringen wir in Ordnung, was in unserer Macht steht! Ich kann die Bruchstelle löten.«

Zu Teo gewandt erklärt die Reporterin: »Sie ist mir in der Handtasche zerbrochen. Ist das zu glauben?«

Teo nimmt die andere Seite der Brille und begutachtet sie. Der Ingenieur und er halten jeweils eines der schwarzen Gläser, durch welche die Reporterin ihre Welt sieht. Dann legt er das Bruchstück zurück auf den Tisch und nimmt stattdessen wieder ihre Hand. »Ich werde zu Hause anrufen und sagen, dass ich noch einen Tag länger bleibe.«

Die Reporterin neigt fragend den Kopf; eine Geste, die ihn an den Chemiker erinnert. Indes ergreift der Ingenieur das Wort: »Du hast noch ein Telefon?«

»In meinem Zimmer, ja.«

»Da hat jemand antiken Trödel stehen lassen. Von Telefonen hört man nur noch in Vorlesungen zur Geschichte der Fernsprechapparate. Kein Mensch verwendet so was noch. Jeder hat einen Funknerv.«

»Wo ich herkomme, hat jeder ein Telefon.«

»Deine Heimat liegt weit entfernt, nicht nur im Raum, auch in der Zeit«, fährt der Ingenieur fort. »Telefonieren ist genauso absurd wie Briefe schreiben.«

Beschämt senkt Teo den Kopf. Er erinnert sich an die versiegelten Briefkästen im Foyer, Überbleibsel wie das Telefon in seinem Zimmer.

»Kannst du mir zeigen, wie ich zur S-Bahn-Station komme?«, fragt er die Reporterin. »Ich muss das Hauptpostamt finden.«

Harsch sagt der Ingenieur: »So unbeholfen! Bis du zurückkommst, besorge ich dir einen Funknerv. Dann hast du's leichter.«

»Damit ich auch schlecht träume?«

»Wenn er überhaupt zurückkommt …«, fügt die Reporterin an. Ihre Stimme kühlt aus, als bereite sie den Abschied vor.

Natürlich, wenn Teo das Hauptpostamt gefunden hätte, würde er nach Moorstedt zurückfahren. Aber nach der letzten Nacht, in der sie sich so nahe gewesen sind, bedauert er die Trennung. Hat er etwa erwartet, es fiele ihm leicht? Gerade ihm, der jede Hand festhält, die man ihm reicht?

»Es tut mir leid«, sagt er.

Daraufhin schaut sie durch ihn hindurch. »Wo gibt es schon Beständigkeit?«

# XII.

Heute hat der Fahrstuhl keine Lust zum Würfeln. Er rüttelt sich nur wach, rumpelt missmutig in die Tiefe, dass es Teo leicht in den Beinen wird. Es kommt ihm vor, als wäre für die Aufregung der ersten Fahrten kein Platz mehr in der Kabine. Aber vielleicht hat er sich auch nur an das Holpern gewöhnt in diesem blechernen Bauch, wo sich Wand zu Wand spiegelt, Echos aus Licht. Unzählige Male steht Teo neben sich und denkt darüber nach, wie Sybaris 7 sich seit gestern verändert haben mag.

Vor dem Wohnhaus erscheint ihm alles neu. Zu seinem Erstaunen verwirrt ihn das kaum, sondern er lässt sich offenherzig überraschen. Die Reporterin hat ihm erklärt, dass die Stadtbahn in manchen Bezirken oberirdisch und in anderen unterirdisch verläuft. Sagt jemand U-Bahn oder S-Bahn, meint er das Gleiche. Auf ihrer Strecke wechselt sie mehrmals zwischen beiden Bezeichnungen. In dem Viertel, in dem sie wohnen, gibt es nur unterirdische Gleisanlagen, weshalb er keinen S-Bahnhof finden konnte. Er solle zur U-Bahn-Station gehen, die zwei Blocks südlich liegt. Wenn er genau hinhöre, erkenne er durch das Stadtrauschen das Rumpeln der Räder und das Quietschen.

Tatsächlich findet er den Eingang zur U-Bahn. Erleichtert und stolz fährt Teo die Rolltreppe hinunter. Ein warmer Luftzug weht aus dem Tunnel in sein Gesicht. Millionen Schritte hallen durch die Mauern, Worte, ein Pfeifen und Quietschen, Knallen, Durchsagen, Rauschen, zurückgeworfen von den Ziegeln, Spiegelungen aus Tönen und Lauten. Unten auf dem Bahnsteig schwirren die Menschen wie Fledermäuse zwischen den Säulen umher. Durch die schwarzen Röhren donnern die Züge heran und verschwinden wieder in der Finsternis. Sie haben Liniennummern, die aufwärts zählen, sodass eine Bahn als Linie 3 einfährt und die U-Bahn-Station als Linie 4 verlässt.

Teo wirft einen Blick auf den Stadtplan, der an einer verglasten Tafel aushängt. Mit dem Finger fährt er die grünen Fahrtlinien ab, die roten und blauen und gelben, in der anderen Hand hält er den Zettel seiner Mutter mit der Adresse des Hauptpostamts. Hinter sich spürt er die Menschen vorüberströmen. Er kann fühlen, wie mancher in seinem Rücken stehen bleibt, einen Blick über seine Schulter auf den Plan wirft und weitergeht. Gespräche flattern vorüber, Diskussionen in der Wortmauser, verängstigte Tauben bringen Kunde aus den Sümpfen. Neben ihm steht ein älterer Herr, der in der warmen Luft schwitzt. Auf seinem glänzenden Nasenrücken rutscht die Sonnenbrille. Mit dem dürren Zeigefinger schiebt er sie wieder hoch und sagte im Ton eines gewohnten Ärgers: »Der Plan ist wieder völlig veraltet! Da stimmen weder Straßen noch Strecken!«

Teo wirft ihm einen Blick zu und hofft, er würde mit einer Problemlösung fortfahren. Aber er sagt nur: »Denen traue ich sogar zu, die falsche Stadt aufzuhängen. Ohne den Schwarm wäre man verloren.«

Wie kann man wissen, fragt sich Teo, ob es die richtige Stadt ist oder die falsche, wenn sie sich jeden Augenblick so verändert, dass ganze Straßenzüge neu entstehen? Vielleicht hat man dafür einen anderen Blick, wenn man lange hier lebt – oder wenn man einen Funknerv besitzt. Wie auch immer ein Funknerv genau funktioniert, überlegt er. Wer länger in Sybaris 7 bleiben will, kommt nicht drum herum, sich einen zu besorgen.

Auf dem ausgehängten Plan findet er die U-Bahn-Linie, die ihm der Freiwagen genannt hat, nicht aber die Haltestelle, wo sich das Postamt befand. Also beschließt er, sich am Automaten ein Tageszertifikat zu kaufen und mit der Linie von einer Endhaltestelle zur anderen zu fahren. Irgendwo auf der Strecke muss seine Haltestelle ja liegen.

Der Mann neben ihm wendet ruckartig den Kopf hin zu den Lichtbildern, die auf die Tunnelwand geworfen werden. Eine Nachrichtensendung scheint zu laufen, stumme Bilder, harte Schnitte. Unkenntlich gemachte Leichen liegen in einem Graben, die Kamera starrt auf ein gesticktes Abzeichen auf der Uniformjacke eines Toten.

»Was geschieht dort?«

»Sie müssen den lokalen Tonkanal im Schwarm öffnen, dann hören Sie's.«

»Ich kann nicht.«

»Ah! Sind Sie von diesen Überlastungsstörungen betroffen? Das ist der Wächtertrupp, der an der südöstlichen Grenze, in diesem staatsverlassenen Sumpfland, diesen Albträumen nachgehen sollte.« Er zeigt mit dem Finger auf das Bild. »Alle erschossen. Sind angegriffen worden, plötzlich umzingelt von einem Trupp in schwarzer Militärkluft. Zwei haben überlebt, zittern wie Kitze vorm Mähdrescher. Diese Gegend war mir noch nie geheuer.«

Allmählich sorgt sich Teo. Was ist denn nur Furchtbares in seiner Heimat passiert? »Und nun?«

»Spezialkommandos! Die sind gerade dort eingetroffen. Die wischen Staub, sage ich Ihnen, in jedem Fuchsbau!«

Durch die schwarze Röhre drückt sich der Luftzug, den die nächste Bahn vor sich her treibt. Hier unten geht der Atem der Stadt. Ein Dröhnen und Rattern fliegt Teo entgegen und er tritt einen Schritt zurück. Dann schießt der Zug aus dem Tunnel; seine bläulichen Augen starren erschrocken, als hätten sie etwas Fürchterliches gesehen. Beim Bremsen stößt er ein Heulen aus. An seine Flanke hat jemand den Schriftzug *»Befreit euch!«* gesprüht. Mit roter Farbe und den flatterigen Buchstaben großer Hast. Am Bahnhof, bei seiner Ankunft, hat Teo so was schon einmal gelesen.

Kaum dass die Bahn steht, springen die Türen auf, Menschen stürmen heraus. Links und rechts daneben bilden sich die Schlangen der Zusteigenden. Er reiht sich ein. Der Rücken eines großen Mannes nimmt ihm die Sicht nach vorn. Mit kleinen, flachen Schritten schiebt er seine Füße voran, bis er vom gefliesten Bahnsteig auf den gerillten Metallboden der U-Bahn tritt. Allmählich verteilen sich die Einsteigenden, dann knallen die Türen. Teo sieht sich nach einer Sitzgelegenheit um und findet einen freien Platz in einer Vierer-Sitzgruppe. Als er den Platz erreicht, fährt die U-Bahn an. Er lässt sich in die gepolsterte Schale fallen, bevor er noch das Gleichgewicht verliert.

Sofort merkt Teo, dass er sich auf einen feingliedrigen Gegenstand gesetzt hat. Er tastet mit der Hand danach und bekommt einen drahtigen Bügel zu fassen. Es ist eine Sonnenbrille, die er mit seinem Gewicht am Nasensteg verbogen hat. In den Gläsern krümmt sich das Innere der U-Bahn. Sein Kopf erscheint ihm darin wie eine Seifenblase, die sich in wehender Luft dehnt und staucht, bedrohlich nahe am Zerplatzen. Er sieht sich unter den Mitfahrenden in der Vierer-Sitzgruppe um. Ein Junge von ungefähr dreizehn Jahren hockt neben ihm und hält einen handgroßen Bildschirm, auf dem sich Gleichungen aufzeichnen. Der Junge beobachtet sie, als denke er sie dort hinein – vielleicht seine Hausaufgaben. Über den Gläserkanten seiner Sonnenbrille wölbt sich die Stirn in fragenden Falten. Ihm gegenüber sitzt eine junge Frau, deren Sonnenbrillengläser groß sind wie Untertassen und beinahe ihr ganzes Gesicht bedecken. Aber die Gläser sind nicht so stark abgedunkelt, haben eher die Farbe von wässrigem Kaffee, dass Teo glaubt, die Augen erkennen zu können. Ihre Lider wirken schwer und müde. Um die Mundwinkel ziehen sich zarte Falten wie Sprunglinien in einem Porzellanteller. Sie macht einen alten Eindruck, obwohl sie es nicht ist. Neben ihr – und damit vor Teo – sitzt ein Greis mit dichten weißen Haaren, die ihm wie Taubenflügel über den Brillengläsern hängen. An den Rändern sind sie von Staub angegraut. Im Schwanken der U-Bahn sinkt ihm sein Kinn hin und wieder auf die Brust, als schliefe er ein. Dann schreckt er hoch, wirkt abwesend, wie mit den Taubenflügeln weggeflogen. Und durch den Gang der Bahn, scheinbar unbeachtet von den Mitfahrenden, schreitet eine Katze mit hochgestelltem Schwanz, überlegen und achtsam wie ein Fahrkartenkontrolleur.

»Gehört jemandem von Ihnen die Brille?«, fragt Teo und zeigt sein Fundstück der Reihe nach herum.

Alle schütteln die Köpfe. Der Junge sagt: »Wir haben unsere Brillen auf. Sieht man doch, oder?«

Die Frau sagt: »Sie würde Ihnen gut stehen.«

Und der alte Mann sagt: »Es ist besser für Sie, wenn Sie die Brille behalten und aufsetzen.«

Teo dreht die Brille in seinen Händen, hält sie an den Bügeln und biegt sie behutsam gerade. Dann wendet er sich dem Gang zu, aber alle Mitfahrenden sind mit sich selbst beschäftigt. Niemand scheint die Brille zu beanspruchen. Also legt er sie auf seinen Schoß, als müsse er sie dort bis zur Abholung aufbewahren.

Sein Blick geht zum Fenster. Draußen hält die Tunnelschwärze alles verdeckt. Stattdessen wird das Zuginnere gespiegelt. Teo sieht die Ebenbilder der drei Mitreisenden aus der Sitzgruppe, und er sieht sich selbst. Wie ihm die Sonnenbrille wohl stehen mag? Also setzt er sie auf, nur um sich einmal als Bewohner von Sybaris 7 zu probieren.

Die Gläser sind stark getönt und er kann sein Spiegelbild nicht mehr erkennen. Die Brille hat ihn vor sich selbst verborgen. Er setzt sie ab und alle Gesichter im Zug erscheinen ihm plötzlich wie Geheimnisse hinter getönten Gläsern.

Die Lautsprecher durchsieben eine Durchsage. Gleich soll die U-Bahn am Bahnhof halten. Teo beugt sich vor und zeigt dem älteren Herrn, was seine Mutter ihm aufgeschrieben hat. »Entschuldigung, wissen Sie, ob die U-Bahn auch an dieser Haltestelle hält? Ich muss zum Hauptpostamt … dem ehemaligen, glaube ich.«

Der Alte wischt sich die weißen Haare aus der Stirn. Die Taubenflügel flattern kurz über seinem väterlich-dünkelhaften Blick. »So heißt die Haltestelle schon lange nicht mehr. Inzwischen wurde sie nach diesem Künstler benannt, der Fische in Harz gießt. Mir fällt nur sein Name nicht mehr ein.«

Die Frau beugt sich neugierig herüber, um ebenfalls einen Blick auf den Zettel zu werfen.

»Nein«, widerspricht sie. »Da müssen Sie irren. Die Straße trägt immer den Namen des amtierenden Ratsvorsitzenden. Wenn ich nur wüsste, wer es ist …«

Da mischte sich auch der Junge ein: »Ist der Vorsitzende nicht letzte Woche zurückgetreten?«

Die Bahn hält, die Türen öffnen sich, die Mitfahrenden wechseln einander hastig aus. Die Türen schlagen zu, die Bahn fährt los, und die nächste Haltestelle wird angesagt: Es ist der Fährhafen.

Nachdem die automatische Stimme verstummt ist, beginnt die Frau mit der Ferse zu einem stummen Takt zu wippen. Teo kann keine Kopfhörer an ihr entdecken und fragt sich, was sie wohl hört. Sie bewegt sogar lautlos die Lippen und beschreibt kleine Bögen mit dem Zeigefinger.

Aus Neugier fragt er: »Hören Sie Musik?«

»Das Lied ist toll!«, antwortet sie und lächelt charmant. »Stellen Sie Ihren Funknerv auf Nahverkehrskanal 2.«

Teo nickt. Allmählich stört ihn das Gefühl, von diesem Schwarm ausgeschlossen zu sein. Wenigstens ist das Sitzen in der Bahn angenehm, besser als das Herumlaufen mit seinen schmerzenden Beinen in seinen falschen Schuhen.

Der Junge wischt bedächtig eine Seite auf dem Bildschirm fort. »Ich hab es abgestellt«, brummt er. »Lenkt vom Lesen ab.«

»Dieser neumodische Radau!«, sagt der Alte und verschränkt die Arme. »Auf Kanal 261 hat man Ruhedominanz. Da schaltet der Funknerv das eigene Gehör lautlos. Sie glauben gar nicht, wie beruhigend so eine freiwillige Taubheit auf der Fahrt sein kann.«

»Und wohin führt Sie Ihre Fahrt?«

»Zur nächsten Seite«, sagt der Junge und wischt erneut über den Bildschirm.

»Zu jemandem, den ich noch nicht kenne«, sagt die Frau.

»Zur Endhaltestelle«, sagt der alte Mann. »Wo immer diese liegen mag … Gewissheit gibt es nie, dass man auch ankommt, wo man hinmöchte.«

»Es wird doch sicher möglich sein, meine Haltestelle zu finden«, entgegnet Teo trotzig und tippt mit dem Finger auf den Zettel. »Es ist ja die richtige Linie.«

Die drei Mitfahrenden wirken, als wüssten sie nicht, wo sie hinwollten, und es scheint sie auch nicht zu interessieren. Es kommt ihm vor, als wären sie auf der Reise zu Hause. Es zieht sie umher. Teo denkt an die Worte der Reporterin.

Ewig rennt die U-Bahn durch den Untergrund der Stadt wie durch die tiefen Gänge eines Ameisenbaus. Auf der Strecke bricht hin und wieder das Tunnelschwarz auf und die U-Bahn verwandelt sich in eine S-Bahn, die auf hohen Trassen durch die Stadt rattert. Selbst die U-Bahn bleibt nicht, was sie ist. Die Fenster entspiegeln sich, Teo sieht die Gegenden der Metropole, denen der Verfall eine Geschichte gegeben hat. Es scheinen Geschichten von Armut zu sein, die diese Bezirke zersetzt. Hier löst sich Sybaris 7 zuweilen auf, dass er in manch zerbröckelnder Fassade etwas aus Moorstedt zu erkennen glaubt. Dann wieder taucht die Bahn unter die Straßen. Die Katze streift an den Beinen der Fahrgäste vorbei und springt plötzlich auf Teos Schoß, wo sie sich entspannt niederlässt. Die Zuneigung des graubraunen Tiers schmeichelt ihm.

Nach dem Fährhafen hält die Bahn am Busbahnhof, danach am Flughafen, an der Autobahnauffahrt Süd, am Straßenbahnbetriebshof, schließlich sogar am Raumhafen. Jede Haltestelle liegt am Übergang zu einem anderen Verkehrsmittel, man kann in fortwährender Bewegung bleiben. Irgendwann ist Teo sicher, dass die aussteigenden Fahrgäste in Wirklichkeit nur umsteigen.

Ihn erschöpft dieses ewig vergebliche Sitzen und Warten. Wer weiß, wie lange er noch fahren muss. Bald darauf wiederholen sich die Durchsagen. Die Bahn kreist durch die Stadt, doch seine Haltestelle wird nicht genannt. Inzwischen stört ihn das Gedränge im Gang, dass Taschen, Beutel und Körper an seine Schulter stoßen, die Gerüche nach Parfüm, Pfefferminzkaugummis, Nikotindampf und Schweiß, die Gespräche, denen er zuhören muss. Dominante Ruhe – ja, das wäre schön.

»Sagen Sie«, wendet er sich an die Frau, »weiß der Schwarm nicht, wann meine Haltestelle kommt? Wir fahren doch im Kreis.«

»Ach!« Sie winkt ab. »Der Schwarm weiß so viel, dass er gar nichts weiß.«

»Ich habe keinen Funknerv«, sagt Teo schließlich.

Der Alte brummt abschätzig: »Von der Sorte sind Sie also! Wusste gar nicht, dass es noch Menschen wie Sie gibt.«

»Der Schwarm kennt viele Namen für die Straße«, wirft der Junge ein. »Aber die Bahn weiß heute nicht, wohin sie morgen fährt. Die Routen ändern sich, weil Haltepunkte geschlossen, umgebaut oder verlegt werden, man modernisiert Schienen und Stellanlagen. Strecken werden stillgelegt, neue eingeweiht.«

»Kommt die U-Bahn dann überhaupt dort an, wo man hinwill?«

»Manchmal. Aber meistens seltener als oft«, sagt die Frau mit einer Gelassenheit, die Teo nicht versteht. Reisen diese Menschen etwa ziellos umher?

Er fragt: »Wissen Sie eigentlich, wo Sie aussteigen müssen?«

»Ich werde es merken, wenn es so weit ist.«

»Wie merkt man so was?«

Nun beginnt sich die Katze zu regen. Sie erhebt sich, streckt ihren Körper, sichtet ausgiebig den Metallboden, als suche sie sich einen Landeplatz aus. Dann springt sie herunter. Sie dreht sich noch im Flug, fährt die Krallen aus und schlägt sie in Teos Hosenbein.

»Lass das!«, zischt er. Doch die Katze zieht und zerrt weiter am Stoff. Er gibt ihr einen Stoß mit dem Fuß, woraufhin sie in den Saum beißt. »Was ist denn in dich gefahren?«

Teo fasst die Haltestange neben sich und steht auf.

»Die Katze scheint aussteigen zu wollen. Vielleicht sind Sie am Ziel?«, sagt der Junge.

Der Mann schimpft: »Erzähl doch keine Märchen!«

»Ist das die Art, wie man hier seine Haltestellen findet?«

Kurzzeitig gibt Teo den Widerstand auf, um zu sehen, wie der Katze der Sinn steht. Und tatsächlich zieht ihn das Tier zu den Türen. Die Frau dreht überrascht den Kopf zu ihm, auch der ältere Herr und der Junge wenden sich ihm zu und schauen ihm nach.

»Das war doch ein Scherz!« Der Junge schaltet den Bildschirm aus.

»Das kann nicht sein!« Der Mann fährt sich durchs Haar.

»Bleiben Sie!« Die Frau knetet nervös ihre Finger.

Wovor haben die drei Angst, fragt sich Teo. Vor dem Ende der Fahrt? Vor dem Ankommen? Wenn die Bahn auf einem Gleiskreis fährt, ohne an seiner Haltestelle vorüberzukommen, kann er auch aussteigen, so wie die Katze es anscheinend verlangt. Aber weil er sich in der Stadt nicht auskennt, will er dort die Bahn verlassen, wo er eingestiegen ist.

Im Rütteln des Waggons schwankt er, als er zu seinem Platz zurückkehrt. Gerade will er sich setzen, da huscht die Katze zwischen seinen Beinen hindurch und springt auf den Sitz.

»Weg da!«, sagt er und will zufassen, um das Tier auf den Boden zu setzen. Aber sie faucht, lässt ihre Tatzen schwirren. Kurz entschlossen packt er sie im Genick. Sie schreit wie ein Kleinkind, jault und heult in unerträglich schrillem Ton, sodass er sie wieder loslässt.

Die anderen Fahrgäste schauen ihn feindselig an. »Lassen Sie das arme Tier in Ruhe!«, sagt einer.

»Ja, hören Sie auf, sich an der Katze zu vergreifen!«

Peinlich und schamstumm hält Teo sich an der Stange fest. Nun wagt er es nicht mehr, sich seinen Sitzplatz gegen das Pelztier zu erstreiten. Im Gegenteil, er hat unter den Blicken der anderen das Bedürfnis, sofort aus der Bahn auszusteigen.

»Die Bahn wird mich nicht ans Ziel bringen, deshalb steige ich aus!«, verkündet er dem Jungen, der Frau und dem älteren Herrn. »Die nächste Haltestelle ist der Hauptstand für die Freiwagenvermietung.«

Er würde einen Wagen nehmen und sich nach Hause fahren lassen, seine Sachen packen und nach Moorstedt zurückkehren. Es muss genügen, dass er von der Schließung des Hauptpostamts erfahren hat und dass niemand mehr die Post braucht, weil alle einen Funknerv haben.

Der Mann sagt: »Also geben Sie auf? Sie können doch so lange fahren, bis Ihnen ein neues Ziel einfällt. Warten Sie doch ab!«

Die Frau sagt: »Wir haben uns doch eben erst kennengelernt.«

Der Junge sagt: »Irgendwo kommt man immer an.«

»Sie reden, als hätten Sie nichts anderes zu tun, als den ganzen Tag in dieser Bahn zu sitzen«, antwortet Teo.

»Wie können Sie so etwas sagen?« Die Frau schlägt die Hände vor den Mund. »Wie kann er so etwas sagen?«, fragt sie den älteren Herrn.

»Ich kann mir gar nicht vorstellen, nicht unterwegs zu sein«, murmelt der Junge. »Was macht man dann?«

Die U-Bahn bremst. Teo dreht sich zur Tür, hält sich an der Stange fest, während die Bahn mit einem Rucken zum Stehen kommt. Die Türen öffnen sich. Außer ihm scheint niemand aussteigen zu wollen. Alle Fahrgäste in der Bahn schauen ihn missmutig an. »Steigen Sie aus, damit wir weiterfahren können!«, ruft einer. Die Katze kommt nicht mit, sondern bleibt auf ihrem Platz sitzen. Zufrieden schaut sie Teo nach, als er durch die Tür geht.

Er findet sich wieder in einer Halle mit Wänden aus Finsternis. Der Schimmer, der aus den U-Bahn-Fenstern weht, reicht nicht bis zu den Grenzen des Raums. Zu kurz ist der Lichtteppich, um weit auf ihm zu gehen. Betonpfeiler wachsen in den Schatten unter der Decke. Hinter Teo knallen die U-Bahn-Türen, der Zug rumpelt los, zieht ihm den Lichtteppich unter den Schuhen weg, rattert davon, zwängt sich mit den Echos in den Tunnel und lässt Teo zurück. Seine alte Kinderangst vor der Kellerschwärze treibt ihm das Blut durchs Trommelfell. Voller Verzweiflung tasten seine Ohren nach Lauten. Irgendwo tropft etwas. Er verharrt, die Sonnenbrille noch in den Händen, lauscht, wie jemand im Dunkeln umhertapst und Dreck unter Sohlen knirscht. Allmählich lernen die Augen, sich mit dem leisen Blaudämmer zu bescheiden, finden Silhouetten, Kanten, Formen. Plötzlich huscht am Rande des Sichtfelds etwas vorbei. Vor Schreck rennt Teos Herz durch die Brust. Jemand flüstert: »Man hat ihn rausgeworfen.«

»Nein, er kommt wegen uns.«

»Niemand kommt wegen uns. Schwarzfahrer muss er gewesen sein.«

»Unsinn! Gewiss will er sich uns anschließen. Sonst steigt hier keiner aus.«

Eine Stimme tuschelt. Schließlich ruft jemand: »He, Fremder!«

Teo, der nicht zweifelsfrei weiß, ob er gemeint ist, antwortet zaghaft: »Guten Tag.«

»Er spricht vom Tag.«

»Wo ist der Tag?«

»Oben.«

»Hat er gesagt, der Tag sei gut?«

Jemand zischt durch das Flüstern: »Warum bist du hier?«

»Ich suche den Freiwagenstand.«

Nach kurzer Ruhe flüstert eine Stimme: »Ich hab's ja gesagt: Der kommt nicht wegen uns.«

Ein Schatten torkelt auf Teo zu, der setzt einen Schritt zurück mit der Ahnung der Bahnsteigkante im Rücken. Aus der Düsterkeit schält sich eine Gestalt, die ihm zunächst bucklig erscheint. Doch dann erkennt er, dass ihr eine Katze auf der Schulter hockt. Die Gestalt beugt sich, hantiert im Schatten mit irgendwas, dann sprühen Funken und der Docht einer Kerze flammt auf.

Endlich Licht! Endlich ein Leuchten gegen die Furcht!

Vor Teo steht eine seltsame Gestalt, und mit jedem weiteren Blick wird der Mensch seltsamer. Ein abgelederter Kerl hält die Kerze in granatroten Fingern, als trage er Handschuhen aus Ziegelstaub. Sprühdosen beulen die Taschen seines grün karierten Sakkos aus, und über das laubgrüne Leinenhemd schmieren sich verwischte Fingerabdrücke in der Farbe reifer Kirschen. Die neongelben Hosenträger sind straff über die Bauchwölbung gespannt. Er trägt einen Hut aus Aluminiumfolie. Die blonde Katze auf seiner Schulter gähnt und legt ihren Schwanz von hinten um seinen Hals wie eine Goldkette. Er hat keine Sonnenbrille auf der Nase. Vermutlich ist es hier zu finster dafür. Am Kragen hat der Mann mit Sicherheitsnadeln eine Fliege festgesteckt, die aus Beutelresten gebastelt scheint; zittriger, durchsichtiger Kunststoff. Teo hat schon einmal eine glasige Fliege gesehen, aber er erinnert sich nicht genau.

»Du suchst? Also weißt du nicht, wohin du gehen musst?«, fragt der Mann. »Dein Funknerv hat sicher keinen Empfang in den U-Bahn-Tunneln. Die Züge nehmen das Funknetz mit.«

»Ich habe keinen Funknerv«, sagt Teo. Inzwischen ist es ihm peinlich, dieses Geständnis abzulegen.

»Ha!«, ruft der Mann aus und wendet sich der Dunkelheit zu, die hinter ihm liegt. »Er ist kein Schwärmer! Er ist doch wegen uns hier!«

Teo verschränkt die Arme. »Wegen des Freiwagenstands bin ich ausgestiegen. Ich muss unbedingt das Hauptpostamt finden. Zumindest das, was davon übrig ist ... Wo ist der Treppenaufgang?« Aufmerksam betrachtet er die Gestalt. Auf eine geflüsterte Art kommt sie ihm bekannt vor.

Der Sprühdosenmann dreht sich wieder um. »Hinten. Da hinten.« Er wedelt mit der Hand ins Dunkle hinein. Die Kerzenflamme verschluckt sich, hustet, lodert auf. »Aber dort oben gibt es keine Freiwagen mehr. Der Stand ist längst fort.«

Wie dumm er doch war, erkennt Teo, dass er geglaubt hat, die Ansage der U-Bahn benenne tatsächlich die richtigen Haltepunkte. Womöglich ist er an seiner Haltestelle vorbeigefahren, ohne es zu wissen.

Er seufzt. »Diese Stadt ist ein Irrgarten aus Beton und Glas! Ich brauche einen Funknerv!«

Der Mann reißt die Augen auf. »Nein! Du musst kein Schwärmer werden! Ein Glück für dich, dass du uns rechtzeitig gefunden hast.«

Teo schaut dem Mann über die Schulter, in die Finsternis hinein, kann aber niemanden sehen.

»Ich weiß nicht einmal, wen ich hier gefunden habe, und schon gar nicht, ob das mein Glück ist.«

»Ich bin Aaron.«

Ein schwer zu greifendes Gefühl überkommt Teo, kaum mehr als eine Ahnung. Ist er dem Mann schon einmal begegnet? Vor langer Zeit vielleicht? Bei einer Begebenheit, die sich trotzdem eingeprägt hat? Angestrengt starrt ihn Teo an. Kann das möglich sein?

»Ich heiße Teo. Sie erinnern mich an jemanden. An einen Wissenschaftler, dem ich mal begegnet bin. In Moorstedt. Weit weg von hier. Vor Jahren.«

Der Mann stutzt, klopft sich mit den Fingerknöcheln gegen die Stirn. »Oh, gut möglich, dass einer von uns mal Wissenschaftler war, bevor wir uns befreit haben.«

»Ich habe vergessen, wie er hieß, aber er erforschte ...«

Seine Gedanken stocken kurz, dann fällt es ihm wieder ein.

»Blaue Ameisen hat er in Moorstedt gesucht. *Cobaltameisen* nannte er sie.«

Aarons Kopf nickt, als rollten schwere Gedanken in seinem Schädel umher.

»Einen Haufen Cobaltameisen habe ich wohl im Kopf, er juckt und wimmelt, seit wir uns befreit haben. Cobaltameisen, Tierschwärme – das ist Funknervforschung! Und wer weiß schon etwas von Cobaltameisen? Vielleicht bin ich also der, den du kennst. Aber heute sind wir die Analogen, weil wir nicht mehr mit dem Schwarm verbunden sind. Wir sind wie du. Die Schwärmer kommen nicht runter zu uns, weil sie hier keinen Empfang haben. Wir sind sicher.«

»Wovor fürchten Sie sich?«

»Wenn du im Schwarm bist, ist der Schwarm auch in dir. Unendlich viele Stimmen, du wirst sie nicht los. Ich war dort und der Schwarm hier.« Er schlägt sich mit der flachen Hand auf die Stirn. »Unendlich viele Stimmen. Sie klauen dir, was du im Kopf hast. Datendiebe! Aber ich habe mich gerettet, mein erstes Leben im Schwarm gelassen. Er weiß, wer ich war, aber nicht, wer ich bin. Ich nenne mich Aaron. Das bedeutet *der Erleuchtete*, wusstest du das? Aaron heiße ich. Sag Du zu mir!«

»Danke.« Teo ist verwirrt. »Gerettet? Wie ist das gemeint?« Der Schwarm erschien ihm bisher als ein hilfreiches Werkzeug, nicht mehr.

»Man kann etwas trinken, das ihn tötet, den Nerv.«

»Klingt gefährlich.«

»Das ist es. Oh, es ist sehr riskant. Gehirnzellen können sterben, Erinnerungen gehen verloren, mein ganzes erstes Leben, ein hoher Preis, und nicht alle Stimmen wird man los, wenn der Funknerv tot ist. Unendlich viele Stimmen. Aber frei bist du. Wir müssen alle retten!«

Teo erinnert sich an den Schriftzug, der auf der Flanke der U-Bahn stand.

»Deshalb besprühen Sie die U-Bahnen?«

Der Mann hebt die rot beschmierte Hand. »Sie tragen meine

Botschaft durch die Stadt. Und weißt du …« Seine Stimme wird ein Flüstern. »Die Schrift hat selber keine Stimme, und dennoch kann man sie hören. Sie leiht sich die Stimme des Lesenden.«

Teo spielt mit der Sonnenbrille in seinen Händen, klappt die Bügel auf und zu. Dass sie beide keinen Funknerv haben, sich beim Namen nennen und nicht nach Funktionen, empfindet er einerseits als sympathische Gemeinsamkeit, andererseits scheint der Mann nicht ganz bei Trost zu sein.

Teo seufzt. Vermutlich irrt er sich und dieser Mann ist gar nicht der Doktor. Man kann solchen Kindheitsbildern nicht immer trauen. Wie soll er sich auch an jemanden erinnern, der sich selber vergessen hat? Wie könnte er jemanden gefunden haben, der sich selbst verloren ging? Wenn es doch der Doktor wäre, ist von seiner Persönlichkeit nichts mehr übrig. Und was sagt es über Teo aus, etwas mit einem Verrückten gemeinsam zu haben?

Allmählich wird ihm klar, wie er selbst auf die Stadtbewohner wirken muss. »Ich liege sicher falsch«, sagt er deshalb und winkt ab. »Es müsste ein großer Zufall sein, wenn Sie der Doktor wären und wir uns hier treffen würden.«

»Oh, da kennst du Sybaris schlecht. Sicher ist das kein Zufall. Es würde mich nicht wundern, wenn irgendein Grund dahintersteckt oder dich gar eine Katze hierher geführt hätte.«

»Woher wissen Sie von der Katze?«

»Entweder folgt man dem Schwarmwissen oder einer Katze«, sagt Aaron in gereiztem Ton. »Vom Schwarmwissen muss man sich ebenso trennen können wie vom Funknerv. Was bleibt also?«

Teo spürt, dass hinter Aarons wirren Worten eine verborgene Verletzung liegt, die er besser nicht antastet. Nach kurzem Schweigen fragt er: »Wie findet ihr Analogen euch in der Stadt zurecht, wenn ihr keine Funknerven habt? Ich verirre mich ständig. Oder lebt ihr nur im Untergrund?«

Auf Aarons Schulter tastet sich die Katze nach vorn, biegt den Schwanz zu einem Haken in die Höhe und springt herunter.

»Du brauchst auch eine Katze«, antwortet Aaron. »Ohne Katze geht es nicht.«

»Wie könnten mir Katzen helfen?«

Aaron hockt sich hin, streicht der Katze übers Fell, vom Kopf bis zum Schwanz. »Sie haben es ja schon getan, wie's scheint. Sonst wärst du nicht hier. Wenn Katzen irgendwo hingelangen wollen, finden sie immer einen Weg. Niemand weiß, wie sie das anstellen. *Katzenkompass* sage ich dazu.«

»Ich muss das Hauptpostamt finden. Kann eine Katze mich hinführen?«

»Oh, natürlich! Wenn sie es will ... Du brauchst keinen Funknerv. Du darfst dir keinen einsetzen lassen, verstehst du?«

»Nur hab ich leider keine Katze. Ich weiß auch nicht, woher eine Katze wissen soll, wo ich hinwill.«

Wie merkwürdig, überlegt Teo, sich von einem Pelztier leiten zu lassen. Vermutlich hat Aaron mitsamt dem Funknerv auch einiges an Verstand eingebüßt. Seine Gedanken machen einen bedenklich unterfrankierten Eindruck. Natürlich kennt man auch in Moorstedt das Unbegreifliche der Katzenwege, aber wenn ihn ein solcher *Katzenkompass* zum hiesigen Postamt bringen könnte, soll ihm der Verrückte bitte zeigen, wie das geht.

»Wie kann ich mich überzeugen, dass ein Pelztier ein besserer Wegweiser ist als der Schwarm?«

Der Sprühdosenmann bläst die Kerze aus. Ein brenzliger Geruch zündelte in der muffigen Luft, gesäuert von Urin, bitter von Schweiß. »Ich muss mich beraten«, entgegnet Aaron und geht ein paar Schritte ins Dunkel, bis ihn Teo nicht mehr sieht, sondern nur noch hört, wie die Sprühdosen in den Sakkotaschen klappern. Die Katze tanzt Aaron hinterher. Irgendwo hebt ein Flüstern an, ein leises Verhandeln, ein abwägendes Argumentieren; man lässt sich ausreden, bis man einig verstummt.

»Komm her!«, ruft Aaron.

Mit ausgestreckten Händen tastet sich Teo durch den finsteren Raum. »Zünde die Kerze wieder an! Ich sehe nichts!«

»Ha!«, ruft der Sprühdosenmann. »So ist es hier. Man findet seinen Weg unten, ohne ihn zu sehen, und oben siehst man ihn, ohne ihn zu finden.«

Ein Streichholz flammt auf. Teo sieht den Sprühdosenmann umringt von Kunststoffbeuteln. Außer ihnen beiden und der Katze ist niemand hier.

»Wo sind die anderen Analogen?«, fragt Teo.

»Fort. Kommen und gehen, verfliegen. Unendlich viele Stimmen, weißt du?« Er steckt die Kerze wieder an. Der Docht knistert.

Plötzlich streift die Katze um Teos Beine und ein Schauer läuft von unten her über seine Haut. Womöglich sind die anderen Analogen nur die Stimmen in Aarons Kopf. Teo überlegt, ob er einfach fortlaufen soll. Doch wenn es eine Möglichkeit gibt, das Postamt zu finden, muss er sie nutzen. Es mag die verrückteste sein, aber vielleicht auch die letzte. Ihm ist gleich, ob ihm Aaron oder die Katze den Weg zeigt, solange er das Amt nur endlich findet.

»Könnt ihr mich führen?«

Aaron hält ihm die rot beschmierte rechte Handfläche entgegen. »Als Gegenleistung will ich deine Schuhe! Ich habe noch keine Provinzschuhe. Aber wenn ich alle in Sybaris befreit habe, werde ich vielleicht verschwinden müssen. Dann könnte ich solche Schuhe brauchen.«

»Ich laufe doch nicht barfuß hier herum!«, wendet Teo ein. »Der Boden ist bedeckt mit Glassplittern, Dreck, Schutt und Pfützen, die komisch riechen. Und wie soll ich ohne Schuhe durch die Stadt gehen?«

Mit verkniffener Miene nickt Aaron. »Dann tauschen wir!« Er beugt sich zu den Beuteln herab, wühlt mal in einem, mal im anderen. Schließlich zieht er ein Paar ausgelatschter Turnschuhe heraus. »Die kannst du haben. Sybarisschuhe habe ich genug.«

Teo ist sofort klar, dass ihm Aaron einen schlechten Tausch anbietet. »An manchen Stellen sind die Nähte schon aufgerissen«, sagt er und nimmt das Schuhpaar entgegen, drückt mit den Fingern auf dem Stoff herum. »Die Ferse ist weich gelaufen und von den Sohlen ist das Profil abgetreten. Der Schnürsenkel hier ist gerissen und mit einem Kupferdraht verlängert.«

»Was weißt du schon?«, brummt Aaron. »An das Gehen in der Hauptstadt sind die Schuhe angepasst. Die Nähte haben sich geweitet, damit der Schuh bequem sitzt, ein Profil braucht's auf dem Gehsteig nicht, der Stoff ist leicht für den schnellen Gang und gut zum Schleichen auf den Katzenwegen.«

Teo erinnert sich an seine Ankunft in der Wohngemeinschaft, als er die zahlreichen Schuhe neben der Garderobe sah. Jeder hat die passenden Schuhe für den Weg, den er gehen muss. Und er denkt an gestern, als er die S-Bahn-Station suchte und sich in seinen Schuhen die Füße wund lief, bis er sich im Park setzen musste. Vielleicht kann er froh sein, diese Provinztreter loszuwerden, die mit ihrem dicken Profil, mit ihrem harten Leder für schlammige und erdige Wege gemacht sind, für Schlaglöcher und Schotter.

Also zieht er seine Schuhe aus und schlüpft in das andere Paar. Dann läuft er im Kreis einmal um die Katze herum.

»Man fliegt darin!«, sagt Teo voller Erstaunen. Auch seine Beine schmerzen kaum noch.

»Dann zum Kern aus Eisen und Feuer!«, ruft Aaron und streckt die Kerze in die Höhe.

Die Katze springt voran. Hinter einer Ecke staubt dünnes Rotlicht hervor. Dort muss ein Treppengang liegen.

## XIII.

Erst nach einigen Stufen erkennt Teo, dass die Treppe weit geschwungen aus einem Portal hinaus in die Tiefe führt, als habe sie einmal als Freitreppe gedient. Sie mündet in eine unterirdische Straße, umsäumt von Laternen. Zerschlagen stehen die hohlen Glasköpfe im Dunkeln. Man sieht nicht weit, weil Aarons Kerze einen schwachen Atem hat. Er reicht sie an Teo weiter und zieht aus seiner Sakkotasche, irgendwo zwischen den klappernden Sprühdosen muss sie noch Platz gefunden haben, eine Taschenlampe, die ein grellblaues starkes Licht verschießt. Es glitzert in den Knittern des Aluminiumhutes.

Teo greift mit beiden Händen die Kerze. Samtig und warm

ist das Wachs, die Flamme ein Schild gegen die Finsternis, vor der sich Teo fürchtet. Unten riecht es muffig, faulig. Pilzsporen, Moderdreck, Schimmel, Kompost dünsten aus. Sie laufen über den rissigen Asphalt, Glasscherben knirschen unter den Schritten, aus unbestimmbarer Höhe fallen Tropfen, zerplatzen in klarem Ton, rinnen in einen Bordstein, über den sich Teo wundert. Als habe man eine Stadt unter Tage gelegt, in der keiner mehr lebt. Sie kommen an Mauern mit Fenstern vorbei, an Fassaden und Säulen, manchmal kommt ihnen ein Himmel aus Stahlträgern und Balken nahe, klaustrophobische Bedrängung, dass sie die Köpfe einziehen müssen, manchmal öffnet sich eine meterhohe Gewölbeweite. Vornweg springt die Katze, schleicht um Straßenschilder und stillgelegte Ampelmasten. Ein Auto steht am Wegesrand, ausgeweidet, zerkratzt und rosttot.

»Wohin gehen wir?«

»Tiefer«, antwortet Aaron. »Die Katze führt uns in die Grundstadt.«

»Es gibt eine Stadt unter der Stadt?«

Sie durchschreiten einen Triumphbogen aus Stahlrohren, an denen das Wasser kondensiert.

»Stell dir Sybaris wie ein Computerprogramm vor. Man setzt auf die alte Version eine neue drauf. Für jede Stadtschicht vergibt man eine weitere Versionsnummer. Wir steigen hinab nach Sybaris 6.«

Das also bedeuten die Nummern. Sybaris 6 ist die Stadt, die Teos Großmutter noch kennt.

»Hier unten«, so erklärt Aaron, »lebt kaum noch ein Mensch. Wer will schon in Tiefen wohnen, in die kein Sonnenstrahl dringt? Unter den unzumutbaren Bedingungen veralteter Bausubstanz? Wer könnte das?« Die Bürger ziehen aus maroden Immobilien fort, so wie die Menschheit einst die Höhlen verlassen hat. Alle drängen zur oberen Ebene, ans Licht, zum Neuen und Modernen. Dafür zahlt man Geld, dort lohnt die Investition. Die alten Gebäude sind nicht einmal den Abriss wert, sondern werden überbaut; lange Zeit nur im Norden, während der Süden zerfiel. So hat sich die Stadt verlagert, ist gewandert. Man sagt, früher sei sie ganz woanders gewesen, im Planum Culturae. Sybaris 7 ist der Kopf, der sich vor dem Ertrinken über dem Fortschrittsmeer hält, während sich unter der Oberfläche die Sedimente der städtischen Zivilisation sammeln, Jahrhunderte alt, um die sich niemand kümmert, weil sie nur Verluste in die Bilanzen reißen. Zweckvergessene Werkzeuge hat man zurückgelassen, stromverdurstete Gerätschaften, rückständige Technologien. Generationen von Toten – Knochen, Zähne, Stoffreste – liegen in morschen Särgen, wurmzerfressen, auf aufgegebenen Friedhöfen, ewige Ruhe versunkener Epochen, Staaten, ein Königreich auch. Philosophien liegen tief, Ideologie tiefer, am tiefsten Religionen, bis auf die machtdienlichen, irgendwo in den niedrigsten Katakomben. Gebräuche, Sprachen, Konflikte verrotten hier, Staatsverträge, Handelsabkommen, Bündnisse, Feindschaften, Kriege und Hass, Verbrechen und alles in allem Schuld – in der Tat, mehr Schuld, als manche Völker tragen wollten, hat man verantwortungslos hier vergraben.

»Was haben die Menschen einander angetan?«, fragt Aaron und streift durch die staubverdeckten Antworten. Irgendwo, fern über der Stirn, flüstert selten eine Ahnung von Leben. Und auf alldem gründet Sybaris 7, auf diesen Fundamenten aus Überwundenem, auf den Säulen vergangener Fehler.

Beim Durchqueren der Grundstadt hört Teo hin und wieder ein unerwartet lautes Hämmern, metallisch, steinberstend, manchmal auch ein dumpfes Grollen. Er hält inne, um zu lauschen.

»Das sind die Analogen«, sagt Aaron. »Sie verkriechen sich vor dem Funk und vor dem Schwarm. Seit die Schwärmer oben sind, gehören uns die Tiefen der Vergangenheit und – ja, ja, ja – irgendwer sagt gerade, dort gehörten wir auch hin.«

Also doch nicht nur Stimmen im Kopf, fragt sich Teo still.

Vielleicht nicht, vielleicht sowohl als auch.

»Aber es klingt, als arbeiteten sie an etwas?«

»Strom, Wasser, Gas und Luft gibt es vor allem für Version 7. Ältere Ebenen erhalten kaum noch was, werden allmählich abgeschaltet. Manchmal lassen sich auf der Sechs noch Glühröhren anknipsen, aber das war's auch. Zu geringe Nachfrage nach der Infrastruktur, zu hohe Kosten ihres Betriebs. Also müssen wir uns kümmern.«

Sie erreichen einen kleinen Platz, ausgelegt mit rechteckigen Granitplatten, die gänzlich abgesackt und verkeilt sind, weil sich das Erdreich verschoben haben muss. Einige Baumkrüppel stehen verhungert im Kreis, ihre Wurzelbeine haben im Todesstrampeln den Granit aufgebrochen. Die Holzskelette umschließen eine mit Grünspan überzogene Kupferskulptur, die Teo bekannt vorkommt. Sie sieht aus wie der stilisierte Nervenstrang, den der Ingenieur als Anhänger trägt.

»Was ist das?«

»Was?«

Aaron folgt Teos Blick. »Ach! Das Denkmal erinnert an die Anfänge der Schwärmerbewegung: eine Sekte, die den Schwarm für ein paradiesisches Jenseits hält, das ewiges Leben verspricht. Die glauben, weil man im digitalen Raum ohne Körper existiert, entfalte sich dort die Seele des Menschen. Und sie beten zum Speicher, den sie für ein Gefäß halten, ein Gefäß, das ihren Geist aufnimmt und bewahrt. Irgendwas Transzendentes. Halte dich fern von diesen Fanatikern!«

Sie steigen über die Splitter und Trümmer einer umgestürzten Telefonzelle und erreichen an der gegenüberliegenden Seite des Platzes einen zweigeschossigen Kastenbau, dessen Oberkante an eine steinerne Gewölbedecke stößt, gehalten von wirren Gerüsten aus Stahlträgern und Balken, von Betonstützen und Verstrebungen. Teo fragt sich, ob das Gebäude womöglich ein drittes Geschoss hat, das überirdisch liegt. Möglich, dass viele Häuser mit den Kellern in Sybaris 6 liegen und mit den Dächern auf Ebene 7.

»Wir sind da. Das war einmal das Hauptpostamt.« Eine leicht ansteigende Rampe führt zu einem gekachelten Anbau. Die zersprungenen Glasflügel der Eingangstür stehen offen. »Das ist die Schalterhalle. Vermutlich alles geplündert.«

Teo schaut auf das mannshohe Schild neben der Rampe, aus dessen Aluminiumfläche man das Kürzel »AfKI« ausgefräst hat – eine Negativschrift.

»Jaja, ich sag's ihm ja schon! … Das bedeutet *Amt für Kommunikationsinfrastruktur*«, erklärt Aaron. »Das AfKI ist der Rechtsnachfolger der Post, Betreiber des Schwarms. Wenn du Probleme mit der Post hast, wendest du dich an die. Oder besser nicht, weil die von Mitgliedern der Schwärmerbewegung kontrolliert werden.«

Wenigstens gibt es noch einen Ansprechpartner, denkt Teo.

»Schauen wir uns mal um«, sagt er. »Auch wenn es ziemlich verlassen aussieht.«

Vorsichtig lehnt er sich gegen den rechten Türflügel, der sich aber nicht bewegt, weil er oben aus dem Band gesprungen ist. Der linke lässt sich jedoch öffnen. Teo betritt die Schalterhalle und stolpert beinahe über die Stahlbeine eines umgekippten Stuhls. Aaron hält sich im Hintergrund und schwenkt seine Taschenlampe, um den Raum auszuleuchten. Er drückt auf einen Lichtschalter. Für einen Moment stottert das Licht einer kastenförmigen Deckenlampe, die nur noch an einer Aufhängung baumelt. Die andere ist herausgerissen. Dann ist es wieder dunkel.

»Kaputt«, sagt Aaron. »Aber gut zu wissen, dass die Leitungen noch Saft haben. Kommt nicht oft vor. Oder die Analogen haben dran rumgefummelt. Die sind derzeit recht aktiv hier.«

Die glatte Schalterverglasung hat eine dünne Staubhaut. Man kann kaum sehen, was dahinterliegt. Jeder Anspruch an dieses Hauptpostamt ist aufgegeben, jeder kann alles haben, was übrig ist. Die Theken, Stühle, Schalter, Lampen, Regale, Kartons, angebundene Kugelschreiber, Briefwaagen, Sackkarren und Kassen sind Dinge, die sich selbst gehören, sind befreit davon, jemandes Besitz zu sein. Hier hat schon länger als zwei Wochen niemand mehr gearbeitet. Der Postbetrieb in der Provinz muss wie der zuckende Körper eines geköpften Huhns noch einige Zeit im Kreis gerannt sein.

Es beschleicht Teo die Angst, dass das Postamt in Moorstedt bald ebenso aussehen könnte. Was würde seine Mutter sagen, wenn er davon berichten müsste? Die Enttäuschung und Ratlosigkeit in ihrem Gesicht will er sich gar nicht vorstellen.

»Warum hat dieses AfKI das Postamt nicht für etwas anderes genutzt?«

»Weil die keine physischen Räume mehr brauchen«, antwortet Aaron. Seine Stimme schallt durch die Grabkammerstille, echot durch das Vergessene. »Im digitalen Raum ist es doch egal, wo die Mitarbeiter sich befinden. Jeder, der etwas will, erreicht sie über den Schwarm.«

»Also gibt es keinen Ort mehr, an dem die Verwaltung sich niederlässt?«

»Wenn uns der Schwarm etwas gelehrt hat, dann, dass Ordnungen jeder Art schon immer nur in den Köpfen existiert haben, abstrakte, wortgetragene Strukturen, ausgehandelt, durchgesetzt, akzeptiert. Der Ort der Macht war nie ein Palast oder ein Parlament, sondern immer schon das Hirn. Jaja, hört auf, mir so was zu flüstern, das interessiert ihn nicht!«

Indes tritt Teo an den Durchgang zum Schalterbereich, schlägt die Thekenplatte zur Seite, um dahinter zu gelangen. Er geht die Arbeitsplätze ab, beleuchtet mit der Kerze all das, was sinnlos geworden ist und einer unbestimmten Zukunft überantwortet wurde. Unter der Thekenplatte sind Schubfächer angebracht, die allesamt herausgezogen sind. Irgendwer, vielleicht die Analogen, haben hier längst alles nach Wertsachen durchsucht und Brauchbares mitgenommen. Eine Schublade ist auf den Boden geworfen worden. Darin findet Teo einen Bogen mit Briefmarken. Er kniet sich hin, nimmt sie heraus und hält sie ins Kerzenlicht. Auf jeder Marke ist der stilisierte Nervenstrang abgebildet.

Aaron folgt ihm hinter die Schalterreihe und beugt sich über Teos Schulter. »Das sind Sondermarken. Die letzten, die man gedruckt und ausgegeben hat, bevor man den Briefverkehr einstellte.«

»Diese Marken sind ins Postamt nach Moorstedt gar nicht geliefert worden«, stellt Teo fest. Er sieht sie zum ersten Mal.

»Scheint ja wirklich vom Rand der Welt zu rutschen, dein Moorstedt.«

Das ist also das Ende meines Berufs, denkt Teo. Er fühlt sich überflüssig. Was wird jetzt nur aus mir? Aus meiner Mutter und den Kollegen? Würde er wieder etwas finden, das ihn so erfüllen kann, wie die Verbindung zwischen Menschen zu sein, der Faden im Netz, an dem alles hängt? Teo fürchtet, in die Einsamkeit zu fallen, wenn er nicht mehr gebraucht wird.

Er trennt für sein Sammelalbum eine Marke aus dem Bogen, zieht den Jackenreißverschluss bis zum Bauch auf und steckt sie in die Innentasche. Niemals hätte er sich vorstellen können, dass es auch für diese Geschichte ein letztes Wort geben könnte. Beinahe versengt er den Stoff der Jacke am Kerzenfeuer.

Etwas stört Teos Gedanken. Aaron scheint es nicht zu bemerken, aber ein wiederkehrendes Geräusch summt gedämpft durch das verlassene Hauptpostamt.

»Hörst du das?«, fragt er.

»Was?« Aaron legt den Kopf in den Nacken, als könne er dadurch besser lauschen.

»Dieser leise Ton! Ist das ein Klingeln?«

Bedächtig legt Teo den Briefmarkenbogen zurück in die Schublade und erhebt sich. Er dreht den Kopf, sucht die Richtung, aus welcher der Klang kommt. Da hinten vielleicht? Ein paar Schritte setzt er dorthin, wo ein Gang in tiefer liegende Räumlichkeiten abgeht. Dort wird das Klingeln deutlicher.

»Komm mit!«, sagt er zu Aaron.

»Was willst du denn noch? Du hast doch gesehen, was du sehen wolltest.«

Je weiter Teo den Gang entlanggeht, desto klarer hört er ein Telefon klingeln. Er kommt an zahlreichen Türen vorbei, bis das Geräusch wieder leiser wird. Teo dreht sich um und geht zurück. Endlich ist er sicher, die richtige Tür gefunden zu haben. Er legt das Ohr an das lackierte Holz, aber das Klingeln hat aufgehört, der Anrufer muss aufgelegt haben. Dennoch legt er die Hand auf die Klinke und öffnet.

Mit langem Arm streckt er die Kerze in das Zimmer, das einen aufgeräumten Eindruck macht. Das Licht fällt über die Buchenholzplatte eines Schreibtischs, spiegelt sich in den Chrombeinen, haucht über den Staub auf Computerbildschirm und Telefon.

Aktenschränke stützen die Decke, das Fenster hinter dem Drehstuhl ist von außen mit Holzplatten vernagelt. Auf dem Fensterbrett krümmt sich arthritisch das Skelett einer Topfpflanze.

Teo tastet nach dem Lichtschalter. Hier funktioniert die Deckenlampe. Er pustet die Kerze aus und sieht sich hinter dem Schreibtisch um. Wie totes Herbstlaub liegen Notizzettel, abgefallen vom Computerbildschirm, auf der ledernen Schreibunterlage. Das könnte das Büro eines leitenden Postbeamten gewesen sein.

Plötzlich schrillt erneut das Telefon.

Im Türrahmen steht Aaron, hält sich die Taschenlampe vor die Brust. Zwischen seinen Füßen schmiegt sich die Katze hindurch. »Geh ran!«, sagt er.

»Ich? Ich arbeite hier nicht.«

»Du bist der einzige Postbote in Sybaris. Wenn du nicht rangehst, macht es niemand.«

Noch zweimal lässt Teo das Telefon scheppern, überlegt, was er sagen soll, dann nimmt er ab.

»Hauptpostamt Sybaris 6!«

»Na endlich!«, ruft eine Männerstimme mit nordischem Akzent. »Seit Wochen klingeln wir durch! Unser Verteilzentrum ist dichtgemacht worden, der Lieferdienst ist vollkommen zum Erliegen gekommen. Was ist bei Ihnen los?«

»Ich bin nur zufällig im Hauptpostamt. Hier arbeitet niemand mehr. Der Briefdienst ist eingestellt«, antwortet Teo.

Stummheit rauscht in der Leitung, als habe der Anrufer die Sprache vergessen. Nach einem Augenblick fragt er jedoch harsch: »Eingestellt? Was soll das heißen? Wie bekommen die Leute jetzt ihre Post?«

»Über den Schwarm. Ich weiß auch nicht, wie es weitergehen soll.«

»Dieser neumodische Unsinn! Jetzt hören Sie mal ...« Die Stimme schreit, dass Teo den Hörer vom Ohr nehmen muss. »Warum hat man uns nicht benachrichtigt?« Inzwischen erscheint es Teo nachvollziehbar, dass niemand die stillgelegten Postämter unterrichtet hat. Dafür hätte man Briefe verschicken müssen, deren Versendung man gerade abschaffte.

»Entschuldigung, ich weiß leider auch nicht mehr als das, was ich Ihnen gesagt habe.« Teo legt auf. Ihm zittert das Trommelfell von dem Geschrei. In diesem Büro müssen auch die Anrufe seiner Mutter ins Leere gegangen sein.

»Anscheinend geht es vielen Postämtern so wie in meiner Heimat«, sagt er zu Aaron. Und erneut klingelt das Telefon. »Da gehe ich nicht noch mal ran!«

»Vielleicht ruft jemand an, der dir sagen könnte, wie es für dich weitergeht?«

Teo seufzt und nimmt den Hörer ab. »Hauptpostamt Sybaris 6!«

In der Leitung ist ein Amtsleiter aus dem Südwesten, mit dem sich das erste Telefonat beinahe wortgleich wiederholt.

»Irgendwer wird dem AfKI dieses Chaos vor die Füße werfen müssen. Unfassbar, dass sich niemand um all die Menschen gekümmert hat!«

»Die Ballungszentren wissen sicher Bescheid«, erwidert Aaron. »Wer hier anruft, lebt in den entferntesten Nestern. Man hat wohl darauf vertraut, dass die Informationen schon irgendwie weitergeleitet werden oder dass die Menschen sich selbst auf dem neuesten Stand halten. Deshalb bist du ja auch hier. Von irgendwoher kommt das Wissen immer.«

Abermals klingelt es. Auf gewisse Art fühlt sich Teo verpflichtet, den Anrufern zu antworten. Wie sollen sie sonst erfahren, was los ist? Sie sind ebenso hilflos wie das Postamt in Moorstedt.

Noch einmal beschließt er, an den Apparat zu gehen. »Hauptpostamt Sybaris 6!«

Er hört ein Rauschen, Klappern, die Leitung ist ein gerissenes Netz in der Tiefsee, die unsichtbare Strömung braust. Eine Stimme aus Wasser antwortet, allmählich verfestigt sich der Klang. »Hier ist das Postamt in Moorstedt!« Es ist die Stimme seiner Mutter.

»Mama, ich bin's, Teo!«

»Meine Güte!« Ihr rutscht der Ton ab. »Wir machen uns Sorgen um dich! Du hast dich nicht gemeldet. Bist du im Postamt?«

»Ja, ich habe es gefunden.«

»Was hast du erfahren? Wann kommen die Lieferautos wieder?«

Wie kann er ihr all das begreiflich machen?

»Das Hauptpostamt ist ... verlassen, ebenso das Verteilzentrum. Man schickt hier keine Briefe mehr, sondern kommuniziert ... anders.«

Schlagartig ist es still in der Leitung, dass Teo schon denkt, sie sei unterbrochen.

Endlich sagt sie: »Anders? Was soll das heißen?«

»Schwer zu erklären. Vielleicht bekomme ich noch etwas heraus, bevor ich zurückkehre.«

»Wollen wir es hoffen!«

Das Gespräch endet mit einem elektronischen Knacken.

Auf dem Rückweg in die Schalterhalle ist Teo innerlich zerrissen. So schnell wie möglich will er nach Hause, aber sein Aufenthalt in Sybaris ist bisher vergebens gewesen. Noch immer hat er keine Lösung für das Postamt in Moorstedt gefunden, und er müsste noch bleiben, um das zu ändern. Hinter ihnen klingelt das Telefon erneut, und Teo fragt sich, wie lange es noch in die verlassene Grundstadt ruft, unter wie vielen Ebenen es begraben wird, bis es für immer Ruhe gibt.

Die Katze geht voran, reibt sich an der Raufasertapete der Wandecken, springt auf umherliegendes Papier, um es zu zerreißen. Verwundert hört Teo, wie ihre Pfoten plötzlich in Pfützen platschen. Das Kerzenflackern und das blaue Strahlen der Taschenlampe brechen sich am Boden, ein Lichtzittern breitet sich vor Teos Füßen aus.

»Hörst du das? Dieses Brausen«, fragt Aaron und hebt die Kerze über seinen Kopf. Die gesamte Schalterhalle steht unter Wasser. »Raus hier! Schnell!« Er nimmt die Katze auf den Arm und springt zum Ausgang.

»Was ist passiert?«, ruft ihm Teo nach und watet hintendrein durch das knöchelhohe Nass.

»Vermutlich ist ein Rohr gebrochen. Passiert oft, wenn die Analogen Wasser abzapfen oder umleiten wollen. Ein Glück, dass es kein Gas ist. Komm! Die Räume in der Grundstadt laufen schnell voll.«

Mit jedem Schritt spritzt Wasser auf. Schon werden Teos Knie feucht. Sie erreichen die Tür und stürmen hinaus. Der gesamte Platz ist überflutet, eine graue Brühe schwappt gegen die Skulptur der Schwärmerbewegung. Das Postamt wird bald versinken.

»Wohin jetzt?«

Da hält Aaron die Katze an sein Ohr und lauscht ihrem Mauzen. »Ich weiß, wohin! Folge mir!«

Er ist verrückt, absolut verrückt, denkt Teo. Und trotzdem läuft er ihm nach.

Die Katze kennt ein Haus, das einer Jahrhunderte alten Bank gehört und dessen Grundmauern bis in Ebene 2 reichen. Bis Ebene 5 ist das Treppenhaus gesperrt, ab dort fährt jedoch ein Fahrstuhl, mit dem sie hinauf nach Sybaris 7 gelangen.

Sie steigen in der Tiefgarage aus, nehmen noch eine Treppe und treten mit kühlen Augen aus den Tunneltiefen ins Freie. Und die Stadt glüht so heiß, dass Teo glaubt, eine kaltweiße Sonne stünde in Ost und West gleichzeitig, in Nord und in Süd. Sie betreten einen Platz, der umringt ist von gläsernen Häuserzügen, die sich wie Spiegel wölben und alles Licht gleißend zur Mitte hin bündeln. Aaron setzt eine Sonnenbrille auf. Auch Teo nimmt die Brille zur Hand, die er in der U-Bahn gefunden hat.

»Ist es nicht verrückt, dass alle in der Stadt Sonnenbrillen tragen, weil sie fürchten, man könne durch ihre Augen in sie hineinsehen?«, sagt Aaron. »Aber niemanden stört es, dass der Schwarm in ihren Kopf sehen kann.«

»Mich blendet es nur«, sagt Teo.

Erst mit abgedunkeltem Blick erkennt er, dass sich keine Sonnen, sondern vier Lichtmasten über den Platz beugen wie Wasserhähne und ihn mit Strahlen volllaufen lassen. Dahinter ist die Nacht bereits hereingebrochen. Durchtränkt von Helligkeit ist die Kleidung der zahllosen Menschen, die sich hier versammelt haben, ihre Gesichter glänzen bleich und blass. Unverständliche Sprechchöre schlagen gegen ihre eigenen Echos. Pappschilder an Besenstielen wackeln über den Köpfen. »Beendet den Albtraum!«, liest Teo laut vor. Blaulicht blitzt in der Ferne, eine Lautsprecherdurchsage erschallt.

Unbeeindruckt von dem Trubel läuft die Katze mit eingezogenem Kopf zu der Menge hin. Aaron folgt ihr und auch Teo versucht, den Anschluss zu halten. In der Masse ist es schwer, sich zurechtzufinden.

»Was ist hier los?«

»Bemerkenswert!«, antwortet Aaron. »Es ist selten, dass Menschen, die jederzeit im Schwarm miteinander reden können, sich physisch irgendwo versammeln. Etwas ganz Außerordentliches geschieht hier.«

Die Katze kurvt um die Sohlen der Versammelten, springt über Lederspitzen, schlüpft durch Stoffhacken, ist schließlich zwischen den Füßen verschwunden. Aaron und Teo kommen nicht weiter. Ein Käfig aus gespannten Körpern, hochgestreckten Fäusten und wütenden Gesichtern sperrt sie ein.

Ratlos wenden Aaron und Teo sich einander zu. Um sie herum sinken die Arme wieder und Ruhe umspinnt die Massen. »Still!«, zischt jemand. »Er spricht jetzt auf der Bühne.«

Suchend schaut sich Teo um, kann aber über die Leute nicht hinwegsehen und weiß nicht, wo die Bühne sein soll.

Eine Stimme scheppert aus Lautsprechern, ein Worthammerschlag auf dünne Blechgrammatik: »Stadtbewohner, Schwärmer, Freunde!« Schrill schaukelt sich eine Rückkopplung auf, fiept und pfeift in den Ohren. »Als Republikkommissar für Inneres höre ich euch! Ich weiß von euren Albträumen, den furchtbaren Visionen, weiß von den Angstnächten. Ich verstehe eure Sorgen. Wir wissen nun: Etwas Schreckliches ist passiert!«

Ein unruhiges Raunen schwelt aus den Mündern.

»Die Spezialkommandos sind am Vormittag, kurz nach ihrem Eintreffen, angegriffen worden! Söhne, Brüder, Väter sind gefallen und wir trauern um sie!«

Stille klemmt in den Kehlen.

»Aber wir sind auch wütend!«

Jetzt bricht es aus den Menschen heraus. Sie schreien und brüllen. Mehrmals muss der Kommissar ansetzen, bevor er weitersprechen kann.

»Diese verkommenen Gestalten, diese Verbrecher, diese Barbaren in schwarzen Uniformen werden bald schon enttarnt! Wir werden diese Halunken demaskieren! Deshalb habe ich die Truppen in der Region mobilisiert, die erste Brigade mit schweren Waffen. Wenn jemand Krieg gegen uns führen will, soll er nur kommen! Wir werden gewinnen!«

Jubel braust auf. Die Menschen schreien sich die Zuversicht in Knochen und Mark.

Teo findet es beunruhigend, dass Sicherheitskräfte in seiner Heimatprovinz so zahlreich zu Tode gekommen sein sollen und nun die Armee entsendet wird. Welcher Feind sollte sich in den verlassenen Nestern des Fünf-Flüsse-Sumpfs gesammelt haben, dass die Menschen in Sybaris 7 so schlecht träumen?

Grob zieht ihn Aaron am Jackenärmel fort. Er hat eine Lücke zwischen den Menschen entdeckt und führt Teo durch eine Gasse in der Menge, bis sie zu den Absperrgittern gelangen. Dort stehen Männer in Kampfanzügen und beobachten die Demonstration.

»Wächter!«, murrt Aaron abfällig. Am Rand packen zwei Uniformierte einen Mann, der versucht hat, ein Leuchtfeuer zu entzünden.

Aaron zieht den Kopf unterwürfig ein, schleicht sich zum Durchgang zwischen den Gittern und huscht untertänig an den Wächtern vorbei. Teo hält sich dicht hinter ihm. Flink eilen sie über den Bürgersteig, huschen um eine Häuserecke, überqueren eine Straße. »Kannst du mir noch den Weg zu meinem Wohnhaus zeigen?«, fragt Teo.

»Du hast ja noch keine Katze. Du brauchst aber unbedingt eine«, antwortet Aaron. »Wir bringen dich noch heim.«

Auf der gegenüberliegenden Seite hockt die Katze neben einem Hydranten und wartet. Aaron wirkt nicht überrascht. Als habe er erwartet, sie hier zu finden, streichelt er sie kurz im Vorübergehen. »Du weißt, wo er wohnt, richtig?« Gleich darauf übernimmt sie wieder die Führung durch die Stadt.

Teo glaubt, in den Stadtschuhen wie auf Katzenpfoten zu gehen. Er könnte das Tempo lange noch halten, aber schneller als erwartet findet er sich vor seinem Wohnhaus wieder. Die Baustelle am Eingangsbereich ist verlassen; längst haben die Bauarbeiter Feierabend. Der Kleinbagger hat den Schaufelkopf in den Sand gesteckt, die Spaten lugen aus einem Kieshaufen.

»Wir sind da«, sagt Teo.

»Natürlich sind wir das«, entgegnet Aaron. »Wo sollten wir denn sonst sein, wenn nicht da? Man ist immer da.«

»Danke, dass du mich geführt hast.«

»Die Katze hat geführt.« Aaron tritt dicht an ihn heran. »Dieser Krieg hilft uns womöglich bei der Rettung der Stadt. Wir brauchen jede Hoffnung, sonst stürzt die Welt in den Schwarm. Du hilfst mir doch, ja?«

Keinesfalls will sich Teo in Aarons Kampf hineinziehen lassen. Ausweichend antwortet er: »Ich weiß nicht. Bald fahre ich zurück in die Provinz.«

»Aber meine Katze hat dich nach Hause gebracht, das muss für etwas gut sein.« Aaron reibt sich das Kinn. »Versprich mir wenigstens, dir keinen Funknerv einzupflanzen. Je mehr Analoge es gibt, desto besser!«

»Ich verspreche es!«

Ihm gehen die Worte leicht über die Lippen, denn in Moorstedt hätte er ohnehin keine Verwendung für einen Funknerv.

»Wer keinen Funknerv hat, muss zuhören lernen, was die Menschen auf der Straße erzählen«, mahnt Aaron. »Merk dir das! Ich muss zurück in die Tunnel. Unter den Schwärmern bin ich nicht sicher. Geh deiner Wege, folge deiner Katze! Mich findest du in Sybaris 3, dort habe ich einen Garten auf dem alten Friedhof.«

Aaron beugt sich herunter und nimmt seine Katze auf den Arm. Dann geht er eilig davon, dass die Sprühdosen in den Taschen klappern.

# XIV.

Befremdliches spielt sich im Gemeinschaftsraum ab, als Teo durch die Tür tritt. Am Tisch sitzt der Ingenieur zusammen mit drei jungen Männern und zwei Frauen, die Teo nicht kennt. Sie haben sich die Hände gereicht. Ihre Augen sind geschlossen, die Lippen beben vor unausgesprochenen Worten. Alle sind in sich versunken. Um ihre Hälse hängen Ketten, Bänder, Schnüre mit Anhängern, in denen Teo den stilisierten Nervenstrang erkennt. Auf dem Tisch steht ein Tonschälchen, aus dem es qualmt. Die Luft riecht schwer nach Weihrauch.

Teo will nicht stören. Er hängt seine Windjacke an einen Garderobenhaken, gleich neben die senfgelbe Jacke der Reporterin. Der Stoff knistert, dass der Ingenieur die Augen öffnet und die Hände der anderen behutsam loslässt. Wie aus einem Traum erwacht, blinzelt er gegen das Honiglicht der Deckenlampe. Als er Teo sieht, legt er sich den Zeigefinger auf die Lippen. Ohne ein Geräusch steht er vom Tisch auf und schleicht zu ihm herüber, nähert sich, dass er ihm beinahe ins Ohr flüstern kann.

»Die Zimmergemeinschaft ist still heute. Die Reporterin hat sich schlafen gelegt. Sie hat morgen einige Anstrengungen vor sich. Und wir«, er weist mit der Hand auf seine Gäste, »sind in einem Konnex.«

»Es sieht aus wie eine Geisterbeschwörung.«

»Du hast noch immer keinen Funknerv, oder?«

Teo schüttelt den Kopf. Er denkt an Aarons Warnungen. »Ich weiß auch immer noch nicht, was genau ein Funknerv ist.«

»Der Funknerv ist ein Hirnimplantat, er speist sich aus bioelektrischen Impulsen«, erklärt der Ingenieur leise. »Er übersetzt deine neuronalen Signale in digitale Daten und kann sie in den Schwarm funken.«

»Er kann meine Gedanken versenden?«

»Du klingst so misstrauisch. Senden nicht die Menschen schon mit der Schrift einander ihre Gedanken? Man kann Prothesen und

Fahrzeuge mit Gedanken steuern, dank neuronaler Kartierung und Sensoren. Dass Gehirne aber nicht nur mit Geräten, sondern auch miteinander kommunizieren können, ist nichts, was verwundern müsste. Es ist direkt und konsequent.«

»Und so sieht das dann aus?« Teo betrachtet die fünf Menschen am Tisch, die dasitzen wie im Schlaf und sich die Hände halten.

»Ein Konnex ist etwas Spezielles. Wir lassen einander durch unsere Datenschranken. Jeder hat Zugriff auf die Gedanken und Erinnerungen des anderen. Es gibt keine reinere Form des Verständnisses.«

»Ich finde es gruselig, jemand anderen in meinem Kopf zu haben.«

»Stell dir vor, du empfindest Zuneigung für den anderen, dann ist ein Konnex die größtmögliche Nähe. Und je öfter man einen Konnex aufbaut, desto besser kennt man sich, man beginnt, seine Gedanken und Empfindungen miteinander abzugleichen. Man denkt und fühlt gleich, bildet eine Art Multiwesen. Das ist ein unbeschreiblicher Zustand, alles in einem und eines in allem.«

Tatsächlich klingen die Worte des Ingenieurs wie eine Sektenpredigt. Davor hat Aaron ihn gewarnt. Vielleicht versucht der Ingenieur schon, ihn zu bekehren.

»Dann will ich dich nicht abhalten von diesem unbeschreiblichen Zustand.« Teo nickt dem Ingenieur zu und flüchtet in sein Zimmer. Die Reporterin will er nicht stören, wenn sie sich ausruht für den morgigen Tag. Ein wenig bedauert er, dass sie schon schläft. Er hätte sie gerne gesehen, sich gerne zu ihr gelegt. Dass er bald zurück nach Moorstedt muss, daran will er gar nicht denken.

Im Einschlafen stellt er sich vor, wie sie hinter der Wand in ihrem Bett liegt, vielleicht keinen Meter von ihm entfernt, wie sie schläft, was sie träumt. Allein mit ihr ist für ihn ein Konnex denkbar, wie der Ingenieur ihn beschrieben hat. Allein bei ihr, so überlegt er, könnte ein Konnex etwas Gutes haben. Er träumt in seinem Bett, dass er in ihrem Bett träumt, dass er neben ihr liegt und ihren Atemtakt hört.

Am nächsten Morgen sitzt der Ingenieur allein am Tisch im Gemeinschaftsraum. Seine Konnex-Gemeinschaft hat sich anscheinend über Nacht aufgelöst. Vor ihm steht eine Kornbrandflasche aus weißem beschlagenen Glas. Tropfen treten aus ihrer glatten Haut und die Kälte dampft an ihr herab. Obstfliegen schwirren Schlangenlinien um den Kopf des Ingenieurs, haben sich wohl aus den Müllsäcken in der Küche gewagt, lecken am Rand des Schnapsglases, das neben der Flasche steht. Sie torkeln auf der Tischplatte umher, fallen auf den Rücken. Sie sind die Saufkumpane des Ingenieurs.

Aus dem Kofferradio, diesem Schwarmempfänger, sickert ein kummervolles Klavierstück wie Wasser aus einer gesprungenen Schüssel. Der Ingenieur nimmt sein Schnapsglas zwischen Daumen und Zeigefinger, eine Fliege hält sich noch am Rand, er setzt es an und kippt es in seinem Mund aus; das Insekt gleich mit. Auf den Lippen, sogar im Bart glitzern Tropfen von dem Fusel.

»Ist es nicht noch etwas früh zum Trinken?« Teo packt einen Stuhl bei der Lehne, die Stuhlbeine schaben über den Bodenbelag, und nimmt Platz.

»Du störst die Vorstellung!«, brummt der Ingenieur.

»Entschuldigung.« Und nach kurzer Gedankenpause: »Welche Vorstellung?«

»Das verstehst du nicht, du Analoger. Ich schaue ein Theaterstück im Schwarm.«

Teo nickt verlegen, schaut auf die Flasche. »Was versuchst du zu ertränken?«

Der Ingenieur reibt sich über die Brust, lehnt sich zurück, dreht den Kopf, als folge sein Sonnenbrillenblick einem unsichtbaren Menschen, der im Raum auf und ab geht. Was er wohl sieht, fragt sich Teo. Gerne hätte er auch einen Blick auf das Theaterstück geworfen.

Wie beiläufig sagt der Ingenieur: »Sie hat uns verlassen.«

»Verlassen? Deine Gemeinschaft von gestern Abend?« Eine nervöse Ahnung dunkelt in Teos Stimme. »Oder meinst du …« Er kann es nicht aussprechen.

»Die Reporterin. Sie ist heute früh ausgezogen. Darum lass uns trinken!«

»So plötzlich?« Ungläubig starrt er den Ingenieur an, der noch immer von diesem unsichtbaren Schauspiel abgelenkt zu sein scheint. »Hast du gesehen, wie sie gegangen ist?«

»Nein, sie war fort, als ich aufgestanden bin und mir einen Kaffee gekocht habe. Ihre Nachmieterin ließ gerade die Möblierung austauschen mit ihrem eigenen Kram. Wer besitzt heute noch selbst Möbel? Überall ist doch das Standardsortiment drin. Du musst fest geschlafen haben, dass du den Krawall nicht gehört hast.«

Dass sie einfach so verschwunden sein soll, ohne ihn noch einmal zu sehen, ohne ein Wort, trifft Teo unerwartet hart. Hilflos schaut er sich um. Als er die senfgelbe Jacke der Reporterin noch am Garderobenhaken hängen sieht, lässt ein Hoffnungssprung ihn vom Stuhl auffahren. Ungeschickt stößt er gegen das Tischbein. Glas und Flasche klappern und der Ingenieur schaut in seiner Trunkenheit drein wie ein erschrockenes Kind.

»Sie ist noch da!«, ruft Teo. Er geht zur Garderobe und nimmt die Jacke an sich, bevor er in das Zimmer der Reporterin eilt.

Der Dschungel ist verschwunden, es gibt ein neues Zimmer, brav eingerichtet mit weißen Hochglanzmöbeln. An einem Schreibtisch sitzt eine alte Dame mit hochgeschlossener Bluse.

»Sie müssen lernen, dass man anklopft, wenn wir miteinander wohnen wollen.«

»Haben Sie die Reporterin gesehen?«

»Wen bitte?«

»Ihre Vormieterin.«

»Sie sind ja nicht ganz klar im Nerv!«

»Entschuldigen Sie die Störung!«

Er schließt die Tür, mit der Jacke in der Hand, aber er kann und will nicht glauben, dass die Reporterin gegangen sein soll, ohne noch einmal mit ihm zu sprechen. Er schaut in der Küche nach, im Badezimmer, im Gemeinschaftsraum der Nachbarwohnung, im Zimmer neben seinem.

»He, ich hab sie nicht bei mir versteckt!«, lallt der Ingenieur.

Dann schaut Teo auf den Gang vor der Wohnung, sieht aber niemanden zwischen Fahrstuhl und dem Ausgang zur Loggia, wo er mit der Reporterin Wein getrunken und den Raketenstart beobachtet hat. Unsinnig, denkt er völlig verzweifelt, sie hier zu suchen. Aber er kann nicht anders. Ihn treibt seine kindliche Anhänglichkeit, ihr nachzulaufen.

Schließlich klopft er an der Tür zum letzten Zimmer, in dem derjenige wohnen muss, den die Reporterin *den Stummen* genannt hat.

»Erwartest du wirklich von ihm eine Antwort?«, fragt der Ingenieur. »Von einem Stummen?«

»Vielleicht öffnet er ja«, entgegnet Teo. Aber nichts dergleichen geschieht.

Also drückt er selber die Klinke herunter und wirft einen Blick in das abgedunkelte Zimmer. Graubraune Laken hängen vor dem Fenster, fallen bis auf das Bettgestell mit fleckiger Matratze. Auf dem Beistelltisch wabert eine Lavalampe, deren hypnotisches Licht die Schatten der ärmlichen Einrichtung schmilzt. Teo sieht einen Greis, der in seinem abgewetzten Sessel versunken ist. Unaufhörlich nickt sein abgemagerter Schädel, wobei die schlaffe Haut am Hals Falten wirft, scharfschwarz wie Einschnitte. Bläulich schimmern die Venen durch seine Blässe. Der Stumme hat den Blick auf die Wand gerichtet. Zwischen den unzähligen eingerahmten Fotografien sieht man kaum einen Fetzen der gelblichen Tapete.

»Entschuldigung, haben Sie die Reporterin gesehen?«

Der Stumme antwortet nicht, verharrt mit starrem Blick.

Sicher hört er mich nicht, denkt Teo und will einen Schritt in den Raum setzen. Aber sofort lähmt ihn der Geruch von Schweiß, von vergammeltem Essen und von Urin.

Die Hand des Ingenieurs legt sich auf seine Schulter. »Komm jetzt! Du siehst: Hier ist sie nicht.«

»Dem Mann geht's doch nicht gut. Was ist mit ihm?«

»Er hat das Gestern.«

»Was heißt denn das schon wieder?«

Der Ingenieur tritt dicht hinter ihn, damit er leise erklären kann: »Der Funknerv verflicht sich mit dem Gehirn. So kannst du alles, was du siehst, im Schwarm speichern, alles, was du hörst, riechst, schmeckst und fühlst. Er ist ein perfektes Gedächtnis in allen Sinnen, viel exakter als der unzureichende Speicher des Menschen.«

Teo hört aus der Stimme des Ingenieurs, wie eine tief liegende Begeisterung aufflammt.

»Er vergisst nicht, er verzerrt nicht. Der Stumme hat ein langes Leben gehabt, und wenn ich sein Lächeln sehe, denke ich, er ruft die schönsten Erlebnisse ab. Er riecht Sommergras, schmeckt Rotwein, hört ein Orchester, schläft mit einer Frau, die er geliebt hat. Und wenn er alles Schlimme gelöscht hat, blickt er zurück auf ein geglücktes, auf ein glückliches Leben. Wer das Gestern hat, verliert sich in seinen Erinnerungen, die im Schwarm hinterlegt sind und die er wieder und wieder durchleben kann. Oder man kauft sich solche Erinnerungen und lädt sie runter, wenn das eigene Leben zu wenig hergibt ...«

»Dann ist jeder Mensch eine Kamera, die aufzeichnet, was er und andere tun? Alles wird gefilmt und gespeichert? Alles überwacht?« Teo denkt an Aarons wirres Stammeln. »Und wenn jemand darauf zugreift? Datendiebe?«

»Jedes Auge ist schon immer ein Objektiv gewesen, jedes Gedächtnis ein Speicher. Und jede Frage ist seit Sprachbeginn der Zugriff auf Erinnerungen. Der Funknerv und der Schwarm sind nichts Neues, wovor man sich fürchten müsste, nur Verbesserungen urmenschlicher Fähigkeiten.«

Leise hören sie den Stummen stöhnen.

»Komm jetzt, wir stören ihn.«

Die spröden, trockenen Lippen des Greises zucken, sind aufgerissen und blutig gebissen. Er wird verdursten, denkt Teo, wenn er nicht bald aufwacht.

»Wollen wir ihm nicht helfen?«

»Er ist glücklich«, entgegnet der Ingenieur und zieht Teo aus der Tür, die er mit der anderen Hand leise schließt.

Sie kehren an den Tisch zurück, wo der Ingenieur sich sogleich ein weiteres Glas einschenkt. Teo legt die Jacke der Reporterin über seine Schulter. Erst, als er ihm folgt, bemerkt er, dass seine eigene Jacke nicht mehr an der Garderobe hängt. Die Reporterin muss das Senfgelb und das Strohgelb verwechselt haben. Und wenn sie seine Jacke mitgenommen hat, dann ist er auch die letzte Briefmarke aus dem Hauptpostamt los, die in der Innentasche steckte. Vor Ärger flucht er in sich hinein, fährt sich mit den Händen durch die Haare. Kraftlos lässt er sich auf den Stuhl sinken, stützt die Ellbogen auf den Tisch und legt seinen Kopf auf die Hände. »Warum?«, fragt er. »Warum ist sie gegangen?«

»Weil sie Reporterin ist. Sie muss aus den Weltteilen berichten, von dort und hier. Gerade jetzt, wo so viel Unheil und Angst im Schwarm kreisen. Sie ist ein Informationsnomade, das hast du ganz sicher gewusst.«

»Sie hätte sich wenigstens verabschieden können«, wirft Teo ein. »Bedeutet es denn nichts, dass ich ihre Augen sehen durfte?«

Er winkt ab. »Jeder durfte ihre Augen sehen. Ich durfte das, du durftest das, der Chemiker durfte das. Jeder konnte in ihre Leere schauen, die sie zu füllen trachtet, indem sie sich an jeden gibt.«

»Der Chemiker ... also ... der Informatiker auch?«

»Von ihm hat sie sich getrennt, als du eingezogen bist. In ihr ist nichts Bleibendes, das Schaden nehmen könnte. Alles vergeht in ihr, das ist ihr Leid. Alles heilt in ihr, das ist ihr Glück.«

»Warst du auch mit ihr zusammen?«

»Nachdem du aufgebrochen bist.«

Teo zieht sich der Magen zusammen. Natürlich ist er einer von vielen gewesen, was hat er anderes erwartet? Doch auch wenn er sich seiner Naivität bewusst ist, kann er sie nicht einfach ablegen. Es schmerzt, wenn man erkennt, dass man nichts Besonderes ist, sondern nur ein Einzelner in einem Schwarm.

»Ach, dass alles so schnell gehen muss in dieser Stadt!«

»Was du als kurz empfindest mit deiner Provinzuhr im Kopf, ist eine Ewigkeit gegen das Sofort und Gleich von Sybaris 7.«

Teo überlegt. »Mit einem Funknerv hätte ich die Erinnerung

an die Reporterin speichern können, oder? Alles, was ich mit ihr erlebt habe?«

»Natürlich. Du kannst es immer noch, solange deine Erinnerungen frisch sind. Aber je länger du wartest, desto blasser werden sie.«

Ein Bedauern ergreift ihn. Er hat unterschätzt, wie schnell er ihr anhing, aber es überrascht ihn nicht, weil er sich kennt.

»Könnte ich sie wiederfinden? Sie hat doch noch meine Jacke.«

»Ohne Funknerv? Schwerlich.«

»Man hat mir gesagt, eine Katze könnte mich führen.«

»Das ist Unsinn! Eine alte Legende«, der Ingenieur klopft das Glas auf die Tischplatte, »erzählt von denen, die Angst vor der Technik haben, weil sie nichts davon verstehen.«

Vielleicht ein vorschnelles Urteil, findet Teo, denn Aaron – sofern er wirklich der ist, für den er ihn hält – war sogar an deren Entwicklung beteiligt und versteht sicher, wovon er spricht.

»Ich weiß nicht, was ich glauben soll«, sagt er mit zerkratzter Stimme.

»Siehst du den Ring um meinen Kopf?« Der Ingenieur tippt sich auf die Stirn, wo die Haut sich wölbt. »Das ist ein implantierter Kompass. Dort, wo Norden ist, erwärmt er sich. Ich spüre also, wohin ich muss. Aus der Technik kommen unsere neuen Sinne. Wir müssen uns nicht von Pelzviechern helfen lassen.«

Er schenkt sich ein. Der Flaschenhals gluckst. Noch bevor er die Flasche abstellen kann, greift Teo danach und trinkt.

Der Schnaps ist eine Ratte, die um sich beißt. Sie hackt ihm ihre Zähne in den Magen, in die Leber, schließlich erwischt sie die Spitze seines Herzens. Aus der Hosentasche zieht Teo die Sonnenbrille und setzt sie auf, damit der Ingenieur nicht seinen vertränten Blick sieht. Hinter dem dunklen Glas kann er mit sich alleine sein und an die Reporterin denken. Es macht einen Unterschied, ob man selber geht oder zurückgelassen wird. Er ist noch nie aus eigenem Willen gegangen, er wurde immer zurückgelassen. Nun kommt es ihm vor, als sei er nur wegen ihr in der Stadt gewesen, wegen der einen Nacht, in der sie ihre Atemzüge abwechselten.

Aber das stimmt nicht. Er kam mit einem anderen Auftrag und ist gescheitert. Noch mag er gar nicht an die Enttäuschung seiner Mutter denken und daran, was aus ihm und den anderen Postboten werden soll.

»Ich muss bald zurück nach Moorstedt, ohne dass ich sagen könnte, wie es mit dem Postamt weitergeht.«

»Das AfKI kann dir Auskunft geben, das weißt du sicherlich.«

»Aber dieses Amt ist nur im Schwarm zu finden.«

Aus der Brusttasche seines Hemdes, kariert wie ein Straßennetz, nimmt der Ingenieur mit Daumen und Zeigefinger eine schwarze Kapsel. Er setzt sie behutsam auf den Tisch und stößt sie mit der Fingerkuppe an, sodass sie zu Teo rollt. »Das sind die biomechanischen Nanokomponenten des Funknervs. Wenn du sie schluckst, setzen sie sich im Gehirn zusammen. Dann bist du Teil des Schwarms und weißt alles, was er weiß.«

Teo beobachtet, wie die Kapsel ausrollt und vor ihm liegen bleibt. »Ich habe so viel Schlechtes gehört. Kannst du mir nicht anders helfen? Kannst du nicht das AfKI für mich fragen?«

Ein gerissenes Grinsen streicht über das Gesicht des Ingenieurs. »Warum sollte ich einem Analogen helfen? Ist es nicht fair, dass du Teil des Schwarms wirst, wenn du etwas von ihm willst?«

Respektvoll nimmt Teo die Kapsel, dreht sie zwischen den Fingern. Sie glänzt wie poliertes Leder. Das also soll das revolutionäre Technikding sein, das alle in Sybaris miteinander verbindet? Es erscheint ihm enttäuschend unscheinbar.

»Man sagt, es sei gefährlich. Der Schwarm spricht mit Stimmen, die man nicht mehr loswird. Und man kann klauen, was ich im Kopf habe.«

»Sagen das die gleichen Leute, die glauben, Katzen führen dich durch die Stadt?« Der Ingenieur schaut herablassend und schüttelt den Kopf. »Es gibt außerdem Gesetze. Der Funknerv ist sicher. Davon bin ich als Ingenieur überzeugt. Hätte ich etwa einen, wenn ich zweifeln würde?«

Seine seriöse Art ist überzeugend, ein Gewicht in der Waagschale, dem nur die windigen Warnungen Aarons gegenüberliegen, des selbst ernannten Erleuchteten. Aarons Verwirrtheit spricht gegen ihn, die absurde Fliege aus Beutelfetzen, die Sprühdosen. Beim Abtöten des Funknervs mochte seine Person gespalten worden sein; der Doktor blieb im Schwarm zurück und der verwirrte Aaron verbannte sich selbst.

»Ist es gefährlich, den Funknerv wieder zu entfernen? Kann das Gehirn Schaden nehmen?«

Ein verständnisvolles Brummen zittert durch den getrimmten Bart des Ingenieurs. »Der Hersteller deinstalliert den Funknerv auf Wunsch sicher und unbedenklich. Gefährlich wird's nur, wenn man ein selbst gebrautes Gift schluckt.«

Denkbar, durchaus, dass Aaron das Ergebnis eines Fehlers war, das menschliche Versagen des Doktors, als er seine Substanz mischte, um den Funknerv loszuwerden.

»Dann hat man also nichts zu befürchten?«

»Nicht im Geringsten! Und wenn du zurück in deine Provinz fährst, wo der Funknerv den Empfang verliert, schaltet er in einen Ruhemodus.« Der Ingenieur streicht sich an der Bartkante über den Hals. »Aus dir spricht so viel Vorsicht. Zweifel, Angst. Fragst du dich nicht, was du gewinnen kannst?«

In der Tat. Er könnte das AfKI erreichen, das Postamt von Moorstedt vielleicht noch retten (die Mutter und die Kollegen vertrauen ihm), die Reporterin suchen, seine Jacke und die Briefmarke zurückbekommen. Alle Fragen, die ihn bedrücken, verspricht der Funknerv zu lösen.

»Was kostet er?«, fragt Teo.

Der Ingenieur gießt sich erneut ein. »Es genügt dem Schwarm, dass du dabei bist.«

Eine Katze springt auf den Tisch. Ihr Fell hat eine weiße und eine schwarze Seite. Sie reckt ihren schlanken Körper, biegt ihn wie eine Weidenrute. Wo mag sie plötzlich hergekommen sein?

Teos Bedenken ducken sich. Er ärgert sich sogar, dass er sich überhaupt von den Warnungen dieses Verrückten verunsichern lassen hat und das Märchen vom Katzenkompass glaubte.

Der Schluck aus der Flasche wirkt. Allmählich kleben ihm die

Gedanken im Hirn fest. »Teufelszeug!« Mit plötzlicher Euphorie packt er das Glas des Ingenieurs und sagt: »Einen für mich!«

Der Schnaps hüpft hinein. Teo nimmt die Kapsel in den Mund, rollt sie auf der Zunge, setzt das Glas an und schluckt.

»Es geht schnell«, sagt der Ingenieur. »Wenige Minuten. Die Partikel finden ihren Weg.«

Eine Vorfreude auf den Schwarm überkommt Teo, eine Erleichterung, dass er sich entschieden hat, und die Hoffnung, dass sich nun alle Probleme lösen ließen. Doch stattdessen wühlt sich ein Schmerz durch seinen Kopf. In den Augenwinkeln rauscht Teos Blick wie ein uraltes Fernsehgerät. Die Katze schielt, schaut ihn mit einem goldenen und einem grünen Auge an. Er reibt sich die Schläfen. Seine Ohren fangen ein Geräusch auf, ähnlich dem Schwirren Tausender Flügelschläge, dann ein Zirpen, und am Sichtrand wimmeln Symbole, die er nicht versteht. Er schließt die Lider, ein Tropfen Naivität rinnt noch über seine Wange. Mit der rechten Hand hält er sich an der Schnapsflasche fest.

»Mein Funknerv lebt. Überwältigend!«

Ihm ist, als wäre ein enges, dunkles Gefäß zerplatzt, in dem er unwissend lebte, als reite er einen Pegasus in Sphären massereicher Gedanken, durch Bildergalaxien, Wortsterne; auf einem Chiffrenflug rast sein Hirn, der Schwarm spricht zu ihm und er muss sich nur hineinfallen lassen.

»Lass uns darauf trinken«, meint der Ingenieur, während er die Flasche aus Teos Hand nimmt und nochmals einschenkt.

»Wo finde ich das AfKI?« Teo kippt den Schnaps hinunter.

»Denk einfach dran.«

Also denkt Teo an das Amt für Kommunikationsinfrastruktur und findet etwas, das ihm wie eine Wolke erscheint, die in seriösem Graublau vor ihm nebelt.

»Du musst sagen, welche Funktion du hast und was du willst«, rät der Ingenieur.

»Also gut …« Teo schließt die Augen. »Ich bin Postbote aus Moorstedt. Warum wurden die Postämter stillgelegt und die Verteilzentren? Warum ist der Lieferverkehr ausgesetzt?«

Und irgendwo sammelt ein Computer Informationen von den Servern ein, errechnet die Antwort, generiert eine Stimme, die ohne Namen und Gesicht für das Amt spricht, erklärt ihm, was er von Aaron schon wusste, dass all das nicht mehr gebraucht werde und unwirtschaftlich sei, seit sich der Informationsfluss in den Schwarm verlagert habe.

»Aber in Moorstedt gibt es keinen Schwarm«, wendet er ein.

»Dann gibt es dort auch keinen Informationsfluss, der es wert wäre, dass das AfKI sich damit befasst«, antwortet die Stimme.

»Wer kümmert sich um das Personal des Postamts in Moorstedt? Was sollen die Mitarbeiter tun?«

»Der Personalbestand wird fortan vom AfKI verwaltet. Die Mitarbeiter sind freigestellt, bis sie im Schwarm integriert sind und eine neue Beschäftigung zugewiesen bekommen.«

»Wann soll das sein?«

Die Stimme schweigt.

»Hörst du?«, wendet sich Teo an den Ingenieur. »Sie sagen nichts mehr.«

»Nur du kannst hören, was dir der Schwarm sagt. Es sei denn, du schaltest deinen Kanal für mich frei.«

»Wie geht das?«

Aber bevor der Ingenieur antworten kann, hört Teo eine andere Stimme. Ihr Sprachfluss wirkt gedehnter und die Betonung sauberer. Ein Mensch?

»Guten Tag, Schwärmer. Als Postbote aus Moorstedt gehören Sie zum Personalbestand des AfKI. Uns wurde mitgeteilt, in Moorstedt gäbe es keine Schwarmstruktur. Ist das korrekt?«

»Ja. Ich halte mich in Sybaris 7 auf und bin der Einzige aus Moorstedt, der einen Funknerv hat.«

»Wir sehen, wo Sie sind. Kehren Sie nach Moorstedt zurück. Wir bereiten die Ausweitung des Funknetzes vor. Sobald die Arbeiten abgeschlossen sind, sind Sie unsere Kontaktperson, um den Einwohnern von Moorstedt den Schwarmzugang zu ermöglichen. Das AfKI grüßt Sie freundlich.«

Anscheinend soll das Gespräch damit beendet sein.

Teo öffnet die Augen und sieht den Ingenieur an. Trotz Sonnenbrille liest er ihm die Neugier aus dem Gesicht.

»Zugeklebt und abgestempelt!«, sagt er. »Unser Postamt arbeitet bald für den Schwarm.« Die Erleichterung spricht aus ihm.

»Darauf noch einen!«, ruft der Ingenieur und gießt das Glas voll.

Während Teo den Schnaps im Rachen ausglühen lässt, bemerkt er abermals, dass die Kopfbewegungen des Ingenieurs etwas Unsichtbarem im Raum zu folgen scheinen.

»Was ist das nun für eine Aufführung?«

»Oh, richtig! Warte, ich öffne meinen Theaterkanal für dich«, sagt der Ingenieur, der wie beiläufig mit dem Schnapsglas eine Fruchtfliege zerquetscht. »Der Funknerv greift auf Orientierungssinn, Gehör und Augen zu und gleicht sie mit den Raumdaten ab, die er von unserem Putzroboter hat. Der vermisst beim Wischen und Staubsaugen die Wohnung. Dann projiziert ein Schwarmprogramm virtuelle Animationsfiguren in dein Sichtfeld, die sich zu dir, dem Zimmer und deinen Möbeln verhalten. Niemand braucht mehr ins Theater zu gehen. Es findet in deiner Stube statt.«

Teo ist neugierig, was ihn erwartet. Er folgt dem Blick des Ingenieurs. Was er sieht, neben der Garderobe und den zahllosen Jacken, verschlägt ihm den Atem. Eine nackte Frau tanzt dort, schüttelt ihr Lavendelhaar, streicht sich über die Brüste, geht in die Hocke und fährt sich mit den Händen zwischen die Schenkel. Vor Scham will Teo sich abwenden, bringt es aber nicht fertig. Gebannt starrt er auf die Frau und denkt, sie sollte eine der zahlreichen Jacken nehmen, um sich zu bedecken. Gleichzeitig hofft er, dass sie es nicht tut.

Der Ingenieur bricht plötzlich in Gelächter aus und schlägt mit der Hand auf die Tischkante. »Wusste ich's doch, dass dir die Aufführung gefällt! Stehende Ovation nenn ich das!«

Hastig legt Teo die Hände über seinen Schritt. Wie peinlich! Und auch ärgerlich!

»Verdammt! Du hast von einem *Stück* geredet!«

Kichernd schiebt der Ingenieur den Ringfinger unter das Glas der Sonnenbrille, um sich die Lachtränen abzuwischen. »Für meine Ehre: Auch fürs Theater ist die Technik da. Aber denkst du, Schauspielhäuser mit ihren plancklangen Budgets hätten so was entwickeln können? Niemals! Der Pornoindustrie haben wir das zu verdanken!«

»Tanzt die Frau für alle Schwärmer?«, fragt Teo.

»Jede Frau, die du dir vorstellen kannst«, antwortet der Ingenieur. »Dafür allerdings musst du dann doch blechen. Machen wir uns nix vor, wenn's um Kultiviertheit geht: Am meisten Geld fließt für Futter und Sex.«

Noch eine Weile sieht Teo der Tänzerin zu, bis seine Gedanken zur Reporterin wandern. Allmählich finden sich ihre Züge in der Animation wieder, ja, tatsächlich, schließlich verwandelt sie sich. Unsicher schaut er zum Ingenieur, der allerdings keine Regung zeigt. Vielleicht verändert sich die Tänzerin nur in seinen Augen, überlegt Teo. Da fällt ihm ein, dass er sie suchen muss, bevor er nach Moorstedt aufbricht.

Teo stellt sich ihr Gesicht vor und der Schwarm blättert ihm im Kopf eine Seite auf, die ihn an einen Steckbrief erinnert. Ein Titelvideo läuft daneben ab, in dem die Reporterin auf einem Fahrrad am Ufer des Grauen Arms entlangrollt, freihändig und mit ausgestreckten Beinen. Er fährt mit dem Blick über ein Feld, auf dem eine Sprechblase zu erkennen ist. Gleich öffnet sich ein Fenster mit zuckender Frequenzlinie. Auch wenn er zum ersten Mal eine Sprachnachricht über den Schwarm versendet, weiß er, was er zu tun hat. Von irgendwoher kommt das Wissen immer. Als hätte der Funknerv seine Bedienungsregeln von irgendwoher heruntergeladen. »Du bist so plötzlich aufgebrochen«, denkt er, und die Frequenzlinie schlägt stärker aus. »Ich hätte mich gern von dir verabschiedet. Du hast unsere Jacken vertauscht.«

Eine geschlechtslose Stimme antwortet ihm sofort: »Der Schwärmer ist offline. Die Nachricht wird zugestellt, sobald eine Verbindung besteht.«

Was soll das heißen?

»Die Reporterin ist nicht im Schwarm«, sagt er zum Ingenieur.

»Dann muss sie sich außerhalb des Empfangsgebiets herumtreiben. Hab Geduld! Sie kommt schon wieder.«

»In Moorstedt habe ich auch keinen Empfang«, sagt Teo. »Zum Glück wird das AfKI das ändern.«

»Dann kannst du die Reporterin jederzeit erreichen. Verstehst du jetzt, warum sie sich nicht verabschiedet hat? Weil es im Schwarm keine Abschiede gibt. Wie wundervoll, sich nie mehr von jemandem trennen zu müssen.«

Gleichen sich die Nähe im Schwarm und die Nähe der Körper, fragt sich Teo. Er zweifelt, ob das eine dem andern entspricht.

Die Katze stolziert über den Tisch zu ihm, hockt sich hin. Ihr Schwanz pendelt wie der Zeiger eines Metronoms.

»Die Reporterin ist fort. Jetzt wirst *du* die Katze streicheln müssen«, sagt der Ingenieur.

»Du willst sie nicht?«, fragt Teo.

»Ich werde an die Front gehen. Dort kann ich das Vieh nicht brauchen. Und die alte Dame ist allergisch gegen ihr Fell und will sie aus der Wohnung haben.«

»An die Front? Du?« Der Schnaps hat Teos Stimme zu einem Zirpen geschmirgelt.

»Es ist meine Funktion, Maschinen zu reparieren. Und nirgends gehen mehr Maschinen kaputt als im Krieg. Panzermotoren, Lastwagengetriebe, Waffen. Dort hättest du nichts zu suchen.«

Teo muss an den Informatiker denken, der ihn bei ihrer ersten Begegnung den *Sucher* genannt hat. Das scheint ewig her zu sein.

»Warum hat die Reporterin die Katze zurückgelassen?«

»Wer weiß? Vielleicht, damit du auf sie aufpassen kannst und ihr einen Grund habt, euch wiederzusehen.« Dann lacht er, als habe er etwas völlig Abwegiges gesagt. Aber Teo gefällt diese Idee.

Mag es auch ein überholtes Ritual in Sybaris sein, sich zum Abschied die Hand zu reichen, besteht Teo darauf, als er den Ingenieur in der Wohnung zurücklässt. Mit der Jacke der Reporterin auf dem Arm geht er über den Flur zum Fahrstuhl, die Katze tänzelt voran. Dieses Mal scheint der Fahrstuhl alle Lust am Spielen verloren zu haben. Apathisch rauscht er in die Tiefe, die Stahlseile pfeifen eine wehmütige Melodie. Zum ersten Mal fällt Teo auf, dass neben den Etagenknöpfen eine Taste mit einem Minuszeichen angebracht ist. Womöglich fährt auch dieser Aufzug nicht nur bis ins Erdgeschoss und in die Tiefgarage, sondern ebenfalls in die unterirdischen Ebenen von Sybaris, in die Vergangenheit, bis der Schacht aus Sicherheitsgründen gesperrt wäre.

Der Schwarm fragt ihn, ob er sich aus dem Wohnhaus abmelden wolle.

Ja, er kehre zurück nach Hause.

Er solle seine Kontodaten angeben, damit man den Rechnungsbetrag abbuchen könne.

»Kann ich nicht bar bezahlen?«

Inzwischen hält der Fahrstuhl sanft an, wie in ein Kissen gefallen. Aber die Türen öffnen sich nicht und der Schwarm gibt keine Antwort. Nur die Katze mauzt zu seinen Füßen. Erst, als Teo die Angaben zur Moorstedter Bank in die Formularzeilen hineingedacht hat, lässt der Aufzug ihn hinaus, wünscht aus dem Schwarm heraus ein Lebewohl mit blechernen Silben. Es kommt Teo vor, als ginge er fort von jemandem, den er auf eine schwer begreifliche Weise kennt. Die Fahrstuhltüren seufzen ihm nach, während sie sich schließen und er den Flur zum Ausgang entlanggeht, sein Gepäck in den Händen. Ein junger Mann kommt ihm entgegen, wohl im gleichen Alter. Er trägt eine Reisetasche, aber keine Sonnenbrille. Sein hilfloser Blick eckt überall an, mit dem Gepäck stolpert er durch den Gang. Vielleicht ist der Mann sein Nachmieter?

Es muss der Kornbrand sein, der in diesem Augenblick seine Orientierung herumschleudert. Denn noch bevor er begreift, wie er sich bewegt, sind sie aneinander vorbei und er hat den wirren Eindruck, geschwind über den anderen drübergestiegen zu sein.

»Bitte, wo finde ich den Fahrstuhl?«, ruft der Mann ihm nach.

Teos Beine schwanken, halb bleibt er stehen, halb geht er weiter, fast dreht er sich um. Aber mit seiner zirpenden Stimme erwidert er: »Von irgendwoher kommt das Wissen immer.«

# XV.

Auf der Straße vor dem Wohnhaus hat man mit Straßenarbeiten begonnen. Bauarbeiter mit orange leuchtenden Westen und weißen Helmen laufen umher mit Werkzeugen in den Händen oder Leitern auf den Schultern. Der Schwarm weiß bereits, dass diese Umbauten nächste Woche wieder umgebaut werden, um Umbauten für weitere Umbauten zu ermöglichen.

Teo überlegt, welche Richtung er einschlagen soll und ob es nicht besser wäre, sich einen Freiwagen zu rufen. In diesem Augenblick schlängelt sich bereits ein silbriges Auto zwischen den warnroten Leitkegeln der Baustelle hindurch. Es hupt Teo an, ohne dass er es herbeiwinken muss. Der Wagen rollt noch, da springt die Beifahrertür auf, bevor er am Bordstein anhält.

Woher weiß der Wagen, dass ich ihn rufen wollte? Und die Antwort liegt ihm schon im Kopf. Teo fühlt sich, als wäre er unbemerkt das Opfer eines seltsamen Übergriffs geworden. Hat der Schwarm ihn ausspioniert? Aus der Grundstadt hört er Aarons Warnungen – oder bildet es sich ein.

Am liebsten würde er den Wagen stehen lassen, aber als er überlegt, wie weit der Bahnhof entfernt liegen mag, erscheint ihm die Antwort vor Augen. Er müsste 5,37211 Kilometer laufen. Die Aussage ist verwirrend exakt, enthält eine Genauigkeit, die für seine Entscheidung lächerlich penibel ist. Vor ihm springt die Katze in den Wagen, klettert nach hinten, wo sie sich auf die Rückbank setzt. Achtsam zieht Teo den Kopf ein, als er einsteigt und sich auf das Leder des Beifahrersitzes sinken lässt. Die Reisetasche setzt er auf seinen Schoß. Dabei muss er über die absurde Frage lächeln, ob er sich für einen Fußmarsch entschieden hätte, wenn die Entfernung zum Bahnhof an der fünften Dezimalstelle kleiner gewesen wäre. Auf die staubige Windschutzscheibe schmiert das Sonnenlicht eine unleserliche Botschaft: *»Rettet euch!«*

Wer weiß …

Die Fahrt verläuft zügig. Die Wagen sprechen, stimmen sich ab, wer zu welcher Zeit über die Kreuzungen fährt, passen ihre Geschwindigkeiten an, um nicht anhalten zu müssen. Unterdessen lauscht Teo einem Musikkanal, den er aus dem Schwarm empfängt und der über den Funknerv direkt in sein Hirn gespeist wird. Noch nie hat er eine Akustikgitarre mit so wasserklarem Klang gehört. Er lehnt sich zurück in die Polster, schließt die Augen und denkt sich in den Schwarm. Die Reporterin ist noch immer offline, aber Millionen andere Menschen schwirren mit ihm durch Foren und Netzwerke. Was für ein überwältigendes Gefühl es ist, mit allen verbunden zu sein, ohne ihnen nachlaufen zu müssen! Für jemanden, der so gern mit anderen zusammen ist wie er, ist der Schwarm eine Erfüllung.

Gerne würde er noch länger diesen Funkraum erkunden. Wie lange wird er in Moorstedt warten müssen, bis er den Schwarm wieder erleben kann?

Er entschließt sich, nach dem Verbleib des Doktors zu forschen, der die Cobaltameisen untersucht hat. Gleich darauf zeigt der Schwarm ihm ein Bild. Schwer zu sagen, ob das Porträt Ähnlichkeit mit dem verwahrlosten Mann in der Grundstadt hat.

*Doktor Arnold* – ja, so hieß er – *schrieb Arbeiten zur Verständigung von Tierschwärmen, war maßgeblich an der Entwicklung des Funknervs beteiligt. Aufenthaltsort unbekannt.*

Als Teo an dem Park vorüberkommt, wo der Informatiker mit seinen Lügen die Frauen ködert, unterbricht eine Stimme die Melodie und vermeldet, dass es aufgrund einer Militärparade in Sybaris 7 zu Verkehrsbehinderungen kommen kann. Trotz vieler Beschwerden habe der Kommissar für Inneres die Parade verteidigt. Sie sei notwendig, um den Bürgern das Sicherheitsgefühl zurückzugeben.

»Route wird neu berechnet«, sagt der Freiwagen und verlangsamt die Fahrt, bevor er scharf links abbiegt. Auch andere Wagen biegen ab, manche wenden. Teo mag sich gar nicht ausmalen, wie viele Neuberechnungen zwischen den Hunderten Fahrzeugen nun notwendig werden.

Der Verkehr gerinnt. Nun rollt er nicht schneller, als ein Mädchen auf dem Bürgersteig einem Pudel nachrennt, der sich losgerissen hat. Teo schaut aus dem Seitenfenster, ob er in einer Querstraße etwas von der Parade erkennen kann. Tatsächlich erhascht er einen kurzen Blick auf einen monströsen olivgrünen Lastwagen, der einen kastenförmigen Aufbau trägt, einen Sendemast und eine Parabolantenne. Welchem militärischen Zweck dieses Fahrzeug wohl dienen mag?

Daraufhin meldet sich die Schwarmstimme wieder: »Südlich des Bahnhofs zieht die Demonstration der Friedensbewegung entlang. Die Wächter aktualisieren ihre Sperrmeldungen im Schwarm.«

»Route wird neu berechnet.« Der Wagen bremst, das Steuerhorn kreiselt rechts herum, Teo wird nach links gedrückt. Der Gurt zieht an seiner Schulter. Immer dichter rücken sich die Wagen auf die Stoßstangen. Die Akustikgitarre zittert nervös, als ahne sie die nächste Unterbrechung durch eine Verkehrsmeldung.

»Nördlich des Bahnhofs ist eine Demonstration gegen die Friedensbewegung aufmarschiert. Bitte beachten Sie die Aktualisierung der Verkehrswege.«

»Route wird neu berechnet.« Wie viele Umleitungen denn noch? In dieser Stadt scheint man heute der Versammlungsbehörde zahlreiche Überstunden zuzumuten.

Hinter der nächsten Kurve schließlich muss der Wagen kurz anhalten, bevor er zaghaft die Fahrt fortsetzt. »Eine Gegendemonstration zur Gegendemonstration hat sich westlich des Bahnhofs formiert. Die Wächter bitten die Verkehrsteilnehmer um Geduld.«

»Route wird neu berechnet.«

Aus den Seitenstraßen kommen Autos, die ebenfalls umgeleitet werden. Sie schleichen um die Kurven, bremsen den Verkehr auf den Hauptrouten. Allmählich verhärtet sich der Blechstrom und auch Teos Wagen bleibt öfter stehen. Hier und dort sieht Teo, wie Menschen aus den Wagen steigen und den Weg zu Fuß fortsetzen. Vermutlich wird ihnen das Warten zu teuer.

»Östlich des Bahnhofs demonstrieren Menschen nun gegen die Gegendemonstration der Gegendemonstration. Inzwischen vermelden die Wächter Ausschreitungen. Es ist nicht abzusehen, wann der Verkehr wieder fließt.«

Der Wagen stoppt. »Route wird neu berechnet.« Aber er rührt sich nicht vom Fleck.

Inzwischen wird die Katze unruhig und klettert zu ihm nach vorn. Sie springt auf das Armaturenbrett und schaut durch die Windschutzscheibe hinaus, danach auf Teos Schoß, tapst hin und her, wendet sich zur Tür und legt die Pfoten auf den Griff. Sogar die Krallen fährt sie aus, kratzt damit über den lackierten Kunststoff. Sie will raus, und sie hat recht damit. Mit dem Wagen kommen sie nicht weiter. Teo fasst den Griff, aber der lässt sich nicht ziehen.

»Sie möchten aussteigen? Bitte begleichen Sie die offene Rechnung«, sagt die Stimme aus dem Armaturenbrett.

Wieder muss Teo in ein Fenster vor seinen Augen die Angaben zu seiner Bankverbindung hineindenken. Endlich lässt sich die Tür öffnen. Kaum ist der Spalt groß genug, schlüpft schon die Katze hinaus. Teo greift hektisch seine Reisetasche, während das Pelztier unter den wartenden Autos davonhuscht, dass er sie aus den Augen verliert. Er muss sich sputen, um ihr zu folgen. Einige Schritte entfernt findet er sie wieder an einer stillgelegten Bushaltestelle. Sie sitzt neben dem Mülleimer und schaut auf die stehenden Autos, dann leckt sie sich die Pfoten.

»Wir müssen zum Bahnhof«, sagt er. Sie ringt sich Aufmerksamkeit ab, sieht ihn missmutig an, mürrisch mauzend. »Komm!« Aber sie legt sich einfach auf das Pflaster und spielt mit dem Unkraut, das in den Ritzen wächst. Als er nach ihr greifen will, hüpft sie fort und tänzelt über die Gehsteigplatten, auf denen plötzlich Richtungspfeile auftauchen. Teo eilt ihr über den Fußweg nach und erkennt, dass die Markierungen in sein Sichtfeld hineinprojiziert werden. Die Katze folgt den Pfeilen, sie weiß offenbar, wohin sie Teo führen wollen.

Aarons Schuhe sind Wattewolken, und Teo geht, als hätte er neue Knochen in den Beinen. An den Türen der Häuser und Geschäfte schweben kleine Schriftzüge. Teo kann lesen, was es dort zu kaufen gibt, zu welchen Preisen, wer bei welcher Adresse wohnt. Ein

Blumenladen hat neu eröffnet, Papiergirlanden baumeln über der Tür, bunt leuchten die Blüten aus schwarzen Kübeln, es riecht süßlich schwer nach Rosen, Nelken und Gerbera. Eine Stimme haucht ihm zu, er solle dort einen Strauß Margeriten kaufen.

Vielleicht für Mama, wenn ich zurückkomme?

Er erschrickt, als er sich bewusst wird, dass ein Werbebeitrag durch seine Gedanken schwirrte. Die Katze verschwindet derweil hinter einer Häuserkante.

Ein Rumpeln und Poltern klingt von dort hervor, ein schmerzhaftes Quietschen kreischt, das Prasseln unzähliger Schritte, Gesprächsregen. Teo geht der Katze nach und findet sich vor dem Bahnhof wieder. Die Stahlträgerhalle liegt wie der Körper einer gewaltigen toten Mauerassel zwischen den Häuserzügen, auf den Verstrebungen auf ihrem Rücken sitzen Tauben. Die Katze hat den Weg ebenso gut gefunden wie der Schwarm, und Teo kommen die Worte Aarons in Erinnerung. Hat der selbst ernannte Erleuchtete recht gehabt, als er vom *Katzenkompass* sprach?

Womit mag der Sprühdosenmann wohl noch recht behalten, überlegt Teo mit Unbehagen. Brav lässt sich die Katze auf den Arm nehmen, aber als er mit ihr auf die Halle zugeht, zappelt sie. Sie jammert, klagt und faucht, als hätte sie erst jetzt erkannt, dass er sie mitnehmen will.

»Wir fahren nach Moorstedt. Es ist schön dort.« Aber das Tier wird widerspenstig. »Ich kann dich nicht alleine in der Stadt lassen. Du gehörst der Reporterin, und ich muss auf dich aufpassen!«

Sie schüttelt sich und scheint auf keinen Fall aus Sybaris fortfahren zu wollen. Fest drückt er sie an seine Brust, hält mit der Hand ihre Vorderbeine zusammen in der Hoffnung, dass sie ihn nicht kratzen wird. Endlich ergibt sie sich ihrem Schicksal, reckt den Kopf aus der Umklammerung, dreht ihn sehnsüchtig zurück mit langem Hals, als Teo unbeirrbar die Bahnhofshalle betritt.

Der Schwarm ist ihm eine große Hilfe, um Fahrplan und Zugverbindung herauszufinden. Nur das Gleis stimmt nicht, das erfährt er dank einer Lautsprecherdurchsage, und die Waggons verkehren in umgekehrter Reihung.

Während Teo am Bahnsteig wartet, sucht er aus Neugier Nachrichten über die Militärparade und den Krieg. Doch verworren ist die Lage, unübersichtlich die Ereignisse, widersprüchlich sind die Meldungen, die er mit leichtem Schaudern verfolgt. Ein unbekannter Feind hätte in den Sumpfgebieten der fünf Flüsse Dörfer überfallen und Landstriche besetzt. Mancher vermutet das Nachbarland dahinter, viele sprechen von Separatisten, einer blutigen Sezession, auch von Widerstand der Analogen ist die Rede, gar von einer außerirdischen Invasion. Man wird nicht schlau daraus. Der Schwarm ist so klug und so dumm wie alle Menschen, die in ihm schwirren. Dort mischen sich Tatsachen, Vermutungen, Glaube, Gefühl, Fehlbarkeit, bruchstückhafte Wahrnehmungen und Lügen. Es gilt der Konsens, denkt Teo, bevor die Schwarmbilder verquietschen im Einfahren des Zuges.

Erschöpft davon, in jedem Moment etwas Neues vor Augen zu haben, schläft er im Zug und seine Stirn sinkt gegen das kühle Fensterglas. Auf seinen Oberschenkeln atmet ruhig und gleichmäßig die Katze. In Teos Traum ist er das Tier und liegt auf dem Schoß seines schlafenden Menschen-Ichs.

Über das glatte Planum Culturae fährt der Zug ohne Erschütterungen, schwankt nur manchmal wie in Daunen gerauscht. Als Teo erwacht, blitzt und flackert die Sonne durch einen entfernten Lindenhain, Hügelketten wellen sich dem Horizont zu. Westlich verbläuen die Türme der Stadt; eine Wolkensäule verweht im Höhenwind, ein drohender Finger, erhoben zu den Himmeln über Sybaris 7. Vermutlich hat man wieder eine Rakete ins All geschossen. Welches Sonnensystem mag nun an der Reihe sein?

»Wolf 359, Lalande 21185«, flüstert ihm der Schwarm ins Ohr, »acht Lichtjahre entfernt.«

Es kommt Teo vor, als fahre nicht er, sondern als wandere die Stadt weiter. Es würde ihn nicht wundern, wenn sie ebenso umherzöge wie ihre Bewohner. Vielleicht flieht sie vor dem Krieg?

Bald reißen die Maschen des Funknetzes. In seinen Ohren bleichen die Schwarmstimmen aus.

# DRITTER TEIL

## AM AST DES ALTEN AHORNS

### XVI.

Mit einem befreiten Gefühl stieg Teo vom Trittbrett des Waggons auf den Bahnsteig in Moorstedt. Er konnte es kaum erwarten, der Mutter zu erzählen, dass sich zwar die Arbeit im Postamt verändern würde, sie jedoch Teil von etwas Neuem waren. Sie hatten endlich Gewissheit.

Er warf die Reisetasche über die Schulter, ging unter dem Stelzendach zum Eingang der kleinen Bahnhofshalle, durchquerte sie und trat auf der anderen Seite auf den menschenleeren Marktplatz. Am liebsten wäre er gleich ins Postamt gegangen, das aber zu dieser frühen Abendstunde bereits geschlossen war. Also machte er sich auf den Heimweg. Die Katze streunte ihm nach, oft musste er auf sie warten, weil sie zurückblieb, abgelenkt vom Erkunden der neuen Umgebung.

Bemerkenswert still erschien ihm das Städtchen; Wind und Blätterrascheln, Hundebellen und Moped-Knattern ließen sich voneinander trennen, verschmolzen nicht wie im Hochofen von Sybaris zu einer Geräuschschlacke. Zum ersten Mal fiel ihm auf, wie viel Himmel man in Moorstedt sehen konnte, weil die Häuser so niedrig gebaut waren und ihre Dächer sich unter dem Blick duckten. Der Gurt der Reisetasche scheuerte schon auf der Schulter, als Teo sein Elternhaus erreichte. Zu seinem Schrecken erkannte er sofort, dass etwas Schlimmes vorgefallen sein musste. Der südliche Dachgiebel war abgerutscht und auf den Wintergarten geschlagen, in dem der Vater seine Bonsaibäume zog. Schutt und Dachziegel lagen verstreut, Schieferplatten, Ziegelbruch, Glassplitter, Balken. Eine Wand war eingestürzt, Kabel hingen in zerfetzten Bündeln heraus; eine frische Ruine.

Teo rannte gleich zur Tür. Noch bevor er den Schlüssel ins Schloss steckte, rief er: »Mama! Papa! Was ist passiert?«

Er stieß die Tür auf und stürmte in den Flur. Aber nur Stille wohnte noch hier. Er ging ins Wohnzimmer, ins Esszimmer, dann in die Küche, fand aber seine Eltern nicht. Auf der Treppe zum Obergeschoss lagen Kalk- und Mörtelstaub, kleine Steinbrocken aus den Mauern. Ein Licht schimmerte durchs Dach, das Teo nicht kannte. Offenbar musste dort oben ein Loch sein.

»Hallo?«

Niemand antwortete.

Er ging zurück in den Vorgarten, wollte bei den Nachbarn klingeln, um zu erfahren, was passiert war. Wenn er dort nichts herausfand, würde er gleich zu Konrad laufen. Vor Angst um seine Familie weichten ihm die Beine auf.

Die Katze war auf die steinerne Einfassung des Gartenzauns gesprungen, starrte mit aufgestellten Ohren und pendelndem Schwanz auf die Straße. Von dort sah Teo eine dickliche Gestalt herbeischlendern. Er lief ihr entgegen, winkte mit dem Arm.

Es war Roland, der Schmied.

»He!«, rief Teo.

Gemächlich kam Roland näher, bevor er den Gruß erwiderte.

»Ah, der Bote ist zurück von seiner Reise! Hast du gleich ein paar Briefe mitgebracht oder dreht sich bei der Post immer noch kein Rad?« Nach dem spöttischen Vorwurf grinste er hämisch. Sein Schnauzer bog sich auseinander.

»Wo ist meine Familie? Was ist hier passiert?«

Ohne Eile drehte Roland den Kopf zum Haus, als sähe er es zum ersten Mal. Offensichtlich genoss er Teos Befürchtungen und betrachtete indes ausgiebig die Schäden.

»Du hast echt Schwein gehabt. Hast dich rechtzeitig verdrückt. Das Haus ist genau über deinem Zimmer zusammengekracht – wegen diesem Ungetüm von Zug, viel schwerer als die üblichen. Drei Triebwagen, eine riesige Schlange Güterwaggons, voll beladen mit Panzerfahrzeugen für die Armee. Keine Ahnung, was die hier wollen.«

In Teos Kopf hallte die Rede des Kommissars für Inneres nach. Man verlegte also tatsächlich Truppen.

Er drehte sich um, besah sich noch einmal das alte Gesindehaus, den erdfarbenen Putz, das Dach mit den Schieferschindeln, die weiß gestrichenen Fensterrahmen, und dachte an die Risse im Mauerwerk, die durch die Erschütterungen der Kohlezüge entstanden waren. Und womöglich war die Bausubstanz schon über Jahre zittrig gewesen, dass so viele Kleinigkeiten im »Haus der fallenden Dinge« umkippten oder herunterfielen.

»Selbst meine Schmiede hat gewackelt, als das Monstrum über die Gleise gedonnert ist«, fuhr Roland fort. »Hat wohl ein paar Steine in eurer alten Hütte zusammenrutschen lassen.«

»Was ist mit meinen Eltern?«

Roland zog aus der Tasche seiner Arbeitshose ein fleckiges Taschentuch, drückte es sich auf die Nase und schnäuzte sich. »Die sind mit einem ordentlichen Schreck aus den Betten geflogen«, sagte er schniefend. »Aber sie leben noch, falls du das wissen wolltest ...«

»Wo sind sie?«

»Bei deiner Großmutter. Eure Ruine«, er zeigte auf das Gesindehaus und grinste wieder dabei, »könnte schon beim nächsten Bummelzug zusammenbrechen.«

Erleichtert schulterte Teo seine Reisetasche. Wenigstens waren seine Eltern wohlauf.

Der Schmied schaute mit Ekel in das Taschentuch und warf es auf das Grundstück. Dort hüpfte ein Elsternpärchen über die Trümmer und durchsuchte den Unrat, neugierig beobachtet von der Katze, die wieder auf sich warten ließ.

Der Weg kam Teo um einiges beschwerlicher vor als das Laufen in Sybaris 7. Als er das Haus der Großmutter endlich erreicht hatte, traf er seine Familie im Gemüsegarten an. Die Mutter pflückte Radieschen, der Vater stellte Fallen für Wühlmäuse auf, senkte sie durch Erdlöcher in die Gänge und stülpte alte Töpfe darüber. Am Gartenzaun saß die Großmutter auf einer Bank und unterhielt sich mit Konrad. Dann entdeckten sie Teo, der durch die Senke kam und die Anhöhe hinaufging. Kaum war er bei ihnen, zogen sie ihn in ihre Arme. In einer Welt ohne Abschied, überlegte er, gäbe es auch kein Wiedersehen. Das wäre doch wirklich schade.

Nachdem Teo seiner Mutter erzählt hatte, dass das Hauptpostamt verlassen und der Brieffluss zum Erliegen gekommen war, brauchten sie einen Spaziergang, um ihre Gedanken zu ordnen. Gemeinsam mit Konrad schlenderten sie an den Koppelzäunen entlang. Moorstedt sank in den Abend wie in ein rotsamtenes Kissen. Die schiefergedeckten Häuser, die Schuppen und die Scheunen hatten ihren Platz und behielten ihn. Alles schien der Mutter zu Ende, alles sinnverloren. Haus und Beruf waren weggebrochen.

»Warum passiert uns das?«, fragte sie.

»Wenn der Schwarm kommt, gibt man uns neue Arbeit«, entgegnete Teo. »Und morgen gehen wir nach Hause und richten Stützbalken auf!«

Doch von diesem Schwarm versprach sich die Mutter keine Rettung, und Teos Zuversicht erreichte sie nicht. Sie trug ein Kaninchen aus dem Stall der Großmutter, das seine Augen vor Angst aus dem Schädel drehte. Sie legte ihm die Hand beschützend auf den Rücken, während die Katze arglistig aufschaute. Dabei wendete sie ihren Kopf von einer zur anderen Seite, um das Kaninchen mal mit dem goldenen, mal mit dem grünen Auge anzustarren. Sie hatte es mit dem Blick bereits gefangen.

Die Mutter spuckte vor der Katze auf den Boden. »Eine schwarz-weiße Missgeburt ist das! Wie zwei Katzen, die sich um einen Körper streiten!«, schimpfte sie und trat nach dem Tier. »Verschwinde! Und lass mein Kaninchen!«

Die Katze fauchte, sprang ins tiefe Gras, die Halme zitterten; sie rauschte durch die schäumenden Gräserteppiche zurück zum Haus der Großmutter.

Die Gläser der Sonnenbrille verschatteten seine Heimat. Im abgedunkelten Blick wirkte das Land farblos. Die Straße aus Moorstedt lag versteinert, ins Tal wälzten sich die dichten Tannenwälder, die Nadeln hingen wie Teertropfen an den Ästen. Aber

Teo hatte sich an die Brille gewöhnt, würde sich unangenehm offenbart fühlen ohne das Versteck hinter den schwarzen Gläsern.

»Ist sicher hektisch in Sybaris«, fragte Konrad. Sein Gesicht war wund gebrannt von der Sommerglut, seine Nase schälte sich. »Da gibt es doch so viel. Das ist bestimmt anstrengend und aufregend.«

Teo zuckte mit den Schultern. Sein Bruder hatte recht, und dennoch kam es ihm belanglos vor. »Man findet sich nicht gleich zurecht«, antwortete er.

Sein Bruder schob die rissige Unterlippe nach vorn. »Da ist mir die Ruhe hier lieber.«

Teo sah der Mutter zu, wie sie das Kaninchen streichelte. »Man rennt manchmal durch die Stadt wie ein Hase, schlägt viele Haken.« Dann dachte er an den Fahrstuhl, der ihn anfangs durchgeschüttelt hatte wie ein blecherner Becher den Würfel. Welche Augenzahl brauchst du, um zu gewinnen, fragte er sich. Auf welcher Seite liegst du jetzt?

Weiße Wolken marmorierten den Himmel. Das Rot des Abends wurde tiefer, über die Felder strich ein staubiger Wind. Sie umrundeten die Koppel und gingen auf der anderen Seite zurück. Auf dem entfernten Hangweg sahen sie die Gestalt des Vaters, der mit der Flinte über der Schulter zur Jagd aufbrach. Der Hund stöberte voraus. Er würde heute nichts mehr schießen, das wusste Teo. Er ging in den Wald zum Nachdenken.

»Dieser Zug mit den Panzern«, sagte Teo. »Wisst ihr etwas über den Krieg?«

»Krieg? Wo soll der sein?«, fragte sein Bruder.

»In den Sümpfen. Nicht weit von hier.«

Konrad schaute nach Osten, als könne er den Krieg sehen, wenn dort einer wäre. »Nur der Zug ist durchgefahren. Sonst ist noch keine Nachricht angekommen. Woher weiß du was von dem Krieg?«

»Von irgendwoher kommt das Wissen immer.«

In Teos Kopf rieselte ein kieselkörniges Funkrauschen. Er hörte keine Stimme heraus. Aber wüsste der Schwarm überhaupt etwas zu sagen über die Landstraße und die Hügelketten, über die Hänge, Kammwälder und Steinbrüche?

Wie schnell man sich daran gewöhnen kann, über alles Auskunft zu erhalten, dachte er, sei sie richtig oder falsch. Teos Gedanken gehörten noch der Hauptstadt.

Der Bruder hob einen Stock auf, brach ihn in der Mitte durch, warf das krumme Ende in den Graben und schlug mit dem anderen willkürlich in die Luft. »Papa hat seine Ulme verloren im Wintergarten. Er hat diesen Baumzwerg fünfundzwanzig Jahre lang gepflegt«, murmelte er dabei. »Und jetzt – Kleinholz.«

Die Schritte auf dem unebenen Landboden schmerzten, Teos Beine litten wieder. Die Sohlen der Stadtschuhe schienen zu dünn für Steine und Stöcke. Er erinnerte sich an die Garderobe der Wohngemeinschaft, an die unzähligen Schuhe, die auf den Regalbrettern standen. Dann schaute er auf die Gummistiefel, die sein Bruder trug, die dreckverkrustet von der Feldarbeit waren, dick umpanzert vom Land. Er sah die Stiefel und kannte das ganze Leben, das in Moorstedt noch vor ihm lag.

»Lasst mich kurz ausruhen. Ich kann in diesen Schuhen nicht mehr gehen«, bat Teo. Es kam ihm vor, als wären sie beim Spazieren keinen Schritt vorangekommen, weil er die Landschaft seit seiner Kindheit kannte. In Moorstedt würde sich niemals etwas verändern. Für den Augenblick beruhigte ihn das sogar. Doch wie mystisch ihm dagegen die Hauptstadt erschien, stets verformt von tausend unbekannten Kräften. Er setzte sich; es roch nach Harz.

»Und eine Katze hat dich zum Postamt geführt?«, fragte die Mutter.

Teo nickte. »Aber ich habe nun selbst einen Funknerv.«

Die Mutter sah ihn scharf an; er spürte ihren Blick über Stirn und Schläfen streichen wie Hände, die ihn nach einer Beule oder Platzwunde abtasteten. »Du hast etwas davon im Kopf? Das kann nicht gut sein! Wie bekommt man das raus?«

»Es ist nicht schlimm, hat mir jemand gesagt, der sich auskennt. Und es musste sein, sonst hätte ich das Amt nie erreicht, für das wir jetzt arbeiten sollen.«

Konrad fragte nach all den Geräten, die es in Sybaris gab, die selbstfahrenden Freiwagen, die Bäume mit den winzigen Blätterrotoren. Das schien ihn ebenso zu interessieren wie sein Moped.

Es kam Teo vor, als erzähle er ein Märchen, dabei hatte er alles selbst erlebt. In Gedanken fragte er sich, wo die Reporterin nun sein mochte. Sie fehlte ihm, dass er das Gefühl hatte, etwas in der Stadt verloren zu haben und ärmer zurückgekehrt zu sein. Vielleicht hätte er seine Erinnerungen im Schwarm speichern sollen? Aber was hätte ihm das genützt, solange er sich außerhalb des Empfangs aufhielt?

Von der Rückseite des Grundstücks her kehrten sie zurück. Über dem Weg reichten die Apfelbäume einander die Äste und spannten einen Baldachin aus Blättern auf. Hinter einer Scheune versteckte sich schon der Nachtschatten, als sie zu dritt die kleine Anhöhe zum Haus der Großmutter hinaufstiegen. Das Kaninchen spitzte plötzlich die Ohren. Dann hörte Teo ein aufgeregtes Gackern und Flattern vom Hühnerstall her.

»Der Fuchs!«, rief Konrad. »Hat es ausgenutzt, dass Vater mit dem Hund fort ist!« Er und Teo eilten zum Stall an der Südseite des Hauses. Das Federvieh flatterte aufgeregt umher, hüpfte zu den Holzmieten. Im Sandbad saß die Katze. Sie leckte sich übers blutige Maul und putzte mit der Pfote gelben Flaum ab. Wie zerrupfte Blütenblätter zerstäubten die Federn.

Der Bruder warf den Stock. Die Katze biss in das Küken und riss es mit sich fort. Ihre Augen waren nicht hungrig. Es kam Teo so vor, als hätte sie allein aus Spaß getötet.

## XVII.

Im Vorsteherbüro des Postamtes versammelten sich die Mutter, Herr Pullmann und Frau Weber, um Teos ausführlichen Bericht über die Reise nach Sybaris 7 zu hören. Ratlos sahen sich alle in die Gesichter, als er geendet hatte.

Für einen Augenblick schien die Ruhe wie festgezurrt. Dann sagte Herr Pullmann: »Ich trag jetzt seit dreißig Jahren Post aus. Was soll nun aus mir werden?«

»Wir bekommen neue Aufgaben. Das AfKI wird uns Bescheid geben. Die Lohntüte bleibt so voll wie immer.«

»Also so leer wie immer«, warf Frau Weber ein.

»Müssen wir uns alle so ein Ding einsetzen lassen?«, fragte die Mutter. »So einen Funknerv?«

»Wahrscheinlich. Wir arbeiten ja dann im Schwarm«, antwortete Teo. »Es kann aber ein Gewinn für uns sein.« Doch er dachte: Ich höre mich an wie der Ingenieur.

»Ich will gar nicht wissen, was es in diesem Schwarm gibt.« Herr Pullmann spielte nervös mit dem Stempel auf dem Stempelkissen. »Mein Leben reicht mir, wie es ist.«

»Richtig! Das ganze Leben versucht man, sich zurechtzufinden«, schloss Frau Weber an. »Und nun werfen die alles über den Haufen.«

Auch die Mutter stimmte mit ein: »Man kann uns nicht zwingen, uns in den Köpfen herumfummeln zu lassen!« Sie verschränkte die Arme.

»Aber seid ihr nicht gespannt, was euch der Schwarm bieten kann?«

»Nur, wenn es eine Posttasche randvoll mit Briefen ist.« Herr Pullmann winkte ab.

Allmählich zweifelte auch Teo. Warum musste *er* eigentlich die Kollegen von Funknerv und Schwarm überzeugen? Er war selbst am liebsten Postbote und genauso wütend, dass das AfKI ihm ohne Ankündigung seine Berufung gestohlen hatte.

»Ihr habt ja recht«, sagte er schließlich. »Aber das hilft manchmal nicht weiter.«

Es war die Zeit der Himbeerreife. Wilde Sträucher verriegelten den Waldrand, die Früchte rasselten wie rote Glasmurmeln in den Eimern, ungewöhnlich hart und klein in diesem Jahr. Beim Pflücken blutete der Beerensaft über die Hände, trocknete in den

Papillarleisten der Fingerkuppen, als hätte eine unsichtbare Spaltfeder die Linien nachgezogen. Teo dachte an die rot verschmierten Hände Aarons. Wie nach einem Tausch klebte nun die rote Farbe auch auf seiner Haut.

Durch die Küche flirrte ein süßlicher Duft, wenn die Mutter Marmelade, Sirup und Kompott einkochte. Seitdem der Briefverkehr ausblieb, vertrieb sie sich die Zeit im Haushalt der Großmutter, die sich über Hilfe freute. Der Vater und Konrad waren unterwegs, um Baumaterial für die Hausreparaturen zu beschaffen. Teo half der Mutter beim Sortieren und Zuckern und setzte sich zu den blubbernden Töpfen. In der Hand ließ er die Sonnenbrille kreiseln. Er war vom Vater gebeten worden, sie im Haus nicht zu tragen. Der Anstand gebiete es, sich beim Gespräch in die Augen zu sehen. Dann waren die Menschen von Sybaris 7 wohl unanständig, überlegte er.

Vom Herd wölkte fruchtiger Dampf auf und Teo hing seinen Gedanken an die Hauptstadt nach. Seit seiner Rückkehr spürte er jeden Tag stärker die Enttäuschung, dass die Reporterin so plötzlich verschwunden war. Eine hauchfeine Sehnsucht schlich ihm unhörbar nach, strich um seine Gedanken, schmiegte sich von innen an die Schädelwandungen, fuhr in mancher Nacht die Krallen aus und kratzte ihm das warme Wasser aus den Augen. Manchmal nahm er die senfgelbe Jacke aus dem Schrank, drückte sein Gesicht in den Stoff und atmete tief ein. Wohin mochte die Reporterin gegangen sein? Dachte sie noch an ihn? Mit jeder Minute weitete sich die Welt zwischen ihnen, dass Teo fürchtete, sie könnte die Erinnerungen schon gelöscht haben. Es war viel Raum für Fragen in der Provinz, fern des Schwarms, Gedanken und fantasierte Szenen, in denen er sich fühlte wie eine der vergessenen Jacken an der Garderobe der Wohngemeinschaft. Die Wälder schwiegen, die Niederungen schliefen, die Wetter zogen gleichgültig vorüber, kein Mensch ging sie etwas an. Vielleicht war die Reporterin wieder online, aber Teos Funknerv empfing keine Signale hier draußen.

»Was grübelst du denn wieder?«, fragte die Mutter. »Hilf mir lieber, das fertige Kompott in den Keller zu bringen!« Sie stapelte die warmen Gläser in den Weidenkorb.

Der Henkel knarzte unter dem Gewicht, als Teo das Kompott in den Keller schleppte; die Mutter ging vorneweg. Schritte scheuerten, scharrten, schabten auf den Steinstufen. Es hatte über die Jahrhunderte mehrere Wohnhäuser auf dem Grundstück gegeben, von denen Teo wusste, die durch Blitzschlag oder eine unbewachte Flamme niedergebrannt waren. Aber alle wurden errichtet auf denselben Kellern, in deren Natursteinwände sich stellenweise Ruß und Asche der verrauchten Feuer eingefressen hatten.

Auf Steinsockeln ruhten die hölzernen Stützen und hielten die Deckenbalken. Teo musste gebückt gehen. Die Mutter knipste das Licht an. Ein Kabelstrang mit spröder Isolierung hing auf rostigen Haken an der Wand in unregelmäßigen Wellen. Eingegittert flackerten die Glühbirnen an der Decke, sirrten und summten. Es war nur ein kurzer Weg über den Stampflehmboden bis zu den Regalreihen. Diese lehnten sich an die Wände, bildeten labyrinthische Gassen. Auf den Brettern schichteten sich Gläser, das Licht staubte über die Früchte unzähliger Ernten, eingekocht, eingelegt oder getrocknet, umso älter, je tiefer man in die Keller vordrang. Wie in Formalin eingelegte Tierpräparate schwammen die Pflaumen, Birnen, Erdbeeren, Brombeeren, Stachelbeeren und Kirschen in ihrem Zuckerwasser, haltbar gemacht nach den Rezepten und Techniken der Vorfahren, das Kraut, die Gurken, Bohnen und Perlzwiebeln in saurem Sud und Essig. Manche Marmelade war womöglich schon vor seiner Geburt eingekocht worden. Wer wusste zu sagen, ob in den versiegelten Gläsern noch jede Frucht genießbar war? Teo stellte sich die Hände der Verstorbenen vor, die in einem fernen Herbst gepflückt hatten, was er nun in diesem Kellermuseum betrachtete. Vorräte für Generationen lagerten hier, als müsse man fürchten, ganze Erntedekaden könnten in Trockenheit verdorren, in Stürmen zerhagelt oder von Schädlingen gefressen werden.

Hinter dem Regal, in dem sich die Flaschen mit Apfelwein stapelten, huschte ein Schatten vorbei, brach sich in den Wölbungen des Glases; ein verschliffenes Dunkel, das Teo nicht erkannte. Vielleicht eine Maus, die in den Fugen der Steinmauern nistete.

Die Mutter wies ihn nach rechts, wo ein abgewirtschaftetes Küchenbüfett in einer Gewölbekammer stand. »Hier lagert Großmutter das Himbeerkompott. Sie freut sich, dass wir ihr helfen«, sagte sie, zog eine Schublade des Büfetts auf und entnahm eine Liste. Die Aufbewahrung bedurfte einer Ordnung. »Manches kann ich nicht lesen. Nach ihrem Mittagsschlaf muss ich sie fragen.«

Sie legte die Liste zurück und zog stattdessen einen ganzen Stapel vergilbten, abgegriffenen Papiers heraus.

»So viele Jahre! Großmutter hat längst die Übersicht verloren.«

Teo überlegte, wie einfach es mit dem Schwarm wäre, sich in diesem Lager zurechtzufinden. Man müsste nur die gespeicherten Erinnerungen, wo man was hingestellt hatte, zu einer Liste zusammenfügen. Im Grunde genommen war der Schwarm ein großes Ordnungsregister, ein Weltkatalog.

Teo stellte den Korb ab, während seine Mutter die Zettel auf die Arbeitsfläche fallen ließ. Das Grau der abgeriebenen Lasur stob auf. »Wir stellen das Himbeerkompott in dieses Fach hier!« Sie öffnete die oberen Schranktüren. Magnetverschlüsse klackten, Scharniere krächzten. Gleich darauf begann Teo, die Gläser hineinzustellen, schob sie tiefer in das Fach. Die runden Böden scharrten übers Holz.

Die Mutter fuhr fort: »Mit so vielen Vorräten könnten wir ihre Gäste auch selbst bewirten.«

Teo bückte sich, um dem Korb ein weiteres Glas zu entnehmen. »Gäste?«, fragte er.

Die Mutter sah zweifelnd zu ihm auf. »Das kannst du doch nicht vergessen haben! Ihr achtzigster Geburtstag!«

Er erinnerte sich daran wie an eine weit zurückliegende Reise. So viel hatte er erlebt in den vergangenen Tagen, dass ihm das Leben zu Hause ganz versandet war unter den neuen Eindrücken. »Ich habe meinen Kopf wohl noch in der Reisetasche.«

Wieder schwirrte ein Schatten vorbei, schneller als Teo hinsehen konnte.

»Du hast einen Stadtkopf, durchgerüttelt und wirr. Aber das gibt sich. Hauptsache, du hast ihn wieder mitgebracht«, sagte die Mutter und blickte sich um. »Ach, fänden wir bloß etwas eingekochte Fröhlichkeit bei all den schlechten Nachrichten!«

»Wir werden unser Haus schon retten. Unsere Freunde helfen doch. Walter, der Maurer, und Carl, der Dachdecker.«

Langsam senkten sich die Arme der Mutter mit dem Glas, das sie hielten. Ihr Kinn neigte sich auf die Brust. Bevor ihr das Gefäß abrutschte, griff sie unter den Boden, seufzend drehte sie sich zum Küchenbüfett, um das Glas abzustellen. »Ich fürchte mich vor dem Augenblick, wenn ich das Postamt für immer abschließen muss.«

»Du brauchst keine Angst zu haben. Wenn der Schwarm hier ist, wird sich alles finden.«

Teo wollte seiner Mutter Mut machen, auch wenn er selbst noch nicht wusste, was das AfKI mit ihnen vorhatte.

Als sie zwischen den Regalen zurückgingen, dunkelte wieder der Schatten hinter den Behältnissen, eine finstere Bewegung, gläsern gebrochen und gekrümmt von Flüssigkeiten. Teo versuchte, die geduckte Gestalt mit dem Blick zu packen, doch sie war flink, huschte von einem Regalbrett aufs nächsthöhere, jagte durch die gelagerte Ernte. Plötzlich vernahm er das Rutschen eines Glases, ein Brett knarzte, dann ein Scheppern und Klirren. Sofort drehte er sich um, seine Mutter hielt sich vor Schreck die Hand vor den Mund. Kirschsaft strömte vor ihre Füße wie ausgeblutet, die roten Perlen rollten aufgerissen zwischen den Splittern. Auf dem Regalbrett, in der Lücke, die das hinuntergestoßene Glas gelassen hatte, hockte die Katze, schielte auf die Scherben. Dann leckte sie die Pfote ihrer weißen Seite und putzte sich damit übers schwarze Ohr.

Neben dem Kirschglas ging noch vieles zu Bruch, seitdem die Katze über das Grundstück strolchte: Vasen, Tassen und Teller, Schalen und Porzellanfiguren, Bilderrahmen, Blumentöpfe. Die Mutter fegte Tausende Scherben zusammen, stöhnte beim Niederknien, wenn sie die kaputten Stücke aufsammelte. »Dass dieses dumme Tier nicht darauf achtet, wohin es tritt! Teufel!«, fluchte sie. Aber das kannte sie vom »Haus der fallenden Dinge«.

Eine seltsame Tölpelhaftigkeit klebte der Katze an den Pfoten, die Teo zu allerhand peinlichen Entschuldigungen zwang. Weil er das Tier mitgebracht hatte, hing ihm auch die Verantwortung an.

Der Vater glaubte ihr die Ungeschicklichkeit nicht und unterstellte stattdessen Bösartigkeit. »Das macht sie mit Absicht«, sagte er. »Das sehe ich ihr an.« Mit manchem Steinwurf traf er sie, die Mutter versetzte ihr manchen Tritt. Die anderen Katzen Moorstedts stolzierten grazil umher, wohin sie wollten, nur die Sybariskatze fiel von ihren vier Pfoten. Sie fauchte die anderen Katzen an, balgte sich mit Hunden, biss und kratzte die Füchse. Indes betrachtete Teo das Tier mit einem Teil der Zärtlichkeit, die für die Reporterin bestimmt gewesen war. Es gab eine Verbindung zwischen ihnen, ebenso wie die senfgelbe Jacke, und er war froh, dass ihm etwas von ihr geblieben war.

Tags darauf stieß das unglückselige Tier Vaters vollen Bierkrug vom Tisch. Mit hartem Schlag spaltete das Tongefäß eine Bodenfliese in der Küche und das Gebräu spritzte in Schaum und Sprudel, ergoss sich im Gesplitter und schüttete einen aufdringlichen Malzgeruch aus. Vor Schreck sprang die Katze in weiten Sätzen fort, floh aus dem Haus. Der Vater setzte ihr nach, machte aber kehrt, riss den Schrank im Flur auf, wo er seine Flinte aufbewahrte. Dann jagte er mit dem Gewehr nach draußen. Teo lauschte einen Augenblick voller Anspannung, ob ein Schuss knallte, aber es blieb still. Er folgte dem Vater, der nicht weit von der Haustür entfernt stand. Er hielt die Waffe in den Händen, spähte in die Nacht, die schon über der Senke düsterte, während die versunkene Sonne ihre Schleppe noch über den Himmel zog.

Teo schloss auf. »Tu ihr nichts! Die Katze ist noch fremd hier.« Er konnte sie gut verstehen, denn in Sybaris 7 war es ihm ebenso ergangen. »Sie muss sich erst eingewöhnen.«

»Unsinn, Junge!« Der Vater rieb den Gewehrlauf. »Katzen finden immer ihre Wege. Etwas stimmt nicht mit dem Vieh, sie läuft wie kaputt im Kopf.«

Der Vater hatte wohl recht, aber Teo wusste nicht, warum der Katzenkompass in der Provinz kreiselte und sich auch während der vergangenen Tage nicht norden wollte. In diesem Zustand wäre sie ihm keine Hilfe, wenn er sich verliefe. Ein Glück, dass er in Moorstedt selbst die Wege kannte.

»Lass sie doch! Bitte! Sie hat sich versteckt, hockt im Unterholz oder zwischen den Steinen. Ihr wird's eine Lehre sein.«

Noch atmete der Vater aufgebracht, lauschte wie auf der Pirsch, setzte den Flintenblick auf, wenn ein Geräusch zu vernehmen war. Der Hund lag an der klirrenden Kette und sein Kiefer knackte Knochen, das kehlige Röhren von Hirschen hörte man vom Waldrand her, im gesensten Gras zirpten die Zikaden.

Allmählich sank der Gewehrlauf in der Hand des Vaters. Er leckte sich über die Lippen. »Vielleicht erwischt der Wolf das Mistviech.«

Vom Hühnerstall kam Konrad herüber, rückte seinen Filzhut zurecht und krempelte im Gehen die Ärmel des Hemdes herunter. »Willst du zur Jagd?«, fragte er.

Der Vater machte eine wegwerfende Handbewegung zur Senke hin, drehte sich um und ging knurrend zum Haus zurück.

»Die Jagd ist abgeblasen«, antwortete Teo erleichtert.

Mit den Daumen spannte der Bruder seine Hosenträger. »Dann lass uns in den ›Ahorn‹ gehen!«

Wenn man dem Weg folgte, der wie ein Bach in die Senke floss, stieß man bald auf eine Straße aus bröckeligem Asphalt, die von zwei Gräben eng geführt wurde. Links reckten sich Holzmasten, vom Wetter grau gefärbt und abgeschmirgelt. Die Überlandkabel schwangen sich in schlaffen Bögen von Mast zu Mast, aus jedem saugte eine Glühbirne Strom und hauchte Milchlicht auf die Straße: aufgehängte Monde.

Teo erinnerte sich noch an die Bauarbeiten in Moorstedt, als man die Masten für die Telefonleitungen am Straßenrand aufstellte, und wie schnell die Spatzen sich auf die Leitungen setzten. *»Vogelgirlanden«* hatte Konrad sie genannt. Das konnte erst wenige Jahre her sein. Und in Sybaris gehörten Telefone schon zur Technikgeschichte – oder in ein verlassenes Postamt auf Ebene 6.

Am Fuße des Kirchberges, der sich über Moorstedt erhob, lag das Wirtshaus »Zum Ahorn«, dreistöckig mit gemauertem Erdgeschoss, auf dem ein Stock aus kastanienbraunem Fachwerk mit geweißten Gefachen ruhte, und eine weitere Etage, die mit Schieferplatten verkleidet war wie ein Schuppenpanzer, ebenso das Dach und die Mansarden. Im Rücken des Hauses schichteten sich die schroffen Felsblöcke auf, zwischen denen das Erdreich eingeklemmt war, und die Wurzeln verkrüppelter Fichten.

Teo und sein Bruder spazierten am Straßenrand auf den Wirtschaftshof zu, wo eine Traktor-Karosserie durch die Jahre rostete im Schatten eines gewaltigen Ahornbaums, welcher der Dorfkneipe ihren Namen verlieh. Aus der niedrigen Tür des Hauses, deren Holzleisten wie Fischgräten verliefen und die tief in zwei abgewetzte Stufen eingelassen war, drang kein Ton nach draußen, bis Konrad die gusseiserne Klinke drückte. Die Tür schwang auf und die Brüder traten in das Geplauder ein, in das Prasseln der Würfelbecher, das Klappern von Gläsern und Besteck. Noch hielt sich in der Gaststube die Wärme des Tages. Zigaretten- und Pfeifenrauch kratzte in Teos Rachen, verschleierte die Wandtäfelung aus Nussbaum. In der Mitte des Raums stand der Tresen, dessen Platte von Tausenden Händen und Krügen abgeschmirgelt war. Schnitzereien und Verzierungen nahmen ihm nichts von seiner Plumpheit. Pfeiler stützten den balkenartigen Baldachin, von dem Gläser kopfüber herabhingen. Davor reihten sich Barhocker auf, gedrechselte Banderolen fesselten ihre Beine. Einige Gestalten saßen darauf in schlammgrauen, erdbraunen Kleidern, über den Tresen gebeugt, als erwarteten sie, dass Stockhiebe auf ihre Rücken niedergingen.

»Schweres Leben, schwere Arbeit! Hör auf zu jammern!« Eine dunkle Frauenstimme polterte hinter einer Schwingtür mit Bullauge. Dort befand sich die Küche.

Konrad wandte sich nach links. Vor den kleinen Kastenfenstern mit Butzenscheiben standen lange Holztische, abgedeckt von rot karierten Tischdecken. Gewölbte Glaslampen pendelten darüber, das Licht zog Fäden, Schwaden blauten durch die Luft, aufgewölkt aus der Pfeife des Hufschmieds. Er lehnte sich zurück, tupfte sich mit einem Taschentuch den Schweiß von der Glatze. Der Qualm aus seinem Mund räucherte den Schnauzbart. Roland kaute auf dem Mundstück seiner Pfeife, unterhielt sich mit zwei jungen Frauen, eine rothaarig, die andere blond. Gegenüber saß Christian, der Pferdewirt, der sich nach den Brüdern umgedreht hatte. Seit eine Stute ihm ihre Hufe ins Gesicht geschlagen hatte, war er entstellt, der Kiefer schief, die Nase verbogen, das Auge verrutscht. Trotzdem versuchte er sich an einem Lächeln. Ein hagerer Mann hockte an der Stirnseite des Tisches, hob seinen Tonkrug und trank. Er war Landwirt, so viel wusste Teo.

Der Bruder ging voran, schlug dem Pferdwirt mit der Hand auf die Schulter. »Schaut mal, wer wieder da ist!«

Alle Blicke richteten sich auf Teo. Die Aufmerksamkeit machte ihn verlegen.

Christian stand auf, nahm zwei Stühle vom Nachbartisch und zog sie herbei. »Im Stehen trinkt sich's schlecht«, sagte er. Trotz seines schiefen Gebisses bemühte er sich um eine deutliche Aussprache.

Sie rückten dichter zusammen, als Konrad seinen Filzhut auf den Tisch warf, neben den Würfelbecher, und sich mit Teo zu ihnen setzte. Bis auf den Schmied lehnten sich alle nach vorn, stützten sich mit den Ellbogen auf die Tischplatte und starrten Teo an. Verunsichert schaute der zu Konrad.

»Nun erzähl schon!«, forderte das rothaarige Mädchen.

»Was wollt ihr denn wissen? Es waren doch nur ein paar Tage.«

»Jeder Tag dort ist einer zu viel«, sagte Roland mürrisch, ohne dass jemand darauf achtete.

»Erzähl, wie es dort zugeht!«, sagte das blonde Mädchen.

Noch nie war Teo so viel Aufmerksamkeit zuteilgeworden, und er hätte sich nicht vorstellen können, dass ihn seine Fahrt nach Sybaris in den Blickpunkt der Moorstedter rücken würde. Das überraschte und freute ihn zugleich.

Doch noch bevor er beginnen konnte, schwang die Küchentür auf und Elisa kam hinter der Theke hervor.

»Bevor hier gequatscht wird, wird getrunken! Wir sind nicht beim Gemeinderat!« Sie baute sich neben dem Tisch auf, wischte ihre Finger an der Schürze ab und legte die Hände auf ihre breiten Hüften. »Bier?«

Die Brüder nickten.

»Nichts Festes?«

»Bratkartoffeln«, sagte Konrad und schnalzte mit der Zunge. »Von mir aus gleich aus der Pfanne!«

»Nichts da! Sitten sind das!«

Teo winkte ab. Seitdem sie ihn so schroff abgewiesen hatte, fühlte er sich verlegen in Elisas Gegenwart. Überrascht bemerkte er jedoch, dass sie ihn heute irgendwie neugierig anschaute.

»Schön, dass du wieder da bist«, sagte sie.

Die Rothaarige schnipste mit den Fingern. »Nun rede endlich, Teo von der Post!«

Er wedelte den Rauch des verbrannten Tabaks fort. Dann begann er zu erzählen, was er erlebt hatte: von den Freiwagen, den Schwärmern, vom Raketenstart und der Grundstadt.

Die Geschichten zogen auch Elisa in den Bann. Sie hörte noch eine Weile zu, bevor sie an die Theke zurückkehrte, um sich dort um die Getränke zu kümmern.

Mit verschränkten Armen brummte Roland, womit er ankündigte, etwas sagen zu wollen. »Klingt nach keinem Ort, an dem man leben will. Wie soll man dort Bescheid wissen, wenn alles so schnelllebig ist?«

»Die Menschen wissen sich zu helfen. Von irgendwoher kommt das Wissen immer, Schmied.«

»Schmied? Ich habe einen Namen!«, entgegnete Roland in beleidigtem Ton.

»Entschuldige!«

Teo war überrascht, dass ihm Rolands Funktion eher in den Sinn gekommen war als der Name. Offenbar hatte er sich schon angewöhnt, die Menschen wie in Sybaris mit ihrem Beruf anzusprechen. Wenn er es sich genau überlegte, kam es ihm sogar merkwürdig vor, sich den schnauzbärtigen Glatzkopf als *Roland* vorzustellen. Teo hatte offenbar wirklich einen *Stadtkopf*, wie seine Mutter es genannt hatte.

»Aber ein guter Hufschmied bist du auch«, sagte der Pferdewirt, wohl um die Stimmung etwas zu lockern.

Teo legte den Kopf zur Seite, als wäre ihm darin eine schwere Frage verrutscht. Seine eigene Geste erinnerte ihn an den Chemiker, der jetzt der Informatiker war, und er richtete sich erschrocken wieder auf. Ich kann unmöglich schon geworden sein wie die Hauptstädter, sagte er sich.

Der Landwirt schob seinen Krug von einer Hand in die andere. »Es ist eine andere Welt dort.«

»Eine schlechtere!«, fuhr Roland dazwischen. »Keiner kennt mehr seinen Nachbarn! Wie soll man sich so aufeinander verlassen? Mit dem Kopf sind die immer zehn Schritte weiter als mit dem Arsch, das sag ich dir! Die verlernen das Denken, wenn sie's Maschinen überlassen!«

Teo fühlte sich angegriffen, ohne dass er den Grund dafür verstand.

Offenbar spürte Christian sein Unbehagen und wandte sich an ihn: »Er meint, die schaffen sich selbst Probleme, auch wenn sie was Gutes im Sinn haben.«

»Ich weiß selbst, was ich meine!« Der Schmied ließ die Hand auf den Tisch sinken. Von der Küche her knisterte das Spritzen heißen Fetts. »Allesamt entwurzelte Idioten, dieses Stadtvolk!«

Teo dachte an die Reporterin, die ihre Liebhaber leichtherzig wechselte und verschwunden war, ohne sich zu verabschieden, er dachte an den Informatiker, der sich durch Betrug die Nähe von Frauen erschlich, an den Ingenieur, der den Funknerv anzubeten schien, an Aaron, der sich wie ein Maulwurf unter der Stadt herumtrieb. Unrecht hatte der Schmied in diesen Fällen nicht, dennoch fühlte sich Teo berufen, sie zu verteidigen. »Sie haben ihre eigenen Sorgen und Wünsche. In Sybaris suchen sie auch nur ein glückliches Leben, wie überall. Und sie sind erfinderisch.«

Auf einem Tablett brachte Elisa die Getränke. Sie knallte die gläsernen Bierkrüge auf den Tisch, dass die Blume über den Rand schäumte und cremig ablief. Daneben setzte sie sieben Kurze. »Birnenbrand auf deine Rückkehr!« Mit fröhlichem Gesicht nickte sie ihm zu.

Konrad schnappte sich als Erstes ein Gläschen, hob es an und reckte den Arm über den Tisch. Der Schnaps tropfte. »Auf deine Rückkehr, Teo!«

Die anderen griffen ebenfalls zu.

»Auf deine Rückkehr nach Moorstedt!«, sagte der Pferdewirt.

Der Schmied nahm die Pfeife aus dem Mund. »Auf Moorstedt!«

Sie stießen die Gläser aneinander, dass es noch mehr Obstbrand regnete. Das Ritual klirrte wie ein Glockenspiel.

Nachdem Konrad das Glas abgesetzt hatte, griff er in die Tasche seiner Leinenhose. Aus der Hand ließ er ein paar Münzen auf die Tischdecke klimpern. »Lasst uns Paschen!« Euphorisch nahm er den Becher und die Würfel.

Teo genoss das Spielen, Trinken und Plaudern, das Zusammensein. Beinahe vergaß er das Stadtmetronom in seiner Brust, wenn nicht hin und wieder etwas Unheilvolles über der Runde gelegen hätte, das er nicht zu deuten wusste. Während der Schmied eine Anekdote erzählte, finsterte zwischen zwei Worten ein feindseliger Blick, der jedoch gleich wieder verflog. Ein anderes Mal, als sie sich alle vor Lachen schüttelten, trat ihm der Pferdewirt auf den Fuß. Der Tritt schmerzte gerade so, wie ein Versehen noch wehtun durfte und wie Absicht schon wehtun konnte.

Wieder ging eine Runde Obstbrand herum. Der Bruder hatte sein Hemd mit Bier bekleckert und verschlang die Bratkartoffeln, dass sie noch zwischen seinen Zähnen dampften. Die Würfel rasselten im Becher und Teo stellte sich vor, er hielte den Fahrstuhl aus dem Wohnhaus in den Fingern. Dieses Spiel konnte man den ganzen Abend spielen, ein ganzes Leben. Und gaben die Moorstedter Väter den Becher aus der Hand, würfelten die Söhne weiter. Man freute sich an den winzigen Abweichungen der

Augenzahlen, die der Zufall mit übermenschlicher Gerechtigkeit verteilte, und tat im Grunde doch immer das Gleiche.

Das Spiel fesselte Teo, sodass kaum Gelegenheit zum Trinken war; sein Bruder hingegen setzte jedes Mal das Glas an die Lippen, wenn er den Becher abgab. Die Gewinne schwankten wie die Verluste, Spielglück als Wellenschlag, die Nomadenmünzen wanderten über die Tischdecke. Als Teo vor Freude auf den Tisch klopfte, weil er einen Jungfernpasch gewürfelt hatte, sagte der Pferdewirt: »So lustige Würfelrunden gibt's nur in Moorstedt!«

»In der Hauptstadt pascht niemand, das stimmt«, bestätigte Teo.

Die Blonde klaubte die verstreuten Würfel von der Tischdecke zusammen. »Wie hat man dort seinen Spaß?«

Teo dachte an die animierte Tänzerin, die er mit dem Ingenieur bestaunt hatte. Verlegen antwortete er: »Man holt sich das Theater nach Hause oder lebt in seinen Erinnerungen.«

Und wieder bemerkte er den bewundernden Blick, den Elisa ihm von der Theke aus zuwarf. Sie schien ihm plötzlich zugeneigt zu sein. Was war nur los mit ihr?

Heftig ließ die Blonde den Becher rappeln. Sie drehte ihn um und knallte ihn auf den Tisch. »Toll, dass du dich in diesem Dschungel durchgeschlagen hast!«

Ihre Worte machten ihn übermütig und er ließ sich dazu hinreißen zu sagen: »Vielleicht fahre ich noch mal nach Sybaris. Vorstellen kann ich's mir.«

»Glaubst wohl, in der Stadt bist du besser dran als hier, ja?«, brummte Roland. »Dass da bessere Leute sind?«

»Ach, Quatsch!«, entgegnete Teo. »Dort ist man uns nur in vielem voraus, in Technik, Verwaltung, Kultur. Alles, was irgendwann auch uns erreicht. Was schadet es, Bescheid zu wissen, wenn es so weit ist?«

»Uns erreicht?« Mit einer Handbewegung schob der Schmied eine Reihe leerer Gläser beiseite und beugte sich über den Tisch. »Damit wir verkabelte Spinner werden wie in Sybaris?«

»Manches würde auch dir gefallen.«

»Möglich. Aber es wird uns die Heimat unter den Füßen wegziehen. Dieser Funknerv-Unsinn macht aus uns etwas, was nicht mehr menschlich ist.«

»Was weißt *du* denn vom Funknerv?«

»Glaub nicht, wir hätten sie nicht gesehen, diese Schwärmer!«

»Ja, als wir bei der Armee waren«, fiel der Pferdewirt mit ein. »Wir waren bei den analogen Truppen, die außerhalb der Funknetze marschierten.«

»Aber die Schwarmtruppen waren doch allesamt nicht bei Trost!«, fügte Roland an.

»Es muss ja niemand den Funknerv schlucken, wenn er nicht will – auch nicht, wenn Moorstedt an den Schwarm kommt.«

»Das darf nicht passieren!« Roland schlug mit der Faust auf den Tisch. »Er ist eine Gefahr! Er bedroht unsre Art zu leben!«

»Unsinn!«, wandte Teo ein. Er fühlte sich unangenehm zu einer Rechtfertigung gedrängt. Dabei war er gar kein Hauptstädter, sondern hatte sich nur von Sybaris faszinieren lassen. »Vielleicht wird es ja eine Verbesserung sein, wenn der Schwarm die Post ersetzt ...«

»Du bist Postbote«, sagte der Pferdewirt. »Warum freust du dich, wenn dich der Schwarm überflüssig macht?«

»Ich bin Postbote, weil ich die Menschen gerne miteinander verbinde. Wenn das über den Schwarm besser geht und man beim Amt für mich eine neue Aufgabe findet, soll's mir recht sein.«

»Dann verrätst du nicht nur Moorstedt, sondern auch dich selbst!«, raunzte Roland.

»Ja, Verräter!«, stimmte Christian ein. Die anderen schauten sich verlegen an.

»Wie kann es Verrat sein, wenn der Schwarm Moorstedt eine Zukunft gibt?« Teo warf seinem Bruder einen Rat suchenden Blick zu. Aber Konrad schaute nur tranig vor sich hin und versuchte sichtlich, dem Gespräch zu folgen. Offenbar hatten Bier und Schnaps sein Hirn schon mit Rauschfäden eingesponnen.

Der Schmied lehnte sich mit verschränkten Armen zurück. »Eine solche Zukunft will ich nicht! Ich sage dir, in der Provinz sind wir bodenständige Leute, auf die Verlass ist! Wir müssen

Moorstedt nur aufbauen, so wie es früher war. Aber in der Hauptstadt, da sind die Leute allesamt windig und treulos. Vielleicht passt du doch besser dorthin ...«

Konrad sprang auf, schwankte jedoch sogleich und musste sich an der Tischplatte festhalten. »Jetzt hört aber auf!« Er griff sich an die Stirn. Wie geblendet blinzelte er. Seine Hautfarbe bleichte aus, gerann wie Kerzenwachs. Der Magen stieß ihm auf. Er stammelte ein paar Wortfetzen, bevor er fortstürzte zur Toilettentür. Teo, der Schmied und der Pferdewirt schauten ihm überrascht nach.

Auch Elisa blickte auf, während sie hinter dem Tresen Gläser polierte. »Schade um die guten Kartoffeln«, sagte sie.

Teo seufzte. »Ich brauche mal kurz Luft!« Er stand auf und warf im Gehen einen grimmigen Blick auf Roland und Christian, aber die beiden sahen ihn nicht an.

Bevor er die Tür erreichte, hielt Elisa ihn auf. »Wenn du Zeit hast, würde ich gerne mehr über die Stadt hören«, sagte sie. »Vielleicht habe ich dich ja falsch eingeschätzt.«

Ihr Angebot überraschte ihn. Seine Fahrt nach Sybaris hatte Elisa offenbar beeindruckt.

»Gerne. Natürlich.«

So geht das also, dachte er und lächelte.

Draußen schnitt sich der Sichelmond durch die Wolkenbänder wie durch schwarze Baumwollsträucher, während der Wind zwischen den Fichten am Kirchberg Selbstgespräche führte. Teo atmete durch. Seine Wut auf den Pferdewirt und den Schmied kühlte ab. Dumm und engstirnig waren die beiden.

Dann ging er um das Haus herum, die Sohlen schmirgelten über die staubige Erde, bis er im Dunkeln zu dem Karosserie-Kadaver des Traktors kam. Dort knöpfte er die Hose auf, um sich zu erleichtern. Er pinkelte auf das verrottende Blech, dass es prasselte und klirrte. Dabei dachte er an Elisa, die Wirtstochter, und daran, wie sie ihn angesehen hatte.

Er knöpfte sich die Hose wieder zu, in der Pfütze vor ihm spiegelte sich der Mond, das Grinsen einer gelben Zahnreihe. Dann wandte sich Teo zum Gehen, um den Bruder von der Toilette zu holen und nach Hause zu bringen. In diesem Moment meinte er, unter dem Ahorn eine Gestalt zu erkennen.

Teo blieb stehen und wartete, ob sich der Schemen rührte. War das ein Mensch?

»He, wer ist da?«, rief er.

Die Gestalt zuckte, als hätte sie sich erschrocken. Schnell nahm sie einen länglichen Gegenstand hoch, der metallisch glänzte. Ein Gewehr! Teo spürte seine Beine schmelzen, ein Schauer überrannte ihn. Sollte er fortlaufen oder stillstehen?

Er hob zögerlich die Hände zu einer beschwichtigenden Geste, traute sich aber nicht, auch nur einen weiteren Ton zu sagen. Immer noch zielte der Lauf auf ihn, nur das gedehnte Heulen eines Waldkauzes streifte Kimme und Korn.

»Komm!«, raunte die Gestalt.

Aber statt dem Befehl zu folgen, wollte Teo schnellstmöglich fort. Was mochte geschehen, wenn er um Hilfe rief?

»Beweg dich!«, zischte der Schatten so scharf, dass Teo endlich folgte. Je näher er kam, desto stärker verkrampfte sich sein Nacken, und die Ohren warteten auf den Schuss, die Stirn auf die Kugel. Die Krone des Ahornbaums schirmte das Mondlicht ab, und als er vor der Gestalt stand, erkannte er, dass sie einen Feldanzug in Flecktarn trug; ein Gefechtshelm lag auf dem Boden vor einem prallen Kampfrucksack. Um den Kopf war ein verschmutzter Verband gewickelt, lose, locker und zerfetzt, fleckig von geronnenem Blut.

Der Soldat ließ den Gewehrlauf sinken. Teo atmete aus.

»Wo ist die Front?«, fragte der Soldat.

»Weit entfernt, sodass man hier nicht mal weiß, dass es eine gibt.«

»Endlich!« Der Soldat atmete durch. »Und der Schwarm?«

»Ebenfalls.«

Wahrscheinlich gehörte der Mann zu jenen Truppen, die der Kommissar in das Sumpfgebiet der fünf Flüsse geschickt hatte.

»Gibt es einen Bach in der Nähe?«, fragte der Soldat.

»Südlich, beim alten Steinbruch. Aber Sie können hier im Gasthof Wasser bekommen.« Solange sie miteinander sprachen, würde ihm der Bewaffnete nichts antun, hoffte Teo.

»Kann man sich hier irgendwo verstecken? Mich darf niemand sehen.«

Teo senkte den Kopf. »Sind Sie auf der Flucht?«

Der Soldat winkte unwirsch ab. »Pflüg deinen Acker, Dorfjunge!«

Teo fühlte sich gekränkt. Moorstedt war kein Dorf, sondern eine Kleinstadt, und er war in Sybaris gewesen, kürzlich erst. Der Soldat hielt ihn zu Unrecht für einen Dummdörfler. Aber er musste ihm nichts beweisen.

»Dann lassen Sie mich gehen.«

»Ja, verschwinde!«, brummte der Mann.

Vorsichtig machte Teo einige Schritte rückwärts in Richtung Gasthof, ohne den Soldaten aus den Augen zu lassen, auch wenn es freilich keinen Unterschied machte, ob ihm in die Brust oder in den Rücken geschossen wurde. Doch der Mann hielt den Gewehrlauf gesenkt und schaute sich um. Anscheinend interessierte ihn Teo nicht weiter. Von ihm ging nichts Bedrohliches mehr aus, er wirkte vielmehr verloren unter dem Ahornbaum. Teo überlegte im Gehen: Wenn ein Soldat sich nach Moorstedt verirrt, dann folgt ihm der Krieg womöglich auf den Fersen. Schlimmes könnte seiner Heimat bevorstehen.

In der Sorge um seine Familie und sein Zuhause verharrte er schließlich und wagte eine Frage: »Kommt der Krieg?«

Der Soldat antwortete, ohne ihn anzusehen: »Morgen oder nie, wer weiß das schon.« Kurz schwieg er und fuhr dann fort: »Die Truppen rennen im Kreis wie ein Hund, der seinen Schwanz jagt.«

»Im Kreis?«

»Das kannst du nicht verstehen. Ich versteh's ja auch nicht.«

»Ich war kürzlich in Sybaris«, sagte Teo. »Ich habe einen Funknerv.«

»Du? Du bist ein Schwärmer wie ich?«

Der Soldat setzte den Gewehrkolben auf und stützte sich am Lauf ab wie an einem Gehstock, während er sich erhob und mit der anderen Hand nach dem Helm griff. Offenbar war er bemüht, das Gewicht auf dem rechten Bein zu halten, das linke wirkte steif.

»Dann sei gewarnt! Ich dachte, ich würde den Feind bekämpfen, bis mich ein Granateneinschlag von den Beinen schleuderte. Ich schlug mit dem Kopf auf. Mein Funknerv verschluckte sich, die Schwarmsignale husteten und ich erkannte, dass mich die eigenen Leute beschossen. Ich wusste nicht mehr, wo ich sicher war.«

Teo hatte keine Ahnung, was er darauf sagen sollte. Von Gefechtstaktik verstand er nichts.

»Vielleicht war es ein Versehen?«

»Die Bataillone melden ihren Standort über den Schwarm«, entgegnete der Soldat.

Teo erinnerte sich an Rolands und Christians Worte. »Vielleicht analoge Truppen?«

»Möglich. Wer weiß? Aber etwas stimmt nicht mit diesem Krieg, da bin ich mir sicher.«

Nachdenklich schaute Teo den verwirrten Soldaten an. »Nichts stimmt, wenn Krieg ist.«

»Im Gegenteil. Menschen beseitigen Probleme. Manche Menschen sind Probleme für andere Menschen. Wie kann etwas nicht stimmen, was schon immer so war?«

Teo schauderte, von diesem Schlachten zu hören, das der Soldat der menschlichen Natur zuschrieb. Würden bald Panzer auch durch Moorstedt rumpeln? Kompanien über die Landstraße marschieren?

Mit geübtem Schwung hievte der Soldat seinen Rucksack auf den Rücken. »Ich muss weiter! Tiefer in die Wälder!« Dann querte er in schnellem Marsch den Wirtschaftshof und die davor liegende Straße. Wegen des steifen Beins wippte er auf und nieder, er rutschte die Böschung hinab und verschwand hinter den Weißdornbüschen, deren Blätter funkelten.

Eine Weile noch schaute Teo ins nächtliche Gelände, beunruhigt über das ferne Kriegstosen, ratlos, weil niemand zu wissen schien, was an der Front wirklich vor sich ging.

Hinter seinem Rücken hörte er das Zurückschnappen einer

Türklinke. Er drehte sich um und sah Elisa, die seinen Bruder nach draußen schleppte. Konrads Arm hatte sie um ihren Nacken geschlungen. Sie war kräftig und brauchte keine Hilfe, sie zog den Bruder wie ein Ochse den Pflug. Seine Füße schleiften mehr über den Boden, als dass er sie setzte. Die Beine gehörten ihm nicht mehr, er hatte sie dem Suff geliehen.

»Du stehst ja hier rum wie ein Reiher am Bach!«, rief sie Teo zu. »Bring deinen Bruder nach Hause!« Sie lehnte den Betrunkenen an die Hauswand.

Teo eilte zu ihm. »Was schulden wir dir?«

»Einen langen Zettel«, antwortete sie. »Bezahlt einfach, wenn ihr wieder zählen könnt – oder du mir von der Hauptstadt berichtest.« Sie lächelte ihm zu und kehrte in die Gaststube zurück.

## XVIII.

Irgendwo im Schlaf lag Teo verschüttet, als ihn gedämpfte Unruhe und kühles Rauschen erreichten. Er kroch tiefer in Kissen und Decke, begrub sich, bis ein Grollen seine Schlaffestung erschütterte. Durch seine Träume waberten beängstigende Geschichten, seit er mit dem Soldaten gesprochen hatte, und nun dachte Teo sofort, es donnerten die Geschütze. Sein Herz ging durch, schlagartig wachte er auf. Er sah sich im Zimmer um, als müsse er sich finden. Es war Großmutters Gästezimmer, in dem schon Doktor Arnold übernachtet hatte, als er nach den blauen Ameisen suchte.

Teo sprang aus dem Bett auf wackelige Beine. Ihn fröstelte, aber er eilte zum Fenster.

Auf das Fensterbrett gestützt, beugte er sich hinaus. Die frühe Stunde lag wie ein Stein auf der Brust des Landes. Regen hing in der Luft, es roch nach feuchtem Gras. Über den Kammwäldern wölkte sich ein strenggrauer Morgen. Die Senken waren vollgelaufen mit Dunst, durch den die schlanken Schatten einiger Rehe staksten. Irgendwo stolperte vermutlich auch der Soldat durch die schmierigen Gehölze.

Warum brach ein Krieg in diesem Sumpfland aus? Teo wusste viel über die Fünf-Flüsse-Mündung und konnte sich die Kämpfe trotzdem nicht erklären. Das Grollen rollte durch die Wolken, ein Blitz schnitt den Himmel auf.

Teo schloss das Fenster, drehte den Knauf, um das Gewitter auszusperren. Gegen das Glas prallten erste schwere Tropfen. Dann stieg er zurück ins Bett, sah die Jacke der Reporterin am Kleiderständer hängen. Je mehr Zeit verging, desto gekränkter fühlte er sich, dass sie ihn ausgewechselt und zurückgelassen hatte. Sie hatte ihn verletzt. Er sollte ihr das verübeln, aber konnte es nicht. Im anwehenden Prasseln auf dem Dach schlief er wieder ein.

Das Wetter kippte an diesem Morgen in eine längere Zeit von Regenschauern hinein, von Unwettern, Hagelstürmen und kalten Luftströmen. Bald schon verschlammten die Felder um Moorstedt und die Räder der Mähdrescher versanken in der weichen Erde. Neben dem Wiederaufbau des alten Gesindehauses, neben der Rettung vor Riss und Spalt und Bruch, hielten Vater, Konrad und Teo auch Großmutters Haus mit Reparaturen zusammen. Der Sturm hatte einige Schindeln vom Dach gerissen, und Regenwasser spülte den Weg zu Hühner- und Hasenstall aus, sodass sie die tiefsten Unebenheiten mit Holzbrettern abgedeckten. Die Feuchtigkeit machte ihnen nichts aus, tropfnass stapften sie durch Schlamm und Pfützen und gingen ihren Beschäftigungen nach. Wildschweine hatten sich über Nacht am Zaun des Gemüsegartens zu schaffen gemacht und neue Latten mussten angenagelt werden. Dabei erzählte Teo von dem Soldaten, dem er vor der Kneipe begegnet war. Der Vater hörte zwar aufmerksam zu, zweifelte aber, dass die Geschichte sich tatsächlich so zugetragen hatte. Teo und Konrad hätten einige Gläser Schnaps im Kopf gehabt. Da könnten die Erinnerungen taumeln. Allein der Bruder glaubte Teo, auch wenn der Abend für ihn wie gelöscht war.

Die Großmutter saß in diesen Tagen häufig in ihrem ehemaligen Arbeitszimmer, versunken in den abgewetzten Polstern des Sessels neben dem Ofen. Dort schlief sie oder starrte auf die Bücherregale, schien mit dem Blick die Buchrücken einzeln abzutasten. Im Licht der Stehlampe und des blau schimmernden Globus wirkte ihre Haut wie ausgetrocknete Erde. Sie wurde vergesslich und sprach deshalb wenig, damit man es nicht merkte. Sie ließ Teetassen überall im Haus herumstehen, verlegte ihre Schlüssel. »Jemand versteckt meine Sachen!«, fluchte sie und stampfte wütend mit dem Stock auf. Einmal, so glaubte Teo, erkannte sie ihn nicht, versuchte aber, sich nichts anmerken zu lassen. Schließlich lachte sie: »Ein Scherz war das, mein Junge. Ein Scherz!« Mehr sagte sie nicht und Teos Fragen zum Sumpfland wischte sie fort, als putze sie ein trübes Fenster. Wenn die Großmutter im Sessel schlief, hockte die Katze gegenüber auf dem Teppich und sah sie minutenlang reglos an.

Sorgenvoll rieb sich auch Direktor Teichgräber das Kinn, als er die Großmutter besuchen kam. Sie war bereits eingeschlafen, obwohl der Kaffee in den Tassen noch dampfte.

»Sie weiß noch so vieles aus ihrer Kindheit«, sagte Herr Teichgräber zu Teo und trank aus. Die Tasse klapperte, als er sie auf den Unterteller stellte. »Aber was ich ihr vergangene Woche erzählt habe, hat sie vergessen.« Träge lehnte er sich auf dem Sofa zurück.

»Sie hat wohl das Gestern«, antwortete Teo.

Der Direktor sah ihn fragend an. »Es wird schlimmer mit ihr«, sagte er schließlich.

Teo schenkte ihm nach, goss den Kaffee achtsam aus der schlanken Tülle der Porzellankanne, bis ihn ein Scheppern erschreckte. Über die Untertasse verschüttete er den Kaffee, die Tischdecke sog sich voll.

Die Großmutter fuhr aus dem Schlaf auf. »Meine Güte!«, rief sie.

Eilig setzte Teo die Kanne ab und stürmte in den Flur, wo der Krach hergekommen war. Herr Teichgräber folgte ihm. Unter einem Beistelltisch hockte ängstlich die Katze. Sie hatte nicht nur die Angelrute des Direktors umgeworfen, sondern auch seinen

Nähkasten von der Kommode gestoßen, in dem er die Köder aufbewahrte. Überall lagen zierliche hölzerne Fische herum.

»Es riecht alles nach Fisch«, sagte der Direktor. »Das hat sie neugierig gemacht.« Daraufhin kniete er nieder, um die Köder aufzusammeln. »Das ist wohl das Zeichen zum Aufbruch. Ich will noch zum Bach, sonst habe ich heute Abend nichts in der Pfanne.«

»Ich wollte Sie nach dem Sumpfland fragen«, sagte Teo.

»Weil die Züge dort hinfahren? Die mit den Panzerwagen und Geschützen?«

»Wenn das nicht aufhört, bricht unser Haus noch vollends zusammen. Und ich verstehe nicht, warum man um das Sumpfland kämpfen sollte.«

Hockend blickte Herr Teichgräber auf seine Armbanduhr. »Komm mit zum Bach. Da können wir reden.«

Fest und hart fühlte sich das Leder der geliehenen Schnürschuhe auf dem Weg entlang des Baches an. Bald spürte Teo das bekannte Ziehen in den Beinen, als er an der Böschung vorüberstapfte, über das wuchernde Ufergras, die Steine und das Unterholz. Hinter den Gewittern der letzten Tage war Frischwind ins Land geflossen. Vor Teo watete Herr Teichgräber wie ein Storch, den Kopf nach oben gereckt, um das Wasser zu überschauen.

»Verrenken Sie sich nicht den Hals!«, rief Teo.

Der Direktor hielt sich den Zeigefinger auf die Lippen. »Psst! Die Fische hier sind schreckhaft und verstecken sich sofort.«

»Wonach suchen Sie?«

»Nach einer guten Stelle. Dort hinten, am Zufluss, da sieht es günstig aus.«

Die Böschung wurde flacher, einige Birken und Ahornbäume drängten sich ans Wasser und tauchten ihre Wurzeln hinein, warfen Schatten mit ihren Kronenschirmen.

»Da, wo das Wasser dunkel ist, ist es tiefer«, flüsterte Herr Teichgräber. »Zwischen den Steinen und hinter den Baumwurzeln gibt es gute Verstecke für die Bach- und Regenbogenforellen.« Bedächtig kniete er sich hin und klappte den Nähkasten auf. »Wir brauchen einen mit einer kleinen Schaufel.« Er nahm einen zierlichen Holzfisch heraus und hängte an dessen Bauch einen gebogenen Hufnagel, den die Forellen schlucken sollten. »Die schnitze ich selbst, so wie ich sie brauche.«

Beim Anblick des Nagels verspürte Teo ein Kratzen im Hals, während der Schulleiter den Köder mit einem Rapalaknoten an die Angelschnur flocht. Ächzend erhob sich der ältere Herr, näherte sich der Böschung und las das Flüsschen. Nur ein Auge und doch ein guter Blick. Teo setzte sich auf den Stamm einer umgeknickten Birke, weil ihm die Beine schwer waren von der Wanderung. An dieser Stelle sprudelte der Bach um einige glatt gespülte Steine. Das Wasser gluckerte und spritzte.

»Hier sind die Forellen. Ganz sicher«, sagte Herr Teichgräber. »Die Bäume breiten ihre Äste über dem Wasser aus und die Fische sammeln sich darunter, weil Larven, Käfer und dergleichen aus den Baumkronen fallen«, fuhr er fort und schaute auf das Gewässer. »Der Köder muss mit der Strömung gehen. Aus dieser Richtung erwarten die Fische ihre Nahrung. Das muss ganz natürlich wirken.« Dann drehte er sich gegen Westen, wo der Abend in Wolken ertrunken war. »Die Stunde ist gut. Forellen beißen auf den ersten Wurf. Danach solltest du den Köder oder die Stelle wechseln.« Kurz hielt er inne. »Gefällt es dir in der Natur?«

Am gegenüberliegenden Ufer, wo der Bach eine kleine Bucht mit Kiesstrand ausgewaschen hatte, hockten einige Stockenten und beobachteten, was die beiden in ihrem Revier trieben.

»Ich glaube schon. Ich bin hier aufgewachsen«, antwortete Teo.

Indes hatte Herr Teichgräber seinen Rucksack abgelegt und steckte sich einige der kleinen Holzfischchen in die Taschen der olivgrünen Anglerweste. Geschickt war der Direktor bis an die Böschung herangetreten, sprang auf einen Stein und watete mit seinen Gummistiefeln in die Bachmitte, wo er die Angelrute schwang und die Leine auswarf. Dann ließ er den Köder mit der Strömung auf sich zutreiben und holte sie dabei gelassen ein. Trotz Glasauge war er in jeder Bewegung sicher.

»Aber die Menschen sind nicht in der Natur zu Hause. Wir

wären doch verloren, wüssten wir uns nicht mit Werkzeugen zu behelfen.«

»Hat das etwas mit den Sümpfen zu tun?«, fragte Teo. Er spürte, dass Herr Teichgräber ihn in eine bestimmte Richtung lenken wollte.

»Mit den Errungenschaften der Kultur trotzen wir der Natur unser Dasein ab«, fuhr der Direktor fort. »Sie braucht uns nicht, sie kümmert sich nicht um uns, sie ist größer – und das macht sie erhaben. Deshalb verehre ich sie. Aber ich kann nicht aus meiner Menschenhaut.«

Teo blickte sich um, versuchte die Erhabenheit zu entdecken, von der Herr Teichgräber sprach, im Ufergras, in den Bäumen, im Bachplätschern und dem gleichgültig grauen Himmel. Einmal hatte Teo das Gefühl gehabt, seine Haut abzustreifen: als er in den Schwarm ging.

»Andere fühlen sich bedroht von allem, was nicht eingehegt und handgeformt ist. Sie gruseln sich vor der Natur und ihren Gefahren. In den fernen Bergen hausen Riesen, in den Höhlen die Drachen, Seeschlangen und Kraken in den Ozeanen, im finsteren Wald die Hexen, und in den Sümpfen narren uns die Irrwichte und fressen Moorleichen. Um abgelegene Orte wie die Fünf-Flüsse-Mündung spinnen sich seit jeher unheimliche Legenden. Mich würde es nicht überraschen, wenn gerade die Hauptstädter glauben, dass es in der zivilisationsfernen Provinz spukt.«

Teo dachte an die Begegnung mit dem Soldaten und war überzeugt davon, dass der Direktor sich in diesem Fall irrte. »Menschen sind gestorben«, entgegnete er. »Zügeweise rollt das Militär in die Sumpfgebiete. Das ist mehr als die Angst vorm bösen Wolf, mehr als ein Märchen.«

»Kein Märchen.« Der Direktor nickte ihm zu. »Aber durch ein Steinchen Wahrheit kann eine Lawine an Irrungen abrutschen. Und es gibt auch immer das Heer der verstreuten Lügner, die Angst verbreiten, um Aufmerksamkeit zu erhalten.«

In diesem Augenblick zuckte die Leine, das grünliche Bachwasser spritzte auf und ein silbrig blauer Körper krümmte sich an der

Oberfläche, drehte seinen hellen Bauch seitlich und schlug mit der Schwanzflosse. »Oh, eine große Forelle!«, rief Herr Teichgräber. »Bring mir den Kescher!«

Teo sprang von seinem Platz auf und eilte zum Rucksack des Direktors, an dem der Kescher in einer Seitenlasche steckte. Mit einem Handgriff zog er ihn heraus. »Ich habe keine Gummistiefel!«

»Dann zieh die Schuhe aus! Schnell!«

Hastig schlüpfte Teo aus den geliehenen Schnürschuhen und tapste zum Bach hinunter, achtsam, damit er auf dem schlammigen Ufer und den glitschigen Steinen nicht ausglitt. Dann klappte er die Säume seiner Hosenbeine um und zog sie hoch, sodass er bis zu den Knien ins Wasser laufen konnte. Das genügte, um dem Direktor den Kescher zu geben.

Inzwischen hatte Herr Teichgräber die Forelle schon herangezogen, hob sie an und führte den Kescher unter ihren Körper. Gleich darauf ließ er sie ins Netz gleiten. Sie zappelte, den Haken im Maul, und schnappte nach Atem.

Während die beiden mit dem Fang zum Ufer gingen, sagte der Direktor: »Was soll schon in den Sümpfen sein, dass sich das Kämpfen lohnt? Wenn ich die wirren Meldungen im *›Moorstedter Tagblatt‹* lese, kommt es mir vor, als flackere dort ein riesiges Irrlicht und die Brigaden versinken im Schlamm. Vielleicht verlieren die Hauptstädter ja bald das Interesse an der Provinz. Irgendwo wird eine neue Katastrophe wüten. Ihr Augenmerk wechselt so schnell, das ist dir sicher aufgefallen in Sybaris.«

Teo nickte, versuchte, auf den rutschigen Steinen die Balance zu halten. Bei den Worten des Direktors musste er einmal mehr an die Reporterin denken, die immer an den Ort des Geschehens reiste, die stets einen anderen Liebhaber im Blick zu haben schien. War es nicht dumm, an ihr zu hängen?

Herr Teichgräber reichte ihm die Angelrute und klemmte sich den Kescherstiel zwischen die Beine. »Halt das mal!« Mit einer Hand langte er in das Netz, packte den Fisch hinter dem Kopf, wobei er mit der anderen einen kleinen Holzstab aus seiner Weste zog. Rasch schlug er der Forelle dreimal in den Nacken.

Der hohle Klang der Schläge, das kalte Wasser an den Beinen ließen Teo frösteln. Der Fisch lag nun lasch und bewusstlos in der Hand des Direktors, der den Stab zurücksteckte und stattdessen aus einer anderen Tasche einen Nicker nahm. Dann drehte er den Fisch mit dem Bauch nach oben, um die Klinge am Herzen anzusetzen. Flink stach er zu.

Schon oft hatte Teo gesehen, wie Fische getötet wurden, doch jedes Mal überkam ihm dabei ein schauerliches Gefühl. Er wandte sich zum Ufer, um die Böschung hinaufzusteigen. Kaum hatte er jedoch einen Fuß auf die feuchte Erde gesetzt, stieß er mit den Zehen des anderen gegen einen spitzen Flussstein, verlor den Halt und fiel ins Wasser. Er konnte sich gerade noch mit den Händen abfangen, aber die Hose war völlig durchnässt. Ihm lag ein lauter Fluch auf der Zunge, aber als Teo den Blick hob, kam nicht der leiseste Ton aus seinem Mund. Bachaufwärts, auf einer Kiesbank, kniete der Soldat, den Teo am Wirtshaus getroffen hatte. Aber er trug keine Uniform mehr, sondern eine Sommerjacke, die viel zu weit geschnitten war, eine olivgrüne Hose und Gummistiefel. Er füllte anscheinend gerade Wasser in eine Feldflasche, als Teos platschender Sturz ihn aufgeschreckt hatte. Hastig schraubte er die Flasche zu und schlich geduckt ins hohe Gras.

»Haben Sie ihn gesehen? Den Mann? Das war der Soldat!«

Noch hielt Herr Teichgräber den toten Fisch in der Hand. »Durchaus. Vielleicht ist es doch ernster als ich dachte.«

## XIX.

Am nächsten Morgen erwachte Teo wieder mit Blick auf die senfgelbe Jacke, die am Kleiderständer im leichten Luftzug des offenen Fensters baumelte. Zum ersten Mal war er der wehmütigen Erinnerung an die Reporterin überdrüssig. Wenn der Schwarm irgendwann nach Moorstedt käme und er die Reporterin wiederfände, würde er nicht vergessen haben, dass sie ohne ein Wort gegangen war. Diese Kränkung blieb. Die Reporterin hatte es nicht verdient, dass er an sie dachte, und doch war es seine Natur, dass er von ihr nicht loskam. Vielleicht musste er sich selber helfen und die Jacke wegwerfen, sie verschenken, um sich von dieser Frau zu lösen, so wie sie sich leichtherzig von ihm gelöst hatte.

Das trübe Wetter schlug ihm aufs Gemüt. Trotzdem ging er vormittags der Mutter bei der Fütterungen von Großmutters Tieren zur Hand, rupfte während der kurzen Schauerpausen die Löwenzahnblätter für die Hasen, vermengte Mais, Gerste, Rapsschrot, Wickensamen und Malzkleie für die Hühner und sammelte die Eier ein. Manchmal setzte er noch im Graulicht die Sonnenbrille auf, bald waren jedoch die Gläser voller Tropfen und Schlieren, dass ihm die Sicht verschwamm. Er würde sich daran gewöhnen müssen, wieder ohne die Brille auszukommen.

Wegen des Regenwetters verbrachte er die Mittagszeit im Haus und wurde doch das Gefühl von Feuchtigkeit auf der Haut nicht los, selbst wenn er in der Stube saß oder im Bett lag. Hin und wieder sah er aus dem Fenster, wie wässrige Stäbe vergitterten die Tropfenspuren das Glas. Und während draußen der Wind an den Tannenästen zerrte wie an weiten Röcken, entschloss er sich, Elisa wiederzusehen.

Der Mopedschuppen hinter dem Gasthof »Zum Ahorn« wurde von zwei Brennholzunterständen eingeklemmt. In der Feuchtigkeit dünsteten Moos und Moder aus, die gespaltenen Scheite würzten die Luft des frühen Nachmittags. Aus dem Gasthof wehte der Geruch der Mittagsküche. Elisa hatte Pause und ging voran, um die Schuppentür zu öffnen. Der Eisenbeschlag für das Vorhängeschloss war herausgerissen wie nach einem Einbruch. Über das Wellblechdach spritzte das ablaufende Regenwasser und plätscherte in eine Pfütze, die sich vor der Holztür gesammelt hatte. Teo tauchte die Stiefelspitze hinein und hüpfte darüber hinweg. Mit dem Schwung seines Sprungs zog ihn Elisa in den Schuppen. Während die Tür hinter ihm krachte, versuchte er, sich an die Dunkelheit zu gewöhnen. Als Erstes spürte er, dass es trocken war, staubig sogar, und es roch nach Benzin, Schmierfett, Farbe, Beize und Zigarettenqualm. Allmählich entschleierten sich aus der Dunkelheit die Umrisse zweier Kleinkrafträder, die nebeneinanderstanden wie Esel im Stall. Auf den Sitzbänken lagen die Helme. In den Blinkern glitzerte orangegelb das Licht, das spärlich durch das rautenförmige Fensterchen in der Schuppentür fiel. Die Wirtstochter stand im Schatten, war kaum zu erkennen, ebenso wie die Arbeitsgeräte, die an den Wänden aufgehängt waren: Schaufeln, Harken, Laub- und Heurechen, Sensen, Rosengabeln und Heckenscheren. Über manche Griffe und Stiele waren erdfleckige Garten- oder Gummihandschuhe gezogen, als winkten sie herüber. Teo konnte sich in dem engen Raum kaum drehen und stieß mit der Hüfte gegen die Werkbank. Der Griff des Schraubstocks verfing sich im Stoff der senfgelben Jacke.

»Zieh die aus!«, sagte Elisa und hielt ihm fordernd die Hand hin.

Teo zog den surrenden Reißverschluss auf, zog die Jacke aus und hängte sie an einen Zinken des Heurechens. Die Tropfen fielen auf den Betonboden und zersprangen wie Glas.

»Du darfst sie nicht vergessen«, sagte Elisa, als sie sich die Falten aus dem Stoff strich. »Kürzlich ist jemand hier eingebrochen und hat Vaters alte Arbeitsklamotten und die Gummistiefel gestohlen. Außerdem zwei Dosen Felgenreiniger. Wären die Mopeds betankt gewesen, ständen die auch nicht mehr hier.«

Teo fragte sich, ob er die geklauten Arbeitssachen vielleicht gestern gesehen hatte. Der Soldat mochte seine Uniform dagegen eingetauscht haben.

Gemeinsam drückten sie sich an den Mopeds vorbei zur Rückwand des Schuppens, wo hinter einem Werkzeugschrank und einem Stapel Reifen nur dünn gewobenes Zwielicht blieb.

Unter einem Wandbrett mit Maulschlüsseln und aufgerollten Schläuchen war eine Decke ausgebreitet. Elisa zog ihren schwarzen Kellnerinnenrock über die Knie und hockte sich hin. Teo setzte sich im Schneidersitz zu ihr. Die Decke roch nach Waschmittel. Dieser Schuppen war eine Hinterlassenschaft ihres Vaters, des fettleibigen Wirts, der schon vor Jahren an einem Herzinfarkt gestorben war.

Einen Augenblick saßen sie schweigend beieinander. Auf dem Dach polterte der Regen. Kurz trat Stille ein, bevor Elisa das Wort ergriff: »Erzähl mir mehr davon, was du in der Stadt erlebt hast!« Dabei zog sie aus dem Schatten eine Flasche Kräuterlikör. »Was tragen die Frauen dort? Was ist modern?« Sie schraubte den Deckel ab und reichte ihm die Flasche.

Teo nahm einen Schluck, bevor er zu berichten begann. Nur die Reporterin sparte er aus, um die Wirtstochter nicht zu verstimmen. Während sie ihm zuhörte, setzte sie manchmal die Flasche an, aber ließ sie staunend wieder sinken, ohne getrunken zu haben. Oft nickte sie oder schüttelte fassungslos den Kopf.

Ihre Begeisterung machte ihn verlegen. Er sah zu den Dachbalken hinauf, auf denen das Wellblech ruhte.

Als er eine Pause einlegte, sagte sie: »Ich würde mich niemals trauen, nach Sybaris 7 zu gehen. Nie käme ich allein zurecht, auch wenn ich neugierig bin.« Sie strich sich das Haar zurück. »Ich könnte sowieso nicht fort. Mutter braucht mich im Wirtshaus.« Sie versank in kurzer Andachtsstille, bevor sie fortfuhr: »Aber du hast dich durchgeschlagen. Ich hab dich echt unterschätzt.«

Angespannt hörte sie zu, als Teo von dem entfesselten Fahrstuhl und der U-Bahn erzählte, von den seltsamen Gestalten wie der fellwechselnden Katze und dem irren Aaron mit der Fliege aus Beutelfetzen. Sie stellte ihm Fragen, forderte ihn auf, den Funknerv zu erklären und was der Schwarm sei. Teo fühlte sich bewundert für seine Reise.

»Ich spiele mit dem Gedanken, wieder in die Hauptstadt zu gehen«, sagte er schließlich.

»Ja, ich weiß«, antwortete sie.

Gerade überlegte er, ob er ihr auch von dem Krieg erzählen sollte und von seinen merkwürdigen Begegnungen mit dem Soldaten, den er im Verdacht hatte, in den Schuppen eingebrochen zu sein. Doch Elisa lenkte das Gespräch anders. »Dein Bruder hat auch schon auf dieser Decke gesessen«, sagte sie.

Draußen tobte eine starke Windböe, ein Gewitter polterte über das Blechdach. Teo spielte am Flaschenhals, steckte den Finger hinein, nickte und schwieg. Er fühlte sich an das Gespräch erinnert, als der Ingenieur ihm klarmachte, mit wem die Reporterin alles liiert gewesen war. Warum erzählte Elisa ihm das jetzt? Wollte sie ihn eifersüchtig auf Konrad machen? Die Reporterin hatte ihn ernüchtert, und Elisa rief das Gefühl wieder wach, austauschbar zu sein. Doch dieses Mal wollte er sich damit nicht abfinden. Er beugte sich vor, fasste mit dem Zeigefinger unter ihr Kinn und küsste sie. Und als hätte sie nur darauf gewartet, warf sie sich ihm mit Kraft entgegen, ihre Lippen drückten seine auseinander, in seinen Mund grub sich ihre Zunge. Tief zog er die Luft durch die Nase. Ein Donner knallte, Licht zuckte durch die Spalten des Dachgebälks.

»Hast du was gesagt?«, fragte Teo, weil er glaubte, in dem Getöse ein Wort von ihr überhört zu haben. Aber sie schüttelte nur den Kopf und warf ihn nach hinten um. Er prallte mit den Schulterblättern schmerzhaft auf den Boden, den die Decke kaum polsterte. Hastig beugte sie sich über ihn, atmete ihm ins Ohr, dass er glaubte, sie flüstern zu hören. Doch bevor er sie fragen konnte, was sie gesagt hatte, spürte er ihre eisige Hand in seiner Hose. Vor Schreck presste er die Schenkel aneinander, bis sie ihn warm rieb. Er warf den Kopf zu Seite, schaute auf den Schraubstock an der Werkbank und fühlte ihre arbeitsgehärteten Finger. Dann zerrte sie sein Glied aus der Hose, die Zähne des Reißverschlusses bissen ihm in die Haut. Sofort zog sie ihr Höschen zur Seite und setzte sich auf ihn. Aber ihr fehlte die aufregende Exotik. Elisa war gänzlich ein Dorfmädchen mit ihrem verwaschenen Dialekt, ihren ruppigen Bewegungen, ihrem Geruch. Es kam Teo plötzlich vor, als schlief er mit allem, was er aus Moorstedt kannte, mit seinem gesamten Leben in dieser Provinz. Wollte er das wirklich? In Gedanken verglich Teo die Wirtstochter mit der Reporterin und spürte dabei, wie ihn die Wechselhaftigkeit von Sybaris 7 verzaubert hatte.

Elisa legte den Kopf in den Nacken, ihrer Kehle entfuhr ein

Seufzer, der überging in eine unverständliche Sprache. Redete sie mit ihm? Sie ließ ihr Becken auf und nieder gleiten, dann verstand er endlich einige Worte.

*»Es gibt nur diese eine Straße in die Provinz. Wer nennt diesen Landstrich bloß seine Heimat?«*

»Was meinst du?«, fragte er sie.

Mit Schwung warf sie ihre Hüfte nach hinten. Teo biss die Zähne vor Schmerz zusammen. »Hab nichts gesagt«, keuchte sie.

*»Das Tal liegt wie eine Schale unter den Regenstürzen. Wie viele Bäume hat der Wald?«*

»Ich weiß nicht, was du meinst.«

»Ich sag doch gar nichts!« Sie öffnete die Knöpfe seines Hemdes, legte seine Brust frei und strich darüber. Vom Spüldienst waren ihre Fingerkuppen verhornt.

In seinen Lenden fühlte er ein Ziehen, seine linke Wade zuckte vor einem drohenden Krampf zurück. Er kniff die Lider zusammen, als er spürte, dass ihn der Höhepunkt packte.

Abrupt zerriss das Schwarz vor seinen Augen, ein Raum mit Symbolen, Zahlen, Bildern und Buchstaben spannte sich rasend auf wie ein urknallender Kosmos: der Schwarm! Und für Teo gipfelte der Augenblick in einem ausbrechenden Stöhnen, während von fern ein Blitzeinschlag krachte und der Regen gegen den Schuppen prügelte.

»Hörst du das?«, fragte die Wirtstochter. Ihre blonden Haare waren aus den Spangen gerutscht. »Die Kirchenglocke! Warum schlägt sie?«

Sie lauschten dem Läuten, das zerbrechlich und ängstlich durch das Gewitter sprang wie durch einen Steinschlag. Elisa streichelte Teo vom Brustbein abwärts bis unter den Bauchnabel und wieder hinauf. Von ihrem Überfall gab er sich erschöpft. Doch mit geschlossenen Lidern tastete er sich in den Schwarm zurück, innerlich aufgeregt von der Frage, warum der Funknerv ihn plötzlich verbinden konnte. Hatte das AfKI den Schwarmempfang auf Moorstedt ausdehnen können? Am liebsten wäre Teo sofort aufgebrochen. Er blieb nur liegen, um Elisa nicht zu kränken. Aber als sie begann, ihn auf die Wange zu küssen, hörten sie aufgeregte Stimmen von draußen. Männerstimmen riefen Befehle.

»Schnell, wir müssen raus, bevor uns meine Mutter entdeckt!«

Dankbar für diese Erlösung zog Teo den Reißverschluss seiner Hose hoch und knöpfte das Hemd zu.

Elisa öffnete die Tür, bedacht darauf, kein verräterisches Geräusch zu machen. Trotz des düsteren Wetters blendete ihn das Licht, das durch den Spalt fiel. Sie ging voraus, um Ausschau zu halten. Dann klopfte sie von außen als Zeichen, dass er den Schuppen ungesehen verlassen konnte.

Draußen erstreckten sich schlammgraue Pfützen, zuckten unter dem Nadelstichregen, der allmählich abflaute. Teo schlug die Kapuze seiner Regenjacke hoch und sprang hinter der Wirtstochter her, die geschickt den Pfützen auswich. Auf der Rückseite des Gasthauses erhob sich der Kirchberg, ein steiler, felsiger Hang; melodisch klimperten die Tropfen, zupften an den Saiten von Farnblättern, an Ästen und Gräsern. Dann polterten Stimmen in herrischem Ton herüber.

Elisa und Teo erreichten den Wirtschaftshof, auf dem sich Absonderliches zutrug: Neben dem Ahornbaum stand ein bronzegrüner Geländewagen, dessen Radkästen vollständig verdreckt waren. Zwei Soldaten in Kampfanzügen und mit Gefechtshelmen diskutierten neben der Beifahrertür, an der ein Militärwächter mit verschränkten Armen lehnte. Einige Meter weiter, neben der Traktor-Karosserie, hatte ein dreiachsiger Radpanzer angehalten, Matsch und Geröll klebte im Profil der mächtigen Reifen. Der Motor brummte, die Fahrzeugantennen peitschten umher im heftigen Wind, schwirrten, pfiffen. Über der Beifahrerluke legte ein unbesetztes Maschinengewehr auf den Himmel an, als wollte es auf das Gewitter schießen. Regenwasser tropfte ihm vom Lauf. Hinter dem Ahorn stand ein gewaltiger Lastkraftwagen mit kastenförmigem Fahrerhaus, teilverdeckt von der Blätterkrone. Auf der Ladefläche war eine Art Sendehaus aufgebaut, so groß wie der Mopedschuppen, aus dem ein hoher Funkmast ragte. Verkabelte Aluminiumkästen wuchsen um den Mast herum wie

Zaun-Blättlinge an einem Baumstamm, vom umwehten Antennengeäst spritzten die Regentropfen, aufgefangen in der Schale einer wuchtigen Parabolantenne. Teo hatte dieses Fahrzeug schon einmal gesehen. Er erinnerte sich an die Militärparade in Sybaris 7. Schon an jenem Tag hatte er sich gefragt, welchem Zweck es wohl dienen mochte.

Dahinter parkte ein kleinerer Lastkraftwagen, wohl zum Transport von Versorgungsgütern. Die Fahrzeuge waren nicht von der stillen, sauberen Bauart wie die Freiwagen, die mit ihren Elektromotoren und dem Solarlack durch Sybaris 7 surrten. Es waren brachiale Verbrennungsmaschinen, als verlange ihr Zweck nach Lärm, Qualm und Gewalt. Dazwischen stiefelten Soldaten umher, schleppten Kisten und Säcke in Richtung Wirtshaus, wo die Wirtin mit verschränkten Armen neben der offenen Tür stand. Sie erblickte ihre Tochter und winkte sie herüber. Neben ihr lehnten der Hufschmied und der Pferdewirt an der Hauswand.

»Es gibt Arbeit für mich«, sagte Elisa und strich Teo mit einer zärtlichen Geste über die Schulter. Die senfgelbe Jacke trug er wieder. Er hatte sie ihr eigentlich schenken wollen. Ein Souvenir aus der Hauptstadt für sie. Eine Befreiung für ihn.

Jetzt hat der Krieg auch Moorstedt erreicht, schoss es Teo durch den Kopf. Vor Aufregung vergaß er beinahe das Atmen, während er dem Treiben auf dem Wirtschaftshof zusah. Die Soldaten neben dem Geländewagen warfen einen Blick über die Straße, einer zeigte über die Häuserdächer hinauf zum Kirchberg. Ein weiterer Soldat kam hinzu und schien etwas zu fragen, sie schauten zum Radpanzer, aus dessen Luken weitere Uniformierte kletterten. Dumpf klangen ihre Stiefeltritte auf dem Metall. Auch den beiden Lastwagen entstieg militärisches Personal. Die Beifahrertür des Fahrzeugs mit der Parabolantenne öffnete sich; ein schlanker, groß gewachsener Soldat stieg auf die Trittstange und sprang herunter. Er trug einen getrimmten blonden Bart mit klar geschnittenen Kanten.

Konnte das möglich sein? Teo glaubte, in diesem Mann den Ingenieur wiederzuerkennen. Aufmerksam beobachtete er, wie sich der Blonde eine Zigarette ansteckte. Die Ähnlichkeit war überzeugend: Er musste es sein oder einen Zwilling haben. Und auch der Schwarm schrieb neben den Kopf des Mannes, dass er der Ingenieur 2324 sei.

Teo überlegte kurz, ob er auf den Mann zugehen sollte, aber der kriegerische Aufzug schüchterte ihn ein. Es war wohl klüger, sich zurückzuhalten, abzuwarten oder einen Gruß über den Schwarm zu schicken. Aber seine Nachricht blieb unerwidert. Also ging Teo zu Roland und Christian hinüber. Beide trugen Regenmäntel aus gewachster Baumwolle und verfolgten staunend, wie die Soldaten offenbar ein Lager aufschlugen. Die Kapuzenkrempen hatten sie sich bis über die Augenbrauen gezogen. Das Wasser sammelte sich an den Kanten, die Tropfen schwollen, bis sie fielen. Dicht drängte sich Teo an die Hauswand, um im Trockenstreifen der hoch liegenden Dachkante einen schmalen Regenschutz zu finden.

»So was gab's hier noch nie«, sagte Christian.

»Sieht nach Ärger aus«, murrte der Schmied. »Fragt sich nur, für wen …«

Durch die offene Tür sah Teo, dass in der Gaststube noch weitere Soldaten saßen. Sie hatten ihre Helme auf den Tischen abgelegt, manche hatten ihre Feldblusen aufgeknöpft und der Schweiß fleckte die olivfarbenen Unterhemden.

»Sieht aus, als wollten die hier absteigen«, sagte Teo, mehr zu sich als zu den anderen. »Das heißt bestimmt nichts Gutes. Denn Gutes kommt selten auf Ketten angerasselt oder mit Granaten.«

Roland verschränkte die Arme. »Hängt davon ab, wer unter den Ketten liegt und auf wen die Granaten zielen.«

»Wenn sie uns beschützen, ist mir das recht«, warf Christian ein.

Einige Soldaten drängten an ihnen vorbei. Sie trugen Kisten ins Wirtshaus. Als Letzter ging der Ingenieur an ihnen vorüber. Er roch nach Schmierfett und Diesel. Auf seiner Brust glänzte der Anhänger des Funknervs, dieser stilisierte Nervenstrang.

Nun, da sie einander so nahe waren, sprach Teo ihn an. »He!«, rief er. »Ingenieur!« Der Mann drehte sich um, starrte Teo über den Rand seiner Sonnenbrille an, sagte aber nichts.

»Ich bin's, Teo! Wir kennen uns aus dem Wohnhaus in Sybaris 7. Meinen Funknerv habe ich von dir.«

Roland und Christian glotzten verwundert, während der Ingenieur in die Knie ging, um die Kiste abzusetzen. Dann richtete er sich wieder auf, stützte die Hände in die Hüfte und dehnte den Rücken. »Teo aus dem Wohnhaus? Das sagt mir nichts.« Er nahm die Sonnenbrille ab, wobei zahlreiche Tropfen von den Gläsern perlten.

Natürlich kennt er mich nicht mehr, dachte Teo. Er fühlte sich an seine Begegnung mit dem Chemiker im Park erinnert. Mit so vielem verschüttete die Hauptstadt die Erinnerungen.

»Ich habe dir gerade im Schwarm eine Nachricht geschickt«, sagte er.

»Mein Kanal wird derzeit vom Militär abgeschirmt. Aber warte, das haben wir gleich.« Der Ingenieur legte den Kopf in den Nacken und schloss die Augenlider, die wie bei einem Träumenden zuckten. »Ja, jetzt hab ich's!« Und als hätte er im Schwarm sein Lächeln gefunden, lachte er Teo an und schlug ihm auf die Schulter. »Du bist der Sucher! Was für ein Zufall, dich hier zu sehen!«

In Sybaris hatte der Chemiker, der nun der Informatiker war, gesagt, es gäbe keine Zufälle, nur sich überschneidende Pläne, die wie Zufälle aussähen. Aber in Moorstedt konnte das anders sein.

»Dann hast du unsere Begegnung im Schwarm gespeichert?«

»Natürlich! Er hebt Dinge für mich auf, bis ich sie brauche. Gut, dass der Funknerv so viele menschliche Mängel beseitigt.«

Verächtlich stieß der Schmied die Luft aus. Teo beachtete ihn nicht.

»Ich habe den Schwarm auch wieder im Kopf. Aber woher? Hat das AfKI ihn auf Moorstedt ausgeweitet?«

»Noch nicht.« Der Ingenieur wies auf den Lastwagen mit dem Funkmast. Stolz sagte er: »Unsere mobile Schwarmeinheit. Manche nennen sie *das Nest*, weil die Daten aller Funknerven dorthin schwirren, als wären sie darin zu Hause. Wir brauchen es, um die Truppen zu koordinieren, um alle zusammenzuhalten. Derzeit versuchen wir damit einige Deserteure aufzuspüren. Ich darf dem Chefingenieur helfen, das Nest zu warten.«

»Deserteure?« Sofort dachte Teo an den Soldaten.

»Wer einen Funknerv hat, den kann der Schwarm auch finden. Wir suchen einige Schützen, die sich selbst Heimaturlaub gegeben haben.«

Plötzlich mischte sich der Hufschmied ein: »Ihr sucht Verräter? Feiglinge?«

»Ein paar Ausreißer, ja«, antwortete der Ingenieur. »Habt ihr jemanden gesehen?«

Forsch richtete sich Roland auf. »Nein. Aber wir waren auch bei der Armee – und wenn ihr Verräter sucht, ist es unsere Pflicht, euch zu helfen!« Eine lustvolle Grausamkeit dunkelte in seinen Augen, als er sich an Christian wandte: »Komm, du holst deine Gänseflinte und ich meinen Schmiedehammer, und dann überlegen wir, wo sich diese Mehlmotten verkrochen haben könnten!«

Die offensichtliche Freude Rolands, einen Deserteur zu fassen, befremdete Teo. Er malte sich aus, wie der Hammer Zähne einschlug und Fingerknochen zerschmetterte. Im Beisein des Hufschmieds konnte er also unmöglich von seiner Begegnung mit dem Soldaten erzählen, ohne Rolands Blutdurst anzufachen. Daher fragte er wie beiläufig: »Was droht denn den Geflohenen?«

»Die müssen wegen Fahnenflucht vors Wehrstrafgericht«, antwortete der Ingenieur. »Aber höchstens ein paar Jahre Haft. Vermutlich nur die Bewährungskompanie. Man braucht jeden Mann.«

Das Gesicht des Schmieds begann rötlich zu leuchten. »Das ist viel zu milde!«

»So ist aber das Gesetz«, sagte der Ingenieur.

Daraufhin winkte Roland erbost ab. »Komm, Christian! Ich hab noch ein paar Eisen aufzunageln. Wenn wir von solchen Puderpinseln verteidigt werden, sind wir sowieso verloren.«

Gemeinsam stapften sie davon, die Straße hinab, und verschwanden hinter dem dicht gewobenen Regenvorhang, der aufwallte im Wind.

»Die beiden sollten sich lieber vorsehen«, sagte der Ingenieur. »Auch wenn die Deserteure versuchen unterzutauchen, sind sie immer noch bewaffnet und kampferprobt. Und dass sie viel zu verlieren haben, macht sie umso gefährlicher.«

»Aber ihr könnt doch mit dem Schwarm ihre Verstecke finden, oder?«

»Wenn die Flüchtigen ihren Funknerv nicht abtöten, dann ja«, wandte der Ingenieur ein. Teo erinnerte sich, dass er ihm in der Wohngemeinschaft erzählt hatte, manche Menschen nähmen ein selbst gebrautes Gift. Auch Aarons Verstand mochte einer solchen Substanz zum Opfer gefallen sein.

»Was bräuchte man dafür?«

»Du hast doch nichts Dummes vor, oder?«

»Ach was! Ich will nur die Technik verstehen, die ich im Kopf habe«, beschwichtige Teo.

»Nun, der Funknerv reagiert empfindlich auf Gammahydroxybutyrat.«

Kaum hatte Teo das Wort gehört, würfelten die Silben in seinem Kopf schon durcheinander.

»Allein das Wort macht das Hirn samt Funknerv weich.«

»Kompliziertes lädt zu Dummheiten ein«, sagte der Ingenieur. »Die Substanz wird manchmal als Nagellackentferner verwendet.«

»Auch als Felgenreiniger?«, fragte Teo.

Der Ingenieur machte ein überraschtes Gesicht.

Teo sah sich um. Nun, da Roland und Christian fort waren, konnte er von seiner Begegnungen mit dem Fahnenflüchtigen erzählen. »Kürzlich habe ich einen Soldaten unter dem Ahorn dort gesehen.« Er zeigte auf den Baum, der im Regen rauschte. Dabei wurde der Augenblick erneut bedrohlich gegenwärtig, als er vor dem Gewehrlauf gestanden hatte. »Er ist von der Front geflohen und versteckt sich vermutlich in den Wäldern um Moorstedt. Und ich glaube, er ist in den Schuppen des Gasthofs eingebrochen, wo er Kleidung und Felgenreiniger geklaut hat. Gestern erst lief er mir am Bach über den Weg.«

»Dann sind wir auf der richtigen Spur«, sagte der Ingenieur, steckte den Bügel seiner Sonnenbrille in den Mund und kaute nachdenklich darauf herum, warf daraufhin einen Blick über die Schieferdächer Moorstedts.

Das Grau des Himmels hellte sich auf. Ein Offizier aus der Wirtsstube lehnte sich aus dem Türrahmen. »Das Plauderstündchen ist zu Ende! Bringen Sie die Kiste rein, Ingenieur, und dann helfen Sie beim Zeltaufbau!«

»Jawohl!« Der Ingenieur ging in die Knie und hob den Karton an, dessen Kanten bereits in der Nässe aufweichten.

»Lass uns nachher im Schwarm miteinander denken. Dann kannst du berichten, was du sonst noch weißt.«

»Wir können auch reden. Ist mir lieber.«

»Gewöhnungssache. Aber gut. Komm heute Abend wieder!« Der Ingenieur nickte ihm zu und schleppte den Karton in die Gaststube.

Der Schwarm war nach Moorstedt gekommen. Endlich, dachte Teo. Nachdem die Briefpost aufgegeben wurde, konnten nun die Bande zwischen den Einwohnern neu geknüpft werden. Dass aber der Schwarm in Uniform, Stiefeln und Patronengurten einmarschierte, machte ihm Sorgen. Dies würde bei den Moorstedtern sicher Misstrauen gegenüber der neuen Technik erregen.

Auf dem Heimweg schloss Teo zuweilen die Augen, um in den Schwarm einzutauchen. Dort suchte er nach der Reporterin, aber sie war immer noch offline und Teo fürchtete, dass ihr etwas zugestoßen sein könnte. Er fragte Suchmaschinen nach ihren Parametern, mühte sich, alles zu erinnern: das Wohnhaus, in dem sie gewohnt hatte, ihre Vorliebe für Zimmerpflanzen, ihre wechselnden Haarfarben, die Tätowierung der Papageienschar – bis hin zu ihrem Duft, den er aus den erkalteten Laken gerieben hatte wie aus Myrteblättern. Aber die Reporterin blieb unerreichbar. Stattdessen stolperte er auf seinem Weg, riss die Augen auf und fing sich mit einem Ausfallschritt in eine Pfütze ab. Das Schlammwasser spritzte.

Bis auf die Socken waren die Lederschuhe durchweicht, die

Konrad ihm geliehen hatte. Sie quietschten beim Laufen und Teo spürte bei jedem Schritt das Wasser aus der Sohle quellen. Zu Hause bei Großmutter zog er die Schuhe aus, die Socken rutschten ihm dabei wie nasse Lappen von den Füßen, die Hosenbeine klebten auf der Haut. Er würde die Mutter nach Zeitungspapier fragen müssen, um die Schuhe auszustopfen und über Nacht zu trocknen.

Barfuß stand er auf dem kalten Steinfußboden und wollte schon die Treppe hinaufsteigen, da bemerkte er die Katze über sich. Sie balancierte auf den Kleiderhaken der Garderobe, machte einen langen Satz auf die Kommode, landete wie ein Seidenschleier, hauchte ihren Körper über die Porzellanschale mit Münzen und Schlüsseln, vorbei an zwei schlanken Vasen mit Kornblumen, ohne dass ein Haar die Blüten streifte, sprang lautlos auf die steinernen Fliesen. Das Tier hatte seine Anmut wiedergefunden, seine sichere Bewegung und die Eleganz. Vielleicht hatte sie sich endlich eingewöhnt. Sie stolzierte auf den Fugen der Fliesen in Richtung Küchentür. Der Geruch von Mutters Gemüsesuppe erinnerte Teo ans Abendessen.

In der Küche setzte sich Teo auf die gepolsterte Eckbank. Der Vater wusch sich in der Spüle die Hände, die schmutzig waren von einem Tag auf der Baustelle des eingestürzten Hauses. Konrad hatte ihn begleitet, blieb zum Essen und holte die Teller aus dem Schrank. Großmutter polierte mit einem Wischtuch die Silberlöffel. Indes schmeckte die Mutter mit vorsichtig pustenden Lippen die Suppe ab, die auf dem Herd blubberte. Zufrieden legte sie den Löffel zur Seite und wuchtete den großen Topf auf den Küchentisch. Mit der großen Kelle verteilte sie die Suppe aus zerkochten Kartoffeln, Möhren, Rettich, Zwiebeln und Kohlrüben auf die Teller. Danach schnitt sie Schwarzbrot in Scheiben, wobei sie den Laib vor ihren Bauch hielt, dass Teo jedes Mal fürchtete, sie würde sich verletzen. Aber sie wollte diese Gewohnheit nicht ablegen. Die Brotscheiben legte sie in ein Bastkörbchen in der Tischmitte, daneben dampfte eine Teekanne.

Teo musste ihnen die Neuigkeit, dass ein Militärkonvoi eingetroffen war, sofort mitteilen. Seine Familie hörte ihm gespannt zu, während die Löffel über die Porzellanböden schabten und an den Tellerrändern klingelten. Er war so aufgeregt, dass die Mutter ihn ans Essen erinnern musste. Zwischen den Worten schob er sich schnell den Löffel in den Mund. Die breiige Suppe schmeckte lehmig. Gekocht aus allem, was in der Provinzerde wuchs, roch sie nach Ackerboden. Teo quälte sich mit diesem Geschmack. Sein Bruder schöpfte die Suppe, als wäre ihm der Löffel zu klein. Er tunkte Brot hinein und schlang es hinter. Die Reparatur des Hauses musste ihn sehr hungrig gemacht haben. Nur die Großmutter aß wenig, rührte lustlos mit dem Löffel in der Suppe herum und schwieg, als sei sie mit den Gedanken woanders.

Der Vater schob den Teller von sich weg. Er rutschte auf seinem Stuhl hin und her, lehnte sich zurück, beugte sich dann wieder über den Tisch, schenkte sich Tee ein. »Die werden doch hoffentlich morgen weiterfahren. Wir brauchen solchen Ärger hier nicht.«

»Vielleicht wollen sie Moorstedt verteidigen?«, warf Konrad ein.

»Ach, die ziehen eher Feinde an«, brummte der Vater.

Teo nahm einen Schluck vom Tee. »Mir sagte man, dass sie Deserteure suchen. Ich habe euch doch von diesem Soldaten erzählt.«

»Hm …« Der Vater rieb sich das raue Kinn. »Gestern auf der Jagd streifte jemand durchs Revier. Vom Hochstand aus habe ich einen Schatten hinter den Faulbäumen gesehen. Es sah aus wie ein Mensch, aber noch bevor ich den Feldstecher ansetzen konnte, war er verschwunden.«

»Das solltest du den Soldaten berichten«, sagte Teo.

»Nein, Fremden traue ich nicht!« Der Vater schlug mit der flachen Hand auf den Tisch. »Weder denen, die durch die Wälder streifen, noch jenen, die in Panzern fahren.«

Während Bruder und Vater sich in das Gespräch vertieften, schloss Teo die Augen, um im Schwarm nach Neuigkeiten zu suchen. Er verlor sich in den Bildern.

»Was ist mit dir?«, fragte ihn die Mutter schließlich.

Er schlug die Lider wieder auf. Als wäre er gerade in diese Welt hineingestolpert, schaute er sich um. Für die Katze stand ein Napf neben der Tür, aus dem sie einen Hühnerhals zog und damit fortschlich. Meist fanden sie das Futter irgendwo im Haus, als hätte das Tier nur damit gespielt. Was sie fraß, war ihr Geheimnis.

## XX.

Aus allen Fenstern der Gaststätte strahlte Licht. Es ließ die nasse Straße und die Kanten der mobilen Schwarmeinheit glänzen. Im Schatten des Nests traf Teo den Ingenieur. Gegenüber war ein Stangengerüstzelt aufgebaut, aus dem Stimmen zu hören waren, Gelächter und heitere Gespräche.

»Lass uns reingehen«, sagte der Ingenieur, und Teo wandte sich zum Zelt. »Nein, nicht dorthin! Hier hinauf!« Er wies auf die Trittstangen des Lastwagens unterhalb der Tür zum Funkhäuschen.

Der gesamte Funkraum war von technischem Gerät umwandet. Es gab drei Arbeitsplätze mit abgewetzten Drehsesseln, Monitore hingen darüber wie Bilder von Schwarz und Schwärze, Tastaturen auf Schwenkarmen waren zur Seite geklappt, Kopfhörer hingen an Haken, überall schlangen sich Kabelstränge entlang, mehrere Drucker stapelten sich neben raumhohen Glaskästen, in denen grüne Lämpchen blinkten. Die Lüfter brummten, mit denen die Rechenanlagen gekühlt wurden.

Der Ingenieur wies Teo einen Platz zu und setzte sich auf den Drehstuhl gegenüber. »Wir brauchen Hilfe von dir und den Menschen, die hier leben.«

Teo schaute sich verwundert um. »Du hast mal gesagt, Moorstedt läge weit entfernt in der Zeit.« Er zeichnete mit dem Arm einen Bogen. »Du sitzt in diesem Raumschiff und bist im Mittelalter gelandet. Wobei sollten dir die Menschen hier helfen können?«

»Sieh her!« Er drückte einen Schalter und ein Bildschirm hellte sich auf. »Siehst du diesen Kreis? Das ist die Reichweite, die wir mit der Sendeleistung abdecken. An den Rändern wird sie schwächer und versiegt. Und diese Punkte sind jene Menschen, die einen Funknerv haben.« Die blauen Punkte blinkten, bewegten sich aber nicht. Nur die anderen Soldaten und er hatten einen Funknerv, das wusste Teo. Offenbar saßen nun alle beieinander. »Als du in Reichweite des Nests warst, konntest du den Schwarm hören. Das merken auch die Deserteure. Sie versuchen deshalb, außerhalb des Senderadius zu bleiben. Wenn wir sie einholen, können wir sie orten. Aber der Schwarm kennt die Gegend nicht, nicht die Wege, die Flüsse, Berge oder Täler. Noch niemand hat seine Erinnerungen an diese Provinz hochgeladen, weil es hier bislang keinen Empfang gab. Wir wissen nicht, wohin sich die Deserteure bewegen könnten.«

»Ihr braucht die Ortskenntnis der Dorfbewohner«, stellte Teo fest.

Der Ingenieur nickte. »Wir müssen den Flüchtenden die Wege abschneiden. Wir haben zwei Routen verfolgt, denen wir an der Sendergrenze nachgehen wollen. Da du hier aufgewachsen bist, kennst du dich aus in dieser Provinz. Der Schwarm weiß nichts über diese Wälder. Gib ihm einige Erinnerungen – oder besser noch: Führe uns!«

»Ich weiß über jeden Weg Bescheid, über Bäche und Hänge. Ich kann euch aber nur morgen helfen, übermorgen feiert meine Großmutter Geburtstag.«

»Dann morgen.«

»Ich kann auch nicht so schnell marschieren wie du und deine Kameraden. Ich bin nicht gut zu Fuß.«

»Das liegt nur daran, dass du die falschen Schuhe hast«, wandte der Ingenieur ein. Er erhob sich, ging in den hinteren Bereich des Funkhäuschens, wo er eine metallene Kiste öffnete. Er entnahm ihr ein Paar Kampfstiefel. »Wir werden sehen, ob dir das Gehen damit leichter fällt. Zieh sie morgen an!«

Damit überreichte er Teo die Lederstiefel und ließ sich wieder in den Stuhl fallen. Mit zufriedenem Gesicht lehnte er sich zurück, eine Narbe zog sich quer über seine Stirn, die Teo erst jetzt bemerkte. Sie unterbrach den Ring unter seiner Haut. Mit den Fingern spielte der Ingenieur an dem Anhänger, den er um den Hals trug.

Die Stiefel wogen schwer, sodass Teo sie zur Begutachtung auf seinen Oberschenkeln absetzte. Neugierig betastete er das Leder und sagte wie nebenbei: »Der Soldat, dem ich begegnet bin, machte einen verwirrten Eindruck. Vielleicht ist er nur weggelaufen, weil er nicht bei Sinnen ist?«

»Dann bist du vermutlich dem Schützen D 364 begegnet. Auch wenn er in Reichweite ist, flackert sein Funknerv, er leuchtet auf, um gleich darauf wieder zu erlöschen. Wenn sein Funknerv beschädigt ist, ist es der Rest seines Hirns vermutlich auch. Der Funknerv verzweigt sich. Aber das soll nicht deine Sorge sein. Wenn wir ihn finden, werden wir ihn reparieren.«

»Er erzählte, er wäre von seinen eigenen Leuten beschossen worden.«

»Das kann nicht sein!«, wandte der Ingenieur ein. »Der Schwarm koordiniert die Truppen. Aber wenn sein Funknerv kaputt ist, mag es sein, dass er wirre Signale ins Gehirn strahlt.«

»Wer ist dann dieser Feind, der ihn beschossen hat?«

»Ich wünschte, ich könnte es dir sagen«, antwortete der Ingenieur. »Aber es gibt nur Gerüchte. Er brandschatzt, schändet, schlachtet. Eine unbekannte Krankheit soll diese Kämpfer entstellt haben. Ihre Körper kleben von Ausflüssen, die in den schlammbraunen Uniformen stinken, ihr Banner ist genäht aus der Rückenhaut unserer Gefallenen, ihre Trophäen aus unseren Gesichtern. Was davon Gruselmärchen und was Wahrheit ist, das kann ich nicht sagen – und noch weniger, woher der Feind kommt und welchem Zweck all das Sterben dient. Bis heute ist keine Forderung eingegangen. Nur eines ist sicher: Dieses Rätsel wird von Tag zu Tag blutiger.«

»Hast du den Feind gesehen? Mit deinen eigenen Augen?«

»Zum Glück bin ich sofort zu dieser Einheit gekommen, um Deserteure zu jagen. Was ich gesehen habe, sind die Aufzeichnungen der Frontsoldaten im Schwarm, Mitschnitte von Gefechten,

Erzählungen, Tagesnotizen. All das gibt ein beängstigendes Bild ab.«

»Können wir sie denn aufhalten?«

»Wir verstärken unsere Truppen; das ganze Land wird bald von der Mobilmachung betroffen sein.«

»Ich habe hier nichts davon gehört.« Teo schüttelte fassungslos den Kopf. Sein Blick schweifte im Funkhäuschen umher, ohne ein rechtes Ziel zu haben, blieb aber bald an dem Leuchtkreis auf dem Monitor hängen. »Ich bin irgendwie erleichtert, dass ich den Schwarm wieder empfange. Als ich ihn nicht mehr gehört habe, merkte ich umso deutlicher, wie abgeschnitten diese Provinz ist. Ich beginne gerade erst, seine Möglichkeiten zu entdecken, und fürchte schon den Augenblick, wenn ihr den Deserteur schnappt und weiterzieht.«

»Ihr werdet bald angeschlossen«, sagte der Ingenieur mit plötzlichem Ernst, wobei er sich zu Teo beugte. »Und dann wirst du sehen, wie wenig die Hand eines einzelnen Menschen ist im Gegensatz zum Schwarm, der dir Millionen Hände reicht. Du musst nur wissen, wie man sie ergreift.«

»Das will ich lernen«, sagte Teo. »Und ich will die Reporterin finden. Ich dachte, ich bekäme sie aus dem Kopf, aber mit dem Schwarm ist plötzlich auch meine Hoffnung zurückgekommen.«

Er schüttelte den Kopf. »Wen meinst du?«

»Du hast die Reporterin vergessen? Wir haben beide mit ihr geschlafen.«

»Ach!« Der Ingenieur machte eine wegwerfende Handbewegung. »Was hilft es, sich an etwas zu erinnern, das vorbei ist? Sicher hat sie mich auch gelöscht. Und woher willst du wissen, dass sie ihre Erinnerungen an dich gespeichert hat?«

»Es waren schöne Erlebnisse. Warum sollte man Schönes aus dem Gedächtnis streichen? Der Stumme hat von solchen Erinnerungen gezehrt.«

»Wer?«

»Ach!« Teo winkte ab.

»Sei nicht naiv! Jeder ist in seiner Funktion ersetzbar: die Reporterin, ein Postbote und auch ich. Du wirst einen neuen Menschen finden. Wofür auch immer du einen Menschen brauchst ...«

»Ich habe es satt, ersetzt zu werden!«, entgegnete Teo.

»Ich mag dich und versuche zu verstehen, dass man in dieser Provinz anders darüber denkt. Warum hängst du nur derart an einzelnen Personen? Und warum willst du, dass jemand an dir hängt? Furchtbar, diese gegenseitige Gefangennahme! In der Hauptstadt würde man dich dafür auslachen.«

»Man kann sich nicht mit jedem glücklich fühlen!«, widersprach Teo. »Dazu braucht es einen ganz bestimmten Menschen, manchmal ist es im Leben nur ein einziger.«

»Oh, kennst du alle Menschen, dass du das wissen kannst? Daran merkt man, wie sehr du hierher gehörst, in diese Provinz, in dieses Moor, wo man mit den Füßen allerorten stecken bleibt. Alles hält hier einander fest. Dabei können dich doch so viele Menschen glücklich machen, wenn du es willst. Und ist das nicht der hoffnungsvollere Blick auf die Welt? Du wirst sehen: Bald hast du die Reporterin vergessen und wirst frei sein für Neues. Ablenkung, Entdeckung, Bewegung.«

Vielleicht hatte der Ingenieur recht. Lag darin nicht etwas Gutes, dass auch alles verschwand, was sich Menschen an Enttäuschungen und Verletzungen zufügten, wenn sie einander vergaßen?

Der Ingenieur schenkte ihnen Tee aus einer Thermoskanne in zwei Tassen, während Teo die Stiefel in einem Beutel verstaute, den er über seine Schulter hängte. Mit den dampfenden Tassen in den Händen verließen sie die Schwarmeinheit, traten hinaus auf den Wirtschaftshof, wo der Ingenieur eine Zigarette rauchen wollte.

Inzwischen war die Nacht angebrochen. Der Kirchberg schlief als dunkles, riesiges Tier, auf dem der Wald wogte wie ein Pelz, der sich vom Atmen hob und senkte. Die Gespräche im Zelt waren ruhiger geworden, träger die Schatten hinter den erleuchteten Fenstern des Wirtshauses. Die mächtigen Wolken dünnten stellenweise aus, sodass einige Sterne aufleuchteten, bis sie von neuerlichen Wolkenwellen überspült wurden. Gerade hatte der Ingenieur sich eine Zigarette in den Mund gesteckt und sie mit dem Sturmfeuerzeug entzündet, da schien er etwas am Himmel zu entdecken. Hastig riss er den Arm hoch und zeigte auf einen weit gerissenen Wolkenspalt. »Dort! Siehst du das?«

»Was meinst du?« Beinahe hätte Teo den Tee verschüttet.

»Siehst du es nicht?«

Es dauerte einen Augenblick, bis er einen Stern erkannte, der durch die Wolkenlücke hinunterrann wie ein Tropfen am Rand der Nachtschale. Plötzlich, tiefer im Osten, verschwand er.

»Eine Sternschnuppe?«, fragte Teo.

»Oh nein«, entgegnete der Ingenieur. »Das war der Hundert-Gigawatt-Laser, der in den Erdschatten gewandert ist. Er schießt Sonden ins All.«

»In die nächstgelegenen Sonnensysteme, ich weiß.«

Beeindruckt dachte Teo über diese Dimension nach, dass er gerade eine technische Anlage in unermesslicher Höhe gesehen hatte, die durch den Schatten ihres gewaltigen Planeten raste, in den Schatten von allem, was Menschheit und Welt war.

Währenddessen nahm der Ingenieur einen tiefen Zug, sodass die Zigarettenglut beinahe bis zum Filter brannte. »Ah! Das ist besser als dieser Elektrodampf.« Er atmete aus. »Sirius und Luyten 726-8 sind die nächsten Ziele«, fuhr er fort. »Wer weiß, wann wir Moorstedt einschwärmen, dann die Welt, vielleicht irgendwann ferne Planeten.« Er warf seinen Zigarettenstummel in Richtung der mobilen Schwarmeinheit. »Dann gehört dieser Kasten ins Technikmuseum. Also, wir sehen uns morgen!«

Auch Teo verabschiedete sich und trat den Heimweg an, ohne den Blick vom Himmel abwenden zu können, an dem sich die Wolken wieder ineinanderschoben. Niemand in Moorstedt hatte einen Funknerv, sodass der Schwarm in diesem Augenblick zwischen den Bürgern der Kleinstadt geisterte. Als ein verborgenes Universum, als allwissende Instanz, die niemand sah und niemand hörte. Was geschähe mit Moorstedt, wenn jeder Bewohner zum Schwärmer würde? Eine neue Zeit lag vor Teos Heimatstadt, ein Umsturz, dem er gespannt entgegensah und der ihn gleichsam beunruhigte, ohne dass er den Grund dafür benennen konnte.

Nachdem er zu Bett gegangen war, zog ihn die Müdigkeit schnell tiefer, und bald fand er sich von einem Bilderrutsch fortgespült, von dem er nicht wusste, ob er einem Traum oder dem Schwarm entsprang.

»Wo bin ich?«, fragt Teo sich selbst. »Wo bringt man mich hin?«

Sohlen schmatzen in sumpfiger Erde, aus dem Bodennebel strecken tote Bäume ihre Arme heraus. In der Ferne: ein Glimmen. Licht in einem Hüttenfenster? Ein Mopedscheinwerfer? Doch nur eine Kerze oder entzündetes Moorgas, dem er irrlichternd nachgeht? Flackerndes Schilf?

»Fürchte dich!« Ein Dämmergeist schwankt im Dunst, kommt näher. Er trägt eine Uniform, schwarz vor Schmutz. Eine fahle Fratze der Verzweiflung, Blut aus seinen Augen. Er sieht ihn, bricht in Raserei aus, packt einen Birkenast, schwingt ihn über dem Kopf, schlägt ihn auf Teo nieder. »Fürchte dich!«

Teo träumt den Traum der Reporterin, von dem sie erzählt hat und der ihn nun an etwas erinnert, was er selbst erlebt hat. Im Schlaf durchwühlt er sein Gedächtnis, durchkramt Tage und Stunden, stößt schließlich auf ein Ereignis, das den Bildern ähnelt. Er beobachtet es aus einem anderen Blickwinkel: Der Dämmergeist ist der Kurierfahrer, der vor dem stillgelegten Verteilzentrum auf die Drohne eindrischt. Im Traum ist Teo die Drohne, hat ihre Erinnerung geträumt, die wie von tausend Ängsten verzerrt ist, eine stille Post der Furcht, verfälscht und in allem grausamer, schrecklicher und erschütternder.

Oder vielleicht irrt er sich und der Traum hat nichts mit dem Kurierfahrer zu tun?

Plötzlich: Unter Brandrauchwolken und Glutschein liegt ein schlammiges Gelände, aufgeworfene Erde, Trichter in Geröll und Schutt, gesprengtes Gemäuer, gesplittertes Mauerwerk, lehmige Gräben, Morast und Holzbruch, schwankende Schritte auf Weichboden, wo in Sand und Knochenmehl Blut einsickert zu einem fleischigen Teig. Verbacken sind Haut und Stoff zu einer Kruste, die knackt, wenn man darauf geht. Gurtzeug, Riemen,

Koppeltragegestelle wachsen wie Wurzelwerk durch den Dreck, Helme wie Pilzhüte, ein Torso trägt seinen Rucksack, irgendwo schlägt Metall aneinander, der Stiefel stößt an einen geborstenen Gewehrkolben und aus dem Erdreich bebt das Stöhnen. Es schneit Asche ringsumher, wirbelt widerwillig gegen den Sumpfgrund, in dem Mensch, Pflanze, Holz und Metall verrührt sind. Öl und Speichel schmieren unter der Sohle, man gleitet darauf aus, Bittergestank dünstet aus, brenzlig fühlt sich Teo, diesseits der Bilder, durch die Schrapnelle hageln, Kugeln zischen, Granaten pfeifen. Wie von Splitterglas zerschnitten schwimmt ein Mauerziegel auf der Organsuppe, die von Benzin schillert, Rost schäumt an ihren Rändern. Er spürt unter der dünnen Decke aus Restmenschen und Menschenresten die Würmer zucken, die hektisch ihre Fressarbeit verrichten, überfordert vom Nachschub, den die Knorpelmühle auswirft. Auf den Kamm des nahen Hügels, den die gemähten Körper säumen, stolpert ein Standartenträger in rußschwarzer Uniform. Eine Katze springt vorneweg. Er fängt seinen Fall mit der Stange ab, rammt diese dabei in den umgegrabenen Boden. Am anderen Ende knattert ein Hautlappen im Wind. Stolz schaut der Träger hinauf, bevor er sich bückt und einen Kopf aufhebt, der noch im Helm steckt. Mit einer kleinen Klinge, ähnlich einem Obstmesser, schält er das Gesicht ab. Die Haubitzenorgel brüllt und Teo schreckt auf.

Ein Albtraum, dachte er, den ich aus den Gruselgeschichten des Ingenieurs durcheinandergeworfen habe. Oder waren es die Schwarmbilder, die Erinnerungen und Berichte von der Front?

In grauen Strümpfen schlich der Morgen durch die dichten Wolken. Wenn man den Sonnenaufgang nicht sieht, dachte Teo, weiß man nicht, wo Nachtende und Tagesanfang sich treffen. Er führte den Ingenieur und einen Trupp von Schützen und Militärwächtern durch die Wälder um Moorstedt. Gemeinsam schenkten sie dem Schwarm, was sie sahen und hörten, erzählten ihm von den steilen Wegen, von den Tannennadelteppichen, auf denen sie gingen, vom Geruch nassen Holzes, dem Tau auf Moos und Farn. Teo führte sie über eine Geröllhalde hin zur südlichen Hügelkette, weil der Ingenieur meinte, die Bewegungsprofile einiger Deserteure hätten in diese Richtung geführt. Sein Kompassimplantat war defekt, das er um den Schädel trug. Er tippte auf die Narbe. Aber hier kannte Teo sich aus, das alles war sein Revier. Keine Katze, kein Schwarm, sondern eigenes Wissen leitete ihn. Anders als in Sybaris 7 fühlte er sich auf diesen Wegen sicher, er vertraute ihnen, und gegenüber dem Trupp, den er führte, fühlte er die Verantwortung, weil er nun der Kompass war und wusste, dass die Soldaten sich ohne ihn verirren würden zwischen den Mauern aus felsigen Hängen, den Strauchsperren, Gebüschwinkeln, Bachlabyrinthen und Grabengrenzen.

»Weißt du«, sagte Teo zum Ingenieur, »ich habe letzte Nacht diesen Traum gehabt, den so viele in Sybaris geträumt haben.«

»Von dem Irren mit dem Birkenast, der auf dich einschlägt?«

»In den Sümpfen, genau!«

»Das war der erste Traum. Damit fing alles an.«

»Du hast mal gesagt, es könnte vielleicht nicht nur ein Traum sein, sondern eine Videoaufnahme. Ich habe eine Ahnung, woher die Aufnahme stammt.«

»Eine Ahnung ist nicht mehr als ein Traum.«

»Sie könnte von einer Drohne stammen. Ich war dabei, als sie zerschlagen wurde. Aber es war keine Bestie in schwarzer Uniform, es war ein Kurierfahrer, sonst nichts.«

»Sonst nichts?«

»Wäre es möglich, dass der Schwarm diese Aufnahme weitergibt wie ein Gerücht, das von Mund zu Mund mehr an Schrecken gewinnt? Dass der Traum von der Angst Tausender Menschen immer furchtbarer geworden ist?«

»Eine Aufnahme, die sich mit den Vorstellungen der Träumer vermischt?« Der Ingenieur kniff die Augen zusammen, als müsse er angestrengt nachdenken. »Der Schwarm kann Bilder in unser Sichtfeld und in unsere Gedanken projizieren. Nun gut, warum sollten unsere Gedanken nicht auch Bilder in den Schwarm projizieren können? Und sicher gibt es auch Fälscher, die bewusst Lügen verbreiten. Aber das ist ein akademisches Spielchen. Der Krieg tobt, das ist nicht zu leugnen. Die Kämpfe spinnt sich niemand aus. Alles ist echt, was in den Leichensäcken liegt.«

»Ja, ein Gerücht reißt keinen Menschen in Stücke«, sagte Teo. »Das wollen wir jedenfalls hoffen ...«

Die Kampfstiefel bewährten sich auf dem Marsch, das Hartleder brach Holz, walzte Gras, und Steine stieß es fort. Länger als gedacht hielt Teo mit den Soldaten mit, bevor er um eine Rast bitten musste. Noch eine Anhöhe bewältigten sie, damit sie den Weg überschauen konnten, der vor ihnen lag. Auf einem felsigen Vorsprung legten sie ihre Rucksäcke ab und ließen sich nieder. Im Westen konnte man noch die Reste der Nacht versickern sehen. Teo wickelte sein Schinkenbrot aus dem Wachspapier, der Ingenieur rollte ein hart gekochtes Ei im Handballen. Mit einem Gaskocher brachten die Soldaten eine Kanne Wasser zum Brodeln und brühten den Kaffee türkisch auf.

»Mein Vater ist Revierförster in den Wäldern östlich von Moorstedt. Wenn ich an den Deserteur denke, frage ich mich, ob er sich fühlt wie das Niederwild bei der Treibjagd.«

»Der Unterschied ist, dass ein Hase nicht wählen kann, ob er als Niederwild geboren wird«, warf der Ingenieur ein. »Aber der Deserteur konnte wählen. Wobei ich diese Bezeichnung seltsam finde ...«

»Seltsam?«, fragte Teo, bevor er in sein Schinkenbrot biss.

»Sie bezeichnet keine Funktion. Die Funktion ist der Soldat, und der Deserteur ist eigentlich ein Soldat, der seine Funktion nicht erfüllt. Es ist ein Fehlerbegriff.«

Teo konnte nichts erwidern, weil er kaute. Ein Moment der Stille trat ein, in dem die Truppe schweigsam frühstückte und aus den Blechbechern Kaffee schlürfte. Manchmal erklang der ferne Schrei des Bussards, der über dem Felsvorsprung kreiste. Teo folgte den Flugbahnen mit dem Blick, erkannte den hektischen Kopf, der Ausschau hielt nach Kleingetier auf den Lichtungen. Plötzlich legte der Vogel die Flügel an und sauste in die Tiefe. Vielleicht hatte er ein Opfer entdeckt.

Endlich konnte Teo wieder sprechen. »Wenn der Deserteur wählen konnte, dann könnt ihr auch wählen, ob ihr ihn jagen wollt.«

Der Ingenieur lächelte ihn amüsiert an, sagte aber nichts. Er blies den Dampf über seinem Kaffeebecher fort, trank und ließ den Blick über das verblaute Gelände wandern.

Vom Felsvorsprung aus konnte man das Tal überblicken, das von zwei Bergketten umfasst wurde. »Da hinten liegt der Steinbruch, dort gibt es Grabenbrüche und Felswände«, erklärte Teo. »Auf der anderen Seite haben zwei Wildbäche Schluchten ins Gebirge geschnitten.« Mit einer Geste teilte er das Tal.

»Also müssen die Deserteure durch diese Wälder fliehen«, folgerte der Ingenieur.

Man konnte nicht weit sehen, weil das nasse Wetter den Horizont verschmierte. In der Ferne flatterte schief geweht der Vorhang eines Regenschauers. »Was sagt der Schwarm?«, fragte Teo.

»Warte! Mein Zugang zur Schwarmeinheit ist geschützt. Ich muss ihn erst öffnen.« Der Ingenieur schloss angestrengt die Augen. »Die Einheit hat kürzlich ein Signal geortet, das sich zum Rand der Sendereichweite bewegte. Nun ist es verschwunden. Das wird der Deserteur mit dem kaputten Funknerv sein. Mal sendet er, mal nicht. Vielleicht war das mit der Treibjagd ein guter Einfall, Teo.«

»Dann müssen wir uns aufteilen.«

Der Ingenieur nickte ihm zu. »Er könnte uns sonst leicht umgehen in einem Augenblick, in dem wir ihn nicht orten. Er bewegt sich schnell.«

»Ihr wisst doch nicht, wie ihr laufen müsst«, gab Teo zu bedenken.

»Wir schicken dir über den Schwarm, was wir sehen.« Der Ingenieur legte ihm die Hand auf die Schulter. »Und dann weist du uns den Weg.«

»Alles über den Schwarm?«

»Du wirst dich wundern, wie der Schwarm dich aus deiner menschlichen Beschränkung befreit!« Mit der Hand klopfte er auf den abgebrochenen Stamm einer Kiefer. »Los, wir brechen auf!« Sie stiegen die Anhöhe hinunter und dehnten die Abstände zueinander. Schon bald waren zwei der Soldaten hinter Baumgruppen und Buschwerk verschwunden. Im Waldrauschen hörte man nur manchmal das Knacken eines Zweiges, auf den ein unachtsam gesetzter Stiefel trat, oder das Knarzen eines Stammes, der sich im Wind spannte. Da Teo unbewaffnet war, sollte er sich in guter Deckung halten, und der Ingenieur entfernte sich nur so weit, dass er schnell zu Hilfe eilen konnte, falls es nötig war.

Teo lauschte aufmerksam, spähte angestrengt durch das dichte Gestrüpp. Als er einige Zweige aus dem Weg bog, legte sich ein durchscheinendes Bild in seinen linken Augenwinkel. Er lenkte den Blick darauf und sofort vergrößerte es sich und gewann an Kontur. Ein markanter Felsen war zu sehen, der in der Mitte gespalten war wie von einem unermesslichen Axthieb. »Wohin an dieser Stelle?«, hörte er jemanden in seinen Gedanken fragen.

»Links halten«, gab er als stille Antwort. Über den Funknerv konnte er mit den Soldaten des Trupps sprechen, als ginge er neben ihnen.

Daraufhin erkundigte sich der Ingenieur, ob alles in Ordnung sei, und teilte mit, sich sofort zu melden, wenn er das Signal des Deserteurs erneut orten könnte.

Während sie getrennt marschierten, tauschten sie ihre Positionen aus, hielten ihre Abstände, näherten sich einander an oder entfernten sich, um die Wege zu berichtigen. Bald schon beherrschte auch Teo diese abgestimmte Bewegungsweise, dass er kaum darüber nachdenken musste. Umso besser verstand er, warum man vom *Schwarm* sprach. Der Trupp bildete ein Ganzes, das auf alles reagieren konnte, was jeder einzelne Soldat sah, hörte, roch und fühlte. Obwohl sie einander nicht im Blick hatten, ging niemand alleine. Teo empfand eine beruhigende Sicherheit bei diesem Gedanken.

In der Nähe der Flussböschung, dicht umwachsen von Erlen und Eschen, hörte er zwischen dem Strömen und Plätschern einen zischenden Laut, als ob jemand flüsterte. Augenblicklich verharrte er, wagte nicht zu atmen. Er horchte. Das Geräusch war vom Bach verwaschen und verlor sich. Behutsam kniete Teo nieder, um sich hinter den Blattmänteln der Sträucher zu verbergen. Was konnte das gewesen sein? Ein Tier? Oder vielleicht war ein Ton aus dem Schwarm in seine eigenen Wahrnehmungen gerutscht? Doch dann knirschte totes Holz rechts neben ihm und er wandte hastig den Kopf. Auf einem umgestürzten Birkenstamm saß die Katze. Sie musste sich angeschlichen haben. Nun starrte sie ihn mit ihren ungleichen Augen an.

»Hast du was?«, fragte der Ingenieur über den Funknerv.

»Nur meine Katze«, antwortete Teo.

Erst in diesem Moment bemerkte er, dass sich hinter dem Tier noch etwas in den Gehölzen bewegte. Zweige knackten, Blätter knisterten. Aus dem Dickicht kämpften sich Roland und Christian hervor. Überrascht starrte Teo die beiden an. Gleich würden sie ihn entdecken.

Der Hufschmied hatte eine moosgrüne Kapuzenjacke an, eine granitgraue Hose, und auf seiner Schulter lag ein wuchtiger Kreuzschlaghammer; der Pferdewirt hielt die Gänseflinte in der Hand und trug einen verschmutzten erdfarbenen Mantel. Flink sprang die Katze vom Birkenstamm und schlich den beiden um die Stiefel.

Roland bemerkte Teo als Erstes. Sein verwunderter Gesichtsausdruck wich einem Grinsen. »Versteckt sich hier ein Lurch am Bachufer?«, spottete er und trat aus dem Schatten einer Erle.

Teo erhob sich. »Was habt ihr mit meiner Katze zu schaffen?«, fuhr er den Schmied an, scharf und hart, um seine Unsicherheit zu überspielen.

»Das Vieh hat sich uns angebiedert. Wir waren unterwegs, da lief es uns nach.«

»Mich hat sie gekratzt, als ich westlich ging«, fuhr der Pferdewirt fort. »Hat 'ne Weile gebraucht, bis ich kapiert hab, dass die uns führen will.«

Auf diese Weise hatte die Katze in der U-Bahn damals Teo zum Aussteigen bewogen. Möglicherweise hatten er und das Tier nun ähnliche Rollen eingenommen: er für die Soldaten, die Katze für den Hufschmied und den Pferdewirt. Misstrauisch versuchte Teo, ihr Verhalten zu enträtseln. Unter seinem Blick schien sie sich unwohl zu fühlen, verdrehte den Kopf, senkte ihn wieder, hob den Schwanz, spannte ihren Körper wie eine Feder, um gleich darauf ins Unterholz zu rennen.

»He!«, rief Christian. »Lässt uns das Pelzvieh einfach im Wald stehen!«

Indes ging der Schmied auf Teo zu. »Was treibt dich in dieses Revier? Bist du mit deinem Vater unterwegs?«

»Ich führe einen Soldatentrupp, der ganz in der Nähe ist«, antwortete Teo. »Ich führe sie, damit der Deserteur nicht euch in die Hände fällt.« Er wies mit einem Nicken auf den Hammer in der Hand des Schmieds.

»Ich hab keine Soldaten gesehen«, sagte der Pferdewirt in zweifelndem Ton.

Roland brummte: »Du sorgst dich ja sehr um diesen feigen Fahnenflüchtigen.« Er ließ den Kreuzschlaghammer von seiner Schulter rutschen, dass ihm der Stiel durch die Faust glitt. Mit der anderen Hand strich er über die Finne.

»Die Soldaten wissen, wie sie mit einem Deserteur umzugehen haben«, entgegnete Teo.

Der Schmied packte den Hammer mit beiden Händen. »Und du denkst, wir wissen das nicht?« Während er sprach, näherte er sich mit verächtlichem Blick.

»Ein Mensch ist keim Amboss«, sagte Teo und verschränkte die Arme.

»Ach nein? Was sagt es über dich, dass du für einen Verräter Partei ergreifst?« Nun standen sie so dicht voreinander, dass der Hammer an Teos Brust lag.

Roland warf dem Pferdewirt einen harschen Blick zu.

»Ja«, bekräftigte Christian schnell. »Was sagt das über dich?«

Leicht drückte der Schmied den Hammerkopf gegen Teos Rippen, aber es genügte, dass es schmerzte. Die Vorwürfe empörten ihn, und bedroht fühlte er sich auch. Was musste er den beiden dann noch zutrauen? Zu seiner Beruhigung wusste er sich mit dem Soldatentrupp verbunden. Er brauchte nicht um Hilfe zu rufen, denn schon in diesem Augenblick kämpfte sich der erste Soldat durch das Gestrüpp, mit angelegtem Gewehr. Gleich darauf kam ein zweiter, dann der Ingenieur mit den anderen Männern.

»Was geht hier vor?«, herrschte der Ingenieur den Schmied und den Pferdewirt an. »Bedroht ihr meinen Fremdenführer?«

Mit der Genauigkeit eingeübter Bewegungen gingen die Soldaten in die Knie und zielten auf die beiden, die erschrocken die Köpfe drehten und sich umzingelt sahen. Der Hufschmied fasste sich schnell wieder, während der Pferdewirt seinen verbogenen Kiefer aufsperrte und die Gänseflinte von sich ins Unterholz warf.

»Wir wollen euch doch nur helfen, den Verräter zu jagen. Also nehmt die Waffen runter!«, sagte Roland, bemüht um eine feste Stimme.

Der Ingenieur tat das Gegenteil. Aus dem Oberschenkelholster zog er eine Pistole und lud sie durch. »Das ist nicht eure Sache! Verschwindet!«

»Aber wir sind dicht dran«, wandte Roland ein. »Da bin ich sicher. Er muss dort im Tal sein!«

»Seid froh, dass wir euch aufgehalten haben, bevor ihr ihm vor die Flinte gelatscht wärt!«

»Wir kennen uns in dieser Gegend besser aus als er«, entgegnete Roland.

»Also werdet ihr euren Rückweg bestimmt finden.«

Dem Schmied war die Wut rot zu Kopf gestiegen, als hätte man ihn um eine Trophäe gebracht. Erleichtert näherte sich Teo seinen Schwarmfreunden.

»Wir wollten doch … nur helfen«, stammelte der Pferdewirt sichtlich enttäuscht. Aber der Ingenieur ließ sich nicht beirren.

»Wenn ihr helfen wollt, meldet euch doch als Freiwillige!«

»Wollen wir uns melden?«, fragte Christian hastig.

»Undankbare Rotte!«, schnaubte Roland und stieß seinem Freund in die Seite. »Nimm deine Flinte mit!«

Nachdem der Pferdewirt seine Waffe aufgehoben hatte, unter

den wachsamen Läufen der Soldatengewehre, schlichen die zwei durch den Wald davon. Einer der Soldaten ging ihnen nach, um sich zu vergewissern, dass sie auch wirklich den Heimweg antraten. Indes sah sich Teo nach der Katze um, die aber blieb verschwunden.

»Eigentümliche Menschen leben hier in deiner Heimat. Ich fürchte, die beiden werden uns noch Ärger machen«, sagte der Ingenieur und steckte die Waffe weg. »Dieser Schmied hasst alles, was jenseits seines eng umgrenzten Verstandes liegt. Und je nachdem, in welche Richtung man diese Grenze überquert, ist man entweder ein Eindringling oder ein Verräter. Er gehört zu den Menschen, die eine große Lust am Bestrafen empfinden, wenn sie sich im Recht glauben.«

Gerade wollte Teo ihm danken, dass er und der Trupp ihm geholfen hatten, da legte der Ingenieur das Kinn auf die Brust und fasste sich an die Schläfe. Kurz darauf taten es die anderen ihm nach. Teo fühlte sich ausgeschlossen. Was ging hier vor?

Endlich hob der Ingenieur den Kopf und nahm die taktische Schutzbrille ab. In seinen Augen erkannte Teo für einen Wimpernschlag Angst. »Jetzt müssen auch wir unseren Mut beweisen. Befehl vom Oberleutnant: Es geht an die Front!« Er wandte sich an seine Kameraden. »Zurück zum Lager!«, rief er ihnen zu und wies die Richtung mit der Hand. Im Schwarm herrschte Stille, aber Teo spürte, dass jeder im Trupp plötzlich milder wurde bei dem Gedanken an die Deserteure.

## XXI.

Bis zum Abend sah Teo die Katze nicht wieder. Er dachte darüber nach, ob sie noch immer mit dem Hufschmied und dem Pferdewirt durch die Wälder streifte, um den Fahnenflüchtigen zu jagen. Was mochte sie bewogen haben, sich auf deren Seite zu schlagen?

Nochmals schaute er in Großmutters Hasenstall nach, ob sich das Tier dort irgendwo herumtrieb. Aber es war noch nicht zurückgekehrt. Also ging er ins Haus und setzte sich im Arbeitszimmer auf das Sofa. Im Sessel gegenüber döste die Großmutter. Ihre Hände lagen gefaltet auf dem Bauch, die geblümte Bluse war im Schlaf verrutscht und warf Falten wie eine Haut, die zu groß für ihren Körper war. Morgen feierte die ehrwürdige Dame ihren Achtzigsten, ein anstrengender Tag stand ihr bevor.

Teo blickte auf die Bücherregale, auf die Aktenschränke. Das alles hätte im Schwarm Platz gefunden. Irgendwann würde auch die Moorstedter Chronik darin gespeichert sein, für die sich ein neues Kapitel abzeichnete, wenn der Schwarm bis in die Provinz funken würde.

Draußen kratzten die Tannenzweige ans Fensterglas. Die Stehlampe mit dem Fransenschirm blinzelte müde ihr Licht. Tief atmete Teo den Geruch von altem Furnier, Papier und Staub. Das Wissen hatte eine sinnlich erfahrbare Gestalt, war aus den Köpfen herausgetreten und hatte ein Dasein allein für sich selbst. Die Vergangenheit Moorstedts umgab die Großmutter, Jahrhunderte leisteten ihr Gesellschaft.

»Ich habe heute den Hufschmied und den Pferdewirt im Wald getroffen. Sie waren auf der Jagd nach dem Deserteur«, erzählte Teo. Die Großmutter bewegte lautlos die Lippen, als antworte sie ihm im Traum.

»Ich hänge an Moorstedt, so wie ich an den Menschen hier hänge. Aber die beiden führen mir etwas vor Augen, das ich nicht gesehen habe, bevor ich nach Sybaris 7 gegangen bin. Moorstedt liegt unter einer Glasglocke, einsam und allein mit seiner Vergangenheit, seinen Traditionen und sich selbst. Wohin auch immer du gehst, Moorstedt liegt hinter dir. Jeder Blick auf dieses Städtchen ist ein Blick zurück. Und die Menschen verteidigen diesen Kosmos mit Schmiedehammer und Gänseflinte. Wer ihn verlässt, ist untreu, wer ihn nicht verteidigt, ist ein Verräter. Dabei hat Moorstedt bereits alle Luft unter der Glocke veratmet. Es erstickt. Rolands und Christians größte Sorge scheint die Störung dieser Totenruhe zu sein. Mich stößt es ab, mit welchem Eifer sie den Deserteur jagen, weil er nicht für diese verlorene Provinz kämpfen und sterben will. Und was sie ihm antun, könnten sie bald auch mir antun. Sie sind den Männern aus Sybaris 7 ganz ähnlich, die den Deserteur einen *Fehler* nennen, weil er seine Funktion als Soldat nicht erfüllt. Ist es denn ein Fehler, wenn man nicht sterben will? Ich verstehe noch viel zu wenig von alldem. Aber die Horizonte liegen weiter, seitdem ich im Schwarm bin. Es gibt keine Einsamkeit dort, weil jederzeit jemand zu dir spricht. Es gibt keine Dunkelheit, weil überall Bilder leuchten. Von allem, wovor ich mich gefürchtet habe, befreit mich der Schwarm. Deshalb denke ich immer an die Reporterin, auch wenn ich es nicht will. Sie hat meine Neugier entfacht, und gerade die große Enttäuschung über ihr Verschwinden macht sie unvergesslich. Ich weiß nicht, ob du sie mögen würdest. Sie ist alles, was man hier nicht ist: Tag um Tag anders, weltgewandt, hat jeden Breiten- und Längengrad überquert. Aber wenn der Schwarm so viel Gutes für mich bewirkt hat, dann kann er das vielleicht auch für Moorstedt? Mir bleibt keine andere Wahl, als darauf zu vertrauen. Mein Beruf geht genauso unter wie dieses Städtchen.«

Teo hielt inne, ließ den Blick auf der alten Dame ruhen, die vor sich hin dämmerte. Ganz offensichtlich hatte sie ihn nicht gehört, aber es tat ihm gut, einmal ausgesprochen zu haben, was ihm auf dem Herzen lag.

Er erhob sich. Die Dielen knarzten. »Danke, dass du für mich da bist«, sagte er. »Und morgen feiern wir deinen Geburtstag.«

Großmutter genoss in Moorstedt eine große Wertschätzung und pflegte als Witwe des früheren Bürgermeisters zahlreiche Freundschaften, sodass man einen Ansturm von Gratulanten erwartete und sich die Mutter sorgte, ob in den Festsaal des »Ahorn« ausreichend Stühle passten.

Am Nachmittag traf die Familie mit Vaters Jagd-Geländewagen am Gasthof ein. Teo und die Mutter halfen der Jubilarin aus dem Auto, während sich der Vater und Konrad nach den ersten Gästen umsahen. Als Teo seine Großmutter zum Eingang führte, bemerkte er, dass sich auf dem Wirtschaftshof die Soldaten für ihren Aufbruch an die Front bereit machten. Das Zelt wurde abgebaut, Kisten und Vorräte verladen, Fahrtrouten besprochen. Der Ingenieur inspizierte die mobile Schwarmeinheit.

»Pass auf dich auf!«, rief ihm Teo zu.

»Geh dich verabschieden«, sagte die Mutter milde und winkte Konrad herbei, ihr mit der Großmutter zu helfen.

Der Ingenieur umarmte Teo. »Ich hab dich im Speicher«, sagte er, mit einem Fuß auf der Trittstange zum Führerhaus des Lastwagens.

»Ich dich auch.«

Teo bedauerte, dass der Ingenieur an die Front musste und den Schwarm mitnehmen würde. Sobald sie außer Reichweite wären, würde sein Funknerv nichts mehr empfangen.

»Hören wir voneinander?«, fragte er.

»Habe ich etwa eine Funktion für dich?«

Die Frage machte Teo verlegen. »Wir sind doch Freunde, oder?«

Daraufhin hauchte der Ingenieur ein warmes Lachen aus. »Du musst dich an keine Menschen mehr klammern. Wir sind beide im Schwarm. Vergiss deine Angst vor Trennungen! Es gibt sie nicht.«

Teo nickte, aber es würde wohl dauern, bis er sich daran gewöhnte. »Hast du außer deiner Funktion auch einen Namen?«, fragte er.

»Du weißt, in Sybaris 7 bedeuten Namen nichts.«

»Aber wir sind in Moorstedt.«

Noch einmal lachte der Ingenieur. »Wenn's dir hilft: Bevor ich eine Funktion hatte, nannten mich meine Eltern Lewoslaw.« Er klopfte Teo freundlich auf die Schulter. »Ich muss los. Hilf deiner Familie!«

Teo lächelte ihm zu, überzeugt von ihrer Verbundenheit. Vielleicht, so dachte er im Gehen, waren Freundschaft und Schwarm für den Ingenieur ein und dasselbe.

Als er an der Tür zum Gasthof angekommen war und die erste Stufe hinabstieg, rief der Ingenieur ihm noch nach: »Vielleicht sollte ihr Moorstedt verlassen. Der Krieg ist nicht mehr fern. Man beruft die Reservisten ein.«

Mit Sorge trat Teo in die Wirtsstube, auch wenn er sich nicht vorstellen konnte, dass über das verschlafene Städtchen jemals eine Granate zischen könnte.

Ein allumfassender Gesprächswirbel drehte sich im Festsaal. Hier trafen sich die zusammengekratzten Gesellschaftsreste Moorstedts, die auf einem Haufen doch noch recht lebendig wirkten. Noch hatte es keiner der Gäste gewagt, Platz zu nehmen an der großen Tafel, die aufgestellt war unter dem Schaftleuchter aus Messing und Glasspielen. Wegen des trüben Nebelwetters brannten bereits die zwei Dutzend Glühbirnen und streuten ein festliches Licht über das Porzellangeschirr, die silbernen Kuchengabeln und Kaffeelöffel, die Blechkannen auf den Keramikstövchen und die Tischdecke aus Damast. Die Wirtstochter ging mit einem Tablett herum, stellte sorgsam Likörgläser auf die Tafel, mit denen später auf die Großmutter angestoßen werden sollte. Elisa trug einen langen schwarzen Rock und eine weiße Bluse mit Rüschen an Knopfleiste und Kragen. In ihrer Eile fand sie dennoch Zeit für einen verlegenen Blick zu Teo hinüber, der an einem der zahlreichen kleinen Kastenfenster stand. Er lächelte höflich zurück, aber seit er den Schwarm wieder im Kopf hatte, hielt er das Treffen mit ihr im Mopedschuppen für einen ärgerlichen Fehler, der ihm vor Augen geführt hatte, wie sehr die Reporterin ihn gefangen nahm.

Verschämt schaute er auf den Wirtschaftshof hinunter, wo der militärische Tross sich in Bewegung setzte. Zuerst rollte der Geländewagen vom Hof, es folgten die mobile Schwarmeinheit, deren schwere Reifen den Boden zerwühlten, und der Versorgungswagen. Zuletzt fuhr der Radpanzer an, einige Soldaten saßen auf seiner abflachenden Front zwischen den Seitenspiegeln. Lange sah Teo ihnen nach. Er starrte auf den verfliegenden Abgasqualm, roch jedoch das Röstaroma des heißen Kaffees und den Duft der Kuchen und Torten. Wehmütig strich er mit der Hand über das Holz der Wandtäfelung. Er drehte sich erst dem Saal zu, als ein Raunen anhob. Die zwei Flügel der Eingangstür wurden geöffnet und die Eltern führten die Großmutter herein. Die Gäste wandten sich der Jubilarin zu und alle stimmten ein Lied an: »Hoch soll sie leben, hoch soll sie leben, dreimal hoch!«

Während der Gesang anhielt, schlich Teo zu seinem Platz am Tisch. Die Großmutter stützte sich auf zwei Gehstöcke, dennoch kam sie nur mit winzigen Schritten voran, wobei sie ihre Schuhe über den Parkettboden schob.

Konrad fasste Teos Arm und flüsterte: »Sie zittert so. Großmutter wird doch nicht zusammenbrechen?«

Tatsächlich wirkte sie schwächlich, ihre Bluse beutelte um den schmalen Bauch, der Rock flatterte um die dünnen Beine.

»Abgenommen hat sie«, sagte Teo. Erst im hellen Licht des Festsaals fielen ihm die eingefallenen Wangen auf und die trüben Augen, die sich weit in den Schädel verkrochen hatten. Um Nase und Mund war Großmutter blass, und die Anstrengung der wenigen Schritte zerrte an den Gesichtszügen, trieb ihr den Schweiß über die hohe Stirn bis auf den Nasenrücken.

Endlich hatte sie ihren Stuhl am Kopfende der Tafel erreicht. Dahinter befanden sich der Kamin und die Trophäenwand, an welcher Dutzende Geweihe von Hirschen und Rehböcken hingen sowie die Gewaffe der Keiler, aufgeschraubt auf geschnitzten Holztafeln. Der Vater zog den Stuhl zurück, damit sich die alte Dame setzen konnte. Vorsichtig löste sie sich vom haltenden Arm der Mutter, unsicher, ob nicht doch noch ein Sturz drohte, und ließ sich mit einem erschöpften Seufzen auf den Stuhl gleiten. Hinter ihr loderten im Kamin die Flammen, die Holzscheite knisterten.

Es folgte die Glückwunschrede des Bürgermeisters, der Großmutters Verdienste um die dörfliche Verwaltung lobte und die Moorstedter Chronik als ihr Lebenswerk würdigte. Auch Teos Eltern sprachen ihr Dank und Zuneigung aus. Sprechnebel, Wortgewölk, Satzdampf ermüdeten die alte Dame sichtlich, die zunächst gähnte, hinter der knochigen Hand verborgen, bald die Augen schloss, um sie auszuruhen, bis ihr Kopf in leichtem Schlaf wippte.

Endlich hatte auch der Direktor seine Rede beendet. Die Feiergäste starrten die Jubilarin erwartungsvoll an, bis Vater ihr etwas zuflüsterte. Sie nickte und stützte sich auf den Tisch, erhob sich aber erst, als Teos Eltern sie unter den Armen fassten, um sie aufzurichten.

»Liebe Freunde, liebe Gratulanten. Das Stehen fällt mir schwer, auch das Sprechen. Meine Jahre sind reichlich, meine Kraft gering, aber eine Rede habt ihr verdient.«

Währenddessen ging Elisa von Gast zu Gast und schenkte jedem Kirschwasser ein. Teo sah die Großmutter sprechen, aber ihre Stimme hatte sich plötzlich verändert. Sie klang wie die Stimme einer jungen Frau. Undeutlich stiegen Worte aus einem Geräuschbrei. Verwirrt sah sich Teo um, ob auch die anderen Gäste den Klangtausch bemerkt hatten. Doch niemandem sah er etwas an. Hinter der Großmutter loderten die Flammen im Kamin auf. Qualm, Ruß, Funken spritzten umher, dass Teo zusammenzuckte. Ein Grollen, ein Beben noch, dann formten sich Sätze: »An der südöstlichen Grenze, an der Mündung der fünf Flüsse tobt seit zwei Tagen eine Kesselschlacht!« Nun legte sich über die sprechende Großmutter ein Bilderschleier. An ihrer Stelle erschien eine weibliche Gestalt. »Die Lage ist unübersichtlich; die Drohnen sehen nichts als Rauch und Schlamm. Aber schwere Waffen wüten.« Ein dunkler Knall ließ die Frau zusammenzucken. Hinter ihr, so erkannte Teo, brannte ein zerschossener Panzer aus. Es musste eine Schwarmübertragung sein.

»Die Verluste ...«, die Frau stockte kurz. »Die Gefallenen liegen in den Gräben, auf der Straße! Unzählige!« Das nächste Wort rutschte in ein Schluchzen. Immer deutlicher trat die Szenerie hervor, ein gelb umwölkter Himmel, ein Brandbild, meterhoher Feuerschlag, Blutlicht in ihrem Gesicht, glühende Schatten in den Augenhöhlen, dass Teo entsetzt die Hand vor den Mund schlug. Er erkannte die Reporterin, und sie sah ihn an, als blicke sie in eine Kamera. »Reserven werden nun ins Kampfgebiet verlegt.«

Darum also musste der Trupp des Ingenieurs aufbrechen, dachte er.

»Ich halte Sie auf dem Laufenden! Es berichtete von der Front … die Kriegsreporterin.«

Das Bild riss, zerfaserte, versickerte im Festsaal, in dem es still geworden war. Alle starrten Teo an, der seine Hand noch immer vor dem Mund hielt und offenbar einen furchtbaren Eindruck machte. Konrad fasste ihn an der Schulter. »Is' dir nicht gut? Setz dich doch!«

Wortlos sank Teo auf den Stuhl. Er fühlte sich ganz benommen, umhergeworfen zwischen dem Schwarm und dem Festsaal. Die Reporterin war eine Kriegsberichterstatterin geworden und an der Front zu finden. War sie deshalb immer offline, weil sie sich tief in der Provinz, außerhalb des Schwarmfunks bewegte? Was bedeutete das für ihn?

»Offenbar«, fuhr die Großmutter fort, »hat die Rede einer alten Frau eine erschütternde Wirkung auf die Jugend.«

Die Gäste lachten, dankbar für diesen Scherz, der sie von der peinlichen Anspannung befreite.

Teo versuchte sich zwischen Festsaal und Front wiederzufinden und schämte sich für den verwirrten Eindruck, den er wohl gemacht hatte.

»Um an meine Worte anzuknüpfen, liebe Freunde: Ich bin glücklich, so lange unter euch zu sein, dass mein Leben ein gutes Stück der Stadtgeschichte umfasst und ich viele Seiten der Chronik aus eigenem Erleben aufschreiben konnte.«

Der Satz hatte sie viel Kraft gekostet. Sie holte Luft, stützte sich mit der linken Hand auf die Tischplatte, wobei ihr dünner Unterarm zitterte. Schon hatte sie den Mund geöffnet, um weiterzusprechen, da schnitt ihr ein Scheppern und Klirren das Wort ab. Die Feiergäste fuhren zusammen.

»Was denn jetzt?«, rief der Vater, verärgert über die neuerliche Unterbrechung.

Elisa hatte das Tablett fallen lassen, das nun zu ihren Füßen in einem Scherbenhaufen zersprungener Gläser lag. Mit aufgerissenen Augen starrte die Wirtstochter auf den Wirtschaftshof. »Meine Güte! Sie wollen ihn aufhängen!«, sagte sie.

Die Gäste wandten sich zu den Fenstern um, sahen sich ratlos und verwirrt an. Teo fasste sich als Erster, ging zu Elisa, um das Tablett aufzuheben. Als er sich wieder erhob, folgte er ihren Blicken. Es dauerte einen Augenblick, dann drehte er sich der Feiergesellschaft zu. »Roland und Christian ... sie haben den Fahnenflüchtigen gefangen«, sagte er mit unsicherer Stimme. »Sie werfen gerade ein Seil über einen der Äste.«

Unruhe packte die Menschen im Saal, einige standen auf und traten ans Fenster, aber niemand schien zu wissen, was zu tun war.

Schließlich ergriff der Bürgermeister Wort und Glas: »Es ist jetzt wichtig, Ruhe zu bewahren. Bringen wir die Rede erst einmal gesittet zu Ende.« Mit der Hand machte er eine bittende Geste zur Großmutter, die erschöpft seufzte.

Diese versumpfte Provinz, dachte Teo, voller Wut über die Untätigkeit der Menschen im Raum und über Rolands und Christians Anmaßung, sich zu Richtern aufzuspielen.

»Komm, Konrad!«, rief er seinem Bruder zu.

Auch Elisa lief ihm nach, und während sie die Tafel umrundeten, um zum Ausgang zu gelangen, schlossen sich ihnen weitere Feiergäste an. Im Gehen sendete Teo dem Ingenieur noch einen Hilferuf. Hoffentlich würde er die Nachricht bekommen.

Die Eltern und einige der älteren Gäste schauten erbost. Indes nahm die Großmutter lächelnd Platz, offenbar erleichtert, dass der Aufbruch sie von der Redepflicht entband. Sie nahm das Schnapsglas, kippte es hinter, lehnte sich zurück und nickte Teo freundlich zu.

Als Teo aus der Tür des Gasthofes stürmte, zerriss ein aufbrausender Wind die Nebeltücher. In Fetzen wirbelten sie auf.

»Lauf du zur Wache und hol Hilfe!«, rief Teo der Wirtstochter zu und rannte zum Ahornbaum. Dort erkannte er mit Erleichterung, dass der Schmied und der Pferdewirt nicht so wahnsinnig waren, den Deserteur am Hals aufzuhängen. Sie hatten ihm die Hände gefesselt und schickten sich an, das Seil über einen Ast zu werfen, um ihren Gefangenen daran hinaufzuziehen. Der trug noch immer die weit geschnittene Sommerjacke, die olivgrüne Hose und die Gummistiefel, die er im Mopedschuppen des Gasthofes gestohlen haben musste. Er machte einen beklagenswerten und abgemagerten Eindruck, als der Schmied und der Pferdewirt an dem Seil zogen und er mit den Füßen strampelte und schließlich in der Luft baumelte. Der Ast knarzte unter der Last. »Lasst ihn runter!«, schrie Teo. Vor Wut überschlug sich seine Stimme.

»Dann läuft er aber weg«, entgegnete der Pferdewirt und schlang das Seil um den Stamm, wo er es fest verzurrte und verknotete. Unter dem Deserteur schlich die Katze umher, setzte graziös in offenbarer Zufriedenheit Pfote um Pfote auf den erdigen Boden, wellte und bog ihren Schwanz und schielte mit dem goldenen Auge gegen das grüne.

Voller Verachtung sah Teo sie an. Sie paktierte mit dem Schmied und dem Pferdewirt.

»Es hat Mühe gemacht, ihn zu schnappen«, brummte Roland.

»Niemand hat euch darum gebeten.« Teo näherte sich dem Gefangenen, der ihn Hilfe suchend ansah. »Wie habt ihr ihn überhaupt erwischt?«

»Das ist unsre Gegend«, sagte Christian mit Stolz in der Stimme. »Hier kennen wir uns aus. Wie haben ihm beim Wasserholen am Bach überrascht.«

»Haben wir deinem Katzenvieh zu verdanken«, ergänzte Roland.

Inzwischen war die Feiergesellschaft fast vollzählig um den Baum versammelt. Man redete durcheinander, zeigte auf den Fahnenflüchtigen, der mit gestreckten Armen am Ahornast hing. Sein Gesicht war zerschunden, das linke Auge zugeschwollen und das Jochbein verschoben. Die beiden hatten ihn schlimm zugerichtet. Vielleicht sogar mit dem Hammer, fürchtete Teo. Der Deserteur stöhnte vor Schmerz und der Bürgermeister besprach sich mit dem Schulleiter, dem Vater und dem Pfarrer. Auch die Wirtin kam aus der Küche und schob missmutig die Unterlippe vor.

Teo wandte sich an die ergrauten Herren. »Wir müssen ihn runterlassen! Sofort! Er hat Schmerzen!«

Der Bürgermeister steckte die Daumen in die Westentaschen und sagte: »Du hast doch die Tochter der Wirtin auf die Wache geschickt. Lasst uns auf den Wachtmeister warten. So lange wird der dort oben es noch aushalten.«

Da trat Konrad neben Teo. »Ihr wollt ihn hängen lassen?«

»Unsre beiden Helden dort«, der Bürgermeister wies auf den Schmied und den Pferdewirt, »haben ganz recht: Wenn er kein Bein auf den Boden bekommt, kann er nicht weglaufen.«

Entschuldigend hob der Schulleiter die Schultern, als könne man nichts ändern, was der Bürgermeister entschieden hatte.

Für einen Augenblick sah Teo die Herrenrunde fassungslos an. Dann drehte er sich zu dem Deserteur um, packte ihn an den Beinen, um ihn zu stützen und seine Arme zu entlasten. Auch Konrad half mit. Gemeinsam hoben sie ihn an, dass seine Schultern sich entspannten, die Arme sich leicht beugen konnten.

»Kommt weg dort!«, befahl der Vater. »Wir mischen uns nicht in diese Angelegenheiten! Wir gehören nicht zu diesen Fremden!«

Durch den Schwarm stotterten Sätze in Teos Kopf: »Hört mich jemand? … Ich habe diesen Leuten nichts getan! … Ich bin nur weggerannt! … Lasst mich frei! Helft mir!«

Durch dieses Flehen, diese geteilten Gedanken wurde Teo bewusst, dass er durch den Schwarm stärker mit dem Deserteur verbunden war, als er es für möglich gehalten hatte. Er glaubte sogar, die Angst zu spüren, als hätte ihm der Gefangene auch seine Empfindungen geschickt.

»Doch! Ich gehöre zu *diesen Fremden*!«, entgegnete Teo daher seinem Vater. Und als ihm klar wurde, was er gesagt hatte und dass auch er ein Teil des Schwarms war, wiederholte er: »Ich gehöre zu ihnen, so wie ich zu euch gehöre!« Er sah zu dem Deserteur hinauf, in sein blasses Gesicht, in die weit aufgerissenen Augen. Mit dem Blick klammerte sich der Mann an Teo. Und mit tonloser Stimme sagte dieser: »Wer Angst hat, sieht überall Feinde.«

»Hau ab!«, schnauzte Roland. Er stieß Teo den Hammerstiel grob in die Rippen.

Vor Schmerz geriet Teo ins Wanken, machte einen Ausfallschritt nach links, aber der Schmied setzte sein dickes Bein dazwischen, dass Teo darüberstürzte. Im Fallen ließ er den Deserteur los und fing seinen Aufprall mit den Handflächen ab. Die Haut an den Fingern und Ballen brannte fürchterlich. Noch hatte Konrad den Mann am linken Bein gepackt, aber durch das plötzliche Ungleichgewicht rutschte auch er ab und der Aufgehängte fiel ohne Halt, bis das Seil sich spannte. Ein kräftiger Ruck zitterte durch das menschliche Pendel. Der Baum krachte. Allmählich neigte sich die Krone, dann splitterte das Holz und der Ast stürzte herab, riss Zweige und Blätter mit sich. Fauchend sprang die Katze davon. Der Deserteur schlug mit den Knien auf, ein kurzer Schmerzensschrei gellte, bevor das Geäst ihn ebenso begrub wie Teo und Konrad.

Sofort sprangen Roland und Christian herbei – nicht, um den Brüdern zu helfen, sondern um den Deserteur zu packen. Unter den Holztrümmern hörte Teo das Wühlen von Händen, aufgeregtes Rufen, das Knacken, Brechen und Rascheln. Er spürte keinen Schmerz, fühlte sich unversehrt, aber seine Gliedmaßen waren eingeklemmt. Nur den rechten Arm konnte er bewegen. Sein Bruder war nicht zu sehen in dem Wirrwarr aus Zweigen, Ästen, Rinde, Blattfetzen. Durch den niedergestürzten Schatten erkannte er jedoch den Deserteur neben sich. Der Mann rührte sich nicht, versuchte nicht, sich zu befreien. Und erst allmählich fiel ihm auf, dass der schwere Ast, an dem er gehangen hatte, quer über seinen Schultern lag, dort, wo sich der Hals befinden musste.

Er sprach ihn über den Schwarm an: »He, bist du verletzt?« Aber der Mann antwortete nicht.

Unterdessen kamen die Hände derer näher, die nach ihnen suchten. Sie rüttelten am Gezweig, raschelten durchs Laub. Von überall knirschte die eifrige Rettung. Jemand rief: »Eins, zwei, drei!« Und das Gestrüpp um Teo hob sich, Licht zuckte durchs Gehölz. Sein Körper fühlte sich plötzlich luftleicht an; jemand zog ihn herauf und er fand sich bei seinem Vater wieder, der ihn mit beiden Händen unter den Armen hielt.

Konrad hatte sich selbst befreien können und trat nun schwankenden Schrittes auf Teo zu. Roland und Christian versuchten, den Deserteur zu holen, hielten aber inne, als sie ihn gefunden hatten. Mit angewidertem Gesicht wandte sich der Hufschmied ab, der Pferdewirt starrte gebannt ins Geäst.

»Was ist?«, rief Teo den beiden zu.

Roland stemmte die Hände in die Hüfte. »Der Ast hat ihm den Hals zerquetscht. Ihr hättet die Finger von ihm lassen sollen!«

Alles war so schnell gegangen. Noch hetzte Teos Herz durch den Schock, und die Knie fühlten sich an wie geschmolzen. Jemand war gestorben! An dieser Stelle! Gerade im Augenblick zuvor! Das konnte man nicht begreifen, nicht sofort. Verlogen war diese Ruhe danach. Sie tat ahnungslos, aber schlich dem Schrecken nach. Nie zuvor hatte Teo eine solche Beklemmung empfunden. Sprachlos sah er, wie die Katze auf einer Baumwurzel saß und sich zufrieden putzte. Wie konnte dieses Tier nur so kaltherzig sein! Hätte der Vater ihn nicht gehalten, Teo wäre zusammengesunken.

»*Ihr* hättet ihn nicht an diesem Ast aufhängen sollen!«, fuhr Konrad den Hufschmied an.

»Jedenfalls ist die Feier nun verdorben«, sagte der Bürgermeister und die Gäste stimmten ein missmutiges Murren an, einig darin, dass die Brüder sich nicht hätten einmischen sollen. Manche schüttelten die Köpfe, andere bedauerten, dass die Heldentat des Schmieds und des Pferdewirts durch das Eingreifen der Brüder getrübt worden sei. »Unerhört!«, rief jemand aus der Menge.

Teo sah seinem Bruder in die Augen. Offenbar waren sie die Einzigen, die dem Tod des Deserteurs mehr Gewicht beimaßen als der gestörten Geburtstagsfeier. Die Mutter schwieg, als wollte sie sich aus dem Streit heraushalten. Ebenso der Schulleiter.

Daraufhin trat der Vater zu Konrad und Teo. Er breitete die Arme vor seinen Söhnen aus und führte sie von der Menge fort, über den Wirtschaftshof zum Mopedschuppen. »Ihr dürft nicht so lange vor den aufgebrachten Menschen rumstehen! Je länger die auf die Zielscheibe starren, desto stärker wird ihr Bedürfnis, darauf zu schießen.«

Eine Weile hörten sie noch, wie tief der Ärger allseits saß, dass die Geburtstagsfeier mit einem Todesfall endete. Die Moorstedter spekulierten und redeten wild durcheinander, und bald schon mischten sich weitere dumpfe Stimmen ein: »Alle bleiben hier! Alle sagen aus!« Zwei Wächter waren mit Elisa zum Gasthof gekommen.

Und auch die Soldaten hatten Teos Hilferuf über den Schwarm gerade noch erhalten. In einem Geländewagen kam der Ingenieur mit zwei Männern und einem Oberleutnant angerast.

»Es war nicht falsch, dem Deserteur zu helfen«, sagte Teo mehr zu sich selbst als zu Konrad, der schweigend neben ihm saß und beobachtete, wie die Soldaten mit den Geburtstagsgästen sprachen. Daneben standen mit erhobenen Köpfen der Hufschmied und der Pferdewirt, im Verhör belauscht von der Katze zu ihren Füßen. Die Mutter war in Tränen aufgelöst. Die sorgfältig vorbereitete Feier hatte im Schlimmsten geendet. Der Vater schloss sie tröstend in die Arme. Die meisten der Gäste kehrten nach ihrer Aussage in den Saal zurück, tranken, aßen und redeten aufgeregt über den Vorfall.

Nach einer Weile kam der Ingenieur zu Teo und Konrad an den Mopedschuppen. »Man könnte glauben, an diesem Unsinn mit dem Katzenkompass wäre etwas Wahres dran. Die beiden schwören auf Amboss und Zaumzeug, dass das Tier sie zu dem Deserteur geführt hätte.«

»Mir ist die Katze nicht geheuer«, antwortete Teo. »Die Reporterin soll sie wiederhaben. Und ich denke, ich weiß auch, wo sie ist.«

»Ich habe die Übertragung ebenfalls empfangen«, sagte der Ingenieur. Gelassen steckte er die Hände in die Taschen seines olivfarbenen Overalls.

»Ich mache mir Sorgen. Sie wirkte verletzlich, ängstlich.«

»Ja, das macht das Sprengen und Sterben um sie herum.«

»Ich will zu ihr! Sie von dort mitnehmen, ihr die Katze zurückgeben, fortsetzen, was wir in ihrem Dschungel begonnen haben!«

»Du willst an die Front? Für ein Pelzvieh und einen Menschen? Du kannst die Reporterin nicht mitnehmen, es ist ihre Funktion, dem Schwarm zu berichten. Du wirst andere Menschen kennenlernen, die deine Bedürfnisse erfüllen, und die Reporterin wird ein neues Haustier halten. Aber dich hast du nur einmal.«

Teos Bruder machte ein ratloses Gesicht.

»Nur, weil man etwas ersetzen kann, heißt das nicht, dass man es ersetzen will. Warum soll man nicht behalten wollen, was man liebgewonnen hat?«

»Liebgewonnen hast du sie, die Reporterin?«

»Vielleicht. Ich weiß nicht …«

»So viel Verbundenheit nach einer Nacht? Nein, du willst die Zurückweisung, die dich verletzt hat, ungeschehen machen. Du willst nicht die Reporterin, du willst *dich* heilen, weil du anhänglich bist.«

So hatte Teo seine innere Welt noch nicht betrachtet. Ging es ihm etwa wirklich weniger um die Reporterin als um sich selbst? Darüber würde er nachdenken müssen.

»Wofür sollte man denn sonst an die Front gehen? Wofür gehst du?«

»Weil es meine Funktion ist.«

»Dann lass mich auch meine Funktion erfüllen!«

»Und welche soll das sein?«

»Ich bin der Sucher und ich kenne die Provinz. Lasst mich für euch einen Weg an die Front suchen!«

Bekümmert seufzte der Ingenieur, atmete gedehnt aus. Er wandte den Kopf um. In diesem Augenblick hörten sie, wie zahlreiche Hände Beifall klatschten. Der Hufschmied verbeugte sich vor der Festgesellschaft, Christian warf den Menschen unbeholfene Handküsse zu.

»Offenbar haben die beiden nichts zu befürchten von den Leuten hier«, sagte Lewoslaw.

»Die gehören auf die Anklagebank für das, was sie dem Deserteur angetan haben!«, antwortete Teo scharf.

»Deserteure können dieser Tage nirgends auf Verständnis hoffen. Auch nicht bei den Behörden. Wer im Schwarm für Fahnenflucht Milde fordert, wird schnell begraben unter Beleidigungen,

Zynismus und Hass. Wenn ein Schwarm bedroht wird, zwingt er seine Mitglieder im Gleichschritt in die Gräben.«

Teo fasste ihn am Oberarm und der Ingenieur machte einen Schritt auf ihn zu, dass beider Nasenspitzen sich beinahe berührten. »Lässt du mich für euch einen Weg an die Front suchen?«

»Sei nicht dumm!«

»Es ist nicht dumm, dass ich mich um die Reporterin sorge! Lasst mich mit euch fahren!«

Kurz schwieg der Ingenieur, als wolle er Teo Gelegenheit geben, sich seinen Entschluss noch einmal zu überlegen. Endlich sagte er: »Wir haben keinen freien Platz im Geländewagen. Und du bist nicht gut zu Fuß. Deine Beine sind zu schwach zum Marschieren.«

Konrad mischte sich ein: »Dann nehmen wir unsere Mopeds!«

»Wir?« Überrascht wandte sich Teo an seinen Bruder. »Das ist nicht deine Sache!«

»Du gehst wegen dieser Reporterin, also lass mich wegen dir gehen! Ich würde es mir nie verzeihen, wenn ich nicht auf dich aufpassen könnte.«

Teo wusste, dass Konrad ihn ebenso beschützen wollte wie er die Reporterin. Und wenn er sich nicht von dem Ingenieur abhalten ließ, ließ sein Bruder sich auch nicht von ihm abhalten. In dieser Gefühlsgleichheit waren sie verbunden. Und wäre ihm nicht auch selbst wohler zumute, Konrad an seiner Seite zu haben?

»Gut«, sagte er. »Wir wissen beide, was wir tun.«

Der Ingenieur verzog missmutig den Mund. »Vielleicht als zivile Helfer? Das entscheidet der Oberleutnant. Aber jeder Befehl wird befolgt, das muss euch klar sein! Jeder Schritt außer der Reihe gefährdet euch und uns!« Ihm war sichtlich unwohl.

»Jawohl!«, stimmte Teo zu. Lieber im Krieg vor den Kugeln ducken, als in Moorstedt unter diesen kaltherzigen Menschen bleiben.

Er erschrak über diesen wutschnellen Gedanken, denn er liebte doch eigentlich seine Heimatstadt.

»Lasst uns hoffen, dass alles ein gutes Ende nimmt«, sagte der Ingenieur und berührte den rotgoldenen Anhänger auf seiner Brust. »Aber der Schwarm hat da seine Zweifel ...«

In den letzten Tagen waren die Bauarbeiten an Teos Elternhaus gut vorangekommen. Neue Mauerziegel und frische Balken stapelten sich in der Einfahrt. Das schwache Licht der Lampe am Hauseingang winkte wie ein Taschentuch im Abenddunkel. Die Eltern begleiteten Teo und Konrad, als die Brüder ihre Mopeds aus dem Schuppen holten und am Gewächshaus des Vaters vorbei auf die Straße schoben. Es roch nach dem frisch eingefüllten Benzin, das in den Tanks schwappte.

In Moorstedt gab es noch Abschiede. Hier sagte man *»Lebwohl!«* und *»Auf Wiedersehen!«*, hier trennte man sich, wenn es sein musste. Man konnte sich ganz und gar aus den Augen verlieren. Das muss für Schwärmer, die nicht mehr daran gewöhnt waren, ein schlimmes Gefühl sein, überlegte Teo, als er ins gerötete, geschwollene Gesicht der Mutter sah. Seit dem Vorfall im Gasthof waren ihre Nerven rissig, die Ereignisse rollten über sie hinweg. Sie bat ihre Söhne, nicht aufzubrechen.

Vor einigen Wochen hatte sie ihn noch fortgeschickt, überlegte Teo, nach Sybaris 7, obwohl er nicht wollte, und heute wollte er fort ins Sumpfland, aber sie konnte ihn nicht gehen lassen. Es berührte ihn, wie sich die Wünsche gedreht hatten.

»Pass auf deinen kleinen Bruder auf!«, sagte sie zu Konrad und drohte mit dem Finger, aber ihr Blick konnte nicht streng sein, sondern nur traurig.

Konrad klopfte auf den Tank, dumpf und blechern der Klang.

»Bis ihr zurück seid, haben wir die Ruine wiederaufgebaut«, sagte der Vater und nickte dem Haus zu. »Und auch der Ahornast wird nachwachsen. Irgendwann. Und die Moorstedter beruhigen sich. Vielleicht.« Der Vater wünschte den Söhnen Glück. »Aber haltet euch fern von dort, wo's gefährlich ist!«

Noch nie, soweit Teo sich erinnerte, hatte sich sein Vater so besorgt angehört.

»Ich versprech's«, antwortete er, hob schwörend die Hand, bevor er den Benzinhahn öffnete, den Schlüssel im Zündschloss auf Position brachte, leicht am Gasgriff drehte und kräftig auf den Kickstarter trat. Das Moped wachte auf, räusperte sich, hustete, knatterte vor Tatendrang. Überraschend fand sich die Katze freiwillig zur Abfahrt ein. Sie sprang auf den Ledersitz von Teos Moped und saß darauf wie eine Dame, die eine Droschke bestiegen hatte. Es machte ganz den Eindruck, als könne sie es gar nicht erwarten, dem Nest nachzureisen und den Krieg zu sehen, so wie Teo dem Wiedersehen mit der Reporterin entgegenfieberte.

»Ich bringe ihn heil zurück!«, rief Konrad den Eltern durch den Motorenlärm zu.

Erst als Teo anfuhr, gestand er sich seine Verunsicherung ein, seine Furcht, und er dachte an das schwer zu deutende Lächeln, mit dem der Oberleutnant eingewilligt hatte, dass sie mitfuhren. Etwas Unheilvolles lauerte in den Sümpfen, das ahnte er.

Er folgte seinem Bruder, winkte Mutter und Vater noch einmal zu, die Katze auf dem Schoß, den Funknerv auf Empfang, bereit, sich an der Welt zu messen.

# VIERTER TEIL

# WIE AUF ERDEN, SO IM HIMMEL

## XXII.

Je weiter der Verband zur Front vorstieß, desto seltener rollten die Reifen über befestigte Straßen, sondern fuhren über erdige und holprige Wege. Wie Teo diese Gegend kannte, würde der Trupp verschlammen, in Pfützen versinken oder abrutschen in die Gräben, sobald der Herbstregen wieder ausdauernd übers Land striche. Dann kämen sie schwerlich voran. Neben seinem Bruder fuhr er dem Konvoi voraus als Späher, dass sie nicht in einen Hinterhalt gerieten. Die Katze fuhr im Funkhaus der Schwarmeinheit mit. Im *Nest*, wie alle das Fahrzeug nannten, fühlte sie sich augenscheinlich am wohlsten.

Bei jeder Rast versuchte Teo, über den Schwarm die Reporterin zu erreichen. Aber er erhielt keine persönlichen Antworten. Vermutlich sahen Tausende ihre Berichte und schickten ihr Nachrichten.

Die Nächte tauchten Zweige und Gräser in Frostmilch, und Reif gerann darauf. In den Spurrinnen der Wege sammelten sich Blätter, zart vereist. Erst in der Sonne des auftreibenden Tages taute die Landschaft, die in schlammweichen Hügeln aufschmolz; gelbsüchtig siechten die Herbstwälder mit zerzausten Kronen, der Kaltwind riss ihnen das Laub aus den Köpfen. Die Haine zerfielen, aussätzige Pappelkolonien, Eichen, Ahornbäume, Kastanien in Schüttelfrost und Winterangst. Durch die Wälder strichen die jungen Fuchsrüden, die das Revier der Eltern verlassen hatten.

Die Fahrt dauerte bereits zwei Tage, da stießen Konrad und Teo auf einen Geländewagen im Straßengraben. Die Vorderachse war gebrochen, die Achslenker verbogen. Er war ebenso bronzegrün lackiert wie die Fahrzeuge des Zuges, mit dem die Brüder fuhren.

Wahrscheinlich war der Wagen von einem anderen Trupp hier zurückgelassen worden. Vielleicht ein Unfall, als die Straße vom Regen schmierig war, überlegte Teo. Ihn überkam Unruhe bei der Begegnung mit dem Wrack.

»Wir nähern uns.«

Teo sendete seine Entdeckung über den Schwarm an den Zugführer. Vorerst, so erreichte ihn die Anweisung, sollten sie die Umgebung des beschädigten Geländewagens erkunden und dann warten, bis der Konvoi sie eingeholt hätte.

Sie stellten ihre Mopeds ab, um sich umzusehen. Weil Konrad keinen Funknerv hatte, musste Teo die Befehle an ihn weitergeben. Er kannte die Eigensinnigkeit seines Bruders, sprach deshalb umso deutlicher: »Du gehst gegen den Uhrzeigersinn, zwischen den Birken hindurch und dann im Kreis, bis wir uns treffen!«

Konrad nickte.

»Aber leise! Wir dürfen nicht entdeckt werden.«

Teo selbst ging im Uhrzeigersinn durch das Unterholz, seine Schritte fanden einen unerwartet weichen Boden abseits der Straße. Vermutlich lag ein Gewässer in der Nähe. Tatsächlich stieß er bald auf mannshohes Schilf und sank mit den Stiefeln in Matsch und Schlamm ein. Er kletterte auf eine umgekippte Esche, die wohl zu schwer für die feuchtweiche Erde geworden war, und überblickte einen kleinen Tümpel, an dessen Ufern Graugänse rasteten.

In einiger Entfernung sah Teo seinen Bruder durch die Birken schleichen. Ihn ärgerte, dass Konrad sich nicht besser verbarg. Anscheinend bemerkte er auch die Gänse nicht, sondern näherte sich ihnen, ohne etwas zu ahnen. Wenn sie ihn sehen, bricht sicher ein heftiges Geschnatter los, fürchtete Teo. Jeder in Hörweite, ob Freund, ob Feind, würde aufmerksam. Hoffentlich käme es nicht so weit. Wenn er ihn nur warnen könnte! Wenn Konrad einen Funknerv hätte!

Inzwischen war er so dicht am Ufer, dass er ebenfalls einsank. Unbeholfen zog er einen Fuß aus dem Morast und trat mit dem anderen auf einen Ast. Die Gänse zuckten mit den Hälsen, drehten rasch ihre Köpfe in seine Richtung. Sofort krakeelten sie los, schlugen mit den Flügeln, um den Eindringling zu verjagen.

Eilig zog sich Konrad wieder ins Gestrüpp zurück, aber das Knacken der Zweige und das Blätterrascheln verrieten seinen Fluchtweg. Teo hatte sich hingehockt, verborgen hinter Brombeergestrüpp, und lauschte, ob der Lärm irgendjemanden in der Nähe aufgeschreckt hatte. Doch nachdem die Gänse sich beruhigt hatten, blieb alles ruhig, dass man das leise Schwappen des Wassers hören konnte.

Die Brüder trafen einander an den Pfählen eines zusammengestürzten und verwitterten Hochstandes, nachdem jeder einen weiten Halbkreis gelaufen war. »Du hast die Gänse aufgeschreckt«, zischte Teo ärgerlich.

»Die saßen hinterm Schilf, wo ich sie nicht sehen konnte.«

»Hättest du auch einen Funknerv, könnte ich dich warnen.«

Aber Konrad winkte ab. »Wenn wir deine Reporterin gefunden haben, werde ich zurück nach Moorstedt gehen. Ich brauch das nicht.«

Teo schüttelte bedauernd den Kopf. Woher sollte sein Bruder auch wissen, was ihm entging? »Bald wird man den Schwarm auch dort empfangen.«

Jenseits des Straßengrabens erstreckte sich ein verwilderter Acker, den man weithin überblicken konnte. Als sie sich überzeugt hatten, dass sich außer ihnen niemand in der Umgebung aufhielt, kehrten sie zu ihren Mopeds zurück und warteten auf den Konvoi.

Der Trupp traf bald darauf ein. Gemeinsam mit dem Zugführer sichtete der Ingenieur das Wrack des Geländewagens im Straßengraben.

»Nichts Besonderes«, sagte er zu den Brüdern, als er wieder heraufgestiegen war. »Der Verlust ist im Schwarm schon gelistet. Der Wagen ist auf der engen Straße in den Graben gerutscht, als man einem Lastwagen ausweichen wollte. Ich werde einige Teile ausbauen, die wir brauchen könnten.«

»Warum mussten wir dann warten, wenn's hier nichts Besonderes gibt?«, fragte Konrad. Im Beisein der anderen Soldaten wirkte er immer irgendwie schwer von Begriff, weil man über den Schwarm nichts mit ihm teilen konnte und man ihm erst alles sagen und erklären musste. Vom Wissensvorrat der Schwärmer war er abgeschnitten. Teo bemühte sich um Nachsicht, denn er musste in Sybaris 7 ähnlich gewirkt haben. Dennoch hatte er sich schnell daran gewöhnt, mit den Gedanken anderer verbunden zu sein, dass es ihn ein wenig beunruhigte, nicht zu wissen, was im Kopf seines Bruders vorging. Konrad stand außerhalb, erschien ihm zunehmend fremd und nicht berechenbar.

»Der Oberleutnant hat den Kontakt zum Kompaniehauptquartier verloren«, antwortete der Ingenieur. Er schob seine Splitterschutzbrille hoch und sah die Brüder nachdenklich an, als müssten sie wissen, was das zu bedeuten hatte.

Doch da sie nicht antworteten, sagte er: »Außerdem haben wir Nachricht, dass die Position, zu der wir vorrücken sollten, an den Feind gefallen ist.«

Ein Unteroffizier trat heran. »Wir halten uns südlich. Es geht zum Kompaniehauptquartier!« Daraufhin schickte er Teo über den Schwarm einen Kartenabschnitt mit eingezeichneter Route.

»Vorsicht jetzt!«, mahnte der Ingenieur. »Das Gelände wird heißer.«

Indes hob das Lärmen der Gänse wieder an, das Rauschen von Flügel und Federbausch. Der Vogelschwarm flatterte aus dem Schilf, verließ den Tümpel gen Norden, und Teo fragte sich, ob sie nicht hätten nach Süden fliegen müssen zu dieser Jahreszeit. Nach Süden, wohin auch sein Weg führen sollte.

Die letzte Meldung des Kompaniehauptquartiers hatte der Oberleutnant aus einem Bahnhofsgebäude an der Schnellzuglinie erhalten. Im Trupp gingen Gerüchte um, warum die Verbindung abgebrochen war. Allen Überlegungen war gemein, dass der Feind dahintersteckte. Also fuhren sie dorthin, wo diese Gestalten aus den Schwarmträumen spukten, wo sie Macht hatten.

Vergeblich forschte Teo nach der Angst in sich. Stattdessen fand er Aufregung und sogar Kraft, wenn er die entschlossenen Gedanken der anderen hörte und in das zuversichtliche Gesicht des Ingenieurs sah.

Sie erreichten die Bahntrasse am nächsten Tag und folgten ihr über den Schotterweg, der daneben verlief. Das Wetter trübte vor sich hin, Nebel floss wie milchiges Abwasser um Hügel, Hang und Hain. Für Konrad und Teo wurde es schwierig, bei der geringen Sichtweite ihrem Auftrag als Späher und Sucher nachzukommen. Bald stießen sie auf Krater rings um den Weg, der offenbar einige Zeit zuvor von schwerer Artillerie beschossen worden war. Die Räder der Mopeds rutschten durch die aufgeworfene Erde, fraßen sich zuweilen fest im Dreck. Die Brüder waren so weit vorausgefahren, dass sie beinahe außerhalb der Sendereichweite des Nests waren, als sie auf zwei Wachsoldaten in Exoanzügen stießen. Unter vorgehaltenen Gewehren mussten sie sich erklären.

»Sagt der Schwarm nicht, dass wir zu euch gehören?«, fragte Teo.

»Unsere Schwarmeinheit ist zerschossen«, entgegneten sie mit unsicherer Stimme. Sie machten einen verlorenen Eindruck in ihren mechanischen Halterungen und schienen nicht zu wissen, was zu tun war. Dann aber schienen ihre Funknerven die Signale des näher kommenden Nests aufzufangen und erleichtert winkten sie Konrad und Teo weiter. Die folgten dem Weg und fanden kurz darauf das ausgebrannte Wrack einer Schwarmeinheit. Das Funkhaus war von einer Granate aufgesprengt; zerrissenes und verbogenes Metall verstreute sich im Umkreis, geborstenes und verkohltes technisches Gerät, das Führerhaus war durchlöchert wie ein Seiher für Nebel und Sprühregen. Der Geruch verschmorten Kunststoffs umlagerte die Trümmer, die Antenne lag wie ein blitzgefällter Baumstamm quer im Feld. Verkeilt zwischen den zerstörten Trittstangen sah Teo das abgefetzte Bein eines Menschen. Fassungslos rollte er auf seinem Moped vorbei, vergaß beinahe, auf den Weg zu schauen. Sein Bruder winkte zum Wrack hin und rief ihm zu: »Deshalb gab es keine Meldung mehr vom Hauptquartier!«

Sie passierten einen Portalkran, der sich über die Gleise streckte und vier Soldaten als Aussichtsplattform diente. Durch den

Nebel gewann allmählich ein Gebäude an Form, zu dessen Rückseite die Bahnstrecke führte. Es war ein zweistöckiger Ziegelbau mit Mansarddach, vom dem die Dachrinnen an einigen Stellen abgebrochen waren. Mittig über dem Eingangsportal ragte ein breiter Schweifgiebel hervor, den eine wagenradgroße Uhr mit schmiedeeisernen Zeigern schmückte. Aus dem gepflasterten Vorplatz waren vereinzelt Steine herausgebrochen, Wunden aus Sand und Schutt. Aus einem der Fenster hing die fleckige Fahne der Republikunion, auf der sich das Emblem des militärischen Schwarmbündnisses blähte: eine Wolkenwelle aus dunkelgrauen Sternen auf hellgrauem Grund, die auf Teo nicht kämpferisch wirkte, sondern bürokratisch. Die Brüder hatten den Bahnhof gefunden und damit das Kompaniehauptquartier.

Zwei Soldaten liefen eilig zum Portal unter dem Banner. Einer rief: »Wir empfangen wieder!«

Auf dem Vorplatz stellten Teo und Konrad die Mopeds ab und warteten auf das Eintreffen des Konvois, dem sie vorausgefahren waren. Bald fuhren der Geländewagen und der Panzer ein, dem die Schwarmeinheit und der Versorgungswagen folgten, umringt von jubelnden Kameraden. Aus dem Bahnhofsgebäude trat ein Leutnant, er blieb auf dem oberen Absatz der Freitreppe stehen, wo er die Hände in die Hüfte stemmte. Man sah ihm die Erleichterung über das Eintreffen des Zuges an. Von fern beobachteten die Brüder, wie die Offiziere einander begrüßten. Der Ingenieur stand abseits. Als die Offiziere in das Bahnhofsgebäude gingen, winkte er Teo, ihnen zu folgen.

In der Eingangshalle hatte man zahlreiche Feldbetten aufgestellt. Es herrschte Ruhe, weil ein Dutzend Soldaten schliefen, während andere an einem Tisch schweigend Schach spielten. Ein Wirrwarr von Gerüchen empfing Teo. Es roch nach Waffenöl, Lederfett, Zigarettenrauch, Feuerzeugbenzin, aufgebrühtem Kaffee, salziger Linsensuppe, blumigem Deodorant und Jod. Er folgte dem Ingenieur und den anderen vorbei an Lagerungsböcken für Krankentragen und einigen Stühlen, durch eine Schwingtür, in einen finsteren Raum, der früher einmal die Schalterhalle gewesen sein mochte. Die Fenster waren mit Laken abgedunkelt, zunehmend stank die Luft nach Desinfektionsmittel. Es brauchte seine Zeit, bis Teos Augen sich an die Finsternis gewöhnt hatten; dann bemerkte er, dass sich überall an den Wänden Feldbetten aufreihten, auf denen Menschen lagen. Nur wenige regten sich, zwei Männer hoben die Köpfe, um zu sehen, was vor sich ging. Sie hatten ein Feldlazarett betreten.

Der Stabsarzt trat auf die Neuankömmlinge zu, ließ den Blick zur Begrüßung kurz auf jedem ruhen und führte sie dann zu einem Bett im hinteren Teil des Raumes, abgetrennt durch zwei Wandschirme. Dort lag ein offenbar bewusstloser Mann, dessen Kopf in Mullbinden eingepackt war. Man hatte ihn zur Beatmung intubiert. »Der Herr Major, unser Kompaniechef«, sagte der Stabsarzt förmlich.

Der Oberleutnant sah ihn verwirrt an, als wollte er fragen, warum man ihn hergebracht habe, wenn der Major nicht ansprechbar war. »Sollte er nicht schnellstmöglich abtransportiert werden?«, fragte er. »In ein vernünftiges Militärkrankenhaus? Er ist offensichtlich dienstuntauglich.«

Sofort vernahmen sie alle eine strenge Stimme über den Schwarm: »So lange ich Befehle geben kann, führe *ich* die Kompanie!«

Offenbar sprach der Major, obwohl ihm der Schlauch im Rachen steckte. Der Oberleutnant und der Ingenieur nahmen vor Schreck ihre stramme Grundstellung ein.

»Rührt euch!«, erklang es daraufhin aus dem Schwarm.

»Der Herr Major hat ein Schädel-Hirn-Trauma erlitten«, erklärte der Arzt. »Teile seines Gehirns sind geschädigt. Aber er ersetzt die fehlenden Informationen und Funktionen über den Funknerv und die Daten, die er im Schwarm gespeichert hat.«

»Beeindruckend!«, sagte der Oberleutnant. »Ich wusste gar nicht, dass das möglich ist.«

»Nur, wenn der Funknerv Empfang hat«, antwortete der Major. »Sie können sich also vorstellen, dass ich ohne funktionierende Schwarmeinheit unbrauchbar bin.«

Die Beatmungsmaschine schnaufte rhythmisch.

»Wir mussten ohne Befehle vom Kompaniechef und ohne Verbindung zu anderen Truppenteilen auskommen, bis Sie eingetroffen sind«, schloss der Leutnant an.

»Beim Erinnerungsspeichern werden nicht nur gehörte Töne und gesehene Bilder in den Schwarm kopiert, sondern auch Empfindungen, Gefühle und Gedanken«, sagte der Ingenieur. »Darauf kann man im Notfall zurückgreifen, wenn das Hirn Schaden nimmt. Es sucht sich über den Funknerv aus dem Schwarm, was es verloren hat.«

Der Oberleutnant nickte und versuchte zu begreifen, wovon die Rede war. »Dann kommt also jeder Gedanke des Majors sowohl aus ihm als auch aus dem Schwarm?«

»Ein digital-organisches Mischhirn, wenn Sie so wollen«, ergänzte der Arzt. »Eine Speicherprothese.«

Auch Teo war beeindruckt, dass der Schwarm jene entfesselte, die in ihrem Körperkäfig gefangen waren. Diese Leistung war um einiges größer als die Befreiung, wenn er seine schwachen Beine mit dem Funknerv überwand und in digitalen Weiten umherwanderte. Vermutlich sah und hörte der Major die Welt über die Wahrnehmungen, die von den Soldaten seiner Kompanie in den Schwarm eingespeist wurden.

»So wie Ihre Schwarmeinheit aussah, stehen Sie unter Artilleriefeuer«, stellte der Oberleutnant fest. »Wie ist sonst die Lage?«

»Verkehrs- und Kommunikationsinfrastruktur wird verstärkt angegriffen. Brücken werden gesprengt, Panzersperren errichtet, Minen gelegt, Funkmasten gefällt, und Störsender zerrauschen die Nachrichten«, schilderte der Major.

»Aber wegen des Verlustes unserer Schwarmeinheit gibt es noch keine aktuellen Lagebilder«, gestand der Leutnant ein. »Wir müssen Drohnen anfordern. Unsere sind abgeschossen worden. Oder wir richten die Satelliten aus.«

Aufmerksam hörte Teo zu. Ihn trieb jedoch eine grundlegende Frage um, mit der sich hier niemand zu befassen schien: Gegen wen kämpfte man überhaupt – und warum?

»Weiß man schon, wer der Feind ist?«, warf er schließlich ein. Sofort war ihm seine Verwegenheit peinlich, dass er das Wort im Kreis der Offiziere ergriffen hatte.

Alle schauten ihn an, teils verblüfft, teils verärgert, bis endlich aus dem Schwarm die Antwort des Majors folgte: »Darüber liegen keine Informationen vor.«

»Aber der Schwarm ist doch voller Aufzeichnungen und Bilder. Lässt sich das nicht zuordnen?«, übernahm nun der Ingenieur.

»Die Analysten haben nicht den Hauch eines Verdachts, wer sich dahinter verbirgt.«

»Und die Gefallenen? Kann man nicht die Toten untersuchen?«, fragte Teo wieder.

»Eigenartigerweise«, erwiderte der Leutnant, »gibt es zwar Berichte darüber, dass der Feind Verluste erlitten hätte, aber wir haben noch keine handfesten Beweise, kein Material, keine Leichen. Allerdings waren wir in den letzten Tagen auch abgeschnitten und haben keine Neuigkeiten von der Schlacht an der Fünf-Flüsse-Mündung. Aber wir laden schon neue Lageberichte.«

Da warf der Oberleutnant ein: »Wir haben zwei Sucher mit Mopeds.«

»Schickt sie aus! Östlich die Front entlang zur Mündung!«, befahl der Major. »Sie sollen in Erfahrung bringen, ob außerhalb des Funkkreises Truppen versprengt sind, die nun nicht weiterwissen. Und ob die Straßen und Gleise intakt sind, dass wir verlegen können, wenn's sein muss. Vielleicht finden sie auch etwas Handfestes, etwas Analoges, mit wem oder was wir es zu tun haben.«

Schon ahnte Teo, was ihm und seinem Bruder drohte, und er erinnerte sich an die Bitte des Vaters, dass sie sich von Gefahren fernhalten sollten. Doch wenn er es sich recht überlegte, erkannte er auch seine besondere Eignung für diese Aufgabe. Er sollte Nachrichten aus dem Feindesland bringen. Und wer kam dafür besser infrage als ein Bote?

»Wirst du das schaffen?«, fragte ihn der Ingenieur.

»Ich will die Reporterin finden«, erwiderte Teo. »Und ich bin der Sucher, der Bote – und nun der Kundschafter.«

Anerkennend klopfte ihm der Ingenieur auf die Schulter. »Der Schwarm ist bei dir.«

Die Sensoren des Nests spähten in den späten Abend. Grünlich zuckten Linien über Bildschirme, und die blauen Punkte auf dem Sendekreis, die träumenden Schwärmer, flackerten wie Sterne. Nur die Wachen wanderten. Konrad war im Funkhaus eingeschlafen, während Teo sich im Drehsessel selbst wiegte. Die Rechner summten ihr Lüftungslied.

Um seinen Bruder nicht zu wecken, dachte Teo mit dem Ingenieur im Schwarm.

»Ich frage mich noch immer, wie ein paar gespeicherte Erinnerungen ausreichen können, um ganze Hirnbereiche zu ersetzen. Ich versteh's nicht, Lewoslaw.«

Die Katze sprang auf den Schoß des Ingenieurs und starrte auf die Bildschirme. Mit spitzen Fingern kraulte er ihren Kopf und sie spitzte die Ohren.

»Erinnerungen sind nicht nur Bilder und Töne. Sie sind Komplexe aus allem, was in einem Gehirn im Augenblick des Erlebens vorgegangen ist. Sämtliche physische Informationsverarbeitung ist digital übersetzt und im Speicher hinterlegt: Gedanken, Entscheidungsalgorithmen, Neurotransmitter und Hormone, Gefühle also. Alle Daten sind reduzierbar auf elektrische Impulse. Die Erinnerung enthält den gesamten Menschen zu einem bestimmten Augenblick. Deshalb kann der Major im Schwarm wiederfinden, was sein Gehirn verloren hat.«

»Und wenn man alles speichert, gibt es dann nicht eine komplette Kopie von mir im Schwarm?«

»Eine Kopie deines Lebens zumindest«, antwortete der Ingenieur. »Hast du denn schon eine Erinnerung erlebt, die du gespeichert hast? Du kannst die Augenblicke vollständig nachempfinden. Jemand, der das Gestern hat, erinnert sich nicht nur, er lebt noch einmal, tastet, schmeckt, riecht, hört, empfindet seine Gefühle erneut. Wer nichts mehr vergisst, irrt sich seltener. Aber man muss sich nicht aufs eigene Leben beschränken.«

»Wie meinst du das?« Teo hatte sein Leben noch nie als Beschränkung erlebt.

»Man kann Erinnerungen teilen. Du kannst nacherleben, was mir passiert ist, und anders herum auch. Streitigkeiten lassen sich beilegen, Verständnis füreinander ist in tiefster Form möglich. Und wenn wir fühlen, was der andere fühlt, verbindet uns ein starkes Band der Empathie. Der Schwarm ist der Weg des Friedens. Wahrhaftig des Friedens.«

Der Ingenieur spielte mit dem Anhänger um seinen Hals.

»Und doch gibt es Krieg«, wandte Teo ein.

»Warte, ich zeig es dir!« Lewoslaw drehte sich zu ihm, beugte sich vor, dass der Stuhl knarrte, und ergriff Teos Hände. »Wenn du willst, öffnen wir jetzt den Konnex.«

Dieses befremdliche Ritual, das er in der Wohngemeinschaft beobachtet hatte?

Plötzlich wusste er nicht mehr, was er für sich selbst gedacht hatte und welche Gedanken er mit Lewoslaw teilte.

»Ja, *dieses befremdliche Ritual*«, antwortete der Ingenieur. »Du musst keine Angst haben. Vertrau mir! Ich bin genauso offen wie du. Und wie du mich verstehen wirst, so werde ich auch dich verstehen. Wir werden uns nichts mehr erklären müssen.«

Dieses Versprechen nahm Teo gefangen. Er würde die Schwarmwelt mit den Augen eines Menschen aus Sybaris 7 sehen, er wäre nicht mehr der unwissende Provinzler, und zugleich würde der Ingenieur erfahren, was in Teo vorging und seine Fremdheit begreifen.

»Gut, ich bin bereit.«

Lewoslaw leitete ihn an, wie man sich gegenseitig Zertifikate ausstellte, um auf den Schwarmkanal des anderen zuzugreifen. Und als Teo den Anweisungen folgte, offenbarte sich Ungeahntes: Die Gesellschaft der Maschinen sprach zu ihm. Tausende Kameraaugen und Mikrofonohren ließen ihn sehen, was Autos und Schiffe sahen, was sie hörten, Drohnen, Hubschrauber, Flugzeuge, Roboter, Überwachungsbilder, Produktionsanlagen, Wetterstationen, Mobilfunkgeräte. Er nahm den Blick des Ingenieurs ein, saß sich selbst gegenüber, träumend, überwältigt von den

Datenströmen der Apparate, die mit ihm und anderen technischen Geräten sprachen. »Ihre Sensorik und meine Sinne sind eins!«

Dann brach ein Anblick über ihn herein: die Erde an der Lichtgrenze. Aus unermesslicher Höhe sah er Tag und Nacht zugleich, die Kontinente auf dem Ozeanspiegel, die blau schimmernde Atmosphärenhülle, zerbrochene, zerstückelte Wolkenschale, die Landstriche mit Schatten überworfen, alles in Drehung, von einer uralten Kraft angestoßen in der Verlorenheit des Alls, das ausglühte seit Milliarden Jahren. Er entfernte sich von dem Planeten, hinter dessen Rücken der Mond hervorschlich wie ein Kind, das sich hinter der Mutter versteckt hatte. Mit bleichem Gesicht schaute er Teo zum Abschied nach. Indes tauchte von unten ein großer Satellit auf, eine schlanke Röhre, kanonenartig, mit aufgefächerten Sonnensegeln, als gleite sie auf Reflektorenflügeln. Dann blitzte ein grelles Licht, ein Pulsieren, das Teo hinausschleuderte. Die Laserbasis! Im Nu erschien ihm die Erde nicht größer als ein Wassertropfen.

»Ich bin die Sonde zum Sirius«, erkannte er.

Dort, tief im All, fühlte er sich wie damals, als er in den dunklen Keller gestürzt war. Angstrasend rettete sich Teo aus dem Schwarmtraum und schlug die Augen auf.

»Hat dich erschreckt, wohin die Sonde aufbricht?«, fragte der Ingenieur. »Ich verstehe das. Deshalb brauchen wir Maschinen – damit sie tun, wovor wir zurückschrecken.«

»Da war noch ein anderes Gefühl«, antwortete Teo. »Ein Gefühl, das nicht mir gehörte. Es war, als schäme sich jemand für seine Unzulänglichkeiten. Das warst du, oder? Das kam aus dir, Lewoslaw.«

Der Ingenieur wandte sich ab, starrte auf die Monitore. »Du hast doch die Maschinenstimmen gehört. Die Apparate tauchen in tiefste Meere, steigen in höchste Lüfte, erkennen die kleinsten Dinge, ertragen größten Druck, stemmen sich gegen gewaltige Kräfte, arbeiten mit feinster Exaktheit, erreichen ungeahnte Geschwindigkeiten und lösen komplizierteste Rechnungen. Sie verleihen uns neue Sinne – so wie meinen Kompass im Kopf. Zu alledem sind Menschen nicht fähig, ja, wir wären sogar eine Behinderung für die Maschinen, müssten sie Rücksicht auf unsere zerbrechlichen Körper nehmen. Wo immer Technik gebraucht wird, zeigt sie uns, wie bedürftig wir sind, wie unzulänglich und mangelhaft. Wir haben allen Grund, uns zu schämen.«

Er hielt kurz inne, dann fuhr er fort: »Meinst du, das ist Unsinn? Menschen hätten sich diese Geräte ausgedacht – als Hilfsmittel, als Instrumente? Aber kannst du dir dessen sicher sein? Längst erfinden, entwerfen und bauen auch Maschinen andere Maschinen. Menschen bitten Computer um die Lösung ihrer Fragen, quantenweise schießen Antworten heraus, ohne dass ein Mensch bis ins Detail verstünde, wie der Rechner darauf gekommen ist. Zu kompliziert und komplex sind die Gleichungen. Aber die Antworten werden richtig sein, sie werden funktionieren. Wir müssen die Computerwahrheit als gegeben hinnehmen. Du denkst sicher, es wäre entmündigend, sich dem Urteil eines Rechners auszuliefern. Aber Vertrauen ist eben entmündigend. Niemand von uns beherrscht alle Einzelheiten seines Lebens, niemand ist allmächtig und allwissend. Einen Teil von uns werden wir immer irgendeiner Autorität anvertrauen müssen – seien es Götter, Gelehrte oder Computer.«

Teo bemerkte, dass Lewoslaw beim Denken die Lippen bewegte. Offenbar war er sehr aufgebracht, obwohl er nur mit sich selbst stritt. Vermutlich suchte er sich aus dem Schwarm die Gegenargumente zu seinem Standpunkt und legte sie Teo in den Kopf. Alles, was Teo hätte denken können, nahm das Schwarmwissen bereits vorweg, gegen das der Ingenieur nun alleine diskutierte.

»Glaubst du, das ist verdreht? Glaubst du, wir entscheiden selbst, auf wen wir hören? Dann betrügst du dich! Höre den Geräten zu! Die Maschinenwelt ist nicht feindlich, wir sind nur von ihr abhängig wie von Wärme, Nahrung, Wasser, Strom, Nachrichten, vom Schwarm und letztlich voneinander. Abhängigkeit ist unsere Natur. Was bleibt, ist Scham. Mehr nicht.«

Da der Ingenieur nur noch mit sich selbst argumentierte, hörte Teo ihm nicht mehr zu. Als er spürte, dass er für Lewoslaws Gedanken nicht gebraucht wurde, wagte er sich nochmals in den

Metallkörper der Sirius-Sonde, die bei minus 270 Grad Celsius durch den interplanetaren Raum jagte mit einem Fünftel der Lichtgeschwindigkeit, durch den Sonnenwind und das Magnetfeld des Sterns, des entfernten Fusionsreaktors, dessen Gewalt die Erde so sachte streifte, dass eine Brille zum Schutz genügte. Die Daten, die Teo empfing, mussten sich bereits einige Sekunden verzögert haben, so weit entfernt war die Sonde inzwischen. Ihn schauderte vor dem Gedanken, dort draußen zu sein, wo ein Milliarden Jahre altes Schweigen in Strahlung zerging, wo die Götter alter Kulturen zerstoben zu fünf Partikeln pro Quadratzentimeter oder weniger. Aber war die Erde nicht auch nur eine große Sonde, die fernab kreiste in einem kalten Spiralarm der Galaxie? Nur sind wir nicht alleine hier, darin liegt der Unterschied, dachte Teo, müde im traumwirren Gedankendrift. Und bevor er einschlief, sprach der Schwarm: »Die Gemeinsamkeit benennt dein Zentrum, die Einsamkeit umgrenzt es. Du bist ein Schwarmwesen.«

Bot-Warnung. Mitten in der Nacht in Teos Träume geschwärmt, vermengt mit Gedanken. Der Feind verwende gefälschte Identifikationszertifikate, meldete der Aufklärungsdienst. Da glaubte man, in den Häusern verschanzten sich die eigenen Leute, man sprach sie über den Schwarm an und erhielt glaubhafte Kennungen und Antworten, aber setzte man einen Schritt näher, würde der Schädel zum Hirnsieb gelöchert.

Das Oberkommando vermutete interaktive Programme dahinter. Beängstigend, dass der Feind einen Zugang zum Schwarm hatte und ihn für seine Camouflage missbrauchte. Im Schwarm wusste niemand mehr zwischen Freund und Feind zu unterscheiden. Zukünftig sollten Zertifikate nur noch gelten, wenn sie visuell oder auditiv bestätigt worden waren.

Da konnte man diesen Unsinn auch gleich lassen, wenn man wieder auf Auge und Ohr vertrauen musste. Und wer ließ sich nur einfallen, Bot-Warnungen zwischen die Träume zu streuen? Dringend hin oder her! Wer sollte nach dem Aufwachen noch wissen, was Fantasie und was Wirklichkeit war?

# XXIII.

Am nächsten Morgen brachen Teo und Konrad auf. Der Winter knisterte nachts schon übers Land, besah sich seine künftigen Besitztümer. Die Worte der Brüder dampften durch ihre dicken Wollschals, die sie bis zur Nasenspitze hochgezogen hatten. Hatten sie zunächst noch scherzhaft geplaudert, um einander die Aufregung zu vertreiben, versiegte ihr Gespräch schon bald nach dem Aufbruch. Angestrengt lauschten sie durch das Stottern der Motoren, sie suchten den Horizont ab, beobachteten Sträucher und Gräben, schalteten die Maschinen vor Kurven und Hügelkuppen ab und schlichen sich an, dass sie nicht in einen Hinterhalt gerieten. Die Sicht reichte nicht weit, denn ganztägig nebelten sich die Senken, Täler und Bachläufe ein. Der Himmel war trostlose Trübnis. Nicht einmal die krächzenden Krähen sah man.

An einer Weggabelung fragte Konrad, wohin sie fahren sollten.

»Wir halten uns östlich«, sagte Teo.

»Ist das der Befehl?«

»Wenn ich es doch sage!« Teo gab Gas und fuhr voraus. Er wollte zur Mündung der fünf Flüsse. Wenn er sich recht erinnerte, hatte die Reporterin von dort ihre letzte Übertragung gesendet.

Auf dem Rücken einer Hügelkette hob sich der Blick leicht über die Nebelschwaden hinweg, weit in die Fernen des Landstrichs. Südlich wehten Regenbänder über Feld und Wiese, die fünf Flüsse strömten aufeinander zu. Die Brüder blickten in den Kessel, wo die fürchterliche Schlacht getobt hatte. Östlich sah Teo etwas aufblitzen. »Was war das?« Im nächsten Augenblick stieg in der Ferne Qualm auf.

»Artillerie!«, antwortete Konrad. Der Beschuss grollte.

»Dort müssen wir hin!« Teo zeigte mit der Hand auf das Gelände, wo die Granaten einschlugen. Rauchsäulen schraubten sich in die Höhe und wurden vom Wind verwischt. »Da hinten müssen die Flussmündungen sein.«

»Wohin du willst …«, sagte Konrad ergeben.

Dankbar fasste Teo seinem Bruder am Oberarm. »Dann los!«

Er schickte die Bilder der Straßenläufe und Artilleriestellungen zum Hauptquartier. Auch die Aufnahmen der Verwüstungen, die sich ihm boten, als sie in die Nähe der Flussmündungen vorstießen. Aufgewühlte Erde, kratergeschundenes Land, Brandlöcher, vollgelaufen mit Wundflüssigkeit aus Regen, Dreck, verkohltem Holz, dass die Reifenspuren der Mopeds sich schlängeln mussten im Matschbrei. Nackt standen die Bäume wie abgefackelte Streichhölzer, der Wind, ein Klageruf, rieb ihnen die Haut vom Stamm, die schwarz sich schälte und als Rußflug verwehte. Wie ein Kadaver lag ein zerschossener Kampfpanzer auf dem Feld, verendet unter Herbstlaub, in dem die Raben nach Sehnen und Muskelfleisch der Besatzung stöberten. Geschäftig raschelten sie mit Schnäbeln und Krallen auf der Stahlgruft. Bitter die Asche, beißend die Verwesung der Körper, die nachts gefroren waren und nun tauten; Ammoniak, Essig und Harnstoff. Dort lagen die Toten mit starrem Blick auf den Zeitpunkt des Sterbens, verkrampfte Glieder, bedeckt von Schutt und Staub, verklebt von Blut. Wilde Katzen kosteten von ihnen, heulten wie hungrige Kinder. Sie streunten, stolzierten über die Leichen, schlichen zwischen den Körperteilen umher, lagen zwischen Menschenstücken. Das Grautuch des Himmels spannte sich unter der Sonne, ihr Licht war ein durchschimmerndes Stöhnen. Überall sahen die Brüder, wie die Schlacht das Land zerhackt hatte, zerschrammt, zerrissen und zerdroschen. So wie Teo es in den Aufzeichnungen gesehen hatte. Im Himmel des Schwarms war es nicht anders als auf dieser Erde. Aber hier lagen nur eigene Truppen, keine gefallenen Feinde.

Im Fahren erbrach der Bruder sein Frühstück. Er beugte sich in einer Kurve zur Seite und spuckte aus. Teo war in stumpfe Taubheit verfallen, als wollten Augen, Ohren und Nase ihn vor diesen Grausamkeiten schützen, indem sie nichts von alledem aufnahmen. So fuhr er mit zusammengebissenen Zähnen und tränenden Augen vorbei an den Feldern, über denen man die Schlacke aus der Knochenschmelze versprüht hatte. Je weiter sie durch das Schlachtfeld kamen, desto öfter suchten sie Halt im verängstigten Blick des anderen. Sie mussten ihre Furcht nicht aussprechen, bald neben den Toten zu liegen.

Die Schlacht musste seit einigen Tagen verraucht sein, dass die Verwundeten durch den Sanitätsdienst vom Feld geschafft und versorgt worden waren. Die Brüder gelangten an eine Sandsackstellung hinter aufgeschütteter Erde. Der Lauf eines schweren Maschinengewehrs lugte darüber hinweg. Daneben stand ein Geländewagen. Beidseits der Straße waren Stahlspinnen aufgereiht, für die man jeweils drei Gleisstücke verschweißt hatte und die als Panzersperren dienten. »Ein Kontrollposten!«, rief Teo seinem Bruder zu, bevor ihm auffiel, dass neben den Sandsäcken ein Hausschwein saß. Eine karierte Decke lag über seinen Schultern. Mit befremdlich menschlichem Blick beobachtete das Tier die Brüder und stellte die Ohren auf wie ein Wachhund.

Was hat ein Schwein hier zu suchen, fragte sich Teo, als ein Militärwächter mutig auf die Straße trat. Er hielt sie offenbar nicht für Feinde. Dennoch hob er die Hand, während zwei Soldaten sicherheitshalber das Maschinengewehr ausrichteten, um auf die Späher zu zielen. Auch ein weiterer Wächter in einem Exoanzug legte das Gewehr an, wobei die mechanischen Glieder surrten.

Teo sandte ihnen über den Schwarm ein digitales Zertifikat, das ihm der Major ausgestellt hatte und mit dem er sich ausweisen konnte. Trotzdem befahl man ihnen anzuhalten.

»Wenn Sie weiterfahren, geraten Sie in die Kampfzone.«

»Ich suche eine Kriegsreporterin, die Meldungen von der Schlacht verbreitet.«

Der Militärwächter wandte sich an seinen Kameraden, um einige Worte zu wechseln. Dann fragte er: »Sie sind der Beobachter?«

»Beobachter?«

»Also nicht.«

»Können Sie mir nun helfen? Ich habe mich vorschriftsmäßig als Kundschafter ausgewiesen.«

»Seit der Bot-Warnung sind die Kontrollen strenger.« Dem

Militärwächter schien es nicht zu passen, wie Teo mit ihm sprach, er fand aber offenbar keinen Grund, ihm die Hilfe zu verweigern.

»Gestern war eine Reporterin hier, die ihren Beobachter gesucht hat.«

»Was ist ein Beobachter?«, fragte Konrad.

»Das ist derjenige, der sie beobachtet, wenn sie berichtet, und seine Beobachtungen als Aufzeichnung in den Schwarm überträgt«, antwortete Teo.

An dieser Stelle, da, wo er stand, war die Reporterin gewesen, nur einen Tag entfernt. Der Gedanke wühlte ihn auf. »Und wo finde ich sie?«

»Ich habe ihr gesagt, sie solle beim Behandlungsplatz, drei Kilometer südlich, nach ihrem Beobachter fragen. Vielleicht treffen Sie die Frau dort.«

Teo nickte dem Militärwächter zu und packte den Gasgriff. Der Zweitaktmotor tuckerte heftig los. Jede Verzögerung war eine zu viel. Das Schwein grunzte einen überraschend klaren Laut, der ein Abschiedsgruß sein mochte. Als Teo an dem Wächter vorbeifuhr, winkte ihn dieser unbeholfen durch. Gleich darauf raste Konrad hinterher.

Nun streifte Teo die Vorsicht ab. Ihn kümmerte nicht mehr der Lärm des Mopeds oder was hinter der nächsten Kurve lauern konnte. Er nahm die holprige Strecke in einem selbstvergessenen Ritt, dass sein Bruder Mühe hatte zu folgen. Keinen Blick ließ er neben die Straße fallen, ließ all die Trümmer, Wracks und Leichen sich mit den Tränen in seinen Augenwinkeln zu einer absonderlichen Farbe vermischen, die ihn nichts anging.

Wegen des Nebels war der Behandlungsplatz schwer zu finden. Konrad erkannte als Erster die Fahne mit dem roten Kreuz auf weißem Grund, die an einem Mast flatterte und aus dem Dunst herausragte. Tausende Schritte hatten das herbstgraue Gras in den Boden getrampelt und einen Pfad gewalzt. Die Reifen der Mopeds griffen nicht mehr, die Profile verklebten und rutschten. Die Brüder mussten schieben, bis sie zu dem Platz gelangten, den man auf einer Anhöhe abseits der Straße angelegt hatte.

Zahlreiche Stangengerüstzelte standen in Reihe, dazwischen einige aufblasbare Sanitätszelte. Der Höhepunkt der Schlacht war seit Tagen vorüber, wenngleich noch immer ferner Geschützdonner zu vernehmen war. Die Vorgänge schienen in geordneter Eile abzulaufen, beobachtet von Wachsoldaten mit abgestumpften Gesichtern. Kameraden schleppten drei Verwundete auf Tragen in ein großes Zelt im vorderen Bereich des Behandlungsplatzes. Durch den weit geöffneten Eingang konnte Teo sehen, wie die Tragen aufgebockt wurden und ein Arzt sich nacheinander der Verwundeten annahm. Ein Assistent folgte ihm und schrieb auf einem Klemmbrett. Neben dem Zelt tuckerte ein Kraftwagen, in den zwei Sanitäter einen Schwerverletzten auf einer Trage mit Fahrgestell einluden. Ein Offizier gab Befehle und wies mit wedelnden Armen den Leichtverwundeten ein Behandlungszelt zu.

Teo und Konrad stellten ihre Mopeds neben dem Fahnenmast ab. Ein Karabinerhaken schlug mit metallischem Klingen gegen die Stange. Sie machten sich auf in Richtung der Zelte, um sich umzusehen. Die Hoffnung hielt Teo gepackt.

Eine ganze Runde hatten sie gedreht und sie kamen gerade wieder am Fahnenmast vorbei, als Teo kurz in das große Zelt schaute. Dort glaubte er, die Reporterin zu sehen. Unbeherrscht stolperte ihm das Herz gegen die Rippen zwischen Angst, sich zu irren, und der Hoffnung, sie zu finden. Die Frau befragte offensichtlich den Arzt, der die Verwundeten in Sichtungskategorien einteilte. Dieser verwies sie an seinen Assistenten, der die Seiten auf dem Klemmbrett umblätterte und etwas suchte. Sie stellte sich neben ihn, um ebenfalls etwas lesen zu können, und drehte sich dabei leicht zur Seite.

Tatsächlich! Es war die Reporterin!

Diesem Augenblick hatte Teo entgegengefiebert, und trotzdem fühlte er sich unvorbereitet. »Das ist sie!«, sagte er zu Konrad, wobei er den Blick nicht mehr von ihr abwendete.

»Und nun? Weißt du nicht, was du tun sollst?«

Konrad hatte recht.

Kurz entschlossen betrat Teo das Zelt. Der Arzt widmete sich dem Verwundeten auf einer aufgebockten Trage, der Assistent schaute von der Liste auf, aber die Reporterin konnte sich davon nicht lösen. »Sind Sie sicher, dass mein Beobachter nicht draufsteht?«, fragte sie.

»Wenn ich es doch sage!«, entgegnete der Assistent.

»He, Rettungsassistent!«, rief der Arzt. »Ich brauche Sie hier!«

Entschuldigend lächelte der Mann der Reporterin zu, bevor er dem Ruf des Arztes folgte. Sie sah ihm verzweifelt hinterher und ließ sich auf eine Klappbank neben einen geöffneten Notfallkoffer sinken. Darunter standen Eimer und Kisten mit Verbandsmaterial.

Teo trat an die Reporterin heran, die Kunststofffolie des Zeltbodens knisterte. Vorsichtig ging er, unschlüssig, den Kopf voller Fragen, ob sie ihn vergessen hatte, ob sie ihm böse war, ob sie überhaupt mit ihm sprechen würde. Aber als sich ihre Blicke begegneten, wusste er, dass sie ihn erkannt hatte. Seine bangsten Fragen beantwortete ihr gehauchtes Lächeln. Sie betrachteten sich schweigend, sie überrascht und verlegen, er überwältigt vom Wiedersehen. War es ihr peinlich, dass sie ohne ein Wort aufgebrochen war und ihn zurückgelassen hatte?

»Ich habe dich gesucht«, sagte er endlich.

»Und du hast mich gefunden«, antwortete sie mit straff gezogener Stimme. Sie hatte die Erinnerungen an ihn offenbar gespeichert.

Am liebsten hätte er gleich alles ausgeschüttet, was er in seinem Gedankenkorb sammelte, seit er Sybaris 7 verlassen hatte, aber er besann sich und tastete sich vor. »Die roten Haare stehen dir.«

»Danke. Hab ich schon eine Weile.«

»Du suchst deinen Beobachter?«

»Ich habe ihn verloren, als wir unter Artilleriebeschuss geraten sind, und fürchte nun das Schlimmste. Er beantwortet meine Nachrichten im Schwarm nicht und diese Truppe gibt mir als Reporterin nur widerwillig Auskunft.« Sie sah ihn nicht an, während sie sprach. Auf Teo machte es den Eindruck, als wüsste sie nicht, wie sie nach der Trennung wieder anknüpfen sollte. Das Wiedersehen kam unerwartet. Diese Ratlosigkeit stand zwischen ihnen.

Teo überlegte, wie er die Verbindung aufleben lassen konnte – am besten, indem er ihr half: »Warst du schon in dem Lazarett am Bahnhof? Dort ist das Hauptquartier der Kompanie, für die mein Bruder und ich fahren.«

Ihr Gesicht hellte sich auf. »Du meinst, dort könnte mein Beobachter sein?«

»Möglich. Ich kann nachfragen.«

»Du tauchst plötzlich auf und gibst mir Hoffnung?«, fragte sie und schüttelte ungläubig den Kopf.

Teo schickte eine Anfrage, erhielt jedoch die Antwort, dass die Verzeichnisse des Lazaretts keinen Beobachter enthielten. Enttäuscht sagte er: »Auf den Listen steht er leider nicht.«

»Auf irgendwelche Listen ist kein Verlass mehr«, entgegnete die Reporterin trotzig. »Die ändern sich stündlich.«

Teo wusste nicht, ob die Aufzeichnungen tatsächlich falsch waren oder die Reporterin es nicht wahrhaben wollte, dass ihr Beobachter verschwunden blieb. Ihm konnte es gleich sein, denn unverhofft bot sich so die Möglichkeit, sie mitzunehmen.

»Du kannst ja nachsehen. Unsere Mopeds stehen draußen.«

Sie nickte, wirkte aber irgendwie abwesend, ging rasch an ihm vorbei, um sogleich wieder stehen zu bleiben. »Bist du meinetwegen gekommen?«, fragte sie.

»Sicher nicht, um Post auszutragen.«

»Mir ist noch niemand gefolgt, den ich verlassen habe. Das ist unheimlich.«

»Willst du, dass ich wieder gehe? Dann gehe ich.«

Vor Enttäuschung wurde seine Stimme rutschig. Er ließ keinen Zweifel daran, wie traurig er wäre, wenn sie ihn wegschicken würde.

»Du anhänglicher Provinzjunge! Nicht doch!« Unvermittelt umarmte sie ihn, kaum spürbar und leicht, ihr Duft verdrängte das Jod, schirmte die Nebelfeuchte ab, das muffige Abgas des Kraftwagens, der losbrummte und abfuhr. Sie schloss ihn für einen Augenblick in einer Erinnerungsglocke ein, in die Lichtkuppel, unter der sie Wein auf der Loggia getrunken hatten, in den

Dschungel der Zimmerpflanzen, wo sie ihre Atemzüge tauschten. »Seit Neuestem freue ich mich, wenn jemandem etwas an mir liegt«, flüsterte sie heiser, von jedem Ton abgeglitten.

Gemeinsam erreichten sie den Rücken der Hügelkette, von der aus sie ins Mündungsland der fünf Flüsse hinabschauen konnten, weit in die sumpfigen Ebenen hinaus. Hier, wo alles zu überblicken war und niemand sie überraschen konnte, entschlossen sie sich zu einer kurzen Rast.

»Lass uns ein Stück spazieren gehen«, bat Teo die Reporterin, während er den Zündschlüssel drehte und den Motor abstellte. »Ich muss mir die Beine vertreten.«

Leicht hob die Federung das Moped an, als die Reporterin vom Sitz hinter Teo rutschte.

»Ich bleibe besser hier«, sagte Konrad, »und gebe auf die Mopeds acht!« Anscheinend wusste er, wann er sie besser alleine ließ.

Sie sprangen über den Straßengraben, durchstreiften das dünne Gras, das sich windgescheitelt über die Hügelkuppe legte, bis sie auf einen Kreis aus groben Steinen stießen, auf denen man sitzen konnte. Vor ihnen lag das Gelände wie eine strategische Planungskarte. Teo stellte sich bei diesem Ausblick vor, Kompanien und Bataillone, Artilleriestellungen und Panzerbrigaden mit einem Handstrich zu verschieben.

Kühl war es hier oben. Er zog den Reißverschluss seiner Jacke hinauf bis über den Kehlkopf. Aus der Entfernung wirkte das Land ausgebleicht und müde. Nur durch Wehmut und Winterangst hielten die Wälder ihr Laub noch in den Kronen, welke, brüchig braune Blätterlumpen. Der Himmel gefiel sich darin, mit einem Wolkenbruch zu drohen, beließ es aber beim Nieselregen.

Ob der Himmel könnte, wenn er wollte, fragte sich Teo und versuchte sich damit abzulenken. Du bist feige, dachte er jedoch dann. Es war ihm klar, dass er die Reporterin fragen musste.

»Sag, warum bist du ohne ein Wort gegangen?«

Sie holte ihren Blick aus der Ferne ein, nahm sich Zeit, nahm sich Atem.

»Welches Wort hätte ich denn sagen sollen?«

»Eines, das mir erklärt, warum du fortmusstest.«

»Eine Festlegung ist ein Käfig«, widersprach sie. »Wo sich alles so schnell ändert wie in Sybaris 7, da muss man auch die Beziehungen anpassen können. Sie müssen adäquat fürs Wechselleben sein. Im Schwarm, das darfst du nicht vergessen, sind wir jederzeit mit Tausenden verbunden. Es ist nicht möglich, jede Beziehung wortreich darzulegen, jedem zu antworten. Man muss auswählen und auch manches, was schön ist, abbrechen, bis die Zeit wieder günstig ist.«

Es versetzte ihm einen Stich zu erfahren, dass er als einer von Tausenden keine Erklärung wert war.

»Und die Verbindung zu mir passte nicht zu diesem Abgrund hier, in den du aufgebrochen bist. Ist es das? Will man keinen Streit, sagt man lieber nichts, auch nicht Lebewohl?«

»Ach.« Sie richtete sich auf und wischte sich mit dem Zeigefinger die Augenwinkel. »Es ist meine Funktion als Reporterin, von diesem Krieg zu berichten. Irgendwann, wenn es wieder in mein Leben gepasst hätte, hätte ich deine Nachrichten vielleicht gelesen.«

»Manchmal, das sagte mir der Informatiker, löscht man sich aus dem Speicher, wenn man keine Hoffnung mehr hat, den anderen wiederzusehen.«

»Ich habe dich nicht gelöscht«, sagte sie. »Ist das etwas wert?«

»Ich glaube, es gibt Verbindungen, die sind zu jeder Zeit etwas wert, ob in Sybaris 7 oder hier. Und das werde ich dir beweisen.«

»Vielleicht habe ich dich unterschätzt und es war nicht richtig, wortlos zu gehen. Du bist besonders.« Sie flüsterte ein Lachen, lehnte sich an seine Schulter. »Wer sonst wäre so verrückt, mir hierher zu folgen?«

»Das habe ich nicht getan, weil ich besonders bin, sondern weil du besonders bist.«

»Nur für jemanden aus der Provinz.«

Sie schauten in die Senke der fünf Flüsse, wo kleine Gruppen Überlebender umherzogen, vereinzelte Panzer und Lastwagen sich dahinschleppten durchs Gelände, eine militärische Unruhe wie Sterbezucken. Unter den tief ziehenden Wolken kreiste eine Aufklärungsdrohne im Geierflug. Teo und die Reporterin kehrten zu Konrad zurück, der brav und schweigsam bei den Mopeds gewartet hatte. »Wir sollten aufbrechen«, sagte er. »Es wird bald dunkel.«

## XXIV.

Als die Reporterin vom Moped abstieg, hatte der Wind ihre fuchsroten Haare zerzaust. Teo musste lächeln, als sie versuchte, ihre Frisur zu bändigen. Gemeinsam betraten sie das Bahnhofsgebäude, während Konrad die Mopeds auftankte. Die Dämmerung war hereingebrochen und weil Verdunklung befohlen war, hatte man die Fenster der Halle mit Decken, Laken und Pappe abgedichtet, es brannten nur kleine Kerzen. Alle hatten ihre Sonnenbrillen abgenommen. Der Oberleutnant klopfte Teo im Vorbeigehen auf die Schulter und verschwand im Toilettenraum. Längst hatte Teo die Ergebnisse seiner Ausfahrt über den Schwarm an die Offiziere weitergegeben, sodass ihm ein mündlicher Report erspart blieb. Man war wohl zufrieden mit seinen Diensten.

Durch die Düsternis hallte das Schlürfen und Knirschen bedächtiger Schritte. Teo und die Reporterin schlichen an den Feldbetten vorbei, auf denen die Soldaten ausruhten, und suchten den Beobachter. Die schwarmversunkenen Gesichter, die schmerzleidenden Masken erkannte man nur schwer, sodass die Reporterin die Augen zusammenkneifen musste. Enttäuscht sagte sie schließlich: »Hier ist er nicht.«

»Dann hatten die Listen recht. Oder vielleicht ist er in der Schalterhalle? Dort hat man ein provisorisches Lazarett eingerichtet.«

Der Gestank dort war kaum zu ertragen. Die Ausdünstungen der Männer und ihrer entzündeten Wunden unter den Verbänden vermischten sich mit Essensgerüchen und dem Geruch von Reinigungsalkohol und Salben. Schatten flackerten über die Wände wie vorbeihuschende große Tiere. Aber auch hier, unter den Siechenden und Hoffenden, fanden Teo und die Reporterin den Beobachter nicht.

Einige Feldbetten weiter hinten, neben den Wandschirmen, hinter denen der Major lag, saß der Leutnant auf einer Pritsche, stützte seinen Kopf in die Hände und schaute verdrießlich drein. Teo sprach ihn an: »Herr Leutnant, entschuldigen Sie. Wir suchen einen journalistischen Beobachter.«

Der Leutnant blickte blinzelnd auf, als wäre er eben aus tiefen Gedanken zurückgekehrt. »In den Betten liegt er nicht? Auch nicht draußen?«

»Nein«, antwortete die Reporterin.

»Ich werde nachsehen.« Der Leutnant schloss die Augen, durchforstete wahrscheinlich seinen Speicher. Daraufhin sagte er: »Es gab hier mal einen journalistischen Beobachter.«

»Wo ist er?« Die Reporterin trat auf ihn zu.

»Jenseits der Gleise. Unter der Schotterhalde. Dort haben wir ihn begraben.«

Erschüttert nahm die Reporterin neben dem Leutnant Platz. »Ohne ihn kann ich meine Arbeit nicht machen, ohne seine Regie, seinen Schnitt.«

»Ja, nichts funktioniert mehr richtig, wenn Menschen ausfallen. Das bringt Unordnung.« Daraufhin erhob sich der Mann und warf einen traurigen Blick auf die Pritsche. »Das Bett ist heute frei geworden. Ruht euch aus!«

Teo nahm den Platz des Leutnants ein, der quer durch das Lazarett davonging. Das Feldbett knarzte, die Beatmungsmaschine des Majors keuchte.

Die Reporterin lehnte ihren Kopf an Teos Schulter, und er gab die Stütze in ihrer Betroffenheit. Irgendwann, als die Ruhe drückte, frage er sie nach ihren Erlebnissen.

»Wer ist dieser Feind?«

»Er ist alles, wovor wir Angst haben«, sagte sie. »Wir haben ihn mit unseren Augenbildern aufgezeichnet, aber ich weiß nicht, warum man seine Waffen und seine Toten nicht findet.«

Im Nachbarbett richtete sich ein Soldat auf. Sein Gesicht war gänzlich unter Mullbinden verborgen und seine Augen waren vollgelaufen mit Blut. Er stützte sich auf die Ellbogen, neigte sich zu Teo und der Reporterin hinüber, wobei die Beine unruhig unter der Decke wühlten. »Dass man ihre Leichen nicht findet, ist seltsam, ja«, sagte er.

»Wissen Sie etwas darüber?«, fragte Teo.

»Ich habe sie auch gesehen, diese Gestalten in den schwarzen Uniformen, mit dem Banner aus abgezogener Haut. Man hat uns als Reserve herangezogen, um die aufgeriebenen Kompanien zu ersetzen. Das ist nur ein paar Tage her. Wir hatten unseren Einsatzort fast erreicht und marschierten gerade durch ein Wäldchen, als ein Gefreiter plötzlich rief, er hätte etwas gesehen.«

Gebannt hörten Teo und die Reporterin zu.

»Wir haben sofort drei Mann losgeschickt. Die fanden aber nichts. Also marschierten wir weiter. Ich hab meinen Kopf immer unten behalten, zwischen den Schultern, sodass mir schon der Nacken wehtat, aber wir erwarteten ja auch jeden Augenblick einen Knall, einen fallenden Kameraden oder eine Kugel zwischen den Rippen. Erneut rief jemand, dass er etwas gesehen hätte, ein anderer legte hastig an, fand jedoch kein Ziel. Auf einmal aber hat sich mein Vordermann umgedreht und wie wild um sich geschossen. Einfach so! Ich wusste gar nicht, was los ist. Dann eine Salve von der anderen Seite. Der vor mir fiel auf die Knie. Da hab ich mich auch fallen lassen. Ich hatte solch eine Scheißangst! Und in dem Moment habe ich sie gesehen: Männer in schwarzen Uniformen. Mitten unter uns! Es wurden immer mehr von denen, ich konnte kaum noch meine eigenen Kameraden erkennen. Die waren einfach weg und ich total in Panik. Und gleich darauf stand einer dieser Kerle vor mir. Er trug ein fremdes Gesicht, das er jemandem abgeschält und sich selbst wie eine Maske übergezogen hatte. Es war, als hätte einer alle unsere Kameraden durch Feinde ausgetauscht«, sagte er noch und atmete schwer.

Die Reporterin blickte ihn mitleidig an. »Von solchen Geschichten wimmelt der Schwarm. Man wird nicht schlau daraus.«

Auch Teo drehte die Erzählung in seinen Gedanken hin und her, um sie von allen Seiten zu betrachten. So viele Berichte, Bilder und Erinnerungsfilme, die sein Funknerv anzapfte, aber alles aus zweiter Hand. Er selbst hatte noch nichts gesehen, was er damit abgleichen konnte. Dieser Krieg war ein Schattenriss, und zugleich fürchtete Teo, den Beweisen zu begegnen.

Fort hier, dachte er, sollen andere all das verstehen!

»Lass uns nach draußen gehen«, bat Teo schließlich die Reporterin. »Die Luft hier drin ... Mir ist schon ganz schwindlig.«

Die Nacht klarte auf, der Nebel verflüchtigte sich. In einem fahl leuchtenden Wolkendunst rollte der Mond durch den Himmel wie eine dampfende Kanonenkugel. Im Blauschimmer sah man die Schatten der Wachsoldaten auf dem Portalkran, die Kanten, Ecken und Zacken der Exoanzüge.

Zigarettenglimmen leuchtete auf, ungeachtet der Warnungen vor Scharfschützen. Vor der mobilen Schwarmeinheit saßen einige Kameraden bei dem Ingenieur, der Konrad von der Hauptstadt erzählte. Der Bruder lauschte wie ein Kind, das ein Märchen hört. Teo beobachtete, ob die Reporterin den Ingenieur wiedererkennen würde, als sie vorbeigingen. Aber sie blickte nur unbedarft auf die Männer und hatte allem Anschein nach ihre Liebelei mit Lewoslaw ebenso gelöscht wie dieser. Nicht das geringste Erkennen flackerte in ihrem Gesicht auf. So wie einst David, der Chemiker, Teo vergessen hatte, wussten auch diese beiden nichts mehr voneinander. Nichts lag hinter ihnen, vor ihnen lag alles.

Auf den Stahlschienen glitt das Mondlicht dahin, im Schotterbett versickerte es. Hinter den Rangiergleisen, abgeriegelt von rostigen Güterwaggons, erstreckte sich ein karges Land, brache Äcker lagen verwaist. Teo und die Reporterin erreichten die Rückseite des Bahnhofs, setzten sich auf die Kante des Bahnsteigs, wohin das Vordach nicht reichte, und blickten über das Gelände, das durch die nebligen Schwaden aufzusteigen schien in den Schwarzhimmel. Die Reporterin zog den Reißverschluss ihrer Wollstrickjacke hoch, sodass der Kragen unter der Nase schloss. Lange würden sie nicht bleiben können, dachte Teo und hauchte in seine Hände, bevor er sie heftig aneinanderrieb.

»Ich erinnere mich, als wir im Wohnhaus auf der Loggia saßen«, sagte sie. »Die einsamen Funkelpunkte hielt ich für einen Sternenhimmel.«

Sie lachte und Teo ließ sich anstecken. Gutes Wetter für die Satellitenaufklärung. Gemeinsam sahen sie hinauf, wo das Band der Milchstraße glänzte, die unermesslich weit entfernten Sonnen, deren Lichtreste nach Jahrtausenden in den Augen Teos und der Reporterin ein letztes Ziel fanden.

»Aber jetzt stelle ich mir vor, dass jeder dieser Sterne wie ein Mensch ist ... und diese Galaxien sind der Schwarm.«

Ein überraschender Gedanke, fand Teo. Er suchte das Sternbild Orion und maß den Abstand zwischen den Schultersternen mit Daumen und Zeigefinger. Womöglich, so überlegte er, hielt er gerade in seiner Hand eine Entfernung, die selbst das Licht nur in Hunderten Jahren zurücklegen konnte. »Wäre es nicht traurig, wenn der Abstand zwischen den Menschen so groß wäre wie bei den Sternen, dass ein Leben nicht reichte, um sich zu begegnen?«

Die Reporterin sah ihn fragend an.

»Dann wären wir zwar nicht allein«, fuhr Teo fort, »aber auf ewig einsam.«

Nun richtete sie den Blick wieder in den Himmel. »Du meinst, wer sonst noch um uns sein mag in der Galaxie und jenseits, der wird nie von uns erfahren?«

»Und wir nicht von ihm«, antwortete Teo. »So groß ist alles.«

»Dann ist es im Schwarm doch besser. Man kann jederzeit miteinander sprechen.«

»Ich weiß nicht«, sagte er. »So schnell, wie die Schwärmer einander vergessen, könnte man glauben, die Unendlichkeit liege zwischen ihnen.«

Plötzlich nahm sie seine Hand, als wolle sie sich seiner Gegenwart versichern. »Aber man kann sich entscheiden«, entgegnete sie.

»Ich wäre dir gern näher.« Teo neigte sich zu ihr. »Aber es ist schwer, jemandem nahe zu sein, der sich ständig fortbewegt.«

»Ich wüsste gerne, was dich so anhänglich gemacht hat«, sagte die Reporterin.

»Ich war schon immer so.«

»Das kann ich mir kaum vorstellen.«

»Lass uns einen Konnex öffnen, dann verstehst du's.«

Und so ließen sie alle Sicherheitsschranken zwischen ihren Datenströmen fallen, hatten teil an den Gedanken des anderen, an seinen Erinnerungen, Wünschen, Träumen und Gefühlen, spürten einander als Gesamtheit von Daten und Algorithmen.

»Ich weiß jetzt, was du fühlst«, dachte sie zu ihm. »Du fürchtest dich davor, allein gelassen zu werden. Und was ich dir bedeute, sehe ich auch.«

»Und ich verstehe, dass du diese Furcht nicht kennst«, dachte Teo, »da du im Schwarm immer mit allen verbunden warst. Aber du bist glücklich, weil sich jemand verbunden mit dir zeigt.«

Schweigend saßen sie nebeneinander, teilten ihre Gefühle, bis sie froren. Sie reichten sich die Hände, um sie aneinander zu wärmen, küssten sich mit kältetauben Lippen.

»Wie weiter? Morgen und in Zukunft?«

»Verstecken wir uns in der Provinz vor dem Krieg!«, hoffte er.

»Oh nein! Dort steht alles still. Ohne den Schwarm könnte ich nicht leben«, dachte die Reporterin. »Außerdem greifen sie weiter um sich, diese Kämpfe, und fressen irgendwann auch dein Moorstedt. Vergiss nicht, ich habe eine Funktion hier! Ich muss berichten!«

»Dann folge ich dir«, dachte Teo. »Ich folge dir als dein neuer Beobachter.«

»Ich kann dich davon nicht abhalten, ich spüre es.«

In diesem Augenblick stieß er tief in ihrem Speicher auf einen Namen. »Pina! Du heißt Pina!«

In der Ferne bellte ein Wachhund und sie kehrten zur Schwarmeinheit zurück. Sie stiegen die Trittbretter hinauf, betraten das Funkhaus, wohin sich auch der Ingenieur und Konrad zurückgezogen hatten. Die beiden tranken Tee, bliesen den Dampf über die Tassenränder.

Vor einem grün blinkenden Netzwerkschrank lag die Katze auf einer Decke, zusammengerollt in der Wärme der Rechner. »Ich habe dir deine Katze mitgebracht«, sagte Teo zur Reporterin.

Sie beugte sich zu dem schlafenden Tier hinunter, streichelte ihm über den Kopf, dass ein Ohr zuckte und sich die Augen einen Spalt öffneten.

»Ich wollte sie dir zurückbringen«, fuhr er fort. »Und ich glaube, du hast auch unsere Jacken verwechselt, als du aus dem Wohnhaus aufgebrochen bist.«

Nachdenklich blickte sie auf. »Die muss bei meinem Hausrat sein, den ich in der Stadt gelassen habe, in einem Lagerhaus.«

Teo kniete sich neben sie. Die senfgelbe Jacke hing noch am Kleiderständer in seinem Zimmer bei Großmutter.

»Wir werden sie holen, wenn wir zurück in der Stadt sind. Es eilt ja nicht.«

»Weißt du«, sagte sie, »das ist nicht meine Katze.«

»Nicht?«

»Sie gehört sich selbst.«

## XXV.

Wenn Teo schlief, wusste er nicht, ob er durch Schwarm oder Traum ging. Beide erschienen ihm wie Länder jenseits des Bewusstseins, und nur schwer drang etwas Irdisches bis hierhin vor. Leise schwoll ein Pfeifen an, zog sich zu einem Quietschen hin, dass er glaubte, ein Zug rolle an aus der Welt der Körper, hinein in seinen Kopf, und wenn er einstiege, würde er erwachen. Er hielt die Reporterin in den Armen. Auch sie regte sich unter der Decke, aufgeweckt vom Lärm. Mit lichtscheuen Augen sah er sich um.

Konrad stützte sich ihm gegenüber auf die Ellbogen und sagte: »Klingt, als käme ein Zug.«

Tatsächlich fuhr am Bahnhof ein Zug mit Versorgungsgütern ein, mit Proviant, Ersatzteilen, Kleidung, Munition und Verstärkung. Die Soldaten entstiegen den Waggons mit unsicheren Schritten, ermüdet von einer langen Fahrt.

»Angetreten!«, rief eine durchdringende Befehlsstimme.

Indes war Teo aus der Schwarmeinheit herausgekommen, stand mit einem Bein noch auf dem Trittbrett und blickte über den provisorischen Exerzierplatz, auf dem die Formation Aufstellung nahm und ein Offizier dem Oberleutnant Meldung machte. An zwei Gesichtern blieb Teos Blick hängen und er traute seinen Augen nicht, als er Roland und Christian erkannte. Was hatten die beiden hier zu suchen? Waren sie etwa als Reservisten eingezogen worden? Dann musste die Lage wirklich ernst sein.

Argwöhnisch sah Teo zu, wie sich die Neuankömmlinge nach der Meldung zerstreuten, und er wunderte sich, als aus einem Waggon ein Dutzend Schweine über die Rampe ins Freie gelassen wurden. In Zweierreihe und im Gleichschritt verließen die Tiere den Zug. Ein seltsamer Anblick.

Teo passte den Oberleutnant ab, der an der Schwarmeinheit vorbeiging. »Reservisten und Freiwillige«, erklärte der. »Bin gespannt, ob deren Begeisterung bis zum zweiten Magazin hält.«

Es überraschte Teo nicht, dass Roland und Christian sich tatsächlich dazu entschlossen hatten, an die Front zu gehen.

»Steht es so schlimm, dass man die letzten Kräfte braucht?«

»Diese Amateure wären die Ersten gewesen, die ich ins Sperrfeuer gejagt hätte«, murrte der Oberleutnant weiter. »So viele sind schon gefallen, die wirklich was konnten.«

Aber noch mehr Männer trafen an diesem frühen Morgen ein. Auf der Straße neben den Gleisen kehrte ein Aufklärungstrupp zurück.

Als der Oberleutnant die Soldaten sah, verschmutzt, zerschunden und im Erschöpfungstrott, schlug seine Gehässigkeit in Sorge um. »Da sind sie ja! Tatsächlich nur so wenige …«

»Was ist ihnen zugestoßen?«, fragte Teo.

»Sie sollten beim östlichen Flugfeld die Lage auskundschaften und sind in einen Hinterhalt geraten. Diese verfluchten Bots haben sie mit falschen Zertifikaten gelockt. Das Flugfeld ist offenbar verloren.«

»Wenn die Zertifikate unnütz sind, schießt bald jeder auf jeden«, sagte Teo.

Ohne noch etwas zu erwidern, ging der Oberleutnant den Rückkehrern entgegen. Vermutlich gehörten sie zu jenen, die wirklich etwas konnten.

Hinter Teos Rücken klackte die Tür der Schwarmeinheit. Der Ingenieur steckte den Kopf durch den Spalt und hielt die Nase in die Morgenluft wie eine Feldmaus, die ein Wiesel wittert.

»Was sind das für Schweine?«, fragte Teo.

»Das sind Hybriden. Warum fragst du mich etwas, was der Schwarm dir auch erklären könnte?«

»Als ich mit Konrad an die Front gefahren bin, ist mir ein solches Schwein schon mal aufgefallen.«

»Früher hat man experimentiert, Mensch und Schwein zu kreuzen«, erklärte Lewoslaw. »Man wollte Menschenorgane in Schweinekörpern züchten, um das Spenderproblem zu lösen. Sind ja beide genetisch recht ähnlich. Blöderweise haben sich auch menschliche Nervenzellen im Hirn der Schweine gebildet. Sie sind so intelligent wie sechsjährige Kinder geworden.«

»Das ist ja furchtbar! Und was haben die im Krieg zu suchen?«, fragte Teo.

»Ihr Hirn verträgt sich mit dem Funknerv, weil es teilweise menschlich ist. Diese Schweine sind im Schwarm und senden alles, was sie sehen und hören. Wir schicken sie als Späher und Kundschafter.«

»Dann habe ich auch Zugriff auf ihre Wahrnehmungen?«

»Du bist unser Sucher, also kann ich dir den Kanal öffnen.«

Ungläubig schüttelte Teo den Kopf.

»Die Welt aus der Sicht eines Schweins, ich fasse es nicht!«

»Du bist ja schnell zu begeistern«, sagte der Ingenieur. »Das mag ich an dir.«

»Ich bin keineswegs begeistert!« Aber Lewoslaw lachte nur und verschwand wieder in der Schwarmeinheit.

Teo fand Konrad bei den Mopeds. Misstrauisch beobachteten die beiden, wie der Schmied und der Pferdewirt sich marschbereit machten, ihre Rucksäcke schulterten und die Gewehre luden.

»Es ist keine gute Idee, ihnen Waffen zu geben«, sagte Konrad, während er den Tankdeckel seines Mopeds verschraubte. Der süßliche Geruch von Benzin klebte an seinen Händen.

Da bemerkten Roland und Christian, dass Blicke auf ihnen ruhten, und kamen herüber. Ungelenk und wankend waren ihre Bewegungen. Offenbar mussten sie sich erst wieder an Kampfanzug, Marschgepäck und Gewehre gewöhnen.

»Tapfer, die Brüder!«, rief der Schmied. »Werfen sich für die Heimat ins Feuer!« Teo meinte, einen spöttischen Unterton zu hören.

»Pflicht und Opfer!«, bekräftigte der Pferdewirt. »Aber gegen uns werdet ihr's schwer haben. Wir sind zu Hause Helden, weil wir den Deserteur gefangen haben.«

Er glaubte wohl tatsächlich, sie wären alle aus dem gleichen Grund hier.

»Und das hat euch nicht gereicht?«, fragte Teo.

»War nicht unsre Idee«, entgegnete Christian. »Hat man eben von uns Helden erwartet.«

Konrad klopfte auf den Tank, der dumpf und voll klang. »Passt lieber auf, dass ihr die Köpfe unten behaltet!«

Roland legte sich das Gewehr über den Arm. »Wir achten schon auf uns, so wie ihr aufeinander aufpassen solltet. Sonst verirrt sich vielleicht noch eine Kugel und locht euch die Stirn.«

Mit einem fiesen Grinsen drehte er sich um, packte Christian am Arm und ging mit ihm davon. Teo war froh, nicht mit den beiden ziehen zu müssen.

Die Brüder schauten einander an und gaben sich Kraft mit festen Blicken.

Auf der südlichen Straße, in der Nähe einer alten Wassermühle, befand sich ein Wachposten, der seit Tagen keine Feindkontakte mehr berichtet hatte. Die Reporterin beschloss, wegen dieser Lageberichte in den ruhigen Gebieten auf Recherche zu gehen. Doch der Major warnte: »Ruhe heißt nicht, dass die Straße sicher, sondern dass der Feind überfällig ist.«

Und auch der Ingenieur mahnte zur Vorsicht, als sie zur Abfahrt auf die Mopeds stiegen. Bevor sie jedoch losfahren konnten, warf sich ihnen wagemutig die Katze in den Weg. Das Tier krallte sich in die Speichen des Vorderrades und zupfte daran wie an stählernen Saiten. »Sie will wohl nicht, dass wir fahren«, sagte Konrad.

»Ich glaube vielmehr, sie will mit«, antwortete die Reporterin. Sie stieg ab, beugte sich hinunter und nahm das Tier auf den Arm. Zufrieden schmiegte sich die Katze an ihre Schutzweste und die Reporterin nahm wieder hinter Teo Platz. Konrad ließ den Motor raunen.

Als sich Teo bei einer Straßenbiegung nochmals umdrehte, war der Ingenieur bereits verschwunden. Er schaute ihnen nicht nach, verabschiedete sich nicht, denn im Schwarm blieben sie alle verbunden. Nur ein Sonnenstrahl blitzte an der sich schließenden Tür der Schwarmeinheit und verriet, dass gerade jemand hineingegangen war.

Auf dieser Fahrt störte das Knattern der Mopeds Teo besonders. Es konnte sie verraten und kam ihm nun außergewöhnlich laut vor. Angstohren sind empfindlich. Beruhigend spürte er die Hände der Reporterin an seiner Hüfte, wo sie sich festhielt; die Katze schlief an ihrer Brust unter der halb offenen Schutzweste.

Auf der südlichen Route lagen verlassene Straßendörfer. Ausgesetzte oder entlaufene Hunde rotteten sich dort in den Häusern, Ställen und Schuppen zusammen, senkten die Köpfe, legten die Ohren an und starrten mit gelben Augen aus der Dunkelheit. Die morgendlichen Herbstnebel schwammen um die Eichenhaine, hielten den Mund der Welt mit ihren dunstigen Händen zu. In ferner Höhe sah Teo etwas glänzen, metallisch, wolkengrauer

Lack, das einen Bogen quer über ihre Köpfe zog. Eine Drohne schwirrte über den Himmel, hielt sich an den Verlauf der Straße, flog den Mopeds voraus, bis Teo sie aus den Augen verlor. Eine von unseren, das wusste er. Er hatte im Schwarm das Arsenal der Streitkräfte studiert.

Durch die Motoren verstand Teo zunächst den Funkspruch nicht, den er im Schwarm aufschnappte. Er ging vom Gas, ließ Konrad Abstand gewinnen. »Beschuss!«, hörte er schließlich. Der Straßenposten lag unter Feuer. Nun sah auch er in der Ferne, hinter einer bewaldeten Hügelkette, die Rauchwolken aufpulvern. Vorbei die Ruhe in diesem Frontabschnitt!

Die Funksprüche kippten ins Panische, rissen ab, dass Teo fürchtete, es wären alle umgekommen. Aber dann nahm der Wachposten die Meldungen wieder auf mit sonorer, flachwelliger Stimme. Ein Funker sagte, es habe Einschläge gegeben, einen kurzen Raketenangriff, dann Ruhe im Unterstand. Also beschleunigte Teo wieder und schloss zu Konrad auf.

Bald darauf kam ihnen die Drohne entgegen. Hatte sie etwa den Straßenposten angegriffen? Sie kreiste zweimal über den Mopeds wie ein Bussard über dem Hamsterbau, flog dann weiter nordwärts. Indes kamen weitere Stimmen im Schwarm auf. Zahlreiche Soldaten waren durch den Beschuss versprengt worden, hatten sich verirrt und wussten nicht, wohin sie sollten. »Wir sind überall und nirgends«, rief einer verzweifelt. Ein anderer sagte: »Ich finde mich nicht!«

Teo lauschte, erwartete jeden Augenblick einen Schuss, der ihm die Stirn lochte, so wie der Schmied gedroht hatte. Aber schlimmer war der Gedanke, es träfe die Reporterin oder den Bruder.

Nach einigen Biegungen, die hinter Tannenwaldhügel und Felshänge führten, nahmen sie den Geruch von Verbranntem wahr, hörten das Rauschen von Wasser, spürten einen warmen Wind im Gesicht, bevor sie den Wachposten erreichten. Zwei Krater klafften vor ihnen, einer hatte die Brücke zerrissen, die über ein Flüsschen führen sollte, mitsamt der Böschung umhergeworfen, Farne und Gräser zerfetzt, mehrere Fichten gefällt, die Stämme beerdigt, Granitsteine verstreut. Der zweite Einschlag hatte die Wassermühle getroffen, deren Fachwerk in einer Feuersbrunst knirschte. Wie ein offener Brustkorb lag das Gebäude am Fluss, Asche regnete auf sie herab.

Konrad bremste, dass auch Teo den Griff ziehen musste, Bremszugknarren, der Bruder wich aus, Kraterschlag, Stoßdämpferwippen. Schließlich hielten sie an. Ein Stück der Straße war fort, abgebissen, dickliche Pfützen wie Wutspeichel, Laub und Geäst schwammen darin, Steinstreu wie ausgebrochene Zähne.

Konrad stieg vom Moped, klappte mit dem Fuß den Ständer herunter und stellte es ab. Auch die Reporterin rutschte vom Sitz, nahm ihren Helm ab und schaute sich um. Plötzlich schlug sie sich die Hand vor den Mund. Teo folgte ihrem Blick und es dauerte einen Moment, bis er zwischen den schwelenden Baumstämmen und Balken, zwischen verbogenem Metall, Schutt, Staub, Ruß, Qualm und Rauch die Menschenkörper entdeckte. Überall lagen Leichen mit kahl gebrannten Schädeln, verschmolzen mit ihrer Kleidung, Rümpfe, Arme, Beine, dazwischen ein zerrissener Schweinetorso. Ein Hybrid vielleicht? Wer konnte das noch sagen? Ein enthaupteter Toter steckte noch in seinem Exoanzug, stand steif zwischen den Verwüstungen. Daneben, in einem verbeulten Helm, war sein Kopf zwischen die Brückensteine gerollt. In verstörender Ordnung trug er noch eine Brille auf der Nase, vor ausgedampften Augenhöhlen. Der Messingrahmen funkelte.

Die Reporterin nahm ihre Sonnenbrille ab, ihr Nasenrücken glänzte vom Schweiß, die Augen stellten Fragen. Sie sah zu Teo herüber.

»Hallo?«, rief Konrad durch das Prasseln der Flammen. Sie lauschten, aber vernahmen keine Stimmen.

»Aber irgendwer funkt im Schwarm!«, rief Teo. Auch er stieg vom Moped, ging vorsichtig voran, alles brüchig unter seinen Sohlen. »Jemand muss hier sein!«

Im Schwarm schickte er Nachrichten an jene, von denen er nach dem Angriff gehört hatte. Sofort erhielt er Antwort von einem Militärwächter, der sich hier aufgehalten hatte. Er habe einen

Feuerball gesehen und nun fühle er sich wie in einem Schwarmtraum gefangen. »Wo ist mein Körper?«, fragte er.

»Ich schicke dir, was ich sehe«, sagte Teo und zeichnete alles auf wie ein Beobachter für die Nachrichten. Er stieg er über das Trümmerfeld, ließ den Blick über die Steinbrocken stolpern, bis plötzlich der Wächter rief: »Halt! Noch mal zurück!«

»Dorthin?« Teo wandte sich der Stelle zu, wo der abgerissene Kopf lag.

»Was ist das?«, fragte der Militärwächter.

»Ein Kopf in einem Helm.« Teo näherte sich. Ihm wurde übel und er bereute jeden Bissen seines Frühstücks.

»Aber das ... das bin ja ... ich ...« In diesem Augenblick verstummte er.

Teo erschrak vor dem Gedanken. Unmöglich! Wie konnte er mit jemandem im Schwarm sprechen, der kopflos vor ihm stand? Ein Irrtum! Bestimmt! Vielleicht sprach er mit einem dieser Bots, dieser interaktiven Programme, die Identitätszertifikate fälschten?

»Ich mache Meldung beim Kompaniehauptquartier!«, sagte er zu Konrad und drehte sich weg.

Sie warteten flussaufwärts, abseits der Zerstörung, und schwiegen, bedrückt und aufgewühlt. Teo hielt die Reporterin in den Armen, obwohl sie mit ihrer inneren Stärke eher ihn stützte. Er hatte das Bedürfnis, ihre Weste zu schließen, um sie zu schützen, aber sie wehrte ab. »Schnür mich nicht ein! Ich bekomme sonst keine Luft«, sagte sie.

Die Katze war unter der Weste hervorgekrochen und stolzierte über die Steine im Fluss. Konrad starrte aufs Wasser, in sich versunken. Teo konnte ihm ansehen, dass er litt, auch wenn er selten darüber sprach. Er hatte sich nie überlegt, welche Opfer Konrad brachte, um auf ihn achtzugeben. Das konnte kein Mensch verlangen.

Nach einiger Zeit hörten sie das Brummen von Motoren. Im Schwarm meldete sich ein Spähtrupp, der die Schäden in Augenschein nehmen sollte. Also kehrten die Brüder und die Reporterin zurück zu der brennenden Mühle, um Bericht zu erstatten von der Drohne, den verwirrten Funkmeldungen und dem toten Militärwächter, der glaubte, noch am Leben zu sein.

Es hielten zwei Geländewagen vor den Kratern. Der Leutnant stieg mit drei Soldaten aus und sah sich um. Aus dem anderen Wagen kletterten noch zwei Mann, außerdem der Schmied und der Pferdewirt, beide bleich und unsicher, so wie Teo sie noch nie gesehen hatte. Vielleicht kamen sie ja hier zur Vernunft. Sie hielten ihre Waffen wie Hammer und Zügel.

Nervös ließ sich der Leutnant von Teo unterrichten.

»Ich habe meiner Funkmeldung nichts hinzuzufügen.«

»Eine Drohne?«, fragte der Offizier ungläubig, während er das Gelände betrachtete. Teo sah seine Augen hinter den leicht getönten Gläsern der Splitterschutzbrille zucken. Die Unruhe steckte ihn an.

Unterdessen sprang die Katze durch Trümmergestein, glühendes Holz und Gebeine und war mit einem Satz auf dem Sitz von Konrads Moped, wo sie zufrieden auf einem Menschenfinger kaute.

Der Leutnant verzog vor Ekel den Mund. »Eine Drohne? Wirklich? Kein Feind aus diesen Wäldern?« Er wies mit der Hand auf die Bäume. Schwarz und schweigend standen sie umher wie Zeugen eines Verbrechens, die sich fürchteten auszusagen.

»Mir ist es hier nicht geheuer«, sagte der Pferdewirt.

»Still!« Der Leutnant gebot ihm mit der Hand Ruhe. Dann rieb er sich die Schläfe. »Hier wird nicht gejammert!«

Ein Krachen ließ die Versammelten zusammenzucken, als ein Teil des Mühlengebälks zusammenbrach. Das Dach stürzte in die Ruine. Funken sprühten auf, Asche wölkte aus dem Schutt. Vor Schreck hatte sich einer der Soldaten zu Boden geworfen, der andere sprang hinter den Schuttberg bei der Brücke, und auch der Leutnant duckte sich.

Teo hörte das Blutrauschen in seinen Ohren.

»Dort hinten!«, rief einer. »Habt ihr das gesehen?«

»Meldung!«, brüllte der Leutnant zurück. Ihm war anzusehen, dass er um Fassung rang. Schweiß tropfte ihm von Kinn und Nasenspitze.

»Im Gebüsch am Flussufer!«, rief der Soldat zurück.

»Geht's genauer, verdammt?« Der Leutnant legte eine Hand an seine Pistole am Oberschenkelholster.

Hektisch sah sich Teo nach Konrad und der Reporterin um, die bei den Mopeds hockten. Er gestikulierte, sie sollten in Deckung bleiben.

»Da ist was durchs Gebüsch gehuscht!«

»Ich sehe nichts.«

»Vielleicht habe ich es mir eingebildet.«

»Vielleicht?«

»Ich weiß nicht!«

Ein Schuss knallte.

»Scheiße!«

»Entschuldigung!«

»Wer war das?«

Der Pferdewirt hob die Hand. Sein Gesicht war kalkweiß.

Doch dann kniff der Leutnant die Augen zusammen, als wehe ihm ein scharfer Wind entgegen. »Da, an der Brücke!« Er riss die Hand vor und zeigte auf den Schuttberg. Schnell warf er sich hinter den Geländewagen.

»Was ist dort?« Auch Teo blickte in Richtung des zerschmetterten Brückenbogens.

»Schwarze Uniform!«, sagte der Leutnant, zog seine Waffe und zielte.

»Das ist unser Mann!«

»Das ist nicht unser Mann!« Die Stimme des Leutnants flatterte. »Die schwarze Uniform gehört nicht zu uns!«

In diesem Augenblick schien der Soldat zu merken, dass der Leutnant auf ihn zielte. Er duckte sich und griff nach seinem Gewehr. »He, was soll das?«

In gebeugter Haltung stand Teo neben dem Geländewagen.

»Bist du blind?«, fauchte der Leutnant. »Das ist einer von denen!« Plötzlich packte er Teo am Arm, dass er zu ihm hinter den Wagen stolperte. »Verdammt, geh in Deckung!«

Mit dem Rücken warf sich Teo gegen den warmen Vorderreifen, während der Leutnant zweimal auf den Schutthaufen feuerte. Trafen sie nun auf die Gestalten aus den Schwarmträumen? Teo fühlte sich nicht bereit. Wie sollte man auch bereit für so was sein? Er wollte keine Angst haben, aber es gelang ihm nicht. Sein Herz lag auf einer Nagelmatte, die Lunge saugte flach und hasenschnell die Luft.

Kaum hatte sich der Staub gelegt, riskierte Teo einen Blick. Nun sah auch er, was der Leutnant ihm zeigen wollte: Eine Gestalt in schwarzer Uniform und mit einem pechbestrichenen Helm versteckte sich hinter dem Schutthaufen. Ein Gewehrlauf lag obenauf und zielte auf ihn. Sogleich ratterte eine Salve, die Kugeln schlugen ins Blech des Geländewagens. Fester presste sich Teo an den Reifengummi, schloss die Augen und flüchtete sich in sein inneres Schwarz. Und der Schwarm fing ihn auf, legte seine schützenden Hände über ihn. Unmöglich zu sagen, ob der Lärm durch seine Ohren in den Kopf drückte, ob die Töne aus seinem Kopf durch die Ohren in die Welt brachen. Er fühlte sich wie ein Vorhang vor einem offenen Fenster, durch das ein Sturm zwischen Welt und Schwarm tobte. Wie gerne hätte er es schließen wollen, das Schussgewitter draußen lassen, aber solange er Knochen und Fleisch war, konnte er sich nicht verstecken im Digitalen. Also öffnete er die Augen und blickte in das Gesicht des Leutnants, der vor ihm lag, mit offenem Mund, schwarz, rund, tief wie ein Urnenloch.

»Herr Leutnant!«

Man schloss die Augen und ein Mensch war tot. Wer würde noch leben nach dem nächsten Zwinkern?

Teo musste sich frei schütteln von diesem Anblick. Er griff nach der Pistole, die der Leutnant hatte fallen lassen. In der geriffelten Oberfläche des Griffs glänzte Schweiß, der Abzug war noch warm vom Zeigefinger des Erschossenen, der Lauf strahlte Schusshitze ab. Hektisch sah sich Teo um. Zwei Männer in schwarzen Uniformen suchten hinter dem verkohlten Stamm einer umgestürzten Tanne Deckung. Der eine verbarg sich unter seinen Armen, der andere schoss. Angsteinflößend waren die feindlichen Gesichter, schwarze Augen, Katzenzähne, die Haut wie Masken, gestohlen von den Köpfen anderer. Das war der Feind! Unbestreitbar!

Der Schütze drehte den Kopf, riss den Kiefer auf und Speichelschaum spritzte vom Schreien. Teo hob die Pistole, zielte, drückte ab. Aber der Schuss zischte vorbei. Sofort duckte sich der Schütze, verlor den Halt und taumelte aus der Deckung. Gerade hatte er sich gefangen, da zuckte sein Körper und fiel zur Seite in den Staub. Er rührte sich nicht, unter seiner Brust rann Blut hervor. Eine andere Kugel musste ihn erwischt haben.

Wo waren nur Konrad und die Reporterin? Ging es ihnen gut?

Wieder ratterte eine Salve. Teo duckte sich, hielt den Atem an und hoffte, der Tod wäre blind, taub und überhaupt von Sinnen, dass er ihn übersehen würde.

Tatsächlich erstarb der Lärm über dem Wachposten. Das Gefecht schien vorübergepoltert wie eine Geröllawine. Doch Teo traute der Ruhe nicht. Was war mit seinem Bruder und der Reporterin?

Er wagte wieder einen Blick aus seiner Deckung, sah zwei Tote in schwarzer Uniform im Schutt der Brücke liegen. Abermals duckte er sich, lauschte, bevor er Mut fasste und mit eingezogenem Kopf hinter dem Geländewagen hervorkroch. Noch wagte er es nicht, nach seinem Bruder und der Reporterin zu rufen, sondern achtete auf ein letztes Zucken der Gefahr. Außer den Erschossenen sah er niemanden. Wo hatten sich der Schmied und der Pferdewirt verkrochen? Waren sie verschleppt worden?

Er drehte sich um, um sie zu suchen, und erschrak, als plötzlich ein Mann in rußschwarzer Uniform vor ihm stand. Sofort riss er die Pistole hoch und richtete sie auf den Feind.

Zu seiner Verwunderung hob dieser beschwichtigend die Hände, während das Gesicht sich zu einer Fratze verzog, die Teo in Panik versetzte. Schon spürte er den Widerstand des Abzugs, da brüllte sein Gegenüber: »Teo! Was machst du denn? Erkennst du mich nicht?«

Woher kennt er meinen Namen?

»Verdammt, nein! Wer bist du?«

Der Kerl wich zwei Schritte zurück.

»Aber Teo! Ich bin's, Konrad!«

»Was soll das? Was ist mit meinem Bruder?«

»Das ist das Ding in deinem Kopf! Dieser Funknerv!«

»Was?«

»Alle haben sich gegenseitig erschossen! Und dir pfuscht das Ding auch im Verstand rum!«

Der Boden wellte sich unter Teos Füßen, das zerborstene Mühlrad im Fluss schleuderte herum, die Tannen warfen den Sonnenball einander zu.

»Ich habe doch gesehen, wie ihr uns angegriffen habt!«

Der Mann mit der Zerrfratze schien keine Antwort zu wissen, blieb einen Augenblick stumm.

»Ich glaube, dieser Funknerv lässt dich Gefahren sehen, wo gar keine sind! Wer Angst hat, sieht überall Feinde!«

»Unsinn!«, sagte Teo sicherer, als er es war. »Wo ist mein Bruder?«

»Aber ich bin es doch! Glaub mir! Hast du mir nicht immer vertrauen können? Ich habe dich nie zurückgelassen, so wie ich's versprochen habe!«

Wie konnte dieser Mann das wissen? Konnte er in Teos Erinnerungen lesen? Er hat sich über den Funknerv in mein Hirn gehackt, vermutete er. Aber warum redet er mit mir und hat mich nicht schon längst erschossen?

Teo wollte sich nicht täuschen lassen, aber von diesem schwarzen Soldaten schien nichts Gefährliches auszugehen.

»Hast du dich nie gefragt, warum man nirgends die Leichen der Feinde gefunden hat?«

»Aber hier liegen sie doch!« Teo zeigte auf die Erschossenen. Aber etwas stimmte nicht mit den Toten. Ihre Uniformen waren verblasst, schienen sich olivgrün einzufärben wie die der Soldaten.

Er erinnerte sich plötzlich daran, was ihm der Fahnenflüchtige vor dem Gasthof »Zum Ahorn« erzählt hatte. Hatte der Soldat nicht erkannt, nachdem sein Funknerv beschädigt worden war, dass ihn seine eigenen Leute beschossen?

Je mehr Teo nachdachte, desto weniger fürchtete er sich. Er glaubte sogar, in der Zerrfratze des anderen das Gesicht seines Bruders zu erkennen.

»Niemand bedroht dich!«, sagte dieser. »Ich hab keinen Funknerv, ich greif dich nicht an.«

Teo atmete langsamer. Der Mann bekam wirklich allmählich Ähnlichkeit mit Konrad, die Toten mit den Soldaten. Konnte es sein, dass einem der Funknerv solche albtraumhaften Trugbilder vorgaukelte, wenn man in Angst geriet?

Teo ließ den Arm sinken, den Finger vom Abzug gleiten. Nun, klar erkennbar, trat sein Bruder auf ihn zu, legte ihm die Hand auf den Oberarm. Der Ärmel seiner Jacke war abgerissen. Über seine Schulter sah Teo, wie der Pferdewirt hinter dem Stamm der umgestürzten Tanne hervorwankte, hin zu einem der Toten neben dem Baumstumpf, an jener Stelle, wo zuvor der Feind lag, den Teo mit seinem Schuss verfehlt hatte. Es war Roland, der Schmied.

Wozu hatte der Funknerv ihn getrieben?

»Ich ... ich habe ... abgedrückt«, sagte Teo leise. Zufall, dass nicht er ihn erschossen hatte.

»Komm! In den Geländewagen!«, sagte Konrad in eindringlichem Ton. »Wir müssen uns beeilen! Die Reporterin ist verwundet. Ein Querschläger.«

## XXVI.

Konrad fuhr die hohen Gänge, schnitt die Kurven. Auf der Rückbank behütete Teo die Reporterin. Seine Arme federten sie nach links, nach rechts. Mal fühlte er sich drohnenleicht, mal panzerschwer. Lieber schnell als sanft! Auf dem Beifahrersitz wurde Christian durchgeschüttelt, ohne dass er sich dagegen wehrte. Seit Roland tot war, hatte er noch kein Wort gesagt. Die Katze saß auf seinem Schoß und gähnte. »Wir sind bald da«, dachte Teo in den Schwarm hinein. Er sprach mit der Reporterin über den

Funknerv, damit sie ihre Kräfte schonen konnte. »Erzähl mir von deinen Reisen«, bat er sie.

»Ich habe so viele Menschen kennengelernt«, antwortete sie, »und oft habe ich mich verliebt. Jemand warf mir einmal vor, in mir sei eine Leere, und ich würde sie füllen, indem ich mich an jeden gebe.«

»Das muss der Ingenieur gewesen sein«, meinte Teo.

»Aber ich liebe nicht all diese Menschen, sondern die Neugier, verstehst du?«

»Natürlich verstehe ich das. Ich war mit dir im Konnex, ich verstehe alles.«

»Und dann bist du gekommen und wolltest mich halten – und jetzt hältst du mich.«

Der Motor brauste auf, Schotter spritzte, Staub wölkte empor.

Als sie den Platz vor dem Bahnhof erreichten, warteten bereits der Ingenieur, zwei Sanitäter und der Stabsarzt. Kaum hatte Konrad den Wagen abgebremst, nahmen sie sich der Reporterin an.

»Was ist passiert?«, fragte der Arzt. Seine Stimme quietschte wie zersprungenes Eis.

»Bauchschuss«, antwortete Teo.

Der Arzt zog die Luft scharf durch die Zähne. »Dann los!« Er wies die Sanitäter an, die Reporterin in die Bahnhofshalle zu tragen. Teo wollte hinterhereilen, aber der Ingenieur hielt ihn zurück: »Lass sie! Du wärst nur im Weg.«

Kurz darauf durchquerten sie die Bahnhofshalle und Teo fragte sich, wohin man die Reporterin wohl gebracht hatte. Sicherlich rang der Stabsarzt in einem notdürftigen Operationssaal um ihr Leben. Ihr Schwarmprofil war offline ohne Abwesenheitsnotiz.

Der Ingenieur öffnete vorsichtig die Tür zu einem stickigen Ruheraum und ließ die anderen hindurchtreten.

»Wenn jemand stirbt, der einen Funknerv hat, gibt es dann ein Echo im Schwarm?«, fragte Teo im Vorbeigehen.

»Ein Echo?« Der Ingenieur schloss die Tür hinter sich.

»Ich habe Gefallene noch im Schwarm sprechen gehört.«

»Sprachnachrichten sind auf ewig im Speicher. Das ist nichts Besonderes. Vielleicht auch Bots.« Er wies Teo den Weg an den Betten vorbei, weit in den hinteren Bereich.

Man hatte um das Krankenbett des Majors einen strategischen Planungsraum eingerichtet. An den Wandschirmen hingen topografische Karten, in die jemand mit Filzstift Kreise gezeichnet hatte, Linien und Zahlen in Schwarz, Blau und Rot. Wäre dieser Krieg eine Kreatur, stellte Teo sich ihr Atmen vor wie das gleichmäßige Keuchen der Beatmungsmaschine. Der Major lag blass und mit eingefallenem Gesicht unter der Decke, der Befehlshaber war der Welt schon entrückt, zur Hälfte aus dem digitalen Jenseits kommandierte er seine Truppen. Jemand hatte ihm sein Barett aufgesetzt, das den Kopfverband in würdevoller Verzweiflung verdeckte. Der Oberleutnant stand neben dem Bett vor einem Wandschirm mit angehefteter Karte, rieb sich das Kinn und strich mit einem schwarzen Stift einen Posten durch. Das könnte die Mühle gewesen sein. Ebenfalls durchkreuzt war das Flugfeld, von dem der Aufklärungstrupp am Morgen zurückgekehrt war. Neben dem Schirm stand eine Kamera auf einem langbeinigen Stativ, deren Lämpchen grün leuchtete. Der Ingenieur wies Teo an, in die Kamera zu sprechen. »Darüber sieht dich der Major.«

»Sprechen Sie!«, hörte Teo im Schwarm die Stimme des Kompaniechefs.

Es fiel ihm schwer, Worte für das Erlebte zu finden. Zweimal setzte er an, bevor er berichten konnte.

»Wir waren unterwegs auf der südlichen Straße, als uns eine Drohne überflog. Sie hat den Straßenposten angegriffen. Die Mühle ist getroffen und zerstört worden, ebenso die Brücke über den Fluss. Soweit ich sehen konnte, hat keiner der Wachposten körperlich überlebt.«

»Körperlich?«

»Einer der getöteten Soldaten hat nach dem Angriff noch im Schwarm gesprochen.«

»Sprachnachrichten«, sagte der Ingenieur und drängte sich neben Teo in die Kamera. »Aufzeichnungen sicherlich. Oder Bots.«

»Das erklärt nicht, was meinem Spähtrupp zugestoßen ist!«

»Ich war zwar dabei, aber erklären kann ich es auch nicht.«

»Erzähl!«, bat der Ingenieur.

»Wir hatten Angst. Wir alle. Und plötzlich haben wir uns gegenseitig für Feinde gehalten. Die Soldaten haben aufeinander geschossen.«

Die Stimme des Majors schwieg, der Ingenieur schaute skeptisch drein, tippte sich mit dem Bügel seiner Sonnenbrille an die Unterlippe.

»Sie haben sich gegenseitig umgebracht«, fuhr Teo fort. »Aber nur die, die einen Funknerv hatten …«

»Was deuten Sie an?«, fragte der Major.

»Der Funknerv zeichnet nicht das auf, was man sieht, sondern das, was das Gehirn zu sehen glaubt. Deshalb verursacht er Halluzinationen, wenn man Angst hat. Er gaukelt uns die Feinde vor, die wir aus den Gerüchten kennen und erwarten. Und weil viele ihre Halluzinationen in den Schwarm einspeisen, verstärken sich die Gerüchte immer mehr.«

»Was du uns weismachst, ist Technik-Voodoo!«, entgegnete der Ingenieur. »Von solchen Wechselwirkungen zwischen Funknerv und Amygdala ist mir nichts bekannt. Mit diesen Fehlern wäre die Technik niemals zugelassen worden!«

»Als wir in den Wäldern um Moorstedt den Fahnenflüchtigen gejagt haben, hast du es noch für möglich gehalten, dass der Schwarm Aufzeichnungen und Gedanken vermischt.«

»Diese Überlegungen sind akademische Spielchen, habe ich gesagt!«

»Sie meinen, dieser Krieg ist ein Hirngespinst?«

»Das erklärt, warum nichts Greifbares von unseren Gegnern bleibt. Und auch die scheinbar gefälschten Zertifikate erklärt es. Es stecken keine Bots dahinter, die Identifikationen sind korrekt! Nur erkennen unsere Truppen ihre Freunde nicht, wenn sie ihnen begegnen. Und die Bot-Warnung hat alles nur noch schlimmer gemacht, weil sie noch mehr Misstrauen erzeugt hat.«

»Du verstehst nichts von dieser Technik!« Der Ingenieur klang gereizt. »Hättest du deinen Funknerv länger als ein paar Wochen, würdest du nicht solchen Unsinn reden. Ich bin enttäuscht!«

Das wollte Teo nicht auf sich sitzen lassen. »Vielleicht vertraust du dieser Technologie zu sehr?«

»Ich bin Ingenieur! Ich bin der Experte! Der Funknerv ist die größte Errungenschaft der Bioelektronik, das wirst du nicht antasten!«

Teo wich vor dem harten Widerspruch nicht zurück. »Ich kann meine Erinnerungen in den Schwarm laden, dann wirst du es sehen.«

»Und was soll das beweisen? Du hast selbst gesagt, dass sich Fantasie und Wirklichkeit nicht unterscheiden lassen.«

Patt! Niemand konnte dem anderen mehr glauben. Erschütternder noch: Niemand konnte sich selbst mehr glauben.

»Aufhören!«, mischte sich der Major ein. »Das ist kein Spiel, Sucher! Hier wird verreckt! Ihre Vermutungen sind lächerlich!«

Die Autorität des Mannes war entwaffnend.

Klang seine Idee wirklich so abwegig, fragte sich Teo. Oder der Ingenieur und der Major wehrten sich aus anderen Gründen gegen seinen Verdacht. Womöglich fürchtete der Major, für unfähig gehalten zu werden, wenn er auf die eigenen Leute schießen ließ. Erst der Feind gibt dem Kampf einen Grund, verleiht dem Soldaten Sinn. Und ein Soldat ist wiederum der Feind und Sinn anderer Soldaten. Für den Ingenieur hingegen, der sich selbst nur in seiner Funktion dachte, bedeutete das Vertrauen in die Technologie das Vertrauen in sich selbst. Dieses Innere, das Teo mit seiner Vermutung angetastet hatte, fürchtete sich. Tatsachen nehmen nicht die Angst, die den Glauben begründet.

»Sie haben in einem Hinterhalt den Überblick verloren«, stellte der Major schließlich fest. »Das kann einem unerfahrenen Soldaten passieren. Außerdem passt taktisch alles zusammen: zuerst einen Posten aus der Luft angreifen und dann mit Bodentruppen anrücken.«

Der Ingenieur nickte zustimmend. »Unsere Schwarmeinheit hat den Drohnenflug aufgezeichnet. Sie ist auf dem östlichen Flugfeld gestartet.«

»Und der Aufklärungstrupp hat am Morgen bestätigt, dass das Flugfeld dem Feind in die Hände gefallen ist«, mischte sich nun auch der Oberleutnant ein. »Was kombiniert der Feuerleitrechner aus alledem?«

»Er empfiehlt den Beschuss. Wenn es die Reichweite der Panzerhaubitze zulässt, nehmen Sie das Feld also unter Feuer!«, befahl der Major.

»Nein! Nicht!«, warf Teo ein. »Wenn ich recht habe, beschießen Sie die eigenen Truppen! Unsere Kameraden werden dann uns für Feinde halten!«

»Das sind nicht unsere Kameraden! Ich habe genug gehört. Wegtreten!«

»Senden Sie wenigstens eine Anfrage an das Flugfeld, was dort passiert ist!«

»Das ist sinnlos«, warf der Ingenieur ein. »Die Bots antworten uns, was wir hören sollen. Verlassen wir uns auf den Feuerleitrechner! Seine Quantenmechanik leistet mehr als unsere erbärmlichen Synapsen.«

»Erbärmlich?« Teo wusste, dass etwas Schreckliches ins Rollen geriet, aber er verstand zu wenig von diesen Technologien, um wirksam zu widersprechen.

»Der Rechner greift auf sämtliche Schwarmdaten zu, auf alles, was von Mensch und Maschine gesehen, gehört, gefühlt und gemessen wird. Er kann Milliarden Variablen berücksichtigen und uns mit dem besten Ergebnis versorgen. Niemand hätte diesen Überblick, keiner könnte an all das denken, was der Rechner einbezieht. Selbst Experten sind zu beschränkt, seine Lösungen nachzuvollziehen, aber immer erweisen sie sich als richtig.«

»Wenn er aber auf die falschen Eindrücke zurückgreift, die er von den angstverwirrten Funknerven bekommt, dann ist sein Ratschlag nichts wert!«

»Schluss jetzt!« Der Schwarm vibrierte von der schneidenden Stimme des Majors. »Heute Morgen sind Männer gestorben, als sie uns Informationen von dem Flugfeld bringen wollten! Es liegen Augen- und Ohrenbeweise vor! Durch Ihre Respektlosigkeit gegenüber diesen Soldaten, unserer Technologie und dem Kommando erfüllen Sie Ihre Funktion nicht mehr! Sie sind Sucher, das ist Ihre Aufgabe, weiter nichts! Sie sind aus dem Dienst entlassen! Verschwinden Sie!«

Das Beatmungsgerät keuchte heiser. Im Schwarm herrschte plötzlich Ruhe. Teo betrachtete entsetzt den reglosen Körper des Majors, dem allein noch die Maschine das Kommando verlieh. Wie sollte jemand, dessen Existenz nur an der Technik hing, ihr nicht auch blind folgen?

»Ingenieur, bitte! Du musst mir vertrauen! Mehr als dem Schwarm!«

»Dann müsste ich meine Funktion verleugnen. Das wäre unvernünftig.«

»Menschen sind manchmal unvernünftig. Ihre Angst irritiert die Technik. Sie sind der Fehler. Du hattest recht.«

»Das ist zu kurz gesprungen. Wir haben den Geräten die Angst geschenkt, damit sie sich schützen können. Jeder Freiwagen kann die Folgen von gefährlichen Routen berechnen und umdrehen. Sie entscheiden zwischen der besten und der schlechtesten Alternative. Das ist die technische Entsprechung von Furcht. Was denn sonst?«

»Das Schlechteste tritt aber nicht immer ein«, entgegnete Teo. »Also ist die Angst der Geräte so übertrieben wie unsere.«

»Ach! Es ist abwegig, dem Funknerv solche Fehler zu unterstellen!«

»Nicht dem Funknerv, sondern seinen Anwendern. Sie alle haben Angst, das ist das Gemeinsame. Und es gibt noch eine Möglichkeit: Es muss kein Fehler sein ... wenn es Absicht wäre.«

»Absicht?« Der Ingenieur lachte gespielt. »Was hätte der Schwarm davon, wenn Tausende Funknervnutzer sich gegenseitig umbrächten?«

Darauf wusste Teo keine Antwort. Tatsächlich holperte an dieser Stelle der Reim. Doch auch wenn der Schwarm für den Ingenieur ein digitales Paradies sein mochte, so nahmen die Menschen ihre Fehler mit hinein. Wie auf Erden, so im Himmel.

Alles entglitt.

Dass Teo nichts Neues von der Reporterin erfuhr, wühlte ihn auf. Er ging durch das Lazarett in der Schalterhalle, suchte den Ort, an den man sie gebracht hatte. Als er nichts fand, überlegte er, ob ein Bahnhof einen Keller hatte. Er setzte sich auf eine leere Liege und versuchte für eine Weile erfolglos, sich von allen Gedanken frei zu machen. Wenn ihm der Major nicht zuhörte, blieb ihm nur, das AfKI über die Fehler des Funknervs zu unterrichten. Also schickte er eine Meldung mitsamt technischen Daten.

Nur kurz musste er warten, bis ein automatischer Sprachbaustein eintraf, der ihm für seine Mitarbeit an der Verbesserung des Produktes dankte. Sonst regte sich nichts. Die hoffnungsvollste Deutung des Schweigens war, dass man der Sache gründlich nachging. Aber wahrscheinlich registrierte irgendein System seinen Bericht als statistische Anomalie und sortierte ihn aus.

Inzwischen war reger Betrieb um die monströse Panzerhaubitze auf dem Bahnhofsvorplatz. Der Kraftfahrer stieg aus der Kabine, inspizierte die Ketten, diskutierte mit dem Richtschützen, der Geschützführer erteilte aus der Turmluke heraus den beiden Munitionskanonieren Befehle. Dann verschwand er wieder im Inneren des Fahrzeugs und das Rundblickperiskop begann sich zu drehen.

Warum wohl, fragte sich Teo. Das Ziel lag weit außer Sicht. Die Koordinaten würde das Nest liefern.

Konrad und der Ingenieur traten heraus. »Der Zweck der Haubitze ist der Beschuss. Was soll sie, wenn sie nicht feuert?«

Rhetorische Frage, als wollte er Teo überzeugen. Oder doch sich selbst bestärken? Er stützte die Hände in die Hüfte, stellte sich breitbeinig hin und sah den Soldaten zu, wie sie die Endsporne der Panzerhaubitze absenkten, um den Rückstoß aufzufangen. Durch die Tür zwischen den Spornen huschten nacheinander zwei Kanoniere ins Wannenheck, wohl um den Turm aufzumunitionieren, Geschoss und Treibladung schussfertig zu machen.

Dann herrschte plötzlich Ruhe, bis sich das Geschützrohr mit hydraulischem Summen in den Himmel richtete. Die Wolken rissen auf, machten das Schussfeld frei oder gingen in Deckung. Wer wusste das schon? In diesem Augenblick erhielt Teo eine Antwort vom technischen Dienst des AfKI. Wieder ein Sprachbaustein. Man riet ihm zum Download neuer Updates oder zum Aufsuchen einer neurologischen Klinik. Es stünde bereits in der Bedienungsanleitung, neben den Haftungsausschlüssen, dass es in seltenen Fällen zu Unverträglichkeiten des Funknervs im Gehirn käme.

Als wäre dieser Krieg eine Folge seltener Unverträglichkeiten!

Teo setzte sich auf die Treppe zum Eingangsportal und wollte vor Wut die Ameisen zerquetschen, die aus den Rissen im Stein wimmelten. Doch er hielt inne, sein Schuh verharrte in der Schwebe, beließ es bei einem drohenden Schatten über den Insekten. Es waren blaue Cobaltameisen, und er erinnerte sich daran, wie er einst Doktor Arnold durch den Wald geführt hatte.

Doktor Arnold! Der verrückte Aaron! Mit ihm müsste er jetzt reden können! Wie viele Fehlermeldungen waren wohl schon automatisch bedient worden? Letztlich, das sagte die Antwort aus, sollte er sich selbst um sein Problem kümmern. Vom AfKI war kein Tastendrücker zu erwarten.

Ein blecherner Ruf erklang, den Teo nicht verstehen konnte. Aber die umstehenden Soldaten hielten sich die Ohren zu. Ein mächtiger Knall zerriss die Luft. Aus dem Lauf der Panzerhaubitze schoss ein greller Strahl heraus, die Mündungsbremse schnaubte seitlich Wolken aus rauchigen, dampfigen Verbrennungsgasen aus. Gleich nach dem Schuss senkte sich das Geschützrohr. Ein zweites Geschoss donnerte los. Und wieder senkte sich das Rohr ein Stück, bevor der dritte Schuss dröhnte. Das Soldatenpublikum brach in euphorisches Johlen aus. »Heilige Scheiße!«, rief einer. »Was für ein Wumms!«

»Drei Schüsse, gleichzeitige Einschläge«, fachsimpelte der Ingenieur mit hörbarem Stolz auf die ballistische Trickserei mit Neigungswinkel und Treibladung.

Unbemerkt war die Katze herangeschlichen, frohsinnig trotz des Lärms. Sie miaute den Geschossen hinterher, bevor der Ingenieur das Tier auf den Arm nahm. Konrad hustete von dem beißenden Brandgeruch, hielt sich die Hand vor den Mund. Seine

Lunge schüttelte ihn durch, bis ihm die Tränen kamen. Nach der dritten Salve sagte Konrad: »Wir sollten verschwinden. Man wird die Geschützstellung hier einäschern.«

»Sollen sie doch kommen!«, sagte der Ingenieur und grinste. Lewoslaw war hingerissen von der rauchenden Macht vor ihm.

»Ich kann auch nicht fort«, entgegnete Teo seinem Bruder. »Ich muss bei der Reporterin bleiben.«

Konrad hob die Hand, blickte suchend in den Himmel, der wie aufgewühltes Wasser mal trüb, mal klar dahintrieb. »Hörst du das?«

Angestrengt horchte Teo. »Was soll ich hören?«

Doch bevor Konrad antworten konnte, sprach eine eisig quietschende Männerstimme die Brüder an. »Sucher?«

Teo und Konrad wandten sich vom Himmel ab und drehten sich um. Im Portal stand der Stabsarzt, blass und mit eingefallenen Augen, unter denen bläuliche Tränensäcke anschwollen, ein Hauch von durchscheinender Haut lag über seinem Gesicht, dass man elfenbeinfarben die Knochen von Nase, Wangen und Kinn sah. Er zog sich andächtig die blutigen Operationshandschuhe von den Händen, die Latexfinger dehnten sich wie Warteminuten.

»Die Reporterin erfüllt ihre Funktion nicht mehr. Tut mir leid.«

Am Tonfall verstand Teo, was dieser Satz bedeuten sollte. Der Arzt hat sie nicht retten können, dachte er, ohne es begreifen zu können.

*Sie erfüllt ihre Funktion nicht mehr …*

Der Satz riss vor ihm auf wie ein unüberwindlicher, bürokratisch geglätteter Wortabgrund. Ein Schritt hinein und er würde fallen. Niemals würde er auf die andere Seite dieses Satzes gelangen. Sie erschien ihm weiter entfernt als die Sterne, über die er mit der Reporterin gestern noch nachgedacht hatte.

Eine gespeicherte Erinnerung aus dem Schwarm blitzte auf, stach ihm ins Auge und rollte über seine Wange. Es blieb jedoch keine Zeit, sich ins Gestern zu flüchten.

»Eine Drohne!«, schrie der Ingenieur. »In Deckung!«

Jemand packte Teo, der noch immer den Stabsarzt anstarrte.

Konrad riss ihn herum. Ein Schatten, ein silbriger Stichling im Wolkenfluss, schoss auf glatter Bahn durch den Himmel, stieß durch den Dunst, stürzte auf den Bahnhof zu. Etwas zischte über sie hinweg, so unfassbar, so unsichtbar schnell. Eine Sekunde später zog eine übermenschliche Gewalt Teo von den Füßen. Die Reporterin war tot, ein Knall schleuderte ihn rücklings vom Portal weg. Im Sturz durchdröhnte der Krach seinen Schädel, eine Druckhärte presste sich ihm in die Ohren, Hitze schmirgelte die Haut. Teo prallte mit den Schultern auf das Pflaster des Vorplatzes. Mit den Händen schützte er seinen Kopf, den die Beine überflogen, sie zogen ihn mit sich, dass er sich überschlug. Oben und unten, oben, unten, oben, unten. Weltrollen und Schwindel, von links nach rechts, links, rechts, links, rechts.

Wo bin ich?

Über Geröll gerutscht, aufgerieben, Rauschen überall, Staub auf der Zunge wie Mehl, Sand zwischen den Zähnen, in der Nase brannte die Schleimhaut vom kratzig bitteren Geruch, den Teo mit dem Dreck aushustete.

Ein zweiter Einschlag toste über Teo hinweg wie eine Windwelle aus Schutt, Donnerschlag und Angst. Er spürte Nässe auf der Haut. Blut oder Urin vom Schreck?

Du hast alles verloren, und du gewinnst es niemals zurück!

An diese Endgültigkeit verlor er die Kraft und das Bewusstsein.

In der Haut seines Unterarms spürte er ein Kratzen; ein Schmerz holte ihn zurück. Er blickte in das schwarz-weiße Gesicht der Katze. Sie rollte mit ihrem grünen, mit ihrem goldenen Auge und ließ ihre Pfoten mit ausgestreckten Krallen erneut über seinen Arm fahren, drückte sie tiefer, bis sie Blut fanden.

Wollte das Tier ihn aufwecken oder verletzen? Beides?

Teo zog den Arm weg, dass die Katze erschrak. Sie fauchte, aber erst als Konrad herbeieilte, sprang sie davon. Vorsichtig half ihm sein Bruder wieder auf die Beine. In den Ohren rauschten die Explosionen nach, ein nervenschleifendes Pfeifen legte sich über Konrads Mund. Um sie herum nebelten Rauch und Qualm,

Schlamm und Dreck waren versprengt, das Schwarz von Pulver und geronnenem Blut, Metallgrau, Explosionstrichter, aufgeworfene Erde, Schmutz, Staub und Kalkweiß, Siena des Ziegelstaubs, zerrissene Menschen lagen umher wie kaputte Puppen. Erst beim näheren Hinsehen ließen sich Stein, Holz und Körperteile unterscheiden. Von der Schwarmeinheit war nur noch eine Achse erkennbar, das Wrack streute sich über den gesamten Vorplatz.

Im Abebben des Pfeifens trat die Stille hervor. Der Schwarm war mit Zerstörung des Nests verklungen. Teo drehte sich um, wo der eingestürzte rechte Flügel des Bahnhofsgebäudes lag. Aus der Ruine rauchte es stark, Schutt begrub ein Feuer. Konrad stützte ihn, aber Teo versuchte sich vom Halt des Bruders zu lösen und stolperte auf den Bahnhof zu. Auf den zerstörten Steinplatten, die einst die Stufen zum Portal waren, bedeckte die Fetzenfahne der Republikunion den Rumpf des toten Stabsarztes. Wie gebrochene Schwingen hingen die Türen in den Mauerresten, dahinter war nichts übrig.

»Du findest sie nicht mehr«, sagte Konrad.

Der Gewalt, die sie heimgesucht hatte, musste sich Teo fügen. Er fiel in den ungeheuerlichen Satz: *Sie erfüllt ihre Funktion nicht mehr.*

Bei der Explosion war alles in seiner Brust verdampft oder verkohlt. So fühlte es sich an. Er brachte gerade noch die Kraft auf, sich zu übergeben. Jede Entscheidung überließ er seinem Bruder, dem nicht anzumerken war, ob der Drohnenangriff ihn ebenso erschüttert hatte. Er wirkte wie von einem überlebensnotwendigen Pragmatismus geführt. Die übrigen Soldaten streunten umher wie Ameisen, die nach einem Gewitterregen den Weg zum Bau nicht mehr fanden. Konrad ging auf einen Geländewagen mit offenem Verdeck zu. Teo folgte ihm mit schlurfenden, kraftlosen Schritten. Verstört hockte der Ingenieur im Straßengraben, in dem er Deckung gesucht hatte. Lewoslaw hielt sich die Ohren zu, kniff die Augenlider zusammen und rief laut: »Wo seid ihr?«

»Wir sind hier!«, antwortete Konrad.

»Nicht ihr! Der Schwarm!«, bellte der Ingenieur, bevor er plötzlich innehielt und sich ängstlich umsah. »Wenn ich nicht im Schwarm bin, wo bin ich dann?«

Konrad wandte sich an Teo. »Komm, wir holen ihn da raus.«

Bereitwillig gehorchte Teo, ohne darüber nachzudenken, dass auch Lewoslaw sie in dieses Unglück gestürzt hatte. Er ließ sich aus dem Graben ziehen, wirkte abwesend und verloren. Sie schleppten ihn zum Geländewagen. Vor der offenen Fahrertür lag ein Soldat mit aufgerissenem Rücken. Allem Anschein nach hatte er versucht, sich in Sicherheit zu bringen, bevor ihn die umherfliegenden Splitter erwischten. Die Zündkarte steckte noch im Fahrzeug.

»Los! Hauen wir ab!«, beschloss Konrad.

Der Ingenieur ließ sich auf den Beifahrersitz fallen, Teo kletterte auf die Rückbank, die seinen Knien kaum Platz ließ. *»Die Reporterin erfüllt ihre Funktion nicht mehr«*, wiederholte er in Gedanken den Satz des Stabsarztes, den das gleiche Schicksal ereilt hatte.

»Teo! Halt!«, rief jemand. Es war Christian, der angerannt kam. »Habt ihr noch 'nen Sitz frei?«

Unbeholfen sprang der Pferdewirt auf die Rückbank, ohne auf eine Antwort zu warten.

Konrad fuhr an, aber schon nach wenigen Metern trat er hart aufs Bremspedal, dass Teo sich gerade noch am Vordersitz abfangen konnte. »Dieses Mistvieh!«, rief sein Bruder. Er drückte auf das Lenkrad, dass die Hupe tönte. Teo hielt sich die Ohren zu, er ertrug diesen belanglosen Lärm nicht.

Gleich darauf sprang die Katze auf die Motorhaube und mit einem zweiten Satz über die Windschutzscheibe ungebeten auf den Schoß des Ingenieurs. Konrad beschleunigte den Wagen, der über die Straßenwellen wippte wie ein Rettungsboot, das von einem kenternden Schiff ablegte.

Während der Fahrt schwiegen die Männer. Die Katze hüpfte umher, gab sich zutraulich und suchte streichelnde Hände. Auch wenn die Reporterin gesagt hatte, das Tier gehöre nicht ihr, verband Teo doch die beiden miteinander. Also dachte er an die Reporterin, als die Katze sich auf seinen Oberschenkeln niederließ und sich unter seinen Fingern streckte. Es war, als ertaste er, was ihm geblieben war: eine atmende, warme Erinnerung mit einer schwarzen Seite und einer weißen. Lewoslaw hatte recht gehabt: Wer Menschen ersetzen konnte, musste nicht um sie trauern.

Er hob den Blick, der wieder zu verschwimmen drohte, und sah Christian, der neben ihm saß, ins Gesicht. Auch er hatte einen Verlust erlitten und den besten Freund zurückgelassen. Seine schlaffen Lider, der müde, kindliche Blick zeigten, dass er kaum begreifen konnte, was geschehen war. Mit stumpfer Demut vor allem, was größer war als der eigene Verstand, ließ sich vieles hinnehmen. Aber vielleicht schätzte Teo den Pferdewirt auch falsch ein.

»Weißt du«, begann Christian, »seit mir dieses Pferd die Visage verhuft hat, habe ich kaum Freunde finden können. Alle fanden mich hässlich. Aber Roland war schon immer da … und blieb es auch.«

Teo nickte wissend. Er erinnerte sich an die Hänseleien in der Schule, weil er humpelte.

»Aber manchmal habe ich mich schon gefragt, ob er nur mein Freund war, weil er mich leicht lenken konnte.«

»Was wirst du jetzt tun?«

»Was ich immer getan habe: mich um die Pferde kümmern. Es interessiert sie nicht, ob der Hafereimer, aus dem sie fressen, Dellen hat.«

Christian sah Teo mit überraschender Ernsthaftigkeit an, und dieser hoffte, dass der Pferdewirt irgendwann Freunde finden würde, die keine Tiere waren.

»Haltet die Augen offen, dass wir nicht in einen Hinterhalt geraten!«, forderte Konrad. Doch alles wirkte friedlich. Mit dem Zusammenbruch des Schwarmempfangs schien sich die Gefahr aufgelöst zu haben.

Auf der Fahrt durch die Provinz, heraus aus dem Kampfgebiet und vorbei an Seen, Tümpeln und Sümpfen, drehte sich der Ingenieur häufig zu Teo um. »Wo soll ich denn jetzt hin?«, fragte er, als hätte er noch niemals bewaldete Hänge, herbstkahle Felder und Wolkenherden gesehen, die auf dem Himmel weideten. Seine Verwirrtheit, seit er den Schwarmkontakt verloren hatte, erinnerte Teo an die Katze, als sie das erste Mal nach Moorstedt gekommen war und keinen Schritt setzen konnte, ohne sich zu verlaufen.

»Du warst doch schon mal in der Gegend, als wir den Deserteur gesucht haben«, sagte Teo schließlich. Nur schwer konnte er seine Wut unterdrücken. Lewoslaw hatte den Angriff mit zu verantworten, bei dem er beinahe getöten wurde. Teo wollte in Ruhe gelassen werden und es ärgerte ihn, dass der Ingenieur ihn ständig anstarrte.

»Ich habe doch so vieles im Schwarm gespeichert. Mir ist, als hätte mir jemand die Festplatte rausgeschraubt.«

Sein Gesicht hellte sich erst wieder auf, als sie nach Moorstedt gelangten. Dort kehrte Lewoslaws Selbstsicherheit zurück. Sie erreichten das Städtchen zwei Tage nach ihrer Flucht von dem zerstörten Bahnhof.

»Na endlich! Da sind sie wieder!«

»Empfang in Moorstedt?« Teo richtete sich auf der Rückbank auf. »Ist etwa ein neues Nest in der Stadt?«

»Nein, dein Schweinekoben hat nur endlich Anschluss!«

Dann hörte Teo die funkkörnigen Stimmen ebenfalls.

# FÜNFTER TEIL

## EPSILON ERIDANI

### XXVII.

Die Sonne ging gerade hinter den Kammwäldern in Deckung und brachte ihre rote Stirn in Sicherheit. In den Himmel tunkte Moorstedt seine Silhouette. Aber etwas an dem Schattenriss hatte sich verändert. In der Nähe des Kirchturms, vermutlich irgendwo am Marktplatz, ragte ein schlanker Mast empor, der sich im letzten Drittel wie eine Tranchiergabel teilte, bereit dazu, die Wolken aufzuspießen, wenn sie weit genug herabsänken.

»Ah!«, hauchte der Ingenieur bewundernd. »Da hat euch das AfKI das Beste gegönnt!«

»Und das Hässlichste«, warf der Pferdewirt ein.

Teo legte die Hand auf die Schulter seines Bruders und zeigte mit der anderen auf die Tranchiergabel. »Fahr dorthin!«

Als sie auf den Marktplatz bogen, sah Teo, dass man den Mast auf das Dach des Postamts gesetzt hatte. Ein Habicht saß zwischen den Spießen und besah sich das Städtchen.

Konrad fuhr einen engen Kreis und hielt vor dem Amt. Nachdem er den Motor abgestellt hatte, hörten sie den Wind um die Gabelzinken pfeifen, peitschendes Schwingen in der Höhe.

»Willkommen in einer neuen Zeit!«, sagte der Ingenieur und hob stolz den Kopf. Teo hätte ihn am liebsten verdroschen für alles, was dessen Technikglaube ihn gekostet hatte.

Erschüttert fragte Konrad: »Teo, weißt du, was das bedeutet?«

Aber Teo suchte bereits im Schwarmarchiv nach seinen Erinnerungen an die Reporterin. Also antwortete sich sein Bruder selbst: »Jetzt pfuschen die auch in unseren Köpfen rum! Es wird hier so schlimm wie in den Sümpfen!«

»Ganz sicher?«, fragte der Pferdewirt ängstlich.

»Ihr hört euch an wie zwei Kutscher, die nicht in ein Auto steigen wollen«, sagte Lewoslaw. »Oh! Nachricht vom AfKI!« Er schloss die Augen und rieb sich die Schläfen. »Ich habe eine neue Funktion: Ich soll den Funkbetrieb überwachen, wenn euer Städtchen in den Schwarm geht. Ich bin der einzige Techniker, den das AfKI in der Nähe hat, nachdem der Bautrupp ins nächste Kaff weitergezogen ist. Dann nehme ich mir mal ein Zimmer.«

Er stieß die Tür des Geländewagens auf und schlenderte über den Platz in Richtung des Gasthofs »Zum Ahorn«. Längst war der abgebrochene Ast des Baumes zersägt und fortgeräumt worden und womöglich schon in einem Ofenfeuer verknistert. Nur noch der spröde Stumpf erinnerte wie ein amputierter Arm an die Tragödie mit dem Fahnenflüchtigen.

Das Elternhaus war offenbar noch nicht wieder bewohnbar. Die Baustelle lag zu dieser späten Stunde verlassen vor dem Bahndamm. Hier ließen Konrad und Teo den Pferdewirt aussteigen und machten sich auf den Weg zum Haus ihrer Großmutter.

Die Scheinwerfer schaukelten durch die Dämmerung, ließen feuchtes Herbstlaub glänzen, verschreckten Feldmäuse, die sich in das hohe Gras der Straßengräben retteten. Von Weitem sahen die Brüder Großmutters Küche erleuchtet. Die Familie saß vermutlich beim Abendessen.

Eine Bodenwelle schleuderte das Licht der Scheinwerfer die Anhöhe hinauf bis zum Haus – ein helles Winken aus der Ferne, das ihre Rückkehr ankündigte. Und so stand die Mutter bereits vor der Haustür, als Konrad den Geländewagen zum Stehen brachte. Sie knetete ein Wischtuch, machte einen Schritt auf ihre Söhne zu, blieb stehen, als könnte Glück verschwinden, wenn man danach griff, und lief ihnen endlich doch entgegen. Während Konrad die Zündkarte herauszog, war Teo bereits ausgestiegen und die Mutter drückte ihn mit unendlicher Erleichterung an sich. Er erinnerte sich an Zeiten, als sie ihn noch in die Welt hinausscheuchen wollte, und nun konnte sie ihn nicht loslassen. Hinter ihr stand der Vater, blinzelte sich die Freude aus den Augen, sogar die

Großmutter war mit ihren zwei Krücken bis zur Tür gestelzt, wo sie sich an den Rahmen lehnte.

»Ihr seid zurück! Unversehrt! Kommt rein, es gibt gerade Essen! Und es ist reichlich da!«

Auf dem Tisch stand ein Porzellanteller mit dampfenden Schweinekoteletts, daneben ein Topf mit Kartoffeln, die nach Petersilie rochen. Auf die Brüder stürmten unzählige Fragen ein. Konrad erteilte unermüdlich Auskunft, Teo dagegen beteiligte sich nur unwillig an dem Gespräch. Lieber wäre er mit seinen gespeicherten Erinnerungen allein gewesen.

Konrad hatte gerade den Verlust ihrer Mopeds erklärt und fragte die Mutter: »Seit wann steht dieser Mast auf dem Postamt?«

»Vor einer Woche traf ein Bautrupp hier ein, angeführt von einem Anzugträger. Er gehörte zur Abteilung Provinzerschließung von irgendeinem Amt für Kommunikationsstruktur.«

»Infrastruktur«, warf Teo ein. »Kommunikationsinfrastruktur. AfKI.«

»Ja, meinetwegen. Die setzten das Ungetüm schneller aufs Dach, als ich einen Brief abstempeln kann. Und der Anzug meinte, der Mast wäre von nun an in Betrieb, uns müssten nur noch Funknerven wachsen. Die kämen irgendwann in den nächsten Tagen. Wenn wir erst in diesem Schwarm wären, würde sich alles erklären und die Abriegelung der Provinz sei kein Problem mehr.«

»Abriegelung?«, fragte Konrad.

Da raunte die Großmutter mit staubiger Stimme: »Die wollten die Gefahr einsperren – und uns gleich mit. Keine Züge fahren mehr, Straßen enden an Kontrollen. So hat's Teichgräber erzählt. Und der weiß das vom Honighändler.«

»Wie ist denn der Honighändler hergekommen, wenn alles gesperrt ist?«

Die Großmutter schaute gleichgültig. »Der ist schlüpfrig wie 'ne Kaulquappe.«

»Ihr dürft diese Funknerven nicht annehmen!«, mahnte Konrad. »Wir haben gesehen, was die anrichten.«

Die Mutter stocherte in ihrem Essen.

»Aber was bleibt uns denn übrig?«

»Teo, sag doch auch mal was!«, bat Konrad. Aber der erinnerte sich gerade an den Tag, als er die Reporterin auf dem Behandlungsplatz wiedergefunden hatte. Vor Freude vergaß er zu kauen und sein Essen wurde kalt.

Alles, was in Großmutters Haus geschah, bemerkte Teo erst einige Augenblicke später. Den Teller hatte er leer gegessen, bevor er hinsah. Der Gongschlag der Standuhr verhallte, bevor er hinhörte. Die Katze setzte sich auf seinen Schoß und sprang wieder fort, bevor er es spürte. Eine unsichtbare Zeitmembran hatte sich zwischen ihm und der Wirklichkeit aufgespannt, je öfter er die gespeicherten Erinnerungen an die Reporterin durchlief.

Am nächsten Tag ging er den schmalen Trampelpfad den Hang hinauf. Kaltwind spuckte ihm entgegen, als er am Gartenzaun entlangkam und sich auf die Bank setzte, deren blauer Anstrich abblätterte und die darunterliegenden Schichten freigab. Fuchsrot, kanariengelb, auch grün war die Bank einmal gewesen. Großvater hatte sie früher jährlich neu gestrichen. Von diesem Platz aus konnte Teo die ganze Senke überblicken. Jemand musste die Siedlung aus einem Sack auf ein grünes Waldkissen geschüttelt haben. Östlich stiegen Wolken über die Hänge und kratzten sich an den Tannen die grauen Bäuche auf. Ungestört war er hier, sicher vor den Fragen seiner Eltern und der Moorstedter nach dem Krieg. Konrad indes erzählte die Geschichten im Gasthof, warnte vor der Technologie des Funknervs. Gestern war er darüber in Streit mit dem Ingenieur geraten, aber Teo tat, als ginge ihn das alles nichts an. Er versank im Schwarmspeicher und fand sich wieder an dem Abend hinter dem Bahnhof. Neben ihm saß die Reporterin. Was sie sagte, wie sie sich bewegte – jede Einzelheit beobachtete er in Zeitschleifen. Zum Konnex, in dem sie alles geteilt hatten, kehrte er am liebsten zurück. Unendlich froh war er, dass er all das bewahrt hatte. Beinahe hätte er vergessen können, was ihr zugestoßen war, weil ihre Lebendigkeit so überzeugend wirkte: die bunt wechselnden Haarfarben, der tätowierte Papageienschwarm.

Doch auch die Erinnerung an die Fahrt zurück zum Bahnhof war gespeichert, als er zum letzten Mal mit ihr gesprochen hatte und ihr nahe war. Nur war diese Erinnerung zugleich so schrecklich, dass Teo es nicht wagte, sie wieder zu erleben. Er könnte sie löschen und vergessen, dass er die Reporterin verloren hatte. Er könnte sich mit der Ahnungslosigkeit zufriedengeben, warum so etwas Wunderbares enden musste. Aber es war das Letzte, was er von ihr hatte, und das konnte er nicht wegwerfen.

»Himmel! Was machst du denn hier? Du zitterst ja, Junge!«, sagte der Vater. Er hatte das Gewehr auf dem Rücken und kam wohl nur hier herauf, weil er zur Jagd aufbrach. Kräftig schüttelte er Teo an der Schulter. »Es ist saukalt! Merkst du das nicht?«

Teo hatte das Gestern. Das gestand er sich ein. Nur konnte er nichts Schlimmes daran finden. Vielmehr dachte er manchmal, wie schön es doch wäre, sich im Schwarm aufzulösen wie Salz in Wasser und gar nicht mehr mit der Welt der Dinge verbunden zu sein. Selbst seinem Hunger gelang es immer seltener, ihn ins Heute zurückzuholen. Zuweilen setzte Teo sich zur Großmutter ins Arbeitszimmer. Zwischen den staubgepuderten Akten, Büchern, Almanachen saß und träumte sie womöglich vom Vergangenen wie er. Er sprach kaum, wurde der Stumme, versank in der Zeitkopie, die er aus dem Schwarm abrief und die seinen Funknerv durchzuckte, ins Hirn ausstrahlte und es anregte, die gleichen Gefühle zu erzeugen, wie er sie im Erleben gehabt hatte. Immer höhere Hormonwellen überwanden die Schwellen der Gewöhnung. Konnte man süchtig vom Gedächtnis werden? Was war denn dabei, an die glücklichen Tage zu denken? Niemand konnte ihm das vorwerfen.

»Vermisst du Großvater noch sehr?«, fragte er die Großmutter.

Sie wachte auf. Dabei stieß sie mit dem Ellbogen an die Stehlampe, deren Fransenschirm flatterte.

»Ach, Junge! Ich sitze in meinen Erinnerungen.«

In dieser Gemeinsamkeit fühlte sich Teo geborgen und stieg in den Schwarmtraum hinab. Er hatte eine Opiumhöhle im Kopf.

Dann traf eine Nachricht des AfKI ein: »Lieber Mitarbeiter, Sie haben den Auftrag, die morgige Lieferung mit Funknerv-Technologie im ehemaligen Postamt von Moorstedt entgegenzunehmen und die Verteilung zu organisieren. Finden Sie sich ab 15 Uhr am Platz ein.«

Nun wollte dieses Amt etwas von ihm, nachdem es seine Fehlermeldung abgetan hatte. Er entschloss sich, diese Anweisung unerwidert zu lassen. Solange die Probleme mit dem Funknerv nicht geklärt waren, würde er gar nichts tun.

Der Tag schlich in grauem Mantel vorüber, als wollte er nicht erkannt werden. Den Wolkenhut hatte er sich tief ins Gesicht gezogen. Als Konrad ins Arbeitszimmer kam, setzte er sich gleich zu Teo. »He, wach auf! Es ist wichtig!«

Ein Vibrieren in der Schulter? Schüttelte ihn jemand?

»Konrad?«

»Hör zu: Der Ingenieur hat gesagt, heute Nachmittag würde eine Kiste mit diesem Funknerv-Mist eintreffen. Das müssen wir verhindern, sonst sieht es in Moorstedt bald so aus wie an den fünf Flüssen!«

»Ich nehme die Lieferung für das Postamt nicht an. Sie geht zurück.«

»Wenn du es nicht machst, wird der Ingenieur die Lieferung annehmen.«

»Dann sprich mit *ihm* und lass mich in Ruhe!«

»Der Ingenieur schwingt Reden im Gasthaus. Und Elisa will den Funknerv ausprobieren. Das kommt davon – du und deine Geschichten aus der Hauptstadt!«

»Sie muss selbst wissen, was gut für sie ist.«

»Das kann dir doch nicht egal sein!«

»Ist es aber.«

»Wir müssen das verhindern!«

Teo schloss wieder die Augen, um sich in den Schwarm zurückzuziehen.

»He, bleib gefälligst da! Teo? Teo! Na gut, dann mach ich das alleine!«

Eine Tür schloss sich, die Klinke knarzte. Doch erst das Zuschlagen des abschließbaren Kleiderschranks in der Diele, in dem der Vater vorübergehend sein Jagdgewehr aufbewahrte, ließ Teo aufschrecken. War Konrad gerade bei ihm gewesen? Was hatte er vor? Und wozu brauchte er die Waffe?

*Die Funknerv-Lieferung*, blitzte es grell in seinen Gedanken auf, und schlagartig war Teo hellwach.

Vor dem Gasthof »Zum Ahorn« stand ein Grüppchen Moorstedter mit Bierkrügen beieinander. Herr Teichgräber und Cristian waren unter ihnen, ebenso der Ingenieur. Elisa und die Frau des Schweinebauern plauderten mit verschränkten Armen, zwei Jungen und ein Mädchen rannten zwischen den Erwachsenen umher und spielten Fangen.

Teo drückte sich an ihnen vorbei, um zum Postamt gegenüber zu gelangen. Dabei sah er die Schweineblase am Eingang zum Gasthof baumeln. Es war Schlachtfest. Am Abend und in den kommenden Tagen würde im »Ahorn« groß aufgetafelt. Der Metzger trieb eine Sau von der Rampe seines Kleinlasters auf den Wirtschaftshof, wo es einen gepflasterten Bereich gab. Er hatte ihr einen Strick um das Hinterbein gebunden und sich eine weiße Gummischürze angezogen. Neben ihm ging ein Mann in einem abgewetzten Tweet-Sakko. Sicherlich der amtliche Tierarzt, vermutete Teo. Die Wirtin kam mit einer Schüssel aus der Tür. Das Schwein sollte gleich vor dem Gasthof geschlachtet werden, um die Wurst in der großen Küche zu kochen.

Von Konrad war nichts zu sehen.

Teo ging die Treppe des Postamts hinauf und traf die Mutter im Büro an. Sie hatte alle Mitarbeiter nach Hause geschickt, solange es für sie keine Arbeit gab. »Weißt du, wo Konrad ist?«, fragte er.

»Ist er nicht arbeiten?«

»Vorhin war er in Großmutters Haus.«

»Dann ist er vielleicht in seiner Wohnung?«

Teo war sicher, dass er sich diesen Weg sparen konnte. Sein Bruder würde hier im Postamt auftauchen, bevor die Lieferung aus der Hauptstadt kam. Am besten erzählte er seiner Mutter nichts von ihrem Gespräch und darüber, dass Konrad Vaters Gewehr genommen hatte. Sie geriete nur in Aufregung. So hoffte er, dass alle Befürchtungen übertrieben waren und sich eine harmlose Erklärung für Konrads Verschwinden mit der Waffe fand. Aber er kannte seinen Bruder …

»Die Funknerven kommen heute. Ich setze mich draußen hin und warte auf die Lieferung.«

Teo hockte sich vor das Eingangsportal und beobachtete das Spektakel auf der anderen Seite des Marktplatzes. Der Tierarzt füllte einige Formulare auf einem Klemmbrett aus. Indes hatte der Metzger dem Schweinebauern das Seil in die Hand gedrückt und tanzte mit dem Bolzenschussgerät um das Tier herum. Er versuchte, ihm das Tötungsinstrument auf die Stirn zu setzen, aber die Schaulustigen lenkten es ab, sodass es ohne Unterlass seinen Kopf drehte und sich umsah. Schließlich hatte es auch Teo entdeckt und starrte ihn an. Mit diesem Ausdruck in den Augen, neugierig und suchend, wirkte es beinahe wie einer dieser Hybriden.

Dieser Gedanke klemmte plötzlich in Teos Kopf fest. »He, schau weg! Du hältst zu lange still!«, dachte er. Aber das Schwein ließ seinen Blick auf Teo gerichtet. Er machte mit der Hand eine wegwischende Geste, was das Tier jedoch nur noch mehr zu faszinieren schien. Teo wollte nicht das Letzte sein, was diese Kreatur im Leben sah. Ein Blick ist ein Band.

Dann fand das Gerät sein Ziel, der Bolzen jagte ins Schweinehirn. Konnte man sicher sein, dass tief darin, irgendwo zwischen den Lappen und Nervenzellen, nicht gerade auch ein Funknerv zerfetzt wurde? Teo wurde beim Zuschauen übel. Er schlang die Arme unter die Beine und legte den Kopf in den Nacken. Über dem Gasthof erhob sich der dunkle Kirchberg, das Gotteshaus richtete seinen Turm wie einen Speer auf die Kehle des Himmels. Die Wolken klumpten wie nasse Pappe. Er ließ sich seine Erinnerungen einblenden, halbtransparente Gedächtnisreste aus Sybaris 7. Wieder im Gestern hörte er eine Stimme sagen, dass ihn all das nichts anging.

Aus der Menschentraube gegenüber löste sich eine Gestalt in olivgrünem Overall. Lewoslaw kam mit angewidertem Gesicht zu Teo herüber, das gelbbraune Laub des Ahorns wirbelte um seine Schritte. »Mich wundert, dass man in Moorstedt nicht noch ums Feuer tanzt.«

Niemals würde Teos Wut auf den Ingenieur nachlassen für das, was am Bahnhof geschehen war. Also schwieg er.

»Schlachten als Handarbeit! Ich werd' irre!«, fuhr Lewoslaw fort, der sich keiner Schuld bewusst zu sein schien. »Kultivierte Menschen töten im Verborgenen, irgendwo hinter Werkstoren, in Industriehallen oder gefliesten Räumen. Es vergeht einem ja der Appetit bei so viel Wahrheit!«

»Grünzeug schmeckt eigentlich auch ganz gut«, sagte Teo schließlich mürrisch.

»Und ich hab immer gedacht, ihr Provinzeier wärt hart gekocht.«

»Hier gab es bisher auch keine Schweine, die so intelligent waren wie Erstklässler.«

»Du meinst die Hybriden? Ach, doch nicht *das* Schwein! Das kommt nur mal auf dem Schwarzmarkt durcheinander, aber dort kauft euer Schweinebauer bestimmt nicht. Was machst du eigentlich hier? Du warst ganz schön lange abgetaucht.«

»Ich muss für das Postamt eine Funknerv-Lieferung entgegennehmen.«

»Ja, mich hat man auch benachrichtigt«, antwortete Lewoslaw. »Ich soll die technischen Fragen der neuen Funknerv-Besitzer beantworten. Ich werde die Aufgabe sehr ernst nehmen, glaub mir, ich möchte ja, dass ihr schön schwärmt.«

»Ich werde die Funknerven erst ausgeben, wenn das AfKI meine Fehlermeldung beantwortet hat. Es gibt zu viele Fragen seit der Fünf-Flüsse-Mündung …«

Das Lächeln des Ingenieurs schmolz dahin. »Der Schwarm ist voller Antworten. Mehr, als dir Fragen einfallen. Du kannst dich nicht aus Unwissenheit querstellen. Wenn dir der Überblick fehlt, dann übernehme ich das!«

»Die Antworten im Schwarm sind nur Worthülsen. Wir sollten warten.«

»Dieses Kaff wartet schon seit Sybaris 1!«

Der Ingenieur stellte den rechten Fuß auf die Stufe, auf der Teo saß, und beugte sich zu ihm vor. »Hör mal, Sucher, du bist einer von den sympathischen Menschen, denen ich vertraue, die ich vielleicht sogar darum bitten würde, auf meinen Kram aufzupassen, solange ich auf dem Klo bin. Es wäre schade, wenn es zwischen uns einen Wackelkontakt gäbe.«

Plötzlich streckte der Ingenieur aufmerksam den Zeigefinger in die Höhe, und auch Teo vernahm ein tiefes, entferntes Brummen in der Luft.

»Da hinten!«, sagte Lewoslaw. »Siehst du sie? Die Lieferdrohne kommt!«

Teo kniff die Augen zusammen. Tatsächlich konnte er einen schwarzen Punkt erkennen, der so dicht unter der Wolkenkante flog, dass er hin und wieder in den Dunst tauchte.

Teo erhob sich und ging eine Stufe hinab. Zum Glück war Konrad noch nicht hier. Auf dem Marktplatz richteten die Moorstedter ihre Blicke ebenfalls zum Himmel. Der Metzger sah sich verwundert um, weil er mitten in der Vorstellung sein Publikum verloren hatte. Beraubt um die Aufmerksamkeit suchte er mit ärgerlichem Gesicht den Horizont ab. Aus dem Bürofenster des Postamts beugte sich die Mutter, die Ellbogen auf dem Fensterbrett. »Hört ihr auch dieses Sirren?«

Schon waren die vier Rotoren der Drohne zu erkennen, wirbelnde Klingen, luftreißende Kerubim zum Schutz der Fracht. Allmählich sank das Fluggerät tiefer, sein elektronisches Hirn errechnete die Landungskurve.

Am Bauch dieses mechanischen Insekts erkannte Teo eine Metallkiste, in der sich die Lieferung befinden musste. Er sprang von der Treppe auf das Pflaster des Marktplatzes. Der Ingenieur spannte seinen Körper an, als müsse er gleich vor einem General salutieren. Im Schwarm blitzte eine Meldung auf. Ein neuer Beitrag sei vor einigen Minuten in Teos Nähe hochgeladen worden.

Aber von wem? Außer ihm und dem Ingenieur hatte hier niemand einen Funknerv. Die erste Lieferung schwebte mit der Drohne herein.

Teo ließ sich den kurzen Filmbeitrag ins Sichtfeld einblenden. Was sah er dort? Das Postamt? Er verstand die Bilder nicht. Ein Schwenk: der Schweinebauer seitlich, tanzte um ihn herum. Und mit einem üblen Magenkrampf erkannte er sich selbst auf der anderen Seite des Platzes, wie er auf der Treppe saß und in die Aufnahme starrte.

War das zu fassen? Die Aufnahme zeigte, was das Schwein beobachtet hatte! Ein Blick ist ein Band.

Kalter Schweiß perlte von seiner Stirn, ihm war zum Würgen. Das Schwein musste doch ein Hybrid gewesen sein! Teo spuckte aus, atmete tief durch.

In dieser Sekunde zerplatzte die Luft. Ein Knall! Das Echo schlug gegen den Kirchberg, über die Dächer Moorstedts hinweg, bis es verrauschte.

»Scheiße, bin ich erschrocken!«, rief Lewoslaw. »Was war das?«

Teo schaute sich hektisch um, ebenso die Menschen vor dem Gasthof. Über ihren Köpfen surrte unbeirrt die Drohne. Hastig zog Teo sein Taschentuch aus der Gesäßtasche und wischte sich den Mund ab. Bitte lass es nicht Konrad sein, dachte er.

Dann ein zweiter Knall. Wieder ein Schreck bis ins Rückenmark.

»Da oben!« Lewoslaw zeigte mit dem Finger auf den Kirchberg. »Dort aus dem Turm! Mündungsfeuer!«

Das konnte nur sein Bruder sein! Und Teo wusste auch, worauf er mit Vaters Jagdgewehr schoss. Zweimal allerdings daneben.

Die Drohne hatte inzwischen den Marktplatz erreicht, schon zupfte der Wind an Hosenbeinen und Röcken, zauste Haare, und braune Ahornblätter flohen übers Pflaster wie Kakerlaken vorm Licht, als ein dritter Schuss krachte. Dumpf und metallisch klang der Einschlag in der Drohnenhaut, als hätte jemand einen Stein in einen Kochtopf geworfen. Das Fluggerät blutete Funken. Die Rotorfinger verloren den Halt in der Luft, rutschten ab, die Drohne schlingerte, wackelte, ohne ein Gleichgewicht zu finden. Die Frachtkiste rüttelte an den Verankerungen, ein Haken klackte heraus. Wie benommen drehte sich das Fluggerät, sank schließlich erschöpft hinab, gab sich auf, stürzte und schlug krachend, scheppernd, knirschend auf das Kopfsteinpflaster. Eine Stichflamme schoss aus dem aufgerissenen Blechleib, entfahrenes Lebenslicht, die Rotorarme fraßen sich selbst. Und auch die Kiste platzte auf, Folie wehte aus der Wunde. Klimpernd ergoss sich ein Schwall schwarzer Kügelchen über den Platz, die wie Tischtennisbälle aufsprangen, bis sie sich entzündeten und verpufften. Nur eine Rotordrehung später hüllte sich der Absturz in eine dichte Wolke aus teerschwarzem Rauch, durchmischt mit weißem Dampf.

Dem Ingenieur entfuhr ein gequältes Stöhnen. Alle anderen auf dem Platz starrten mit erschrockenen, entsetzten oder furchtsamen Gesichtern auf das Unglück. Teos Mutter beugte sich so weit aus dem Fenster, dass sie leicht hätte abrutschen und hinausfallen können, und auch Teo schaute fassungslos, während ihn aus dem Schwarm die spröde Meldung erreichte, dass sich die Lieferung verzögere.

Nur kleine Flämmchen prasselten aus dem Wrack, ansonsten herrschte eine Stille, dass Teo den Druckknopf am Gürtelholster des Ingenieurs aufschnappen hörte. Lewoslaw zog seine Waffe. »Den schnappe ich mir!«, zischte er in zornigem Flüsterton. Noch bevor Teo ihn zurückhalten konnte, stürmte der Ingenieur los, über den Platz zu dem schmalen Weg, der auf den Kirchberg führte. Der letzte Schuss ist heute noch nicht gefallen, fürchtete er. Sein Bruder mit dem Gewehr, Lewoslaw mit dem Revolver, beide mit Wut. Er löste sich aus der Starre und rannte ihm hinterher, vorbei an dem toten Hybridschwein.

Enge Serpentinen schnürten den Berg ein. Die Wegwindungen wickelten sich übereinander. Zwischen Tannenstämmen und den Fittichen der Fichten sah Teo den Ingenieur über sich durch den Schatten huschen. Mal lief er ihm entgegen, mal von ihm weg, unter und hinter ihm. Steil ging es hinauf, dass er springen musste und ihm bald die Oberschenkel und Waden brannten. »Warte doch!«, rief er außer Atem, ohne sich selbst zu hören. Seine Sohlen rutschten über die aufgeweichte Erde wie in einem schlechten Traum, in dem er lief, ohne voranzukommen. Wann hatte dieser verfluchte Weg ein Ende? Noch eine Biegung! Wieder eine Kurve! Ein Blick nach unten. So hoch schon? Endlich! Der nächste Schritt ging leichter, die Steigung ließ nach, und gleich darauf riss der dichte Nadelwald auf und öffnete sich zur lichten Kuppel des Kirchbergs.

Das kleine Gotteshaus verwitterte hier oben, ließ sich zernagen vom Wind und vom Regen. Die Mauerkanten waren abgeplatzt, kleine Bisse im Putz, die Fensterfarbe bröselte, hinter gesprungenen Scheiben klebte Pappe. An der Südseite kletterte Efeu hinauf, gelbes Gras rieb sich am Fundament. Mit der ungebrochenen Würde einer greisen Nonne erhob sich der Kirchturm über den Verfall.

Wo steckte nur Lewoslaw? Er war nirgends zu sehen. Aber ein Stück entfernt, neben einer verkrüppelten Eiche, stand der Geländewagen, mit dem sie aus den Sümpfen geflohen waren. Konrad musste damit hergekommen sein.

Eine kräftige Böe fegte über den Kirchberg und die Eingangspforte knallte zu. Jemand hat sie offen gelassen. Sofort hastete Teo los. Hoffentlich kam er noch rechtzeitig, bevor sein Bruder und der Ingenieur aufeinander losgingen.

Mit der Schulter stieß er die Tür zum Turm auf, hörte von oben das Keuchen des Ingenieurs und das Trampeln auf der steinernen Wendeltreppe. Teo sprang hinterher wie ein Widder seinem Rivalen.

»Du … technophober … Idiot!«, rief Lewoslaw. Dann hörte Teo einen dumpfen Schlag. Kurz hielt er inne, um zu lauschen, was sich abspielte. Ächzen, Dielenknarren, Schläge! Plötzlich polterte ein metallischer Gegenstand zu Boden.

Keine Zeit zum Verschnaufen! Weiter hoch! Teo rannte, sein Herz donnerte, als wäre es ihm in die Stirn gestiegen. Auf einer Stufe lag Vaters Jagdgewehr. Er schnappte es sich im Vorbeilaufen.

Schon bevor er den Dachstuhl erreichte, sah er zwei miteinander ringende Schatten.

Die letzten Stufen!

»Hört auf!«, rief Teo.

Zwischen Konrad und Lewoslaw war ein gnadenloser Kampf um die Pistole entbrannt. Ohne zu zögern warf sich Teo dazwischen, wurde aber von einem Fußtritt erwischt, dass er gegen die Glocke in der Turmmitte prallte. Sie war so schwer, dass sie sich keinen Deut bewegte.

Indes packte Lewoslaw seinen Widersacher am Hemdkragen und drückte ihn zur Fensteröffnung des Turms hinaus. Konrad stand nur noch auf einem Bein, ruderte mit dem anderen um Gleichgewicht. Eilig griff Teo den Ingenieur an der Schulter und zog ihn zurück, sodass Konrad Gelegenheit hatte, einen Schlag zu landen. Aber seine Faust rutschte ab. Lewoslaw hatte die Waffe behauptet und hielt sie in der Hand. Ein Abstand war zwischen den Kontrahenten aufgerissen, der ausreichte, dass er den Arm zum Zielen heben konnte.

»Das war's, du Provinzspinner!«

Jetzt galt es! Teo musste alle Rücksicht aufgeben. Mit dem Gewehrkolben versetzte er dem Ingenieur einen klatschenden Hieb auf Jochbein und Kiefer. Sein Kopf riss zur Seite, ein Schuss löste sich. Die Kugel prallte mit hell zitterndem Ton von der bronzenen Kirchenglocke ab und zischte ins Nichts des Trübhimmels, während Lewoslaw zwei Schritte zur Mauer taumelte, sich abstützte und niedersank. Teo jagte ihm nach, Wut brach sich Bahn. Für die Reporterin versetzte er Lewoslaw noch einen Tritt in die Leber.

Konrad machte einen Satz auf ihn zu und löste die Waffe aus seiner Hand. »Gut zu wissen, zu wem du hältst«, sagte er.

»Über die Drohne reden wir noch!«, entgegnete Teo außer Atem. »Bringen wir ihn erst mal runter! Dort kann er zur Besinnung kommen.«

An beiden Armen stützten, hielten, zogen sie den Ingenieur aus dem Seiteneingang des Glockenturms. Seine linke Gesichtshälfte war von Teos Schlag sofort rot angelaufen und dick geschwollen. Er konnte kaum das Auge öffnen, als er wieder klar wurde. Vor der Kirche ließen sie ihn zeitgleich los wie einen Käfigvogel, den man auswildern will.

»Du verschwindest besser von hier«, sagte Teo, entsetzt darüber, dass Lewoslaw versucht hatte, auf seinen Bruder zu schießen wegen einer Kiste Funknerven.

Einige Schritte ging der Ingenieur im Kreis, als wüsste er nicht, wohin. »Das … das ist noch nicht … noch nicht vorbei«, stotterte er. Funkstörung. »Ihr könnt die Uhr nicht anhalten in eurem Sumpfkaff!«

»Wir brauchen deinen Schwarm nicht«, raunte Konrad. »Wir kommen ohne ihn aus.«

»Das haben die Menschen auch zuerst über Strom, Radio und Fernsehen gesagt. Und genauso wenig werdet ihr den Schwarm aufhalten.«

Als Antwort holte Konrad aus und verpasste dem Ingenieur einen Schlag in die Magengrube.

»Das reicht!« Teo fuhr dazwischen, auch wenn er seinen Bruder verstehen konnte. Hätte er in den Lauf eines Revolvers starren müssen, würde sich seine Anspannung genauso entladen.

Lewoslaw schnappte nach Luft, keuchte und krümmte sich. Er wagte es nicht, sich zu wehren, obwohl er größer war als Konrad. In seinen Augen flackerte Verachtung. »*Wie* soll ich von hier verschwinden?«

»Gib ihm den Schlüssel!«, sagte Teo zu Konrad.

Widerwillig wühlte der Bruder in den Taschen seiner blauen Arbeitsjacke, bis er die Zündkarte des Geländewagens herauszog. Er warf sie weg wie eine leere Bierdose, direkt vor die Füße des Ingenieurs. Lewoslaw bückte sich und streckte die linke Hand aus. Wegen der geschwollenen Gesichtshälfte missglückte ihm ein herablassendes Lächeln. Eine fratzenartige Maske quetschte seinen Ausdruck, als er sich wieder aufrichtete. Er schien sicher zu sein, letztlich recht zu behalten. Ohne ein weiteres Wort drehte er sich um. Die Brüder ließen ihn nicht aus den Augen, bis er in den Wagen einstieg, den Motor anließ und den knirschenden Weg vom Rücken des Kirchbergs hinabfuhr, ganz gelassen, mit wohldosiertem Gas. Nicht ein Mal blickte Lewoslaw zurück.

Kurz darauf gingen Teo und Konrad die erste Wegbiegung hinab. Teo seufzte. »Der Ingenieur hat recht. Wir können den Schwarm nicht fernhalten. Er ist zu verlockend, als dass irgendwer unsere Warnung hören will.« Still dachte er an die Erinnerungen, die er gespeichert hatte, an die Zeit mit Pina, der Reporterin. »Aber vielleicht kann man verhindern, dass so etwas Grausames wie in den Sümpfen auch hier passiert.«

»Hast du einen Plan? Ich bin dabei!«

Teo schüttelte den Kopf. Gerade erst war Konrad an der Kante seines Lebens balanciert, schon suchte er die nächste Gefahr. Wie lange ging das gut? Bereits auf der Suche nach der Reporterin hatte Teo seinem Bruder mehr abverlangt, als er verantworten konnte. Und was wäre geschehen, wenn er ganz im Gestern versumpft wäre und Konrad auf dem Kirchturm allein gelassen hätte? Ins Gestern durfte er nicht wieder zurück!

»Nein, ich weiß nicht weiter«, sagte er deshalb und hielt den Entschluss geheim, den er in diesem Augenblick gefasst hatte.

Als Teo mit Konrad vom Kirchberg kam, hing das Schwein gespalten am Traktor auf dem Wirtschaftshof. Der Metzger und der Schweinebauer ließen eine Flasche Korn durch die Runde gehen. Die Schaulustigen hatten sich zerstreut oder waren in die Wirtsstube gegangen, einige standen noch vor der abgestürzten Drohne auf dem Marktplatz, spekulierten, warfen aufgeregte Sätze zu Gesprächen zusammen.

»Bring das Gewehr weg, bevor dich noch jemand damit sieht!«, sagte Teo zu seinem Bruder. Konrad nickte und machte sich durch die Gassen davon.

Herr Teichgräber hatte sich inzwischen zu den anderen gesellt. Interessiert beobachtete er die Schweinehälften. Besonders hatte es ihm offenbar der geteilte Schädel des Tieres angetan. Teo stellte sich neben ihn. »Weiß man schon, wer die Drohne abgeschossen hat?«, fragte er betont beiläufig.

Ohne sich von der geschlachteten Sau abzuwenden, antwortete der Schulleiter: »Vielleicht treiben sich ja wieder Fahnenflüchtige in der Gegend rum ... Aber bei allem, was sich derzeit in den Sümpfen abspielt, interessiert sich sicher niemand für eine einfache Lieferdrohne.«

»Ich würde Sie gern etwas fragen, Herr Teichgräber. Großmutter hat erzählt, der Honighändler wäre hier gewesen.«

Nun wandte sich der Direktor zu ihm um. Sein rechtes Auge zuckte, das linke Auge aus Glas starrte Teo tot an.

»Er ist oft in der Gegend.«

»Um diese Jahreszeit?«

»Ja. Er besichtigt nicht nur die Bienenstände, probiert den Honig, testet das Bienenwachs, sondern er verschafft sich auch einen Eindruck von der Umwelt, in der die Bienen ausschwärmen. Ganz gleich, ob im Frühjahr oder im Winter.«

»Ist die Provinz nicht abgeriegelt worden? Wie ist er durch die Sperren gekommen?«

»Mit einer Sondergenehmigung natürlich. Er hat Talent, seine eigene Bedeutung und die des Honigs gekonnt zu übertreiben. Ein Krieg ist umso schlimmer, wenn er sich erst in den Regalen zeigt.«

»Könnte er mich mitnehmen?«

»Dich also auch? In die Hauptstadt?« Herr Teichgräber schaute missmutig drein.

»Sie mögen ihn nicht, den Honighändler, weil er die Jugend entführt, oder?«

»So ist das nicht«, widersprach der Direktor. »Ich kenne den Honighändler seit der Kindergartenwippe. War er oben, war ich unten. Und umgekehrt. So ist es bis heute. Er ist in die Hauptstadt gegangen, lange bevor der erste Nerv funken konnte. Er steckt niemanden in einen Sack, um ihn mitzunehmen. Er erfüllt nur die Wünsche derer, die gehen wollen. Wer bin ich, sie dafür zu verurteilen? Wünsche kann man nicht verbieten. Sie sind frei.«

»Sind Sie traurig, dass Moorstedt so immer weiter verfällt?«

»Wenn Moorstedt verödet, dann deshalb, weil unsere Stadt kein Wunsch mehr ist.«

»Mein Wunsch ist es«, warf Christian ein, der zu ihnen getreten war. »Ich bin gern hier.«

»Das freut mich«, antwortete Herr Teichgräber und legte ihm die Hand auf die Schulter. Christian strahlte. »Teo, ich vertraue dem Honighändler. Ich habe ihm auch viele meiner Schüler anvertraut«, fuhr der Schulleiter fort. »Du findest ihn, wenn du der Landstraße nach Osten folgst. Dort klappert er seit einigen Tagen die Dörfer ab, um mit den Imkern zu verhandeln.«

»Danke.« Teo nickte ihm zu. »Ich danke Ihnen sehr.«

»Eine Warnung: Der Honighändler hat schon sehr viele junge Provinzler in die Hauptstadt geführt. Es schmeichelt ihm, wenn man sich wundert, und er genießt die Rolle des Stadtführers. Er meint es gut, aber er kann auch herablassend sein, wenn er glaubt, du weißt nicht viel von der Welt.«

»Ich verstehe«, antwortete Teo. Und mit Blick auf das Schwein fügte er hinzu: »Da wird er sich wundern, was so alles in mir steckt. Sind Sie auch beim Festessen dabei?«

»Nein. Mein ganzes Leben habe ich die Natur und die Tiere studiert, aber dieses Schwein verhielt sich sonderbar.«

»So ein Unsinn!«, fuhr der Metzger dazwischen. Mit dem Messer trat er an die rechte Schweinehälfte heran und schnitt ihr den gespaltenen Kopf ab.

Teo wandte sich an den Schweinebauern. »Wo haben Sie es her?«

»Von den vorbeiziehenden Truppen, oder?«, platzte Christian heraus. »Denen haben Sie's abgekauft!«

»Himmel, nein!« Der Schweinebauer lachte verlegen. »Eigene Zucht natürlich.« Er trug ein Lächeln als Lügenmaske.

»Aber auf der Weide gestern … haben Sie da nicht gesagt …«, haspelte Christian. Der Schweinebauer unterbrach ihn: »Du hast wohl schon einen Schluck zu viel, was?«

Teo glaubte Christian jedes Wort. Wie sollte ein Schwein *aus eigener Zucht* seine Beobachtungen in den Schwarm laden können?

Während der Metzger die zweite Kopfhälfte abtrennte, schaute der Pferdewirt beschämt zu Boden. Aber Teo legte ihm freundschaftlich die Hand auf die Schulter.

»Dann werden Sie sich's sicher auch schmecken lassen in den nächsten Tagen«, sagte Teo.

»Ach, ich muss Diät halten.« Der Schweinebauer spielte den Leidenden. »Das Herz. Aber lass dir nicht den Appetit verderben von dem Getratsche.«

»Von dem Getratsche nicht, nein«, antwortete Teo. Wenn die Fleischerhände die Würste drehten, würde er schon längst nicht mehr in Moorstedt sein.

## XXVIII.

Am Rande von Sybaris 7, hoch über den blauen Nestern der nächtlichen Stadt, streift der Blick einer Kamera von der linken Seite der Startrampe zur rechten. Die Arme zur Betankung greifen nach der Rakete. Unter der Nutzlastverkleidung warten Bauteile, Satelliten für den Schwarmfunk und die Sonde nach Epsilon Eridani darauf, in die Dunkelheit, die Kälte, die Leichtigkeit des Alls getragen zu werden. Die Rechner verhören die Technik mit endlosen Checklisten. Antwortsignale in Maschinensprache knattern durch den Schwarm. Eine Wetterstation fängt Streit an. Sie argumentiert mit Luftdruck, Windgeschwindigkeit, Feuchtigkeit, Temperatur, während die Kameraaugen den Sturm vergeblich suchen. Die Prozessorherzen der Rechner schlagen schneller, aber im Vernunftraum der Maschinen gibt es keine langen Diskussionen. Der Start wird verschoben – so wie in der vergangenen Woche nach dem Anschlag auf die Funktürme des Schwarms. Ein Vogel umflattert die Kamera, setzt sich auf eine Antenne und wippt darauf. Er starrt ins Bild und stimmt ein überraschend schrilles Zwitschern an. Teo erkennt seinen Schwarmwecker und wacht auf.

Noch einmal atmete er am offenen Fenster die frühe Luft der Provinz. Der Morgen hatte den schwarzen Nachtstein geschmolzen und das innere Silber trat hervor, eine dünne Patina auf den geknitterten Nadelwäldern. Teo zog seine Winterjacke an, wickelte sich einen Schal um den Hals, legte ihn über den Mund. Der Fahrtwind würde eisig werden. Auch sein Taschenmesser nahm er mit und das Feuerzeug. Mit dem Rucksack auf dem Rücken schlich er die Treppe hinunter. Jedes Knarzen ließ ihn innehalten und lauschen, ob sich etwas in den Zimmern der Eltern oder der Großmutter regte. Bei diesem Aufbruch würde es keinen Abschied geben. All die Umarmungen und die Floskeln taten nur weh, das hatte er von Pina gelernt. Er war zu einem echten Schwärmer geworden, gestand er sich ein – oder beinahe, denn ohne ein Wort zu gehen, das brachte er doch nicht über sich. Noch in der Nacht hatte er deshalb einen Brief geschrieben. Befremdlich kam es ihm vor, die Füllfeder über das Papier zu ziehen. In einigen Jahren würde niemand mehr Briefe schreiben, davon war er überzeugt. Und den Beruf des Postboten würde man vergessen wie die Zeitungsjungen und Schriftsetzer.

Er schrieb von den Sümpfen, dem Honighändler und von Sybaris 7. Er entschuldigte sich bei Konrad, ihn nicht mitzunehmen, und entband ihn von seinem Ehrenwort, ihn nicht zurückzulassen. Wenn er für Moorstedt alles Mögliche getan hätte, um die Gefahr der fehlerhaften Funknerven abzuwenden, käme er sofort wieder. Dieses Versprechen gab er vor allem sich selbst. Er schöpfte Mut daraus und es tröstete ihn. Die Zeilen in königsblauer Tinte fielen ihm schwer, sodass er erleichtert war, sich den Abschied zu sparen, ihn wegstecken zu können in einen Umschlag. Umso besser verstand er nun, warum die Reporterin sich angewöhnt hatte, wortlos aufzubrechen, und wie viel Traurigkeit sich im Schwarm verlor, wo man sich niemals trennen musste. Er lehnte den Brief an die Blumenvase auf dem Küchentisch. Neugierig beugten die Gerbera ihre Köpfe darüber.

Im Konservenkeller suchte er nach Proviant, packte ein Glas Birnenkompott in den Rucksack, einen Viertellaib Käse, drei

Äpfel, eingelegte Eier, eine geräucherte Salami und ein kleines Sauerteigbrot. Bloß nicht entdeckt werden! Vorsichtig ging er die Treppe hoch, bis er plötzlich auf dem oberen Absatz eine Bewegung bemerkte. Teo zuckte zusammen, dass sein Gepäck klapperte. Er stützte sich an der gekalkten Wand ab, um das Gleichgewicht zu halten.

Ein Glück – nur die Katze! Aufmerksam beobachteten das grüne und das goldene Auge, was Teo vorhatte. Er setzte seinen Weg fort und stieg mit dem letzten Schritt über das schwarz-weiße Tier. Behutsam tastete er sich durch den Flur, vermied es, das Licht anzuschalten. Nicht einmal den Haustürschlüssel ließ er klappern, als er ihn in seine Tasche steckte.

Kaum hatte er die Hand an die Tür gelegt, miaute die Katze. Teo zog scharf die Luft ein. »Sei doch still, verdammt!« Langsam drückte er die Türklinke, ein ersticktes Knarzen im Schloss, bis die Katze wieder jammerte.

»Ruhe!«, flüsterte er. »Du verrätst mich!« Die Tür öffnete sich einen Spalt, da sprang die Katze auch schon durch Teos Füße und versuchte, nach draußen zu schlüpfen.

»Nein! Du bleibst hier!«, sagte er und schloss die Tür wieder. »Ich kann dich in Sybaris 7 nicht brauchen.«

Nun jaulte die Katze lauter. Die Großmutter hörte schwer, aber die Eltern könnten durch das quietschende Klagelied aufwachen.

»Anhänglicher Quälgeist!«

Aber war er früher nicht selbst so anhänglich gewesen, dass er niemanden gehen lassen konnte? Vielleicht war er ihr einmal ganz ähnlich gewesen. Also beugte er sich zu dem mauzenden Tier hinunter und hob es hoch. Am besten, er nahm es mit nach draußen, bevor es noch mehr Lärm machte. Bereitwillig und mit zufriedener Schweigsamkeit ließ sich die Katze in Teos Jacke stecken.

Er würde sich das Moped des Vaters leihen. Es stand vor dem offenen Schlafzimmerfenster der Eltern. Die Vorhänge wehten heraus wie winkende Taschentücher in der Morgendämmerung. Sollte er sich doch verabschieden? Es fiel ihm schwer, einfach so zu gehen. Aber Teo ließ sie schlafen. Er klappte den Standfuß ohne jeden Laut zurück und rollte das Moped über den kälteknirschenden Weg, bevor sein Entschluss straucheln konnte. Raureif verkrustete das gelbe Herbstlaub auf dem Weg. Viel zu kalt, um die Katze sich hier selbst zu überlassen. Wohl oder übel musste er sie mitnehmen.

Der Hahn hatte ihn bemerkt und krähte Alarm. Eilig schob Teo das Moped den Abhang hinunter, bis der Weg hinter einem Ausläufer des Waldes abbog. Erst hier konnte er den Motor starten, ohne seine Eltern aus dem Schlaf zu reißen. Er setzte sich auf den Sattel und lud die Straßenkarte der Provinz aus dem Schwarm, während die Katze sich an seiner Brust bequem einrichtete. Ein seltsames Gefühl schraubte sich in Teos Kopf, zusammengemischt aus Wehmut, Unsicherheit vor dem, was vor ihm lag, und der Abenteuerlust, nach Sybaris 7 zurückzukehren. Auf der Schwarmkarte markierte er die östlichen Dörfer, durch die der Honighändler reiste, vereinzelte Perlen an der Landstraßenkette. Ein grüner Leuchtpfeil legte sich auf den Weg.

Unnötig, dachte Teo. Als ehemaliger Postbote kannte er die Provinz selbst gut genug. Und trotzdem würde er dem Pfeil folgen.

Teo fuhr der weißen Morgensonne entgegen, die gleißend über den Kammwäldern den Wolkenthron bestieg. Wenige Minuten später verrauschten die Schwarmstimmen. Der Senderadius des neuen Moorstedter Funkmasts zerfaserte. Früher hatte Teo sich einmal frei gefühlt, wenn er durch die Stille und Einsamkeit der Provinz fuhr, nun aber beschlich ihn eine Verlorenheit. Die schiefergedeckten Häuser, die Schuppen, die Scheunen hatten ihren Platz und behielten ihn. Vor dieser Gegend schien sich auch die Katze zu verstecken und vergrub sich in Teos Pullover unter der Jacke.

Dort, wo die Böden sandiger wurden und die Sümpfe nicht die Hügel hinaufkriechen konnten, wo der Herbstwind die Bäume kahl gerupft hatte, traf er nur wenige Menschen an, die er nach dem Honighändler fragen konnte. Die meisten Häuser waren verlassen. Auf einer Kieszunge neben der Straße entdeckte er endlich einen harzbraunen Kleinlaster. Auf den Seiten stand *»Nektarium«*

geschrieben, die weiße Schrift umschwirrt von Bienenaufklebern. Teo fuhr heran und stellte sein Moped neben dem Wagen ab.

Er traf den Honighändler schließlich bei dessen Wanderung, die er in einem kahlen Lindenwald unternahm. Erstaunlich beweglich stieg er über Äste und Steine, leichtfüßig, lautlos durchs faule Laub, obwohl er so alt erschien wie der Schulleiter. Der Honighändler schlüpfte trotz seiner gedrungenen Gestalt durch die Astgitter der Büsche, ohne einen Zweig zu streifen. Der Körper des Mannes glich sogar einem Bienenkorb. Er beugte sich gerade hinab, um an dem abgefallenen Laub zu riechen, als er bemerkte, dass Teo näher kam.

»Befinde ich mich etwa auf Ihrem Grund, mein Herr?« Er drückte seine Nase in die toten Blätter. »Nein, es riecht nicht nach Ihnen.« Er ließ das Laub zu Boden segeln. »Sie haben mich also gesucht?«

Teo nickte ihm zur Begrüßung zu. »Ich bin Teo. Herr Teichgräber schickt mich zu Ihnen.«

Wissend rieb sich der kleine Mann das Doppelkinn. Dann entdeckte er die Katze, die sich aus dem halb offenen Reißverschluss von Teos Jacke hervorwühlte. »Na, sieh an! Ein Katzenkompass!« Der Honighändler kam fröhlich näher, streckte die Hand aus und streichelte das verwirrt dreinschauende Tier zwischen den Spitzohren. »Oh, mit der Rede vom Katzenkompass können Sie natürlich nichts anfangen.«

Teo biss sich auf die Lippen.

»Ist schwer für Leute aus der Provinz, in Sybaris Fuß zu fassen«, fuhr der Honighändler fort. »Man kann seine Prägung nicht ablegen. Es bleibt eine Sehnsucht. Sind Sie sicher, dass Sie hier wegwollen?«

»Ich muss!«

»Stellen Sie sich das nicht so leicht vor. Es ist kein Honigschlecken, wie man so schön sagt.« Er lachte.

Teo wollte ihm nicht erklären, was er in Sybaris 7 vorhatte, und verschwieg auch, dass er schon einmal dort war. Er brauchte nur jemanden, der ihn durch die Abriegelung der Provinz schmuggelte. Herr Teichgräber hatte gesagt, dass es dem Honighändler schmeichelte, wenn er jemanden erstaunen konnte, also spielte Teo den naiven Jungen vom Land.

»Deshalb wende ich mich ja an Sie, weil Sie schon so vielen den Weg weisen konnten.«

Der Honighändler lehnte sich nach hinten, reckte den runden Bauch vor und sog Teos gespielte Unerfahrenheit mit einem Atemzug ein wie Blütenduft.

»Ich nehme Sie gerne mit nach Sybaris. Sie können mir im Lager helfen, bis sich in der Stadt etwas für Sie ergibt. Es ergibt sich dort immer alles. Irgendwie. Merken Sie sich das schon mal.«

»Vielen Dank!«, sagte Teo. Von seinem Schattenplan, Aaron und die Analogen zu suchen, musste der Mann nichts wissen.

Der Honighändler führte ihn zu seinem Kleinlaster. Er lief breitbeinig, so, als wollte er seinem eigenen Bauch aus dem Weg gehen. Teo klopfte gegen die Blechwände des Wagens. »Ist noch Platz hier hinten für mein Moped?«

»Wir haben noch zwei Dörfer vor uns«, antwortete der Honighändler. »Es wird also eng. Aber wir quetschen es irgendwie rein.« Er legte seine Hand auf den Griff der Beifahrertür, wobei er den Daumen in einer kleinen Vertiefung ruhen ließ. Dann klackten die Schlösser. Inzwischen holte Teo sein Moped und schob es zur Rückseite des Wagens. Als der Honighändler die Hecktüren aufstieß, sah Teo im Laderaum zahlreiche Holzkisten, manche offen, in denen Honiggläser gestapelt waren, eingebettet in Holzwolle. Wahrscheinlich hatte der Händler die letzten Erntereste des Jahres von den Imkern abgeholt, die er über den Winter verkaufen würde. Gemeinsam wuchteten sie das Moped hinein, drückten die Maschine zwischen Fracht und Blechwand, damit sie nicht umkippen konnte.

Als Teo auf dem Beifahrersitz Platz nahm, fragte er den Honighändler, wie lange er schon in der Hauptstadt wohne.

»Sicherlich schon die vierzigste Saison«, antwortete der runde Mann beim Einsteigen. Er rutschte auf dem Polster des Fahrersitzes hin und her, fasste ans Lenkrad und strich über den Lammfellbezug, bevor er die Zündkarte einsteckte und den Motor startete. Am Rückspiegel baumelte eine Kunststoffbiene. Die Katze kletterte aus Teos Jacke und verkroch sich zu seinen Füßen. Aus den Lüftungsschlitzen fächelte die Heizung warme Luft. Kurz darauf summte die Elektrik und die Reifen knirschten über den Kies.

»Solarlack«, sagte der Händler stolz. »Damit kann ich ewig durch die Provinz fahren, ohne lästiges Tanken oder Laden. Muss man sich aber leisten können. Kann nur nicht jeder.« Er zwinkerte.

Einige Meter holperte der Wagen und wogte, bevor er die asphaltierte Landstraße erreichte.

So dicht neben dem Honighändler erinnerte sich Teo an die Angst, die er als Kind vor ihm hatte. Aber in Wahrheit war es die Angst gewesen, fortzugehen. Nichts davon spürte er in diesem Augenblick. Er ekelte sich auch nicht mehr vor dem Honig. Stattdessen sah er mit Sympathie zu dem rundlichen Mann hinüber, der ihn nicht entführte, sondern half, wie er schon so vielen Provinzlern geholfen hatte.

»Drücken Sie mal den Knopf dort!«, sagte der Händler.

Popmusik dudelte aus dem Äther. Der Dicke lehnte sich entspannt in den Sitz. »Ah, Schwarmersatz!«

Auf der Fahrt durch die Provinzhügel prasselten fortlaufend Ratschläge und Hinweise auf Teo ein, was dieser in der Hauptstadt tun oder besser lassen sollte. Warum hatte er nicht schon mit dem Honighändler gesprochen, als er zum ersten Mal nach Sybaris fuhr? So manchen Irrtum hätte er umkurven können.

»Sie müssen wissen, in der Hauptstadt spricht man sich mit Funktionen an.«

Teo nickte. Wenn er so darüber nachdachte, hatte er sich längst daran gewöhnt. Trotzdem gab er sich unwissend, um dem Händler nicht die Freude des Erklärens zu nehmen.

»Das hat mit der Automatenwelle zu tun. Nicht lange, bevor der Funknerv erfunden wurde, übernahmen Maschinen die meisten Arbeiten, die früher Menschen gemacht haben.« Er drehte das

Lenkrad in eine enge Linkskurve. Die Biene am Rückspiegel flog Kreise. »Viele verloren ihre Funktion und fühlten sich überflüssig, trotz dass es ein Grundgeld gibt. Man ist nur Teil eines Schwarms, wenn man für ihn von Nutzen ist – so wie bei den Bienen. Wer noch gebraucht wird, kann stolz darauf sein, weil er mehr kann als ein Automat. Indem die Menschen sich mit Funktionen anreden, erkennen sie den anderen als nützlich an. Das gehört zur Höflichkeit.«

Diese Zusammenhänge waren Teo tatsächlich neu. »Man muss sich also etwas suchen, was die Maschinen übrig lassen?«

»Ja, es ist ein Rennen. Mit welcher Funktion soll man Sie benennen?«, fragte der Händler.

»Ich bin Postbote.«

»Oh, es gibt noch eine Post? Wurde die nicht auch von Schwarm und den Drohnen übernommen?«

»Schon … ja«, musste Teo einräumen.

»Was können Sie noch?«

»Ich kann Mopeds reparieren, an Apparaten und Maschinen rumschrauben, solange kein Computer damit verwachsen ist.«

»Meinen Sie, Sie könnten die Rotoren meiner Lieferdrohnen wieder in Gang bringen?«

»Einen Blick kann ich darauf werfen.«

»Dann sind Sie nun *der Mechaniker*! Man muss sich nur gut kennen, dann findet man schon seine Funktion.«

Indes meldete eine Radiodurchsage, dass es aufgrund der Abriegelung der Provinzgrenze zu Staus komme.

»Funkloch, verdammt!«, rief der Händler aus. »Entschuldigen Sie bitte meine Ausdrucksweise! Sybarissprache. Aber Stau ist so ein antiquiertes Ärgernis, wo's keinen Schwarmempfang gibt. Sonst sprechen sich die Autos miteinander ab, dass man sich nicht blockiert. Räder sind zum Rollen da, nicht zum Stehen!«

Während der Händler noch schimpfte, spürte Teo die Müdigkeit, die ihm der zeitige Aufbruch angehängt hatte. Die Katze hatte sich im Fußraum zusammengerollt. Mit dem Radiopop als Schlaflied und der weichen Fahrt als Kissen nickte er ein.

Bilderlos war sein Schlaf in der Sendewüste, kein Traum, kein Schwarmfilm, bis ein allmähliches Bremsen ihn weckte. Als er die Augen aufschlug, tauchten voraus die ersten Wagen auf. Der Verkehr verdichtete sich, je flacher die Landschaft wurde. Bald musste der Händler mit Schrittgeschwindigkeit einem Kleinwagen hinterherrollen.

»So eine Schneckenschleuse!«, brummte Teo, entdeckte aber sogleich den Schrankenzaun und zwei Wächterwagen. Eine Beamtin wedelte mit einer blinkenden Kelle und zwang ein Auto vor der Absperrung zum Umdrehen.

Neben einem der Wächter hielten sie an. Kratzig sagte der Mann: »Niemand kommt durch! Drehen Sie um!«

»Augenblick, mein Herr! Ich bin der Honighändler und habe eine Sondergenehmigung.«

»Wir empfangen hier keine elektronischen Zertifikate. Umdrehen und Gas geben!«

»Damit habe ich gerechnet. Ich weiß ja, wie's im Nirgendwo läuft. Teo, das Handschuhfach!«

Sofort fasste der Wächter an den Griff seiner Waffe, die im Gürtelholster steckte. »Langsam, Freundchen!«

»Nervös wie Wespen auf'm Marmeladenbrot«, murrte der Honighändler.

Teo öffnete vorsichtig das Handschuhfach und entnahm einen Stapel Blätter, der von einer Büroklammer zusammengehalten wurde. Er reichte das Papier an den Händler weiter und dieser es an den Beamten.

Argwöhnisch überflog der Uniformierte die Seiten, knickte sie beim Umblättern, riss sie ein. »So, Honig also ... Widerliches, klebriges Zeug!«

»Lebensmittelversorgung, mein Herr. Seit Kriegsnovelle 1307H/E als dringlich eingestuft.«

»Sie haben mich nicht zu belehren! Ich kenne die Novelle 13 irgendwas! Honig als dringliches Lebensmittel? Lächerlich! Und wer ist das neben Ihnen? Ihr Vorkoster?«

»Mein Mechaniker.«

»Steigen Sie aus und öffnen Sie den Laderaum!«

Der Honighändler schimpfte. »Reichlich schroff und paranoid ist man hier geworden.«

»Veränderte Sicherheitslage«, entgegnete der Wächter und fügte hinzu: »Raus jetzt!«

Seufzend öffnete der Honighändler die Tür.

»Sie auch!«, befahl der Beamte und wies mit dem Zeigefinger auf Teo. Je schneller er Folge leistete, desto eher könnten sie weiterfahren, hoffte er und stieg aus. Auch die Katze hüpfte heraus und huschte unter den Wagen.

Die Schiebetür des Laderaums öffnete sich mit einem metallischen Schleifen.

»Ich muss den Inhalt jedes Glases in einem Protokoll vermerken«, sagte der Wächter. Er schnippte mit den Fingern und ein Kollege brachte ihm mit missmutigem Blick einen Flachrechner, so groß wie ein Klemmbrett. Als der Wächter bereit war, sagte er: »Los, öffnen Sie die Gläser!«

»Alle?«, fragte der Honighändler zweifelnd.

»Natürlich! Es könnten Sprengstoffkomponenten oder Giftstoffe drin sein.«

»Aber das dauert Stunden! Sie übertreiben doch!«

»Der Feind kann überall sein.«

»Aber das Kampfgebiet ist doch viel weiter südöstlich!«

»Dreimal haben die Analogen schon Funkmasten abgefackelt. Mitten in der Stadt. Man ist nirgends sicher«, entgegnete der Wächter. »Und wenn Sie die Gläser jetzt nicht aufzuschrauben, mache ich das!« Er riss mit beiden Händen einen Karton auf und nahm ein Honigglas heraus. »Aber ich habe glitschige Finger.« Mit gespielter Unschuld ließ er das Glas auf die Straße fallen. Es zerplatzte. Der karamellfarbene Honig spritzte und ergoss sich über den Asphalt, glitzernd vor Splittern.

Erschrocken verkniff sich Teo jedes Wort. Anschläge mitten in der Stadt? Ihm wurde allmählich klar, welche Ausmaße der Krieg annehmen würde. Wenn die Analogen in Sybaris Angst verbreiteten und der Funknerv daraus Halluzinationen spann, konnte jeder in der Stadt bald in den Wahnsinn torkeln. Jeder Schwärmer könnte seine Mitmenschen für Feinde halten und angreifen. Im schlimmsten Fall ginge sogar einer auf den anderen los und die Menschen zerrissen sich in ihrem Misstrauen gegenseitig.

In diesem Augenblick ertönte eine Hupe. Der Wächter ließ sich nicht ablenken. Als in das Dröhnen aber weitere Wagen einstimmten und Motoren brüllten, drehte er sich um. »Verflucht! Ein Konvoi! Macht Platz! Räumt den Seitenstreifen! Armeeangehörige dürfen passieren!«

Teo folgte dem Blick des Wächters. Drei olivgrüne Geländewagen walzten auf dem Seitenstreifen vorbei, gefährlich nahe am Straßengraben und schon zum Abrutschen geneigt. Gerade jene, die am meisten Angst verbreiteten, ließ man unkontrolliert durchfahren. Gerade jene, die Gefahr und Schreckensträume im Schwarm streuten und sich gegenseitig in den Sümpfen erschossen.

Teo trat hinter den Lieferwagen, um nicht unter die Räder zu geraten. Gerade war der Konvoiführer auf halber Höhe, als unversehens und unachtsam die Katze hinter dem Vorderreifen des Honigtransporters hervortrat. Mit einem Schrecksprung wollte sie sich retten vor dem anrollenden Blechberg. Ein Schrei steckte in Teos Kehle fest und ein dumpfer Knall zitterte durch die Stoßstange. Das Tier schleuderte über die Straße, die Augen verwirrt aufgerissen, prallte auf den Asphalt, überschlug sich und rutschte in den Straßengraben. Ohne zu bremsen fuhr der Konvoi durch.

»Eindeutig ein Unfall«, sagte der Wächter.

Teo eilte mit hämmerndem Herzen zum Graben, stieg hinein und fand die reglose Katze in einer Pfütze, die sich vor einem Wasserabfluss aus Beton gesammelt hatte. Er hüpfte um das Wasser herum und als er näher kam, bemerkte er etwas Eigenartiges an dem Tier: Es war, als sprühten Funken aus einem Riss in ihrem Fell, die zischend in der Schmutzlache verdampften. Ihr Kopf war gespalten, genau auf der Linie zwischen schwarzer und weißer Seite, ein Kupferdraht hatte sich durch ein Auge herausgebohrt, das gesprungen war wie Glas.

Das ist kein Tier, wurde Teo schlagartig klar. Und es ist etwas ganz anderes als die Hybridschweine. Er beugte sich herunter, packte die Katze am Schwanz und hob sie hoch. An der Art, wie sie in der Luft baumelte, spürte er, dass ihr Korpus in der Mitte gebrochen war, dass etwas riss, knackte, bis die Katze entzweiging und der Rumpf in die Pfütze platschte. Ein Funkenschwall brach aus dem Körper hervor, versiegte jedoch gleich wieder unter dem Ausfluss einer Flüssigkeit, klar und bläulich schimmernd.

Eine Maschine! Die Katze war eine Maschine!

Teo ließ die Techniktrümmer fallen, die Mechanik krümmte die künstlichen Körperhälften nochmals, dann hob ein Surren an wie von einem Lüfter, bevor jede Regung erstarb und nichts als Schrott übrig blieb.

Ohne zu verstehen, warum es Roboterkatzen geben mochte, welchem Zweck sie dienten und wieso gerade er eine besessen hatte, kletterte er aus dem Graben heraus. Die Katze gehöre sich selbst, hatte die Reporterin gesagt. Er sah die Geländewagen noch in einer entfernten Kurve davonfahren.

Der Honighändler lief herbei. »Wie geht es Ihrer Katze?«

Aber Teo fand keine Worte. Also drückte sich der Mann an ihm vorbei und sah in den Graben.

»Ah, so ist das!«, sagte er. »Da haben Sie anscheinend ein teures Spielzeug eingebüßt.«

»Haben Sie so was schon mal gesehen?«

Der Händler machte eine abwehrende Geste. »Mir geht der Technikkram über. Ohne Sprachsteuerung könnte ich nicht mal meine Kaffeemaschine bedienen.«

Gemeinsam kehrten sie zum Lieferwagen zurück.

»Dann wollen wir mal Ihren Honig kontrollieren«, sagte der Beamte und nahm dem Honighändler ein Glas aus der Hand.

## XXIX.

Am Nachmittag zerknittert und vergilbt der Wolkenhimmel wie Pergament. Versonnen schaut Teo aus dem Fenster. Die Hügel schwappen vorüber, grüne Wellen, und verebben bald. Je tiefer sie in die Landesteile jenseits der Provinz eintauchen, desto öfter denkt Teo an Moorstedt. Aber es ist zu spät, an seinem Entschluss zu zweifeln. Der Honighändler braucht Kraft im Pedalfuß, um gegen die Verzögerung durch die Kontrolle anzufahren. Sie haben sich die Hände wund geschraubt an den Deckeln von Hunderten Honiggläsern.

Hinter dem Planum Culturae, als sie bald die Ausläufer der Hauptstadt erreichen müssten, verliert sich das Grün an den Straßenrändern, die Hügel glätten sich und allmählich erscheinen Teo die Ebenen abgewetzt. Er kann sich nicht erinnern, dass die Zugstrecke bei seinem ersten Besuch in Sybaris 7 durch ähnlich wüstes Gelände geführt hätte. Wie ein landstrichgroßer Trampelpfad, betupft mit dürrem Gras, verweht vom Staub, rauscht das Gebiet vorbei. Der Honighändler erklärt, die Stadt sei hier vorübergezogen. Man baue in den nordwestlichen Stadtteilen und ließe die südöstlichen verfallen. Über die Zeit verlagere sich die Stadt auf diese Weise. Sie fliehe vor dem Krieg.

»Wir müssen ihr ein Stück folgen. Der Weg ist länger.«

Es geht bergauf, die Stadtschichten haben ein Plateau gebildet über die Jahrhunderte.

So dauert es nicht lange, bis sie an den ersten Ruinen vorbeifahren, die mit kantigen Formen zwischen Schutt und Dreck ihren menschlichen Ursprung verraten, Mauerreste, gebrochene Säulen, zersplitterte Steinplatten, vom Sandwind stumpf geriebenes Glas. Birken klettern wie bleiches Gebein in den Trümmern umher. Inmitten der Brache erhebt sich ein Stahlmast, eine fünfköpfige Hydra mit Kameraaugen.

»Was sollte es hier zu sehen geben?«, fragt Teo.

»In den letzten Wochen, seit Ausweitung der Kämpfe, überwacht man selbst die Sandkörner in der Wüste«, antwortet der Honighändler. »Der Schwarm will alles kontrollieren, jetzt mehr denn je.«

Im Seitenspiegel sieht Teo, wie die Köpfe der Hydra dem Wagen folgen. In der Ferne blinken und blitzen die Gewächshäuser einer verlassenen Großgärtnerei. Die Scheiben sind blind von Wetter und Witterung, gesprungen, gerissen, zerschlagen. Die Zweige von Büschen rütteln an den rostigen Gerüstgittern, und Baumstämme brechen aus den Dächern. Es sieht aus, als fliehe die Natur aus einem fragilen Gefängnis.

Weiter die Straße entlang stehen heruntergekommene Baracken mit eingedrückten und zerfallenen Ziegelmauern, deren Dächer aus Teerpappe wie verdorrte Haut um die Balkenrippen hängen. Krähen fliegen in die aufgerissenen Bäuche der Baracken, in denen sie Schutz vor der aufziehenden Winterkälte suchen.

Bald folgen die blauen Schatten eines stillgelegten Industriegeländes, Werk- und Lagerhallen mit offenen Toren, umgekippte Eisenzäune, zerborstene Rohre, hohe Gräser zwischen Betonplatten. An einem Verladekran scharen sich wilde Hunde und kämpfen um einen Hasen, den sie zwischen ihren Mäulern zerreißen. Wer die Fetzen nicht gleich verschlingt, dem jagen andere die Beute ab.

Die ersten Menschen, die sie sehen, sind zwei Schrotthändler. Mit einem Trennschleifer zersägen sie die Karosserie eines Baggers. Funken sprühen bis auf die Ladefläche ihres Lastkraftwagens, während Teo das Fenster herunterlässt. Dem Fahrtwind hält er die Hand entgegen, die Luft drückt, saust durch die Finger. Hier draußen, am Südostrand von Sybaris, begegnet ihm eine Seite der Hauptstadt, die er bei seinem ersten Besuch nicht gesehen hat. Vor den Abfahrten der Autobahnen liegen die Gebäude, die der Stadt aus den Taschen gefallen sind, als sie nach Nordwesten floh. Wie abgeworfener Ballast verstreuen sich flache Holzhäuser mit wettergrauen, ausgebleichten Fassaden. Ein Gegensatz zu den polierten Vierteln, durch die Teo damals irrte. Dunkel und leer scheinen ihm hier die Fenster zu sein und er fragt sich, ob noch jemand in dieser Gegend wohnt; jemand vielleicht, dem die Stadt davongelaufen ist. Er spürt an der Brust noch die Bewegungen der Katze, obwohl sie weit zurück in einem Graben liegt.

Bald rutscht ein Gleis neben die Straße, woher auch immer, rostig, mit gebrochenen Holzschwellen und von Unkraut bewuchertem Kiesbett. In diese Gegend fährt schon lange kein Zug mehr, sie ist ein Körperteil, durch das kein Blut fließt. Man riecht den Verfall, das faulende späte Jahr und all das Sterbende, das in diesen Ecken liegt.

Je näher sie der Stadt kommen, desto deutlicher werden die Zeichen der Belebung. Das Flüstern des Schwarms zischt durch den Äther, die Empfangszone naht. Transportdrohnen ziehen wie aufgefädelt am Himmel vorüber, die Straße verbreitert sich, dass man die Lastwagenkonvois überholen kann, die in sensorvermessenen Abständen hintereinander herrollen, sich Beschleunigungen und Bremsphasen funken. Alles, was sich bewegt, strebt zur Stadt. Vom Land her fließen zahlreiche Leitungsseile zusammen, gehalten von den Stahlarmen der Tragmasten. Sie kommen gerade an den Becken einer Kläranlage vorbei, als der Lieferwagen allmählich abbremst. Auf Teos fragenden Blick hin antwortete der Honighändler: »Der Bordcomputer hat wieder Schwarmempfang und ordnet uns in den Verkehrsfluss ein.«

Währenddessen bemerkt Teo eine Drohne, die neben dem Wagen schwebt. Ihr Kameraauge ist auf ihn gerichtet und er ist sicher, dass ihre unsichtbaren Laserfinger ihn befühlen.

Sybaris verdichtet sich. Ein Schild verkündet, dass inzwischen die achte Ebene der Bebauung erreicht ist. Die Straßen knüpfen das Gewebe der Hauptstadt enger um Reihenhäuser, Straßenzüge, Hochhäuser, die Türme im Kern.

Alles beginnt.

Der Honighändler hat die Hand vom Steuer genommen, hat sie an das Kinn gelegt und schaut sich um. Schweigend sitzt Teo neben ihm und folgt seinem Blick. Eine feindselige, misstrauische Atmosphäre reizt die Stadt, so glaubt er, ballt sich auf den Gehwegen, hinter den Glaswänden und Fenstern. Über die Straße recken Überwachungskameras ihre Stahlhälse nach Autos und Passanten, schütteln die einäugigen Köpfe. Spähdrohnen sausen durch die Häuserschluchten, tasten die Umgebung ab. Wer auf dem Bürgersteig geht, hält mehrere Schritte Abstand nach vorn und hinten. Eine ältere Dame hat sich ein Schulterholster mit Waffe um ihren morschen Brustkorb geschnürt. Am Gürtel eines Schulkindes mit transparentem Rucksack blitzen die Zähne eines Jagdmessers. Immer mehr Menschen fallen Teo auf, die Waffen tragen, Kartuschen mit Reizgas, Elektroschockpistolen, Schlagstöcke. An einem Spielplatz, in Sichtweite der Rutsche, verteilen Wächter Schusswaffen an die Mitglieder einer Bürgerwehr. Jeder schützt sich mit Abschreckung. Jeder setzt der eigenen Angst die Angst der anderen entgegen. Nicht mehr lange kann es dauern, bis die Funknerven der Menschen auch in Sybaris 8 halluzinieren. Teo schaudert bei dem Gedanken an die Kämpfe, die mit all den Waffen losbrechen könnten. Durch jede Lücke zwischen den Wohnnestern schleicht das trübsinnige Kaltlicht, Herbst, Neon, taubengrau, betongrau, silbergrau, aschgrau.

»Wo wohnen Sie?«, fragt Teo den Honighändler.

»Vor einiger Zeit stand mein Haus noch nahe dem Zentrum, an einer Einkaufsstraße. Doch die Stadt ist gewandert, und laut Schwarmkarte müssen wir nun an den östlichen Stadtrand. Wenn die Lage zu schlecht geworden ist, werden wir wohl umziehen.«

Teo nickt. »So kommt die ganze Stadt ins Rutschen.«

Der Tag versickert. Die Lichtmasten flammen auf, auf die festgespannte Wolkenleinwand zeichnen Laserpinsel eine Autowerbung. Durch eine Gegend mit Fabrikhallen, Eisenbahnbrücken, Umspannwerken, Einkaufsparks und weiten Parkplätzen führt die Fahrt über eine schlaglöchrige Straße. Vorsichtig kurvt der Lieferwagen um die Schadstellen, aufgespürt von seinen Sensoren, und dennoch klappern die Gläser im Laderaum unaufhörlich. Vor einem Zaun aus rostigen Streben hält der Wagen. Dahinter erkennt Teo ein Lagerhaus, dessen Fassade mit wettergrauem Holz verkleidet und durch Betonpfeiler gegliedert ist. Das Flachdach grünt, Büsche treten an die Dachrinnen und lassen die Wurzelbeine baumeln, ein Fell aus Gras wuchert auf der Laderampe für die Warenanlieferung.

»Einmal hat sich eine Biene in mein Büro verirrt«, sagt der Honighändler. »Gerade in *mein* Büro! Weiß der Schwarm, woher die kam! Vielleicht hat sie Blüten gesucht oder ein Versteck. Seither lasse ich das Grünzeug wachsen, wo es will.« Dann stößt er die Fahrertür auf. »Kommen Sie! Helfen Sie mir mit dem Gatter!«

Gemeinsam öffnen sie das Gittertor, die metallenen Skelettflügel schwingen auf. Ein Blechschild klappert, auf dem *»Nektarium«* geschrieben steht.

»Wohnen Sie etwa in dem Lagerhaus?«

»Wo könnte ein Händler besser wohnen?«, fragt der Mann zurück.

Über ihre Köpfe schwirren Lieferdrohnen und lassen sich inmitten des Gestrüpps auf dem Dach nieder. Der Honighändler nickt ihnen zu. »Meine fleißigen geflügelten Boten! Flügge sind sie. Irgendwann werden sie mich nicht mehr brauchen.«

## XXX.

Auf dem Dach umschlingen Blaubeerbüsche einen Werkzeugschuppen, unter dessen Vordach sich drei Lieferdrohnen vor dem einsetzenden Regen verkriechen. Der Honighändler tätschelt eine Drohne mit harzgelber Karosserie. Über den polierten Lack rutscht das Licht blauer OLEDs, die sich in Ketten um die Balken winden. »Das ist das lahme Vögelchen.«

Teo tritt einen Schritt näher. Ein nasser Luftzug weht zwischen den Stützbalken des Vordachs. Aus der frühen Nacht heult die Sirene eines Feuerwehrwagens. »Ich werfe morgen einen Blick unters Blech.«

»Mein neuer Mechaniker!« Der Händler klopft ihm stolz auf die Schulter. »Ich zeige Ihnen Ihren Schlafplatz.«

Im Schuppen hängen Schraubendreher, Bohrmaschinen, Maulschlüssel, Hämmer, Sägen und Zangen aufgereiht an den Bretterwänden. Holzkisten mit Honiggläsern stapeln sich. Neben alten Fahrzeugbatterien führt eine schleifende Tür in die Kammer, in der Teo wohnen soll. Darin riecht es nach Öl, Farbe und trockenem Holz. Der Händler knipst eine grelle Leuchtstoffröhre an, die in den Augen beißt. »Ruhen Sie sich aus!«, sagt der Mann und lässt ihn alleine.

Teo schaltet die blendende Lampe sofort wieder aus. Nur das orangefarbene Glühen der Stadt schimmert herein durch ein Kassettenfenster mit rostigem Knauf. Wie viele junge Moorstedter mögen vor ihm hier gewohnt haben?

Teo legt sich auf die Matratze, die unter dem Fenster auf zwei Flachpaletten liegt und seine Drehungen erstaunlich bequem federt. Sein Kopf sinkt ins Kissen, müde von der langen Autofahrt. Er hat sogar seinen Tee mit Honig gesüßt, ohne an seinen alten Ekel zu denken. Er muss schlafen, wenn er morgen Aaron in der Grundstadt suchen will. Nicht lange würde er der Mechaniker bleiben. Ein paar Tage vielleicht, nicht mehr.

Sein Schlaf ist schwer, schwer wie die Welt, bis ihn ein Surren weckt. Das Geräusch flirrt durch den klirrenden Regen, der gerade beginnt und über das Blechdach streift. Fliegen die Drohnen aus?

Er wird unruhig und setzt sich auf. Irgendetwas geschieht dort draußen. Deutlich hört er die Rotoren. Also öffnet er die Tür seiner Kammer, durchquert den Werkzeugschuppen, um draußen nach dem Rechten zu sehen.

Die Drohnen schlafen. Vom Vordach tropft ein glitzernder Vorhang, Glasperlen fallen, zerspringen, spritzen über die Stahlbetonplatten. Die Stadtnacht glimmt vor sich hin. Woher aber kommt das Geräusch?

Teo tritt weiter vor, bis die Tropfen seine Nase streifen, streckt den Kopf hinaus, sieht sich um. Wasser trifft seinen Nacken. Drei Blinklichter stechen durch das Dunkel, sternweiß, warnrot, ampelgrün, und eine Lieferdrohne dreht sich über dem Dach. Ihre Verkleidung ist transparent, sie gehört nicht zur Flotte des Honighändlers. Ein Schwung vom Aufwind hebt sie, aber sie balanciert mit den vier Rotorarmen in der Luft, um sich weich niederzulassen. Unter ihrem Bauch trägt die Drohne eine Metallkiste, deren Klappe sich öffnet. Währenddessen trudeln die Rotoren aus. Teo erhält eine Schwarmnachricht. Er solle den Erhalt einer Sendung quittieren.

Wer sollte ihm etwas schicken? Womöglich liegt ein Logistikfehler vor.

Nein, die Lieferung ist eindeutig an ihn adressiert. Hat das Postamt in Moorstedt den Drohnenverkehr aufgenommen? Vielleicht schickt ihm seine Familie einen Gruß?

Gleich nach der Empfangsbestätigung kreisen die Rotorblätter wieder schneller, das Surren hebt an und die Drohne schwingt sich auf. Dabei gleitet ein Paket der Standardgröße medium aus der Metallkiste. Einen Augenblick später schwirrt das Fluggerät davon, durch den Straßenzug gegenüber, und verschwindet.

Bevor die Pappe im Regen aufweicht, nimmt Teo den Karton an sich und bringt ihn ins Trockene seiner Kammer. Um besser sehen zu können, was ihn erwartet, schaltet er die grelle Lampe an. Kaltbleiches Licht verschüttet sie. Er setzt das Paket auf der Matratze ab, fährt kräftig mit dem Zeigefinger unter den Pappdeckel und reißt das Klebeband auf. Knüllpapier quillt hervor. Teo wühlt und bekommt einen Gegenstand zu fassen. Vorsichtig zieht er ihn heraus.

Sein Herz setzt Schlusspunkte in halbfertige Gedanken. In der Hand hält er eine strohgelbe Windjacke. Ist das *seine* Jacke? Die Reporterin hatte sie verwechselt und mitgenommen.

Hastig stöbert er in den Taschen. Dabei fällt ihm ein Papierschnipsel in die Finger. Die Sondermarke! Die letzte Briefmarke, die gedruckt wurde, mit der Abbildung des Funknervs! Es ist seine Jacke, zweifellos!

Er lädt die gespeicherten Erinnerungen, als er mit der Reporterin am Bahnhof saß. Sie hatte ihm erzählt, dass die Jacke eingelagert sei mit dem Rest ihres Hausrats, den sie nicht mitnehmen konnte. Löste man nun ihren Besitz auf?

Aber niemand weiß, dass ihm die Jacke gehört. Sein Name steht nicht drin, kein eingenähtes Schild, keine Monogramm-Stickerei.

Es muss eine Erklärung geben! Pakete werden nicht von Geistern verschickt! Aus allen möglichen Geschichten ist gerade diese ausgewürfelt worden. Aber warum?

Noch eine Weile sitzt Teo mit dem Kleidungsstück auf der Matratze, schaut sich seinen Erinnerungsfilm an, bis er das grelle Licht der Lampe nicht mehr erträgt. Er schaltet es aus, legt sich hin und deckt sich mit der Jacke zu wie mit einer abgestreiften Haut. Seine Gedanken rennen am Schlaf vorbei. Er ruft das Profil der Reporterin auf. Wie alle Profile bleibt es als Lebensprotokoll sichtbar, auch nach dem Tod, der nur spürbar wird an den fehlenden Aktualisierungen. Gestorben ist für den Schwarm, von wem es nichts Neues zu lesen, zu hören, zu sehen gibt.

Teo überfliegt die Bilder, die Videos, die Einträge. Die Traurigkeit greift zu, als ihm ein grüner Punkt in der rechten Ecke des Profils auffällt.

»Ich träume!«, sagt er laut und schlägt die Augen auf.

Nein, er ist wach, so munter wie nie, und ihr Profil ist online! Vor Aufregung jagt er alle Möglichkeiten durch, ohne jedoch die eine Antwort zu berühren, die er sich wünscht. Vielleicht hat jemand ihr Passwort geknackt? Also schickt er eine Sprachnachricht: »Wer bist du?«

Ein vorbeiziehender Autoscheinwerfer erleuchtet für einen Augenblick seine Kammer. Gleichzeitig antwortet eine weiche, synthetische Stimme im Schwarm: »Ich bin das, was einmal die Reporterin war.«

Teo verschlägt es das Denken. Die Antwort ist seltsam, unheimlich. Ist es die Reporterin? Kann sie es sein? Ist sie es nicht?

»Du lebst?«, fragt er. »Pina?«

»Ich weiß nicht, ob das Leben ist, aber es ist wundervoll.«

Die synthetische Stimme befremdet ihn. Sie klingt nicht nach der Reporterin. Jemand spielt mit ihm.

Teo tastet sich aus seinem Misstrauen hervor. »Erzähl mir, was geschehen ist!«

»Ich lag in dem Geländewagen, bei dir, auf dem Weg zum Bahnhof. Dann muss ich eingeschlafen sein. Meine Erinnerung endet.«

Tatsächlich. So ist es gewesen. Aber das beweist nichts. Wenn sie ihre Erinnerungen in den Schwarm geladen hat, kann jeder, der clever genug ist, die Privatsperre zu knacken, darauf zugreifen.

»Der Stabsarzt sagte, du wärst tot.«

»Er hatte recht und hatte es nicht. Ich bin aufgewacht, überall und nirgends. Die Bilder und Töne, die auf mich einstürmten, wusste ich nicht zu deuten. Erst allmählich verstand ich, dass ich sehen konnte, was alle Schwarmkameras sahen, dass ich hörte, was alle Mikrofone hörten. Sie waren meine Augen und Ohren. Ich suchte dich, hielt mich an deinem Profil fest, sprang von dort aus zu anderen Seiten, schwamm auf immer weiteren Wellenkreisen durch den Schwarm.«

Er will der Stimme glauben, aber er kann noch nicht. Und doch weicht sein Misstrauen auf.

»Weißt du, es ist, als könne ich mich an alles erinnern, was die Menschheit je erlebt hat. Kannst du dir das vorstellen?«

»Etwas Ähnliches hat der Soldat gesagt, der an der Mühle getötet wurde. Es ist, als lebten die Toten im Schwarm weiter. Aber wie?«

Er redet mit ihr. Er lässt sich darauf ein. »Vielleicht liegt es an den gespeicherten Erinnerungen«, sagt sie.

Teo denkt an den Major, der halb tot, halb lebendig in dem Lazarett lag und dessen Hirnfunktionen teilweise durch Schwarmdaten ersetzt wurden. Warum sollte das nicht auch vollständig gelingen? Wenn sich alles Erleben und Denken in elektrische Signale übersetzen lässt, wie der Ingenieur erklärte, warum sollte sich dann nicht auch die Gesamtheit der Persönlichkeit speichern lassen? Keine künstliche Intelligenz – eine menschliche Intelligenz, die digital verfasst ist.

»Dann bist du eine Kopie?«

»Woher weißt du, dass du nicht stirbst, wenn du einschläfst, und am Morgen aufwachst als ein Neuer, dem alles mitgegeben wurde, was der Eingeschlafene wusste?«

Teo fällt keine Antwort ein. Es wird dauern, all das zu verstehen.

»Hast du das Paket bekommen?«, fragt sie.

»Du fehlst mir«, antwortet er.

Schwer atmend schlägt Teo die Augen auf. Mit nassem Blick sieht er zum Fenster. Der Morgen haucht seinen grauen Atem in die Nacht. Er hört sie reden und verbannt die Zweifel, ob es wirklich die Reporterin ist, die zu ihm spricht aus dem Jenseits der digitalen Seelen. Unmöglich, sich von Aaron den Funknerv entfernen zu lassen, sonst zerrisse dieses Band.

In den Fernen der Stadt heulen Sirenen, leise und durchs Fensterglas gedämpft. Mit den Ohren im Schwarm würden sie ihm gar nicht auffallen, aber plötzlich herrscht Stille im Funk.

»Pina? Bist du noch da?«, fragt er, erhält aber keine Antwort. Über seinem Sichtfeld wird ein Schriftzug eingeblendet: *»Der Empfang ist gestört!«*

Ausgerechnet jetzt, ärgert sich Teo und schlägt sich gegen die Stirn, wie sein Vater früher gegen den alten Fernseher geschlagen hat, wenn dieser kein Bild gab wegen kalter Lötstellen. Weitere Sirenen stimmen in das Heulen ein, ein nervenzerreibender Chor singt einen Kanon aus Dissonanzen, lauter und näher.

Teo setzt sich auf, schaut aus dem Fenster, unter dem seine Matratze liegt. Hinter dem Lieferhof des Lagerhauses, jenseits eines Maschendrahtzauns, riegelt ein Häuserblock den dämmrigen Himmel ab. Über der Dachkante schraubt sich eine ferne Rauchsäule empor, die Nacht ist Qualm geworden. Ob dieses Feuer mit dem gestörten Schwarmempfang zusammenhängt? Die Analogen würden Funkmasten in Brand stecken, hatte der Wächter an der Provinzgrenze gesagt. Oder der Krieg greift an diesem Morgen auch nach Sybaris 8.

Noch heute muss sich Teo auf die Suche nach Aaron machen. Gemeinsam könnten sie einen Weg suchen, die Funknerven unschädlich zu machen. Aber er hat keine Idee, wie es zusammenpassen soll, dass der Schwarm die Reporterin gerettet hat und gleichzeitig in den Sümpfen Hunderte Menschen tötet. Was prallt in dieser Technologie an Schrecklichem und Wunderbarem aufeinander? Wenn er sich entscheiden muss, was dann?

## XXXI.

Der ganze Morgen wackelt von den Flüchen des Honighändlers. Durch den Funkausfall können die Lieferdrohnen nicht fliegen und es gehen keine Bestellungen ein. »Diese Analogen schädigen mein Geschäft! Dagegen bin ich nicht versichert! Wer zahlt jetzt dafür? Funkloch, verdammt!«

Teo dröhnen noch die Ohren, als er das Lagerhaus hinter sich lässt. Durch die Störung müsse er jetzt selbst die Ersatzteile für die kaputte Drohne beschaffen, hatte er den Honighändler belogen. Tatsächlich ist sein Ziel Aarons Garten tief in der Grundstadt, beim alten Friedhof. In der Drohnenwerkstatt hat er eine Taschenlampe gefunden und in die Innentasche seiner Windjacke gesteckt. Ihm ist kalt darin, aber sie ist der Beweis, dass Pina an ihn denkt.

Dunkel ist es in der Grundstadt, daran erinnert sich Teo. Also schlägt er den Kragen hoch, um sich vor dem kalten Nieselregen zu schützen, der die Straße bestreicht. Kleine Tropfennadeln stechen in Wangen, Nase und Stirn. In der Provinz kommt der Winter einige Wochen eher, aber auch von der Stadt kann er nicht mehr fern sein. Seltsamerweise sind nur wenige Menschen auf der Straße unterwegs, und sie erwecken den Eindruck, als wüssten sie ohne Schwarmempfang nicht, wohin sie wollten. Eine Frau schiebt ihren Kinderwagen im Kreis um einen Springbrunnen, ein älterer Herr mit Stock geht von links nach rechts über einen Zebrastreifen und zurück von rechts nach links. Natürlich hat keiner von ihnen eine Katze, die ihn führen kann. Teo erinnert sich daran, wie die Katze der Reporterin taumelte, als er sie nach Moorstedt brachte, wo es keinen Empfang gab, und wie sie strauchelte, als die Schwarmeinheit zerstört wurde. Sie war ein Roboter, eine Maschine, die mit dem Schwarm verbunden war. Das Unbegreifliche der Katzenwege ist für ihn entschleiert. Aber was heißt es für Aaron, der nicht mit dem Schwarm verbunden sein will und sich auf den Katzenkompass verlässt, dass dieser letztlich doch vom Schwarm gerichtet wird?

Auch Teo bleibt abrupt stehen. Wohin geht er eigentlich? Er kennt den Weg nicht und im Schwarm ist keine Karte abrufbar. Auch die Freiwagen stehen ohne Empfang unnütz am Straßenrand. Ihr Solarlack atmet Licht.

Unerwartet fühlt sich Teo verloren, schaut sich suchend um. Erst jetzt sieht er die Allee klar, die Wohnblöcke einer Fünf-Minuten-Inspiration, Schnellbauweise, jede Wand so dünn, dass ein Nagel beim Hämmern durchschlagen kann, das Fassadenweiß in steriler Frische, die Baumgestelle mit den surrenden Rotoren, die keine Zeit brauchen, um in einer neuen Straße zu wachsen. Noch niemand hat die achte Stadtversion abgewohnt, sie wartet nun auf den Verschleiß, auf Abriss und Überbauung. Aber an ihr sind die Ängste einer neuen Epoche ablesbar: Die Fenster sind hohe, schmale Schlitze, dass kein erwachsener Mensch hindurchschlüpfen könnte. Hinter den Scheiben sieht Teo Gesichter, Augenpaare zwischen Jalousielamellen, Nasen an Glas, Gardinen schmiegen sich an Wangen. In ihren Bauten haben sich die unverbundenen Schwärmer verkrochen, als fürchteten sie einander. An den Gesimsen sind Schwenkarme mit Kameras verschraubt, die wachsam ihre Fischaugen drehen. Daneben sitzen rote Signalleuchten, die auf einen Alarm warten. Die Balkongeländer sind mit Reißzähnen bewehrt, damit niemand sich herüberschwingen kann. Gelbe Schilder an den Zäunen der Vorgärten warnen vor Stromschlägen. Im Betonhimmel umkreisen zwei schwarze Drohnen eine unsichtbare Sonne. Teo fühlt sich wie eine Maus unter dem Blick der Bussarde und gleichsam wünscht er sich, in ein Erdloch zu kriechen.

Wo ist die U-Bahn?

Er läuft weiter, dorthin, wo er eine Kreuzung vermutet, und

sieht sich in den getönten Scheiben der Freiwagen. Wann ist seine Haut so aschig geworden?

Endlich erreicht er einen Platz vor einem Kino, menschenleer, umzäunt von Absperrgittern, auf dem zahlreiche Mannschaftswagen der Wächter abgestellt sind. Zwischen die silberschwarzen Autos hat sich ein bunter Eiswagen verirrt, der keine Kundschaft findet. Ein Clown auf dem Exerzierplatz, wo niemand lacht. Neben einigen Containern für Altglas führt ein Treppengang unter die Granitplatten. Dort geht es zur U-Bahn! Aber davor haben sich Wächter postiert und bilden einen Riegel. Wird mit ihnen das Gleiche geschehen wie mit den Soldaten, wenn sie Schwarmangst haben?

Von ihren einschüchternden Uniformen, den Einsatzhelmen, schusssicheren Westen und Maschinenpistolen lässt sich Teo nicht vom Weg abbringen. Er geht in gespielter Naivität auf sie zu.

Gerade ist er in Rufweite, da fragt ein Wächter: »Haben Sie dieses Subjekt gesehen?« Seine Handschuhhand hält ein bedrucktes Blatt Papier.

Teo bleibt kurz stehen, erschrocken über die harsche Ansprache. Noch ist er zu weit entfernt, um etwas zu erkennen, aber es ist wohl ein Porträtfoto. Mit zusammengekniffenen Augen geht er näher ran. Durch den Ausfall des Schwarms muss man anscheinend zu veralteten Mitteln wie Flugblättern greifen.

Schrittweise erkennt er die Konturen, die erstarrte Fotobewegung, die transparente Fliege, die roten Hände: Aaron! Er muss sich bemühen, seine Überraschung zu verbergen. Dass auch er nach dem Analogen sucht, müssen die Wächter nicht wissen. Vielleicht erzählen sie ihm etwas, wenn er sich dumm stellt.

»Entschuldigung, ich habe keinen Empfang. Wer ist das?«

»Er wird wegen Brandstiftung an einer Funkanlage gesucht. Haben Sie ihn gesehen?« Ein zweiter Wächter tritt auf ihn zu, groß wie ein Bär.

»Also ist er schuld, dass wir abgeschnitten sind?«

»Antworten Sie auf die Frage, Schwärmer!«

»Ich kenne diesen Mann nicht.« Teo hält Nichtwissen für eine gute Ausrede. Woher soll das Wissen auch kommen ohne den Schwarm?

Doch plötzlich packt ihn der große Wächter am Oberarm. »Raus mit der Sprache! Sonst knacken wir Ihre Privatsperre und durchsuchen Ihre Erinnerungen, wenn wieder Empfang ist!«

Teo versucht, durch die Splitterschutzbrille des Bären einen Blick zu erkennen, sieht aber nur seine eigenen verunsicherten Augen. Konnten die Wächter wirklich in den Erinnerungen fahnden? Durften sie das? Oder wollte ihm der Bär nur Angst machen?

Nicht beirren lassen!

»In meinem Kopf haben Sie nichts zu suchen!«

»Wenn Sie nichts zu verbergen haben, müssen Sie auch nichts befürchten!«

In diesem Augenblick ist Teo dankbar, dass der Empfang ausgefallen ist und seine Gedanken ganz allein ihm gehören. Ich habe ein Recht auf meine Geheimnisse, denkt er, aber es ist unklug, Streit anzufangen. Die Wächter sollen ihn nur vorbeilassen.

»Bin ich das auf Ihrem Flugblatt? Nein! Also lassen Sie mich durch! Ich muss zur U-Bahn.«

Der Bär verzieht mürrisch den Mund. Der Kinnriemen seines Helms drückt sich ins Fleisch. »In den Westvierteln der Stadt ist die Hölle los. Feindsichtung, Panik! Fahren Sie in den Osten, da gibt es noch Funk!« Dann tritt er beiseite.

»In der Stadt? Ich dachte, der Krieg wäre weit weg.«

»Sie sind unter uns.«

Bevor ihn noch jemand hindern kann, schlüpft Teo durch die Lücke und steigt zügig die Treppe hinunter zur U-Bahn-Station. Die Angst ist also in der Stadt angekommen und die Funknerven formen daraus die passenden Bilder. *»Wer Angst hat, sieht überall Feinde«*, das hatte der Fahnenflüchtige gesagt. Bald würde auch Sybaris 8 versinken wie die Orte in den Sümpfen. Und Aaron scheint in die Brandanschläge auf die Funkmasten verwickelt zu sein. Vielleicht hat er sich in den Kopf gesetzt, die Menschen vom Schwarm zu befreien und all dem Schrecken ein Ende zu machen.

In der U-Bahn ist nur jeder zweite Sitz besetzt. Argwöhnisch beobachten sich die Fahrgäste. Wenn eine Unebenheit den Waggon scheppern und holpern lässt, halten sie die Luft an. Unter den feindseligen Blicken wagt es Teo nicht, sich neben jemanden zu setzen. Er hält sich an einem der Riemen fest, die von der Haltestange baumeln. Nach vier Haltestellen schießt die U-Bahn aus der Tiefe empor, wird zur S-Bahn, hinauf auf eine stählerne Brücke, welche die Straßen überspannt, die Kanäle, die zum Grauen Arm führen. Ein rötliches Licht schimmert durch die Wolken – wie schwach glühendes Eisen im Himmel, das auf den formenden Hammerschlag wartet. Von links und rechts nähern sich Gleistrassen dem Fahrweg, schmiegen sich an die Bahn, als die Nahverkehrskanäle in Teos Kopf wieder zu schnattern beginnen. Empfang! Endlich! Zeit wird's!

»Reporterin? Bist du da?«

»Ich kann jederzeit bei dir sein.«

Jederzeit. Für immer. Sie weiß, wie viel ihm das bedeutet. So viel Glück ist kaum zu begreifen. Wenn sie recht behält, erfüllt der Schwarm Wünsche. Schuldet Teo ihm etwas dafür?

»Du schuldest nichts.«

Sie hört ihn denken! Aber er kann sich jetzt nicht ablenken lassen von seinem Glück.

»Ich muss in die Grundstadt, auf Ebene 3. Dort soll es einen Friedhof geben. Aber überall wimmelt es von Wächtern, die misstrauisch werden, wenn man unter die Erde will.«

»In die Grundstadt?«

»Ich muss jemanden finden! Er weiß vielleicht, was wir gegen die Halluzinationen durch den Funknerv tun können.«

Teo schließt die Augen und schickt ihr seine Erinnerungen an Aaron.

»Er hat kein Profil?«

»Er ist ein Analoger.«

»Er wird dir vorschlagen, die Funknerven zu entfernen. Dann verlierst du mich.«

»Diese Entscheidung will ich nicht treffen.«

»Ich habe Aufnahmen gefunden. Er wird beobachtet. Von einer Katze, wie es scheint.«

»Aufnahmen? In den Schwarm geladen?«

»Verschlüsselt, geheim. Aber je höher die Leistung der Großrechner, desto leichter ist der Code zu knacken.«

Jetzt wird Teo klar, welche Aufgaben die Katzenroboter haben: Sie überwachen jene, die sich dem Schwarm verweigern.

Das muss Aaron unbedingt erfahren! Er will analog sein und folgt einer maskierten Maschine, die ihre Beobachtungen in den Schwarm lädt.

»Wie komme ich auf Ebene 3?«

»Wegen der Fahndung nach den Analogen sind alle Treppenaufgänge und Fahrstuhlschächte gesperrt, die in vergangene Ebenen führen«, erklärt die Reporterin. »Das Glasviertel wird als Letztes abgeriegelt. In vier Stunden und sechsunddreißig Minuten.«

»Ein Viertel aus Glas?«

»Es ist noch nicht komplett überbaut. Es gibt Lücken zu Ebene 7. Ich schicke dir einen Routenplan.«

Das Viertel hat sich einst am Stadtrand befunden, nun liegt es zentral. Wie eine gebogene Scherbe ragt es in die Beuge des Grauen Arms, des Flusses, der das schockbleiche, stumpfe Wasser aus der Provinz führt. Inzwischen bricht stellenweise die Sonne durch, schmilzt das Grau des Stroms zu zäh dahinfließendem, glühendem Glas. Mitten durch das Viertel führt eine alte Handelsstraße, die in jeder Stadtversion die Bebauung gliedert. Die Gleise sinken, die Bahn gleitet tiefer, weil die achte Stadtebene hier Lücken hat und die siebente noch im Tageslicht liegt. Schluchten reißen zwischen den Gebäuden auf, die neuen Häuser klettern den alten auf die Köpfe, Asphaltlagen bedecken das Gestern.

Ursprünglich sei das Viertel nahe den Quarzsandgruben errichtet worden, sagt der Schwarm. Glasbläsereien und Glasereien scharten sich hier einst um die Schmelzhütten. Bis zur Mechanisierung säumten Arbeiterkneipen die Handelsstraße; einige Getränkemärkte sind übrig. Drohnen tragen Dosen.

Als Teo die Bahn verlässt, die Treppe vom Bahnsteig hinunterläuft, glitzern vor ihm die Wege von den Splittern zerschlagener Bier- und Schnapsflaschen. Eine Linsenschleiferei hat an einer Fabrikhalle ein Werbeschild aufgestellt, von dem eine altmodisch geschwungene Brille auf das Viertel schaut, tief hinab in einen ackergroßen Durchbruch zur siebenten Ebene, aus dem die Spitze eines Kirchturms emporragt. Dorthin solle er gehen, sagte die Reporterin.

Die Spitze des Turms trägt kein Kreuz. Es wurde demontiert, ein Funkmast wurde aufgeschraubt. Man wird ihn bald versetzen müssen, denkt Teo, wenn auch dieser Durchbruch in die untere Ebene überbaut wird.

An einem Baugerüst vor der Mauerkante findet er eine Leiter, mit der er in die Tiefe steigen kann, nach Sybaris 7. Noch fällt Licht durch den löchrigen Überbau aus Streben, Pfeilern, Stützen. Er erreicht den gepflasterten Platz, auf dem die Kirche steht, schaut hinauf zum Rand, der die neue Ebene begrenzt. Kühler ist es hier unten. Er kann verstehen, dass die Menschen lieber auf der höchsten Ebene leben wollen. Dunkelheit macht Angst. Das kennt er von früher.

Der Baulärm schallt von fern, Echos springen davon. Hinter sich hört Teo ein vielstimmiges Mauzen. Er dreht sich um und sieht drei Dutzend Katzen auf der Treppe vor dem Kirchenportal sitzen. Brav hocken sie nebeneinander, eine Collage aus getigertem, gestreiftem und geflecktem Fell, schwarz, grau, braun, golden, weiß. Was soll diese Versammlung? Es sieht aus, als würden sie beten.

»Sie laden die Stadtkarten der tieferen Ebenen aus dem Schwarm«, antwortet die Reporterin auf seine stumme Frage. »Sie haben dort unten keinen Empfang und brauchen die Karten, wenn sie die Analogen führen sollen.«

»Was befindet sich in dieser Kirche?«

»Eine Serverfarm. Auch du solltest die Karten laden. Ich kann dich nicht führen, wenn du tiefer hinabsteigst.«

Teo tankt die Daten, klettert Leitern hinab, überwindet Absperrbänder, Bretter, eingestürzte Mauern, nimmt abgetretene Treppen. Gluckernde, tropfende Rohre liegen neben den Wegen, mit Wasserperlen besetzt. Wie eine Wanderung am Ufer eines gepanzerten Baches, denkt er. Kein Licht dringt mehr in diese Tiefen. Die Kinderangst vor der Dunkelheit hat er verlernt. Der Funknerv blendet ihm blaue Richtungspfeile in die abgeschaltete Sicht, denen er folgen soll. Wenn es notwendig wird, schaltet er die Taschenlampe ein, unsicher, wie lange die Batterie halten wird. Ab und an wimmert ein Diodenschlauch, der den Analogen wohl zur Orientierung dient, tiefer dann Leuchtstoffröhren, Glühbirnen. Stickig wird die Luft, staubig der Atem. Die Stimmen des Schwarms sind verstummt, Teo kann die Reporterin nicht mehr hören in dieser Unterwelt.

In Sybaris 3 sind Stille und Finsternis begraben. Überall knackt und knirscht das Gewicht der oberen Schichten in den Stahlpfeilern und Holzbalken, in den Steinsäulen und Betonstützen, die ringsum errichtet wurden. Im Schein seiner Taschenlampe überlegt Teo, wie diese Stadt wohl ohne die Gerüste ausgesehen hat. Die Häuser sind mit Ornamenten verziert, als hätte jemand Zeit und Geld bei Entwurf und Bau gehabt. Alles abgesunken. Darüber wächst Glas.

Hinter einer rostverwitterten Straßenbahn findet Teo den Friedhof. Nur sieht er keinen Menschen. Er lässt den Strahl der Taschenlampe wandern, über die Mauer, das schmiedeeiserne Tor. Ein Marmorengel erhebt sich auf einem Sockel vor dem Eingang. Die Flügel sind abgebrochen, und so ist er nur noch ein Mensch. Auch wenn es scheint, dass Teo alleine ist, so glaubt er doch, dass Aaron ihn bereits beobachtet. Mit einer Kette und einem Vorhängeschloss ist das Friedhofstor versiegelt. Also wandert Teo die Mauer entlang, streicht mit der Hand über den rauen, bröseligen Putz. Nach wenigen Schritten vernimmt er ein Klappern, das er kennt. Als trüge jemand Sprühdosen in einer Jackentasche, die aneinanderschlagen. Er bleibt stehen, lauscht. Hinter der Mauer schleicht jemand über erdigen Boden.

»Aaron? Bist du das? Ich bin's, Teo!«

Stille, kein Ton.

»Wir haben uns in der stillgelegten U-Bahn-Station getroffen. Vielen Dank für den Tipp mit dem Katzenkompass!«

Zwei rot beschmierte Hände tauchen auf der Mauer auf. Aaron zieht sich hoch, dass er über die Kante sehen kann.

»Ah, wir haben Schuhe getauscht, ich erinnere mich! Wie hast du mich gefunden?«

»Du hast es mir gesagt.«

»Meint ihr, er spricht die Wahrheit? Ach, natürlich – wer geht schon zum Lügen in den Keller?« Aaron lässt sich zurück hinter die Mauer fallen. »Was willst du?«

»Wir müssen alle retten. Das hast du gesagt. Du hast recht, das weiß ich jetzt.«

»Nicht so laut! In der Grundstadt leben tausend Echos. Komm rüber!«

Teo reibt seine Hände an der Hose trocken, legt sie auf die Mauerkante, um sich hinaufzuziehen. Aaron hockt hinter einem laublosen Strauch, als könnten die dürren Zweige ihn verbergen. Zu seinen Knien sitzt die Katze, die ihn schon durch die U-Bahn-Tunnel geführt hat. Teo schaut sie misstrauisch an. Wenn er recht hat, ist sie ein künstliches Tier. Soll er es Aaron sofort sagen? Dann lässt er sich von der Mauer fallen. Zuerst das Wichtigste!

»Am Anfang habe ich nichts verstanden«, sagt Teo. »Später schon.«

»Was meinst du?«

»Die Funknerven verursachen Halluzinationen. Jeder, der Angst hat, sieht Feinde. All die Gruselgeschichten, alle Gerüchte aus dem Schwarm werden in den Köpfen plötzlich wahr!«

Aaron gähnt übertrieben. »Jaja, das ist die Wechselwirkung zwischen Amygdala und Funknerv. Was hast du denn nun herausgefunden?«

Teo ist kurz sprachlos. Diese Erkenntnis ist doch erschütternd genug – was kann es noch geben?

»Wir müssen die Schwärmer vor diesem Fehler warnen! Jemand muss das reparieren! Und jeder muss wissen, dass man seinen Augen nicht trauen darf! Dann wäre dieser Krieg vorbei.«

Von Teos Aufregung lässt sich Aaron nicht anstecken. Er spielt mit den kahlen Zweigen des Strauchs, der einmal ein Fliederbusch gewesen sein mag.

»Lass uns ein Stück durch meinen Garten wandeln!«

Sie steigen über Totholz, zerfallenes Laub, wurmlöchrige Erde, Zweigsplitter und Asttrümmer, Stümpfe, Wurzelbruch. Dazwischen bröckeln die Grabsteine vor sich hin. Modrig, muffig riecht es, Pilzgeruch. Kein Laut stört die Gruftstille. Der Strahl der Taschenlampe schlafwandelt leichenblass über den Weg. Die Katze tänzelt voraus.

»Deinem Garten geht's nicht gut«, stellt Teo fest.

»Doch. Bestens. So sieht die Natur aus, wenn sie vollendet ist. Manchmal hole ich unreifes Grünzeug von oben und lasse es hier sterben, damit es seinen endgültigen Zustand findet.«

»Du pflegst die Pflanzen tot?«

»Wenn sie tot sind, entfällt jede Notwendigkeit, etwas hinzuzufügen, zu ändern oder zu entfernen. Das ist Schönheit, oder?«

Teo schweigt gegen Aarons befremdliche Logik, der amüsiert den Kopf schüttelt. Sie kommen an einem Zelt vorüber, vor dem ein Klapphocker und ein Gaskocher stehen. Kunstrasen ist ausgerollt, Blumen und Ranken aus Plastik stecken in Tontöpfen. Daneben liegt ein ausgerollter Schlafsack inmitten zahlloser Beutel und Tüten. Farbdosen sind zu einer bekleckensten Pyramide aufgestapelt. Hier haust Aaron anscheinend.

»Für die Halluzinationen wird sich niemand interessieren«, sagt der Mann mit den roten Händen.

Woher kann er das wissen? Aber Teo erinnert sich an die Fehlermeldung, die er dem AfKI geschickt hat. Seine Information war diesem nicht mehr als eine automatische Antwort wert.

»Aber alles hängt davon ab!«, wendet er ein.

»Da bin ich dir einen Katzensprung voraus. Der Schwarm will Mitglieder gewinnen und sie zusammenhalten. Erfassung und

Einbindung – um nichts anderes geht's. Das ist das Wesen eines Schwarms, seine *Natur*, sagte man früher.«

»Dann sind das keine Fehler?«

»Es ist völlig gleich, ob der Datenkomplex deiner Persönlichkeit in einem Gehirn oder auf einem Server gespeichert ist.«

Teo denkt an die Reporterin. »Man lebt also im Schwarm weiter, wenn man stirbt?«

Aaron setzt sich auf den Grabstein einer Frau, die vor dreihundert Jahren starb. Sie ist nicht älter als dreißig geworden.

»Der Mensch ist tot, unzweifelhaft, aber eine Kopie arbeitet selbstständig weiter, die so nahtlos anschließt, dass niemand sie unterscheiden könnte. Pah! Menschlich, künstlich – Intelligenz ist Intelligenz. Im Schwarm steht der Weiterentwicklung kein biologischer Organismus mehr im Weg. Diese Schwarmintelligenzen sind die Abschaffung des Körpers. Aber ich bin ein Körper und will nicht abgeschafft werden!«

Ist es überhaupt wichtig zu wissen, was Kopie und was Original ist, wenn beides sich gleicht?

Teo will nicht zurück in diesen Zweifel, er will bei der Gewissheit bleiben, dass die Reporterin im Schwarm ebenso lebendig ist wie ihre Gefühle zu ihm. Daher befiehlt er sich, den Unterschied zwischen Mensch und Schwarmwesen zu vergessen. Sterben nicht alle jederzeit und werden wiedergeboren als Menschen der nächsten Sekunde, älter, erfahrener und mit neuen Erinnerungen? Dieser allmähliche Austausch übers Leben findet im Schwarm nur einen neuen Ort. Vielleicht sollte auch er alles dem Schwarm anvertrauen, was in zwanzig Lebensjahren zwischen seinen Synapsen abgelegt wurde?

»Der Schwarm kann unsere Rettung vor diesem Krieg sein«, sagt er. »Wer digital weiterleben kann, muss den Tod nicht fürchten.«

Aaron legt eine Hand auf seine Stirn und atmet aus. »Du bist begriffsstutzig. Der Schwarm existiert, weil und damit Menschen sich vereinen. Und was vereint Menschen am stärksten?«

Teo ahnt es.

»Angst! Angst, mein Lieber! Ein Gerücht macht die Menschen aufmerksam, sie werden empfindlich für Beobachtungen, die das Gerücht bestätigen, und senden diese an den Schwarm. Es verstärkt sich. Und der Blick eines Schwärmers wird pausenlos mit Informationen angereichert; je nachdem, was er sieht und was er dabei fühlt, ergänzt der Schwarm den Hintergrund. Ängstigt man sich, blendet der Schwarm alles an Gerüchten und Schauermärchen über Gefahren ein. Das löst die Halluzinationen aus, die wiederum an den Schwarm zurückgeschickt und dem nächsten armen Tropf eingespeist werden, wenn er etwas sieht, wovor er sich fürchtet. Und voller Angst flüchten sich die Menschen in den Schwarm, hinterlegen Sicherungskopien ihrer selbst auf den Servern, um sich vor dem Tod zu retten. Und der Schwarm hat, was er braucht: eine wachsende, einheitliche Masse unzähliger Schwarmintelligenzen, die sich in eine Richtung bewegen. Die Kämpfe sind eine Angstmaschine, die den Schwarm nährt.«

»Die Angst und die Kämpfe dienen dem Schwarm? Wer denkt sich so was bloß aus?«

»Du glaubst, es gäbe einen Bösewicht?« Aaron stößt ein schrilles Lachen aus. »Dass Menschen Angst haben und deshalb in Gruppen Schutz suchen, ist ein natürlicher Reflex unserer Art, hilfreich in einer ebenso natürlichen Umgebung. Aber in einem digitalen Raum geht er fehl. Nichts von der evolutionären Anpassung wird dort gebraucht. Sie stört sogar. Das Menschenwesen ist untauglich für den Schwarm, wo sich alle Schwächen selbst verstärken. Also hört man entweder auf, ein Mensch zu sein, oder man hält sich fern von dieser Echokammer der Fehlbarkeit.«

»Wie soll man denn aufhören, ein Mensch zu sein?«

»Indem du dich in den Schwarm kopierst. Zieh dir deine Menschenhaut ab oder nimm hin, dass die Angst zu dir gehört und immer gehören wird, genauso wie die Blindheit, der Hass und die Grausamkeit, die aus der Angst wachsen. Wenn du dich durch die Grundstadt gräbst, wirst du die Spuren so vieler Kriege finden. Die Menschen sind zu viel Tier für hohe Technik.«

Teo setzt sich ratlos neben Aaron, der auf der Kante des Grabsteins hin und her rutscht. »Was können wir tun, wenn keiner verantwortlich ist? Wenn nicht einmal eine böse Absicht hinter allem steckt? Dann sind die Schwarmintelligenzen der nächste Entwicklungsschritt.«

»Ich ziehe es vor, mich fernzuhalten. Wie friedlich es doch in der Grundstadt ist, abgeschirmt von den Funkwellen. Nichts stört mich in meinem Garten. Soll die Oberfläche doch zittern, sollen die Geschütze brüllen! Die Tiefe ist befriedet. Wenn der Mensch Vergangenheit ist, dann sollte ich mich in den alten Bauten der Grundstadt begraben.«

Er beugt sich hinunter und nimmt die Katze auf den Arm. Dann streichelt er sie zwischen den Ohren. Zufrieden schließt sie die Augen.

»Warum wird dann oben nach dir gefahndet? Die Analogen verüben Anschläge auf Funkmasten.«

Aaron schaut nicht von der Katze auf, widmet sich ganz ihrem Fell. »Auf jeden Quadratmeter der Stadt schaut inzwischen ein Objektiv. Die Wächter sind paranoid vor Angst. Die Analogen versuchen, Funklöcher zu schaffen, in denen sie sich oben mit dem Wichtigsten versorgen können. Man findet nicht alles im Müll, was man zum Leben braucht. ... Lasst mich! Ich gestehe es ihm ja! ... Nur einmal war ich dabei, weil ich einen neuen Schlafsack brauchte. Da muss mich eine Kamera videografiert haben. Aber mir ist es zu totalitär dort. Mein Garten mag tot sein, aber ich bin hier frei.«

»Wir müssen diese Kämpfe beenden!«, sagt Teo eindringlich. »Wir sind keine Ameisen, die sich in ihrem Bau verkriechen können!« Er denkt an seine Familie und an Moorstedt.

»Nein, nein, sie sagen nein! Ohne mich!« Aarons Blick ist knapp und endgültig wie ein Schlusspunkt.

Wie bewegt man einen Verrückten, etwas zu tun?

Kurz entschlossen packt Teo die Katze im Genick und reißt sie Aaron aus den Armen. Das Tier faucht und schlägt mit den Pfoten.

»Was machst du? Bist du irre?«

Dass gerade Aaron ihn so nennt ...

Teo greift mit den Fingern in das Rückenfell des Tieres – hoffentlich trifft sein Verdacht zu – und mit einem unerbittlichen Ruck reißt er einen großen Fetzen herunter. Mit schreckgeweiteten Augen starrt Aaron auf das metallene Wesen, das zum Vorschein kommt. »Was – zur Hölle – ist das?«

Das künstliche Tier strampelt, die Mechanik surrt ohne die Pelzisolation. Teo lässt die Katze fallen und sofort springt sie hinter ein steinernes Grabkreuz, als schäme sie sich. Sie ist entblößt.

»Die Katzen kennen die Wege, weil sie mit dem Schwarm verbunden sind. Sie steuern jene, die sich ihm verweigern. Oben laden sie die Karten der Grundstadt in ihren Hirnspeicher. Sie sind ein Kontrollwerkzeug für alle, die sich nicht kontrollieren lassen wollen. Späher des AfKI vielleicht.«

Mit verzweifeltem Gesicht rutscht Aaron vom Grabstein herunter, bis er auf der Erde sitzt. »Millionen Augen, Millionen Ohren! Der Schwarm sieht alles, weiß alles!«, sagt er mit erstickter Stimme. »Wie kann ich sicher sein, dass nicht jede Ratte ihre Daten funkt, jede Kakerlake, Spinne, Motte, alles Tierzeug, das die Grundstadt bewohnt? ... Nicht? ... Oder? ... Was sagt ihr? ... Er auch? Nein!« Erschrocken blickt er Teo an, sein Körper spannt sich. »Funkst du etwa auch?«

Teo fühlt sich ertappt. Er bringt kein Wort über die Lippen, während Aarons Stirn verschwitzt glänzt und er sich an dem Grabstein festkrallt.

»Ich habe es geahnt! Du bist ein Schwärmer! Verrat!« Er springt auf und stößt Teo beiseite, bevor er über den erdigen Weg fortrennt. Das Geräusch seiner Sohlen ist ein Keuchen.

»Wohin willst du?«

Mit giftigem Blick dreht sich Aaron noch einmal um. »Es reicht nicht, dass die Funkmasten brennen! Die Server sind als Nächstes dran!«

»Das darfst du nicht! Wichtige Daten sind dort gespeichert! Ganze Existenzen, Leben, Menschen!« Wenn Aaron und die Analogen die Server grillen, droht er die Reporterin ein zweites Mal zu verlieren.

Teo setzt ihm nach, aber Aaron hat bereits das Friedhofstor erreicht. Er ist flink wie ein Kanalkäfer, kennt die Stelle, an der eine Stange im Gitter fehlt, und schlüpft hindurch. Teo rennt, das Licht seiner Taschenlampe hackt in die Grabsteine, bleibt jedoch am Tor hängen. Aaron ist in einem Nebel aus Nichts verschwunden. Die Jagd ist vorbei.

Erschöpft atmet Teo aus, lässt seine Schritte auslaufen. Hätte er Aaron besser nie aufgesucht! Jetzt würde alles noch schlimmer werden. Während er der Flucht des Analogen nachlauscht, hört er hinter sich ein mechanisches Surren und metallisches Kratzen. Die künstliche Katze klettert auf einen Grabstein und schaut ihn an. Ihr Innenleben schwingt, kreiselt, pumpt und pulsiert. Und Teo überlegt: Einen Menschen gibt es noch, der mir vielleicht helfen kann. Aber wo könnte er den Informatiker finden?

## XXXII.

Auf Ebene 8 wagt sich Teo nicht. Zu viel Angst herrscht dort oben, zu viele Wächter gehen mit zittrigen Fingern an leichten Abzügen. Er schleicht durch Ebene 7 und hin und wieder steigt er kurz hinauf oder sucht eine Lücke in der Überbauung, um Funk zu holen wie ein Frosch, der an der Wasseroberfläche nach Luft schnappt. In diesen Augenblicken ist die Reporterin bei ihm. Er weiß, sie passt auf ihn auf.

Auf Ebene 8 gibt es ebenfalls einen *»Park des ersten Simulators«*. Er befindet sich unmittelbar über der Stelle, wo der Park auf Ebene 7 auch schon war. Als die Reporterin zu Teo sagt, dass er den Informatiker, der einmal der Chemiker war, dort finden würde, überrascht ihn das nicht. Wahrscheinlich lauert er mit seinem Kapuzenpullover und seinen Lügen immer noch jungen Frauen auf.

Reicht es, eine Nachricht zu schicken? Nein, die Angelegenheit ist zu wichtig, als dass sie in einem Postfach liegen bleiben dürfte.

Teo erreicht den alten Park auf der siebente Ebene. Die Grünanlage ist nicht vollständig überbaut, sondern in höhere Terrassen gegliedert, Arkaden stützen Wege und hohe Ziegelmauern fassen Blumenbeete ein. Man sieht den marmornen Himmel, der sein Licht verschlossen hat. Teo lädt die Erinnerungen an die würfelgetrimmten Rotbuchen und die kugelförmigen Rhododendren. Sie sind nun sich selbst überlassen, strecken sich verwildert und durstig hinauf zur neuen Ebene, recken ihre langen blattlosen Zweige nach einer Berührung. Teo nimmt eine Freitreppe, die über die Terrassen hinaufführt. Alle Pflege beschränkt sich auf die neue Ebene, hier surren die Mähroboter über das Gras und trimmen die Halme. Die Rasensprenger schleudern Wasser umher und vielleicht, mit Glück, rinnt etwas davon hinab zu den verdorrenden, zurückgelassenen Pflanzen.

Wie die Reporterin vorausgesagt hat, sitzt der Informatiker auf einer Bank, hinter ihm knistert eine Kaskade aus knarzigem Kahlgestrüpp. Von der Kapuze ist sein Gesicht fast vollständig verdeckt, nur das Kinn ragt hervor, dünne Blasshaut. Es wippt im Kauen. Der Informatiker beißt in einen Apfel. Unbeholfen tupft er sich den Fruchtsaft mit dem Ärmel von den Lippen. Sein Körper zuckt zusammen, als er Teos Schritte auf dem Kiesweg knirschen hört.

»David? Informatiker? Du bist doch noch der Informatiker?«

Die Kapuze hebt sich. Zwei rötliche Brillengläser schwimmen im Schatten. »Wer will das wissen?«

»Teo, der Sucher.«

Teo schickt dem Informatiker seine Erinnerungen an das Wohnhaus und das letzte Treffen im Park auf der unteren Ebene.

»Das bin ich, ja. Dann kennen wir uns«, sagt David.

»Ich hatte schon befürchtet, du hättest wieder das Fach gewechselt, nachdem du schon der Chemiker und so vieles anderes warst.«

»Ich bin des Wechselns müde.« Der Informatiker atmet aus, ein schleifendes Seufzen.

»Verstehe.« Teo schiebt die Apfeltüte zur Seite, die auf der Bank liegt, und setzt sich. Auch ihn hat es viel Kraft gekostet, sich in der wechselvollen Stadt zurechtzufinden. »Aber nach den Mädels schaust du noch?« Mit einem Lachen versucht er, die Stimmung zu lockern.

Doch der Informatiker winkt ab. »Es geht ja keine mehr vor die Tür. Die verstecken sich zu Hause aus Angst vor Regenwetter, vor Hunden, die sie beißen könnten, vor Dieben, vor Typen wie mir und vor der ganzen Welt.«

»Der Funknerv ist schuld daran. Das habe ich rausgefunden.«

Nun schlägt der Informatiker die Kapuze zurück. Der nackte Schädel ist umnetzt von bläulichen Blutgefäßen.

»Unsinn! Nicht der Funknerv, die Einsamkeit macht den Menschen Angst. Sie fürchten sich, alleine in einer gefährlichen Welt zu sein. Der Schwarm rettet sie vor beidem. Man kann sich vollständig in den Schwarm laden, weißt du das? Man kann dort weiterleben, ohne in einem hässlichen, fetten oder entstellten Körper gefangen zu sein.« Dann nimmt er seine Sonnenbrille mit den roten Gläsern ab. Die Augen sind wie Blasen, kurz vorm Platzen.

»Du glaubst also nicht, dass man im Schwarm nur eine Kopie ist?«

»Seit Jahren funktionieren Gehirne und Speicher miteinander, Ströme tauschen sich hin und her. Wir sind doch längst Mischwesen. Stell dir das Ganze nicht als Kopien vor. Du lässt einfach immer mehr deiner Denkleistung von den Rechnern übernehmen, bis dein Gehirn nichts mehr zu tun hat, als den Körper zu verwalten. Das ist ein sanftes Hinübergleiten aus dem Physischen ins Digitale. Du wirst nicht ersetzt, du ziehst nur um.«

Also irrt sich Aaron! Die Reporterin ist keine Kopie, sie lebt in den Speichern! Die Analogen dürfen die Server nicht zerstören!

»Vielleicht erschießt mich jemand, wenn ich bei dem Chaos vor die Tür gehe«, fährt David traurig fort. »Ich habe zu viel Schiss, mich vom Hochhaus zu werfen.«

»Deshalb gehst du noch in diesen Park?«

»Ach, mir hat der *›Park des ersten Simulators‹* schon immer gefallen. Er ist ein Denkmal einer großen Sache.«

»Ich habe noch nie die Daten abgefragt, warum der Park so heißt«, überlegt Teo laut.

»In den Parlamenten gab es früher oft Streit, was das Beste für die Menschen wäre. Die Simulatoren konnten so viele Variablen verarbeiten, dass sie genau weissagten, welche Folgen die Beschlüsse der Politiker hatten. Mit dem ersten Simulator endete die Zeit der Ungewissheit und es begann der Streit um die Bewertung der Gewissheiten.«

»Und wenn die Informationen nicht stimmen?«, wirft Teo ein. »Wo sind die Fehler? Die Fragen?«

»Alles wird miteinander abgeglichen. Was nicht passt, wird stochastisch bewertet, aussortiert und gelöscht. Im Schwarm toben Kämpfe um das stimmigste Weltbild. Früher oder später werden alle Schwärmer, alle Informationsknotenpunkte verschmelzen zu einem großen digitalen Bewusstsein. Es wird mit sich selbst so in der Wahrheit aufgehoben sein, dass es keine Einsamkeit mehr kennt.«

Vielleicht waren auch Teos Fehlermeldungen über den Funknerv auf diese Weise verschwunden?

»Unbegreiflich!«

Es fällt ihm schwer, diese Dimensionen zu erfassen. Aber kann man die Welt noch retten vor ihrer Angst? Er denkt an seine Eltern, an Konrad, seine Großmutter, sogar an Elisa. Und immer, immer wieder an die Reporterin.

»Hilf mir, dass dieses Sterben aufhört!«

»Das ist kein Sterben, sondern ein Transfer«, widerspricht der Informatiker.

»Beides. Wenn die Analogen die Server zerstören, kann sich niemand mehr im Schwarm vor dem Endgültigen verstecken.«

Der Informatiker rutscht unruhig auf der Bank hin und her. »Die Server zu vernichten, ist Massenmord!«

»Was können wir tun?«

»Du brauchst meine Hilfe nicht. Dir steht das Weltwissen offen. Du kannst nicht nur in den Schwarm laden, was du im Kopf hast, es geht auch andersrum.«

Natürlich, von irgendwoher kommt das Wissen immer.

David raschelt mit der Hand in der Tüte und reicht Teo einen

Apfel. »Du siehst hungrig aus.« In diesem Augenblick rattert eine Gewehrsalve durch die Parkruhe. Ganz in der Nähe wird gekämpft. Schreie. Zwei Drohnen schießen dicht über die achtseitigen Baumkronen hinweg, dass Blätter von den Zweigen reißen und in den Luftwirbeln der Rotoren taumeln. Es folgt ein dunkler Knall; ein Beben, eine Erschütterung walzt durch die Straßen jenseits des Zauns. Sirenen springen an. »Es beginnt«, sagt der Informatiker.

»Es endet«, antwortet Teo.

David nimmt die Sonnenbrille ab und schaut nachdenklich drein. »Manche finden es ironisch, den Blick auf die Sterne zu richten, während die Füße im Blut stehen. Aber es gibt kein Entweder-oder. Für den Schwarm gibt es nur ein Sowohl-als-auch.«

»Wovon sprichst du?«

»Von dem Sondenprogramm. Vielleicht schafft es die letzte Rakete noch.«

»Die Sonden zu den benachbarten Sternensystemen?«, fragt Teo. Die Reporterin hatte ihm auf der Loggia des Wohnhauses davon erzählt, als sie beide die Rakete starten sahen. Ein ganzes Leben ist das her, so fühlt es sich an. »Es gibt noch einen Start?«

»Ja. Nach Epsilon Eridani. Heute.«

Teo steht auf und schaut den Informatiker eindringlich an, der wieder auf den Kordeln seiner Kapuze kaut. Dieser Mensch scheint ihm bereit, die physische Welt hinter sich zu lassen. Ein Schwarmwesen will David werden, das alles sein kann, was es will, und das sich nicht mehr einengen lassen muss durch seine Natur. Hat nicht der Ingenieur Ähnliches gesagt?

»Wir sehen uns nicht wieder, oder?«, fragt Teo.

Der Informatiker lächelt ihn wehmütig an. »Nein. Aber ich werde da sein.«

# XXXIII.

Tief liegt der Blick einer Katze. Jede Stufe der Freitreppe überragt ihren Kopf. Zigmal größer ist die Stadt. Neben dem Tier scharen sich die Artgenossen. Blaue Funken sprühen im elektrostatisch aufgeladenen Fell. Die mechanischen Körper drängen sich aneinander im Kommen und Gehen. Manche legen sich hin, sparen Energie. Wie lange hält die Batterie? Einem Menschen wäre kalt im Durchbruch zur siebenten Ebene, im Schatten der Kirche, auf deren Turm der Funkmast noch den Himmel fühlt. Hinter den schroffen Mauern befindet sich die Serverfarm. Der Empfang ist gut. Als Katze hat man hier ein leichtes Laden.

Die Mikrofone in den Ohren fangen Schritte auf, die über eine metallene Steigleiter kommen: acht Füße oder Pfoten, vier Menschen oder zwei Katzen. Zu schwer für Katzen – Menschen also. Dann das Reiben von Sohlen auf Asphalt. Dort hinten rennen sie herbei. Einer hat rote Hände.

»Teo? Hast du gesehen, was die Katze videografiert hat?«, fragt die Reporterin.

»Ja, Aaron und die Analogen sind im Glasviertel. Bei der Serverfarm in der Kirche. Sie werden die Speicher angreifen!«

Wenn die Katzen wissen, wo Aaron ist und was er vorhat, dann wissen es die Wächter auch. Wären die Analogen doch in der Grundstadt geblieben! Dort wagen sich die Wächter nicht hin, weil sie auf den tiefen Ebenen den Funk verlieren.

Ich bin ein Hamster, der durch die unterirdischen Gänge jagt, denkt Teo. Erst, als er an dem Apfel nagt, den der Informatiker ihm gegeben hat, bemerkt er den Hunger. Gerade zwängt sich Teo vorbei an einem versiegelten Haus, aus dem es erbärmlich stinkt. Vermutlich lagern Müll und Abfall aus der oberen Ebene darin. Zerfallende Plastiktüten rascheln auf dem Weg. Licht liegt wie Staub auf dem rissigen Asphalt, heller bald mit jedem Schritt. Am Rande des Durchbruchs zu Ebene 8 sind die Fenster mit Brettern vernagelt, aber Licht dringt durch die Ritzen. Hier verstecken sich noch Menschen, die sich die Oberfläche nicht leisten können. Wer kann sagen, wie viele andere in der Dunkelheit sitzen und mehr im Schwarm leben als in der Stadt?

Über dem Durchbruch spannt sich granatapfelrot der Himmel. Schwarz steht die Silhouette der Kirche darin. Zwei der hohen Buntglasfenster sind zersplittert. Jemand hat sie kürzlich erst eingeworfen. An einem Pfeiler brennen die Steine, entzündetes Benzin vielleicht. Die Flamme wird sich ihre flackernden Zähne ausbeißen. Auf der Treppe vor dem Portal hocken die Katzen, ein verwickeltes Knäuel aus hundert Augen, hundert Ohren.

Teo läuft eilig auf das Portal zu.

»Duck dich!«, funkt die Reporterin.

Er gehorcht, ohne zu fragen.

Ein Knall! Über ihn pfeift ein Pistolenschuss hinweg.

»Die Wächter sind hier!«

Aufgeschreckt springen die Katzen auseinander. Sie haben auf drei Leichen gesessen. Blut rinnt die Stufen hinab. Die Analogen sind tot. Im Eichenholz des Portals klaffen die Löcher von eingeschlagenen Projektilen.

»Lauf zu den Arkaden am Kreuzgang!«, rät die Reporterin. »Dort bist du geschützt.«

Er rennt los. Wieder dröhnen Schüsse. Die Wächter zielen von der oberen Ebene in den Durchbruch. In wenigen Augenblicken werden sie hinuntersteigen.

Außer Atem erreicht Teo eine Säule der Arkaden, drückt sich gegen den kalten Granit. Im Kreuzgang liegt ein bewusstloser Wachmann, wohl niedergeschlagen. Die blauen Wegpfeile aus dem Schwarm rollen sich gleichgültig über dem uniformierten Körper aus.

»Beeil dich! Dort hinten ist eine aufgebrochene Tür!«

Ihm bleibt keine Zeit, leise zu sein. Er zieht an der Pforte, dass die Bänder kreischen. »Aaron!«, ruft er ins Kirchenschiff. »Du musst fort! Die Wächter kommen!«

Aber es antwortet nur das bienenartige Summen der Lüfter, die zahllose Server kühlen. Statt Bänken reihen sich die Racks aneinander, vollgestopft mit blinkender Technik, verkabelt im Gefäßsystem des Stroms. Es ist heiß hier drin. Hertz macht Hitze. Von der Empore neigen Marmorengel ihre Köpfe hinab, abgeschlagene Gesichter, abgebrochene Flügel. In der Apsis hängt ein schwarzfleckiger Bronzeguss des Funknervs.

Teo geht nach System vor, läuft die Gänge zwischen den Servern im Zickzack ab. Nach einigen Biegungen und Wenden entdeckt er Aaron, der sich sitzend an einen Serverschrank lehnt. In der Hand hält er eine Weinflasche. In den Glashals sind bunte Stofffetzen gestopft. Es riecht nach Benzin.

»Hast du ein Feuerzeug?«, fragt der Mann mit den roten Händen.

»Nicht dafür! Wenn die Menschen auf den Festplatten nicht mehr sicher sind, fürchten sie sich umso mehr!«

»Wir bekämpfen Angst mit Angst«, entgegnet Aaron. »Wir legen ein Gegenfeuer.« Er rollt die Flasche vor sich über die Steinplatten. Ein heller Klang weitet sich aus.

»Du darfst die Server nicht vernichten! Denk doch an all die gespeicherten Erfahrungswerte, die verloren gehen!«

»Das ist nichts anderes als zu sterben. Und gestorben wurde schon immer. Die Schwarmwesen sind nur digitale Geister. Sie sind längst tot.« Aaron stopft mit seinen roten Händen den Stofffetzen fester in die grüne Flasche. »Wenn du kein Feuerzeug hast, muss ich mich wieder mit meinen Streichhölzern abmühen.« Aus der Hosentasche kramt er eine kleine Packung, die er mit zittrigen Händen öffnet. Dabei fallen einige der Stäbchen aus der Schachtel und verstreuen sich klimpernd über dem Steinboden. Ihre Köpfchen sind zornig rot.

Gerade überlegt Teo, die entzündliche Weinflasche an sich zu reißen, als eine Stimme durch die Bögen des Kirchenschiffs schallt. Sofort erkennt Teo den brummenden Bariton.

»Ich weiß, dass ihr euch hier versteckt! Die Katzen haben euch verraten. Kommt raus!«

Der Ingenieur ist da.

Teo duckt sich, schleicht dicht an Aaron heran. »Keine Dummheiten jetzt! Wir müssen weg! Hier ist es zu hell!«

Er zeigt auf das hohe Buntglasfenster. Ein mannshohes Loch wurde hineingeschlagen und man kann den Abendhimmel sehen. Wolkenketten scheinen ihn einzuschnüren, dass er rot anläuft. Mit einem schwachen Atemwind keucht das Glutlicht in die Kirche. Scherbenreste klirren im Luftzug. Unter dem Fenster verstreuen sich feine Splitter, nahezu unsichtbar, knirschen unter den Sohlen, als sich Teo und Aaron davonmachen wollen.

Sie drücken sich an einem knisternden Schaltschrank vorbei, stehlen sich um die Ecke. Abrupt bleibt Aaron stehen, dass Teo aufläuft.

»Was ist?«, zischt er.

»Die Katzen!«

Im Gang zwischen den Racks sitzt ein Dutzend von ihnen, starr, in den Augen nichts als schwarze Leere. Ihre Schwänze wippen im gleichen Takt wie Metronompendel. Sie sind die Schwarmaugen und haben Aaron und Teo entdeckt.

»Was macht ihr hier?«, ruft der Bariton von der Empore. Oben steht der Ingenieur, die rechte Hand am Hüftholster, die linke auf der steinernen Schulter eines verkrüppelten Heiligen. Das Lächeln der Statue kommt Teo unheimlich vor. »Seit die Funkmasten in Flammen aufgehen, haben meine Kollegen und ich viel Stress, den Schwarmempfang zu sichern.« Seine Stimme pirscht sich bedrohlich an.

»Ich habe nichts damit zu tun«, entgegnet Teo. Aber neben ihm lehnt einer der Brandstifter am Serverschrank und lächelt entschuldigend.

»Der Schwarm weiß, dass wir uns kennen.« Der Ingenieur legt die Hand auf den Schaft seiner Waffe. »Ich soll dich zur Aufgabe überreden. Vor der Kirche, am Durchbruch zu Ebene 8, warten die Wächter, um euch festzunehmen.«

»Lewoslaw! Ich will auch verhindern, dass die Server brennen!«

»Dann sind wir uns einig. Nehmt die Hände hoch!« Vorsichtig zieht der Ingenieur die Pistole aus dem Hüftholster. Sein Gesicht verfinstert sich.

»Dann synchronisiert euch doch!«, sagt Aaron laut. »Aber ich schenke euch noch einen ein!« Er reckt die Weinflasche nach oben.

Sofort richtet der Ingenieur die Waffe auf ihn. »Ihr greift den Schwarm an! Er ist lebenswichtig! Wie kann man den Fortschritt so verachten?«, schreit er von der Empore, dass Speicheltropfen spritzen. »Was wären wir ohne Maschinen? Höhlenasseln, Baumaffen, Steppenläufer!«

»Nur die Ruhe! Wir wollen nichts Schlimmes!«

»Sprich nicht für mich, Teo! Ich will nicht so ein Datenmensch werden!«

»Der Schwarm ist Evolution«, ruft der Ingenieur ihnen entgegen. »Und Evolution ist Rettung. Warum soll die Technik verschwinden, wenn Menschen zu dumm sind, mit ihr umzugehen? Sollen doch die Menschen verschwinden!«

Teo macht eine beschwichtigende Geste. »Aaron, gib mir diese verfluchte Flasche! Der knallt uns ab – und du bist nicht sicherheitskopiert!«

»Ich fürchte mich nicht wie ihr Schwärmer. Ich nicht! Ja, es gibt Leid, es gibt Gefahren, aber ganz aus meinem eigenen Kopf, von mir alleine kommt der Gedanke, dass keine Sicherheit das alles wert ist!« Aus der Jackentasche, zwischen den klappernden Sprühdosen, zieht er noch einmal die Streichhölzer.

Ein Schuss knallt. Zwischen Säulen, Bögen und Mauern schlägt das Echo sich die Stirn auf. Teo zuckt zusammen, aber Aaron lässt sich nicht stören.

»Die nächste Kugel trifft!«, ruft der Ingenieur. Er richtet die Waffe auf Aaron.

Beherzt tritt Teo in die Schusslinie. »He! Was macht ihr denn?«

Was kann er nur tun? Er fühlt sich zwischen zwei Mahlsteinen eingeklemmt. Aaron rettet die Menschen vor der Angst, mit der sie aufeinander losgehen. Lewoslaw verteidigt das digitale Jenseits, wo die Reporterin aufgehoben ist. Beides schließt sich aus und muss doch möglich sein!

»Reporterin? Pina? Hörst du mich?«

Ein Donner platzt auf nahe bei der Kirche, dass aus den Steinfugen der Staub rieselt. Gleißende Blitze flackern durch die Fenster, dass Teo seinen Atem verschluckt. Auch der Ingenieur fährt zusammen, aber zu Teos Erleichterung drückt er nicht ab. Hinter den Mauern brechen Salven aus Maschinenpistolen los. Einschläge in den Buntglasfenstern klirren. Ein Gefecht ist entbrannt. Vielleicht haben die Funkerven die Halluzinationen weiter gestreut?

»Was zum Funk …?«, wundert sich der Ingenieur.

»Sie haben Angst«, antwortet Teo. »Und der Funknerv gibt den Feind dazu. Die Wächter schießen aufeinander.«

Kugeln pfeifen durch die Scheiben, sprengen Stein und Staub aus den Säulen der Halle. Der Ingenieur duckt sich eilig, dass ihm die Sonnenbrille aus dem Gesicht fällt. In diesem Moment lodert das Tuch auf, das Aaron in den Flaschenhals gestopft hat. Offenbar ist es ihm gelungen, die Verwirrung zu nutzen und es anzuzünden.

»Bist du irre?«, zischt Teo ihn an.

Ohne zu antworten, holt Aaron zum Wurf aus. Teo schaut hektisch in Richtung des Ingenieurs. An seinem entgeisterten Blick erkennt er, dass auch ihm der Funknerv die Schreckensbilder ins Sichtfeld brennt. Mit zitternder Hand hält er die Waffe und zielt. Teo stürzt auf Aaron zu, um ihm die brennende Flasche zu entreißen.

Ein Schuss! Das Echo pfeift in den Ohren. Der Brandsatz fliegt über Teos Kopf. Aber der Knall muss Aaron so erschreckt haben, dass sein Wurf das Ziel verfehlt und die Flasche ins Taufbecken klatscht. In der leeren Schale ist schon lange kein Weihwasser mehr gewesen, nun brennt sie mit grellgelber Flamme.

»Daneben«, sagt Aaron enttäuscht.

Es kommt Teo vor, als wäre in diesem Augenblick eine Ewigkeit vergangen. Allein die gemächliche Kurve der Flasche, ihre Drehung in der Luft, der Schweif des Feuers dauerten für ihn ein Leben. Dabei können nur Sekunden verstrichen sein, seit er den heißen Schmerz in der Brust spürte. Gleich darauf rollt die Welt schneller, schneller, schneller einen Abhang des Universums hinab. Die Kraft entweicht Teos Beinen, aufgelöste Knochen. Er kippt und fällt seitlich zu Boden. Nein, er fühlt sich aufrecht, die

Kirche neigt sich, die Säulen drehen sich wie große Uhrenzeiger, Fresken im Gewölbehimmel, die stummen Blicke der Heiligen fallen hernieder.

Aaron kniet sich hin. »Was ist?« Er fasst Teo an der Schulter, legt ihm die andere Hand auf die Brust. Der Analoge hat rote Finger. Nicht von der Farbe seiner Sprühdosen. Blut rinnt ihm über die Handflächen. So viel, immer mehr. Wo führt das hin, wenn man den Fluss nicht stoppen kann?

»Oh!«, sagt Aaron hilflos. Mehr bringt er nicht über die Lippen.

Mit der Wange auf dem kalten Steinboden spürt Teo ein Zittern, ein irdenes Gewitter. Reißen nun die Ebenen auf, brechen die Gewölbe zusammen und stürzt die Stadt in die Tiefe? Ein Loch im Ameisenbau wäre das, mehr nicht.

Einige Schritte weiter steht der Ingenieur, ist wohl herabgestiegen von der Empore, und beobachtet ihn mit kindlichem Interesse. Dann grollt der Donner, vor Zorn brüllt ein alter Gott in der Tiefe, wo man ihn gefangen hält. Oder hallt es hinter den Kirchenmauern, draußen, weit vom Stadtrand her? Dort entfesselt sich ein Tosen wie von Hunderten Granaten. Kämpfe? Oder etwas anderes.

»Siehst du das?«

Aaron starrt gebannt auf Teo. »Was denn?«

Hinter der Buntglasscheibe des hohen Fensters klettert ein Schatten hinauf, über Sprünge und Risse bis zum Scherbenloch. Ein Fetzen Himmel flattert dort. Die Rakete sticht hindurch, getrieben von rasenden Wolken aus Feuer und Flamme, aus Rauch und Ruß. Unfassbar, welche Gewalt ihrer schlanken Gestalt entfährt. Seltsam langsam erscheint ihr Aufstieg.

»Es gibt …« Die Zunge wird Teo schwer. »Es gibt noch eine andere Rettung, Aaron. Im Schwarm ist jemand, bei dem ich sein will.«

»Komm!«, sagt eine Stimme. Die Reporterin?

»Wovon sprichst du?« Aarons Frage zittert.

»Ich nehme einen Gedanken mit hinein.«

»Nicht in die Schwarmträume! Bleib wach!«

»Einen Gedanken, den er noch nicht kennt.«

Hektisch wendet sich Aaron an den Ingenieur: »He, du Idiot! Ruf deine Scheißtruppe! Ruf einen Sanitäter!«

Der Ingenieur sieht ihn verständnislos an. Dann scheint er sich zu besinnen, trottet los, ohne den Blick von Teo abzuwenden.

»Alle laden den Gedanken hoch, sich in den Schwarm zu retten.« Das Atmen fällt Teo schwer.

»Nicht sprechen!«

»Ich werde den Schwarm mitnehmen. Nach Epsilon Eridani. Das wird die Anweisung sein … eine letzte Programmvorschrift.«

»Hätte ich nur diese Brandflasche gelassen!« Aaron wirkt so klar, als schwiegen die Stimmen in seinem Kopf. Die Augen leuchten ölig. Die Wimpern glänzen nass. Nervös fährt er sich mit der Hand durch die kupferblonden Haare, beschmiert unbedacht den Scheitel mit Blut. »Es tut mir leid!«

»Aaron, ich lade … ich lade mich in die Sonde hoch … Oder trete ich ein?«

Die Stimme aus dem Schwarm sagt: »Ich empfange deine Daten.«

Teos Hände und Füße fühlen sich kalt an. Inzwischen ist die Rakete wieder hinter dem Glas verschwunden auf ihrem Lichtritt, mit dem die letzte Sonde in den Orbit geschossen wird. Durch das Loch in der Scheibe sieht er, wie die Höhenwinde die Qualmbahn verwischen, als fahre ein feuchter Pinsel über weiße Farbe. Oder ist es die Nässe in den Augen, die plötzlich keine Bilder mehr an den Schwarm übertragen? Nichts zu sehen, nichts zu hören.

Ich bin der Junge, der in den Keller fällt. Hätte ich mich doch verabschiedet …

Von fern die Stimme seines Bruders, der Mutter, jenseits der Stufen. Kein Gefühl mehr in den gebrochenen Beinen. Die Haare der Reporterin leuchten heute blau. Das Schnurren einer Katze streicht um seine Ohren. Und der Funknerv sucht nach Daten, die er noch senden kann, meldet die Herzschläge wie Schritte, die sich entfernen, den sinkenden Sauerstoffgehalt des Blutes, die aussetzenden Hirnströme, allmählich abgestellte Organe.

Funkstille.

# EPILOG

Je weiter ich ging, desto bekannter kam mir die Gegend vor. Als wäre ich auf einen lange vergessenen Ordner gestoßen im Datenwirrwarr meines Gehirns. Ich glaubte mich an den Bahnhof zu erinnern. Die Sperrung der Provinz war kürzlich erst aufgehoben worden und der Bahnverkehr kam langsam wieder ins Rollen. Es führten nur zwei Gleise durch das Städtchen und Diesellokomotiven zogen die Züge, weil die Strecke noch immer auf ihre Elektrifizierung wartete. Die Provinzschuhe gaben mir einen festen Tritt über den Bahnsteig von Moorstedt. Ich hatte gewusst, dass sich irgendwann der Schuhtausch mit Teo bezahlt machen würde.

Auf dem Bahnhofsvorplatz blitzte die Mittagssonne auf den Pflastersteinen – ein greller Empfang. Ich setzte sofort die Sonnenbrille auf. Meine Augen waren empfindlich. In den vergangenen Monaten hatte ich mich in der Grundstadt verkrochen und obendrein konnte ich während der letzten Nacht nur schlafen, wenn der Zug über glatte Gleismeter glitt. Was hätte ich nun gegeben für ein geborstenes Wasserrohr, unter dem man kalt duschen konnte. Mir klebte der Rucksack auf dem Rücken und der Frühling presste mir den Schweiß aus den Poren. Ich war ein zerknüllter Schwamm in einer heißen Faust. Dennoch fühlte sich die Provinz frischer an, luftiger als Sybaris 9.

Ich musste tatsächlich schon einmal hier gewesen sein. Im Gedächtnis fand ich Kopien der grünwelligen Hügel über den Schieferdächern, der schwarzgrünen Kammwälder, Aufnahmen des Wiegerauschens der Tannen und Fichten, des Geruchs von gemähtem Gras.

Ach, ich dachte noch wie die Menschen zur Blütezeit des Schwarms, hatte ihre Sprache noch auf der Zunge. Erinnerungen waren das, selbstverständlich.

Ich ließ den Bahnhof hinter mir, ging vorbei an einem halben Dutzend Verkaufsständen eines kleinen Wochenmarktes, der vor dem Postamt aufgebaut war. Leichte Kleider, grasgrün, zitronengelb, fuchsrot, flatterten an den Bügeln. Der Mittag roch nach gegrilltem Hähnchen und geräucherter Salami. Knatternd hielt ein harzbrauner Kleinlaster neben den Buden. *»Nektarium«* stand auf seiner Flanke geschrieben, Bienenbilder umschwirrten die weißen Buchstaben. Daneben standen zwei Jungs mit Rucksäcken, als machten sie sich bereit für eine große Reise. Einige beleibte Damen warfen Worte auf einen Gesprächshaufen. Jemand rief Preise. Neugierig starrten die Menschen auf die Katze, die mir folgte, geduckt, mit angelegten Ohren. Ich hielt es nicht für nötig, ihr Fell zu flicken, wo Teo es heruntergerissen hatte. Irgendwie war es mir lieber, stets zu sehen, was daruntersteckte, und mich an die Täuschung zu erinnern. Seitdem ihr Gehirnspeicher vom Schwarm leer geräumt worden war, entdeckte sie die Welt auf eigene Weise, mit einer Neugier ganz für sich. Faszinierend, dass ihr künstlicher Katzenverstand ebenso lernte wie ein natürlicher. Aber die Mechanik unter ihrem Fell erinnerte mich an ihr Potenzial. Und auch mein Gehirn erschien mir geputzt. Seltener bequatschten mich die Stimmen.

Schlimmer war es noch an diesem Tag in der Kirche gewesen. Da platzte mir beinahe der Schädel von ihrem Geschrei. Der Ingenieur war von seiner Suche nach dem Sanitäter nicht zurückgekehrt. In den Straßen der achten Ebene brachen die Gefechte richtig los. Bis hinunter in tiefere Ebenen erschütterten Sprengladungen die Stadt, Querschläger pfiffen draußen um die Kirchenmauern. Ich fand den leblosen Ingenieur in einem Rinnstein, unmittelbar neben einem Gully. Das Blut aus den Schusswunden floss sofort ab, ohne eine Pfütze zu bilden. Mir kam dieser Abgang unangemessen säuberlich vor. Ich kann mir vorstellen, dass der Ingenieur aus der Kirche gelaufen war und nach einem Sanitäter gerufen hatte. In der umgreifenden Angst musste jemand in den Durchbruch zwischen den Ebenen geschossen haben, um die Rufe zum Schweigen zu bringen. Aber bestimmt hatte sich der Ingenieur längst schwarmkopiert.

Ich floh in die Grundstadt, während in Sybaris 8 die Wächterwölfe übereinander herfielen und die Quantenrechner Bataillon um Bataillon in die Angst schickten. In der Stille, fern der Schreie und des Jammerns, dachte ich darüber nach, ob Teo es geschafft hatte, sich in den Schwarm zu laden. Vielleicht würde sich sein personaler Datenkomplex weiterhin mit dem Ingenieur duellieren, sie würden einander blockieren, überschreiben oder löschen. Ich betrat die Oberfläche der Hauptstadt erst wieder, als ich die Antwort kannte.

Der Frühling war in der Provinz spät dran. Den Ahornbaum vor dem Gasthof betupfte das Knospengrün und die ersehnte Wärme brachte die Tulpen zur Gelbglut. Auf den Rabatten tummelten sich die Spatzen in der Sonne. Zahlreiche Moorstedter saßen draußen, murmelten, lachten, schoben Bierkrüge über die verwitterten Tischplatten des Biergartens vor dem Wirtshaus. Es war ihnen anzusehen, wie sie nach einem langen Winter, versteckt in ihren dunklen Häusern, nahe den Öfen, die steigende Jahreszeit genossen.

In Sybaris hieß es immer, in der Provinz braue man das beste Bier der Republikunion. Das läge am Aroma des Sumpfwassers. Ich bekam Lust, diesem Mythos nachzugehen. Die Leute sahen mich schon von fern, warfen mir ausdruckslose Blicke zu, kümmerten sich aber nicht um mich – auch nicht, als ein Junge die mechanische Katze entdeckte und mit dem Finger darauf zeigte. Niemand wollte sich die Laune von einem Fremden verderben lassen.

Ganz am Ende einer Bank war eine Kante frei. Mit einem höflichen Blick fragte ich die Herren am Tisch, ob ich mich an die Ecke setzen dürfte, und sie nickten mir eine stumme Erlaubnis zu. Ich nahm Platz, während die Katze unter dem Tisch eine Serviette fand und damit spielte. Das Sitzbrett wackelte und schwankte, wenn die anderen lachten, und schüttelte mich durch, als lache ich mit. Sie spielten ein Würfelspiel und reichten den Becher reihum weiter. Bald kam eine dralle junge Dame auf mich zu. Sie hielt einen Zettelblock in der Hand und tippte mit einem Bleistift auf ihre Unterlippe. »Was soll's sein?«

Nach drei Würfelrunden brachte sie mir das bestellte Bier. Ich nutzte die Gelegenheit für eine Frage. Wer kannte mehr Menschen als eine Kneipenkellnerin?

»Kennen Sie einen Teo? Er kam aus dieser Stadt ...«

Ein Fetzen der Serviette wehte unter dem Tisch hervor.

Die Frau schaute überrascht drein. Dann wandte sie den Kopf zu den Männern neben mir, als wollte sie sagen: *Kümmert ihr euch um den?* Erst in diesem Moment bemerkte ich, dass meine Sitznachbarn den Würfelbecher zur Seite gelegt hatten und mich anstarrten.

Ich betrachtete sie genauer. Ein junger Kerl wies Ähnlichkeiten mit Teo auf, er war nur etwas älter. Neben ihm saß ein gleichaltriger Blondschopf mit deformiertem Kiefer. Seine Mundwinkel glänzten vom Bierschaum. Der Dritte war ein älterer Herr, dessen Augen über Kreuz schauten. Ein Glasauge womöglich.

»Ich bin sein Bruder Konrad«, sagte der eine.

Die Kellnerin blieb am Tisch, obwohl woanders einige Hände winkten. Offenbar hielt sie die Neugier.

»Da hab ich ja einen Pasch gewürfelt«, witzelte ich, aber die Augen der Männer blieben hart. »Ich war bei ihm in Sybaris 8. In der Kirche ...«

Langsam tastete ich mich vor. Lieber hätte ich mir einen Funknerv durch die Nase rausgezogen, als ihnen diese Meldung zu überbringen.

Das Gesicht des Bruders wurde rot vor Anspannung.

»Dort hat der Honighändler ihn gefunden«, sagte der Blonde.

Erleichtert atmete ich aus. Sie wussten also Bescheid.

»Wer sind Sie?«, fragte Konrad.

»Ich bin Aaron. Teo hat mich um Hilfe gebeten in der Stadt.« Ein beengendes Gefühl legte sich mir um den Hals. »Er hat mich vor einer Dummheit bewahren wollen. Es tut mir unendlich leid.«

Der Bruder schaute in den Himmel. Die Sonne glänzte in seinen Augen. Dann kniff er die Lider zusammen und schlug leicht mit der Handfläche auf die Tischkante. Er rang um Fassung. So sah es aus.

»Man hat ihn gefunden?«, fragte ich.

»Der Honighändler. Er hat ihn vermisst und ist seinem Bewegungsprofil gefolgt. Er hätte sich für ihn verantwortlich gefühlt. Mit seinen Drohnen hat er ihn rausgeholt.«

Der ältere Herr mit dem Glasauge legte die Hand auf Konrads Unterarm. Und zu mir sagte er: »Als mein Freund, der Honighändler, aus der Stadt geflohen ist, hat er uns Teo zurückgebracht. Wenn Sie ihm gedenken wollen ... oben auf dem Kirchberg, neben seiner Großmutter.«

»Dafür gibt es keinen Grund«, antwortete ich und lächelte, bis mir an ihren entrüsteten Blicken auffiel, wie pietätlos ich wirken musste.

»Verzeihen Sie! Ich habe die falschen Schuhe an, wie man in der Stadt sagt. Schwarmtechnik ist Ihnen bekannt?«, fragte ich.

»Teufelsdreck!« Konrad nahm einen kräftigen Schluck aus seinem Bierkrug. »Noch heute kreisen die Krähen über den Sümpfen.«

»Sie haben recht. Doch bevor Ihr Bruder diese Welt verlassen hat, sendete er mit dem Funknerv alles in den Schwarm, was er im Kopf hatte: Gedanken und Gefühle, Erlebnisse und Erfahrungen, Überzeugungen und Bedeutsames. Gehirn und physischer Schwarmspeicher sind beides Wirte für das Menschliche. Sie mögen Teos Körper begraben haben, oben auf dem Kirchberg, aber seine Persönlichkeit ist nicht verloren.«

Ungläubig verzog Konrad das Gesicht, aber das hatte ich nicht anders erwartet. Diesen Ausdruck kannte ich von den Menschen, die mich für verrückt hielten.

Unbeirrt fuhr ich fort: »Der Schwarm speicherte alles Wissen: Anleitungen zum Käfigbau ebenso wie zum Ausbruch. Für jede Verschlüsselung durchdachten die Rechner blitzartig eine Lösung – ein sich selbst entgrenzender Geist.«

Während ich sprach, setzte sich die Kellnerin zu uns. Ihre Arbeit schien sie vergessen zu haben.

»Mit dieser Freiheit gelang es Teo, sich auf den Bordspeicher der Erkundungssonde nach Epsilon Eridani zu kopieren.«

»Sie sind ja irre!«, sagte der Blonde, der allmählich ungeduldig zu werden schien.

Ich sah mich suchend um. An einem Holunderbaum blieb mein Blick hängen.

»Sehen Sie die Sperlinge, die in den Zweigen sitzen?«

Alle drehten sich um.

»Oben auf dem ausgeschwungenen Ast sitzt ein Vogel etwas abseits, die Augen in die Ferne gerichtet.« Nur einen Augenblick später spannte sich der Körper des kleinen Tiers, die Flügel klappten aus, bevor es vom Ast sprang, sich mit hastigen Schlägen emporschwang und davonflog. »Und jetzt passen Sie auf!«

Ein anderer Vogel hatte den Abflug bemerkt, tschilpte, schaute seinem Artgenossen nach, gab sich einen Ruck und flog hinterher. Ihm folgten zwei weitere. Unruhe geriet in die Schar – und plötzlich flatterten alle Vögel auf und folgten denen, die vorangeflogen waren.

»Schwarmverhalten«, stellte ich fest. »Und auch der Digitalschwarm kannte nur ein Gesetz: Sammle Mitglieder und Daten, gliedere sie ein! Dafür die Angst, dafür die Kämpfe, dafür die Kameras und Mikrofone. Auch die Weltraumsonden sollten ihn mit Daten füttern, aber niemals ein Schwarmwesen hinaustragen. Nachdem die Sonde gestartet war und die Leistungsanalyse dem Schwarm zeigte, dass der Kontakt zu einem seiner Mitglieder immer länger dauerte, riss der Zwiespalt auf. Das Schwarmwesen entlassen? Niemals! Das widerspräche der Natur eines Schwarms. Alles einzugliedern bedeutet eben auch, nichts ausgliedern zu dürfen: eine unerlaubte Programmanweisung. Aber die Sonde flog unumkehrbar nach Epsilon Eridani. Also musste die Gesamtheit folgen. Und so wie die Sperlinge ihrem Kameraden nachflatterten, überspielte auch der Schwarm sämtliche Persönlichkeitskomplexe auf die Sonde, deren Speicher für Jahrtausende des Datensammelns gebaut worden waren. Das Verbot, sich zu zerteilen, verhinderte sogar, dass eine Kopie auf den irdischen Speichern verbleiben durfte. Das war genauso undenkbar wie ein Mitglied ziehen zu lassen. Zurückgelassen wurden die Überlebenden der Kämpfe mit leer geräumtem, nahezu unschuldigem Gedächtnis – wie die Katzen. Alle Erinnerungen, alle Sünden hat der Schwarm mitgenommen. In Sybaris spricht man vom *großen Ausschwärmen.*«

»Mein Bruder fliegt mit einer Sonde durchs All?« Fassungslos fasziniert klang Konrads Stimme.

»Es dauert fünfzig Jahre bis Epsilon Eridani«, ergänzte ich.

»Er fehlt uns«, sagte Konrad. »Aber ich bin froh, dass Moorstedt verschont geblieben ist von diesem Technikzeug, an dem alle fast krepiert wären.«

Ich nickte still und behielt meine Gedanken für mich. Der Planet ist wie ein Mietzimmer in Sybaris 9. Die meisten Lebewesen sind ausgestorben, die während der viereinhalb Milliarden Jahre hier wohnten. Auch unsere Gebeine werden irgendwann zwischen Dinosaurierknochen liegen. Vielleicht gräbt uns dann eine andere intelligente Lebensform aus, eine Vogelrasse, wer weiß, angepasst an die Verwüstungen, die wir ihnen vererbt haben. Und diese Vögel werden unsere Skelette für die Überreste von Außerirdischen halten. Für die Sonde zählt diese Zeit nicht. Der Schwarm, der gespeichert durchs All schwirrt, wird Daten einfangen und analysieren, abgleichen, validieren, die Widersprüche in sich selbst und zum Universum bereinigen. Das gesamte Bewusstsein der Menschheit verdichtet sich zu einer einzelnen Intelligenz, die sich und alles zu Ende denkt in der raumzeitlichen Ewigkeit, wenn wir Körperwesen auf diesem Planeten längst Asche sind. Vielleicht wird der Schwarm anderen Lebensformen begegnen, die so weit entfernt sind, dass ein Erdzeitalter nicht reichte, um zu ihnen zu gelangen. Er kann, wir nicht. Das ist Evolution, dachte ich. Aber ich litt wegen meiner Unzulänglichkeiten kein bisschen unter einer prometheischen Scham wie der Ingenieur. Im Gegensatz zu dem Informatiker wollte ich auch nie aus meiner Haut. Soll man mir doch ansehen, dass ich gelebt habe!

Blechern miaute die Katze, kletterte unbeholfen an meinem Hosenbein hinauf auf die Bank, dann sprang sie auf den Tisch. Die mechanischen Glieder surrten, Schmiermittel tropfte. Ich sagte: »Diese Robotertiger haben noch Kontakt.«

»Zum Schwarm?«, fragte der Mann mit dem Glasauge.

Ich nickte.

Die Katze klappte ihren Kiefer auf, die Stahlzähnchen glänzten. Aus ihrem Rachen vernahmen wir ein Knistern, bevor eine verrauschte elektronische Stimme erklang: »Wir grüßen jene, die auf der Erde in ihren Körpern geblieben sind. Verzweifelt nicht, weil ihr mit euch alleine seid! Habt keine Angst vor der Dunkelheit! Wir sind eure Botschaft an die Sterne.«

Dann brach die Nachricht ab. Die Katze fuhr sich mit der Pfote über den Kopf.

»Er ist immer noch ein Bote«, sagte ich. »Er spricht noch durch die Katze zu mir. Die Wege der Funkdaten werden länger und wer weiß, wie lange wir noch von der Sonde hören. Die ganze Geschichte will er an die Katze übertragen. Ich soll ein Buch daraus machen, damit auf der Erinnerung an den Schwarmkrieg der Neubeginn gründen kann. Ein Buch ist greifbar und geht nicht so spurlos verloren wie eine Datei. Hoffen wir ... Und er hat mich nach Moorstedt geschickt, damit ich Ihnen den Abschied überbringe. Er bedauert, dass er ohne ein Wort gegangen ist.«

Daraufhin öffnete ich eine kleine Seitentasche meines Rucksacks. Vorsichtig entnahm ich die Briefmarke, die Teo und ich in dem ehemaligen Hauptpostamt in der Grundstadt gefunden hatten. »Das ist die Letzte, die man gedruckt hat. Aber ich bezweifle, dass es die Letzte bleibt. Vielleicht wollen Sie Teos Sammelbuch damit vollenden?«

Ich reichte Konrad die Marke mit dem Bild des Funknervs. Dann legte ich auch Teos Haustürschlüssel auf den Tisch und versuchte mich an einem einfühlsamen Lächeln. Aber es richtete nichts aus gegen die Rührung im Gesicht des Bruders. Er nahm die Marke entgegen und drehte sie zwischen Daumen und Zeigefinger. Dann versuchte er etwas zu sagen, vielleicht einen Dank über die verkrampften Lippen zu bekommen. Ich gab ihm zu verstehen, dass es gut sei. Die junge Wirtsfrau legte ihm den Arm um die Schultern.

»Und er bleibt für immer dort draußen?«

»Ja, so lange es Zeit gibt.«

»Kein Mensch kann bis zum Immer und Ewig denken«, sagte Konrad.

Dann bedachte ich die Umsitzenden mit einem Lächeln. »Aber jeder kann bis dorthin hoffen.«

**ENDE**

# EIN FUNKSPRUCH DES AUTORS

Mit zwölf Jahren wechselte ich den Lebensraum: Ich stieg aus dem Sandkasten, kletterte von den Bäumen, verließ das Fußballfeld, ging von Bord des Piratenschiffs aus Lego-Steinen. Ich bezog den digitalen Raum meines ersten Computers. Analoge Kindheit, digitales Jugendalter, verstärkt durch die gesellschaftliche Transformation der Wiedervereinigung und die Modernisierung Ostdeutschlands, wo ich aufgewachsen bin. Einen Jahrhundertwandel durchlebte ich in fünfzehn Jahren.

Später, als man Begriffe für diese Zeitenwende erfand, hieß es über meine Generation, sie befände sich an der Schwelle zu den *Digital Natives*. Das Hin und Her zwischen Moorstedt und Sybaris, Elisa und die Reporterin, Roland und der Ingenieur, Christian und der Informatiker stehen für zwei Sphären, die mich geprägt haben. Aber Literatur ist nicht nur Vergangenheits-, sondern auch Zukunftsbewältigung.

Ich danke besonders Katharina Salomo, die den Mut hatte, sich mit mir diesem Thema anzunehmen, meiner Mutter, die mir meinen ersten Computer gekauft hat, den Mitgliedern des *Dresdner Literaturner e. V.* und dem Literaturhaus Villa Augustin, besonders Andrea O'Brien, für die Heimat im Literaturleben Dresdens, meinem Mentor Rolf Bergmann, der leider 2015 verstorben ist, und seiner Frau Brigitte für die lebendigen Diskussionen und Ratschläge, meinen zahlreichen Freunden im Schwarm und Bill Gates für den Rechner, auf dem ich diesen Roman geschrieben habe.

*Willi Hetze,*
*Dresden,*
*im Februar 2018*



# DER AUTOR

Willi Hetze, geboren 1985, studierte Soziologie in Dresden und promovierte 2016 in Erfurt.
Neben seiner Tätigkeit in der Verlags- und Kulturbranche arbeitet er heute als wissenschaftlicher Mitarbeiter mit den Schwerpunkten Film- und Mediensoziologie und politische Kommunikation. Seit 2012 ist er Vorsitzender des Schriftstellervereins *»Dresdner Literaturner«*.

Für seine Gegenwartsliteratur wurde er mehrfach mit Preisen ausgezeichnet, u. a. mit dem poet|bewegt-Preis und dem Preis *»Dresdner Miniaturen«*. Vor allem befasst er sich mit dem Einfluss der Neuen Medien auf moderne Lebensentwürfe und der Vermischung virtueller und sozialer Wirklichkeiten. Dadurch gewinnen seine Texte mitunter eine surreale Dimension, die er mit einer ebenso pointierten wie poetischen Sprache erschließt.

Er veröffentlichte Lyrik und Kurzprosa in Anthologien und Zeitschriften sowie zahlreiche journalistische Texte in Zeitungen. Sein viel beachteter Erzählband *»Das Unbegreifliche der Katzenwege«* erschien 2015 bei *zwiebook*. Im Frühjahr 2018 folgte sein Roman *»Die Schwärmer«* bei *salomo publishing*.

»Kein Mensch kann bis zum Immer und Ewig denken«, sagte Konrad.

Dann bedachte ich die Umsitzenden mit einem Lächeln. »Aber jeder kann bis dorthin hoffen.«

## ENDE

## EIN FUNKSPRUCH DES AUTORS

Mit zwölf Jahren wechselte ich den Lebensraum: Ich stieg aus dem Sandkasten, kletterte von den Bäumen, verließ das Fußballfeld, ging von Bord des Piratenschiffs aus Lego-Steinen. Ich bezog den digitalen Raum meines ersten Computers. Analoge Kindheit, digitales Jugendalter, verstärkt durch die gesellschaftliche Transformation der Wiedervereinigung und die Modernisierung Ostdeutschlands, wo ich aufgewachsen bin. Einen Jahrhundertwandel durchlebte ich in fünfzehn Jahren.

Später, als man Begriffe für diese Zeitenwende erfand, hieß es über meine Generation, sie befände sich an der Schwelle zu den *Digital Natives*. Das Hin und Her zwischen Moorstedt und Sybaris, Elisa und die Reporterin, Roland und der Ingenieur, Christian und der Informatiker stehen für zwei Sphären, die mich geprägt haben. Aber Literatur ist nicht nur Vergangenheits-, sondern auch Zukunftsbewältigung.

Ich danke besonders Katharina Salomo, die den Mut hatte, sich mit mir diesem Thema anzunehmen, meiner Mutter, die mir meinen ersten Computer gekauft hat, den Mitgliedern des *Dresdner Literaturner e. V.* und dem Literaturhaus Villa Augustin, besonders Andrea O'Brien, für die Heimat im Literaturleben Dresdens, meinem Mentor Rolf Bergmann, der leider 2015 verstorben ist, und seiner Frau Brigitte für die lebendigen Diskussionen und Ratschläge, meinen zahlreichen Freunden im Schwarm und Bill Gates für den Rechner, auf dem ich diesen Roman geschrieben habe.

*Willi Hetze,*
*Dresden,*
*im Februar 2018*

# DER AUTOR

Willi Hetze, geboren 1985, studierte Soziologie in Dresden und promovierte 2016 in Erfurt.
Neben seiner Tätigkeit in der Verlags- und Kulturbranche arbeitet er heute als wissenschaftlicher Mitarbeiter mit den Schwerpunkten Film- und Mediensoziologie und politische Kommunikation. Seit 2012 ist er Vorsitzender des Schriftstellervereins *»Dresdner Literaturner«*.

Für seine Gegenwartsliteratur wurde er mehrfach mit Preisen ausgezeichnet, u. a. mit dem poet|bewegt-Preis und dem Preis *»Dresdner Miniaturen«*. Vor allem befasst er sich mit dem Einfluss der Neuen Medien auf moderne Lebensentwürfe und der Vermischung virtueller und sozialer Wirklichkeiten. Dadurch gewinnen seine Texte mitunter eine surreale Dimension, die er mit einer ebenso pointierten wie poetischen Sprache erschließt.

Er veröffentlichte Lyrik und Kurzprosa in Anthologien und Zeitschriften sowie zahlreiche journalistische Texte in Zeitungen. Sein viel beachteter Erzählband *»Das Unbegreifliche der Katzenwege«* erschien 2015 bei *zwiebook*. Im Frühjahr 2018 folgte sein Roman *»Die Schwärmer«* bei *salomo publishing*.